SOLO UNA AVENTURA

SIMONA AHRNSTEDT

SOLO
UNA AVENTURA

Traducción de
Francisca Jiménez Pozuelo

PLAZA JANÉS

Papel certificado por el Forest Stewardship Council®

Título original: *En enda risk*
Primera edición: enero de 2018

© 2016, Simona Ahrnstedt
© 2018, Penguin Random House Grupo Editorial, S. A. U.
Travessera de Gràcia, 47-49. 08021 Barcelona
© 2018, Francisca Jiménez Pozuelo, por la traducción

Publicado por primera vez por Bokförlaget Forum, Suecia.
Publicado por acuerdo con Nordin Agency AB, Suecia

Printed in Spain – Impreso en España

ISBN: 978-84-01-02069-8
Depósito legal: B-23.005-2017

Compuesto en Comptex&Ass., S. L.

Impreso en Rodesa
Villatuerta (Navarra)

L020698

Penguin
Random House
Grupo Editorial

Prólogo

Había muchas cosas que daban miedo en esa casa, y más a una niña pequeña como ella. La comida extraña, las voces airadas, no saber nunca qué iba a ocurrir, cuándo te iban a dar una paliza...

Pero lo peor era el sótano. Hacía frío y olía mal.

Se acurrucó con la espalda pegada a la pared y la frente entre las rodillas, sintiendo la desolación como un nudo en la boca del estómago, como una herida en el corazón. La soledad y el desprecio dolían y, aunque estaba acostumbrada, nunca había sido tan duro.

Además, estaba a oscuras. Y tenía hambre.

Gimió con la cabeza apoyada en las piernas. Tenía mucho miedo, pero intentaba ser valiente.

No iba a llorar.

Por más daño que le hicieran, no iba a llorar.

1

Ambra Vinter miró el bloc en el que había anotado algunas ideas sobre el artículo, el número de teléfono de una persona a la que había entrevistado y un recordatorio de que tenía que comprar café. Lo último estaba subrayado con línea doble. Una de las pocas cosas que le pedía a la vida era poder tomar café por la mañana.

—Ambra, ¿me estás escuchando?

«Intento no hacerlo.»

Pero como la que formulaba la pregunta era Grace Bekele, su jefa inmediata y redactora de noticias de *Aftonbladet*, respondió con toda la diplomacia que pudo.

—Por mi parte no hay ningún inconveniente en que mandes a otra persona, al contrario. La semana pasada estuve trabajando en Varberg y acabo de llegar del incendio de Akalla —dijo Ambra con mirada suplicante.

Tenía que haber otro periodista al que Grace pudiera enviar a cubrir ese trabajo de mierda. Un periodista joven y hambriento que aún no se hubiera vuelto tan cínico como ella y al que le apeteciera alejarse un tiempo de su escritorio en la redacción.

—Pero a mí me gustaría que fueras tú —replicó Grace moviendo con energía sus delgadas manos; sus afiladas uñas destellaron.

A pesar de su aspecto de supermodelo, Grace era conocida por sus extraordinarias dotes de mando, y Ambra sabía que su jefa ganaría esa batalla, como solía ocurrir.

—¿Dónde hay que ir esta vez? —preguntó.

La ropa le olía a humo. No lograba acostumbrarse a la rapidez con la que se propaga el fuego. En menos de tres minutos todo estaba ardiendo. Al menos no hubo muertos. Ninguna familia debería morir en un incendio tres días antes de Navidad.

—A Norrland, ya te lo he dicho.

—Norrland es grande. ¿Puedes ser más concreta?

Ambra tenía motivos de peso para no querer viajar al norte, se tratara o no de un trabajo de mierda.

—A Norrbotten. Tengo el nombre del sitio apuntado por aquí.

Ambra esperó mientras Grace revolvía papeles en el desordenado escritorio. Trabajaban en la sección de noticias de actualidad, el corazón de esa maquinaria que era la redacción de *Aftonbladet*. Eran las dos de la tarde y afuera todo estaba oscuro, caía una lluvia helada y el viento soplaba en ráfagas. El tiempo ocupaba la primera página, por supuesto. Un tiempo inusualmente bueno o malo siempre estaba en la portada de la web. Era la noticia más leída del día, con casi mil clics por minuto.

Ambra buscó una página en blanco en su cuaderno.

—Y ¿qué es exactamente lo que tengo que hacer en Norrbotten? —preguntó en el tono más complaciente que pudo.

Grace levantó unos montones de papel y estuvo a punto de volcar una taza de café ya frío. Nadie tenía escritorio propio, ni siquiera los jefes de redacción. Grace era uno de los cuatro redactores que dirigían la sección diaria durante todo el año. El resto de las áreas, desde Deportes, Ocio y Sucesos hasta Internacional, Obituarios y Cultura, estaban colocadas en torno a la de Actualidad, como satélites alrededor de un eje que no descansaba nunca.

—He visto la nota hace un momento. Creo que era Kalix —dijo Grace.

«Podría ser peor», pensó Ambra mientras anotaba Kalix en el bloc.

—Y tienes que entrevistar a Elsa, noventa y dos años. Llámala por teléfono para pedirle una cita. Tengo por aquí su número. Llegó a través del buzón de sugerencias de los lectores y pensé que podía ser interesante.

—¡Qué bien! —exclamó Ambra sin mover ni un músculo de la cara.

Las sugerencias de los lectores era el espacio de la web de *Afton-bladet* en el que la gente común podía informar sobre noticias y ganar mil euros si la primicia valía la pena. En el 99,99 por ciento de los casos no era así, pero Ambra, obediente, anotó también el nombre de Elsa y luego se frotó la frente.

—¿Se trata al menos de una persona?

La pregunta no era irrelevante. Una vez la enviaron a entrevistar a Sixten Berg, de veinte años, y resultó que Sixten era una cacatúa que podía cantar y bailar «Hooked on a feeling». El resultado fue una noticia entretenida con un corto divertido en la web, aunque tal vez no fuera con lo que Ambra soñaba en su época de estudiante de periodismo.

Grace sacó un pósit amarillo fluorescente.

—Aquí está. Elsa Svensson, nacida en 1923. Vivió un romance con uno de nuestros primeros ministros y al parecer ha tenido un hijo secreto con él.

Ambra levantó la vista.

—¿Hace poco? —preguntó escéptica.

Grace arqueó una ceja bien perfilada.

—Como te he dicho, la dama en cuestión tiene noventa y dos años, así que no fue en este milenio. Pero hasta ahora no había hablado con los medios de comunicación y, al parecer, ella es la típica habitante de Norrbotten. Puede ser una buena historia. Un destino emocionante y apartado, un lugar exótico, ya me entiendes. Y perfecta para la Navidad, mucha gente querrá leerla.

—Mmm —murmuró Ambra sin ningún entusiasmo—. ¿Qué primer ministro?

—Uno que ya ha fallecido. Tendrás que verificarlo.

—¿No tenían todos un montón de hijos ilegítimos?

No quería ocuparse de esa noticia. Prefería los dobles homicidios y los accidentes de tráfico.

—Vamos, Ambra. Es una historia hecha a medida para ti, es justo lo que se te da bien. Habrá muchos clics, eso está garantizado, y tengo órdenes de hacer más cosas de estas, venden un montón. Además, la anciana quería que fueras tú.

—No lo dudo.

No era la primera vez que un lector quería hablar con un periodista en concreto.

Volvió a mirar hacia la ventana. Un candelabro de Adviento parpadeaba de forma irregular. El negocio se basaba en el número de clics, que se traducían en ingresos por publicidad. Y no podía ignorar el hecho de que estaban a punto de reorganizar la empresa y que se arriesgaba a perder el trabajo. Desde hacía un par de años su carrera solo podía describirse como una curva descendente. Si no tenía cuidado acabaría en el turno de noche, un callejón del que nunca se salía, en el que los periodistas vivían como pálidos animales nocturnos, traducían inservibles artículos del inglés y veían morir sus almas. Se rindió.

—¿Y el fotógrafo? —preguntó.

—Un free lance local —respondió Grace asintiendo con la cabeza—. Contactarás con él allí.

—De acuerdo —accedió mientras se levantaba de la silla.

No tenía sentido volver a casa. Iría a por un café, compraría un sándwich frío en la máquina del comedor del personal, llamaría a esa tal Elsa de noventa y dos años y se quedaría en la redacción investigando el tema. Fantástico.

—¿Me puedes enviar toda la información que tengas? —pidió.

—Quiero un primer texto en cuanto puedas. Si es realmente bueno tal vez tiremos de otros tópicos. La Navidad en Norrland, los renos, el encanto de la nieve y esas cosas.

Ambra se preparó para marcharse.

—Creo que tenía que decirte algo más —dudó Grace.

Ambra se detuvo.

—Sé que es poco tiempo y que está muy lejos, pero tendrás que darte prisa para volver antes de Navidad.

El tono de voz de Grace, un poco estresado pero amable, le decía que su jefa tenía buena intención, pero el problema no era precisamente la Navidad. Ambra tenía un único pariente, su hermana Jill, a la que también habían adoptado, y llevaban varios años sin celebrar juntas las Navidades. No consideraba ni mucho menos que hablar con la examante de un famoso político ya fallecido supusiera tener que rebajarse. Por supuesto, a un periodista no había que imponerle tareas humillantes (una regla que nadie tenía en cuenta), pero Ambra pasó un tiempo en la sección de Espectáculos y había hecho cosas mucho peores. En este caso el problema estaba en tener que viajar al norte.

—Me encargaré de ello —accedió, conteniendo un suspiro. Su vida personal era algo que no le concernía a nadie.

—Sé que lo harás —dijo Grace mirándola fijamente por encima del escritorio.

A sus treinta y dos años, solo dos más que Ambra, Grace era ya una experta redactora de noticias en uno de los puestos más duros del sector. Y, como si su relativa juventud y el hecho de ser mujer no fueran suficientes desventajas, Grace era además negra. Nacida en Etiopía, emigró a Suecia de niña y fue una especie de genio en su etapa académica. Grace Bekele era una leyenda en el sector. Y cuando la miraba de ese modo, Ambra era capaz de caminar sobre ascuas encendidas. O de viajar a Kalix.

—Gracias. Sé que te interesa el puesto de redactora de Investigación —añadió—, no lo he olvidado. Le hablaré bien de ti a Dan Persson en cuanto tenga oportunidad de hacerlo.

Ambra se quedó sin palabras; la gratitud era una sensación bastante incómoda. Pero su sueño era ese: trabajar como periodista de Investigación en *Aftonbladet*, descubrir las noticias antes que nadie y escribir largos reportajes. Se rumoreaba que pronto habría una vacante. Era poco frecuente, y seguro que habría muchos candidatos para el puesto, empezando por todos sus colegas y competidores, pero si conseguía no meter la pata durante las próximas semanas, tal vez tuviera una oportunidad. Eso suponiendo que consiguiese no enfrentarse demasiado al redactor jefe Dan Persson. Después de pensarlo bien, decidió que lo mejor sería hacer ese viaje.

—Gracias. Saldré mañana.

Empezó a analizar el asunto desde distintos ángulos y a repasar de forma mecánica el equipaje y el equipo que se tendría que llevar.

—Espera —la interrumpió Grace con otro pósit en la mano, esta vez naranja y en forma de flecha—. Aquí está. Te lo he dicho mal, no es Kalix. Disculpa.

«Que no sea Kiruna...», fue todo lo que pudo pensar antes de que Grace siguiera hablando.

—La anciana vive en Kiruna. Siempre confundo los nombres. —añadió entre risas.

Lo dijo con esa especie de indiferencia de quien piensa que no hay civilización más al norte de Estocolmo. Norrland y su enorme masa de tierra era como un papel en blanco, incluso para los urbanitas más cultos. Pero Ambra sabía que, a pesar de todo, incluso en el infierno había grados.

Kiruna. Por supuesto que era Kiruna.

Le quitó la nota a Grace de un tirón y se alejó del escritorio.

¿Por qué tenía que ser precisamente Kiruna, un sitio al que había jurado no volver nunca y donde había pasado más frío y había llorado y odiado más que en ninguna otra parte del universo?

Ambra cruzó el estudio de televisión en el que se grababan los programas para la web y la sección de Sucesos. Pasó por delante de Investigación y miró con nostalgia la redacción, una de las pocas que mantenía las puertas cerradas; fue en busca de una taza de café y de su ordenador portátil, logró evitar por los pelos a Oliver Holm, su principal rival, y se hundió en un sofá libre. Encendió el ordenador, volvió a conectarse y abrió el correo electrónico. Veinte mensajes en diez minutos, la mitad de los cuales eran amenazas por el artículo que había escrito esa mañana sobre acoso sexual en un gimnasio. Echó un vistazo a los mensajes y, aunque sabía que debía remitir los peores al departamento de seguridad, no se molestó en hacerlo. Llevaba demasiado tiempo trabajando en esto como para preocuparse por las intimidantes advertencias de un puñado de misóginos anónimos. Ese día se dedicaría a escribir sobre hijos ilegítimos en Kiruna.

Marcó el número de Elsa Svensson y suspiró cansada mientras esperaba respuesta. Suponía que tardaría en volver a su apartamento, a sentarse en su sofá delante de su televisor.

2

Tom Lexington arrojó un tronco a la chimenea. Aunque la casa estaba bien aislada, agradecía el calor adicional que proporcionaba el fuego. En la calle la temperatura era de veinte grados bajo cero y nevaba copiosamente. Pero ¿cuándo no nevaba en Kiruna? Tendría que retirar la nieve si quería salir de casa.

Miró el fuego. Cuando se concentraba en el crepitar de las llamas se sentía casi normal. Se estiró y cogió otro tronco. Mientras lo dejaba oyó el suave zumbido del teléfono que estaba encima de la mesa del salón. Se levantó para ver quién era. La centralita de Lodestar Security Group. Trabajo.

Se rascó la barba. Debería responder, podía ser importante, pero ese día tampoco se sentía capaz. Se dirigió a la cocina arrastrando los pies y cuando llegó, no recordaba a qué había ido. Se quedó de pie, mirando la nieve y el bosque a través de la ventana de la cocina, esperando oír la previsión del tiempo en la radio. El estruendo de una explosión cruzó de pronto las ondas de la radio. Era el anuncio del siguiente programa, dedicado a la caza. Le empezaron a temblar las manos, luego los muslos. Su campo visual se redujo y empezó a respirar con dificultad. Todo sucedió muy deprisa, pasó menos de un segundo desde que oyó el ruido hasta que tuvo la sensación de que estaba a punto de desmayarse.

Buscó a tientas el fregadero para apoyarse. El corazón se le aceleró como si estuviera en combate. De repente ya no estaba en la casa, ni el bosque a las afueras de Kiruna, ni en un paisaje invernal a varios grados bajo cero de temperatura y rodeado de nieve. Estaba en el desierto, en medio del calor, en el calabozo donde le interrogaron y torturaron. El corazón y la sangre le golpeaban de tal modo que tenía la sensación de que el suelo temblaba bajo sus pies. Los recuerdos surgieron como una película ante sus ojos. Se obligó a respirar por la nariz y expulsar el aire por la boca, pero no le sirvió de nada. Estaba allí.

Tomó impulso y golpeó el fregadero con la mano con todas sus fuerzas. El dolor se extendió por su cuerpo a través del brazo, lo que le resultó de gran ayuda. La intensidad del dolor interrumpió su ataque de ansiedad y volvió a estar en casa.

Tom respiró profundamente; todavía se estremecía. El *flashback* solo había durado un par de segundos, pero estaba empapado en sudor. Le temblaron las piernas mientras se dirigía a la despensa a por una botella de whisky e intentaba no pensar en cuántas botellas vacías había debajo del fregadero. Echó un trago y luego abrió el grifo. Kiruna estaba al norte del círculo polar Ártico. El agua de las tuberías de la casa estaba fría y bebió con avidez. Cuando dejó el vaso volvió a oír el teléfono. Fue a la sala de estar y lo cogió.

Leyó en la pantalla el nombre de Mattias Ceder. Otra vez. Mattias le había llamado durante todo el otoño y Tom no le había respondido ni una sola vez. Rechazó la llamada y se llevó el teléfono a la cocina, donde se sirvió otro whisky. Después de dos segundos volvió a sonar. Miró. De nuevo Mattias Ceder. Ese hombre siempre había sido muy testarudo. Tiempo atrás fueron compañeros de armas y no habrían dudado en dar su vida el uno por el otro, pero había llovido mucho desde entonces y ahora las cosas eran distintas. Tom miró el teléfono hasta que se quedó en silencio. Luego llegó un mensaje.

¿Puedes contestar de una maldita vez?

Bebió un gran trago, se sirvió más, movió el vaso.

Hacía muchos años que no hablaba con él. Cuando eran jóvenes podían hablar de cualquier cosa, pero eso fue antes de que Mattias le traicionara.

Tom miró el fregadero, lleno de tazas, platos y cubiertos que no había sido capaz de meter en el lavavajillas. La asistenta vendría al día siguiente, así que lo dejó tal como estaba, consciente de que hasta ese momento nunca había sido de los que dejan que otras personas se encarguen de su basura.

Cogió el vaso, la botella y el teléfono y regresó al cuarto de estar.

No era la primera vez que padecía trastorno de estrés postraumático, en mayor o menor grado, desde que con dieciocho años se alistó en el ejército, así que conocía el diagnóstico. Había estado en combate, había visto morir a compañeros, lo habían herido. Todo eso dejaba huella y ya antes había sentido angustia y había tenido *flashbacks* después de experiencias especialmente difíciles, aunque nunca de ese modo; ahora las imágenes parecían surgir de la nada. Un ruido inesperado, una luz, un olor; casi cualquier cosa las podía desencadenar y, de repente, era como estar otra vez allí, donde lo mantuvieron cautivo. Era algo que escapaba del todo a su control. Si las cosas hubieran sido distintas tal vez se podría haber planteado hablar de ello con Mattias, soldado como él y que también había atravesado una situación crítica, por lo que conocía bien todo aquello que los civiles nunca llegarían a entender.

Tom vació el vaso. La cabeza empezaba a darle vueltas. Cogió el teléfono y escribió un mensaje.

Vete a la mierda.

Se sintió bien al enviarlo. Miró durante un rato la pantalla por si recibía respuesta, pero no fue así. Decidió que si Mattias le volvía a llamar quizá respondiera. En ese momento estaba borracho y lo notaba, sabía que estaba aturdido y que no debía llamar cuando se sentía así. Pero marcó un número de teléfono. No el de Mattias, sino el de otra persona. Se dejó caer en el sofá y escuchó el tono.

—¿Diga? —respondió Ellinor.

—Hola, soy yo —dijo arrastrando las palabras.

—Tom —saludó ella con tristeza.

—Solo quería oír tu voz.

Intentó hablar con la mayor normalidad que fue capaz.

—Tienes que acabar con esto, lo único que consigues es atormentarte. No deberías llamarme.

—Lo sé, pero te echo de menos —masculló.

Sabía que tenía que ducharse, afeitarse, espabilarse, que no debería llamar a su ex semana tras semana.

—Tengo que colgar —dijo ella, y él oyó un débil sonido de fondo.

—¿Está él ahí?

—Adiós, Tom. Cuídate.

Ellinor colgó.

Tom se quedó mirando al vacío con la mirada perdida. Había sido un error llamarla, lo sabía desde el principio, pero ¿cómo iba a poder continuar sin ella? No lo entendía. Tantos años de entrenamiento militar dedicados precisamente a eso, a empujarse a sí mismo a hacer lo imposible, a obligar a su cuerpo a seguir adelante aunque quisiera rendirse, a pesar de las angustiosas perspectivas y las terribles pérdidas. Solo era cuestión de no pensar en otra cosa que no fuera la misión.

Apoyó la cabeza en uno de los brazos del sofá y miró hacia el techo, sintiendo que los recuerdos del cautiverio volvían a invadirle. Cuando estaba prisionero pensaba en Ellinor para mantenerse entero. El recuerdo de su sonrisa, el deseo de estar con ella otra vez...

Había cometido una estupidez llamándola. Estaba borracho y no pensaba con claridad. Pero había hecho bien al ir allí arriba, a Kiruna, donde estaba Ellinor. Quería estar cerca de ella y haría lo que fuera por recuperarla. Lo que fuera.

3

«En Kiruna hace un frío que pela», pensó Ambra mientras iba tiritando desde el avión hasta el edificio del aeropuerto. El viento tiraba de su chaqueta y apresuró el paso para alcanzar a sus compañeros de viaje. Habían pasado el círculo polar Ártico mucho antes de aterrizar y allí arriba el sol se había puesto el diez de diciembre y no se esperaba que volviera a aparecer por el horizonte hasta enero. Era cerca del mediodía y en ese momento brillaba una especie de luz crepuscular, pero en una hora más o menos habría oscurecido.

Solo llevaba equipaje de mano, así que se dirigió directamente a la terminal de llegadas, atravesó la salida y siguió hasta la parada de autobuses del aeropuerto. El malestar aumentaba a cada paso. La nieve amontonada formaba diques de varios metros de altura, el suelo estaba cubierto de una gruesa capa blanca y ella se resbalaba con sus botas de suela demasiado delgada. Unos perros de trineo aullaron impacientes al otro lado de una cerca de alambre. Tiritando aún subió al autobús, compró un billete para Kiruna y se sentó al lado de una ventanilla. Nieve, nieve, nieve. El malestar se estaba convirtiendo en algo físico. El autobús se puso en marcha.

La primera vez que estuvo en Kiruna tenía diez años y también faltaban pocos días para la Navidad, lo que hacía que ahora todo le resultara más difícil. Una estresada trabajadora social de cabello rubio y rizado y mirada errática habló con ella y le dijo que no podía seguir con la familia con la que estaba viviendo. Ambra se recordó sentada con su osito de peluche en los brazos. Sabía que era demasiado mayor para tener un peluche, pero le ofrecía seguridad.

—¿Cómo se llama tu osito? —preguntó la trabajadora social con esa voz afectada que suelen utilizar los adultos.

—Solo Osito —susurró Ambra.

—Osito y tú vais a vivir con otra familia. Tendréis que viajar solos en autobús, pero tú ya eres mayor, así que todo irá bien. Será como una aventura —concluyó en tono animado.

Ambra subió al autobús con Osito y la pequeña caja de cartón que era todo lo que le quedaba de sus padres.

—¿Irá alguien a esperarte? —preguntó el conductor del autobús.

Ella inclinó levemente la cabeza sin atreverse a decir que no lo sabía.

El conductor era amable, le ofreció unas pastillas fuertes y amargas para la garganta y habló con ella durante todo el viaje. Pero al llegar, su preocupación aumentó. No había visto nunca tanta nieve y sintió un frío helado, a pesar de que se había puesto toda la ropa de abrigo que tenía. Se quedó junto al conductor del autobús mientras él ayudaba a los demás pasajeros a sacar el equipaje del maletero. ¿Y si no iba nadie a esperarla? ¿Qué haría?

—¿Eres la niña de acogida? —preguntó alguien detrás de ella en un tono de voz tan frío que, sin darse la vuelta siquiera, sabía que aquello no iba a salir bien.

—¿No era esta tu parada?

Ambra se sobresaltó y volvió al presente.

El conductor la miró con cierta impaciencia por el espejo retrovisor. Habían llegado.

Se levantó, cogió el equipaje y salió deprisa del autobús. Avanzó con dificultad por la nieve y logró llegar al hotel Scandic Ferrum sin acabar con la nariz en uno de esos montones. Se sacudió la nieve en la entrada y pronto empezó a notar el calor de la calefacción. Un joven recepcionista le dio la bienvenida, se registró y subió a la habitación que le habían asignado en la primera planta. Hacía mucho frío, así que sacó un jersey de lana de la maleta, luego cogió el portátil, se lo puso debajo de un brazo y volvió a bajar a la recepción.

—Hace mucho frío en mi habitación —se quejó.

—Hemos tenido problemas con la calefacción —explicó el recepcionista con amabilidad—. Estamos trabajando para solucionarlo, pero por desgracia no tengo ninguna otra habitación libre.

Ambra decidió quedarse en el restaurante del hotel. Localizó una mesa libre, se sentó y empezó a trabajar en el ordenador. Era la hora del almuerzo y el local estaba lleno de comensales de aspecto totalmente normal, aunque ella siguiera sintiéndose incómoda. Paseó la mirada por el restaurante una y otra vez hasta fijarla en la puerta de entrada, como si temiera encontrarse con algún conocido, por más improbable que eso fuera.

Sus nuevos padres de acogida se llamaban Esaias y Rakel Sventin. Él era alto y severo; ella, pálida y silenciosa, con el pelo recogido en una trenza gruesa que le bajaba por la espalda. Tenían cinco hijos, cuatro mayores de un matrimonio anterior de Esaias y uno en común, un año mayor que Ambra. Esaias era el cabeza de familia.

—Siéntate ahí detrás —dijo señalando un coche pequeño cuando por fin fue a recogerla al autobús.

Sin otra opción, ella entró en el coche y vio cómo Esaias Sventin se acercaba, le quitaba el peluche que llevaba en los brazos, lo tiraba a una papelera y luego cerraba la puerta.

El ruido de una bandeja al caer hizo que Ambra volviera al restaurante del hotel. Miró a su alrededor, y vio entrar a un hombre alto y delgado que hizo que el corazón le latiera con fuerza y empezara a temblar. El malestar estaba a punto de convertirse en pánico cuando se dio cuenta de que no era Esaias, sino alguien con un vago parecido. Su cuerpo había reaccionado al recuerdo.

Tomó un sorbo de café y apoyó la mano en el teléfono móvil. «Soy adulta», repitió. Era su mantra constante. Por todo el mundo había niños indefensos que sufrían a cada segundo, y demasiados de ellos llevaban una vida mucho peor que la que ella tuvo que soportar. En cuanto dejara Kiruna todo volvería a estar bien.

La pantalla emitió un pitido. Llegaban noticias continuamente. Echó una ojeada a la más reciente, compartió un enlace en Twitter y subió una foto a Instagram. Ella era una reportera de su tiempo a la que se mencionaba en todas las reuniones de redacción y se tenía en cuenta en las reorganizaciones: sabía estar «en contacto con los lectores». Muchos de sus colegas periodistas refunfuñaban, otros se consideraban demasiado buenos como para escribir en las redes sociales, pero a ella le gustaba y sus perfiles en internet eran sin duda una de las razones por las que todavía estaba allí, así que procuraba destacar en el mundo digital.

—¿Eres por casualidad Ambra Vinter?

Miró al hombre que se había detenido junto a su mesa. Joven, delgado y realmente atractivo. Vio que vestía ropa de invierno adecuada y unas botas resistentes; además, llevaba una enorme Nikon de correa ancha en un hombro y una bolsa con un objetivo en el otro.

—Tú debes de ser el fotógrafo.

—Tareq Tahir —confirmó él.

Se saludaron y él se sentó frente a ella. Ambra lo miró con disimulo mientras él dejaba la cámara de fotos encima de la mesa. Tareq tendría veinte o veintiún años. Muchos fotógrafos eran jóvenes, los mejores empezaban pronto en ese sector. Tenía unas tupidas pestañas y los ojos marrón oscuro, una boca masculina y sexy y unos dedos fuertes y sensibles que toqueteaban la cámara.

Tareq dirigió una blanca sonrisa a la camarera, que corrió hacia la mesa para preguntar si quería algo. Ambra había tenido que ir ella misma a la caja y luego retirar su almuerzo y el café sin que ninguna camarera se hubiera interesado en tomar nota de su pedido. Pero claro, ella tampoco parecía una estrella del rock.

—¿Cómo van las cosas? —preguntó Tareq cuando se alejó la camarera—. ¿No la localizas?

Ambra negó con la cabeza con gesto de preocupación. Estaba teniendo problemas. Había hablado con Elsa Svensson el día anterior. Le sorprendió la voz clara y viva de la mujer de noventa y dos años, y además parecía muy locuaz y le aseguró que estaría encantada de hablar con ella, pero cuando Ambra bajó del avión recibió un mensaje informándole de que Elsa quería posponer la reunión.

—La he llamado varias veces pero no me coge el teléfono.

—¿Qué quieres hacer? —preguntó Tareq.

Ambra tenía la dirección de Elsa. Había pensado ir a su casa, pero eso podía complicar las cosas. No a todo el mundo le gustaba que los periodistas se plantaran delante de su puerta y les pidieran que les dejaran entrar. En realidad, ni siquiera sabía si Elsa estaba en casa. Tal vez la anciana había hecho las maletas y se había marchado de Kiruna. No sería la primera vez que alguien que había prometido hablar cambiara de opinión en el último momento. Estaban en su derecho, por supuesto, pero no por ello dejaba de resultar muy frustrante.

—¿La conoces? —preguntó ella.

Tareq la miró con gesto divertido.

—¿Das por hecho que en Kiruna todo el mundo se conoce? No es tan pequeña como crees.

No quería decir eso, solo era una pregunta desesperada para intentar buscar una solución al problema de la ausencia de la persona que había que entrevistar.

Ella sabía muy bien cómo funcionaban las cosas en Kiruna. Por supuesto que no todos se conocían, y de hecho eran expertos en dejar que cada uno se ocupara de sus asuntos. Un niño que vive con una familia de acogida puede, por ejemplo, ir a la escuela con moretones, infecciones de oído que no se cuidan e incluso fracturas sin que nadie parezca verlo. Aunque estaba siendo un poco injusta. Eso no ocurría solo en Kiruna, sino que era igual en casi todas las partes de este mundo de mierda en que vivían.

Ambra se rascó la parte superior de la frente. El gorro que llevaba le aplastaba el pelo y le picaba, pero hacía tanto frío que se lo dejó puesto.

—¿Eres de aquí? —le preguntó a Tareq, aunque intuía la respuesta por su falta de acento.

—No, nací y me crie en Estocolmo. Me vine a vivir aquí con mi madre cuando terminé el bachillerato. Ella conoció a un hombre de esta zona y se enamoró tanto de él como de la ciudad. Yo solo estoy de visita, vuelvo a Estocolmo después de Año Nuevo para empezar un curso de fotografía.

—Pero trabajas para *Aftonbladet*, ¿no?

—He tenido suerte y he conseguido algunos trabajos como free lance.

Dedujo que Tareq era muy bueno. Parecía originario de algún país de Medio Oriente. Irak, tal vez. Si sus padres eran inmigrantes, probablemente no disponía de una red de contactos que le ayudara a entrar en ese mundillo, y conseguir trabajo como fotógrafo en un periódico de ámbito nacional era una hazaña casi imposible, pero él lo había logrado.

—Creo que hiciste algún encargo para Espectáculos, ¿verdad? —dijo ella recordando lo que Grace le había dicho—. ¿Cómo te sentiste? —preguntó del modo más neutral que pudo.

Ambra pensaba que la sección de Espectáculos era una cloaca inmunda. Informabas desde el lugar en el que se producía algún acontecimiento social, estabas en los límites del periodismo, no podías ser un reportero con opinión crítica y todo el mundo te trataba mal, desde los famosos hasta tus propios jefes. Era terrible. Siempre que no te gustara perseguir a famosillos de telenovela y vigilar las cuentas de Instagram, por supuesto.

Tareq pasó los dedos por las líneas brillantes de la cámara. Uñas cortas y limpias, vello oscuro, manos masculinas. Y luego esa voz suave y amable. Era muy agradable y atractivo.

—¿No estuviste tú antes allí? —preguntó.

—Sí —respondió ella sin entrar en detalles.

Aquel fue el peor año de su carrera como reportera. Solo quería no tener que volver a tumbarse nunca más detrás de un arbusto y esperar a que algún famoso infiel, hombre o mujer, saliera del apartamento de su amante.

—Mal, supongo —dijo él entre risas mientras ella notaba la mirada empática de sus bellos ojos—. A mí me pareció que estaba bien, pero no es algo que quiera hacer durante mucho tiempo —añadió.

Atractivo, agradable y diplomático. Tareq llegaría lejos. Ambra sintió un fuerte impulso de quitarse el gorro y ahuecarse el pelo.

La camarera volvió con el pedido de Tareq, que cogió el vaso con su refresco de naranja.

—La Fanta es mi vicio —reconoció sonriendo a la camarera, que parecía estar dispuesta a formar una familia con él en el acto.

Cuando esta se alejó a regañadientes, Ambra miró el teléfono por enésima vez. Empezaba a inquietarse. En el aspecto económico, sería una mala inversión si no conseguía una historia. Pensó en alguna alternativa sobre la que escribir. Algo acerca de la nieve, tal vez. O de la mudanza de toda la ciudad por problemas geológicos.

Tareq se bebió el refresco de un trago y dejó el vaso. Se levantó y se colgó al hombro la cámara y la bolsa con el objetivo.

—Solo he entrado a saludarte. Si no te importa, voy a salir a dar una vuelta. Hay cosas que puedo hacer mientras esperamos. Envíame un mensaje en cuanto sepas algo.

Ambra asintió, lo vio salir con paso largo y ligero y luego volvió a observar el restaurante. El Scandic Ferrum estaba en el centro de la ciudad y parecía funcionar como una especie de punto de encuentro. En una mesa, un grupo de hombres y mujeres de negocios temblaban de frío con sus chaquetas demasiado finas. En otra, unas madres vestidas con práctica ropa de invierno alimentaban con purés y fruta a su prole. Más allá distinguió a un grupo de bomberos de pie al lado del mostrador.

Los observó un momento y después volvió a mirar el teléfono. Releyó el último mensaje que había enviado a Grace y esperó impaciente ver aparecer la señal que le indicara que tenía un mensaje. Se preguntó qué haría si Elsa Svensson no aparecía.

Nada.

Miró su cuenta de Instagram, pensó si debería llamar a Jill, pero en ese momento el teléfono parpadeó y vibró en su mano. Al fin un mensaje de Grace.

¿Alguna novedad?

Ambra pulsó las teclas con rapidez y habilidad.

No. ¿Debo esperar?

Tenía la esperanza de que Grace le ordenara que volviera a casa. Pero no fue así.

Sí, espera. ¿Ha aparecido Tareq?

Sí.

Grace concluyó con una orden:

Mantenme informada.

Ambra volvió a dejar el teléfono. La frustración hizo que empezara a tamborilear con los dedos sobre la mesa. Además, había bebido demasiado café y se sentía alterada y molesta. Miró de nuevo hacia el mostrador donde estaba la caja. Los bomberos habían desaparecido. Había un hombre de pie que estaba pagando un café. Llevaba un grueso anorak desabrochado, camisa de cuadros y una camiseta debajo.

Ambra observó al hombre mientras se preguntaba qué hacer. Había algo en él que no conseguía identificar. Estaba de pie, solo y en silencio, grande como una montaña. Hombros anchos, pelo largo y además iba sin afeitar. Parecía un tipo duro, un ejemplar auténtico de hombre de Norrland; solo le faltaba la moto de nieve y el rifle. Ambra miró hacia otro lado. Nunca le había gustado ese tipo de machos fornidos.

El hombre se dirigió con la taza de café hacia la mesa donde ella estaba y, al pasar, pudo echarle otro rápido vistazo y leer lo que ponía en la camiseta que llevaba: FBI. Aguzó la vista y leyó el texto en letras más pequeñas que había debajo: FEMALE BODY INSPECTOR. ¿Inspector de cuerpos femeninos? «Repugnante», pensó. Puso cara de asco y no pudo evitar murmurar «bonita camiseta» cuando él pasó por su lado.

—¿Qué? —preguntó el hombre deteniéndose.

Tenía una voz apagada y ronca, y miró a Ambra como si ella acabara de surgir de la nada, como si estuviera inmerso en sus propios pensamientos y no fuera consciente de que se encontraba rodeado de personas.

Ella percibió una carencia total de sentido del humor en los ojos más oscuros que había visto en su vida. Todos sus sistemas de alarma se dispararon. El hombre tenía un aspecto espantoso.

—¿Has dicho algo? —insistió con mirada desafiante.

Tenía los ojos negros inyectados en sangre y la barba descuidada. Y, además, la camiseta con ese mensaje machista. Era solo una broma, lo sabía, pero había escrito muchos artículos sobre tráfico de personas, prostitución infantil y crímenes de honor. Sobre chicas jóvenes que eran tratadas como objetos o incluso peor. Sobre hombres comunes y corrientes que asesinaban por celos a sus novias o esposas, simplemente porque se creían dueños de ellas y de sus cuerpos. La camiseta era horrible, aunque se tratara de una broma. Pensó que tendría que disculparse, callarse o ignorarle.

—No tienes ninguna gracia, por si no lo sabías —dijo en cambio.

El hombre se quedó paralizado y ella se puso tensa. «Tranquilízate, Ambra. Parece peligroso.» El hombre la miraba como si no entendiera lo que ella acababa de decir. Un escalofrío recorrió el cuerpo de la joven al ver su mirada. Por un momento pareció que él iba a decir algo, pero luego se limitó a negar con la cabeza y siguió adelante.

Ambra se echó hacia atrás en el respaldo de la silla y notó que la sangre le volvía a circular en las venas. No se atrevió a darse la vuelta para mirarlo. Algo en sus ojos y en su pose le dijeron que era un hombre al que no convenía provocar. Se le erizó la piel de la nuca pensando que él se había sentado en algún lugar detrás de ella. Cómo odiaba esa ciudad.

4

Tom miró de reojo la espalda de la mujer que le había recriminado. Estaba tan absorto en sus pensamientos que no se enteró de lo que le había dicho, aunque percibió que estaba enfadada. Se había sentado de espaldas a la pared, con la mejor visión posible del local, y podía observarla desde atrás. Echó una rápida ojeada a la sala y luego volvió a mirar a la mujer. Lo único que podía distinguir entre las capas de ropa, la bufanda y el gorro eran unos rizos de cabello oscuro. Cuando ella le acusó de lo que fuera, él vio de forma automática su tez pálida, sus cejas oscuras y unos luminosos ojos verdes.

No era de allí, se le notaba tanto en la ropa como en su actitud y, de un modo más difícil de definir, en la postura y el modo de moverse. Los habitantes de Kiruna casi nunca tenían prisa y se movían a un ritmo totalmente distinto, no con ese ímpetu agresivo. Casi podía asegurar que se trataba de una chica de la capital con solo verla ahí sentada, escribiendo en el ordenador y controlando el teléfono todo el tiempo. De vez en cuando miraba a su alrededor mientras tomaba un sorbo de café. Lo hacía todo muy deprisa y parecía estar envuelta de una tensa energía.

Tom también bebió un sorbo de su taza. Preparaban un buen café en el Ferrum y le gustaba que el restaurante fuera tan grande. Después del cautiverio le resultaba difícil permanecer en sitios pequeños. El hotel era un punto de encuentro en el centro de Kiruna. Un lugar donde almorzar y tomar café durante el día y una barra de bar por la noche, así que tarde o temprano la mayoría de la gente del pueblo aparecía por allí.

Volvió a echar una ojeada. Evaluó el entorno de forma automática para saber quién estaba esperando a alguien y quién podría representar una amenaza. Lo hizo sin pensarlo siquiera. Estudió todos los rostros para descubrir si tenían intención de hacer daño o si podían ocultar armas en las manos, tanto hombres como mujeres.

Quedaban cuatro días para Navidad y había mucha gente. Entre semana se organizaban conferencias, y en ese momento había sobre todo turistas y gente de vacaciones. Kiruna era un sitio popular. Montaban en trineos tirados por perros, buscaban auroras boreales y esquiaban. O hacían excursiones nocturnas en motos de nieve sobre las aguas congeladas del río Torne y luego tomaban café junto al fuego. Las grandes empresas fabricantes de automóviles enviaban a su personal allí para probar nuevos modelos en condiciones invernales, y muchos anuncios de coches se habían grabado en el entorno de la localidad. Además, Esrange estaba muy cerca de allí, la estación espacial a la que acudían investigadores suecos y de otros países. Pero estaba seguro de que la mujer de cabello oscuro y ojos intensos no era ni conductora de pruebas ni investigadora espacial.

No podía evitar mirarla todo el tiempo, sin saber bien por qué. La actitud hostil y agresiva que ella había mostrado había penetrado de algún modo la niebla que lo rodeaba y ya no la podía ignorar. El movimiento de su espalda le indicaba que estaba tecleando en el ordenador. ¿Sería escritora? No, no solían estar furiosos, sino todo lo contrario. Los pocos escritores que conocía no hacían demasiado ruido, y por lo general se pasaban el tiempo soñando despiertos. En realidad, no debería molestarse, aunque no entendía bien qué podía haber hecho que ella se enfadara tanto. Le dio la sensación de que era algo dirigido directamente a él, como si se tratara de algo personal. Pero tenía buen ojo para las caras y estaba seguro de que no se habían visto antes.

Vio que volvía a mirar el teléfono y entonces se le ocurrió: periodista. No reportera local, sino de alguno de los periódicos de la capital. Todo encajaba. Pero ¿qué hacía allí? ¿Qué podía ser tan importante como para que una periodista de la capital viajara hasta allí pocos días antes de Navidad?

Estaba seguro de que ella era de Estocolmo. ¿Tal vez tenía parientes allí arriba y aprovechaba para compaginar las reuniones familiares y el trabajo? Los periodistas de Estocolmo a menudo tenían sus raíces en ciudades pequeñas. Tom lo sabía porque conoció a muchos durante los años en que los formó e instruyó en temas de seguridad. Siempre merodeaban un montón de reporteros en las zonas de conflicto y en la periferia de las guerras, como locos buscadores de sensaciones. Discutió con muchos de ellos; los periodistas siempre discutían. A él le irritaba que estuvieran tan convencidos de que eran los únicos que luchaban realmente por la democracia. Tergiversaron sus palabras cuando le entrevistaron. Les había visto desprestigiar a la gente para obtener altas cifras de lectores, distorsionar los hechos, manipular... No, no le gustaban los periodistas.

Tom bajó la mirada hacia la mesa. Todavía notaba las secuelas de la crisis de ansiedad que había sufrido esa mañana. Una de las peores que había tenido. Era incomprensible que le pasara así, sin ninguna lógica. Nunca sabía cuándo le iba a golpear la angustia, cuándo un sonido determinado haría que reaccionara de forma exagerada. Los petardos que los niños lanzaban a diestro y siniestro no mejoraban las cosas. Quedaba más de una semana para Año Nuevo y los petardos atronaban por todos los lados, a pesar de que estaban prohibidos.

Hace unos días se lanzó sin pensarlo contra un montón de nieve al oír que algo explotaba detrás de él. El corazón le empezó a latir con fuerza y se le nubló la vista. Hasta que se tranquilizó no se dio cuenta de que había intentado proteger con su cuerpo a un niño, que en ese momento estaba debajo de él, y que la madre, histérica, no paraba de golpearle en la espalda. El niño lloraba a gritos, la madre también gritaba, y él masculló una disculpa y se alejó rápidamente de allí.

La periodista se puso de pie. Estaba hablando por teléfono y aprovechaba la oportunidad para estirarse, aflojar la tensión del cuello y girar los hombros. Hizo un gesto, como si los movimientos le produjeran dolor. Vio que tenía las piernas largas, pero no pudo distinguir nada más de su cuerpo debajo de tanta ropa. No quería mirarla con detenimiento, así que solo fue algo que percibió, pero se dio cuenta de que vigilaba el ordenador como un halcón mientras hablaba.

Entonces todo cambió.

Tom olvidó a la periodista y todo lo demás.

Porque ella entró en el restaurante y él casi dejó de respirar.

Ellinor.

Cielo santo, era realmente ella.

¿Habría ido allí como hacía todo el mundo antes o después o tendría otros motivos? La verdad es que no tenía ni idea, el cerebro no le funcionaba como antes. A veces se preguntaba si estaría volviéndose loco. Pero estaba en Kiruna por Ellinor y esperaba que, a pesar de todo lo ocurrido, ella le siguiera necesitando y le echara de menos como él a ella.

Siguió sus movimientos mientras se dirigía a la caja. Era rubia y caminaba muy erguida. Sana y alegre, una chica deportiva a la que le encantaba esquiar y nadar, que amaba a los niños, a los animales y a todo el mundo al parecer, excepto a él, Tom Lexington.

Ella pidió y después estudió el local y a los clientes.

Tom permaneció sentado, inmóvil.

Se quedó helada cuando lo vio. Tom la observaba. Sus miradas se cruzaron. Todos los sonidos se desvanecieron y entre ellos se generó una especie de conexión. Tom contuvo la respiración, como si temiera moverse. «No te vayas, por favor», fue lo único que pensó.

Había cometido muchos errores respecto a Ellinor.

«Si te quedas, lo tomaré como una señal. Por favor, no te vayas. Dame otra oportunidad.»

Ella dudó.

Él siguió manteniendo la respiración mientras le invadían los recuerdos.

Conoció a Ellinor Bergman en Kiruna cuando tenía veintiún años. Ellinor tenía dieciocho, una melena rubia y una boca que casi siempre sonreía. Coincidieron en un bar. Ella estaba en una mesa con sus amigos y él en otra con los suyos.

—¿Vives aquí? —preguntó él cuando chocaron en la barra.

—Sí, ¿y tú?

—Entreno para ser oficial. Estoy haciendo las prácticas en mi antiguo batallón.

—¿Cazadores de montaña? —dijo ella sonriendo.

Tom asintió con la cabeza. Tal vez esperaba impresionarla, como les sucedía a la mayoría de las chicas cuando les decía que era cazador y oficial.

—Mi padre es militar —explicó ella.

—¿Y tú qué haces?

—Voy al instituto. Hoy cumplo dieciocho años. Lo estamos celebrando.

—Entonces tal vez pueda invitarte a una copa por tu cumpleaños —ofreció Tom con naturalidad.

Lo hizo.

Hablaron durante toda la noche. Ellinor, que había bebido un poco más de la cuenta, coqueteó con él. Tom le siguió el juego, aunque no le gustaba flirtear.

Aquella noche no se acostaron juntos. Él pronto se dio cuenta de que Ellinor era algo más que un ligue ocasional, así que decidió ir despacio. Además, ella aún vivía con sus padres. La cortejó durante semanas, la invitó al cine y a cenar. Se enamoró enseguida, no pudo evitarlo: era muy fácil llevarse bien con Ellinor. Alegre y positiva, desenfadada y de mente abierta. Una chica amable y sencilla. Y además muy guapa.

Aprovecharon una noche en que sus padres estaban de viaje para hacer el amor por primera vez. Ninguno de los dos era virgen. Estuvo bien y él supo que ella era La Correcta. Con Ellinor no había nada complicado. Cuando él tenía que estudiar, ella se mantenía ocupada por su cuenta sin ningún problema. Tenía muchos amigos, realizaba un montón de actividades y estaba llena de energía. Los estudios y la formación le obligaban a viajar por todo el país, pero iba a Kiruna siempre que podía para estar con ella.

—No quiero vivir aquí toda la vida —le confesó Ellinor cuando terminó el Bachillerato.

—¿Y dónde quieres vivir? —preguntó él, besándole la punta de la nariz.

—En Estocolmo. Contigo.

En cuanto Tom fue nombrado capitán, se fueron a vivir juntos a Estocolmo. Compraron un apartamento y se sentían adultos. Ellinor estudiaba en la universidad y hacía algún trabajo extra de vez en cuando. Tom trabajaba tanto que a veces pasaban varias semanas sin apenas verse.

Tenían sus momentos bajos, por supuesto, pero ¿qué pareja no los tiene? Llevaban cuatro años juntos cuando compraron los anillos de compromiso.

—Me queda muy bien —dijo ella cuando le puso el anillo en el dedo. Tom quería que estuvieran siempre juntos.

La vida siguió adelante. Ellinor consiguió trabajo como maestra en un colegio del centro de la ciudad, se recicló e hizo cursos de formación complementaria. Cambió de trabajo. Él seguía muy ocupado. Pasaron los años y, aparte del tiempo que él pasaba en operaciones secretas en el extranjero, eran como cualquier otra pareja estable de una gran ciudad. O al menos eso creía él.

Un día de junio del año anterior, Ellinor estaba de pie con la cabeza apoyada en el marco de la puerta de la cocina que acababan de renovar. Lo miró y suspiró.

—Tom, tenemos que hablar —dijo.

Al principio él apenas reaccionó ante ese tono tan poco habitual en ella; tenía la cabeza en otra parte.

—¿Podemos dejarlo para después? —preguntó, levantando la vista del periódico—. Tengo un montón de trabajo.

Ella se cruzó de brazos.

—Tú siempre tienes un montón de trabajo, pero yo quiero hablar. Ahora. —A él le pareció que ella estaba intentando tomar impulso y presintió el desastre—. He estado con otro hombre.

La noticia fue como una bofetada.

—¿Con quién? —preguntó él mientras luchaba contra la sensación de irrealidad.

—No importa.

—A mí me importa mucho. ¿Es serio?

—¿Que me haya acostado con otro? Sí, es bastante serio.

Y luego ella se echó a llorar. Tom se sintió hundido de repente.

Realmente tenía mucho trabajo. Su empresa, Lodestar Security Group, se estaba expandiendo en tiempo récord, estaban haciendo adquisiciones complejas y uno de sus clientes en Bagdad acababa de perder parte de su personal en un ataque suicida.

—No sé qué decir —reconoció impotente.

—¿No estás enfadado? ¿No sientes nada? ¿Algo?

—Te amo, Ellinor. ¿Qué más puedo decir?

Ella negó con la cabeza.

—Pues no digas nada, eso es lo que mejor se te da. Quiero terminar, Tom, ya no funciona.

—Pero ¿qué es lo que no funciona? Dímelo, por favor. Haré lo que sea.

—Aunque ya no importa.

No entendía cómo había ocurrido. Para él era como si surgiera de la nada. El sentimiento más intenso que tenía en ese momento era que no podía ser verdad.

—Sé que trabajo mucho.

—No solo se trata de eso. He tomado una decisión.

—Por favor, Ellinor. Supongo que podrás esperar a que terminemos de hablar.

—No sé si es una buena idea.

Sonó el teléfono de Tom. Llamaban de Irak.

—Tengo que contestar —dijo automáticamente.

Ella lo miró sin decir nada, solo lo dejó ir.

Trabajó sin descanso durante dos días. Ellinor le envió un mensaje para decirle que necesitaba pensar y que se iba a casa de sus padres. A los padres de Ellinor Tom les caía bien, y ellos a él, así que pensó que esa era una buena idea, que hablarían con ella. Pero esa fue la última vez que hablaron en varios meses. ¿Habría actuado él de forma distinta si hubiera sabido lo que iba a ocurrir?

Al día siguiente Tom recibió una llamada de su amigo David y se vio obligado a viajar al Chad, donde dirigió una operación armada: su helicóptero se estrelló en el desierto y Tom fue capturado. En casa creyeron que había muerto. El viaje que solo iba a durar unos días, y que iba a servir para distraerle de la crisis que atravesaban, lo cambió todo. Cuando regresó a Suecia en octubre, cuatro meses después, Ellinor ya había alquilado el apartamento que tenían, había vuelto a Kiruna y había seguido adelante.

Qué expresión más horrible.

«Seguir adelante.»

Mientras se miraban en el restaurante del hotel, él recordó que no se veían desde aquel día de junio, en la cocina.

Él la llamó cuando volvió a Suecia, después de que lo liberaran. Ellinor se alegró de saber que estaba vivo, pero él no quiso que fuera a visitarlo al hospital, y después ella no regresó a Estocolmo, sino que se limitó a decirle que era mejor que no se vieran.

Ellinor cogió su taza de té del mostrador y caminó hacia él despacio, con paso vacilante. Tom apenas se atrevía a respirar. Buscó en el rostro de ella un signo de... algo. Estaba como siempre. Que estuviera allí, que fuera hacia su mesa, que finalmente se vieran, debía de tener un significado.

Si le diera otra oportunidad él repararía todo lo que había arruinado, sería el hombre que ella quería, el que ella se merecía. Verla de nuevo... Tom casi contuvo la respiración.

Ella se acercó a la mesa, ladeó la cabeza y le miró el pecho.

—Vaya camiseta, Tom. No me esperaba eso de ti.

La vio fruncir el ceño. Al principio no entendió nada. Después miró hacia abajo. Vio que llevaba una camisa de cuadros que ni siquiera recordaba haberse puesto, y debajo una camiseta negra que había cogido sin mirar. Bajó la cabeza y leyó el texto en letras blancas de la que suponía era una de sus habituales camisetas negras. FBI en letras mayúsculas. FEMALE BODY INSPECTOR debajo.

Bueno, eso explicaba algunas cosas, tanto la mirada sorprendida de Ellinor como la de la airada periodista. Miró hacia la mesa, donde la vio absorta en su ordenador portátil.

—No es mía —se excusó, aunque sabía que no era de camisetas de lo que debían hablar—. La mujer que limpia en casa y me lava la ropa tiene un hijo que es un cerdo. Debe de ser suya. Su madre la habrá lavado con las mías.

Ellinor le observó.

—Te noto cansado —dijo al fin, de pie junto a la mesa.

Él quería que se sentara y se bebiera el té delante de él, como solía hacer, y que le dijera que había cambiado de idea, que no había seguido viviendo su vida.

Pero se quedó de pie, mirándole.

—Has adelgazado —añadió.

Tom se pasó la mano por la frente.

—Estoy bien —mintió.

—Bebes demasiado —siguió ella.

La miró. ¿Cómo podía saberlo?

Ella le dedicó una de esas suaves sonrisas que Tom tenía grabadas en la mente y que recordaba cuando sus captores lo torturaban.

—Aquí no puedes tener ningún secreto —se justificó ella encogiéndose de hombros a modo de disculpa—. Una de las chicas que trabajan en la licorería Systembolaget está en mi grupo de lectura. Me ha dicho que te ha visto comprar un montón de bebidas alcohólicas en varias ocasiones. Tú nunca tuviste problemas con el alcohol, ¿verdad?

—No —respondió él con gesto serio.

Pero eso fue antes de ser maltratado a diario durante meses por guardias que le odiaban a él y a todo lo que representaba. Cuando volvió a Suecia le prescribieron distintos medicamentos, pero en lugar de psicotrópicos prefirió el alcohol. Muy inteligente por su parte.

—No me llames por teléfono cuando te pones así —le pidió ella en voz baja.

Era vergonzoso que hubiera quedado reducido a un tipo que llamaba a su ex cuando estaba borracho.

—¿Qué ves en él?

Las palabras le salieron de repente y se arrepintió al instante.

Los hombros de ella se hundieron.

—Tom...

—Lo siento. ¿Puedes sentarte un momento?

Ella miró a su alrededor y luego se deslizó en una silla y dejó su taza de té sobre la mesa.

—Lo siento mucho. Sé que te sientes así por mi culpa.

—Tú no tienes la culpa.

«Al menos no toda la culpa», pensó.

—Ya sabes a lo que me refiero —repuso ella soplando el té.

—Pusiste fin a lo nuestro antes de que me marchara. No podías saber lo que iba a ocurrir.

—Creía que habías muerto. Fue lo que nos dijeron.

—¿Por eso viniste a vivir aquí?

—Sí.

—¿Cuánto tiempo llevabas con él antes de decírmelo?

«¿Días? ¿Semanas? ¿Meses?»

No tenía ni idea, pero ¿quería saberlo? Fue ella la que terminó; él se marchó, y mientras desfallecía en el Chad, ella construyó su nueva vida.

Ellinor deslizó el dedo por el borde de la taza.

—¿Qué importancia tiene?

—Supongo que ninguna.

—Lo siento. Lo último que pretendía era hacerte daño. Y fue terrible pensar que habías muerto. Sobre todo, después de...

Ella se detuvo y miró la taza de té.

—¿Después de que me rompieras el corazón? —terminó él, intentando sonar gracioso, lo que a buen seguro no logró.

—Lo siento —repitió Ellinor afligida—. Nunca fue mi intención. Pero hacía tiempo que las cosas iban mal entre nosotros, en eso debes de estar de acuerdo.

Tom no lo estaba en absoluto. Creía que todo iba bien, y se sintió como si le partiera un rayo cuando le dijo que se sentía desgraciada.

—¿Eres feliz con él?

Le parecía imposible. ¿Cómo podía ser feliz con otro?

—Sí, lo soy. Soy feliz con Nilas.

Nilas, ¿qué mierda de nombre era ese?

—La verdad es que no tienes buen aspecto. Quizá deberías hablar con alguien.

—Ya lo he hecho. Con un psicólogo.

El rostro de ella se iluminó.

—Qué bien. Me alegro de oírlo.

Él hizo una mueca. No le gustaban los psicólogos.

La primera crisis nerviosa se produjo pocos días después de volver al trabajo. Cuando regresó a Suecia lo hospitalizaron de inmediato. Estaba desnutrido y tenía varias infecciones. Se presentó en la oficina al día siguiente de ser dado de alta; lo único que quería era trabajar.

Llovía y las hojas estaban amarillas. Los dos primeros días fueron bien, pero al tercero tuvo que asistir a una reunión. Habían secuestrado a un empresario sueco en Pakistán y se discutía la posibilidad de encargarse del rescate, algo nada inusual, ya que ese tipo de solicitudes llegaban con frecuencia y formaban parte de su área de investigación. Estaban hablando de armas y de distintas estrategias cuando de repente sintió unas fuertes náuseas. Al principio pensó que había comido algo que le había sentado mal. Después, todo su cuerpo comenzó a temblar con violencia.

Nunca le había ocurrido algo parecido.

Al mismo tiempo empezó a sudar, y pensó que sería una ironía del destino que muriera de un infarto, después de haber sobrevivido a tantas cosas.

—¿Tom? —le llamó uno de sus colegas con gesto preocupado.

Oyó la pregunta como si no fuera con él.

Más tarde solo recordaría fragmentos de voces, conversaciones telefónicas y un viaje rápido en ambulancia al hospital. Un médico de urgencias muy estresado le hizo un electrocardiograma, le tomó muestras y lo auscultó.

—Es un ataque de pánico, nada grave —informó el facultativo antes de marcharse a toda prisa, probablemente para atender a un enfermo de verdad.

Ya que Lodestar tenía un seguro de salud privado muy caro, el jefe de Recursos Humanos insistió en que Tom visitara a un psicólogo.

—Estrés agudo, ataque de pánico y probable trastorno de estrés postraumático sin diagnosticar —determinó la psicóloga mirándolo por encima de las gafas de montura metálica.

—Nada grave —dijo él con una risa forzada.

—Yo diría que es bastante serio.

—Pero se pasará, ¿no?

—Depende —repuso ella sin dejar de mirarlo.

—¿De qué? —preguntó Tom.

—De ti mismo.

Muy propio de los psicólogos.

—¿Y qué tengo que hacer?

La psicóloga escribió algo en su bloc.

—¿Qué quieres? —preguntó, como si ella no pudiera dar consejos.

—Quiero curarme, creía que eso era obvio.

—Naturalmente, pero ¿qué piensas hacer cuando te sientas mejor? ¿Qué quieres tú?

Y Tom se sentó en el carísimo consultorio psicológico y supo que lo único que quería era volver con Ellinor.

La semana siguiente se tomó un descanso del trabajo, de Estocolmo, de todo, y se fue a Kiruna. Pero Ellinor era obstinada. No quería verlo, para ella no tenía ningún sentido.

Pero ahora estaba ahí, y eso debía de ser una señal. Tal vez solo se trataba de la crisis de los treinta años que llegaba con retraso, o de cualquier otra crisis; habían estado tanto tiempo juntos que no le reprochaba nada.

—Te echo de menos —dijo él.

Ellinor movió la cuchara más deprisa.

—Tom... —susurró mirando hacia otro lado mientras se mordía el labio.

—¿No puedes darme otra oportunidad?

Todo se arreglaría si conseguía que ella volviera, estaba seguro.

—Tengo que irme —anunció ella poniéndose de pie y abrazando el bolso.

Él le miró los dedos. Se había quitado el anillo. Por supuesto. Ella vio que se había dado cuenta.

—Cuando llegó la noticia de tu muerte tuve que revisar tus cosas. Nuestras cosas. Le envié el anillo a tu madre. Debió de ser terrible para ella creer que habías muerto. ¿Quieres que te devuelva el mío? Lo pagaste tú.

—No, es tuyo —repuso con voz ahogada.

Ella pareció dudar, como si no supiera cómo despedirse. «No te vayas», quiso decir él. «Quédate. No me dejes.»

—Cuídate —se despidió Ellinor.

La vio alejarse. Siguió sentado, desbordado por la energía que, a pesar de todo, había logrado reunir.

¿Qué podía a hacer?

Miró de reojo la mesa en la que estaba sentada la impetuosa periodista, pero al parecer se había ido mientras él hablaba con Ellinor. Tampoco estaba el ordenador; el único rastro de ella era una taza blanca con el borde ligeramente coloreado de lápiz de labios.

5

Ambra sacudió los pies para quitarse el frío y se quedó mirando un escaparate mientras pensaba. ¿Debería llamar a Grace y decirle que el trabajo tenía muy pocas probabilidades de salir adelante? Pero su jefa tendría otros diez reportajes en marcha y cientos de noticias nacionales e internacionales para leer y dar prioridad a cada minuto, por lo que para ella no sería demasiado importante el hecho de que hubiera una periodista más arriba del círculo polar Ártico que no podía localizar al objeto de una entrevista de escasa prioridad.

Echaba de menos Estocolmo y la redacción del periódico. Quería estar donde ocurrían las noticias, amaba el pulso y el ambiente del periódico y detestaba esta ciudad de mierda. ¿Y si ocurriera algo importante en ese mismo momento y se lo perdiera por no estar allí?

Hace unos años hizo reportajes importantes y escribió sobre cosas que marcaron la diferencia. Fue antes de que cambiaran al jefe de redacción. A partir de entonces todo empezó a ir mal. No se entendía con Dan Persson. Solo de pensarlo le daba dolor de estómago. Lo único que ella quería hacer era trabajar en *Aftonbladet*, así de simple. Sabía que daba la impresión de ser una persona segura de sí misma, pero en realidad no lo era. Ni quería ni podía perder el trabajo, porque ¿qué haría si no fuera periodista?

Exhaló vaho caliente sobre sus manos enguantadas para calentárselas mientras pasaba por delante de una tienda para turistas. Había muchas por allí que ofrecían excursiones en moto, recorridos para ver las auroras boreales, trineos de perros y pesca en el hielo. Se detuvo. El escaparate estaba lleno de adornos de Navidad típicos de Laponia, recuerdos y gorros de lana. Las cintas rojas de los paquetes transmitían el espíritu de las próximas fiestas. Se fijó en unos calentadores de orejas, uno de los accesorios más tontos del mundo, pero cuando era pequeña tenía tantas ganas de tener unos que casi no podía pensar en otra cosa. Y no los tuvo, por supuesto. Nunca tenía regalos de Navidad.

Dio la vuelta. Se había prometido no preocuparse por la proximidad de las fiestas, al fin y al cabo solo eran unos días que había que quitarse de encima. Sin embargo, conforme se acercaban sentía cómo llegaba arrastrándose la tristeza. Una niña de unos diez años caminaba junto a un hombre, probablemente su padre. Iban charlando. Él la llevaba cogida de la mano y la escuchaba, asentía con la cabeza, le acariciaba el cabello. Ambra tragó saliva y miró hacia otro lado.

Su teléfono sonó mientras cruzaba la calle con rapidez.

«Alabado sea Dios, ¡por fin!» Contestó la llamada a la vez que se ponía los auriculares.

—Hola, soy Elsa —oyó decir en el otro extremo.

—¡Hola! ¿Cómo estás? —preguntó Ambra.

—Bien, gracias.

Le pareció que Elsa se reía.

Ambra miró el reloj. Solo eran las cinco de la tarde.

—Me alegro de que llames. ¿Podemos vernos? ¿Ahora? ¿Mañana quizá?

—No, no, esta tarde no, tengo visita. Y mañana es la víspera de Nochebuena —respondió Elsa.

—Yo puedo ir mañana —le aseguró Ambra al instante, confiando en que Elsa no se fuera de viaje o tuviera treinta y seis parientes en casa—. ¿Te iría bien a ti?

—Por supuesto que sí.

—¿Podemos vernos en tu casa? Vendrá conmigo un fotógrafo, si no te importa.

Silencio.

—¿Elsa?

Elsa volvió a reírse. Ambra habría jurado que estaba borracha.

—Disculpa. Puedes venir con tu amigo si quieres.

Elsa le aseguró que serían bienvenidos y Ambra colgó, muy escéptica por el modo en que lo habían organizado. Se quitó uno de los auriculares e intentó pisar fuerte para hacer entrar a los pies en calor. Volvió a sonar el teléfono. Mierda, ¿habría cambiado de opinión? Pero no era Elsa.

Era Jill.

—¿Estás en el trabajo? —preguntó Jill en cuanto ella contestó.

—No, en Kiruna —respondió mientras observaba su reflejo en otro escaparate, con el teléfono en la mano y los auriculares en los oídos. A veces le parecía que lo único que hacía era hablar por teléfono—. ¿Y tú?

Jill era artista y estaba más de viaje que en casa.

—Estoy tan cansada que apenas recuerdo cómo se llama la ciudad. ¿Qué haces ahí? Creía que odiabas Kiruna.

—Odio casi todo.

—Es cierto. Yo también. ¿Va todo bien? ¿Estás segura de que no quieres un regalo de Navidad?

—Totalmente segura —respondió Ambra con decisión.

Jill ganaba a la semana más o menos lo mismo que Ambra en un año, así que resultaba un poco complicado regalarle algo cuando llegaba el momento. No era nada fácil tener de hermana de adopción a una de las cantantes con más éxito de Suecia.

—Tengo que salir enseguida al escenario —dijo Jill—. Después me invitará a cenar algún gobernador. Solo quería llamarte y saludarte antes. Preferiría evitar la cena, habrá canapés, champán, cinco platos y un montón de gente aburrida.

—Suena mejor que mi plan para esta noche.

—No creas, a la larga eso también se vuelve aburrido. Tengo que ensayar. No te mates a trabajar, besitos.

Eso era algo nuevo que Jill había incorporado. Ambra lo había visto también en su cuenta de Instagram. *Besitos.* Ella lo odiaba. Jill se movía en el extravagante mundo de los artistas, con unos extraños hábitos sociales que Ambra nunca entendió.

—Adiós —se despidió, poniendo fin a la conversación.

Miró hacia el cielo. Uno de sus recuerdos de la niñez era la intensidad con la que brillaban allí las estrellas. ¿Tendrían los astrónomos alguna vez conflictos parecidos a los que tenía ella en el periódico? Disputas por los favores del jefe, competencia por los mejores puestos, mensajes de enemigos anónimos en el correo electrónico. Claro que lo harían. El mundo académico era como un *reality show*. Al comienzo de su carrera escribió un reportaje sobre profesores que aceptaban sobornos para elevar las calificaciones de los estudiantes en una conocida universidad sueca. Después de eso recibió su primera amenaza de muerte. La tenía enmarcada encima de su escritorio. Podía parecer macabro, pero no tanto como amenazar a una joven periodista con la violación anal. En la descripción de las funciones de reportera no figuraba que casi todos los días la iban a llamar puta, zorra y traidora.

Decidió dar otra vuelta. Se estaba helando de frío, la verdad, pero necesitaba despejar la mente. La nieve crujió bajo sus pies cuando cruzó un paso de peatones. El aire era tan frío que brillaba bajo la luz de las farolas. En las calles olía a galletas de jengibre y a ponche navideño. Todos esos olores que formaban parte de las fiestas. «Pero pronto habrá terminado todo y quedará un año entero hasta la próxima Navidad», pensó.

Hundió las manos en los bolsillos. Dos hombres de mediana edad se encaminaban hacia ella gesticulando y hablando en voz alta, vestidos con pantalones de traje debajo de unos chaquetones de invierno llamativamente modernos. Continuaron su camino directos a ella. Ambra se hizo a un lado de la acera, pero ellos no se desviaron y siguieron ocupando todo el espacio, hasta que en un momento dado ella tuvo que bajarse a la calzada para que evitar que la arrollaran. Se volvió y los miró. Ellos siguieron como si fueran los dueños de la acera y del mundo. Con actitud altanera, se alejaron riendo y dándose golpecitos en la espalda. Una vez leyó un estudio sobre ese fenómeno, que decía que las mujeres solían apartarse cuando se cruzaban con alguien. Se preguntó si esos hombres serían de los que, cegados por su propio comportamiento y autosuficiencia, bromeaban en Facebook acerca de que la gente debería comprometerse en cuestiones importantes en lugar de en una imaginaria desigualdad.

Irritada, tiritó de frío dentro de su chaqueta demasiado delgada. Le pareció un despilfarro comprar una prenda que resistiera las temperaturas árticas, ya que no tenía intención de permanecer por estas latitudes nórdicas más de lo imprescindible, pero en ese momento se estaba helando. Debería volver, pero se quedó de pie, con la mirada fija incluso después de que los hombres desaparecieran. Tal vez se había congelado. «Mujer de veintiocho años congelada en Kiruna» era un buen titular.

Sacó la lengua y atrapó un copo de nieve. Sería mejor que volviera al hotel, se diera una ducha caliente y tal vez se permitiera el lujo de pagar por una copa de vino en el servicio de habitaciones. Después prepararía la entrevista con Elsa Svensson, anotaría algunas propuestas de artículos para la próxima reunión de la redacción, pondría en Twitter y en Instagram algo que valiera la pena y, en definitiva, lucharía un poco por su carrera.

Intentó animarse mentalmente mientras veía aparecer la fachada del hotel. Casi corrió hacia las escaleras. Un hombre salió del hotel en dirección a ella. ¿No era el que había visto en el restaurante, el de la camiseta sexista? Él parecía absorto en sí mismo y siguió su camino directo hacia ella. Ambra estuvo a punto de bajarse de la acera otra vez, pero siguió con obstinación por el centro. El hombre se le acercaba. ¿Le cedería el paso? No parecía que fuera a hacerlo. Tal vez era una tontería, pero Ambra siguió caminando en línea recta mientras se le aceleraba el pulso. Él no la veía. ¿Sería invisible? ¿Acaso era su responsabilidad no chocar con todos los que paseaban ese día por Kiruna? El hombre iba con la cabeza descubierta y no llevaba guantes. Sus pesadas botas crujían en la nieve. Le dio tiempo a ver que llevaba unos pantalones con esos bolsillos pegados a los lados. ¿Sería un trabajador de la construcción?

En ese momento chocaron.

No con demasiada fuerza, porque él miro hacia arriba en el último momento y tuvo tiempo de apartarse, pero como Ambra se negó a moverse un solo milímetro, se golpearon los brazos y los hombros y percibió un leve crujido. Ella se asustó un poco y casi le pareció sentir el calor a través de las capas de tela de sus respectivas chaquetas. Había sorpresa en sus ojos y tuvo la sensación de que la había reconocido. Después él murmuró algo que pudo ser «lo siento» y siguió adelante, pero para entonces ella ya había subido las escaleras y casi estaba dentro del hotel. Atravesó la puerta sin darse la vuelta.

Qué hombre más raro.

Y qué día tan horrible había tenido.

6

Jilliana Lopez se estiró sobre la cama de la suite del hotel. Llevaba aún la ropa que había lucido sobre el escenario, un ajustado vestido de lentejuelas, medias brillantes y ropa interior de licra muy apretada, pero se había quitado los botines y movía despacio los dedos de los pies. El vestido brillaba al menor movimiento. Había terminado con el «Ave María», su plato fuerte, que arrancó una atronadora ovación en pie de los casi cien invitados a la cena de Navidad. Había sido un buen espectáculo. Ahora notaba esa sensación especial en el cuerpo que siempre la embargaba después de un concierto. Agotada y excitada a la vez. Llena de impresiones, pero al mismo tiempo vacía de sentimientos. Además, estaba un poco ronca. Debía cuidarse las cuerdas vocales, ya que tenía la agenda completa para los dos próximos años.

Levantó las piernas y las miró con detenimiento. Las botas eran bonitas, pero muy estrechas y le dolían los dedos de los pies. Le dolía todo.

—¿Cuándo es la próxima vez que estoy libre? —le preguntó a Ludvig, su asistente, que se movía por la suite del hotel con pasos silenciosos y efectivos. Jill aguzó la vista para enfocarlo. Sin lentillas estaba casi ciega, pero incluso con ellas no veía del todo bien. Entornó los ojos un poco más. Ludvig era muy mono—. ¿Cuántos años tienes?

Parecía terriblemente joven.

—Diecinueve —respondió él, recolocándose un mechón de pelo

rubio detrás de la oreja que un instante después volvió a caer hacia delante.

Había repetido el mismo movimiento unas diez veces en el último minuto.

Ella nunca había tenido un asistente masculino, pero la compañía discográfica se lo envió y, para su sorpresa, todo fluyó. Diecinueve. Entonces era lícito desde el punto de vista técnico. Él volvió a colocarse el pelo detrás de la oreja. Los jóvenes solían ser muy enérgicos.

—Y supongo que quieres ser artista, ¿no? —siguió ella.

Pero renunció a la idea de seducirlo antes de terminar la pregunta. No se acostaba con la gente que trabajaba para ella. Todo se volvía un caos. «Ya he pasado por eso.»

—Toco en una banda —confirmó Ludvig, que acababa de recoger los botines rojos para llevarlos al armario.

No fue más específico y Jill tampoco se lo pidió. Trece de cada doce personas querían ser artistas. El mundo del espectáculo era terrible. Siempre había jóvenes recién llegados y hambrientos pisándote los talones. Y los otros, los que ya habían alcanzado cierto éxito, solo esperaban la oportunidad de clavarte un cuchillo por la espalda. Eso, mientras te abrazaban en la alfombra roja, por supuesto. Resopló. La licra le apretaba como una camisa de fuerza. Levantó una mano en el aire. La voz de Ambra en el teléfono sonaba apagada, pensó distraída mientras observaba sus largas uñas rojas de gel. En realidad, el rojo no le quedaba muy bien, a pesar de sus dramáticos tonos latinos. Había algo en ese rojo chillón que hacía que su propia escala de colores pareciera vulgar. Un poco provocativa incluso. Uf, detestaba parecer vulgar. Se las quitaría tan pronto como acabara las actuaciones de Navidad.

—¿Querías saber cuándo estarás libre? —La voz de Ludvig interrumpió sus pensamientos. Le gustaba que Ludvig controlara las cosas. Era una habilidad poco frecuente, especialmente entre los hombres jóvenes.

—Tienes dos conciertos en Nochebuena —continuó—, y luego hay un intervalo de unos días antes de que empiecen los de Año Nuevo. El primero es en Örebro. La SVT lo filmará en Skansen la noche de Fin de Año. Y después, por supuesto, empieza el Festival de Eurovisión.

«Ese circo maldito. ¿Conseguiré soportarlo un año más?», se preguntó.

—No he decidido aún lo que voy a hacer —apuntó Jill antes de volver a centrarse en sus pensamientos.

¿Por qué estaría Ambra tan triste? ¿Sería porque era Navidad o por otra cosa? Con su hermana nunca se sabía, y a ellas no se les daba muy bien hablar sin rodeos. A ninguna le gustaba esa época del año, pero la soportaban de distinta forma. Ella procuraba tener muchos conciertos y actuaciones, algo que hacía desde que se consagró como cantante en el programa *Idol*. Actuar, reír y avanzar no deja espacio para la tristeza. Pero Ambra tendía a deprimirse.

Jill miró a Ludvig, que sacudía una boa de plumas mientras tarareaba una melodía de Navidad. Cielo santo. Si ahora tenía diecinueve, debía tener unos siete años cuando triunfó en *Idol*. ¿Cómo podían haber pasado ya doce años? ¿Adónde había ido a parar el tiempo? Ludvig colocó un enorme ramo de rosas en un jarrón del hotel.

—No entiendo por qué la gente me regala flores —murmuró Jill, que nunca estaba más de veinticuatro horas en el mismo sitio, a veces menos—. ¿Creerán que me las llevo? Deberían darme dinero en vez de flores.

Una vez se le ocurrió decir en una entrevista que le encantaban las rosas amarillas. Fue una declaración sin sentido de las que a veces hacía, tal vez para algún patrocinador, tal vez porque en ese momento le pareció bien, no recordaba el motivo. Ahora siempre recibía rosas amarillas. Las odiaba.

—A mí me parecen bonitas —dijo Ludvig.

—Súbelas a Instagram y luego te las puedes llevar. O dáselas a alguien del hotel, no me importa.

Descansaría cinco minutos más y después se pondría en marcha y se cambiaría de ropa. Era increíble lo agotada que estaba. ¿Sería normal estar tan cansada? ¿Se estaría haciendo vieja? Cerró los ojos para evitar el pánico. Llevaba haciendo el mismo espectáculo de Navidad desde finales de octubre. Empezó la gira por Ystad, Malmö y Helsingborg, siguió por las provincias y terminaría en el norte del país. No era raro que estuviera cansada. No era vieja.

Se puso boca abajo, apretó la barbilla contra el pecho y estiró el cuello. Le picaba el cuero cabelludo. Llevaba tanta laca, espuma y brillantina en el pelo que al tocarlo parecía plastilina.

Se estiró y cogió el teléfono, se hizo una foto y la subió a Instagram. Ella misma se encargaba de casi todo, sabía bien lo que les gustaba a sus seguidores y empezó a escribir en inglés mucho antes de que se le ocurriera a la discográfica. En cuanto lo hizo, la cuenta creció como la espuma y en la actualidad tenía cerca de dos millones de seguidores, lo que no era mucho a nivel internacional, pero no hacía más que crecer.

«Necesito un éxito en inglés», reflexionó mientras los *likes* empezaban a llegar a raudales. Y debería subir una imagen en movimiento, los fans se volvían locos por ese material.

La mayoría de sus seguidores eran incondicionales, pero enseguida aparecieron los primeros mensajes de sus detractores. No quería leerlos, pero no lo pudo evitar.

Tienes unos labios horribles.

Parece que has engordado.

Qué fea eres.

Le mostró el teléfono a Ludvig.

—A veces me pregunto qué tornillo le falta a esa gente.

—Sabes que la mayoría te quiere —replicó su asistente.

Ella siguió leyendo, era como un veneno.

—Nunca tienen suficiente —masculló.

Algunas de las personas que la odiaban eran viejos conocidos. Se preguntó qué se escondía detrás de sus desagradables comentarios. La mayor parte de los troles de la red usaban seudónimos masculinos, pero eso no significaba nada. Tenía cuentas bloqueadas, por supuesto. Bloqueaba las peores, pero aparecían nuevas continuamente. En pocos minutos ya tenía varios cientos de *li-*

kes. La mayoría de los mensajes eran amables, pero le quedaba una sensación desagradable, una especie de suciedad que no podía limpiar. Aunque sabía que la culpa era suya por leerlos.

—A veces me planteo eliminar todas mis cuentas de las redes sociales —comentó, bromeando solo a medias. Debería centrarse en escribir nuevo material en lugar de sentirse mal por bajezas anónimas que le robaban energía.

—No les permitas ganar. Sabes que tienes un montón de fans que te adoran.

«O al menos a la persona que ellos creen que soy», pensó Jill con dureza.

Por lo general estaba satisfecha con su vida. Quizá no fuera feliz, pero solo los imbéciles lo eran. Había luchado durante muchos años para llegar hasta allí. Sabía que el precio era la soledad, y de vez en cuando el odio, y la mayoría de las veces estaba dispuesta a pagarlo. Pero en ocasiones la embargaba una especie de nostalgia que no acababa de comprender. ¿Quién era ella para sentir nostalgia, si lo tenía todo? Apagó la pantalla y guardó el teléfono. El mejor modo de manejar los problemas era ignorarlos.

—¿Puedes subir a Instagram algo más del concierto? —le pidió a Ludvig.

—Por supuesto. ¿Quieres darle el visto bueno antes?

Ella negó con la cabeza.

—¿Qué zapatos te vas a poner para la cena? —preguntó Ludvig con un par de Manolo Blahnik de doce centímetros en la mano.

Jill dudó. Eran bonitos, pero tenía los pies destrozados. Y la ropa de escena le apretaba tanto que parecía que estuviera a punto de estallar. Tenía que cuidarse con la comida durante un tiempo. El gasto de calorías no aumentaba al mismo ritmo que los años. Lo único que quería era quedarse en la habitación, beber chocolate caliente y comer sándwiches de queso. Oh, Dios, podría matar por eso. ¿Cuándo fue la última vez que comió queso? ¿Nata? ¿Chocolate? Apenas comía, entrenaba a diario y, sin embargo, pesaba más ahora que el año pasado por esa misma época. Habían tenido que sacarle medio centímetro al vestido. Uf. ¿Estaba envejeciendo y engordando a la vez? Gorda no la querría nadie. La harían pedazos.

—Me pondré esos —afirmó, señalando con decisión los zapatos de Manolo Blahnik.

Y el vestido rosa Diane von Furstenberg. Si llevaba esa ropa interior tan apretada, funcionaría. Eso era justo lo que necesitaba para recuperar el buen humor.

Sentirse atractiva. Flirtear. Deslumbrar.

Decidió que solo tomaría dos bocados de cada plato, como mucho, y se dedicaría a darle vueltas en el plato al resto de la comida mientras comentaba lo rico que estaba y lo llena que se sentía. Una estrategia clásica. Como una anoréxica, pero funcionaba. Bocados pequeños y nada de postre. Se permitiría una copa de vino. Una grande, pero de vino blanco, que tiene menos calorías. Podía decir que no le gustaba el tinto. Buen plan.

Volvió a sentir la energía. No había nada mejor que tumbarse en la suite de un hotel y deprimirse un rato. Había que elegir la alegría, vivir el momento y algún otro mantra que no recordaba. ¿Quererse a sí misma? ¿Apuntar alto?

Se levantó de la cama, fue a la mesa y cogió un cepillo.

—¿A cuántos kilómetros estamos de Kiruna?

Empezó a cepillarse la laca del pelo. Era pésima en geografía, y en el resto de las asignaturas. En la escuela suspendía en casi todo y ni siquiera se molestó en intentar estudiar secundaria. Lo único que sabía hacer era cantar.

—Estará a un par de horas en coche de aquí —respondió Ludvig.

¿Y si iba a Kiruna a saludar a su hermana?

Jill se dio la vuelta y esperó de pie mientras Ludvig le bajaba la cremallera del vestido de lentejuelas.

Se pondría muy elegante, zapatos de tacón, se pintaría los labios y se entregaría. Porque si había algo que a Jill Lopez se le daba bien era entregarse. Después pensaría en Ambra.

—Y cuelga en Instagram que me he vuelto alérgica a las rosas. Sobre todo, a las amarillas.

7

Tom volvió a pensar en la mujer que se había enfadado tanto mientras se dirigía a su coche.

Una vez más iba tan absorto en sus pensamientos que no la vio hasta que estuvieron a punto de chocar en la acera. Le rozó el brazo y pudo vislumbrar un par de cejas fruncidas y un rictus de enfado en la boca. Parecía cabreada, y se preguntó si la rabia sería su estado de ánimo habitual. Cuando se volvió, ella estaba a punto de cruzar la puerta de entrada, así que probablemente se alojaba en el hotel.

Había algo en ella que no acababa de entender, era como si la oyera a través de una burbuja. Estaba casi histérica y muy irascible, estaba claro que saltaba a la mínima, a no ser que fuera él el motivo de su irritación. Pero había algo más que no quería dejar pasar. Estaba seguro de que no la había visto antes. En su trabajo, reconocer un rostro en una milésima de segundo podía significar la diferencia entre la vida y la muerte, como ocurría con la mayoría de las cosas que hacía, pero a pesar de que era una completa desconocida, había algo vagamente familiar en ella. Le molestaba no recordar qué era.

Se apartó deprisa para dejar pasar a una señora joven que empujaba un trineo y giró en la calle siguiente, donde había aparcado el coche. Había estado un buen rato sentado en el restaurante, pasando las hojas de los periódicos sin poder leerlas y mirando por la ventana. No sabía cuánto tiempo había transcurrido. Eso tampoco era propio de él; solía tener un control exacto del tiempo. No se reconocía. Pero ver a Ellinor había sido como... No lo podía explicar, ni siquiera a sí mismo.

Nunca se le dio bien poner palabras a las emociones complicadas, solía ser más bien práctico a la hora de solucionar los problemas. Que le dieran una ametralladora que ensamblar o un edificio que asaltar; ese tipo de retos los manejaba a la perfección. Pero lo de Ellinor... Para ser sincero, no sabía cómo iba a seguir adelante a partir de ese momento, ya no podía pensar con lógica. Estaba sometido a unas impredecibles crisis de ansiedad.

Y eso le asustaba.

Se había sentido mal antes, por supuesto. Nadie que se hubiera pasado los últimos años haciendo lo que él hacía se libraba de las cicatrices internas, pero nunca fue nada que no pudiera remediar una noche de copas con los colegas. Ellos lo llamaban el «Interrogatorio Europeo», y consistía en salir, hablar con gente que había tenido experiencias similares y beber grandes cantidades de cerveza. Luego te sentías mejor.

Pero en esta ocasión no fue así. Se sentía casi peor que al llegar. Entonces tenía esperanza, pero todas las semanas que llevaba en Kiruna no le habían servido para nada.

Estaba acostumbrado a ser competente y activo, era capaz de hacer cosas que pocas personas del mundo podían resolver. Sin embargo, no podía conseguir que Ellinor volviera.

Tom miró a su alrededor un tanto desorientado, encontró su coche y lo abrió con el mando a distancia. Tenía la costumbre de desconectar las luces para que no se encendieran e hicieran de él un objetivo en la oscuridad. Era excesivo, pero llevaba grabadas a fuego las medidas de precaución.

Se sentó y puso las manos en el volante helado. El miedo paralizante a no ser capaz de solucionar esto, a estar por primera vez en su vida adulta ante un problema que no iba a poder arreglar a base de tenacidad, astucia o con violencia pura y dura, amenazaba con dominarlo. Tenía los brazos débiles, las piernas flojas y notaba el sabor de la sangre en la boca. ¿De dónde venía? ¿O solo era fruto de su imaginación?

En el Chad a veces perdía el contacto con la realidad. Lo torturaban de un modo terrible, amenazaban con ejecutarlo, le decían que iba a morir, le apuntaban con fusiles de asalto en el pecho y en la cabeza. Le obligaban a ponerse de rodillas. Nadie podía imaginar lo que llegó a sentir, hasta que al final casi deseaba la muerte. Pero, a la vez, quería vivir a cualquier precio.

Le había contado algunas cosas a la psicóloga. Solo una parte, por supuesto, pero era más de lo que le había dicho a nadie en mucho tiempo. Cómo disfrutaban los carceleros al ver su impotencia, cómo lo golpeaban, le pateaban y le interrogaban durante horas y horas. Cómo perdió el control de su propio cuerpo. Cómo se preocupaba por los que se habían quedado aquí, en casa. La psicóloga le escuchó con gesto serio y mirada tranquila, aunque él solo fue capaz de hablar de lo más superficial. Estaba demasiado acostumbrado a aguantar y a guardar silencio. No estaba seguro de si protegía a la psicóloga o a sí mismo al no entrar en detalles. Era lo que solía hacer, protegía a la gente guardándoselo todo. Ellinor nunca le preguntó y él tampoco le dijo nada. ¿Habría hecho mal? Siempre pensó que era fuerte; no invencible, por supuesto, pero casi. ¿Se habría guardado algo dentro que ahora le estaba aniquilando?

Sintió de repente una fuerte presión en el pecho que le obligó a apoyar la frente en el volante. Aspiró el olor a cuero del coche nuevo e intentó tranquilizarse, pero no pudo. Los pensamientos giraban en su cabeza y perdió el control de la respiración profunda que intentaba realizar para estabilizarse. Respiraba cada vez más deprisa, como si le faltara el aire. Su cuerpo se tensó y el corazón se le aceleró cada vez más, como si quisiera atravesarle las costillas.

«Ahora no», pensó con desesperación. «Otra vez no». Era como si el asiento del coche vibrara debajo de él y le transmitiera los temblores.

Intentó recordar lo que le había enseñado la psicóloga. Ella le había explicado lo que ocurre en el cuerpo cuando se produce un ataque. En ese momento le fue muy útil saberlo. Intentó concentrarse.

—Es ansiedad, Tom. Es desagradable, pero uno no se vuelve loco por la ansiedad, ni tampoco se muere, solo se siente así. Intenta aguantar. Segundo a segundo.

Lo intentó.

Lo intentó de verdad. Sudaba copiosamente. Aferró el volante con las manos, la visión de túnel se agudizó. No estaba mejorando, sino empeorando; era uno de los peores ataques de pánico que había tenido en mucho tiempo. «Un siete en una escala del uno al diez», pensó con la visión cada vez más borrosa mientras un órgano tras otro —pulmones, corazón, sangre y músculos— mostraban señales de ansiedad. «Más bien un ocho.»

—En el punto cero no hay ansiedad —le explicó la psicóloga—, y el diez es insoportable. Un dos lo podemos soportar la mayoría de nosotros sin problemas.

Tom empezó a perder el control de su actividad mental. Todo el sistema luchaba contra el instinto de huir o pelear. Tenía los hombros en tensión y sacudía todo el cuerpo. Ahora era un nueve. No veía bien. Se agarró al volante con tanta fuerza que los nudillos se le pusieron blancos. ¿Se estaba muriendo? Al menos eso era lo que sentía.

—Es una reacción biológica normal. —Recordó las palabras de la psicóloga—. Lo que ocurre es que llega sin avisar, y por eso da tanto miedo. Debes enseñarle a tu cuerpo a que no actúe en esos momentos. Lo mejor es que te muevas, eso hace que disminuyan algunas de las sustancias químicas que se están produciendo durante la crisis de ansiedad.

Tenía que moverse, pensó como en medio de una neblina. Su cuerpo rebosaba adrenalina y noradrenalina, que se bombeaba hacia el torrente sanguíneo. Pero no se atrevió a levantarse, solo pudo quedarse sentado e intentar sobrevivir. Segundo a segundo. Durante su período de formación había ido mucho más allá de lo que cualquier persona normal sería capaz. El objetivo de los cursos a los que había asistido era derrotar a los soldados enemigos a través de una presión física y mental extrema. No les permitían dormir, les obligaban a sumergirse en agua a siete grados de temperatura, les presionaban hasta que se desmayaban. Había soldados de élite que se derrumbaban y lloraban, que eran humillados un día tras otro; se burlaban de ellos y les perseguían. Él lo superó todo. Sin embargo, esos ataques hicieron mella en él de un modo totalmente distinto.

Poco a poco los músculos se aflojaron, desapareció la tensión y fue reemplazada por un sentimiento amargo de derrota. Parecía que iba disminuyendo, o al menos había dejado de aumentar.

Volvió la visión y desapareció el hormigueo. Podía mover los dedos y casi respirar con normalidad. Un siete. Luego un seis.

Gracias a Dios.

Un cinco.

«Unas pocas respiraciones más y luego pondré el coche en marcha», pensó.

Estaba mejor. Podía bajar los hombros y veía bien.

Arrancó el Volvo y miró el espejo retrovisor. Puso el intermitente a la izquierda antes de salir, aunque la calle estaba desierta, y dejó atrás Kiruna.

El termómetro marcaba veintidós grados bajo cero en el exterior y siguió bajando mientras se dirigía hacia el bosque. Sabía que la ansiedad había pasado, pero durante cada ataque temía que eso no ocurriera y se volviera loco.

Al llegar a casa aparcó el coche en el garaje, hizo su ronda por los alrededores, revisó las cerraduras y las ventanas de todos los cobertizos y luego se hundió en el sofá, completamente agotado.

No tenía fuerza ni para encender la chimenea. El estómago le rugía. Había aprendido que los ataques de ansiedad le quitaban mucha energía. Había ido a Kiruna a hacer la compra y después se le olvidó por completo.

Desde el sofá miró a través de las ventanas panorámicas. Eran grandes y poco prácticas allí arriba, con esos inviernos tan fríos. Pero era una casa cara, construida por un multimillonario megalómano, y la vista del bosque y las amplias extensiones cubiertas de nieve eran magníficas tanto de día como de noche. La luna estaba alta y le pareció distinguir una liebre blanca como la nieve antes de dejar caer la cabeza hacia atrás. Los párpados le pesaban una tonelada. Estaba agotado.

Las Fuerzas Armadas y la unidad de Fuerzas Especiales le habían entrenado para no darse nunca por vencido. Había trabajado en los peores lugares del mundo, había dirigido operaciones secretas en Somalia, fue escolta en Irak y guio un convoy a través de Afganistán. Había estado en situaciones desesperadas y había logrado superarlas una y otra vez, sin pensar nunca en rendirse. Siempre se consideraba demasiado obstinado, demasiado experimentado, demasiado estúpido para darse por vencido. A lo largo de los años había visto hundirse a otros colegas, pero nunca pensó que le podía ocurrir a él. Ni siquiera imaginó que podía tener un límite, porque él siempre era el que más podía y el que más resistía.

Pero ahora estaba ahí sentado. La nieve brillaba en mil tonalidades de blanco, plata y azul a la luz de las estrellas, y pensó que tal vez habría sido mejor para todos que hubiera muerto en África.

8

«No se puede saber de antemano cómo va a salir una entrevista», pensó Ambra, sentada enfrente de Elsa Svensson con un cojín de ganchillo en la espalda. Elsa tenía el pelo blanco y encrespado y los ojos de color marrón oscuro. Le recordaba a una de esas hadas buenas de Disney, pero eso tampoco significaba nada de antemano. Damas de aspecto bondadoso podían ser asesinas psicópatas. No sucedía a menudo, pero sucedía.

Ambra entrevistó una vez a una mujer de mediana edad que coleccionaba hueveras. Le contó con voz suave que, harta de que su marido le fuera infiel continuamente, un día lo ató a una silla de la cocina y lo torturó con la plancha, un destornillador y agua hirviendo hasta que por fin lo estranguló con una cuerda de tender la ropa. Después, logró meterlo en el congelador en el garaje.

Así que nunca se sabía.

Ambra garabateaba en su cuaderno y esperaba mientras Tareq le hacía fotos a Elsa, que posaba obediente.

Tareq miró las fotos en la cámara y luego le hizo un gesto para que supiera que ya tenía suficientes.

—Tengo que continuar —se disculpó.

Mientras Tareq se despedía, Elsa cogió un chal color turquesa del sofá y se lo puso por los hombros.

—Voy a por un poco de café —anunció, y entró en la cocina.

Ella se quedó en la sala de estar. Lo más probable era que hubiera ido allí para nada. Eso era lo más habitual, que no saliera nada.

Elsa no parecía tonta y Grace tal vez tenía razón, tal vez hubiera una historia allí, pero le parecía una posibilidad muy remota. Miró a su alrededor. El apartamento de Elsa no le transmitía nada especial. Manteles de ganchillo y muebles de pino amarillentos, como en todas las casas de jubilados que había visitado en algún momento. Jacintos de color rosa a juego con las macetas de cobre. Pulcros volantes en las cortinas y un ambiente acogedor.

Elsa nació en 1923. ¿Qué había visto y vivido una mujer como ella? Guerras, períodos de paz, la lucha de las mujeres por la igualdad y todo lo demás. Y un hijo ilegítimo con un primer ministro que era conocido por sus escarceos amorosos. ¿Cuánto valdría eso para el periódico? ¿Un cuarto de página?

Ambra miró por la ventana. Elsa vivía en un piso alto; el sol estaba por debajo del horizonte, pero las montañas brillaban a lo lejos. Salía humo de la mina, los vagones de transporte de mineral circulaban con rapidez en todo momento. Recordaba esa mina. Estaba allí afuera, como un monstruo primigenio. Una vez la visitó con la escuela. Fue horrible viajar bajo tierra, los compañeros de clase se burlaban de ella y... Ambra sintió de repente que la invadían los recuerdos.

La vida en Kiruna era distinta a todo lo que había conocido antes. Estaba acostumbrada a cambiar de escuela y de clase, a marcharse de los sitios, a conocer nuevas personas y familias de acogida, pero esta era una ciudad muy fría y oscura. Y hablaban de un modo distinto, por lo que a ninguno de los compañeros de clase le interesaba una niña tímida de Estocolmo que vivía en casa de la familia Sventin, que eran severos y laestadianos, es decir, ultraconservadores.

—¿Por qué hablas de ese modo tan raro?

—¿No tienes padres? ¿No te querían?

Se pasaba los recreos sola mientras oía murmurar a los compañeros y deseaba irse de allí. Hasta que se puso enferma, muy enferma.

—Tienes que ir a la escuela —dijo Esaias Sventin mientras desayunaban y ella intentaba tragar las grumosas gachas de centeno, que era lo único que le habían servido. Por lo visto, comer mermelada era pecado. Como tantas otras cosas en casa de los Sventin.

—Me duele mucho el oído —respondió ella.

No quería quedarse en casa, odiaba esa fría casa de madera, pero se encontraba muy mal. Notaba punzadas en el oído y le dolía mucho.

—¿Cuál? —preguntó él directamente.

Ella se señaló el oído derecho. Llevaba varios días resfriada y tenía mucho frío. Solo quería volver a meterse en la cama. Estaba removiendo las gachas con desgana y el golpe le pilló totalmente desprevenida. Le dio justo encima de la oreja derecha y gritó de dolor. Los demás siguieron sentados en silencio. Rakel bajó la mirada hacia la mesa. Los hermanos se miraron a hurtadillas.

—¡Déjate de ñoñerías! —zanjó Esaias.

Esa mañana Ambra se desmayó en la escuela, se cayó al suelo y cuando se despertó los otros estaban de pie, mirándola. La enfermera de la escuela era amable y olía bien. Le hubiera gustado quedarse con ella para siempre.

—Tienes una infección en el oído y debes ir al médico —le dijo la enfermera mientras llamaba a casa de los Sventin. Como era de suponer, nadie tenía tiempo para ir a buscarla.

—¿Puedes ir sola? —preguntó la enfermera con gesto preocupado.

Ambra asintió con la cabeza, avergonzada de que nadie se preocupara por ella. Llegó a casa con paso tembloroso y les contó lo que le había dicho la enfermera, pero la familia Sventin creía en el castigo corporal y en la oración, no en los médicos, ni en los hospitales ni en los antibióticos.

—Es el modo que tiene Dios de mostrar que no estás limpia, que el diablo habita dentro de ti. Para sanar tienes que rezar —le explicó Esaias.

Al parecer Dios tenía otras cosas que hacer, porque Ambra cada vez estaba peor. Un día se le perforó el tímpano y empezó a supurarle pus.

—Tal vez deberíamos llevarla al hospital —propuso Rakel vacilante.

—Está en manos de Dios —respondió Esaias, poniendo fin a la discusión.

Ambra sobrevivió, aunque le quedó como secuela una pérdida parcial de audición en su oído derecho.

Y ahora estaba de nuevo en Kiruna. Al menos Dios tenía sentido del humor.

—¿Has probado alguna vez el queso de café? —preguntó Elsa. La anciana puso sobre la mesa los platos y las tazas que llevaba en una bandeja y abrió después un rollo de papel de aluminio. Ambra dudaba de que mucha gente de Estocolmo supiera lo que era el queso de café, pero ella sí lo conocía.

—Sí, me gusta mucho. Lo tomaré encantada.

—¿Todo va bien? —preguntó Elsa con mirada escrutadora.

—Por supuesto.

Elsa colocó una rebanada de queso blanco en un plato. Había quien lo cortaba en pequeños trozos y lo mezclaba con el café, de ahí el nombre, pero Elsa lo untó con una brillante mermelada de moras y se lo ofreció. El queso estaba delicioso, seco y áspero al morderlo. La mermelada le daba un toque agridulce.

—¿Te parece bien que empecemos? —preguntó Ambra, que dejó a un lado la cuchara.

Elsa asintió con la cabeza.

—¿Podrías comenzar por el principio? Tal vez me puedas contar cómo conociste al primer ministro. ¿Es cierto que tuviste hijos con él?

Elsa se bebió el café del plato con un terrón de azúcar entre los dientes, como se bebe en Norrland. Luego lo dejó sobre la mesa.

—¿Cuánto se publicará de todo de lo que hablemos?

Era la pregunta de siempre.

—Para ser sincera, he de decir que no depende de mí. Al final es mi redactor jefe el que decide. ¿Y si empiezas desde el principio?

—Entiendo. Sí, nos conocimos aquí, en Norrland. Vino a hacer un curso.

Ambra tomaba notas mientras Elsa hablaba. Enseguida supo que esa historia no era lo bastante interesante. Un antiguo primer ministro del que la mitad de los lectores ya ni siquiera recordaba su nombre. Un hijo ilegítimo nacido en unas circunstancias nada dramáticas y que después vivió una vida completamente normal.

—¿Qué hace tu hijo actualmente?

—Es graduado en Ciencias Sociales.

Hace solo dos o tres años habría bastado para un artículo en el periódico, pero no hoy en día. La gente pedía más sensacionalismo. Ambra se rascó la frente. ¿Sería suficiente al menos para una nota?

—¿Qué me puedes contar del primer ministro?

No quería defraudar a Grace. Tal vez pudiera verlo desde un ángulo más personal, encontrar algo que nadie sabía de él. Pero el hombre era conocido por sus deslices y a lo largo de los años habían aparecido varias amantes e hijos ilegítimos.

—Era como suelen ser los hombres. No duró mucho tiempo. Yo quería tener el niño y así fue.

Ambra decidió terminar. Probablemente pudiera ser un artículo corto si había pocas noticias y si Tareq había sacado alguna buena foto, pero de ningún modo merecía un viaje hasta allí. Bueno, eran cosas que pasaban, y al menos había probado el queso de café. Miró de reojo el recargado reloj de pared que había detrás de Elsa. ¿Le daría tiempo a coger un vuelo más temprano? No es que tuviera ninguna prisa por llegar a casa; la Navidad para ella solo eran tres días rojos y vacíos.

—¿Qué le ha hecho decidirse a contarlo ahora? —preguntó de modo distraído.

—Ya me lo han preguntado antes. Cada cierto tiempo un vecino llama por teléfono a algún periódico para intentar vender la noticia. Yo siempre me he negado, porque no creo que sea asunto de nadie.

Desde luego, Elsa tenía razón.

—Sin embargo, esta vez has dicho que sí. ¿Por qué? —preguntó Ambra.

La anciana la miró durante unos segundos.

—Por ti —dijo al fin.

—¿Por mí?

—Cuando dijeron que llamaban de *Aftonbladet* acepté, con la condición de que tú hicieras la entrevista.

Realmente era así, aunque creía que Grace lo exageraba.

—Agradezco mucho tu confianza —murmuró Ambra en tono cortés.

—Tú y yo nos hemos visto antes.

Ambra pensó un momento y luego negó con la cabeza. Si era así, no lo recordaba, pero conocía a mucha gente.

—¿Dónde?

—Aquí, en Kiruna. Yo ya vivía aquí cuando tú estabas con los Sventin y sé lo mal que te fue con ellos.

Ambra sintió que se le erizaba el vello de los brazos. No supo qué decir, pero le pareció que, después de una infancia desgraciada, una de las peores cosas que podían pasarte era que te dieras cuenta de que la gente sabía lo que ocurría y que nadie te había ayudado. Algunas heridas eran más difíciles de curar que otras.

El rostro de Elsa se arrugó.

—Intentamos ayudarte, pero Esaias ejercía una gran influencia sobre los que decidían. Escribí varias cartas y también llamé por teléfono, pero no conseguí nada. Lo siento mucho.

—Eso fue hace mucho tiempo —respondió Ambra, todavía conmovida.

Después de una infancia como la suya, preguntándose siempre por qué los adultos la traicionaban, por qué no la apoyaban ni creían en ella, no era casual que ahora como periodista luchara por los que no tenían voz. Más que un trabajo, era una misión.

—Me he preguntado muchas veces qué habría sido de ti, hasta que un día vi tu nombre en *Aftonbladet*. He seguido tu trayectoria profesional y tenía muchas ganas de verte, pero entiendo que pienses que estoy loca. —Ambra se echó hacia atrás en la silla e intentó asimilar la información—. Discúlpame si te he sorprendido. Voy a preparar más café. Espero que te tranquilices un poco mientras tanto.

Se puso de pie en cuanto Elsa se fue a la cocina. «Qué cambio», pensó. No sabía cómo reaccionar ante algo así. Se acercó a la estantería y miró los lomos de los libros. La anciana había dicho algo más en lo que también debería insistir, algo que debía explicar antes de concluir. En un aparador había un montón de álbumes de fotos y Ambra volvió a tener esa sensación de que la mujer había dicho algo sobre lo cual ella no había indagado lo suficiente.

Elsa volvió con el café y puso la bandeja sobre la mesa.

—Le estoy dando vueltas a una cosa —dijo Ambra con gesto pensativo.

—Tú dirás.

—Has dicho que el primer ministro vino aquí para hacer un curso y que os conocisteis allí. ¿De qué era el curso?

Elsa acarició los álbumes de fotos. Eran antiguos, grandes y tenían unos rebuscados adornos dorados.

—Vino un montón de gente —empezó a decir despacio—. La mayoría eran extranjeros. Hubo un momento en que ya no había plazas disponibles.

—¿Impartías tú el curso al que asistió el primer ministro?

—El primero sí. Después lo hicimos mi esposa y yo juntas.

Ambra tardó unos segundos en reaccionar.

—¿Has estado casada con una mujer?

Eso no figuraba en ninguna parte.

Elsa acarició de nuevo el álbum de fotos, en esta ocasión con tristeza.

—Éramos pareja de hecho, pero no pudimos casarnos hasta el año 2009, e incluso entonces el sacerdote intentó detenernos. Aquí arriba los conservadores son muy poderosos. Tuvimos que acudir a otra iglesia. Pero sí, estábamos casadas. Ingrid murió el verano pasado.

—Lo siento mucho.

—Gracias. Lo peor ya pasó. Ella era mayor que yo. Pasamos unos años estupendos. Sé que no le gustaría verme triste. Una noche esparcí sus cenizas por la plaza que hay ahí abajo —dijo sonriendo y Ambra pudo verla de repente como una mujer joven de pelo rubio y mirada traviesa—. Prefiero que no escribas nada sobre ello, si es posible.

Ambra asintió con la cabeza. Distraída, tomó un par de sorbos del café que le había servido.

—Lo prometo —respondió. Estaba pensando en prepararse para marcharse. Le gustaba Elsa y el hecho de que alguien se hubiera preocupado por ella, aunque en realidad eso no cambiaba las cosas.

—¿De qué era el curso? —continuó, volviendo al tema.

Tal vez el primer ministro estaba interesado en el cuidado de renos y asistió a un curso sobre la cría de estos animales. O tal vez le gustaba tallar cosas de corteza de abedul. Además de procrear hijos fuera del matrimonio, por supuesto.

Ambra comprobó que había apagado el ordenador.

—Eso fue en los años sesenta y entonces era más común —comentó Elsa.

La cremallera de la bolsa se atascó.

—¿Qué era más común? —preguntó Ambra sin levantar la vista.

—La experimentación sexual.

Ambra dejó de toquetear la bolsa. Quizá había oído mal.

—¿Era un curso de sexo?

Elsa ladeó la cabeza.

—Se puede decir que sí. De distintas clases de relaciones centradas en la intimidad. La gente venía aquí y se dejaba llevar.

—Parece que estás diciendo que vosotras dirigisteis una especie de campamento sexual. ¿Y el primer ministro asistió a uno?

Elsa agitó la mano con impaciencia, como si Ambra lo hubiera interpretado todo mal.

—No solo él, participaba mucha gente. Éramos bastante conocidas, aunque muy discretas, de eso sí que puedo presumir. Te voy a mostrar algo. Dame eso —pidió, señalando el álbum de fotos que estaba arriba.

Ambra se lo dio mientras intentaba procesar mentalmente lo que acababa de oír. ¿Talleres de sexo? ¿En Kiruna?

—Le prometí a Ingrid que no lo diría hasta que ella muriera. Era mucho más reservada que yo. Y en realidad no pensaba decir nada, pero tratándose de ti es todo muy distinto. A Ingrid no le hubiera importado. Estábamos muy preocupadas por ti.

Elsa se sentó en el sofá y abrió el álbum encima de sus rodillas. Ambra se sentó a su lado. Las fotos y los recortes se vislumbraban entre las suaves láminas de papel de seda. La anciana alisó las hojas con la mano.

—He de decir que en nuestros cursos Ingrid era bastante lanzada, lo que a mí me encantaba. Asistíamos las dos. Los años sesenta, ya sabes —comentó como si eso lo explicara todo.

Ambra se inclinó hacia delante y observó las fotos.

—Pero... ¿esta no eres tú? —preguntó con asombro.

Elsa sonrió y pasó la hoja.

—Y esta... ella. ¿No es así? ¿Y él? Ambra miró las fotos de rostros famosos en todo el mundo. Eran fotografías de verdad, la mayoría en blanco y negro, fotos cuadradas, antiguas. En varias de ellas se veía una versión más joven de Elsa. Gorro de piel de color claro y un elegante equipo de esquí.

—Hace mucho que nadie ve estas fotos. Formaban parte de nuestro pasado. Supongo que con el tiempo nos volvimos más púdicas.

Ambra pasó el dedo por una fotografía.

—¿Ellos han estado aquí?

Eran algunas de las personas más famosas del mundo a finales de los años cincuenta y principios de los sesenta. Presidentes, artistas, estrellas de cine.

—Ya lo creo —repuso Elsa, que señaló a un presidente americano conocido por su aspecto de actor. A su lado estaba una rubia que fue un icono en el mundo del cine—. Estuvieron aquí varias veces.

—¿En los talleres de sexo?

¿Sería verdad? Ambra miró las fotos con mucha atención. A pesar de su escepticismo, tuvo que reconocer que parecían auténticas, y distinguió varios puntos de referencia de la localidad.

—¿Cómo es que nadie ha escrito sobre esto?

—Éramos discretas hacia el exterior, y por aquí arriba la gente no cotillea. Muchos ganaron bastante dinero con esos visitantes.

No era inusual. Ingrid Bergman se refugió en su pueblo natal cuando volvió a Suecia. Y era legendario el respeto con el que siempre se trató al príncipe Daniel Westling y a la princesa heredera en su lugar de nacimiento, desde donde nunca han filtrado información a la prensa.

—Y en nuestro tiempo no había internet y esas cosas —añadió Elsa.

Ambra vaciló un momento. Era una buena historia, sin duda, pero implicaba pasar más tiempo en Kiruna y ella quería irse ya. Fingiría que no había pasado nada y volvería a casa. Nadie lo sabría.

Pero era demasiado buena. Era como marcar todas las casillas:

sexo fuera de lo normal, redes secretas y famosos reales. No faltaba nada. Empezó a pensar en titulares y resúmenes, en imágenes y ángulos.

—Elsa, ¿te parece bien que llame a mi jefa y le cuente esto?

—No lo sé.

—Tú no te comprometes a nada, pero a mí me gustaría saber más.

—Bueno, supongo que sí —accedió Elsa con cierta indecisión, aunque era todo lo que Ambra necesitaba.

—¿Puedo llamar desde la cocina?

—Sí, por supuesto. Mientras tanto limpiaré el polvo de los otros álbumes. Organizamos los cursos hasta comienzos de los setenta; hay más fotos, si quieres verlas.

Ambra sacó el teléfono y marcó el número de Grace mientras salía del cuarto de estar. Esperó impaciente hasta que Grace contestó.

—Es acerca de Elsa, de Kiruna, ¿lo recuerdas? —dijo.

—¿Qué? Mmm, sí, sí, claro —respondió Grace en un tono incierto que Ambra supuso que se debía a que tenía mil cosas en la cabeza.

—Es algo muy distinto de lo que creíamos. Tienes que oírlo.

Se lo explicó rápidamente.

—Es como mezclar porno de Norrland con éxtasis —concluyó.

—¿Hay fotos? ¿Tienes fotos?

Ambra sonrió al notar la excitación en la voz de su jefa. Sabía que le iba a gustar.

—Un montón.

—Tenemos que conseguir la exclusiva. Cómpralas. ¿Ha hablado con algún otro periódico? ¿Con el periódico local?

—Ninguno.

—Tienes que encargarte de que no lo haga. Habla con ella. Mierda, mañana es Nochebuena. ¿Crees que podrá? ¿Tienes que volver?

—Hablaré con ella. Me quedaré aquí todo lo que pueda.

—¿Cuál sería el enfoque? —preguntó Grace.

—*Aftonbladet* desvela escondite sexual en Kiruna.

Grace guardó silencio un momento.

—O también: Las fotos muestran orgías secretas. Intenta convencerla. Y tenemos que disponer de imágenes en movimiento. ¿Podéis filmar? Tareq debe de tener una cámara de vídeo. Si no es así le mandaremos una.

Se quedaron las dos en silencio.

—Buen trabajo —dijo Grace al fin, y Ambra notó que estaba satisfecha. Le hubiera gustado que no fuera tan importante para ella el hecho de que Grace estuviera contenta.

Cortó la llamada, envió rápidamente un mensaje a Tareq y volvió con Elsa.

9

Tom dejó su segunda cerveza en la barra. El bar del hotel Scandic Ferrum estaba casi desierto, lo que no era extraño. Era Nochebuena y nevaba copiosamente; las personas normales estaban en casa con su familia, mirando la tele, cenando e intercambiando regalos. Pensó que eso era lo que necesitaba, salir de casa y tomarse unas cervezas en un bar como si fuera un día cualquiera. Ya que había pasado casi todas sus Navidades de adulto trabajando, no esperaba sentir nada especial esa noche; solo era una noche más. En ese momento se preguntó si podía haber una sensación más patética que sentarse solo en el bar de un hotel casi vacío a las tres de la tarde antes de Nochebuena.

El camarero lo miraba de vez en cuando con curiosidad y luego, con gesto indiferente, seguía viendo la televisión del rincón.

Tom recorrió con la mirada la sala y las mesas. El estampado de la tela de los manteles mostraba distintos depredadores, encima de la barra del bar había una hilera de perdices de montaña disecadas y la iluminación de las mesas consistía en candelabros colgantes fabricados con cuernos de reno.

Y luego estaba ella, esa mujer que seguía allí, tecleando sin cesar en el ordenador. De vez en cuando hacía alguna anotación en el cuaderno que tenía al lado, junto a una taza de café que el camarero rellenaba de vez en cuando.

Tom se bebió la cerveza. Después de un rato dejó vagar su mirada otra vez. Ella parecía estar absorta en su trabajo, así que la observó un poco más. Llevaba una bufanda retorcida que le daba varias vueltas al cuello, un gorro calado hasta las cejas y un suéter de lana. De vez en cuando se rascaba la frente, cambiaba de postura y arrugaba la nariz. Había algo intenso en ella. Movimientos rápidos y un rostro que variaba de expresión cada pocos minutos. A veces murmuraba y sacudía la cabeza, como si estuviera inmersa en un diálogo acalorado a pesar de que estaba sola en la mesa, y después se volvía a lanzar sobre las teclas. Durante los cuarenta y cinco minutos que llevaba observándola no había levantado la vista ni una sola vez.

—¿Ha comido algo? —le preguntó Tom al camarero.

—¿Qué?

Tom señaló con la cabeza hacia la mujer.

—¿Cuándo fue la última vez que comió?

—Ni idea —respondió el camarero dándose la vuelta.

Hacia las cinco y media la mujer dejó de escribir y comenzó a toquetear el móvil. Tom pidió otra cerveza y reflexionó.

—¿Cómo va eso? —gritó al fin.

La mujer lo miró con gesto de sorpresa, como si acabara de darse cuenta de dónde se encontraba.

—¿Me hablas a mí? —gritó ella también.

—Somos los únicos que estamos aquí. ¿Estás trabajando?

Ella miró el ordenador y luego lo miró a él.

—¿Por qué lo preguntas?

«Buena pregunta.» Tom levantó su vaso de cerveza y la miró.

—Feliz Navidad.

Ella cogió su taza de café y la levantó un poco.

—Feliz Navidad —respondió con ironía.

Después dejó la taza sin llevársela a los labios y se disculpó con la mirada.

—Se ha terminado el café —gritó a modo de explicación.

Tom abrió la boca, pero el griterío empezaba a parecerle estúpido. Se levantó del taburete y se dirigió hacia ella, que lo miró con desconfianza al ver que se acercaba, se tiró de las mangas del suéter y se mordió el labio. Más que invitarlo, lo vigilaba.

—¿Molesto? —preguntó. Señaló con un gesto el ordenador y el resto de las cosas que ella tenía esparcidas por la mesa.

Ambra se encogió de hombros.

Su gesto antipático no le pasó por alto.

—¿Eres periodista?

—Así es.

—¿Qué escribes?

—Estoy terminando un artículo acerca de las camisetas sexistas de los hombres de Kiruna —respondió sin parpadear.

Él le dedicó una sonrisa burlona.

—¿En tres partes?

—Por lo menos.

Ella pareció relajarse un poco. La tensión alrededor de la boca se suavizó y bajó los hombros.

—Esa camiseta era... especial. Entiendo que reaccionaras así. Pero no era mía.

Ella lo miró con escepticismo.

—¿No era tuya del mismo modo que se dice «no tuve sexo con esa mujer»?

—No era mía del mismo modo que la camiseta pertenecía a otra persona y ya la he tirado —contestó en tono firme. A él también le pareció horrible cuando leyó lo que ponía—. Cien por cien verdadero —añadió, y levantó la mano como si jurara—. ¿Te hospedas en el hotel?

—Sí. —Se estiró, y la mirada de Tom recorrió rápidamente sus pechos bajo el suéter de lana.

—¿Es la primera vez que vienes a Kiruna?

—No. ¿Tú también vives aquí, en este hotel? —preguntó ella tras un breve silencio.

—No. Solo estoy esperando a que acabe la Navidad, pero aún quedan varias horas.

Ella asintió con la cabeza e hizo un movimiento para estirar el cuello.

—¿Rígida?

—Mucho. He perdido totalmente la noción del tiempo. Cielo santo, llevo un montón de tiempo aquí sentada, pero ya lo he enviado.

Se miraron. Él pensó que debería volver a la barra. No se conocían y ni siquiera estaba seguro de que simpatizaran, aunque era agradable hablar con alguien.

—He pedido que nos preparen algo para comer —dijo él cuando el silencio empezaba a resultar incómodo—. ¿Te apetece algo? Creo que tienen un menú de Navidad.

Ambra se apoyó en el respaldo de la silla, levantó la ceja y lo miró con cierta curiosidad. Él vio que tenía unos bonitos ojos rasgados y una mirada seria e indagadora que daba la impresión de haber visto la mayoría de las cosas de este mundo. Los tonos verdes de sus ojos le recordaban a un gato vagabundo y astuto.

—¿Pensaste que podíamos sentarnos juntos? —preguntó ella, como si él le hubiera propuesto algo fuera de lo normal y quisiera comprobar que lo había entendido. Pero acto seguido hizo un gesto señalando la silla que había enfrente—. Por supuesto. Me llamo Ambra.

—Tom —se presentó—. ¿Y bien? ¿Cómo va el reportaje sobre la camiseta?

Ella cerró el ordenador cuando él se sentó. Una mujer acostumbrada a ser cuidadosa con la información.

—Muy bien —respondió justo cuando apareció el camarero suspirando.

—Tomaré lo mismo que él, el menú de Navidad y una cerveza —pidió Ambra.

Se quitó el gorro y se pasó los dedos por el pelo castaño oscuro, con rizos brillantes. Cuando ordenó la melena percibió una ráfaga de algún tipo de champú o espray. Olía muy bien.

—¿Trabajas para un periódico? ¿O eres free lance?

Ella lo miró pensativa, como si estuviera meditando su respuesta.

—*Aftonbladet* —dijo al fin.

—Te apellidas Vinter, ¿verdad?

Había leído alguno de sus artículos, y después de oír el nombre estaba casi seguro.

—Sí —respondió con aire de superioridad, como la arrogante chica de ciudad que él suponía que era—. ¿Y tú? ¿Tienes algún apellido?

—Lexington. —La respuesta llegó a la vez que el camarero, que volvía para colocar las servilletas y los cubiertos encima de la mesa—. Entonces ¿vas a pasar la Navidad aquí?

—Se puede decir así. ¿Y qué me dices de ti? ¿Vives aquí arriba?

—Por el momento.

El camarero regresó con la comida. Dos platos con unas generosas raciones de arenques, patatas, salmón marinado y ahumado, pan crujiente y mantequilla.

—¿Queréis un chupito para acompañarlo? —preguntó con menos entusiasmo aún que antes.

Tom miró a Ambra, esperando su respuesta.

—Uno pequeño quizá —aceptó ella mientras miraba la comida con avidez—. Quiero celebrar que he terminado.

Tom asintió. Definitivamente era una de esas noches.

El camarero les sirvió el ambarino aguardiente de Norrland en dos vasos helados. Ambra lo probó con cuidado al principio y luego lo acabó de un trago. Tom hizo lo mismo y pidió dos más.

Una de esas noches, sin ninguna duda.

Empezaron a hincarle el diente a la comida. Ambra estaba hambrienta y devoraba todo lo que llegaba a la mesa. Después del tercer chupito de aguardiente frío, unas patatas gratinadas y otra ronda de cerveza, dejó los cubiertos y descansó un poco antes de coger un trozo de carne de reno ahumado que les pusieron como tercer plato. Sus mejillas se habían coloreado. Él la observó cuando se quitó la bufanda. Tenía los pechos pequeños, pero a él le gustaban todos, era pragmático en ese aspecto y le parecieron bonitos incluso bajo el jersey de lana, como ya había constatado.

—¿A qué se debe que estés aquí trabajando la víspera de Navidad? —preguntó, apartando la mirada de su cuerpo.

No era un mirón. Ambra bebió un sorbo de licor y dejó el vaso. El camarero hacía un rato que había dejado la botella de aguardiente en la mesa y Tom siguió llenando las copas una y otra vez. Ambra pasó el dedo índice por el borde de la copa y él siguió el movimiento. Tenía unos dedos bonitos, unos pechos bonitos, unos ojos bonitos. Estaba un poco borracho, no había duda.

—Estaba transcribiendo una entrevista, solo eso.

—¿En Nochebuena?

—No sé estar sin hacer nada —explicó ella haciendo un gesto de disculpa con los hombros.

—¿Adicta al trabajo?

Ella frunció el entrecejo como si estuviera analizando la pregunta.

—No lo sé, simplemente no tengo vida ni intereses. —Se le escapó una risa inoportuna.

Pensó que probablemente no era el único que estaba borracho, y cuando ella no se mostraba arisca ni se ponía a la defensiva, resultaba bastante agradable.

—¿No tienes familia? —preguntó.

Que no llevara anillo no tenía por qué significar nada. Habían estado charlando mientras comían. Acerca del tiempo (frío), del hotel (frío según ella, dentro de lo normal en Kiruna según él) y de la comida (los dos estaban más que satisfechos). Pero ella no le contó nada personal. Ni él tampoco. Eso era culpa de su naturaleza paranoica. A menudo tenía que elegir entre dos cosas, pensó mientras la miraba por encima del vaso de cerveza, o eras paranoico o estabas muerto. Se dio cuenta de que empezaba a perder el hilo.

—Tengo una hermana, pero está de viaje y nunca pasamos juntas las fiestas. ¿Y tú? ¿Qué haces aquí solo? —Se estiró para coger una galleta de jengibre, le puso encima una loncha de queso azul y se la metió en la boca.

—No he pasado las Navidades con mi familia desde que era un adolescente —respondió mientras hacía girar el vaso de chupito.

En ese momento se dio cuenta de que tendría que haber llamado a su madre. Y a sus hermanas. Los pensamientos daban vueltas en torno a Ellinor. Seguramente en ese momento ella estaría deslumbrante junto a Nilas, preparando los regalos de Navidad o acurrucados frente a la chimenea.

Ella terminó de masticar y cogió otra galleta.

—¿Viven aquí?

—¿Mi familia? No.

—¿Y tu novia?

Tom vaciló, pero luego negó con la cabeza.

—¿Y tú?

—No, yo tampoco tengo pareja.

El aire estaba cargado. Ella se enredó un mechón de pelo entre los dedos. A él siempre le gustaron las manos femeninas. Las de ella eran delgadas y pálidas. Empezó a imaginar lo que ella podía hacer con esas manos.

—¿De verdad eres de aquí? No tienes acento —preguntó.

Él intentó espabilarse.

—No. Pero hice aquí el servicio militar, hace unos cien años. Batallón de cazadores del ejército.

—¿Cazadores?

Tom vio que le miraba los brazos de reojo y tuvo que esforzarse para no tensar los bíceps. Había perdido mucha masa muscular, pero su forma física era todavía relativamente buena y a ella no parecía importarle. Se detuvo en sus ojos verdes. No solo era bonita, era muy bonita, como pudo comprobar.

—¿Cuándo? —preguntó ella, parpadeando despacio. Las pestañas proyectaron largas sombras en sus mejillas.

—Del noventa y siete al noventa y ocho. Y luego volví varias veces. Fui a la Escuela Superior de Oficiales y después hice aquí las prácticas.

—Vaya, ¿así que eres oficial? Tom Lexington, ¿estás todavía en el ejército? —inquirió con voz grave y sugerente.

—No.

—Entonces ¿en qué trabajas? —Sus ojos gatunos le observaron, los labios le brillaban húmedos por la cerveza que acababa de beber.

Tom pensó en las noches solitarias, en los ataques de pánico y en las sombrías perspectivas de futuro. Eso era lo difícil de conocer a alguien, el motivo de que hubiera evitado relacionarse con la gente cuando llegó. Los que eran como él preferían estar con sus iguales. ¿Cuánto le contaría de él? Ella era a fin de cuentas una reportera y trabajaba para uno de los periódicos más importantes de los países nórdicos, pero él hacía mucho tiempo que no se dedicaba a asuntos clasificados como secretos y, de todas formas, ni lo que hacía ni lo que había hecho era secreto de Estado.

Al menos no todo.

—En este momento estoy entre dos trabajos —respondió él en un tono vago.

Levantó la botella y le ofreció otra ronda. Estaba casi vacía. Ambra le acercó el vaso y Tom repartió el poco aguardiente que quedaba.

—¿Disfrutas en tu trabajo? ¿Es divertido?

Ella se echó hacia atrás en la silla y lo examinó a fondo, como si supiera exactamente lo que estaba haciendo: cambiar de tema. Ella se bebió el último sorbo de chupito. Fue entonces cuando cayó en la cuenta de lo que había en ella que le resultaba familiar y que se mantenía escondido en algún rincón de su memoria. No era en absoluto una chica de clase media corriente. Había visto antes a gente que tenía el mismo aspecto que ella, solo que no había hecho antes la conexión. Pero entonces lo supo.

Había conocido a un montón de niños de la calle en Asia, en Oriente Medio y recientemente en el Chad, donde llegó incluso a secuestrar a uno para obtener información. Eran niños que no confiaban en nadie, que estaban acostumbrados a luchar para sobrevivir, tanto mental como físicamente, cada uno de los segundos que permanecían despiertos, a analizar el entorno. Y los ojos de Ambra tenían esa misma mirada.

—Para mí, trabajar en *Aftonbladet* es lo mejor que conozco.

—¿Por qué?

—No hay nada mejor que estar «allí» cuando se escribe la historia, conseguir la mezcla perfecta de noticias y entretenimiento. Nunca he querido hacer otra cosa, ni trabajar en televisión ni en ninguna otra revista semanal.

—¿En ninguna?

—En ninguna.

Tom no pudo evitar sonreír al oír su tono apasionado. La entendía. Era lo que él sentía cuando trabajaba.

Estaba borracho, gratamente embotado y sin asomo de ansiedad. Permanecían allí sentados, aislados del resto de la humanidad; la nieve caía en el exterior y en alguna parte Ellinor celebraba la Navidad con Nilas, pero a él en ese momento le importaba menos que nunca. Si se centraba en Ambra y evitaba pensar en todo lo demás, era casi soportable. El alcohol también contribuía, por supuesto. Volvió recorrerla con la mirada. Mirarla también ayudaba.

Sus ojos le dijeron que se había dado cuenta de que le estaba mirando los pechos fijamente. Ya no recordaba de qué estaban hablando.

Sonó el teléfono de Ambra.

—Discúlpame, tengo que contestar. Es mi jefa.

Tom miró el reloj. Eran las ocho de la tarde de Nochebuena.

—Quédate, me iré yo —dijo.

Se levantó y se dio la vuelta en dirección a los servicios. Cuando volvió, Ambra había colgado y bebía cerveza directamente de la botella. Parecía una reportera curtida, con su cuerpo palpitante y su postura alerta, como si en cualquier momento fuera a saltar de la silla, agitar su credencial de periodista y empezar a poner contra la pared a políticos corruptos y gobernantes obstinados.

—¿Qué quería tu jefa?

—Solo verificar algo. Y saber cómo iban las cosas.

—¿Y cómo van las cosas?

Ella bebió un poco más.

—Odio la Navidad —respondió sin más.

Sí, ya se había dado cuenta.

—¿Qué te ha hecho la Navidad?

—No es la Navidad en sí misma. Odio todo lo relacionado con las celebraciones familiares. Navidad, puentes, vacaciones...

Al hablar se le formaba una arruga en el entrecejo. Tom se inclinó hacia delante para oírla mejor y vio que tenía unas pestañas largas y espesas y una preciosa boca. Sería agradable besarla. Y parecía suave, aunque ella lanzara sus preguntas y afirmaciones con dureza. Era consciente de que estaba achispado, la mesa estaba llena de botellas y de vez en cuando se le trababa la lengua al hablar. Pero no estaba borracho y hundido, sino satisfecho y con una agradable sensación de embriaguez. La vida no le pesaba en ese momento.

—Nunca había conocido a nadie que odiara las vacaciones —comentó mientras se daba cuenta de que también él se reconocía en eso y que prefería trabajar a tener días libres.

—Toda mi vida gira alrededor del trabajo —explicó. Se llevó la botella a la boca y él observó cómo sus labios envolvían el borde de cristal—. Ya te he dicho que no tengo vida —añadió antes de limpiarse la boca con el dorso de la mano.

—Excepto una hermana, ¿no?

—Es mi hermana pero fuimos adoptadas y nos conocimos cuando ya éramos adolescentes. ¿Y tú? ¿Por qué estás solo en Nochebuena?

—Ha surgido así, ya sabes —respondió, encogiéndose de hombros.

Ambra asintió con la cabeza. Sabía a qué se refería. Le observó furtivamente a través de las pestañas. Tom Lexington. De ningún modo esperaba estar sentada con un hombre y casi flirteando la tarde de Nochebuena. O, mejor dicho, flirteando abiertamente. Viajaba a menudo, en alguna ocasión había estado con un tipo de la localidad en un bar y, en contados casos (dos) acabaron en la cama. A veces era divertido tener compañía, pero ella no era muy dada a las relaciones sociales ni tenía ganas de hablar con todo el mundo que conocía. Además, no le interesaban demasiado los líos de una sola noche, no por cuestiones morales, sino porque le parecían muy tristes, y se había hecho a la idea de pasar la Nochebuena con su querido ordenador como única compañía.

Sin embargo, allí estaba, sentada con Tom Lexington, un excazador militar de Kiruna que al parecer no tenía con quien celebrar la Navidad.

No tenía mala pinta, siempre que te gustara el prototipo de macho corpulento, serio y bebedor de cerveza. Ojos negros, pelo y barba negros, ropa negra, negro y más negro. Era misterioso, pero no le importaba; resultaba casi agradable que hablara tan poco de sí mismo. Bebía mucho, bastante más que ella, que había bebido demasiado. Además, parecía estar un poco apagado. Los dos lo estaban pasando bien, algo con lo que no contaban, pero no le había oído reír ni una sola vez. Como mucho estiraba a veces los labios en lo que podría considerarse una sonrisa. Quizá la Navidad le ponía nostálgico. En ese caso, por los dioses que ella lo entendía. No respondía a la definición típica de un hombre guapo; era más bien atractivo de un modo extraño. A ella no le solían gustar los tipos silenciosos y duros, pero se sentía atraída por él. Tal vez fuera culpa de la cerveza y el aguardiente. Y porque no había nadie más allí. De todos modos, desprendía una fuerza que le daba aspecto de leñador.

—¿En qué piensas? —preguntó él.

—Cuando una mujer empieza a hablar con un extraño nunca sabes lo que va a pasar después.

A Tom le brillaron los ojos. A ella no le costaba imaginarse con él rodando en su cama en el piso de arriba, imaginar que esas manos le quitaban la ropa, que estaba debajo de él, que se besaban y hacían el amor, descubrir si era un amante torpe o decidido. Con ese cuerpo tan grande y esa mirada tan dura le habría resultado aterrador si no fuera porque su comportamiento no era grosero en absoluto.

Él la miraba de frente, quizá pensando que era discreto. No le molestó, algo raro en ella. Él intentó disimular, le echó un vistazo y luego se centró con rapidez en su rostro, asintiendo con la cabeza a lo que decía y formulando preguntas. Pero Ambra notaba sus miradas en todas las partes posibles de su cuerpo, las sentía en los lugares en los que le gustaría sentir sus dedos, su boca. Seguían los dos solos allí. Él parecía poseer los fundamentos de las habilidades sociales y ella estaba realmente borracha. Además, se había pasado dos horas escribiendo un artículo sobre orgías sexuales, y eso la había afectado.

—Ambra. Es un nombre poco común —dijo él mientras sus ojos negros se deslizaban por su jersey durante una milésima de segundo. Sintió un cosquilleo en el estómago.

—Creo que es italiano. Lo eligió mi madre. Tengo entendido que procede de un cuadro.

—¿Tu madre ha fallecido?

Ambra asintió. No quería hablar de ello en ese momento. No recordaba ninguna Navidad junto a sus padres, pero a veces le venía a la mente alguna imagen que podía estar relacionada con ellos. Un olor, una sensación de alegría y seguridad.

Tom hizo girar su copa. La iluminación del restaurante era tenue y Ambra llevaba un rato sin ver al camarero. Tal vez se había cansado de ellos y se había ido a casa, ya que llevaban mucho tiempo sentados. La luz de la vela que ardía sobre la mesa se reflejaba en los ojos de Tom. La primera vez que se vieron ella se asustó, tenía un miedo innato a los hombres agresivos, pero era tan tranquilo y parecía tan estable que el miedo había acabado cediendo.

Por su trabajo, había conocido a varios militares, y a muchos de ellos les gustaba hablar de su estabilidad mental, aunque luego resultaban ser unos ególatras que se ofendían con sorprendente facilidad. Pero Tom parecía sensato de verdad.

—¿Qué es lo mejor de tu trabajo? —preguntó él en voz baja.

—Llegar a la redacción. —A ella le encantaba su trabajo de reportera, escribir, hacer entrevistas, pero nada superaba la sensación de llegar a la redacción. Era como algo vivo, la gente allí era un poco más inteligente, más divertida, era uno de los mejores sitios del mundo—. Creo que es esa sensación de que todo es posible, que puede suceder cualquier cosa, que ese puede ser el día en que escribamos la historia. Es difícil de explicar.

—¿Y lo peor?

—Que no todo el mundo te aprecia. No tengo nada en contra de las opiniones objetivas, pero se puede decir que recibo una buena ración de odio y de crítica a través de las redes. Algunas pueden ser bastante duras.

—¿En qué sentido?

—No quiero repetir sus palabras, pero se trata sobre todo de hombres que odian a las mujeres que ocupan un lugar en la sociedad. Se sientes provocados.

—Suena fatal.

—Sí, y sería conveniente que no me metiera en problemas con mi jefe tan a menudo. Se me da fatal hacerle la pelota a nuestro último jefe de redacción. Puedo ser un poco...

—¿Irascible? ¿Intolerante? —propuso él sonriendo.

Ella se echó a reír.

—Pensaba decir desafiante. A veces tendría que probar a callarme. No debería haberle dicho a Dan Persson que el periódico había dado un paso atrás respecto al feminismo, por ejemplo. O estar en contra de todas sus sugerencias.

—Pero entonces no serías tan buena periodista. ¿Cómo llevas el trabajo de campo, el que estás haciendo ahora?

—Ha cambiado. Ayer oí una historia increíble sobre unos talleres de sexo que se celebraban aquí, en Norrland. ¿Te lo puedes creer?

—No del todo —respondió él estirando los labios—. ¿Es sobre lo que estás escribiendo ahora?

—Sí, saldrá mañana en el periódico, al menos la primera parte. El sexo secreto atrae a muchos lectores.

—Suena a... prensa amarilla.

—Supongo que sí.

El camarero apareció de improviso. Limpió la mesa, retiró las botellas vacías y apiló los platos. Por último, cambió las velas gastadas por otras nuevas.

—No tardaré en cerrar —dijo malhumorado—. ¿Queréis algo más?

—¿Café? —preguntó Tom.

—No, creo que seguiré bebiendo. Como tú has dicho, será agradable cuando acabe este día.

Permanecieron sentados en silencio.

El camarero puso dos cervezas encima de la mesa y desapareció.

—También me gusta hablar con la gente —continuó Ambra—. Entender cómo funciona. Me pregunto si mi principal motivación no será la curiosidad. O tal vez la justicia, no dejar que haya personas que se libren de lo que han hecho mal. Bueno, no sé —añadió, poniendo la mano sobre la mesa. Tom la miró y puso también la suya, muy cerca de la de ella.

El aire era cada vez más denso. ¿Lo notaba él también? Era consciente de todo lo que tenía que ver con él. Su mano; tenía unas manos grandes. Su presencia, su mirada seria.

—Es más de medianoche, oficialmente hemos sobrevivido a la Navidad —anunció ella lentamente acercando su mano a la de él, sintiendo el calor de su piel a través del pequeño espacio que les separaba.

—Sí.

Ella empezó a toquetear la etiqueta de la botella de cerveza, ya no tenía sed.

—¿Pagamos? —propuso en voz baja.

Él asintió con la cabeza. Cogió la cuenta a pesar de las protestas de Ambra.

—No hay nada que discutir —dijo simplemente y ella no insistió.

—¿Has venido en coche? —preguntó ella cuando el camarero ya lo había retirado todo.

—Sí.

—¿No pensarás conducir hasta casa después de haber bebido?

—No —contestó mirándola a los ojos.

Silencio. No se iban a volver a ver. El aire estaba tan cargado que casi saltaban chispas entre ellos. Y habían constatado que estaban solos los dos. Era como si ya estuviera decidido. Tragó saliva. Quería tenerlo.

Tom oía una voz en su interior que le susurraba que se marchara a casa cuanto antes, que no debía quedarse allí intercambiando con ella miradas cargadas de significado.

Pero había bebido demasiado y no podía conducir.

Y hacía mucho frío y estaba nevando.

Y era Navidad. A esas horas apenas había taxis en Kiruna, y menos alguno que lo llevara al bosque.

Y así sucesivamente hasta el infinito. Las excusas para quedarse en el hotel eran casi inagotables.

Ella estaba sola.

Él estaba solo.

Estaba claro que había algo entre ellos.

Tom dudó. ¿Había sabido todo el tiempo que al final terminarían así? Para ser sincero, no tenía la menor idea. Suponía que si hubiera estado sobrio habría razonado de otro modo. Pero la química existía. Habían estado coqueteando todo el rato, y era un hecho que él llevaba mucho tiempo sin sexo. Quizá eso era justo lo que necesitaba.

Ambra se levantó de la silla. Se tambaleó un poco y eso terminó de decidirlo.

—Te acompaño a la habitación —se ofreció.

Colocó una mano debajo de su brazo.

—De acuerdo —aceptó ella.

No la soltó, a pesar de que no volvió a tambalearse. Había sentido algo al cogerle el brazo. Una especie de zumbido en el cuerpo, una inhalación que se detuvo en el pecho y también... Deseo. Era deseo lo que sentía. Se quedaron de pie. El cabello perfumado de ella le rozaba la mejilla. Una frase se formó en algún rincón de su cabeza: «Es una idea nefasta». Decidió ignorarla. Ella lo miró. Las largas pestañas temblaron. Él acarició la lana del suéter con el dedo pulgar, imaginando que era su piel. La notó caliente y vio pasar a toda velocidad el destello de una imagen de ellos dos retorciéndose en una amplia y fresca cama de hotel. Ella con su impetuosa energía y sus largas piernas. Y él... Recibir un momento de olvido y humanidad, ¿no era justo eso lo que necesitaba?

—Vamos, iré contigo.

Su voz sonó ronca. La acompañaría y luego verían.

«*Yeah, right*», canturreó Ambra en su mente.

Se dirigieron hacia el ascensor. El vestíbulo estaba vacío. Al otro lado de las puertas giratorias de cristal nevaba sin cesar.

El ascensor no llegaba. Sin pensarlo mucho, Tom levantó la mano y atrapó uno de los rizos de su melena entre los dedos.

—Yo... —empezó a decir Ambra sin llegar a completar la frase.

Él deslizó la mano por debajo de su suave cabello. Ella lo miró sin parpadear y Tom percibió el palpitar de su pecho debajo del suéter. Le pasó la mano por la nuca y la atrajo lentamente hacia él. Ella siguió el movimiento, levantó la cara y lo miró. Él inclinó un poco la cabeza, acercó su boca a la de ella y se la acarició con los labios. Ambra dejó escapar un leve suspiro y fue subiendo la mano por su brazo hasta abrazarlo con suavidad. Los dos cerraron los ojos. Fue un simple beso, sin lengua y con muy poco contacto corporal, solo unos labios que se encontraban, manos y dedos que acariciaban la piel, la ropa y el pelo. Pero fue un beso que prometía más y Tom suspiró en voz baja.

Llegó el ascensor. Cielo santo, estaban todavía en el vestíbulo. Abrieron los ojos y se miraron algo avergonzados. Ella tenía las mejillas sonrosadas y le brillaban los ojos. Se abrieron las puertas.

Él no debería... Pero la siguió al interior del ascensor. Se colocaron cada uno en un lado de la cabina, sin decir nada durante el breve trayecto. Cuando llegaron, Ambra salió delante moviendo suavemente las caderas. La iluminación era tenue y a su alrededor reinaba el silencio, como si fueran los únicos huéspedes del hotel, los únicos habitantes de Kiruna, de todo el mundo.

—Esta es mi habitación.

Se detuvo frente a una puerta. Se sintió torpe al intentar introducir la tarjeta en la cerradura, pero consiguió abrir. Miró a Tom, que acababa de darse cuenta de que ella tenía la piel más clara que había visto en su vida, como si nunca hubiera tomado el sol, como si viviera de noche y estuviera hecha de nieve, brillo de estrellas y todo lo que aportara claridad. Al mirarla más de cerca descubrió un pequeño punto negro en la comisura de los labios, una minúscula imperfección.

Volvió a besarla. La empujó hacia atrás, contra la puerta, la oyó gemir y entonces sus lenguas se encontraron y sintió una especie de descarga. Hacía tiempo que no besaba a ninguna mujer que no fuera Ellinor, y Ambra era muy diferente. Sorprendentemente buena. Besaba de un modo agresivo, casi desesperado. La apretó más contra la puerta, exploró su boca con la lengua y oyó que jadeaba. Ella lo empujó un poco con una mano y se retiró, despeinada, con los labios hinchados por los besos.

—Espera —le pidió casi sin aliento—. ¿No vamos a entrar?

Lo miró de un modo inquisitivo y para él fue como si se rompiera el hechizo, como despertar de un sueño agradable, pero irreal. ¿Era eso de verdad lo que él quería? No podía hacerlo. Estaba en Kiruna por otros motivos, no podía ponerlo todo en peligro con una desconocida.

—¿Tom? —lo llamó cuando no respondió.

Él dio un paso atrás. Las manos de ella cayeron.

—Es mejor que me vaya.

—¿Qué? —Ambra lo miró con asombro.

Él interpretó esa mirada como una invitación tan clara como si le hubiera dicho «quédate conmigo».

¿Y por qué no?

Ambra Vinter era una mujer adulta, sola en una ciudad extraña, libre, o al menos tremendamente sola.

Así que no había ningún motivo para decir lo que, sin embargo, Tom se oyó decir a sí mismo.

—No debería haberte acompañado.

Ambra parpadeó. El brillo de sus ojos se apagó.

—Lo lamento —añadió con honestidad.

Estaba triste y se sentía estúpido. No creía que a Ellinor le importara que él se abstuviera de tener relaciones sexuales con otras por ella. No creía que su plan de reconquistarla funcionara, más bien todo lo contrario.

—¿Por qué? No tienes que lamentar nada —respondió Ambra en un tono casi jovial, aunque él supo que la había herido.

Quiso decirle que hacía mucho tiempo que no estaba con una mujer, que no confiaba en sí mismo, que ella parecía estar muy sola, que él estaba aún más solo, y que eso hacía que se sintiera mal, a la vez que se sentía tan bien que le daba miedo.

—¿Te las arreglarás? —fue lo único que dijo, en cambio.

Ella lo miró.

—¿Que si me las arreglaré? Por supuesto que sí. No te preocupes.

—Ambra, yo...

—Buenas noches, Tom.

Ella se dio la vuelta, abrió la puerta, retiró la tarjeta, entró y la volvió a cerrar rápidamente.

Se quedó escuchando sin saber qué hacer, pero no oyó nada.

Buen trabajo, Tom, de verdad. Levantó la mano para llamar, pero pensó que era mejor no hacerlo. Miró el reloj. Al menos había pasado la maldita noche. Bajó para buscar a alguien que le pudiera dar una habitación.

10

Ambra contuvo la respiración y esperó hasta que oyó alejarse los pasos de Tom al otro lado de la puerta. Luego cerró los ojos, apoyó la frente en la pared y lloró sin que nadie la oyera.

¿No debería calificarse eso de humillación total? Era la única mujer que había por allí; de hecho, estaba en un sitio en el que escaseaban las mujeres, con un individuo completamente solo al que se había ofrecido sin tapujos. Y la había rechazado.

Abrió los ojos, entró en la habitación dando traspiés y empezó a quitarse la ropa con manos torpes. La cabeza le daba vueltas; no solía beber tanto. Logró desabrocharse uno de los botones de los pantalones vaqueros, pero después los dedos se negaron a seguir colaborando. Se quitó la camiseta y se dejó caer en la cama del hotel. Casi deseó estar aún más borracha para poder olvidarlo todo al día siguiente. De este modo tal vez lo recordara toda su vida.

Gimió en silencio. ¿Por qué se había negado Tom? Ella nunca tuvo la autoestima de su hermana, ni su físico, por cierto. No era experta en hombres ni la mujer más impresionante del mundo, era consciente de ello. Pero las pocas veces que había mostrado interés por alguien no la habían rechazado de ese modo tan degradante.

Le hubiera gustado poder convencerse a sí misma de que no sabía lo que había ocurrido, pero había coqueteado de forma muy consciente con el serio de Tom. En algún momento mientras compartían la espontánea cena de Nochebuena, algo cambió entre ellos y dejó de verlo como un macho rudo para empezar a mirarlo como un potencial compañero de cama. Intentó quitarse los zapatos tumbada a lo ancho de la amplia cama. Lo cierto era que había creído que Tom compartía esa sensación. Al principio la idea ni siquiera se le pasaba por la cabeza, pero después se dio cuenta de cómo la miraba y se fijó cada vez más en que la escuchaba, era atento, le llenaba la copa y tenía un montón de detalles que ella interpretó como interés. No interés de verdad, más bien una atracción, un flirteo, algo de una sola vez. Dos almas solitarias en un bar de Kiruna. Ella pensaba que las cosas iban por ahí. Y él parecía vulnerable, lo que hizo que su imaginación empezara a meterse por caminos intrincados. Se fijó en que no llevaba anillo. Ambra se frotó la cara. Además, le había dicho que no tenía pareja. ¿No se lo dijo? Y se habían besado.

¡Oh, Dios! Se habían besado. Y el beso final había hecho que su cuerpo se pusiera caliente, casi ardiendo. Húmedo. Dios, fue tan sensual. Y después la abandonó. Era casi insoportable.

Se las arregló para quitarse uno de los zapatos, pero no pudo hacerlo con el otro y se quedó tumbada con los pantalones desabrochados y un solo zapato. Tom no tenía el atractivo de un modelo. Era corpulento y desgarbado, llevaba el pelo demasiado largo y la barba descuidada, como si no se hubiera afeitado. Estaba bastante lejos de su ideal de hombre, no era en absoluto del tipo del que solía enamorarse, intelectuales arrogantes que iban esparciendo frases retóricas a su alrededor y que se largaban en cuanto se complicaban las cosas. Así que el hecho de que Tom fuera distinto no era realmente nada malo. Pero no era en absoluto el tipo de hombre por el que perdería la cabeza.

Lo cual evidentemente no había hecho.

Estaba tan avergonzada que no sabía qué hacer. Si escribiera una lista con las cosas más vergonzosas que le habían ocurrido en su vida adulta, esta figuraría entre las primeras. Por supuesto, no podía apartar esos pensamientos de su cabeza sin más, eso sería demasiado fácil, así que volvió a recordar una y otra vez todos los detalles.

Había sido como disputar un partido de ping-pong. Él le fue devolviendo todas las preguntas que recibía. Era evidente que a Tom

Lexington no le gustaba hablar de sí mismo y había logrado que ella hablara bastante más de lo que solía. Pero tampoco fue tanto lo que le dijo, aunque hubiera debido quedarse callada y no haberle contado que siempre estaba sola en Navidad. Maldita sea, sonaba patético. Tendría que haberse centrado en lo que hacía.

Ambra volvió a sollozar. Sentía una vergüenza infinita. Se había mordido el labio, se había retorcido un mechón de pelo delante de él y ese tipo de cosas. Había puesto la mano junto a la suya. Se habían morreado y le había invitado a entrar a la habitación. Y él se había negado.

Se puso una mano sobre los ojos.

Estas cosas ocurrían a menudo. Los hombres no tenían ninguna obligación de estar dispuestos solo porque una mujer agitara las pestañas.

Aun así... ¡Uf!

Ahora odiaba Kiruna más aún, si es que era posible.

Permaneció un rato más en la cama con la mano sobre la cara, hasta que empezó a notar que todo le daba vueltas y tuvo que abrir los ojos y concentrarse en mirar al techo. Una grieta lo atravesaba de una esquina a otra. Siempre encontraba esas grietas en los techos de los hoteles.

Miró el reloj. Era tarde. Debería dormir, pero continuó insistiendo un poco más en lo estúpida que se sentía. Y después, agotada por el duro trabajo y el exceso de alcohol, se adormeció encima del edredón sin quitarse los pantalones vaqueros ni el segundo zapato. Lo último que pensó fue que esa noche, a pesar de todo lo que había ocurrido, no había sido ni mucho menos la peor Nochebuena de su vida.

11

Mattias Ceder se apoyó en el marco de la puerta y se quedó mirando a Tom Lexington, que acababa de despertarse pero seguía en la cama. Tenía las sábanas retorcidas y arrugadas, como si se hubiera pasado la noche moviéndose de un lado a otro en sueños.

Mattias llevaba casi un minuto en la puerta de la habitación del hotel antes de que Tom empezara a moverse. Era preocupante. El Tom que conocía se habría despertado y habría salido de la cama antes de que el intruso tuviera tiempo a mover el picaporte.

—Me preguntaba cuándo pensabas despertarte —saludó.

Tom se levantó.

—¿Qué demonios haces aquí? —respondió con voz áspera y apagada.

Tenía los ojos enrojecidos y parecía desorientado.

No le extrañó verlo en ese estado. Cuando Tom lo llamó por teléfono la noche anterior parecía totalmente ausente. Mattias entró en la habitación y cerró la puerta.

—Me llamaste para pedirme que vinieras, y aquí estoy.

Tom lo miró con desconfianza.

—¿Te llamé? ¿Cuándo?

Mattias miró el reloj. Eran las nueve y media de la mañana.

—A las dos de la madrugada. Estabas borracho como una cuba y me dijiste que tenías que hablar conmigo, que estabas en el Scandic Ferrum y que vinieras.

—Mientes.

—No.

No mentía, pero le sorprendió que Tom no recordara la conversación. Hablaba de forma incoherente, le costaba respirar y articulaba mal las palabras. Deliraba sobre labios suaves. Le habló de ataques de ansiedad y de errores terribles que había cometido. Mattias se asustó. Hacía tiempo que lo conocía, habían vivido juntos batallas y pérdidas. Nunca le había oído hablar así.

—¿Cómo demonios has entrado?

Mattias le enseñó la tarjeta que había birlado de uno de los carros de la limpieza. Seguramente le habrían dejado entrar si lo hubiera pedido, pero ¿qué gracia tendría entonces?

Tom refunfuñó y se restregó los ojos.

—No entiendo por qué te llamé a ti.

—Pero lo hiciste, y he venido.

Tal vez lo llamó en un momento de confusión, quizá fue un modo inconsciente de pedir ayuda. A Mattias no le importaba el modo, solo que estaba allí y que iba a aprovechar la oportunidad.

Tom cogió una camiseta y empezó a ponérsela, se atascó en una manga, blasfemó y comenzó de nuevo.

—¿Vienes de Estocolmo?

—De Karlsborg. En avión.

Tom lo miró, escéptico. Fue en Karlsborg donde se conocieron, una ciudad pequeña en la costa oeste del lago Vättern. Pasaron varios años allí, estudiando y trabajando, y ambos sabían que no había vuelo directo a Kiruna. Pero Mattias tuvo suerte esa noche y a veces es lo único que se necesita, aparte de los contactos adecuados, por supuesto. Había celebrado la Nochebuena en Karlsborg después de almorzar con un grupo de amigos y oficiales. Cuando Tom lo llamó estaba leyendo un libro en la habitación de invitados. Hizo un par de llamadas y consiguió meterse en un avión Hércules rumbo al norte. Un grupo de muchachos de las unidades especiales lo llevaron y lo dejaron allí hacía poco más de una hora, antes de seguir camino hacia un lugar secreto. Luego solo tuvo que coger un taxi hasta el hotel.

—Vístete, ya seguiremos hablando luego —dijo.

—Estoy en ello —protestó Tom.

Ya se había puesto la camiseta y estaba intentando ponerse el pantalón. Tom y él eran oficiales de carrera y soldados de élite y mantenían ciertas rutinas en cualquier circunstancia. No importaba cómo despertaras a un exoficial de las unidades especiales, ni si estaba cansado o tenía resaca, ya que dos segundos después estaría vestido y preparado para el combate. Pero Tom tenía un aspecto horrible. Abatido y desaliñado. Su cuerpo fornido estaba cubierto de cicatrices y marcas de viejas heridas, e incluso Mattias, acostumbrado a la violencia y sus efectos, se sintió incómodo pensando en cuánto habría sufrido para que le quedaran esas huellas.

Tom se pasó la mano por el cabello descuidado y se abrochó los pantalones, que le colgaban por debajo de las caderas. Aunque su cambio físico era evidente, no era lo que más había cambiado en él. Era algo distinto. Antes, todo el mundo sabía que a Tom Lexington se le podía encomendar una misión aparentemente imposible, dejarlo en territorio enemigo y confiar en que resolvería cualquier eventualidad. Era la persona a la que todos se dirigían cuando se habían agotado las posibilidades y la situación parecía desesperada. No lo había visto tan abatido ni siquiera cuando estaban juntos de servicio, a veces durante días y noches sin descanso y en unas condiciones miserables.

Parecía un hombre al borde de la muerte, pero que no sabía si su sitio estaba entre los vivos o entre los que se habían rendido. Llevaba el pelo largo y sin brillo, iba sin afeitar y tenía sombras oscuras en la cara. Pero tampoco era eso. Mattias había visto antes a Tom desaseado, barbudo y con el pelo largo, ya que algunas misiones requerían ese tipo de aspecto. Era su mirada la que había cambiado. Tuvo que admitir por primera vez que quizá fuera cierto lo que se rumoreaba y que él siempre se había negado a aceptar: que Tom Lexington era un hombre acabado.

—Necesito un café —gritó Tom mientras se ponía los calcetines y las botas.

Mattias entró en la habitación. No tenía sentido que se quedara ahí de pie especulando. No vio ninguna bolsa, nada de lo que se suele necesitar para pasar la noche en un hotel, lo que le indicaba que Tom no vivía allí de forma permanente. Le molestaba el hecho de no saber dónde vivía desde hacía varios meses. No le gustaba ignorar esas cosas desde que la noche anterior, por primera vez, sus pensamientos rozaron lo impensable. ¿Se habría ido a un hotel porque planeaba hacer alguna estupidez? Los hombres con sus antecedentes, con su experiencia... A pesar de lo que creía la gente, la causa de muerte más común entre los soldados como Tom no era la violencia externa de un enemigo, sino el suicidio. Quizá esa idea pasó por su mente y por ese motivo se fue al hotel. O quizá fuera uno de los motivos.

—¿Por qué no contestas el teléfono? Te he estado llamando durante todo el otoño.

—He estado ocupado —respondió Tom mientras se agachaba para atarse las botas.

—¿De verdad? ¿Haciendo qué? —Mattias cruzó los brazos.

Tom le lanzó una mirada siniestra.

—No tengo por qué darte explicaciones, espero que te quede claro de una maldita vez.

—Lo sé, solo era una pregunta.

—Hoy no tengo un buen día —se defendió Tom enfadado.

Mattias pensó que hacía tiempo que Tom no tenía un buen día. Ese hombre tenía una increíble capacidad para soportar lo que para la mayoría de las personas era insoportable. Mientras estuvieron juntos en Karlsborg era como una máquina, estable, eficiente e inquebrantable. Pero todas las personas tienen un punto de inflexión. Todas.

—¿Podemos hablar abajo? Están sirviendo el desayuno en el comedor, podemos sentarnos allí.

—No quiero bajar. —Tom sacudió la cabeza—. Hice algo estúpido... conocí a... —Se quedó en silencio y torció el gesto—. Solo quiero irme de aquí —concluyó.

—¿Te llevo a casa? —preguntó Mattias, complaciente—. ¿Supongo que tendrás una casa por aquí? ¿O vives en el coche?

—Tengo una casa, podemos ir. Pero solo para que te calles de una vez. Dame dos minutos.

Cogió la billetera y el llavero y se dirigió al cuarto de baño.

—Conduciré yo —gritó Mattias detrás de él—. La habitación

apestaba a alcohol. Pasarían varias horas antes de que Tom estuviera en condiciones de conducir.

Vaciló un instante, pero al fin recordó que lo llamó cuando lo necesitaba, lo que debía significar que todavía le quedaba algo a lo que agarrarse. Y en ese momento Mattias parecía alegrarse de poder ayudar.

—La carretera está muy resbaladiza, tienes una resaca de caballo y supongo que no quieres matar a nadie. Yo conduciré, ¿de acuerdo? —insistió en tono persuasivo.

La amabilidad era el modo más efectivo de manipular a la gente, sobre todo cuando estaban en crisis. Y Tom era sensato.

Masculló una blasfemia, pero sacó las llaves del bolsillo y se las tiró a Mattias, que las cogió sin mirar.

—Siempre tienes que salirte con la tuya —soltó Tom antes de entrar en el cuarto de baño.

Diez minutos después salían de Kiruna.

Mattias estaba de pie junto a la ventana de la cocina, mirando el bosque y el amplio paisaje nevado mientras Tom preparaba café.

—Se me había olvidado el frío que hace por aquí arriba.

Siguió con la mirada a un ciervo que desaparecía entre los troncos de los árboles. En el silencio del bosque casi se podía oír el murmullo del frío. La nieve no era su elemento favorito. Tom, en cambio, inició su trayectoria militar allí arriba, en el mítico batallón de cazadores de montaña, y siempre le gustó la nieve. Mattias estuvo durante el mismo período en la Escuela de Intérpretes de Defensa, en Uppsala, por lo menos igual de mítica. Siempre se complementaron muy bien.

Ambos fueron admitidos al mismo tiempo en el Grupo de Fuerzas Especiales en Karlsborg, e hicieron juntos la formación durante algo más de un año, lo que no todos conseguían. La selección antes y durante la formación era despiadada. Algunos de los admitidos no aguantaban la constante presión física y psíquica, otros eran reacios a guardar secretos y una parte del resto simplemente no era lo bastante inteligente. En ocasiones habían descartado hasta al noventa por ciento de los aspirantes.

Tom le ofreció una taza de café sin decir una palabra. Por suerte, contaba con una cafetera moderna. A Mattias nunca le terminó de gustar el café hervido de Norrland. Aceptó la taza sin preguntar. Café solo, aún se acordaba. La memoria de Tom era a la vez una ventaja y una maldición. Mattias se lo bebió con placer.

Tom permanecía de pie, apoyado en la isla de la cocina, tomándose el café con la vista fija en algún punto indefinido en el aire.

Mientras tanto, Mattias se preguntaba cuál sería la mejor manera de abordar la segunda cuestión. Llevaba todo el otoño intentando ponerse en contacto con Tom, y ahora que tenía una posibilidad de hablar con él debía ir con cuidado.

—Tienes buen personal en Lodestar —empezó.

Tom no respondió, solo lo miró de un modo que le dio a entender que sabía perfectamente lo que estaba haciendo. Le estaba preparando, aunque no le importaba.

—Nadie me quiso decir dónde estabas.

Sus empleados eran leales a su jefe y no soltaron ni una palabra ni facilitaron la más mínima información. Pero Tom siempre tuvo la habilidad de conseguir que la gente diera lo mejor de sí mismo en cada momento. Los buenos líderes eran así, creaban lazos fuertes. El mercado estaba repleto de malas compañías de seguridad. Y algunas buenas. Lodestar, la empresa de Tom, era una de las buenas, y al contratarla tenías a tu servicio expertos de primera categoría mundial.

Más silencio, pero Mattias ya contaba con ello. Todo habría sido más fácil si no hubiera traicionado a Tom aquella vez. Fue un desastre.

Tom había dedicado diez años de su vida al ejército y a su país. Primero en el servicio militar y la formación de oficial, y después más de dos años en el Grupo de Fuerzas Especiales, que abandonó cuando Mattias se volvió contra él. Entonces Tom se pasó al sector de la seguridad privada. Empezó a trabajar para una empresa extranjera de seguridad, arriesgando la vida en países como Irak, Siria y Liberia.

Más tarde volvió a Suecia. Había una enorme demanda de hombres —también de mujeres, aunque en menor medida—, con su formación, sus aptitudes y experiencia, así que pudo elegir y seleccionar. Se asoció al pequeño Grupo de Seguridad Lodestar. En el comunicado de prensa dijeron que iba a desempeñar el cargo de director. Mattias solo se podía imaginar lo que ese cargo significaba en la práctica.

En pocos años y bajo el liderazgo de Tom, Lodestar se estableció en las más altas esferas. La empresa escandinava era relativamente pequeña en círculos internacionales, pero cuando Mattias supo de ella tenía una reputación inmejorable. Y al parecer el líder había emigrado a Kiruna. ¿Por qué? Tom era joven todavía, iba a cumplir treinta y siete años y tendría que estar sentado en la cima en lugar de escondido en el bosque hecho una piltrafa.

—Nadie en el trabajo sabe que estoy aquí —le aseguró Tom, interrumpiendo el largo silencio—. Hay cosas que tengo que resolver por mi cuenta.

«¿Qué tipo de cosas?», pensó Mattias, pero no lo dijo.

—La gente hace preguntas —comentó, en cambio.

—¿La gente?

Mattias dejó la taza de café e hizo un gesto vago con la mano. Todo el mundo se preguntaba cosas. Sobre todo, él. Huir no era propio de Tom. Irse sin decir adónde a sus colegas, abandonar a sus compañeros.

—¿Qué haces aquí arriba?

Por lo que sabía, Tom no tenía ningún vínculo allí, y Mattias lo sabía casi todo de Tom Lexington.

Su padre había fallecido. El resto de su familia, su madre y sus tres hermanas, vivían en los alrededores de Estocolmo. Tenía un trabajo con el que ganaba una fortuna y un enorme apartamento recién comprado en la capital. Una buena vida en el aspecto material. Había estado cautivo, es cierto, pero sobrevivió y recibió atención. Era un viejo soldado de élite endurecido por la lucha. No tendría que haberse hundido, ¿o sí?

Tom movió la cabeza indicando que no quería hablar del tema, se tomó el café y permaneció en silencio.

—¿Estás aquí por cuestiones de trabajo? —insistió Mattias.

Un interrogatorio se trataba a menudo de eso, de hacer preguntas una y otra vez, preguntas inocentes, las mismas a distintas personas, unir el puzle con las diminutas piezas de información. Un hombre con su experiencia no tenía nada que hacer allí arriba. A menos que los rusos estuvieran preparando una invasión, lo que por otra parte Mattias sabría ya.

—¿Tengo aspecto de estar trabajando? —preguntó Tom con voz áspera.

«No, más bien pareces un delincuente», pensó Mattias. Después volvió a envolverlos el silencio.

Mattias esperó. No se oía ni un ruido en el exterior, ni coches, ni aviones, nada.

Siguió esperando con paciencia. Tom siempre fue un tipo obstinado. Lo que él le hizo fue una putada, no había duda. Y tal vez, solo tal vez, hoy en día habría actuado de otro modo, pero aun así...

—Han pasado muchos años. ¿Cuándo piensas perdonarme?

—Perdón es una palabra repugnante. Como si se pudiera perdonar.

—Es posible que no, pero lo siento y te pido perdón. Una vez más.

—Vete a la mierda.

Mattias suspiró.

—Eres asquerosamente rencoroso, siempre lo has sido.

Tom se limitó a resoplar.

Mattias se preguntó si podría provocarlo para iniciar una pelea. ¿Es posible que tuvieran que dirimir sus diferencias a puñetazos? Pero, por un lado, ya no tenían edad para esas chiquilladas y, por otro, aunque Tom estuviera algo debilitado, lo más seguro es que lo dejara hecho una mierda.

—Vamos, ¿qué estás haciendo en Kiruna? ¿Por qué insistes en vivir como un ermitaño?

Tom se rascó la nuca, dejó la taza en el fregadero y se sentó en una silla.

Mattias se sentó frente a él.

—Ellinor vive aquí —reconoció por fin.

Ajá. Una pieza del puzle. Ellinor Bergman.

En un sector en el que las relaciones fracasadas eran la norma,

Tom Lexington y Ellinor Bergman eran la excepción, esa pareja que todos creían que se mantendría unida para siempre, lo que demostraba que nunca podía ponerse la mano en el fuego por nada ni por nadie. Miró el rostro torturado de Tom. Había algo en esa ecuación que seguía sin encajar. Tom y Ellinor terminaron la primavera anterior. Hacía mucho tiempo que no vivían juntos. ¿Cómo encajaba ella en todo esto?

—¿Habéis vuelto? —preguntó, intentando completar el puzle.

—No.

—Pero ¿ella está aquí?

—Sí, en Kiruna.

—No lo entiendo.

Recordó que Ellinor tenía una profesión típicamente femenina, algo relacionado con el cuidado y la atención; trabajaba en una guardería, era enfermera o algo así. No, otra cosa.

—Vive aquí. Trabaja en la escuela —le aclaró Tom.

Eso es. Era maestra.

—Y vive con su novio.

Entonces lo entendió. Ellinor había seguido adelante. Y Tom no. Mattias se recostó en la silla y colocó un pie encima de la rodilla.

—Entonces estás aquí para...

Tom lo miró fijamente. Mattias vio sus marcadas ojeras, la expresión de ansiedad de su cara.

—Tengo que hablar con ella —dijo al fin—. No es posible que vaya en serio. Necesito sentarme y hablar con ella.

Cielo santo. Mattias intentó ocultar su sorpresa. Mal asunto.

—No lo entiendes. Puedo arreglarlo.

Es lo que decían todos los que habían sido abandonados. Nunca lo hubiera creído de Tom. Eso explicaba su estado de ánimo. Encarcelado, torturado y después su relación se había ido al diablo.

—¿Por eso estabas en el hotel? ¿Está Ellinor allí?

—No, estuve bebiendo hasta que pasó la Navidad. Conocí a una periodista. Bebimos juntos y yo cogí una buena cogorza. Nosotros... supongo que hice el ridículo —dijo frotándose los ojos—. ¿Por qué has venido en realidad?

El momento de la verdad.

—Esto debe quedar entre nosotros. He recibido instrucciones del comandante en jefe de las Fuerzas Armadas para que forme un grupo antiterrorista. Vamos a rastrear y a analizar distintas amenazas contra el país. Será una actividad prioritaria en el ejército y yo debo organizarlo todo por mi cuenta. Va a ser un reducido grupo de especialistas con competencia en distintas áreas. He empezado a entrevistar a gente, no solo militares, también criptólogos, académicos y hackers.

—Entonces el comandante en jefe ha elegido bien. Parece un trabajo perfecto para un maestro del espionaje —reconoció Tom con cierta amargura.

Mattias lo miró fijamente.

—Quiero que estés tú.

—No puedes decirlo en serio.

—¿Por qué no?

Tom tenía una capacidad analítica y un conocimiento de campo incomparables y podía aportar mucho. Mattias pensó en él en cuanto le dieron vía libre el verano pasado. Había ido hasta allí porque Tom se encontraba mal, pero hubiera sido un error no intentar contratar a un hombre tan competente como él cuando tenía la oportunidad de hacerlo.

—Queramos o no, hay una guerra contra Suecia, una sofisticada lucha por la información. ¿Podrías pensártelo, al menos?

—Tengo otras cosas de las que ocuparme. —Tom cruzó los brazos en un gesto de rechazo.

—¿Y cómo van, según tú? —preguntó Mattias mirándose las uñas.

Tom no dijo nada. Oyó que le crujían las tripas.

Mattias miró el reloj. Era casi la hora del almuerzo y él tampoco había comido nada desde que salió de Karlsborg.

—¿Tienes hambre?

Tom se encogió de hombros, pero el vientre le volvió a rugir.

—Hay latas de conserva. Puedes preparar algo si quieres.

Mattias decidió conformarse por el momento. La primera regla para conseguir que la gente se pase a tu lado era identificar sus necesidades y satisfacerlas. Tom siempre gruñía cuando tenía hambre.

—Prepararé algo de comer.

Tom se quedó sentado mientras Mattias trajinaba en la cocina. Se apoyó en el respaldo de la silla y cerró los ojos unos segundos. Mattias le ponía nervioso, pero tenía hambre y Mattias siempre fue bueno con las ollas y las sartenes. Lo mejor sería esperar y echarle después de comer. Estar enfadado con él tenía al menos la ventaja de que así no pensaba en su vergonzosa metedura de pata con Ambra Vinter. Se pasó las palmas de las manos por la cara. Qué desastre.

Enseguida empezó a notar el calor y el olor procedente de la cocina y fue consciente de lo hambriento que estaba.

—Hay pasta con champiñones, queso y nata —anunció—. Luego se produjo una larga pausa reflexiva—. Al menos eso creo. El contenido de todas las latas es muy parecido. Supongo que habrás oído hablar de la comida fresca...

Pero el olor que le llegaba no estaba nada mal y Tom devoró la comida cuando Mattias la sirvió. Metió después los platos en el lavavajillas mientras Tom preparaba más café, una cafetera entera esta vez. Se volvieron a sentar a la mesa de la cocina, hablaron de coches un rato, luego del tiempo, no con fluidez, pero tampoco tan tensos como al principio.

—¿Es tuya esta casa? —preguntó Mattias mientras le servía otra taza de café.

—No —respondió Tom sin dar más detalles. No era de su incumbencia.

El año anterior, Tom liberó a un muchacho de diecinueve años que había sido secuestrado justo antes de que fuera ejecutado por islamistas en Somalia. El muchacho era hijo único de un comerciante de petróleo noruego multimillonario. La lujosa casa pertenecía al padre agradecido. Se la prestaba siempre que quería. Mattias le hizo algunas preguntas generales acerca de la casa y Tom le explicó que tenía garaje, varios dormitorios y una sala de billar.

—Y una sauna —añadió.

Mattias era sueco, pero su madre procedía de Åland y allí tenían una relación apasionada con las saunas. Comentó algo acerca de que era mucho terreno para quitar la nieve y Tom le dijo que en el garaje había una flamante máquina quitanieves. Temas masculinos insustanciales. A Mattias siempre se le dio bien hablar de cosas triviales, hacer preguntas y conseguir que la gente se sintiera cómoda. El problema era que nunca se sabía si solo se trataba de un juego. Era un manipulador magistral.

Oficialmente, Mattias trabajaba como investigador en la Escuela Superior de Defensa, pero Tom siempre sospechó que era una tapadera, lo que ahora acababa de confirmar. Mattias era demasiado listo como para escapar de los reclutadores del MUST, el servicio de inteligencia militar. Había nacido para ser espía. Hablaba ruso, francés, árabe y persa con fluidez, era con diferencia el mejor interrogador que conocía, diplomático, instruido y de trato siempre agradable.

Y también la persona más escurridiza y falsa que había conocido en su vida.

A todos los que operaban en las Fuerzas Especiales se le asignaban nombres en clave antes de conocer a sus compañeros de clase, lo que significaba que podían trabajar y luchar juntos durante años sin conocer los verdaderos nombres de los demás. A uno le llamaban Mástil porque era alto. Otros tenían nombres neutros secretos, como Olsson. Tom hizo el entrenamiento con cinco Olsson. A un chico de Mora lo llamaban Doctor por lo bien que se le daba coser heridas. A Tom se le conocía como Oso Pardo por su pelo oscuro y su gran corpulencia. Mattias Ceder era El Zorro, y no por su aspecto, sino por lo endiabladamente astuto que era. El Zorro tenía la habilidad de entrar en cualquier psique sin violencia ni torturas, solo mediante la conversación.

—Toda la gente quiere hablar, todos tienen necesidad de ser escuchados —solía decir Mattias a modo de explicación. Tal vez no había demasiada acción en ello, pero resultaba efectivo. Sus preguntas tranquilas e insistentes daban unos resultados que ninguna amenaza lograba alcanzar—. Pegar a alguien no es efectivo, porque al final hablan para evitar la paliza. Apelar a la lógica es más destructivo y sutil —aseguraba antes de sonsacarte todos los secretos.

Tom estiró las piernas delante de él. Podía manejar a diez zorros si era necesario. Le escucharía un rato más como agradecimiento por la comida. Pero si Mattias hablaba demasiado lo echaría a la calle, para que El Zorro hablara con los montones de nieve mientras se iba congelando poco a poco.

Bebió un sorbo de café.

Sí, le gustaba la idea de dejarlo en el bosque si decía alguna estupidez. Puso la mano sobre la mesa y le dirigió una gélida mirada. Ese sería su plan B.

12

Ambra apretó los párpados. No quería abrir los ojos. Si no se movía tal vez pudiera volver a dormirse.

«No es nada que tenga que lamentar», se dijo a sí misma. Hacer el ridículo no era tan terrible. Había cosas mucho peores en el mundo. «Hay gente que tiene cáncer, por ejemplo. O personas que huyen de la guerra. O las que no logran escapar de las bombas y la hambruna», pensó.

Empezó a sudar. Tragó saliva una y otra vez hasta que ya no pudo más y corrió al cuarto de baño, donde apenas le dio tiempo a levantar la tapa antes de vomitar balanceándose sobre el inodoro.

Después se dejó caer sobre el suelo de piedra, frío como el hielo.

Aunque realmente había cosas mucho peores en el mundo por las que preocuparse, no pudo evitar que la invadiera la ansiedad. Uf, cómo le hubiera gustado no ser ella en ese momento.

Se frotó la frente, resopló y se incorporó despacio. Se le nubló la vista y tuvo que agarrarse al lavabo para no caerse. Esperó a que se le pasara el mareo, luego bebió agua directamente del grifo, evitó mirarse al espejo y volvió a la cama arrastrando los pies.

Por la tarde tenía que ir otra vez a la casa de Elsa. Esperaba sentirse mejor para entonces y que la anciana quisiera hablar, o de lo contrario este espantoso viaje habría sido una pérdida de tiempo y un fracaso total. También esperaba que su mente funcionara. Oh, Dios, no recordaba haberse encontrado nunca tan mal después de una borrachera como para no poder trabajar.

Se tapó la cabeza con el edredón e intentó recordar más cosas que fueran peores que haber sido rechazada por un hombre en la puerta de la habitación de un hotel la víspera de Navidad, pero no funcionó. El beso. Oh, Dios, el beso. Tom sabía besar, y eso lo empeoraba todo. Sollozó bajo el edredón. Dentro de unos días seguramente habría olvidado todo esto, pero lo único que ahora deseaba era poder dar marcha atrás al reloj para empezar de nuevo. Entonces pasaría la Nochebuena sola y encerrada en la habitación del hotel, así no empezaría a hablar con Tom Lexington en el bar, no se sentiría atraída por él y no lo desearía, ni tampoco se imaginaría haber visto deseo en sus ojos.

Retiró el edredón. Necesitaba aire fresco. Y un buen zumo natural. En realidad, sabía que lo que le había ocurrido no tendría ninguna importancia a largo plazo. Lo más seguro es que no volviera a ver a Tom. Él era insignificante. En el futuro encontraría un hombre que no la viera tan repulsiva como para rechazarla cuando se le ofrecía y se apretaba contra él. Ella sabía todo eso de un modo racional, pero por desgracia su mente se negaba a entrar en razón, ocupada como estaba por la ansiedad y la vergüenza. Se frotó los ojos. Notó que se le deshacía el rímel entre los dedos y se dio cuenta de que había dormido con la ropa puesta. El plan era ducharse, encontrar los analgésicos para el dolor de cabeza, beberse un cubo de café y luego preparar la entrevista. Y una cosa más, muy importante: olvidar todo lo que estuviera relacionado con Tom Lexington.

Casi no le quedaba batería en el móvil, así que volvió a levantarse y se dirigió con paso vacilante en busca del cargador. Revisó Twitter, Instagram, Facebook y los correos electrónicos, constató que no había estallado la Tercera Guerra Mundial mientras ella dormía la borrachera, y se tumbó otra vez en la cama cuando sintió una nueva oleada de malestar. Después de la entrevista iría derecha al aeropuerto y enseguida estaría en casa. ¡Qué ganas tenía de dejar Kiruna y llegar a Estocolmo! Había conseguido una plaza en uno de los atestados aviones, y se prometió a sí misma no volver nunca a esta ciudad, aunque la despidieran. El trabajo lo significaba todo para ella y estaba dispuesta a muchas cosas, pero solo se podía rebajar hasta cierto nivel, y ya lo había hecho la noche anterior.

Esperó agotada a que pasara el malestar y en cuanto se encontró mejor se metió en la ducha, se enjuagó el maquillaje y la suciedad y se lavó el pelo. Se cambió de ropa, lo que le hizo sentirse un poco más digna, y cuando bajó a desayunar sin toparse con Tom (¡qué horror!), pensó que tal vez podría sobrevivir a eso. Entrevistaría a Elsa y después se iría de este lugar dejado de la mano de Dios.

Con un humeante café al lado abrió el ordenador. Fue duro empezar, pero se las arregló para redactar algunas preguntas más y revisar sus anotaciones. Después de una segunda taza de café y un sándwich se sintió casi recuperada. Cuando retiraron el bufé del desayuno la ansiedad había disminuido y empezó a sentirse persona de nuevo.

El trabajo era su mejor amigo, sin ninguna duda.

A las diez y media se tomó otros dos zumos, con la esperanza de que el estómago y el hígado aguantaran, recogió las cosas de aseo y la ropa que vio por la habitación, revisó que no se dejara nada y cerró la maleta. Había quedado con Elsa a las tres y el vuelo salía a las ocho. Disponía de un poco de tiempo, así que decidió dar un paseo para combatir la resaca. Se abrigó bien, con gorro, bufanda y guantes, se abrochó la chaqueta, pagó y salió del hotel a través de las puertas giratorias.

Era el día de Navidad, las calles nevadas estaban desiertas y las tiendas cerradas; ni siquiera el quiosco de salchichas de la estación de autobuses estaba abierto. La nieve estaba resbaladiza. Pasó alguien empujando un trineo y luego vio a alguien más con un perro, pero aparte de ellos la ciudad estaba vacía. El aire frío le sentó bien y el dolor de cabeza cedió poco a poco. Subió corriendo una cuesta, miró un escaparate, tembló de frío. Iba a resultar agradable volver a casa.

Pero antes sería divertido ver a Elsa. Esperaba que tuviera ganas de contarle cosas y que el artículo quedara bien. Se prometió escribir la historia de los talleres de sexo del modo más digno posible.

Dobló por otra calle desierta y pasó por delante del edificio rosado donde vivía Elsa, pero era demasiado pronto para llamar, así que continuó el paseo.

Con sus dieciocho mil habitantes, Kiruna era una ciudad pequeña y ella ya había subido y bajado por la mayoría de las calles, así
que cruzó en diagonal un aparcamiento y se alejó del centro. Estaba empezando a entrar en calor.

Entonces vio la gran iglesia roja de Kiruna en lo alto de un mon-
tículo. Era uno de los edificios emblemáticos de la ciudad, pero ella
lo había evitado. ¿Se atrevería a ir? La fachada de la iglesia estaba
iluminada y un montón de gente se dirigía caminando hacia allí.
Ambra dudó, pero siguió lentamente a la multitud. Se detuvo ante
un tablón que anunciaba las próximas celebraciones. Un sermón
de un predicador finlandés, misa a medianoche, un... De repente,
un movimiento, una sensación, tal vez un sonido captó su atención.
Volvió la cabeza despacio. Notó que se le erizaba el vello de los brazos y se le secaba la boca. Apenas se atrevió a mirar por miedo a ser
reconocida. ¿Se habría equivocado?

No, en esta ocasión no era el vestigio de un recuerdo. Era él de
verdad: Esaias Sventin. Se le nubló la vista, como si se hubiera mo-
vido demasiado deprisa. Él no la vio, a pesar de que pasó tan cerca de
ella que casi pudo percibir su olor nauseabundo. Pero era él. Y detrás
iba Rakel Sventin, su esposa, con trenza, velo y todo.

Empezó a sudar. Eran ellos. La iglesia seguía manteniendo las
puertas abiertas para ellos. Los laestadianos. Los locos. Era escan-
daloso. No deberían dejarse ver por la iglesia sueca, y menos aún dar
allí sus sermones.

Ambra estuvo a punto de volverse, no quería tener nada que ver
con ellos y solo pensaba en huir, pero entonces se dio cuenta de un detalle que se le había escapado antes por la cantidad de gente que había.
Esaias y Rakel no iban solos. Vio a dos niños entre ellos. Los miró
¿Quiénes serían? ¿Sus nietos? No creía que fueran hijos adoptivos, y
suponía que después de ella no habrían tenido ninguno más; estaba
segura de que llegaron a odiarla. Además, ¿no eran ya demasiado viejos? Los siguió indecisa. Le quedaba casi una hora para su cita con Elsa.

No se oía música en la iglesia, pero eso no era extraño. La música
era un pecado para los laestadianos. Se quedó allí de pie, mirando a
los Sventin mientras entraban en el templo con los dos niños. Parecían más bien dos niñas de unos diez años de edad.

Ambra tenía diez años cuando Esaias y Rakel la llevaron a la iglesia por primera vez. Aquella fue también la primera misa a la que asistía. Lo más cerca que había estado de la religión fueron las clausuras de curso celebradas en modernas iglesias de madera clara y flores coloridas en jarrones, en las que escuchó «Idas sommarvisa» interpretada al piano. Siempre sola, por supuesto. En todas las despedidas de curso, en la fiesta de Santa Lucía y en las reuniones de padres.

Esta iglesia era roja por fuera, pero negra y oscura por dentro. Un murmullo de voces se elevaba hacia el techo. En las filas de bancos había gente mayor con biblias en las manos. Solo los hombres podían predicar en la iglesia de los laestadianos. Ambra se retorcía en el banco al acabar el sermón, después de lo que para ella era una eternidad. Los pies no le llegaban al suelo y le dolía la parte posterior de los muslos.

—Estate quieta —le ordenó Esaias en tono amenazador.

Ella se quedó todo lo quieta que pudo, pero sentía un cosquilleo en las nalgas. Y la gente era muy rara. Al mirar de reojo a la mujer que estaba sentada a su lado la vio llorar en silencio.

Las palabras del sermón también eran raras. Adúlteras. Tentaciones. Demonios. Pecadores. Un hombre de los bancos delanteros se levantó de repente y empezó a proferir frases que sonaban como de otro planeta. Ambra lo miró fijamente. Más gente lloró. No habían comido antes de salir y tenía mucha hambre. Se removió de nuevo.

—Estate quieta.

Lo estaba intentando de verdad, pero se le había dormido un pie y le dolía. Trató de levantar la pierna.

Esaias la cogió del brazo y se lo retorció con tanta fuerza que se le escapó un lamento. Le tapó la boca con una de sus manos grandes y malolientes.

—Llevas al diablo dentro. He dicho que te quedes quieta —repitió mientras le cogía la mejilla y le daba un pellizco que hizo que se le nublara la vista.

Las lágrimas empezaron a fluir, pero Ambra no se atrevió a moverse ni un milímetro. Soportó el dolor y se quedó sentada, inmóvil.

Cuando por fin terminó y llegaron a casa, los demás se sentaron a la mesa.

—Tú te quedarás ahí. Después de la cena recibirás tu castigo.

Ella permaneció de pie, mirándolos mientras comían y esperando su sanción. Otros padres de acogida la habían castigado antes. Una de las madres le tiraba del pelo, otra le pellizcaba en los brazos, y muchas veces los niños mayores la empujaban; algunos eran de la familia y otros solo descargaban su enfado con alguien que no se podía defender. Pero Esaias le pegaba. Le golpeaba las nalgas y la espalda con un palo.

Después él respiraba con dificultad, como si le resultara un gran esfuerzo pegar con un palo a una niña que era una quinta parte de su tamaño.

—Vete a la cama —le ordenó.

La cama estaba húmeda, alguien había vertido agua fría en las sábanas. Ella no se atrevió a decir nada y se acostó. La habían golpeado antes y había tenido que oír cosas muy feas, pero nunca había sido castigada de ese modo sistemático y calculado. Y esa noche solo fue el principio.

Vio cerrarse la puerta de la iglesia después de que entraran la pareja y las niñas. Permaneció quieta al pie de las escaleras sin saber qué hacer, aturdida por el encuentro, casi presa del pánico. ¿Qué les esperaba a esas dos niñas allí dentro?

—¿Va todo bien? —le preguntó alguien con amabilidad. Se dio la vuelta y vio a una mujer de su misma edad, con el cabello largo y rubio debajo de un gorro de piel clara calado hasta las orejas. Llevaba un conjunto blanco y unas botas de piel del mismo color que le daban un aspecto angelical.

—Sí, gracias —respondió Ambra titubeando.

La mujer sonrió.

—Me pareció que llorabas —dijo a modo de explicación, a la vez que aparecía a su lado un perro que parecía una pequeña bola blanca.

La mujer llevaba una correa en la mano y su aspecto era completamente normal, no como uno de esos locos laestadianos, sino como una habitante de Kiruna común y corriente, con un suave acento de Norrland y esa saludable costumbre que tiene la gente que sale mucho de saber vestirse en consonancia con la temperatura exterior.

—Está todo bien —le aseguró Ambra, asintiendo con expresión convincente—. Solo tengo un poco de resaca —añadió haciendo una mueca.

La mujer sonrió con disimulo.

—No eres de aquí, ¿verdad? Se nota en tu acento.

—Soy periodista, estoy trabajando.

—Entonces ¿eres la que ha venido a hablar con Elsa? Mi madre se lo oyó decir a una de sus amigas. Me alegro de conocerte.

—Sí, de hecho, voy a verla ahora.

—Si necesitas ayuda con algo de aquí, dímelo —se ofreció la mujer sonriendo, tras lo cual se quitó el guante y le tendió la mano—. Me llamo Ellinor Bergman.

—Entra, querida —la invitó Elsa cuando Ambra llamó a su puerta a las tres en punto.

Se sentaron en el cuarto de estar, como la vez anterior. Ambra se dejó caer en la misma silla y después resopló, asustada aún por haber visto a los Sventin.

—¿Cómo estás? —preguntó Elsa con gesto preocupado.

Ambra se encogió de hombros.

—¿Has pensado en lo que hablamos? —le preguntó evasiva.

—Hay muchas cosas que hay que tener en cuenta —repuso Elsa—. He vivido toda mi vida aquí, tenía veintiún años cuando terminó la Segunda Guerra Mundial. Llevaba tiempo pensando en crear un lugar de retiro en esta ciudad, mucho antes de saber lo que era eso en realidad. Tuvo un gran éxito desde el principio. El primer ministro vino cuando empezamos, en 1958.

—¿Os enamorasteis? —preguntó Ambra.

Había pasado toda una vida desde entonces.

Elsa negó con la cabeza.

—No nos enamoramos a primera vista, al menos yo. Pero él era encantador y una cosa llevó a la otra, como suele decirse. Me quedé embarazada. Yo ya no era tan joven según los cánones de aquella época, y deseaba tener el bebé. Además, Ingrid ya había entrado en mi vida por entonces y estábamos muy enamoradas. Todo ese amor cuando tenía casi cuarenta años.

—¿Te habían interesado antes las mujeres?

—No. Sabía que había mujeres lesbianas, pero mi pensamiento discurría por otros cauces. Cuando conocí a Ingrid fue como un milagro. Mi hijo Olof fue nuestro hijo, mío y de Ingrid. Olof creció sin padre, pero rodeado de calor y de amor. Entonces todo era distinto, casi no se puede imaginar hoy en día. Se criticaban más esas cosas, pero también era todo más fácil, más libre.

—Suena casi idílico.

—Experimentar eso fue sumamente gratificante y estoy muy agradecida. Ingrid siempre deseó ser artista, y conmigo pudo dar rienda suelta a su inspiración. Podíamos permitirnos vivir como queríamos. Durante un tiempo todos venían aquí, no solo estrellas de cine y gente famosa, también gente en busca de un refugio. Se difundió el rumor de que aquí podíamos estar tranquilos, ser nosotros mismos. Homosexuales, personas que se cuestionaban su identidad de género y su sexualidad. Poco a poco nos fuimos centrando más en la meditación y en los cursos de arte y menos en el sexo —continuó Elsa acariciando la cruz que llevaba en el cuello—. La familia de Ingrid también era laestadiana, como la familia con la que tú vivías. Fue difícil para ella. La repudiaron cuando me eligió, como si hubiera dejado de existir. Cuando salíamos a pasear y nos cruzábamos con su familia fingían no verla. Fue tremendo. Tuvimos que luchar por nuestro amor en todos los frentes.

—Por eso tienes que contarlo —insistió Ambra. La historia de Elsa la había atrapado, y sabía que a Grace y a los lectores les iba a encantar—. Tu relato habla de que todas las personas son iguales, de amor y tolerancia.

—Y de famosos —añadió Elsa sonriendo.

—Sí, eso también. Y no voy a mentir, los famosos ayudan a vender periódicos. Me gustaría escribir sobre todo de vuestros talleres, de vuestros retiros y de lo que hacíais en el refugio, pero también quiero escribir sobre lo que acabas de mencionar. Es una historia hermosa, única y universal a la vez. Es necesaria.

Elsa pareció dudar.

—No sé...

—¿Qué crees que hubiera querido hacer Ingrid? —preguntó Ambra.

—Era muy reservada, pero también muy valiente en muchos aspectos. De hecho, me la recuerdas un poco —dijo Elsa sonriendo y Ambra supo que había conseguido convencerla. La envolvió una sensación de triunfo.

Llamaron a la puerta.

—Será Tareq —supuso Ambra—. Yo abro.

—Me he decidido —gritó Elsa por detrás de ella—. Tienes razón. Lo voy a hacer por Ingrid.

—Lo del sexo tántrico está sobrevalorado, si quieres saber mi opinión —comentó Elsa mientras sorbía el café a través de un terrón de azúcar—. Fue más que nada algo divertido que probamos durante un año, pero a la mayoría le resultó aburrido, así que seguimos adelante.

Ambra sonrió. Elsa era fantástica. Una vez que se había decidido lo iba a contar absolutamente todo.

—¿Qué hicisteis después?

—Algunas de las mujeres que vinieron no habían tenido nunca un orgasmo, así que hicimos una especie de escuela del orgasmo. Era antes de YouTube, ahora hay un montón de vídeos en la red.

—Sí, claro —murmuró Ambra echándole un vistazo a Tareq, que estaba detrás.

Él le hizo un gesto tranquilizador: lo estaba filmando todo. Para mayor seguridad, Ambra también lo estaba grabando con el teléfono y ya había conseguido varias citas fantásticas.

—Fumábamos mucho cuando estábamos juntos, pero era marihuana, solo un poco de hierba, eso nunca le ha hecho daño a nadie.

Ambra no dijo nada y volvió a mirar a Tareq de reojo. Tendrían que cortar una parte del comentario sobre la hierba; aparte de eso, era perfecto.

—Elsa, esto va a quedar genial —le aseguró Tareq cuando terminaron—. Ambra, ¿estás satisfecha?

La periodista asintió, así que empezó a recoger el equipo mientras Elsa iba a la cocina. «Tareq no está nada mal», pensó Ambra distraída mientras veía el movimiento de sus dedos largos y ágiles trabajando con la cámara. Guapo y joven, atlético y fuerte, como muchos de los mejores fotógrafos. Desarrollaban los músculos al tener que cargar con sus cámaras todo el tiempo. Y además era agradable. Tendría que haber coqueteado con él.

Él miró hacia arriba y sonrió.

—Oye, esta tarde vamos a salir unos cuantos, puedes acompañarnos si quieres —dijo, levantándose y colgándose la bolsa al hombro.

—Me encantaría —dijo ella con sinceridad—, pero me marcho en el vuelo de la tarde.

—Está bien. Hablaremos cuando haya revisado el vídeo. Pero esto va a quedar genial, buen trabajo.

—Qué chico más agradable —comentó Elsa cuando Tareq se hubo marchado.

Ambra cerró su bloc. Tenía suficiente. Grace estaría contenta.

—¿Cómo te has sentido tú?

—Me ha gustado tenerte aquí. En parte por la entrevista, pero también por verte. Espero que no te moleste la pregunta, pero ¿va todo bien?

Al parecer, Elsa había notado que se comportaba de manera diferente. Ambra le dirigió una sonrisa tranquilizadora.

—Oh, sí. Te enviaré tus declaraciones para que las revises —se limitó a responder.

—Me parece muy bien, amiga.

Parecía que iba a añadir algo más, pero no lo hizo.

La entrevista estaba lista. Grace decidió que el reportaje se publicaría en dos días consecutivos. La primera parte el día después de Navidad, y la segunda al día siguiente. Tareq montaría el vídeo, un redactor lo puliría y lo pondría en la web. Elsa le ofreció gratis las fotos en blanco y negro, pero Ambra insistió en pagarle diez mil coronas. Grace la mataría si lo supiera, pero de todos modos era un precio ridículo y el periódico podía permitírselo.

Todo estaba listo y casi con toda seguridad nunca volvería a ver a Elsa. Ese trabajo era así de raro; conocías a gente, compartías sus historias, te acercabas a ellas, despertaban tu interés y luego te separabas para siempre. Pero con Elsa había alcanzado otra dimensión.

Vaciló un momento. No tenía pensado mantener una conversación personal con Elsa, pero estaba siendo un viaje muy extraño. Las revelaciones de Elsa, Tom Lexington, los Sventin...

—Los he visto —empezó vacilante.

—¿Dónde? —preguntó Elsa con curiosidad.

—En la puerta de la iglesia.

Fue un alivio que la anciana la comprendiera sin necesidad de dar más explicaciones.

—Sí, por supuesto. —Elsa se inclinó hacia delante y cogió la mano de Ambra con su mano cálida y suave como papel de seda—. Estás muy pálida. ¿Te ha resultado difícil?

—Estaban él y Rakel, ha sido horrible. Pero lo peor es que iban dos niñas con ellos. ¿Sabes si tienen nietos?

—Puede ser. Tuvieron muchos hijos, y si todavía siguen en la comunidad...

—La secta. Son una secta.

Elsa asintió con la cabeza.

—Si sus hijos siguen en la secta ya deben de ser adultos, estarán casados y es probable que tengan hijos. Es lo que hacen, se casan entre ellos y tienen muchos hijos.

—Sí, así es.

—¿Qué has sentido al verlos?

—Están viejos.

—Destruyeron muchas cosas.

—Sí. —Ambra suspiró.

—¿Quieres comer algo?

—Tengo que irme.

Eran casi las seis y no quería perder el avión.

—Si quieres seguir hablando, estaré en casa el resto de las Navidades. ¿Puedo invitarte a almorzar mañana?

Le hubiera gustado aceptar.

—Por desgracia vuelvo a casa hoy.

—Será en otra ocasión, entonces —se conformó Elsa con amabilidad.

—Sí —respondió Ambra, aunque sabía que esa probabilidad era casi inexistente.

Se despidió de Elsa y cogió un taxi para ir al aeropuerto. La ventisca de nieve que azotaba la ciudad hizo que fuera todo el camino en tensión, agarrada al asiento. Cuando llegaron había alcanzado casi la categoría de tormenta. Pagó con su tarjeta Visa personal y abrió la puerta sin atreverse a pedir recibo.

La zona de salidas estaba atestada de gente. No necesitó mirar el panel electrónico para darse cuenta de que algo no iba bien. La megafonía retumbaba, la gente hablaba en voz alta y los niños, agotados, lloraban. Se abrió paso hacia un monitor. El vuelo a Estocolmo se había cancelado debido a un fallo en el motor.

—Todos los aviones a Estocolmo están completos los próximos días —le explicó una mujer muy estresada en el mostrador de facturación.

—Entonces ¿cómo vuelvo a casa?

—Nos queda una plaza, con escala en Oslo.

—La cogeré.

Tenía que marcharse de allí. Alguien empezó a llorar detrás de ella. Se volvió. Una mujer embarazada con un niño en brazos lloraba desesperada.

—¿Querías esa plaza? —le preguntó Ambra después de un momento de duda y egoísmo.

La mujer se secó la nariz y asintió.

—Quédatela —cedió Ambra con un suspiro.

—Gracias.

Una hora después se dio cuenta de que estaba atrapada en Kiruna y que no le quedaba más remedio que esperar, así que buscó otro taxi para volver al hotel. Le envió un mensaje a Jill pidiendo disculpas y recibió un emoticono triste a modo de respuesta.

—¿Está libre mi habitación? —preguntó en la recepción.

La respuesta fue afirmativa.

Se hundió en la cama y le envió un mensaje a Grace para decirle que no creía que pudiera dejar Kiruna de momento. Era Navidad y los aviones estaban abarrotados.

De acuerdo, mantenme informada.

Ambra se quedó mirando el teléfono. ¿Qué iba a hacer en una ciudad que detestaba?

Decidió llamar a Elsa y preguntarle si la invitación seguía en pie. Diez minutos después, la anciana la invitaba a almorzar en su casa al día siguiente. «Menos da una piedra», pensó.

Se tumbó en la cama. ¿No debería investigar a la familia Sventin, ya que estaba allí? Mientras pensaba en ello estudió el menú del servicio de habitaciones. Desistió y buscó el número de teléfono de Tareq. Dudó un momento, pero ¿por qué no?

¿Todavía puedo ir con vosotros?

La respuesta llegó inmediatamente.

¡Claro que sí! ¡Estupendo! Estaremos en el Royal a partir de las nueve.

Ambra abrió el portátil y trabajó durante una hora. Después se puso brillo en los labios, se ahuecó los rizos con los dedos y se puso un poco de laca. Se observó en el espejo con gesto severo. Kiruna no iba a poder con ella. No tenía intención de angustiarse por esta ciudad. Controlaría sus sentimientos y se lo pasaría bien.

—¿Lo has oído? —dijo, mirándose en el espejo—. Vamos a pasarlo bien.

A las nueve salió de la habitación, bajó a la recepción y pidió indicaciones para llegar al Royal.

13

Tom miró a su alrededor en la bulliciosa sala de fiestas y se dio cuenta de que estaba en el último sitio donde quería estar. Alguien cantaba en el karaoke sobre un reducido escenario situado junto a una pared. En el techo, unos discos de colores daban vueltas, lanzando su molesta luz intermitente. Miró hacia otro lado. Las paredes estaban decoradas con cuernos de reno, pieles de animales y artesanía lapona. En el bar, las bebidas a base de vodka, moras y arándanos rojos estaban de oferta. Había estado allí de joven, pero desde entonces lo habían reformado por completo.

—Está muy diferente —señaló mientras seguía con la mirada a dos hombres con camisa de franela que iban abrazados.

—Es el día de Navidad, así que no hay muchos sitios donde elegir —se excusó Mattias. Miró al camarero y le pidió dos cervezas.

Tom vio que los dos hombres jóvenes se besaban en el bar. Mattias le pasó una cerveza y buscaron una mesa. Habían estado sentados en su casa hablando de pesca, de viejos conocidos comunes —no de trabajo— y de algún modo Tom se dejó convencer cuando Mattias le propuso que salieran un poco y se relacionaran con la gente. Podía ser muy convincente.

—Al parecer, el bar gay es uno de los mejores sitios de todo Norrbotten para ir el día de Navidad. Lo he leído en alguna parte —le contó Mattias.

—Si tú lo dices.

A Tom le daba igual el tipo de sitio que fuera, lo que le molestaba era el nivel de ruido y el parpadeo de las luces. Diez minutos más y se iría, decidió mirando el reloj mientras empezaban a masacrar una nueva canción en el karaoke. Los cantantes que estaban en el escenario fueron recompensados con gritos de júbilo y aplausos al terminar.

—Tal vez podrías intentar parecer menos... no sé... No tener tanto aspecto de mercenario —dijo Mattias.

—¿De qué me hablas?

Mattias se metió en la boca un puñado de frutos secos.

—Intenta parecer normal. Asustas a la gente.

—Si no te gusta, puedes volver a Estocolmo.

—Sí, ya me lo has dicho. Veinte veces.

—Yo... —empezó a decir enfadado, pero perdió el hilo.

Estaban sentados de espaldas a la pared. Era una vieja costumbre, así podían ver a todo el mundo y era imposible que les atacaran desde atrás. Eso significaba que Tom tenía una buena visión del local y acababa de ver un rostro que reconoció al instante, a pesar de la escasa luz.

Ambra Vinter.

Estaba sentada a una mesa con un grupo de hombres jóvenes. Hablaban, bebían cerveza y de vez en cuando ella se reía y jugueteaba con el pelo.

Mierda.

—¿Alguien que conoces? —preguntó Mattias mirando hacia la mesa.

En ese momento, Ambra descubrió a Tom al otro lado del bullicioso local. Se le congeló la sonrisa y se quedó inmóvil en la silla, con la mano alrededor del vaso de cerveza. La luz parpadeaba sobre su rostro. Tom creyó por un momento que ella le ignoraría por completo, pero la vio inclinar la cabeza en un breve y frío saludo y volverse al instante hacia sus acompañantes. Su cabello oscuro se balanceó cuando ella y sus amigos volvieron a reírse.

—¿Quién es? —preguntó Mattias.

—Una periodista que he conocido —respondió tras un momento de duda.

—¿En el hotel? ¿No será la chica con la que te pusiste en evidencia? —insistió Mattias mirándolo con interés.

Eso era lo peor de él. No se le escapaba nada. Era enervante. Tom se encogió de hombros. Mattias miró a Ambra, que se volvió y les ofreció el perfil. Estaba muy bien así, vista de lado, con su nariz recta y sus suaves mejillas. Parecía estar enfadada y percibió cierto rechazo en su rostro.

—Vamos, acerquémonos a saludarla —propuso Mattias.

«No me lo puedo creer», pensó Tom, pero Mattias ya se había levantado y se dirigía hacia allí. Lo miró con gesto huraño, pero quedarse solo en la mesa parecía aún más estúpido, si es que eso era posible, así que se levantó a regañadientes y lo siguió.

Mattias dijo algo y todos los ocupantes de la mesa, Ambra y cuatro hombres jóvenes, se dieron la vuelta y miraron a Tom, que llegaba en ese momento.

—Él es Tom, y él es Tareq —presentó Mattias, que siguió con los nombres del resto. Tom los olvidó al instante.

Eran jóvenes y guapos, estaban alegres e hicieron que se sintiera viejo y cínico. Cuando tenía su edad, hacía ya tiempo que él era un soldado endurecido.

—A Ambra ya la conoces. Siéntate.

Mattias, que ya se había sentado, le señaló el único sitio vacante, al lado de ella, un espacio mínimo al final de un banco de pino.

—Hola —saludó Tom con gesto frío.

Recibió como respuesta una leve inclinación de cabeza y después ella apartó la mirada. Se acercó todo lo que pudo a los demás. Parecía sentirse igual de incómoda que él con la situación.

Los cuatro jóvenes saludaron con entusiasmo. La mesa estaba llena de cervezas, vasos y aperitivos, y no había duda de que estaban borrachos.

—Siéntate —repitió Mattias.

Tom se sentó al final del banco, al lado de Ambra. Ella intentó apartarse, pero por más que quiso no pudo evitar el contacto corporal. Él hizo todo lo que pudo para encontrar una postura en la que no estuviera demasiado cerca de ella sin caerse del banco. Se tiró del cuello de la camiseta. ¿No hacía mucho calor?

—Tom me ha dicho que eres periodista. ¿Eres de aquí? —preguntó Mattias.

Ambra se retiró los rizos oscuros, que al momento volvieron a resbalar, y a Tom le llegó un olor a través de la neblina de la cerveza. Una flor tal vez, o una fruta. Algo femenino, en cualquier caso. El mismo olor que percibió cuando se besaron.

—Soy de Estocolmo, estoy aquí por un trabajo. O estaba. Mi vuelo de regreso se ha cancelado y me tengo que quedar al menos una noche más. ¿Y tú? ¿Vives en Kiruna?

Mattias se bebió la cerveza. Parecía totalmente relajado.

—He venido de visita.

—¿A qué te dedicas? —preguntó Ambra después de un momento de silencio.

Tom intentó mover las piernas, pero el movimiento hizo que ella se pusiera aún más tensa.

—¿Yo? —Le dedicó una amplia sonrisa, como si no tuviera ni un solo secreto que ocultar—. Nada especial, trabajos de consultoría. Formación.

La típica respuesta de quien trabaja en algo secreto. Vagas contestaciones sobre algo que sonaba tan poco interesante que nadie seguía preguntando. Tom solía decir que se dedicaba al mantenimiento del cableado. La mayor parte de la gente empezaba a bostezar al instante. Excepto una vez, durante una barbacoa en casa de los padres de Ellinor, cuando a uno de sus vecinos se le ocurrió discutir durante toda la noche sobre los beneficios de los distintos materiales de los cables subterráneos. Al parecer, había a quien le resultaba interesante, y pasó un mal rato hasta que consiguió librarse de la conversación.

—¿En qué sector? —insistió Ambra.

Tom miró la cerveza y estuvo a punto de sonreír. Tal vez solo estaba siendo educada, o quizá había oído algo por casualidad. Él se lo había buscado. Que se esforzara un poco.

—La burocracia más aburrida —respondió Mattias encogiéndose de hombros con desinterés.

—Mmm. —Ambra parecía escéptica.

Cuando ella levantó el vaso de cerveza sus piernas se rozaron y Tom notó que tenía unos muslos muy agradables, suaves y cálidos.

Mattias alzó su vaso vacío.

—Voy al bar —dijo, y se apresuró a salir.

En la mesa quedó más espacio y Ambra se movió rápidamente hacia el centro. Tom escuchaba lo que decían los demás hasta que, poco después, Tareq también se levantó y desapareció. Ambra comenzó a tamborilear en la mesa con los dedos al son de la música, sin dirigirle la palabra a Tom. Otro de los jóvenes se puso de pie y se marchó. Alguien empezó a cantar en el karaoke una espantosa versión de un conocido tema. El nivel del ruido iba en aumento, aunque parecía imposible. De pronto solo quedaron Tom y Ambra en la mesa. Ella se bebió la cerveza, dejó el vaso dando un pequeño golpe en la mesa y miró alrededor con gesto desenvuelto.

—No era mi intención venir aquí y ahuyentarlos a todos —dijo Tom, pero la broma no cuajó.

Siguió un silencio tenso sin contacto visual.

—Lamento lo de tu vuelo —añadió después de un momento que se hizo infinitamente largo.

—Gracias.

Más silencio incómodo.

—Acerca de lo de ayer... —comenzó a decir él, tenso e incómodo.

—Por favor, no tenemos por qué hablar de ello —rechazó ella con desgana—. ¿No podemos intentar olvidarlo?

—Por supuesto —respondió él, aliviado por un lado, aunque por el otro... no estaba seguro. A pesar de todo, fue un beso fantástico. Ardiente. Sensual.

Volvieron a quedarse en silencio.

Mattias había desaparecido, y tampoco veía a los demás. Lo único que Tom quería era irse a casa, volver al silencio y a la soledad.

El ambiente era cada vez más bullicioso, los gritos de la gente, el calor que iba en aumento... Empezó a sudar. ¡Oh no! Ahora no. Notó unos destellos en los bordes de su campo de visión. Tuvo la sensación de que alguien había subido la temperatura y había sellado las ventanas. Todos sus sistemas internos le indicaban que debía levantarse, huir de ese alboroto, de la ansiedad, de sí mismo. Agarró con fuerza el vaso de cerveza y miró la mesa, intentando respirar despacio. ¿Cuánto tiempo había transcurrido? ¿Qué intensidad tenía? Un cinco, no podía ser más ¿Un seis? Respira, Tom.

«Mierda, mierda, mierda», pensó.

—¿Te ocurre algo?

Al notar la mano de ella apoyada en su brazo estuvo a punto de saltar. Ambra parecía estar preocupada. Su tono de voz era mucho más suave que antes. Pero él no lograba controlar la respiración. No podía sentarse ahí y tener un ataque. Se secó la frente con el dorso de la mano, intentó relajar los hombros. No podía hablar en ese momento. Eso era lo peor, la total falta de control.

Ambra le ofreció una botella de agua mineral.

—Toma, bebe.

Él bebió y respiró con dificultad. Bebió más. Los destellos disminuyeron. Ahora un cinco más o menos. Tal vez un cuatro incluso. Volvió a secarse la frente. Respiró de forma entrecortada.

—¿Qué ha ocurrido? —le preguntó Ambra.

Tom notó que buscaba su mirada, pero él la evitó. Primero tenía que estabilizarse. Volvió a respirar profundamente, con tranquilidad. Relajó las piernas y no llegó a apretar tanto el vaso como para hacerlo estallar.

—¿Tom?

—Nada. Ya ha pasado.

Estaba mejor, no había duda. Incluso podía hablar.

La voz de Ambra le ayudaba, le tranquilizaba y él podía centrarse en otra cosa que no fuera lo que le estaba pasando a su cuerpo. Intentó mover los dedos de las manos, los de los pies, obligar a la sangre a circular y evitar que se quedara en las extremidades o en los músculos. Ahora debía estar como mucho en un cuatro. El instinto de huir o pelear desapareció y pudo volver a pensar. Buscó algo que decir, algo que no tuviera que ver con lo que acababa de ocurrir. Se sentía avergonzado.

—¿Has vuelto a ver a Elsa? —preguntó.

—Sí, pero ¿estás bien de verdad? No tienes muy buen aspecto.

Él hizo un gesto de rechazo con la mano.

—Sí.

Se obligó a mirarla, a enfrentar su mirada; descubrió cierta preocupación en su mirada verde y gatuna. Tomó aire por la nariz, lo expulsó por la boca y se centró en esos ojos.

—Tom...

Él sacudió la cabeza.

—Háblame de Elsa —dijo pasándose la mano por el cuello.

Sudaba copiosamente y bebió más agua.

—Me gustó mucho, la verdad. —Ambra sonrió con inseguridad y la preocupación todavía reflejada en sus ojos, pero él se dio cuenta de que le estaba bajando el pulso. Cogió con fuerza la botella de agua mineral y se concentró en la voz de Ambra, en sus ojos, en la parte en la que terminaba el jersey y se le podía ver el cuello. Era de lana azul oscura. Al parecer le gustaban las prendas de lana, y a él le resultaban sugerentes, femeninas y suaves. Contrastaban con la animadversión que mostraba hacia él. Se recreó mirando las curvas de su pecho, y eso también le ayudó.

—Casi no conozco a gente mayor, ¿no es raro? —añadió.

Tom subió rápidamente la mirada a su rostro. La opresión que sentía en el pecho había disminuido. Seguía sudando mucho y estaba muerto de sed, pero el cuerpo ya no le temblaba.

—¿De verdad? ¿No tienes ningún pariente anciano? —preguntó él.

—Ninguno. Mis abuelos maternos y paternos han muerto, y también mis bisabuelos.

—¿No hay nadie más?

—No, no tengo familia.

Pronunció esas palabras sin darles mayor importancia, como si fuera un simple detalle que acababa de revelar, una anécdota insignificante. Pero las únicas personas que Tom conocía que no tenían familia eran los supervivientes de las guerras.

—¿Y tus padres?

—Fallecieron. Mi padre murió de una enfermedad cardíaca cuando yo tenía cuatro años y mi madre poco después, ese mismo año, antes de que cumpliera los cinco.

El mismo tono de voz neutro. Era como si estuviera relatando la historia de otra persona.

—Pero ¿cómo fue tu niñez? —se interesó. Alguien tenía que haber. ¿No le había dicho que tenía una hermana?

—Los servicios sociales se ocuparon de mí. Me dieron en adopción.

Ambra toqueteaba la etiqueta de la botella mientras hablaba. Tenía los dedos largos y llevaba las uñas cortas pintadas de un color oscuro y brillante que a él le parecía vagamente erótico. Recordó el momento en el que esos dedos habían trepado por sus brazos la noche anterior, mientras se apretaba contra él. Ella no dijo nada más, se limitó a evitar su mirada.

Al parecer se había vuelto a producir entre ambos una situación molesta. Tom pensó que debería disculparse y luego marcharse. Esto le estaba resultando demasiado duro. El bullicio, el ataque. Pero la veía tan frágil, como si realmente estuviera tan sola como le acababa de decir. Miró a su alrededor antes de volverse de nuevo hacia ella. Ambra se tiró de las mangas del suéter. Tom pensó que debía decir algo que la hiciera relajarse, sonreír. La imagen del momento en el que se besaron en el pasillo del hotel volvió de nuevo a su mente, un recuerdo intenso de los labios de ella contra los suyos, el leve ruido de su boca.

—Anoche... —empezó a decir, pero le interrumpió la llegada de Tareq a la mesa.

A ella, aliviada, se le iluminó el rostro. Tom miró con el ceño fruncido al hombre bastante más joven y atractivo que él y se le pasó por la cabeza si habría algo entre ellos.

—¿Cómo va todo? ¿Te las arreglas bien? —preguntó Tareq sin sentarse.

—¿Que si me las arreglo bien? —repitió Ambra mirándolo con cierta suspicacia mientras señalaba la silla vacía que había a su lado—. He venido aquí contigo, ¿no te vas a sentar?

Tareq negó con la cabeza e hizo un gesto de disculpa.

—Solo quería comprobar que estabas bien. He conocido a alguien —añadió mirando hacia la barra.

Ambra cruzó los brazos.

—¿Me tomas el pelo? ¿Te vas a ir otra vez?

—No voy a ningún lado, solo estaré allí sentado —anunció con una deslumbrante sonrisa—. Además, tienes a Tom.

—Sí, me tienes a mí —murmuró el aludido.

Ambra le ignoró.

—Entonces ¿me dejas?

—Dejar no es la palabra, por favor... —insistió Tareq abriendo los brazos en actitud de súplica.

Ambra resopló.

—Es bombero y juega al hockey sobre hielo —explicó el joven.

Tom seguía el diálogo con interés, sin decir nada.

—Se lo contaré a Grace —dijo Ambra malhumorada, dándose por vencida—. Le diré que no eres de fiar. Cuando acabe contigo solo podrás hacer fotos en bodas de famosillos. ¡Ja, ja, ja! Anda, vete.

Tareq sonrió, le dio las gracias y se dirigió a la barra del bar.

Tom no pudo evitarlo, le había gustado que Tareq no ocultara que era gay. Ambra siguió con la mirada al fotógrafo, que se abrió paso en la barra hasta acercarse a un hombre rubio y musculoso.

—Esta estancia en Norrland pasará oficialmente a la historia como el viaje en el que todos los hombres que conocí me rechazaron —aseveró Ambra echándose hacia atrás en la silla y poniendo el brazo en el reposabrazos.

—Qué actitud más negativa —dijo Tom a punto de sonreír—. La noche acaba de empezar, seguro que encuentras a alguien, si es eso lo que quieres.

Se quedaron mirando el nutrido grupo de hombres que reían y bailaban. Ambra levantó una ceja alargada y oscura.

—Tal vez no aquí —apostilló Tom.

Ella se retiró de la cara un mechón rizado. Él observó el movimiento. Pelo oscuro, piel clara. Era una mujer atractiva. En este momento no entendía cómo había podido decirle que no la noche anterior. Si las circunstancias solo hubieran sido un poco distintas... Había algo en ella, lo percibía.

—Ha sido un viaje raro —concluyó ella.

Ambra miró hacia la barra del bar. Estaba llena de hombres y apenas había mujeres. Tom también se volvió a mirar, lo que le permitió a ella estudiar su cuerpo sin que él se diera cuenta. Hacía tiempo que no mantenía relaciones sexuales, y aunque ese hombre parecía un búfalo, había algo en él que le resultaba atractivo. Llevaba una camiseta negra, esta vez sin ninguna inscripción, y tenía unos bíceps enormes. Ella no era la única que lo miraba furtivamente; varias personas tenían puestos los ojos en él.

Y ni una sola en ella.

Como ya había dicho, este viaje no había servido precisamente para reafirmar su autoestima. Pero no le molestaba que Tom hubiera aparecido de ese modo. Tras la sorpresa inicial, se había hecho la dura para intentar rescatar algo de su malparado honor. Volvió a mirarle de reojo, fue casi un reflejo. Qué pena que no hubiera pasado nada entre ellos. Hasta sus zonas más íntimas se lo pedían.

—¿Has dicho algo? —preguntó Tom, volviéndose y mirándola con atención.

Sus ojos serios le indicaban que podía haber algo entre ellos. Pero eso ya lo había notado antes.

—No, nada —negó, sacudiendo la cabeza.

Silencio y más silencio. Ambra se rascó la oreja. Cruzó las piernas y miró alrededor. Si no hubiera cedido su sitio en el avión de esa tarde, ya estaría en casa.

—¿Cómo van las cosas por aquí? —quiso saber Mattias, que acababa de volver.

Tom se encogió de hombros.

Sin duda podía resultar atractivo de un modo primitivo, con ese aspecto de hombre fuerte y silencioso, pero Tom no era demasiado comunicativo, pensó ella. Aún no sabía qué hacía en Kiruna. Volvió a mirar a Mattias Ceder. Parecía envuelto en un halo de misterio. Y entonces todo hizo clic en su cabeza.

—Los dos sois militares, ¿verdad? —afirmó, satisfecha de sí misma.

Tom no dijo nada.

Ambra esperó. Se echó hacia atrás y se irguió sacando pecho. Obviamente, se había dado cuenta de que Tom le echaba una ojeada de vez en cuando, lo que a ella le resultaba divertido, pero para él debía de ser triste; tendría que haber aprovechado la oportunidad cuando la tuvo.

—Te repito que soy asesor técnico —dijo Mattias por fin.

—Dijiste consultor.

—Entonces repito eso —respondió sin parpadear.

Ambra reflexionó.

—¿Y si te lo pregunto de forma confidencial?

—De forma confidencial sigo siendo consultor.

Mattias sonreía.

Ella se mordió una uña y se quedó pensativa. Tenía mucha curiosidad. La reportera que había en su interior quería ir a buscarlo en Google directamente. Ya había buscado a Tom, por supuesto, pero no había nada sobre él en la red, algo muy inusual. No tenía Facebook ni estaba en Linkedin. Cierto que a veces la gente evitaba las redes sociales, pero no había nada, ni siquiera una nota, ni una línea, nada de nada, lo que en sí mismo era sospechoso. Apostaría algo a que Mattias era igual de invisible.

Se dirigió a Tom.

—¿Qué has hecho después de dejar de ser lo que quiera que fueras en el ejército?

—Capitán —respondió él apartando la mirada.

Ambra se rascó el cuello. Se preguntó si había algo más fácil de conseguir que una respuesta de Tom Lexington: convertir cosas en oro, resucitar a los muertos, extraer agua de una roca.

—La mayoría de los exmilitares que he conocido son tipos duros y atléticos que gritan de pie en los cursos de seguridad —pensó en voz alta.

No le gustaban ese tipo de hombres.

—Tom trabaja en esos cursos —comentó Mattias con una sonrisa burlona.

Ah, se trataba de información. Seguro que había un montón de cosas relacionadas con la supervivencia que Tom podría enseñar. Aunque para empezar haría falta que él mismo se sintiera mejor. Pensó en el ataque de pánico que había presenciado antes y sospechó que no debía de ser el primero. Ni el último. No lo entendía bien, era difícil saber qué era, pero estaba segura de que se le escapaba algo, lo percibía.

—¿Impartes esos cursos aquí? —preguntó ella, buscando un modo de acercarse.

Tom volvió a negar con la cabeza.

—Está aquí por una mujer —le contó Mattias con media sonrisa.

Ambra dejó de tamborilear con los dedos. ¿Qué?

—¡Pero qué diablos! —rugió Tom.

—Pensé que sería bueno poner las cartas sobre la mesa. No sabía que era un secreto.

—No es información pública. No hay ninguna razón para contárselo a nadie.

Pero Ambra pensaba lo contrario. Después de todo, era una información importante.

—Me dijiste que no tenías pareja —señaló en un tono que a ella misma le pareció correcto para que no creyera que estaba demasiado interesada.

Pero ahora muchas cosas estaban más claras. Otra mujer, por supuesto.

—Es complicado —afirmó él.

¿Cuándo no eran complicadas las cosas?

—¿Vive aquí?

«¿Dónde está ella ahora? ¿Por qué no celebrasteis juntos la Navidad? ¿Por qué coqueteaste conmigo? ¿Por qué me besaste?», pensó a toda velocidad.

—Desde el punto de vista técnico hemos terminado, pero, aun así, es...

Ambra levantó la mano.

—Sí, es complicado, lo entiendo. Está bien.

Y a su modo lo entendía, aunque le pareciera deprimente. Al menos no la había rechazado por ser la mujer menos atractiva de la región, sino porque estaba enamorado de otra. Tendría que ser así, y en cuanto ella asumiera que estaba ocupado... Aunque le dijo que no tenía pareja. ¿O eran imaginaciones suyas?

Intentó recordar. Estaba bastante borracha. Era mucho para poder digerirlo. Él tenía una chica, o casi. Era exmilitar profesional, pero aún no le había dicho a qué se dedicaba en la actualidad. La periodista que había en ella pensaba que ahí podía haber una historia.

¿O no?

Tal vez Tom y Mattias eran realmente un par de consultores o asesores aburridos que impartían cursos igual de aburridos y hacían cosas tan poco interesantes que lo más emocionante que habían hecho durante los últimos años era ir a un bar gay de Kiruna. Tal vez estaban allí probando un nuevo modelo de coche secreto, lo que, bien mirado, tenía cierto valor periodístico y a Grace le gustaría que lo averiguara. Pero para ser sincera, preferiría tumbarse desnuda en una cama de clavos antes que escribir una historia así. Nuevos modelos de automóviles, ¿había algo más triste? El karaoke tal vez.

Alguien había vuelto a coger el micrófono y ya retumbaba otro viejo éxito de discoteca. Ambra vio a Tareq, el traidor, que seguía el ritmo de la música en la parte delantera del escenario. Pero aparte de lo que había ocurrido, estaba siendo una tarde bastante agradable.

La Navidad pronto habría terminado. Se notaba ligeramente achispada, aunque no como el día anterior. Después de unas cervezas estaba más relajada y había sido capaz de saldar las cuentas con Tom. Pasar una noche tranquila y casi sin incidentes en Kiruna era algo positivo. Podía haber sido mucho peor.

Entonces se dio cuenta.

Empezó como un leve murmullo en la entrada. La gente empezó a darse codazos y a murmurar, a volver la cabeza y a mirar con gesto de asombro. El murmullo fue en aumento y el efecto se extendió por el local. Las conversaciones se interrumpían y se volvían a iniciar. La emoción se incrementaba, parecía imposible de evitar. Podía deberse a cualquier cosa, por supuesto. A una casualidad, a que hubiera entrado alguna persona famosa de la localidad o a quién sabe qué.

Pero de algún modo Ambra sabía que había una sola explicación razonable a lo que estaba viendo y oyendo. Lo había experimentado antes y sabía que había pocas personas en el mundo capaces de producir ese efecto en un sitio público. Y casualmente conocía muy bien a una de ellas.

Estaba segura antes incluso de darse la vuelta.

Jill había ido a Kiruna.

14

Jill Lopez entró en el animado local, dio unos pasos y se detuvo. Llevaba las lentillas, pero aun así no veía bien, de modo que se quedó en la entrada intentando adaptarse al espacio y al ambiente y orientarse sin tener que entornar los ojos.

En el local predominaban hombres. El mobiliario era rústico, casi todo parecía estar hecho de pino y de piel de reno, pero percibió una energía especial y no tardó en darse cuenta del motivo. Era un bar gay. Qué agradable. Había ido allí por azar, y ni siquiera recordaba el nombre de la ciudad. Ludvig se había encargado de todo. Antes de llegar hubo un momento en el que se arrepintió y se preguntó qué estaba haciendo, pero ya estaba allí.

Pasó despacio por delante de la gente que murmuraba y le hacía fotos. Muchos famosos se quejaban de las cámaras de los teléfonos móviles, como si su estatus de «estrella» los alejara del público y de sus fans, pero para ella no era así.

Durante los primeros seis años de su vida nadie la quiso. Después fue adoptada por una pareja sueca que no tenía hijos. Al menos esa era la versión corta y apta para niños en la que no había violencia, ni abusos, ni se mencionaba un viaje en cuyo final había drogas y muerte. En cambio, descubrió el mundo de la canción y esa era la historia que reproducían los periódicos: su talento natural y su éxito. Jill amaba a sus fans y el apoyo que estos le daban. Posó para una foto tras otra mientras se abría paso entre la marea de personas. Por suerte distinguió a Ambra, que estaba sentada al fondo con un hombre corpulento de aspecto desaliñado y vestido de negro de los pies a la cabeza. Más que verlos, se los imaginó.

Firmó unos cuantos autógrafos y volvió a mirar hacia la mesa, dirigiéndole a Ambra una sonrisa de disculpa. Ya estaba llegando. El hombre que vestía de negro le dijo algo a alguien que estaba al lado de Ambra y Jill vio que había otro hombre con ellos, bastante musculoso también pero menos ancho de hombros. Más atlético, de pelo castaño, rostro serio y una mirada aguda que fijó en ella. Jill solo percibió un rápido reconocimiento y después nada más, lo que era poco habitual, y sintió una inesperada oleada de irritación. ¿No tenía nada más que ofrecer?

Un par de fotos más, un beso lanzado con la mano y por fin llegó a la mesa.

—Hola —saludó Ambra sin levantarse.

Nunca se abrazaban, de lo que Jill en parte se alegraba, ya que detestaba los abrazos forzados y los besos en la mejilla a los que estaba expuesta constantemente. Ambra tampoco era muy dada a los abrazos, tal vez porque sus vivencias infantiles las habían destrozado hasta el punto de no poder comportarse como personas normales.

—Hola —respondió Jill escudriñando a los dos hombres.

Al menos eran heterosexuales, eso lo notó enseguida. Miró a Ambra expectante.

—Tom, Mattias. Ella es mi hermana —presentó Ambra obediente—. Jill —añadió como si no supieran quién era.

Jill no recordaba la última vez que no la habían reconocido. Los periódicos publicaban noticias sobre ella todas las semanas. Era una de las pocas suecas cuyo rostro había sido imagen de una importante marca de productos de belleza y, además, hacía frecuentes apariciones en televisión.

—Hola —saludó el hombre de ojos negros—. Tom.

—Hola —le imitó el otro—. Mattias.

—¿Qué haces aquí? —quiso saber Ambra.

—Buena pregunta. Pasaba por aquí...

—La última vez que hablamos estabas a trescientos kilómetros.

Había sido un impulso inexplicable, pero hacía tiempo que no se veían y estaba cansada de Ludvig y de habitaciones de hotel.

—Salimos después de recibir tu mensaje, al llegar nos registramos en el hotel y pregunté por ti en la recepción. Dejé allí a mi asistente y me vine para acá.

—Estás loca. ¿Por qué no has llamado antes?

Jill se encogió de hombros, no se atrevió a reconocer que no había dicho nada por miedo a recibir un no por respuesta. Prefería viajar inútilmente a ser rechazada por teléfono.

—Siempre quise conocer...

Se detuvo, no recordaba bien dónde estaba.

Volvió a mirar de reojo a los dos hombres. No vio brillo en sus miradas, ni risas seductoras, ni nada que revelara que la veían como una mujer, como un objeto sexual o como la cantante famosa que era. ¡Qué pareja más extraña! Pero Ambra era así. Se relacionaba con gente rara. Tal vez había sido una mala idea llegar sin anunciarse, Ambra siempre detestó las sorpresas, pero Jill estaba inquieta, faltaban varios días para el próximo concierto y nunca se le había dado bien controlar los impulsos.

—¿De qué os conocéis? —preguntó. No entendía nada de ese trío.

—No nos conocemos —respondió Ambra.

—Hemos celebrado juntos la Navidad —intervino Tom a la vez.

—¿Habéis celebrado juntos la Navidad? —Jill parecía interesada.

Ambra nunca celebraba esas fiestas. El odio a la Navidad era algo que ambas tenían en común. Ambra porque soñaba con cosas imposibles y Jill porque simplemente detestaba todo lo que no girara a su alrededor.

—Estuvimos cenando y bebiendo, nada más —puntualizó Ambra, aunque parecía avergonzada y Tom, incómodo.

¿Se podía esperar de ella que no se hubieran acostado juntos? Era probable que no lo hubieran hecho. Ambra era espantosa respecto a los hombres.

—¿Y tú? —Jill se dirigió a Mattias—. ¿Cómo encajas en este triángulo?

—He llegado esta mañana, así que no encajo de ningún modo.

Tenía una voz agradable, hablaba con claridad y detectó un cierto acento de clase alta. Parecía inteligente. No le gustaban los hombres inteligentes. Ambra lo llamaba complejo de formación y Jill instinto de conservación. Se acercó un hombre más, pero a diferencia de los otros dos, este sonrió.

—Él es Tareq, mi fotógrafo —le presentó Ambra.

Tareq era joven, moreno y parecía un modelo.

—Eres Jill Lopez. Soy un gran admirador tuyo —dijo él con respeto.

—Me alegra oírlo, Tareq.

Por fin había alguien que se comportaba de un modo normal.

—Soy fotógrafo, como Ambra ha dicho. ¿Te importaría que te hiciera unas fotos?

—Tareq, este es un viaje privado —le advirtió Ambra.

—No tengo inconveniente en que saques unas fotos —repuso Jill, que se levantó, se alisó el vestido y posó con naturalidad.

Varios de los asistentes también aprovecharon para fotografiarla. Por el rabillo del ojo vio que Ambra, Tom y Mattias contemplaban el espectáculo.

Se sentó y Tareq hizo algunas fotos más antes de dejar la cámara.

—La verdad es que no tenía ni idea de que erais amigas. Te sigo en Instagram.

—Somos hermanas —matizó Jill.

—Nunca me has dicho que tenías una hermana tan famosa —exclamó Tareq, sorprendido.

—Mmm. Me pregunto por qué —respondió Ambra en tono seco.

—No hablamos mucho de ello —dijo Jill.

En realidad, nunca hablaban la una de la otra ni escribían comentarios en las redes sociales. Jill nunca comentaba su pasado en las entrevistas y Ambra no solía decir nada de nada, así que por lo general nadie sabía que eran hermanas, ambas adoptadas.

—¿Qué haces aquí? —le preguntó Jill.

¿Se lo había preguntado ya? No se acordaba. Estiró las piernas y se las miró mientras Ambra se lo explicaba. Al levantar la vista se dio cuenta de que Mattias la miraba fijamente.

—¿Me estás escuchando? —preguntó Ambra y Jill asintió con

la cabeza, aunque solo lo hacía a medias mientras le hablaba de una señora mayor que había conocido y entrevistado.

Lo que menos entendía de todo era por qué a Ambra le parecía tan importante su trabajo de periodista mal considerada y mal pagada. Siempre había algún pobre diablo sobre el que escribir, a quien rescatar o rehabilitar. No entendía cómo era capaz de soportarlo.

La música empezó a sonar por encima del murmullo y Jill sonrió al oír que era una de sus canciones. Era un éxito de hacía cinco años que seguía interpretando tan a menudo que probablemente podría vivir solo de las ganancias que le proporcionaba. Era una de las tres o cuatro canciones que siempre tenía que cantar en un concierto si no quería decepcionar al público. Hizo una señal de agradecimiento con la mano al camarero, que subió el volumen. Se echó a reír y él le envió besos con ambas manos.

—Jill, por favor, ¿podrías cantar en el escenario?

Era un chico rubio y alto que no tendría más de veinte años y que se había acercado a la mesa. Varios hombres más se unieron a él como una especie de coro. Ella notaba el cansancio en el cuerpo, lo que quería en realidad era sentarse, pero los miró sonriendo.

—Una canción —aceptó levantándose entre los aplausos de la gente. Después se inclinó y le preguntó a Ambra—: ¿Dónde estamos?

—En Kiruna —respondió ella con un gesto de fastidio.

Jill se subió al pequeño escenario y contempló a los asistentes. Los rostros de la parte de atrás permanecían borrosos. El silencio se extendió por la audiencia.

—¡Hola, Kiruna! —saludó, y los aplausos y los silbidos continuaron hasta que ella pidió silencio.

No estaba preparada y no tenía ni idea de qué canción querían que cantara. Los móviles estaban en alto. Sacudió la melena sobre su espalda, cogió el micrófono con ambas manos, cerró los ojos y esperó a que comenzara la música.

Mattias Ceder no podía quitar los ojos de Jill Lopez. Tenía una especie de foco luminoso detrás que hacía que a veces pareciera estar rodeada de un halo. El pelo oscuro le caía en ondas sobre los hombros, los dedos largos, llenos de anillos, se apretaban en torno al micrófono. Cuando cerraba los ojos mientras cantaba, a él se le erizaba la piel.

Oh, Dios.

Sabía quién era, por supuesto. Todos los que no estaban debajo de una piedra o vivían en una cueva sabían quién era Jill Lopez. La había oído cantar varias veces, la había visto en la televisión y la había oído en la radio. Era imposible no saber quién era.

A él le gustaba la ópera y la música clásica, la literatura y el teatro, todo lo que sugería algo a su intelecto y le hacía mejor persona. La cuestión era que tenía un gusto desarrollado y entendía de cultura. Lo que hacía Jill Lopez no encajaba en esos parámetros. Objetivamente era una mujer vulgar, demasiado escotada, demasiado sexy, demasiado intensa.

Pero Mattias nunca la había oído cantar en directo.

Esa voz. Mucho más oscura de lo que él creía. Profunda y sensual. Llenaba de significado cada una de las manidas palabras sobre el amor y la pasión, haciendo que sonara en sus oídos como si fuera el hombre que la había dejado, el que la había hecho ir en busca de otro amor, el hombre al que echaba de menos. En el mundo de la música pop era el equivalente a ser atropellado por una apisonadora. Ningún tono falso, ningún sentimiento parecía fingido.

Cuando terminó, ni siquiera consiguió aplaudir. Estaba totalmente abrumado.

—Tu hermana canta realmente bien —oyó que Tom le comentaba a Ambra, y pensó que era lo mínimo que se podía decir de ella.

En el escenario, Jill volvió a sacudir el cabello. Sonrió y comenzó a entonar una balada. Una canción de amor que estaba por encima del tiempo y el espacio. Mattias sabía que eso era basura y cultura barata, pero escucharla a ella era atravesar un túnel lleno de emociones.

Después de cantar otra canción, esta vez tan alegre que elevó la temperatura del ambiente y provocó enfervorizados aplausos, bajó del escenario y se dirigió hacia la mesa con paso oscilante. Se dejó caer a su lado y Mattias percibió su perfume cálido y afrutado, mezcla de playas besadas por el sol y especias exóticas. Buscó en su mente algo no demasiado educado, más bien distante y que fuera socialmente aceptable.

—¿Compones tú misma las canciones? —le preguntó finalmente. Serviría.

Jill se retiró el pelo, tenía la piel brillante por el sudor y unos mechones gruesos y oscuros se le quedaron adheridos en el escote.

Mattias se obligó a mirarla a los ojos.

—Lo compongo todo yo, tanto la letra como la música.

—Entonces habrás ido al conservatorio de música, ¿no?

Jill se echó a reír.

—Ni siquiera soy capaz de leer las notas. Soy autodidacta.

—Has estado fantástica —reconoció con sinceridad.

—Gracias. ¿Me das un poco de agua?

Ella cruzó las piernas y él siguió el movimiento con la mirada. Eran las piernas más bonitas que había visto en toda su vida. Le sirvió agua de la botella. Ella se estiró y le rozó la mano que sostenía el vaso.

Mattias retiró la mano, no en el acto, como si hubiera notado algo, sino despacio, con gesto impasible. La observó mientras ella le firmaba un autógrafo en una servilleta a uno de los asistentes.

—¿Cuánto tiempo llevas...? —comenzó a decir, pero era imposible mantener una conversación con Jill por las constantes interrupciones.

Ella accedió a que le hicieran algunas fotografías más, pero era evidente que se estaba empezando a cansar. Mattias miró el reloj y vio que era más de medianoche.

—Creo que voy a acostarme —anunció Ambra ocultando un bostezo—. ¿Vas a seguir volviendo loca a la gente o has tenido ya suficiente admiración por esta noche? —preguntó mirando a su hermana. Era difícil imaginar dos mujeres más distintas que ellas.

—La admiración que sienten hacia ti nunca es excesiva —respondió Jill, aunque pareció aliviada—. Me iré contigo y así podremos hablar. Me marcho mañana a primera hora.

Se pusieron de pie y Mattias y Tom hicieron lo mismo.

Tom se volvió hacia Ambra y le deseó buenas noches de forma

escueta, como era habitual en él. Ella se metió las manos en los bolsillos traseros del pantalón y le respondió con una simple inclinación de cabeza. Jill estrechó la mano de Tom, le dijo que le había encantado conocerle y después estrechó la de Mattias, que notó su leve sudor y la fuerza que transmitía. Cuando ambas se marcharon él todavía percibía su aroma, y estuvo a punto de llevarse la mano a la nariz para recordarlo, pero Tom se habría partido de risa, así que se alegró de no haberlo hecho.

—¿Qué hay realmente entre Ambra y tú? —preguntó cuando volvieron a sentarse.

—Nada.

Mentía. Había algo entre ellos. Tom la había estado mirando de reojo toda la noche.

—Pero te gusta, ¿verdad?

—No me gusta. Es periodista y no me gustan los periodistas.

—Lo entiendo —aceptó Mattias. Los periodistas podían ser un problema para los hombres como ellos—. Su hermana es preciosa —añadió.

—Supongo que sí.

El nivel del sonido aumentó, alguien empezó a cantar un tema de Abba en versión rock y les dio la impresión de que la gente había empezado a desnudarse en el escenario.

—Ya me he relacionado bastante por hoy —dijo Tom poniéndose de pie—. Conduce tú.

Mattias, que apenas se había tomado una cerveza, condujo hasta la casa de Tom.

—Puedo irme a un hotel —propuso con poco entusiasmo. Estaba agotado, apenas había parado en dos días, pero no estaba seguro de cómo estaba la relación entre ambos. Estaba allí para manipular a Tom, pero había sido bueno verlo de nuevo y que hablaran casi como antes.

Tom se encogió de hombros.

—Puedes quedarte, la casa es grande. Pero tendrás que encargarte tú de preparar las cosas.

Mattias hizo la cama con las sábanas que había en el armario de la habitación de invitados. Se quitó la ropa y lo dejó todo ordenado.

Tom hizo una ronda de vigilancia alrededor de la finca y se marchó a otra parte de la casa. Mattias se tumbó en la cama con las manos en la nuca. Menudo día había tenido. Ver a Tom, el club nocturno, Jill Lopez...

Se resistió durante unos minutos, pero luego se rindió y metió las manos debajo del edredón. Con sensación de culpa, evocó la imagen de unos ojos almendrados, una tersa piel dorada y unas curvas generosas. Se masturbó en silencio y de modo efectivo, como si tuviera veinte años y estuviera acostado en el cuartel.

«Si nadie sabe que ha ocurrido, es como si no hubiera ocurrido», pensó. Pero de todos modos le parecía indigno.

15

A la mañana siguiente, el día después de Navidad, Tom se despertó con la sensación de que el corazón le estallaba en el pecho. Abrió los ojos y respiró profundamente, como si acabara de salir a la superficie después de una larga inmersión. Transcurrieron varios segundos antes de que pudiera orientarse y darse cuenta de que ya no estaba sufriendo un cautiverio, sino en Kiruna, en casa, a salvo.

¡Hostias!

Había soñado que le pegaban, que le golpeaban como solían hacer. Unas palizas que duraban horas. Qué agradable podía resultar cuando cambiaban el método de tortura, solo porque una parte del cuerpo podía descansar por un momento. A pesar de llevar los ojos vendados, aprendió a distinguir los distintos instrumentos que usaban. Cables eléctricos, palos, puños.

Le temblaban las piernas cuando se dirigió a la cocina para intentar vencer el ataque de pánico que presentía. No era la primera vez que una pesadilla demasiado real desencadenaba un ataque. Echó agua en un vaso, lo dejó en el fregadero e intentó respirar con tranquilidad y pausadamente.

El alcohol, que le había calmado la angustia la noche anterior, era en el fondo un veneno que hacía que el cuerpo se retirara de la lucha por combatir la ansiedad. La evitaba mientras estaba borracho, pero cuando el alcohol empezaba a abandonar el cuerpo todos los sistemas seguían estando en alerta, lo que implicaba una mayor ansiedad. Era un círculo vicioso interminable, y sumamente arriesgado, en el que te quedabas atrapado.

Pero no tenía fuerzas para preocuparse por eso ahora, así que miró hacia el bosque y la nieve mientras se concentraba en la respiración. Ocultaría el consumo de alcohol como un sentimiento de culpa, junto con los demás sentimientos de culpa.

Al otro lado de la ventana de la cocina la nieve brillaba bajo la luna llena. Intentó que su mirada descansara sobre el paisaje blanco mientras esperaba que todos sus sistemas se calmaran. Lo primero que se le pasó por la mente fue echarse un trago como reconstituyente. La botella de whisky estaba en el armario y sería agradable evitar esa sensación. Pero también sería de algún modo el último golpe mortal, la última prueba de que había superado el límite del comportamiento normal. Se bebió el vaso de agua.

La ansiedad no cedía. Las imágenes del sueño surgían en su memoria de forma intermitente. Las carabinas automáticas apretadas contra su cabeza, las patadas que le daban con las botas por todo el cuerpo, incluso en la cabeza, los cigarrillos que le apagaban en la piel.

Se frotó los ojos. Tenía que pensar en otra cosa. Recordó que el día anterior había estado a punto de tener un fuerte ataque en el bar. Hablar con Ambra le ayudó. Por lo general le resultaba difícil cuando le ocurría delante de otras personas, pero vio en esa mirada verde algo que le tranquilizó, como si a ella no le sorprendiera ni le asustara nada, como si fuera un soldado que había estado en la guerra, lo que por supuesto era absurdo.

Ambra Vinter era menuda, delgada y lo menos parecida a un soldado que se pudiera imaginar. Pero la tarde anterior había sido amable con él a su modo, un poco huraña. Era como un erizo, pero bonita. Sonrió al pensarlo. Pensar en Ambra le ayudaba, y acababa de recordar algo que ella había dicho. Que estaba atrapada en Kiruna, ¿no era eso? Habló de planes suspendidos. ¿Qué haría hoy? ¿Trabajar? Volvió a llenar el vaso de agua y bebió despacio, mientras sentía que su cuerpo se calmaba. Se dio cuenta de que, si las circunstancias hubieran sido distintas, tal vez le habría preguntado si quería tomar un café con él y dar un paseo. Qué raro. Hacía tiempo que no pensaba en hacer todas esas cosas con ninguna mujer aparte de Ellinor. Pero era divertido hablar con Ambra, y era lista.

Dejó el vaso. Hacía una eternidad que no leía un periódico, pero de repente quiso leer algo que ella hubiera escrito. Así que, después de una ducha rápida, abrió el armario, sacó el portátil que llevaba allí varias semanas, se sentó a la mesa de la cocina con una taza de café, abrió el navegador y buscó *Aftonbladet.se*. Luego tecleó el nombre de Ambra en el campo de búsqueda y aceptó. Los artículos se alinearon por orden cronológico. Empezó por el principio, prefirió ser metódico.

Tom había escrito muchos informes a lo largo de los años, y había pasado por la escuela superior de oficiales, pero nunca se había considerado demasiado bueno a la hora de escribir. Ambra, en cambio, era muy hábil.

Su artículo más antiguo databa de hacía varios años. Entonces, al parecer, ella trabajaba sobre todo para la sección de Espectáculos, vigilando a famosos y escribiendo sobre bodas de gente conocida y sobre quién estaba con quién. Se apoyó en el respaldo de la silla. Le costaba un poco verla como periodista de prensa rosa. Luego había pasado un año redactando artículos sobre diferentes tipos de delitos. Asesinatos, malos tratos, ajustes de cuentas. Lectura deprimente sobre la peor cara de la sociedad.

Observó los retratos que acompañaban sus crónicas de aquella época. Brazos cruzados y mirada seria. Al año siguiente al parecer trabajó todo lo que pudo. Artículos cortos sobre noticias tanto nacionales como internacionales. Algún reportaje más largo en ocasiones. Después apareció su nombre debajo de notas cortas de poco interés acerca de los acontecimientos más variados. Le dio la sensación de que había ocurrido algo que hizo que pasara de reportajes largos a trabajos más cortos. ¿Una crisis personal tal vez? Aunque recordó que le había comentado que no se llevaba bien con su jefe.

En las últimas fotos estaba más seria aún, casi enfadada. Llevaba el cabello oscuro recogido atrás y apenas se veían sus rizos salvajes. Estudió la foto. Aparte de la expresión de enfado, no parecía la misma, no era extraño que no la reconociera. Era mucho más guapa al natural. Se detuvo en su rostro recordando el aspecto que tenía la noche anterior y la noche que la besó. Fue un beso fantástico, uno de esos que uno recuerda durante años.

Lo último que leyó fue el reportaje sobre Elsa Svensson y los talleres de sexo, publicado esa misma mañana. Era largo, personal, divertido y escrito en un tono que él reconoció. Era como oír la voz de Ambra a través de las letras. Estuvo a punto de echarse a reír. Al final había estado bien ir al bar con Mattias, porque le gustó encontrarse con ella.

Cerró el ordenador y miró el reloj. Iban a ser las diez. Mattias seguía durmiendo.

¿Qué diablos iba a hacer con él? Le resultaba raro tenerlo allí. Raro y habitual a la vez, algo preocupante. En la unidad de Fuerzas Especiales se entablaba una relación con los compañeros que no se parecía a ninguna otra. Mattias y él habían pasado tanto frío que hasta temblaban juntos, se habían tenido que meter en lodazales y habían llegado a perder la sensibilidad en los pies mientras espiaban un objetivo. Habían nadado hasta que, literalmente, habían acabado llorando de cansancio. Habían perdido a compañeros y se habían salvado la vida el uno al otro. En tales circunstancias su proximidad era tal que alguien ajeno a ese mundo no lo podría entender.

Lo que hizo que su traición le doliera mucho más.

Los enviaron a Afganistán en 2008. Habían concluido la formación y trabajaban como operadores secretos. Ya habían estado allí antes. Esta vez serían seis semanas, muy poco, no les daba tiempo a nada. Pero esas cosas no las decidían ellos, solo iban donde les ordenaban que fueran.

Vivían en el campamento con las fuerzas regulares suecas, una fuerza especial afgana y un puñado de americanos. Cuando llegaron al campamento los ánimos estaban bajos, debido sobre todo a que de un tiempo a esta parte habían tenido muchas pérdidas y pocos éxitos.

—Un líder talibán está planeando un ataque suicida —informó el oficial de mando en la reunión de esa noche.

Tom y Mattias se miraron. Saldrían directamente, como ellos querían.

—Atacaremos esa casa, a la derecha de la mezquita.

Siguieron al grupo que iba a localizar y eliminar al líder talibán esa misma noche. Salieron en dos helicópteros, armados hasta los dientes, colgando de los laterales. Era un tópico, pero también era genial planear por encima de la ciudad de ese modo. Tom estudió por última vez el mapa que llevaba en el bolsillo delantero. Frunció el ceño.

—Hay dos mezquitas —le dijo a Mattias—. En la información solo se hablaba de una. ¿Seguro que es esta la casa? —preguntó luego al comandante.

—Hemos llegado —anunció alguien de pronto, sin haber obtenido respuesta. Se guardó la preocupación. No podía dedicarse a molestar mientras estaban cumpliendo una misión.

Saltaron del helicóptero y corrieron hacia la casa. Al recibir la señal, Tom dio una patada a la puerta y entraron.

Tom, Mattias y otros seis soldados formaban la fuerza de ataque, los encargados de buscar al líder de los talibanes y custodiar el edificio. Había guardias de pie en el exterior, y en los árboles y alrededor de las casas aguardaban sus cazadores furtivos desplegados estratégicamente.

Tom había trabajado con gente de muchas nacionalidades distintas. En todos los grupos había canallas y tipos legales. Esos estadounidenses de pelo corto que le acompañaban, rebosantes de testosterona y cuyo vocabulario solo parecía consistir en *fuck* y *asshole*, no deberían estar ahí.

—Vosotros dos. Derecha —indicó el mando con un ágil movimiento de manos.

—*Fuck* —respondió el estadounidense haciendo el gesto de escupir en el suelo.

Tom sacudió la cabeza. No conocía a ese muchacho. Era como trabajar con una granada sin seguro. Entraron. Oyó un leve murmullo por la radio, pero nada más. Todo indicaba que estaban en el interior de un edificio normal. Pero Tom tenía un mal presentimiento; esperaba que la misión se interrumpiera y les ordenaran volver a la base.

De repente, un niño salió de un colchón que había en el suelo.

Tom vio el cuerpo delgado a través de la mira de visión nocturna. Sintió que toda esa misión era un error. «Es solo un niño, esta es una casa normal, estamos en un sitio equivocado», fue todo lo que pudo pensar antes de que, de repente y sin previo aviso, el estadounidense abriera fuego junto a él. Todos iban armados con carabinas automáticas. En posición estándar su cadencia de tiro era de seiscientos disparos por minuto, diez por segundo.

El pequeño cuerpo tembló y quedó destrozado ante su mirada atónita.

Tom se lanzó hacia delante y gritó.

—Para, por todos los demonios, solo es un niño. ¡Para!

—No hemos encontrado nada —oyó en la radio.

Era una casa equivocada, estaba seguro. Tom miró lo que hacía un momento era el cuerpo de un niño vivo convertido en sangre y jirones de carne.

—Nos retiramos —ordenó el oficial, y abandonaron la casa.

Cuando aterrizó el helicóptero, Tom estaba tan furioso que apenas podía hablar. Se quitó el casco, lo tiró al suelo, se deshizo de la carabina de un tirón y se volvió hacia el americano.

—¡Era solo un niño, cabrón! —le gritó.

El soldado escupió en el suelo.

—Malditos mocosos bigotudos. Un futuro terrorista menos.

Fue como si se le cayera una venda de los ojos. Se lanzó sobre él, le asestó un fuerte derechazo y después ambos cayeron al suelo. Rodaron juntos en medio del polvo, dándose golpes y patadas hasta que los separaron. Tom estaba fuera de sí. Mattias lo arrastró hasta el barracón.

—¡Le ha disparado a un niño! Es un psicópata.

Mattias asintió con la cabeza y le empujó hacia la cama.

—No era la casa que buscábamos. Ha sido un fracaso.

—Está mal. Esto está muy mal.

—Lo sé, pero tienes que tranquilizarte.

Al día siguiente los talibanes hicieron estallar una bomba suicida en un mercado local. En el ataque murieron cuarenta personas, la mayoría mujeres, niños y ancianos.

—Si hubiéramos atacado la casa correcta lo habríamos evitado

—le espetó Tom con amargura al jefe del equipo de intervención sueco, un teniente coronel al que admiraba.

—Estaba oscuro. A veces la información no es buena. Son cosas que suceden. Déjalo ya, Tom, por el bien de todos —dijo el teniente coronel en tono conciliador.

De hecho, tenía razón. No era infrecuente que recibieran informes erróneos. Pero no se podía quitar de la cabeza lo que había ocurrido. Que alguien de inteligencia no fuera competente y matar a niños eran dos cosas muy distintas. Él era soldado, y los soldados debían seguir unas reglas, o no serían mejores que los talibanes, los yihadistas y los terroristas a los que combatían.

Había cosas que estaban bien y otras que estaban mal. Era en lo que él creía y lo que defendía en última instancia. La democracia, la libertad, lo correcto.

Escribió un informe sobre el incidente. Lo envió desde Afganistán, volvió al trabajo y procuró mantenerse alejado del estadounidense.

Cuando regresó a Suecia exigió una reunión con el comandante en jefe, que accedió a recibirlo.

—Me han pedido que me acompañe algún testigo —le dijo a Mattias—. ¿Puedes venir tú?

—¿Al final vas a hacerlo? —le preguntó Mattias preocupado.

—Lo tengo que hacer. ¿Vienes?

—Voy —accedió Mattias, apartando la mirada.

A la reunión del cuartel general asistieron, además de Tom y Mattias, cinco abogados del ejército y dos hombres vestidos de civil que no se presentaron y que Tom sospechaba que pertenecían al servicio de inteligencia. Además, había dos testigos del campamento y un gran número de militares de alto rango con el pecho cubierto de medallas. El comandante estaba sentado en silencio y con gesto adusto detrás de su enorme escritorio. A Tom no le ofrecieron ningún asiento, en una evidente demostración de poder.

Pero Mattias también estaba allí. Estaba seguro de que su amigo, su compañero de armas y de combate, iba a corroborar su descripción de los hechos.

Después de que Tom presentara su informe de forma breve y

concisa, Mattias se puso de pie. Estaba tranquilo y parecía concentrado como siempre.

Pero, por sorpresa, le asestó una puñalada por la espalda.

—El capitán Lexington no estaba en plenas facultades antes de que viajáramos a Afganistán. Reaccionaba exageradamente y lo sigue haciendo. No es él mismo desde hace un tiempo.

Creyó que había oído mal.

—No se puede descartar que el autor del delito estuviera armado —continuó Mattias.

—¿El autor del delito? No era ningún delincuente, era un niño desarmado —intervino Tom, que se había quedado helado.

—Estaba oscuro, todo era un caos. No podíamos descartar que llegara a constituir una amenaza.

Mattias no apartaba los ojos de Tom, pero no podía ver nada en esa mirada, completamente neutral. Tampoco sabía cómo era la mirada de alguien que estaba traicionando a su mejor amigo. Mattias había mentido, acabando con la carrera militar de Tom. No podía quedarse. Había dado diez años de su vida, había creído en los ideales y en la moral. Ahora todo había terminado.

Se despidió al día siguiente. Dejó el ejército para no volver.

De eso hacía ya hace ocho años.

Y ahora Mattias estaba en Kiruna, fingiendo ser amigo suyo para volver a reclutarlo en las fuerzas armadas.

Pero Tom había terminado con eso, lo tenía decidido. Y hasta el día anterior creía que había terminado también con Mattias Ceder. Ahora no estaba seguro. Una parte de él quería echar de allí al traidor, decirle que se fuera al infierno. Pero otra parte recordaba su vieja amistad.

—Voy a comprar —dijo Tom escuetamente cuando Mattias se levantó poco después de las diez.

Subió por la carretera principal derrapando y aceleró hasta que la nieve empezó a formar torbellinos. El termómetro del coche marcaba ocho grados bajo cero, que en los términos de Kiruna era casi una temperatura primaveral.

Entró en el supermercado Ica y cogió pan, queso y zumo de naranja. Le echó un vistazo al estante de libros de bolsillo y pensó que hacía tiempo que no leía.

Cuando trabajaba en el extranjero leía muchísimo, sobre todo novelas, libros temáticos y biografías; la lectura era una buena manera de relajarse. En una situación de extremo peligro, la adrenalina se acelera de un modo que pocos pueden imaginar. Había sido atacado por terroristas y delincuentes comunes, perseguido por piratas, maltratado por secuestradores de coches y había luchado contra los talibanes. En tales situaciones, si no quieres morir tienes que dejar a un lado los sentimientos, son las reglas del campo de batalla.

La reacción llegaba después, y podía ser fuerte. El que no era capaz de tranquilizarse no duraba mucho. Tom había visto a hombres que enloquecían después de un combate por no poder soportar la carga de adrenalina. Algunos soldados y técnicos usaban el sexo para relajarse, otros hacían ejercicio, muchos bebían. Él leía.

Cuando iba a la escuela la lectura le resultaba un infierno, no sabía por qué, pero todo lo que tenía que ver con las letras era una pesadilla. Que le obligaran a leer en alto en clase, oír las risas cuando se atrancaba, practicar y practicar y aun así no seguir el ritmo. Se sentía tonto y torpe. No mejoró hasta que empezó en la Escuela Superior de Oficiales. Era algo que siempre había querido, tenía muchas ganas de obtener su título y un día las letras empezaron a colaborar, como si en su cerebro se hubiera formado un surco nuevo y todo encajara en su lugar, sin que tuviera la menor idea de cómo había sucedido.

Eligió dos de los libros que estaban en la lista de los más vendidos y salió de la tienda después de recoger y pagar las cosas. Entonces oyó gritos y un chirrido antes de estar a punto de caer al suelo empujado por un animal gigantesco que apareció de repente.

Lo que acababa de chocar con él era un perro gris enorme y lanudo que le llegaba a Tom casi a la altura de los muslos. El perro iba arrastrando una correa y, sin pensarlo, la pisó justo cuando el animal tomaba impulso para echar a correr. Este se detuvo sobresaltado y Tom se inclinó a coger la correa. El perro tiró furioso, echó las orejas hacia atrás y le mostró los dientes. Tom dudó; había visto demasiadas veces a personas atacadas por perros furiosos por no respetar el enfado del animal. Pero había muchos niños en la puerta de la tienda, así que sostuvo con fuerza la correa y la mantuvo a un brazo de distancia de su cuerpo mientras pensaba qué hacer después.

«¿Qué imbécil ha traído a un perro así a la ciudad?», pensó observando al monstruo gruñón de pelo erizado. Parecía más salvaje que doméstico. ¿Quién sería el dueño de un animal así?

—¡Oh Dios! Gracias —oyó.

Levantó los ojos y vio a Ellinor acercarse a la carrera, casi sin aliento.

Era lo último que esperaba.

—¿Es tuyo este perro? —preguntó incrédulo.

—Se ha escapado. No está acostumbrado a mí —le explicó Ellinor jadeando.

El animal, que la seguía con los ojos, bajó las orejas y la observó. Tom no conocía el lenguaje corporal de los perros, pero le pareció que temblaba mientras se apretaba contra su pierna. No estaba enfadado. Estaba asustado.

—¿De qué tiene miedo? —preguntó.

Ellinor se quitó un guante y se secó la frente. Resopló un poco.

—Algo le ha asustado. Yo no estaba preparada y ha dado un tirón. Tiene mucha fuerza. En realidad, es Nilas quien lo cuida.

Nilas, el veterinario. El hombre por el cual Ellinor le había dejado de manera inexplicable. Ese irresponsable tan estúpido como para tener un perro imprevisible y que no le importara que pudiera arrastrar a Ellinor.

Tom se quedó de pie con la correa en la mano mientras Ellinor lo miraba.

—¡Ahí estás! Me estaba empezando a preocupar.

Ellinor se volvió.

Nilas. Tom no podía ni siquiera pensar en ese odioso nombre sin hacer una mueca.

—No hay peligro. Está aquí —le dijo Ellinor haciendo una señal con la mano.

Nilas se detuvo. Se quitó un guante y le tendió la mano.

—Debes de ser Tom —saludó.

—¿Debo serlo? —Tom ignoró su mano tendida.

Ellinor entornó los ojos, pero Nilas se limitó a sonreír con amabilidad.

—Te agradezco que hayas detenido a Freja. Es mejor que la lleve yo. Es buena, pero los perros asustados pueden morder. Ven, Freja.

Nilas se estiró para coger la correa. Freja emitió un gruñido apagado, gutural, y Tom se quedó mirando al veterinario con una sonrisa maliciosa.

—Qué raro, no parece alegrarse de verte. Tal vez no seas tan bueno con los animales.

—Creemos que fue maltratada por su dueño anterior —explicó Ellinor—. Nilas la ha salvado, estaba en unas condiciones pésimas. Es fantástico con los animales —añadió en tono seguro, levantando la barbilla.

—Freja —repitió Nilas dándose palmadas en el muslo.

La perra seguía temblando junto a la pierna de Tom, que empezaba a arrepentirse de su actuación. Lo último que le interesaba era un chucho loco. Molesto, le ofreció la correa a Nilas para terminar con la farsa, pero este no la cogió, sino que se quedó mirando a Tom como si se le hubiera ocurrido una idea. Ya que una de las últimas ideas de Nilas fue acostarse con su prometida mientras él estaba en el infierno, Tom estaba casi seguro de que esta tampoco le iba a gustar.

—Busco a alguien que pueda encargarse de Freja. Nosotros ya tenemos dos perros que son bastante juguetones y la ponen nerviosa. Necesita estar tranquila.

Tom no dijo nada. No era su problema.

Ellinor apoyó una mano en la manga de la chaqueta de Nilas.

—A Tom no le gustan los animales —dijo.

No era cierto, él no tenía ninguna opinión sobre los animales. Ellinor, en cambio, adoraba a todos los animales.

Freja dejó de temblar y empezó a rascarse con ganas detrás de la oreja con una pata enorme que se hundía en la áspera piel gris. Tom la observó.

—¿De qué raza es? ¿Perro diabólico? —preguntó.

Nilas se puso el guante y estiró la espalda.

—Parece mestiza. Con predominio de perro lobo irlandés. Se hacen muy grandes. Todavía es un cachorro.

—¿Cachorro?

La perra pesaba por lo menos treinta kilos. ¿Cuánto más podía crecer? A Freja se le escapó un breve ladrido y después se dejó caer sobre uno de los pies de Tom, produciendo un ruido sordo. Se acomodó bien, cruzó las patas delanteras y bajó la cabeza.

Los tres se quedaron mirando a la perra. No parecía que tuviera intención de quitarse de ahí. Tom intentó mover el pie, pero el animal soltó un gruñido.

—En el peor de los casos tendremos que matarla —comentó Nilas.

Ellinor se llevó la mano a la boca y palideció. Tom miró al veterinario con desconfianza. A Nilas no se le daba bien manipular los sentimientos de los demás. Freja, que seguía tumbada encima de su pie, estaba chupando algo que había en el suelo, pero aparte de eso su aspecto era saludable.

—Tom, no puedes dejar que la maten —suplicó Ellinor. De repente, el malo ahora era él. Tendría que haber ignorado el estruendo que produjo el animal.

Miró a su alrededor, intentando encontrar a alguien que pudiera confirmar la extraña situación en la que había acabado. Una mujer con la cabeza agachada y un ramo de flores envuelto bajo el brazo se dirigía al supermercado. Se dio cuenta de que la conocía. Era Ambra Vinter que parecía intentar pasar por allí sin que la vieran.

—Hola —gritó él.

Ella se detuvo, miró hacia arriba, vio que él la miraba y dudó, como si prefiriera seguir su camino.

—¡Pero si eres tú! —exclamó Ellinor contenta.

Ambra pareció renunciar a toda esperanza de pasar desapercibida. Inclinó la cabeza para saludar a Tom y después se volvió hacia Ellinor.

—Me alegra verte de nuevo —dijo Ellinor.

—Hola.

Ambra le devolvió el saludo, y luego hizo lo propio con Nilas, mientras miraba a Tom con cautela.

—Hola —repitió él.

¿Habría pensado realmente pasar por su lado sin saludarlo? Ambra se metió las manos en los bolsillos de la chaqueta. Ellinor miraba a uno y a otro alternativamente.

—¿Os conocéis?

—Sí —dijo Tom inclinando la cabeza.

—No —aseguró Ambra a la vez, negando también con la cabeza.

Ellinor los miró perpleja. La perra volvió a rascarse; su enorme cuerpo temblaba.

—Nos topamos el otro día —explicó Ambra con cierta ambigüedad. Era evidente que le molestaba la situación.

—Ambra está trabajando aquí —añadió Tom sin que nadie se lo preguntara.

—Lo sé. —Ellinor apoyó una mano en el brazo de Ambra—. Ha venido a entrevistar a Elsa Svensson.

—De hecho, voy hacia su casa —dijo Ambra mostrando el ramo de flores que llevaba bajo del brazo—. Vive a la vuelta de la esquina. No sabía que Tom y tú os conocíais. ¿No serás...?

Incómoda, no terminó la frase.

—La ex de Tom —completó Ellinor con una amable sonrisa.

Lo sospechaba.

El silencio se extendió. Nilas no había dicho una palabra desde que saludó a Ambra. Se limitaba a mirar a las dos mujeres, y a Freja de vez en cuando. Estaba ahí de pie, con su aspecto fiable de persona del norte. Era una sensación rara ver a Ellinor con Nilas. Parecía un error. Como un malentendido que Tom podría corregir si se pudiera sentar, elaborar un plan, explicar una estrategia. Si pudiera hacer algo.

Tom miró a la perra que descansaba encima de su pie. Ambra se rascó la nariz y se retiró el pelo de la frente. Ellinor, por su parte, miró a Ambra y a Tom sucesivamente, con una pequeña arruga en la tersa frente, como si intentara averiguar si había algo más que ella desconocía.

—Tengo que ser puntual —exclamó Ambra de pronto, como si hablara consigo misma.

Miró a Nilas e inclinó la cabeza, abrazó a Ellinor deprisa, con cierta incomodidad y después miró a Tom, que intentaba adivinar sin éxito lo que estaba pensando.

—Ambra... —empezó a decir, al mismo tiempo que ella pronunciaba un breve «adiós» y se alejaba de allí sola, abandonando a su suerte a Ellinor, a Nilas y a Freja. No la culpaba.

—Qué chica más agradable —comentó Ellinor.

¿Agradable? Esa no era exactamente la palabra que él utilizaría para describir a Ambra. Ellinor la siguió con la mirada hasta que desapareció al girar en la esquina.

—¿Hay algo entre vosotros o solo son imaginaciones mías?

¿Que si había algo entre ellos? Recordó el gemido de Ambra cuando la empujó contra la puerta de la habitación del hotel.

—No —respondió Tom con desdén. Un ruido a sus pies captó su atención. Freja había empezado a morder el cordón de una de sus botas y la estaba manchando de babas—. Pero ¿qué demonios?

—Le gustas —le aseguró Nilas.

—Lo dudo —respondió Tom mirando en la dirección en la que Ambra se había ido.

—No me refiero a ella, sino a Freja —matizó Nilas—. A la chica no lo sé, pero a la perra sí que le gustas.

Tom tiró de la bota. Estaba llena de saliva. Freja se sacudió. Tom le entregó la correa a Nilas. Ya estaba harto de tonterías.

16

—Tomaremos un poco de jerez antes de la comida —dijo Elsa.
Abrió un armario de la cocina y sacó dos copas y una botella. Sirvió la bebida y le ofreció a Ambra una de las copas, que aceptó con cortesía a pesar de que nunca lo había probado. Si hubiera tenido una abuela le habría gustado beber jerez con ella. Elsa la miró con curiosidad.

—¿Cómo van las cosas?

El reciente encuentro en la puerta del supermercado la había afectado más de lo que creía, pero no quería importunar a Elsa con sus cosas.

—Todo bien. Gracias por invitarme.

—Espero que se resuelva lo del avión. Seguro que queda algún sitio libre. Y qué bien ha quedado el artículo, eres muy eficiente.

—¿De verdad? Gracias.

Ella también estaba satisfecha con el reportaje que servía de presentación. Al día siguiente se publicaría la entrevista.

—¿Tienes hambre? Siéntate, serviré la comida. He preparado asado de alce, un plato contundente. ¿Te gusta?

—Suena de maravilla.

El olor de la comida era delicioso. Fuerte y agradable a la vez. Carne, salsa y patatas. Auténtica comida casera. Ella siguió con el dedo los cuadros del mantel.

—¿Seguro que va todo bien? ¿Ha ocurrido algo? ¿Es algo relacionado con los Sventin?

Ambra negó con la cabeza.

—Es toda esta visita a Kiruna en general —respondió, aunque no era del todo cierto. Pensaba en la extraña escena que había tenido lugar hacía un rato.

Empezó a toquetear el mantel. Estaba segura de que Tom amaba a Ellinor, y no le extrañaba tratándose de una mujer hermosa, rubia, de aspecto bondadoso, agradable y dulce. La clásica mujer ideal. Era desalentador.

Elsa puso encima de la mesa una jarra de zumo de arándanos.

—A veces no me entiendo a mí misma. O son los demás los que no me entienden —murmuró Ambra como como si reflexionara en voz alta.

—¿Estás pensando en algo en concreto? —preguntó Elsa mientras ponía un salvamanteles sobre la mesa y colocaba el guiso encima.

Se sentó enfrente de Ambra, le ofreció zanahorias y patatas y luego ella misma le sirvió en el plato la carne cortada en finas rodajas.

—En las relaciones, supongo. No entiendo por qué es tan difícil, al menos para mí —explicó antes de servirse confitura de arándanos rojos, salsa y pepino encurtido. Después empezaron a comer—. Está riquísimo —exclamó mientras masticaba.

Casi nunca comía comida casera. Le gustaría quedarse en esa apacible cocina, disfrutar de la cena de los domingos, escuchar las noticias en la radio y sentirse normal por un tiempo.

—Las relaciones son difíciles para todos —dijo Elsa—. Algunas personas nunca aprenden a manejarlas.

«Como yo, por ejemplo», pensó Ambra. Sentía que no conocía las reglas para relacionarse con la gente sin ponerse en evidencia, sin ser abandonada. Su parte ilógica se preguntaba a menudo si habría algo en ella, alguna característica que hacía que no fuera digna de ser amada. Su parte adulta e intelectual sabía que no tenía nada que ver con ella, que no fue culpa suya que sus padres murieran y empezara a deambular por el defectuoso sistema de acogimiento familiar de menores. Pero no importaba lo que pensara de forma racional, porque llevaba tiempo alimentando la sospecha de que en el fondo se trataba de un defecto suyo, y que todos los que la conocían lo descubrían antes o después. Que ningún hombre la miraría nunca como Tom había mirado a Ellinor.

—¿Podría ser lesbiana sin saberlo? —preguntó.

Elsa cogió otra patata y sonrió.

—Lo dudo, aunque es un estilo de vida que recomendaría.

—Lo tendré en cuenta.

—¿Cómo fuiste a parar a casa de los Sventin?

—Mi madre murió y no había nadie más disponible, así que me llevaron allí a través de los servicios sociales.

—Pero eso es terrible.

—Sí.

Ambra no recordaba ningún detalle de su infancia antes de que cambiara todo. A veces ni siquiera estaba segura de que fuera cierto lo que sabía. Tal vez ella misma se había inventado esos olores e impresiones que creía recordar. Una boca amplia y sonriente y unos ojos tristes. Y antes de eso: dos personas que reían mucho y que representaban su seguridad.

—Mi madre murió de un derrame cerebral. Era Navidad. Me encontraron varios días después.

Ambra estaba sentada a su lado en la cama cuando llegó la policía. No recordaba nada de eso, pero lo leyó una vez en un periódico.

—Creo que entonces empecé a odiar la Navidad.

«La niña fue encontrada en la cama, al lado de la madre fallecida. Estaba deshidratada y exhausta, al parecer había dormido al lado de la madre muerta.»

Las autoridades sociales se hicieron cargo de ella. Durante un tiempo vivió de la caridad de un pariente lejano. Compartía habitación con dos hermanos y recordaba vagamente unas paredes de colores alegres y el pan tierno del desayuno, pero no quisieron que se quedara. «La familia considera que la niña causa muchos problemas», decía el informe. Al parecer, una huérfana de cinco años podía causar tantas molestias como para querer deshacerse de ella. No tenía a nadie más y tuvo que irse con la primera familia de acogida. Después de la décima perdió la cuenta.

Elsa cogió su copa de jerez y la miró pensativa.

—Pero lo que te preocupa hoy es otra cosa, ¿verdad?

Ambra asintió con la cabeza. O Elsa era muy aguda o le resultaba fácil leer sus pensamientos.

—He conocido a un hombre aquí.

—¡No me digas!

—No significa nada para mí, no es eso —explicó tartamudeando. Se detuvo, respiró y continuó más despacio—. De todas formas, me gustó y creía que era algo recíproco, pero lo interpreté todo mal y después comprobé que yo no le interesaba —añadió en un tono que le pareció que sonaba bastante desenfadado, como corresponde a una mujer adulta que está contando una anécdota divertida, no como una niña que ha vivido en casas de acogida y se siente desamparada.

—Sentirse rechazada siempre es duro.

—Sí.

Permanecieron sentadas en silencio. Era agradable confirmar sus sentimientos.

—Creo que los hombres se enamoran de cierto tipo de mujeres —prosiguió Ambra después de un rato. Elsa había vivido casi cien años y debía de saber muchas cosas.

Pero la anciana no parecía estar de acuerdo.

—Los hombres no son una especie en sí misma. Se enamoran de distintos tipos de mujeres, igual que nosotras.

Bien mirado sonaba razonable, pero no coincidía con las experiencias de Ambra.

—Entonces ¿qué crees tú que quieren los hombres?

—He pasado la mayor parte de mi vida con una mujer, así que no soy una experta en el tema —sonrió Elsa—, pero no se puede generalizar de ese modo. Los hombres son distintos unos de otros, igual que las mujeres.

Eso es lo que todo el mundo decía , pero no era así.

—Cuéntame —la animó Elsa, que dejó los cubiertos sobre la mesa.

—Esto es lo que yo pienso —empezó Ambra, que había reflexionado mucho sobre ello los últimos días—: Nos dicen a todas horas que tienes que ser tú misma, pero ¿qué pasa si no eres una persona agradable? Entonces no resulta nada bien lo de ser una misma. Mi teoría es que un montón de mujeres se han dado cuenta de eso y se dedican a fingir lo que no son, a ofrecer una versión más simple de ellas mismas. Son alegres, buenas y complacientes. No es que mientan, pero no son «realmente» ellas. Coquetean con distintas cualidades femeninas diciendo y haciendo tonterías. Renunciar a ser ellas mismas les funciona. Es como si tuvieran un manual.

Después se quedó en silencio. Ella nunca había visto ese manual.

—¿Te sientes engañada? —preguntó Elsa.

—Cuando creces sin modelos y sin unos referentes adecuados tienes muchas lagunas.

Ambra había tenido que descubrir muchas cosas por ella misma. Por ejemplo, a ponerse un tampón, a comprar un billete de autobús, a esconder el dinero para que la familia de acogida no se lo robara, a preparar un examen, a saber qué es un compañero o qué pasa cuando te enamoras. A intentar no llorar cuando toda la clase se ríe porque hablas de un modo distinto, a estar alerta ante el peligro y protegerse a sí misma.

—Durante un tiempo leí los consultorios de los periódicos y un montón de libros sobre relaciones, e intenté comportarme según los consejos que daban.

—Parece que te esforzaste.

—Supongo que sí —reconoció Ambra con media sonrisa—. Pero no tuve mucho éxito.

Aunque no sabía si fue debido a algún fallo de las fuentes que utilizó para aprender o si, en realidad, era ella la que tenía algún tipo de defecto social. Jill también había sido abandonada, pero ella sabía cómo comportarse. Estaba rodeada de personas que conocían los códigos sociales y los utilizaban. ¿Dónde los aprendían? ¿Era una cualidad innata?

Ambra era eficiente en su trabajo, al menos con todo lo que no estuviera relacionado con la política interna de la oficina. Podía hacer que la gente hablara en una entrevista, como si tuviera una especie de carisma que hacía que la gente quisiera y se atreviera a confiar en ella. Las situaciones difíciles tenían que ver con lo que no era trabajo directamente. Jefes, hombres, amigos, Tom. En todo momento tenía la sensación de que se equivocaba.

—Muchas veces me siento como una especie de extraterrestre —resumió.

—Tienes que ser tú misma. Hay muchos hombres estúpidos, así que tiene que haber muchas mujeres estúpidas para ellos.

—Eso suena poco solidario.

—No puedes ser solidaria con la gente solo porque sean de tu mismo género. Y la estupidez no tiene que ver con el sexo, está en todas partes.

—Pero ¿por qué crees que algunas mujeres tienen tanta facilidad para conocer a alguien? —preguntó. Eso era lo que de verdad quería saber.

—Para ser sincera, creo que muchos simplemente se conforman —respondió Elsa, y después se levantó para coger la botella de jerez.

—Supongo que será eso —reconoció Ambra, que prefirió tomar café.

Quitaron la mesa entre las dos y recogieron los platos. Después llevaron el café a la sala de estar. Ambra se sentó en el sofá, Elsa en la mecedora y empezó a sorber el café. Ambra no pudo evitar sonreír ante la tranquilidad que le producía ese sonido.

—Yo creo que eres una persona excelente. Tus padres estarían orgullosos de ti —dijo Elsa dejando el platillo del café.

Ambra notó que se le formaba un nudo en la garganta; nunca se le había ocurrido que sus padres pudieran estar orgullosos de ella.

—Háblame un poco de ellos.

—A mamá le encantaba todo lo relacionado con Italia. Estudió Historia del Arte y trabajó en una pequeña galería antes de que yo naciera. Fue ella quien quiso que me llamara Ambra, por un cuadro que vio una vez en Roma. Mi padre era relojero.

Al menos eso era lo que recordaba.

—Debían de ser dos buenas personas.

—Sí, lo eran. Normales.

Solía pensar en ellos de ese modo, como personas normales.

—La vida no es justa —añadió Elsa.

Ambra pensó en las personas que había conocido a lo largo de los años. Mujeres que habían asesinado a sus maridos. Padres cuyos hijos habían muerto. Víctimas de accidentes. Exiliados. Personas vulnerables.

—Hay quienes lo pasan mucho peor —reconoció.

Sentía de verdad que era así, que ella, en realidad, no tenía nada de lo que quejarse.

—Tus padres murieron y eso es lo peor que le puede pasar a un niño, aunque a otras personas también le ocurran cosas horribles.

Sacudió la cabeza. Sabía que había tenido suerte en comparación con muchas otras personas.

—Ambra es una palabra de origen medieval que significa ámbar —le explicó Elsa—. ¿Sabías que existe ámbar de distintos colores, no solo amarillo? El más raro es el azul, y también hay ámbar verde. —Se acercó y la miró con una sonrisa—. Como tus ojos. Tienes unos ojos poco comunes. A Ingrid le hubieran encantado. Una vez me regaló una estatuilla de ámbar verde. Tiene que estar por ahí —dijo señalando la estantería.

Ambra se levantó.

Delante de las filas de libros había diferentes adornos y recuerdos. Cajas, marcos de fotos, pequeñas esculturas. Un jarrón con flores secas. Piedras, miniaturas hechas de cuernos de reno. A Ambra le gustaba mucho mirar esas cosas.

No sabía cómo, pero había perdido lo que heredó de sus padres. En cada mudanza habían ido desapareciendo más cosas, hasta que solo le quedó una caja. Una pequeña caja de cartón con algunos objetos. Fotos, un viejo oso de peluche, un par de libros de bolsillo con el nombre de su madre en la contratapa, antiguas herramientas de relojería de su padre, un juego de destornilladores, sus anillos de boda y una pulsera con colgantes que su padre le regaló a su madre cuando nació Ambra. Le encantaba esa pulsera.

La caja desapareció después de llegar a Kiruna. Esaias Sventin decía que se la había llevado ella cuando huyó, pero no había sido así, para entonces ya no la tenía. Se la quitó. Esaias le arrebató toda su historia. Ella solía mirar en tiendas de antigüedades, navegar por sitios de subastas y buscar cosas que le recordaban a lo poco que tuvo de sus padres. El gesto de una figura de porcelana que le despertaba vagos recuerdos, un jarrón que tenía la sensación de haber visto antes.

—¿Es esta? —preguntó, sosteniendo una pequeña rana verde.

Al instante le vino un recuerdo a la cabeza, uno de los que casi había olvidado. «La ranita de mamá.» Acarició la pequeña figura. Su madre la llamaba ranita porque nunca se quedaba quieta, siempre estaba saltando. El recuerdo pasó flotando, desdibujado y fugaz, como de costumbre. Pero estaba casi segura de que había sido real.

Elsa estiró el brazo y cogió la estatuilla.

—Sí, esa es. Ingrid la compró en un viaje a Kenia.

—Es muy bonita —comentó Ambra. Sentía cierta presión en la garganta y le ardían los ojos. Volvió a sentarse en el sofá y se acomodó—. He decidido quedarme unos días en Kiruna.

—¿Es por el hombre del que has hablado?

—¿Qué? No, en absoluto. —Notó que se ruborizaba, pero no se trataba de Tom—. Quiero ponerme en contacto con los servicios sociales que llevaron mi caso cuando estuve aquí.

Quería averiguar si la familia Sventin seguía teniendo hijos en acogida. Le preocupaba que esas dos niñas estuvieran expuestas a lo mismo que había estado ella. No quería ni pensarlo.

—¿Qué esperas encontrar?

—No lo sé.

Estaban entre Navidad y Año Nuevo y tal vez no encontrara nada, pero no tenía intención de volver nunca más por allí, así que si iba a hacer algo lo tenía que hacer ahora.

—Si te puedo ayudar, dímelo.

—Gracias.

Siguieron tomando café y la conversación derivó hacia otros temas. Después de una hora de charla, Elsa parecía estar cansada. Había llegado la hora de irse.

—Gracias por invitarme a venir —dijo Ambra después de llevar las tazas a la cocina y fregarlas.

—Espera un momento. —Elsa desapareció. Se oyó un crujir de papeles y luego volvió con una cajita envuelta en papel de seda fino y arrugado—. Quiero que te lleves esto. Ábrelo.

Ambra quitó el papel. Era la pequeña rana verde. Miró a Elsa, insegura.

—Pero...

—Quiero que la tengas tú. Es un regalo mío y de Ingrid.

Ambra acarició la pequeña figura. El color era tan intenso que casi brillaba.

—Gracias —dijo en voz baja. La envolvió de nuevo en el papel y abrazó a Elsa con cariño.

—Estaremos en contacto —prometió Elsa, y Ambra asintió con la cabeza.

Cuando salió a la calle eran casi las cuatro de la tarde. Miró al cielo, cubierto de estrellas. Se subió la cremallera de la chaqueta y dudó entre buscar algún cine abierto o volver al hotel y empezar a trabajar delante del ordenador.

—Hola —dijo una sombra que surgió de la oscuridad.

Ambra se sobresaltó. «¿Pero qué diablos...?»

Era Tom Lexington.

—Me has asustado —le recriminó, un poco enfadada.

—No era mi intención —le aseguró él.

—¿Por qué te escondes y vas asustando a la gente?

Tom se encogió de hombros a modo de disculpa. No tenía intención de alarmarla, simplemente la había visto salir y decidió saludarla.

—Perdona. No me escondo. Estoy aquí con la perra. —Señaló a Freja, que corría a su alrededor con el hocico en la nieve—. Llevo horas dando vueltas por todas las calles de Kiruna, desde que me separé de Ellinor y Nilas, pero Freja no parece cansarse nunca. Fue la perra la que quiso venir aquí, tal vez tenga un novio por los alrededores.

—Probablemente. Los machos siempre nos complican la vida.

Tom pensaba que era igual de frecuente que ocurriera lo contrario, pero ¿él qué sabía? Si los últimos días había aprendido algo era lo mal que se le daba relacionarse con las hembras. Excepto con las de la raza canina tal vez.

—Creía que la perra no era tuya —dijo Ambra mirando con curiosidad al peludo animal.

—Y no lo es. Se llama Freja. —Ambos miraron al enorme animal, que en ese momento cavaba en la nieve en busca de algo—. Quizá tenga un tornillo suelto.

La ligera sonrisa de Ambra extendió por su pecho una sensación cálida. Le gustaba cuando sonreía.

—¿Has estado paseando desde que nos vimos?

Él asintió. Había sido agradable despejar la mente, evitar a Mattias y mover el cuerpo.

—Oye, quiero pedirte disculpas por mi modo de comportarme antes en la puerta de la tienda. Era una situación violenta para mí. Ellinor es mi chica, mi ex quiero decir.

—Sí, es lo que ella dijo.

—Y Nilas es su nuevo... chico.

—Una situación especial —reconoció ella dando una leve patada con uno de los pies.

—Freja es la perra de Nilas.

Ambra miró hacia arriba y levantó un poco una de sus cejas, que resaltaban como dos líneas largas y negras en su pálido rostro.

—¿Y la cuidas tú?

—Solo temporalmente.

Se la pensaba devolver esta misma noche, al día siguiente como muy tarde. La perra no era ninguna molestia, y una noche aquí o allí no importaba demasiado.

—Yo también te pido disculpas. Por todo.

Tom sacudió la cabeza. Ambra no tenía por qué pedir disculpas.

—¿Qué tal te ha ido con Elsa? —preguntó.

—Bien. Ha sido agradable. Es una mujer muy interesante.

—¿Vas a volver al hotel o regresas hoy a casa?

—Al parecer tendré que quedarme uno o dos días más.

—Podemos acompañarte al hotel si te parece bien. La perra todavía necesita descargar más energía. No sé de dónde la saca.

Ambra asintió y Tom le silbó a Freja, que llegó corriendo. Le resultó gracioso ver que la acompañaban.

—Freja te obedece.

—Sí, soy todo un experto en susurrar a los perros. ¿Sabes que he leído tus artículos?

—¿No me digas? ¿Cuáles?

—Creo que todos. ¿Te sorprende? Sé leer, aunque no lo parezca. Eran interesantes. Escribes bien.

Ella lo miró con escepticismo.

—Mi intención era hacerte un cumplido —dijo él.

—Humm.

—¿Qué?

—Nada. Solo me que he quedado pasmada.

Caminaron en silencio. Ambra parecía absorta en sus pensamientos. Tom no perdía de vista a Freja, encantada de seguir paseando. De vez en cuando lo miraba a él, como para asegurarse de que seguía ahí. Un perro extraño. Tal vez los perros eran como ella.

—Hay una claridad increíble por aquí arriba —dijo Ambra después de un rato mirando al cielo, donde brillaban las estrellas con toda su fuerza. Habían caminado a buen ritmo y ya habían llegado al hotel. Ella se detuvo delante de la entrada, tiritando—. Y qué frío hace.

Sin pensarlo, Tom se acercó para quitarle con la mano unos copos de nieve que le habían caído encima. Y de repente, sin saber de dónde procedía, notó una fuerte necesidad de tenerla cerca, de envolverla entre sus brazos y calentar su cuerpo tembloroso, de besar esa boca suave y explorarla un poco más a fondo.

—Llevas muy poca ropa —fue lo único que pudo decir.

—Lo sé. Es un modo de protesta. Me niego a adaptarme a Kiruna.

—¿Por qué?

—Detesto Kiruna.

—Te vas a morir de frío —le advirtió, aunque no pudo evitar sonreír.

Parecía típico de ella desafiar a los dioses del tiempo y a toda una ciudad.

—Creo que ya lo estoy haciendo.

—¿Por qué te desagrada tanto Kiruna?

—Viví aquí un tiempo cuando era pequeña. No fue una época buena.

—¿No?

Le rozó el hombro, le quitó un poco de nieve y luego retiró la mano.

—No. Elsa me ha dicho que probablemente haya auroras boreales esta noche.

Él se preguntó qué le habría ocurrido cuando vivía allí, qué podía ser tan malo como para hacer que cambiara de tema, pero se limitó a mirar hacia el cielo despejado.

—Probablemente. ¿Te gustan las auroras boreales?

—No tengo ni idea. Nunca las he visto.

—Pero ¿no viviste aquí?

No entendía que no las hubiera visto.

—Me lo perdí. O no quiero recordarlo.

—Pero supongo que habrás montado en moto de nieve alguna vez.

—No, tampoco.

—Entonces entiendo que no te guste Kiruna. Te has perdido toda la diversión.

—¿Como por ejemplo?

—Contemplar auroras boreales. Montar en moto de nieve.

Ella sonrió y se quitó con la mano un copo de nieve que le había caído en la frente.

—Es divertido montar en moto —insistió él. Se le ocurrió una idea—. ¿Vas a trabajar esta tarde?

—Creo que sí. ¿Por qué?

—Podríamos ir en moto de nieve y mirar auroras boreales esta noche. Conozco un buen lugar.

—¿En mitad de la noche? —preguntó con escepticismo.

—Es cuando se ven las auroras boreales —le explicó . Puedo recogerte aquí a las ocho.

Ella pareció dudar, siguió a Freja con la mirada y se mordió el labio.

—¿Estás seguro?

El calor en el pecho volvió a avivarse.

—Iré a casa a dejar a Freja y luego vendré a buscarte. Será divertido, ya lo verás.

—Y hará mucho frío.

—Eso también.

Estuvo a punto de inclinarse hacia delante y darle un beso en la nariz, pero se detuvo a tiempo. No valía la pena complicar más las cosas. Ya había pasado un límite no escrito con su idea impulsiva. Levantó la mano y le dio una palmadita en el hombro, como si ella fuera uno de sus hombres.

—Ponte ropa de abrigo.

17

—¿Qué te vas a poner? —le preguntó Jill al otro extremo del teléfono.

Había dejado el hotel y Kiruna por la mañana temprano, antes del desayuno, siempre en movimiento.

Ambra miró hacia abajo. Le habían prestado en la recepción unos pantalones para la nieve, una camiseta de manga larga y un par de calcetines de lana.

—Creo que es todo lo que tenían. No se trata de una cita a la que haya que ir elegante —dijo, y reflexionó un momento—. Ni siquiera es una cita.

—Tal vez es mejor así. Recuérdame que tengo que llevarte a comprar ropa bonita alguna vez. ¿O tienes algo que no sea suéteres de punto y vaqueros?

—Claro que sí —mintió.

Comprar ropa con su maravillosa hermana debía de estar arriba del todo en su lista de Cosas-humillantes-que-preferiría-no-hacer-nunca. Sujetó el teléfono con el hombro y la barbilla, se puso el gorro y se miró en el espejo. Apenas se veía nada de ella debajo de tantas capas de ropa, y ya había empezado a sudar. Dudó un instante, pero la vanidad ganó y se puso un poco de brillo de labios.

—¿Va a ir también su amigo? —preguntó Jill con ligereza.

Ambra se detuvo.

—¿Quién? ¿Mattias? No lo creo. Espero que no. ¿Por qué lo preguntas?

—Se puede preguntar, ¿no?

¿Estaba Jill interesada en Mattias o solo quería meterse en la vida de Ambra? Solía hacerlo. Se metía en su vida, le quitaba los amigos, la eclipsaba y conseguía deslumbrarlos a todos con su llamativa belleza.

—No, solo iremos nosotros —afirmó para que quedara claro.

—Si necesitas alguna sugerencia sobre cómo comportarte, dímelo. No digo que seas la mujer más torpe del mundo en cuanto a hombres se refiere, pero, con sinceridad, tienes mucho que trabajar.

Justo lo que necesitaba oír después de todas sus dudas.

—Mil gracias por los ánimos —dijo, pero después se quedó pensando, lo guardaba en su interior, pero tomó impulso y se lo preguntó, esperaba que Jill no fuera demasiado ruin—. ¿Qué es lo que consideras que debo trabajar?

—Bueno, ya sabes. No sacar las uñas. No empezar a hablar de estructuras patriarcales y de política antes incluso de saludar.

—Yo no hago eso.

—No viene mal sonreír un poco, eso es todo lo que digo.

Ambra se miró en el espejo, molesta por haber provocado esa discusión.

—Tendrías que verme ahora. Suelo sonreír bastante.

Jill se echó a reír.

—¿Cuándo fue la última vez que te acostaste con alguien?

—No quiero hablar contigo de ese tema.

—¿Usas al menos ropa interior bonita?

—Llevo encima más o menos ocho mil capas de ropa. Nadie va a ver mi ropa interior.

Una cosa era que ella tuviera fantasías eróticas sobre Tom, pero eran solo eso, fantasías. La vida de Jill se desarrollaba en una dimensión diferente, y ni siquiera se podía imaginar lo que era ser una vulgar mortal de la que los hombres no se enamoraban a primera vista.

—Espero que al menos no lleves unas bragas de esas que usan las abuelas —resopló Jill.

—Pero si son muy cómodas —protestó Ambra un poco avergonzada.

Las bragas de abuela eran unas de las mejores aliadas de la mujer, esa era su opinión sobre el tema. Además, esa noche no iba a ocurrir nada.

—Oh, Dios mío. Alguna vez voy a... —empezó a decir Jill, y Ambra se quejó en voz alta, segura de que no soportaría oír más críticas disfrazadas de cuidados.

—Adiós, Jill, tengo que marcharme —se despidió rápidamente y cortó la comunicación en medio de algo que sonó como «seguramente habrá algún sujetador bonito de la talla AA en alguna tienda especial del casco antiguo».

Cuando Ambra bajó al vestíbulo del hotel Tom ya la estaba esperando. Se había puesto una chaqueta tan gruesa que parecía diseñada para excursiones de un mes al Polo Norte, con un montón de cremalleras y bolsillos, unos pantalones impermeables y unas botas resistentes. Su figura allí plantada le inspiraba tanta seguridad que a Ambra le recordó la imagen de un tanque o una fortaleza, alguien tras el cual se podía buscar refugio. Él la miró de pies a cabeza.

Tienes que ponerte ropa adecuada, estamos a quince grados bajo cero y va a hacer más frío aún.

—Es todo lo que tengo —protestó ella. Se dio cuenta de que estaba empezando a sacar las uñas, como Jill le había dicho.

—Lo resolveremos —dijo él con calma.

Al salir del hotel, Tom le hizo una indicación con la cabeza señalando un gran Volvo negro. Se sentó en el asiento delantero.

—¿Adónde vamos? —preguntó en voz baja.

Nadie sabía adónde iba. Llevaba el teléfono en el bolsillo, pero con el frío que hacía allí se había quedado sin batería. Además, la cobertura no era muy buena. Aunque Tom era estable y ella se sentía atraída por él, no lo conocía. Su intuición la había salvado muchas veces, pero con él no terminaba de funcionar, porque tiraba todo el tiempo en distinta dirección. A veces solo quería acariciarlo; otras casi le daba miedo. Y en ese momento iban en un coche hacia...

—¿Adónde vamos? —repitió.

—A mi casa —respondió.

La nieve se arremolinaba alrededor del vehículo y de ellos, envolviéndolos como el humo.

—¿Por qué? —preguntó con brusquedad.

—Vamos a por ropa más abrigada para ti y a buscar una moto de nieve. No se pueden conducir dentro de la ciudad, así que tenemos que ir a mi casa, donde también tengo ropa extra para ti.

Su voz era tranquila y cálida y ella se relajó un poco, obligándose a confiar en él. Giró el coche y continuó en dirección al bosque.

—¿Dónde estamos?

Estaba inquieta.

—Vivo en el bosque, ¿te parece bien?

Ella dudó un momento antes de asentir con la cabeza.

Tom condujo en silencio, adentrándose en el bosque cada vez más hasta que detuvo el coche delante de una casa baja y oscura.

—¿Está Mattias? —preguntó ella.

—Estará trabajando. Prometió vigilar a Freja. ¿Quieres entrar a saludarlo?

Ella negó con la cabeza. Él encendió la luz de lo que parecía un gran vestíbulo con bancos a lo largo de una pared, abrigos colgados y armarios. Botas de diferentes colores y tamaños colocadas en fila. Todo parecía bastante normal y cotidiano.

Tom señaló un mono de color gris claro.

—Hace mucho frío cuando estás afuera. Espero que ese te quede bien. Hay guantes gruesos y unas botas apropiadas —añadió. Ella asintió, un poco abrumada por la cantidad de ropa que se tenía que poner—. Y esto es un pasamontañas. Se lleva debajo del casco en lugar del gorro —le explicó, sosteniendo una capucha blanca y suave—. Protege las mejillas y la barbilla. ¿Qué calcetines llevas? Si son de hilo te los tienes que cambiar por otros de lana. El hilo es lo peor que se puede llevar cerca del cuerpo aquí. Toma.

Le ofreció unos calcetines gruesos y suaves en un envase sin abrir y ella pensó por un momento que tal vez los había comprado para ella a pesar de que tenía una caja llena de calcetines de mujer.

—Me voy a morir de calor —protestó ella, aunque obedeció y se cambió de calcetines, se puso el mono y metió los pies en las enormes botas. Tom parecía saber de qué hablaba y ella no tenía ningunas ganas de congelarse.

—Después me lo agradecerás —dijo, dándole el pasamontañas.

Ella se lo puso y se metió el pelo por dentro. Luego le pasó un casco y la ayudó con gesto concentrado a que se lo ajustara y abrochara.

Ella contuvo el aliento. Era una sensación muy íntima que la ayudara de ese modo, tenerlo tan cerca y sentir el calor de sus dedos en la piel. Agitó las pestañas y se dio cuenta de que se estaba ruborizando.

—¿Preparada?

Ella asintió y se dirigieron al garaje. Dos grandes motos de nieve negras les esperaban.

—Tendrás que sentarte atrás —dijo él empezando a sacar una.

—No me importaría conducir yo —protestó, mirando la otra.

—No lo dudo. Son fáciles de conducir, en principio solo hay que ponerlas en marcha y dirigirlas. Pero vamos a ir en medio de la oscuridad en un terreno desconocido. Es peligroso y tu seguridad es responsabilidad mía. Yo conduciré.

Ella se sentó detrás de él e intentó fingir que no sentía nada al empujar los muslos contra sus piernas y rodearle con sus brazos.

Tom arrancó la moto con unos cuantos movimientos rápidos de muñeca, se volvió y dijo por encima del hombro:

—Tienes que sujetarte bien.

Ella se sentó un poco más cerca, sintiendo la presión de su pecho contra él bajo las capas de ropa. Tom negó con la cabeza, estiró uno de sus brazos hacia atrás, lo apoyó en su espalda y la apretó hasta que Ambra se quedó pegada como un parche contra él.

—Uf —se quejó.

—Allá vamos.

Él aceleró. Al principio todo fue tan rápido que Ambra casi se cayó hacia atrás y, asustada, cerró con fuerza los brazos alrededor de la cintura de Tom.

Él giró para salir del bosque y en la curva ella apretó sus piernas contra él. Los árboles pasaban deprisa, se formaban torbellinos de nieve y cuando Tom aumentó la velocidad tuvo la sensación de volar mientras se deslizaban suavemente por encima de la capa de nieve. Ambra estaba muy contenta. Le encantaba.

El aire helado casi cortaba el aliento y se alegró de llevar tanta ropa. Estaban en medio de una zona desierta, rodeados de altos abetos, nieve intacta y la infinita bóveda del cielo encima de sus cabezas. Las estrellas brillaban en un cielo sin nubes y le dieron ganas de estirar el brazo e intentar atraparlas de lo cerca que parecían estar. Era como encontrarse en un mundo de fantasía.

Avanzaron a través del bosque. A veces había una curva en el camino, después un tramo recto en el que Tom aceleraba. Luego atravesaron una plana llanura.

—¿Es una pradera? —gritó ella en su oído.

—Es un lago —respondió él acelerando hasta casi hacerles volar por encima de la superficie helada y cubierta de nieve.

Después de un buen rato, Tom frenó la moto y se detuvieron.

—Procura activar la circulación —le aconsejó mientras sacaba unas bolsas del portaequipajes.

Ambra movió los brazos, hizo flexiones y saltó. Tom, por su parte, montó una especie de refugio con barras y tela de lona. Amontonó nieve con una pala e hizo una especie de muro, luego extendió unas pieles en el suelo y por último, para su sorpresa, dispuso una fogata en medio del lago con ramas gruesas de pino y unas matas.

—He estado aquí antes para prepararlo —le explicó mientras alimentaba el fuego con la corteza de abedul que llevaba en una bolsa. Luego añadió unas ramas pequeñas y, por último, unas más gruesas que había cortado de la parte inferior de un denso abeto—. Mientras hay leña te las puedes arreglar —dijo, como si pensar en esas cosas fuera lo más normal del mundo.

Se sentaron sobre las alfombras de piel, uno al lado del otro, de espaldas al muro de nieve y con el fuego crepitando delante de ellos. Tom sacó un termo, desenroscó la tapa y le ofreció una taza de humeante café.

—Es como tener una cita con un scout —comentó mientras Tom sorbía su café.

Él sonrió.

—Una especie de scout, lo admito. Sería capaz de encender un fuego incluso dormido. ¿Tienes frío?

Ambra se quedó pensativa. Hacía mucho frío, lo notaba sobre todo en la punta de la nariz y en las mejillas, pero en el resto del cuerpo sentía un calor inesperado.

—¿Sueles hacer esto? —le preguntó.

—Depende a lo que te refieras. Estoy acostumbrado a estar fuera, a la intemperie, pero, por desgracia, no suelo quedarme sentado mirando al cielo sin esperar a atacar o ser atacado.

Ella se fijó en la taza de café, que mantenía bien el calor a pesar de la baja temperatura.

—¿Sigues haciéndolo? —preguntó ella con cautela.

Tom guardó silencio tanto tiempo que desistió de obtener una respuesta.

—No suelo hablar de eso —murmuró por fin en tono huraño—. Si te lo digo, ¿me prometes que quedará entre nosotros?

Cuántas veces le habrían hecho esa pregunta. A estas alturas, Ambra era un arcón repleto de secretos, los suyos y los de los demás.

—Lo prometo —respondió con sinceridad. Mientras Tom no le confesara que había cometido un asesinato, no hablaría.

—He sido operador en las Fuerzas Especiales.

Sí, casi contaba con eso. Estaba casi segura de que no era un simple cazador, sino algún tipo de soldado de élite con una formación especial.

—Antes, ahora no lo soy, así que ya no es ningún secreto —añadió.

—¿Y a qué te dedicas ahora, si no te importa que te lo pregunte?

De nuevo el silencio le pareció eterno.

—Trabajo en una empresa que se llama Lodestar, soy algo así como el director de operaciones —respondió al fin.

El nombre le resultaba vagamente familiar.

—Seguridad privada, ¿verdad?

—Sí. En Suecia solo trabajamos para grandes empresas y particulares. El negocio está sobre todo en el extranjero, en países de alto riesgo.

Ella enseguida lo tradujo en su mente a lo que conocía de ese sector; consistía en hacer de guardaespaldas y chófer en zonas de conflicto muy peligrosas, manejarse en culturas extranjeras y en países en guerra. En arriesgar la vida. No era un trabajo para aficionados.

—Gracias por tu confianza —dijo, atrapando su mirada.

Él la observó sin decir nada y ella se preguntó qué pasaría por su cabeza en esos momentos. ¿Por qué la había invitado a ir allí? Vio que a él le brillaban los ojos y que hacía un gesto mirando al cielo.

—Ya llega.

Ambra le siguió la mirada. Desde donde estaban sentados tenían buena visibilidad, con el bosque detrás, kilómetros y kilómetros de superficie cubierta de nieve y un cielo nocturno totalmente despejado sobre sus cabezas.

La aurora boreal surgió en la bóveda celeste con destellos de color verde y amarillo y pinceladas de lila y rosa. Despacio unas veces, otras a toda velocidad. Olas verdes que se encrespaban, columnas de luz de color turquesa.

—¡Uau! —susurró ella sin apartar la vista.

Explosiones, remolinos y espirales de color rojo, verde, amarillo, de todos los colores. Era como presenciar el nacimiento del universo, como si todos los dioses de la mitología nórdica rasgaran el cielo. Era como estar en otro planeta.

—Avísame si tienes frío. No quiero que la reportera más destacada del país muera congelada bajo mi responsabilidad.

Ella sonrió al oír el exagerado cumplido.

—No soy tu responsabilidad —murmuró, aunque preferiría que no le agradara tanto que se preocupara por ella. Había un halo protector en él al que no estaba acostumbrada.

«Nunca olvidaré esto», pensó volviendo a mirar al cielo.

Tom se obligó a dejar de mirar a Ambra y se dedicó a contemplar el espectáculo. Si la miraba a ella demasiado tiempo empezaría a pensar en besarla. La miró de reojo y la vio sentada con la cabeza hacia atrás, siguiendo la aurora boreal con ojos de asombro. Parecía absorta, lo que le permitió concentrarse en su boca y recordar cómo la sintió aquella noche bajo la suya. Ella tiritaba de frío.

—Ven —le ordenó él con determinación antes de levantarse y tenderle la mano—. Tenemos que activar la circulación sanguínea.

Mientras Ambra movía los brazos y estiraba la espalda, Tom fue en busca de una pala corta. Cavó rápidamente un hoyo de forma cuadrada y amontonó la nieve en uno de los extremos para hacer un reposacabezas.

—¿Qué estás haciendo? —preguntó ella sin dejar de flexionar las rodillas. Estaba empezando a quedarse sin aliento.

—Es suficiente —dijo él—. Respira por la nariz, el aire es muy frío.

Tom llevaba en la moto todo lo necesario para cualquier contingencia y sacó dos almohadillas aislantes que colocó en el fondo del hoyo.

—Siéntate.

Ella miró con desconfianza, primero la estructura que había hecho y después a él, sin bajar la guardia.

—Se irá calentando —le aseguró—. Y no tendremos que doblar el cuello todo el tiempo.

Ella se sentó. Tom se acomodó a su lado y luego echó por encima de ambos un cobertor de piel. Se apoyaron en el respaldo, Ambra, sin parpadear, a su lado. Era una situación extraña, pero el calor de sus cuerpos y las telas aislantes los mantendrían calientes durante horas. Él había dormido a la intemperie, a cuarenta grados bajo cero. Con un equipo adecuado no habría ningún problema. No era una situación nueva para él, en teoría no debería preocuparse por la intimidad física. Pero con Ambra era distinto. Era plenamente consciente de cada movimiento de su cuerpo. Se quitó un guante y se metió la mano en un bolsillo.

—¿Qué haces?

Se puso rígida.

Como respuesta, Tom sacó una tableta de chocolate de doscientos gramos. No de las duras, sino de chocolate con nueces picadas y pasas. Los ojos de Ambra brillaron. Se la ofreció, ella cortó un buen trozo y se la devolvió. Siguieron allí, saboreando el chocolate y contemplando las auroras boreales, calientes bajo las capas de piel, la ropa y el material aislante.

Estar con Ambra era mucho más relajante de lo que creía. No criticó sus antecedentes, no le preguntó si había matado a gente, ni si había sido mercenario ni nada por el estilo.

—¿Cuánto tiempo dura? ¿Hay más chocolate? —preguntó.

Le pasó el resto de la tableta.

—Por lo menos una hora más. ¿Quieres volver?

—No. Quién sabe si volveré a verlo otra vez.

Él la miró de reojo y luego siguió observando el cielo.

Mientras permanecían en silencio uno al lado del otro, la mente de Tom se quedó en blanco. Solo miraba el cielo y respiraba. Cuando se volvió hacia ella, la encontró dormida. Se apartó un poco y le pasó un brazo por detrás, convenciéndose a sí mismo de que lo hacía solo porque se le estaba entumeciendo y necesitaba cambiar de postura.

Ella parpadeó.

—Disculpa, me he quedado dormida sin querer. Ya estoy despierta —murmuró.

—Si quieres nos podemos ir.

Ella se movió un poco y volvió a quedarse en silencio.

—¿Ambra?

No obtuvo respuesta. Se había dormido otra vez. Tom siguió el recorrido de las estrellas en el cielo, agradecido con la vida. Ambra dormía profundamente y apenas se oía su respiración, pero parecía tranquila y en el pequeño hueco en el que estaban hacía calor, así que la dejó dormir. La temperatura seguía bajando, la nieve crepitaba y crujía en el intenso frío del exterior. Una rama se quebró por el peso de la nieve, produciendo un estallido seco. En algún lugar se oía el susurro discreto de un animal, un zorro tal vez. Pero Tom no creía que tuvieran que preocuparse por los depredadores, así que permaneció allí, con una agradable y extraña sensación, al lado de Ambra, que dormía profundamente.

Las auroras boreales se fueron extinguiendo poco a poco y solo unas ráfagas verdes se desplazaron por el cielo para luego desaparecer y dejar de nuevo solo el cielo, las estrellas, la luna y la infinita llanura cubierta de nieve. Ambra se removió un poco.

—¿Cuánto tiempo he dormido? —preguntó adormilada.

—Un rato.

Se volvió hacia él. El sueño le había relajado el rostro. La dureza había desaparecido de su rostro y encontró a una mujer suave de cálida mirada. El gorro que se puso al quitarse el casco se le había torcido. Llevaba la bufanda arrugada alrededor cuello y, a la luz de la luna, su piel brillaba con destellos de plata. Tom siguió con la mirada los rasgos delicados, las cejas oscuras, la nariz recta, la boca ancha. Ella lo miró y él bajó la cara hacia la de ella, hacia los labios que le atraían. Ella levantó la cabeza para encontrar su boca y lo miró con los ojos muy abiertos. Él casi rozaba su boca, los alientos ya se habían encontrado; él sintió su olor, deseaba besarla más que cualquier otra cosa cuando, de repente, un ruido agudo hizo que ella se quedara inmóvil. Era el ulular de un búho. Parecía estar muy cerca. Era un sonido oscuro, de advertencia. Tom se detuvo y Ambra parpadeó.

—¿Qué ha sido eso? —preguntó.

—Un búho de Laponia, probablemente. Aquí hay un montón de aves de presa.

Después se apartó, consciente de la suerte que había tenido al ser interrumpidos antes de que hiciera algo sin pensar. ¿A qué se debía la atracción que sentía por ella? ¿Y por qué la había invitado a salir? En todos los años que Ellinor y él habían pasado juntos, nunca salieron por la noche a observar las auroras boreales. Era algo que solo había hecho con Ambra.

Tom se levantó y se dirigió al fuego. Pensativo, se sentó junto a las llamas y echó nieve encima hasta que las apagó por completo. La noche caía en torno a ellos, pero él seguía sentado, vacío de pensamientos.

—¿Dónde estás, Tom? —preguntó ella con voz débil. Había oscurecido mucho.

—Estoy aquí.

Se volvió hacia ella y le tendió la mano. Ella la cogió con fuerza.

—Volvamos a casa —dijo él.

—Sí, estoy saturada de naturaleza para una temporada.

Ninguno de los dos mencionó el beso que no se habían llegado a dar.

Cuando Ambra se subió a la moto de nieve él no tuvo que decirle nada. Se apretó con fuerza contra su espalda y le rodeó la cintura con los brazos. Él arrancó la moto, que sonó como un rugido en medio del silencio, giró el manillar y volvieron a volar por encima de la nieve.

18

Tenía que decidir de una vez lo que iba a hacer. Ambra miró las cosas que había esparcido sobre la cama del hotel. Un cuaderno lleno de pensamientos y observaciones, el ordenador, el teléfono y un mapa de Kiruna y sus alrededores que le habían dado en la recepción.

Quedarse e investigar a su exfamilia de acogida o volver a casa y seguir con su vida, esa era la cuestión.

Lista a favor de quedarse:

Ya estaba en Kiruna, así que podía aprovechar el viaje.

Sería un modo de «acabar». (Uf, cómo odiaba esa palabra).

Podía haber una historia ahí (tal vez).

¿Y si en ese momento hubiera más niños expuestos a todo lo que ella pasó? ¿Y si fuera así?

Rodeó esto último varias veces con un círculo. Sería terrible que siguiera ocurriendo.

Se incorporó en la cama y buscó una crema para la piel. A Jill le daban un montón de cosas gratis y le solía enviar una bolsa de vez en cuando. Eligió una que contenía mora y combinaba de maravilla con ese sitio. Se la extendió y siguió pensando.

Lista en contra de investigar a Esaias y a Rakel Sventin:

Casi todo.

Se puso de pie y miró por la ventana. Había buscado la dirección de los Sventin. Seguían en la misma casa que antes. «¿Qué debo hacer?», se preguntó.

Aunque en el fondo conocía la respuesta. Para ella siempre fue un aliciente defender a los que no tenían voz, escribir sobre situaciones de injusticia, modificar las cosas y luchar por la democracia. Denunciar los abusos. Sonaba grandilocuente, pero era cierto.

Todo habría sido bastante más sencillo si no fuera domingo y, además, el fin de semana de Navidad. Sin embargo, llamó al teléfono de guardia de los servicios sociales.

—Me llamo Ambra Vinter, me gustaría hablar con quien se encargue del tema del acogimiento familiar en Kiruna —empezó en un tono tranquilo, asumiendo su rol profesional. A lo largo de los años había hablado con varios cientos de funcionarios y empleados públicos, tal vez miles.

—La responsable de esa área es Anne-Charlotte Jansson, pero no vuelve hasta después de Año Nuevo —le informó la operadora.

—¿No hay nadie más?

Empezaba a impacientarse.

—Lo siento. Todos libran estos días. Si es urgente tienes que llamar al 112.

Dejó un mensaje pidiendo que Anne-Charlotte Jansson la llamara cuanto antes, cogió el ordenador y bajó a desayunar. Y, ya que ni internet ni la calefacción funcionaban demasiado bien en la habitación, se quedó en el comedor sin levantar la vista de la pantalla.

Entró en *Aftonbladet.se* y se dedicó a leer lo que habían escrito sus colegas. Se estaban levantando muros en Europa y se esperaba que las tasas de interés subieran o bajaran. Después navegó un poco y leyó todo lo que encontró sobre el sistema de acogimiento familiar, niños en situación de riesgo, leyes y normas. A las doce se levantó con el cuerpo entumecido.

Se metió en la cama en cuanto Tom la dejó en el hotel y había dormido como un lirón, probablemente debido a que estaba poco habituada al aire fresco. Unas horas después, entre el murmullo de los comensales, le parecía increíble que hubieran estado juntos bajo una manta de piel. Había sido fantástico. El paseo en moto de nieve, el cielo estrellado, las auroras boreales. El beso que no se llegaron a dar... Cielo santo, cómo lo deseaba. Le habría gustado enviarle un mensaje para darle gracias por la excursión, pero no tenía su número de su móvil y no lo había podido localizar en Google.

Se volvió a sentar delante del ordenador, buscó la página web de Lodestar Security Group y empezó a curiosear. El sitio no estaba mal. Colores sobrios y personas vestidas de traje en entornos de oficina. Palabras importantes como seguridad, global, profesionalidad. Era algo impersonal, como si hubieran comprado las fotos en un banco de imágenes. No figuraba el nombre de ningún colaborador, ninguna dirección, solo el número de una centralita telefónica. Pero fue fácil leer entre líneas.

Esa empresa proporcionaba seguridad privada a medida en algunos de los países más inestables del mundo. Tom ya le había dicho que era un antiguo soldado de élite, y ella suponía que la mayoría de los que trabajaban en Lodestar tenían similares antecedentes.

Aftonbladet había contratado hacía poco tiempo a un prestigioso reportero especializado en política de seguridad. Él debía de saber mucho de ese tipo de actividades. ¿Debería llamarlo y husmear un poco? Escribió un recordatorio para sí misma y volvió a mirar el sitio. Llamaría a la centralita de Lodestar y preguntaría si le podían transmitir un mensaje a Tom de su parte. Pero algo la detuvo.

Mientras navegaba por la web fría y elegante fue como si se diera cuenta del tipo de hombre que era Tom, y eso la asustó un poco. Él no era un jefe estirado vestido de traje o un comunicador locuaz. La violencia y la brutalidad eran su rutina diaria. No, no se atrevía a ponerse en contacto con él. Y, por otra parte, ¿no le habría dado él su número si hubiese querido seguir en contacto con ella?, ¿o haberla llamado? Estaba en internet, como cualquier persona normal. Además, su lado femenino le decía que él llamaría si de verdad le importaba. Porque había estado a punto de besarla otra vez ¿o no? Claro que sí, no era tan mala con los hombres. A Tom le gustaba.

Se levantó una vez más de la mesa. Estaba inquieta. Guardó el ordenador en el bolso y paseó hasta el vestíbulo. Mientras estaba de pie mirando unas artesanías laponas que había en unos estantes sonó su teléfono. Era Grace.

—Creía que hoy no trabajabas —saludó Ambra.

—Varios jefes de redacción están enfermos, así que los he reemplazado.

Sabía desde hacía tiempo que Grace era casi tan adicta al trabajo como ella y que no le importaba hacer horas extra. Era un camino peligroso para adentrarse en él y, como todo lo peligroso, irresistible para periodistas en busca de emociones.

—Solo quería comprobar que todo iba bien —añadió Grace—. Has hecho un buen trabajo, el de la señora mayor. Lo he oído por varios sitios.

Ambra se miró los pies, incómoda ante los elogios.

—Gracias.

—¿Vuelves de Kiruna como estaba previsto? ¿Has tenido algún problema con el vuelo?

—La verdad es que sigo aquí. Quiero comprobar una cosa.

—Pero volverás a tiempo mañana, ¿no? Supongo que tienes que trabajar.

Mierda, no lo había pensado.

—Grace, he venido para hacer horas extra y he pasado aquí la Navidad. Suponía que como compensación tendría algún día libre.

—¿No has oído que acabo de decir que falta gente? Te necesito en la redacción.

—Pero yo tengo aquí una cosa en marcha. Quiero escribir sobre acogimiento familiar y niños a los que les va mal.

A Grace le solían gustar las historias más ligeras. Los jefes de redacción querían reportajes sobre corrupción en las empresas automovilísticas alemanas, el presidente ruso y la amenaza nuclear de Corea del Norte, cuanto más duros, mejor, pero Grace solía apostar por historias sobre los más vulnerables de la sociedad.

Pero en ese momento protestó.

—Esas cosas siempre son un lío. La palabra de uno contra la del otro. Y todas las autoridades tienen secretos. No, déjalo.

—Ya me he puesto en contacto con servicios sociales. Puede tratarse de una secta religiosa.

Las sectas siempre eran un tema jugoso para la prensa.

—¿Tienes un contacto? ¿En serio? ¿Alguien que quiera hablar?

La voz de Grace sonaba escéptica. Al fondo se oía el repiqueteo de los teclados.

—Todavía no, pero yo...

—¿Pero qué diablos te pasa, Ambra? Sabes mejor que yo que eso no va a funcionar nunca. No puedo tenerte ahí arriba para que te dediques a esas historias de mierda.

—Se trata de niños —insistió mientras su indignación la hacía pasear cada vez más deprisa por el vestíbulo.

Oyó que Grace tapaba el auricular y le gritaba una orden a alguien antes de volver a hablar.

—Hay muchos niños que tienen dificultades. Quiero que vuelvas de inmediato. Tienes un montón de cosas sobre las que escribir aquí.

—Quiero hacer algo importante.

—No seas tan pesada. Espero que estés en tu puesto a tu hora habitual. No pienso hacer ninguna excepción contigo, si es lo que creías. Si quieres escribir sobre niños a los que les va mal, Estocolmo está lleno de ellos. Ve al servicio de emergencias y escucha todo lo que tienen que contarte. Tenemos cinco peleas en domicilios con madres a las que sus maridos han molido a palos delante de los hijos. Niños a los que echan a la calle descalzos en medio de la nieve. Mientras no tengas en Kiruna algún responsable de los servicios sociales que quiera facilitar su nombre y su cargo, y acceda a decir que permiten que haya niños acogidos por familias diabólicas, tendrás que regresar a la redacción.

Al final Grace casi estaba gritando.

Ambra apretó las mandíbulas y guardó silencio.

—Volveré mañana —accedió contrariada.

—Hazlo —dijo Grace antes de colgar.

Molesta por la conversación, Ambra regresó a su habitación, se puso el abrigo y salió del hotel. Por el momento estaba libre y podía hacer lo que quisiera. Se dirigió a la estación de autobuses y por suerte no tuvo que esperar. Se subió al autobús y se sentó en la parte delantera. Miró por la ventana. Nieve y más nieve. ¿Cómo podía haber tanta?

Cuanto más se acercaba a su destino, más se reconocía a sí misma. Habían cambiado muchas cosas los últimos años, pero una parte permanecía igual y los recuerdos de casas y nombres de calles fueron cobrando vida e hicieron que se tensara en el asiento. No había previsto que la sensación fuera tan fuerte. Bajó cuando el autobús se detuvo y su malestar fue en aumento. Recorrió despacio la corta distancia que había desde la parada hasta la casa de acogida donde vivió mientras estuvo en Kiruna.

Pasó poco más de un año con la familia Sventin. Llegó por Navidad y en primavera tuvo su primera menstruación. Recordaba el intenso dolor que intentaba controlar y el poco caso que le hicieron. Luego Esaias se obsesionó con el cambio que estaba experimentando. Hasta que no pudo seguir soportando su cháchara acerca de todos los diablos y demonios que, al parecer, ella llevaba en su interior. Se escapó, se marchó a Estocolmo y vivió en la calle con otros niños refugiados que estaban solos y otros fugitivos, hasta que los servicios sociales la encontraron y le buscaron un nuevo sitio donde vivir. Fue un milagro que sobreviviera a aquella época.

Y ahora estaba de nuevo allí. Había viajado al azar, sin pensárselo demasiado y sin estar preparada para las emociones que ahora la desbordaban. Se acercó despacio a la casa de madera mientras notaba los latidos de su corazón. Seguían teniendo el mismo buzón. Le pareció raro que un simple buzón de hojalata pudiera despertar tantos recuerdos. Pero no salía humo de la chimenea. La casa parecía vacía, a oscuras, y no habían retirado la nieve en el exterior. Mierda, lo había planeado mal. Pensó echar un vistazo por la ventana, pero no se atrevía a acercarse.

Se sentía mal físicamente. Le dolía el vientre. Su cuerpo lo recordaba mejor que ella. Se asustó mucho cuando tuvo la primera menstruación, porque no sabía qué le estaba ocurriendo. Tenía un terrible dolor de vientre y notaba que algo salía de su interior, como si se estuviera haciendo pis encima. Recordaba lo que sintió después, cuando vio que era sangre. Se quedó aterrorizada pensando que se estaba muriendo. No se atrevió a decir nada y manchó toallas, ropa de cama y bragas. Rakel se puso como loca cuando vio la ropa ensangrentada. Y Esaias la cogió por la nuca y la metió en un barreño de agua fría. No recordaba nada de lo que ocurrió después, había desaparecido de su mente.

No, no podía seguir más tiempo allí.

Volvió a toda prisa a la parada del autobús, que esta vez tardó mucho en llegar. Cuando llegó al hotel estaba casi congelada y, para colmo, en la habitación hacía casi tanto frío como en la calle. Tocó los radiadores helados, pero no se atrevió a llamar para quejarse y se tumbó en la cama sin quitarse el gorro ni la bufanda. Se mordió una uña con apatía. Cogió el teléfono y llamó a Jill, pero le saltó el contestador. Pensó que debería hacer algo sensato, pero acabó en Instagram. Jill había subido fotos de una fiesta del día anterior.

Dejó el teléfono. Toda la alegría del paseo en moto de nieve había desaparecido. Tom no la había llamado, estaba obsesionada con los Sventin y había hecho enfadar a Grace. Era difícil no sentirse fracasada. Y, para colmo, su futuro inmediato consistía en soportar una fría noche de hotel e intentar salir de Kiruna y volver a casa, aunque todos los vuelos estaban completos.

—¿Así que estuvisteis mirando las auroras y nada más? —preguntó Mattias, que miraba a Tom con escepticismo mientras limpiaba el fregadero y colgaba el trapo de cocina.

— No, nada más —respondió Tom.

Sacó del frigorífico una botella de agua mineral y cogió un vaso. Se detuvo al recordar lo cerca que había estado de besar a Ambra otra vez y de qué modo le atraía su boca. Pero no ocurrió nada, así que no, nada más. Al menos directamente.

Mattias se apoyó en el fregadero y cruzó los brazos.

—¿Está su hermana todavía en la ciudad? —Intentó que su tono resultara neutro.

—¿Por qué quieres saberlo?

—Por nada, solo por decir algo. ¿Cómo estás hoy?

—Deja de preguntarme todo el tiempo cómo estoy.

Tom se volvió para evitar el escrutinio de Mattias y miró por la ventana. Incluso él notaba que su estado de ánimo estaba bajo otra vez. No podría evitar que volviera a suceder, la ansiedad acechaba bajo la piel. Era algo muy molesto. Estaba acostumbrado a tener el control de sí mismo, de su cuerpo, de sus sentimientos. Si al menos entendiera el motivo.

La noche anterior estuvo de buen humor durante todo el tiempo que pasó con Ambra en el bosque, pero hoy se había despertado con dolor de cabeza y palpitaciones que habían ido empeorando. Odiaba que su humor se comportara de un modo tan ilógico, que variara sin que él conociera el motivo. Mattias se ofreció para sacar a pasear a Freja tanto por la mañana como a la hora del almuerzo, pero que su amigo pensara que necesitaba ayuda hacía que se sintiera peor.

Como si supiera que pensaba en ella, Freja se acercó moviendo la cola y él le dio unas palmaditas.

—¿Te parece bien que utilice la sauna esta tarde? —preguntó Mattias mientras Tom seguía prestando atención a la perra.

—Haz lo que te dé la gana.

Él no había utilizado la sauna ni una sola vez y ni siquiera sabía si funcionaba.

—O me voy al hotel —propuso. Ya se lo había dicho varias veces.

—¿Cuándo sale tu avión?

—Me las arreglé para que me pusieran en lista de espera para mañana. Si necesitas estar solo puedo irme a la ciudad.

—Déjalo —dijo Tom.

Le parecía ridículo disponiendo de una casa de varios cientos de metros cuadrados.

—¿Qué es lo que te pasa realmente?

—Tengo que salir —respondió sin más. Explotaría si se lo preguntaba una vez más.

—Llévate el perro —gritó Mattias antes de que saliera.

Freja viajaba al lado de Tom, en el asiento del pasajero. Parecía concentrada en el parabrisas, pero miraba a su dueño de vez en cuando, como para asegurarse de que no estaba haciendo nada malo.

Había llegado el momento de devolvérsela a Nilas; él no estaba en condiciones de cuidar de un perro.

Giró en la calle donde vivía Ellinor, redujo la velocidad e intentó ver si había alguien en la casa. Se había dejado el teléfono en la encimera de la cocina. Vio luz en la cocina. Apagó el motor. Freja lo miró nerviosa. Él estiró la mano, dejó que la olfateara y luego la acarició con cuidado detrás de una oreja. El animal tenía el pelo áspero y notó que temblaba.

—No puedes vivir conmigo.

La perra lo miró con unos ojos grandes e implorantes.

—Bueno, qué diablos —murmuró. Volvió a poner el coche en marcha y se alejó de allí. Miró a Freja—. Mañana —le dijo. La perra parecía prestarle atención—. No te hagas ilusiones, mañana te dejaré.

Un día más no importaba. Nadie le había llamado para reclamarla.

—Es mejor que vayamos al centro —dijo.

Freja ladró brevemente y él aceleró, dejando atrás la casa de Ellinor.

Kiruna era una ciudad llena de perros y enseguida encontró una tienda de mascotas donde compró una bolsa de pienso, dos cuencos grandes, un collar nuevo y una correa más resistente. Freja dejó que le ajustara el collar y luego caminó obediente con su nueva correa. Tom la dejó olisquear, la siguió y enseguida llegaron al Scandic Ferrum, el hotel de Ambra. Caminó más despacio mientras se preguntaba si seguiría allí o si habría conseguido una plaza en algún avión y habría vuelto a casa.

—Vamos, vamos —instó a Freja, y logró que ambos cruzaran las puertas giratorias.

—¿Sigue Ambra Vinter en el hotel? —preguntó en recepción.

—Sí, ¿quiere que llame a su habitación? —se ofreció el recepcionista mirando con respeto a la enorme Freja.

—¿Sí? —Oyó la voz de Ambra. Breve, alerta.

—Hola. Soy Tom —dijo—. Lexington —añadió.

—¡Ah! Hola. ¿Por qué llamas a este teléfono?

—Porque estoy en tu hotel. En el vestíbulo. ¿Quieres bajar?

Ella bajó casi al instante, con las manos en los bolsillos traseros del pantalón, paso lento y la gruesa bufanda enrollada al cuello.

—Hola —saludó.

Ya le había cambiado el humor. Ella ejercía un efecto extraño sobre él. Tardó un rato en identificar el sentimiento. Era alegría. Se alegraba al verla.

Ella se retiró el cabello de la frente y lo miró. Tenía un brillo rosado en los labios.

—Hola. Y gracias por lo de la otra noche. Quería enviarte un mensaje para darte las gracias, pero no tengo tu número de teléfono.

A él no se le había ocurrido intercambiar los números. Lo que había entre ellos no podía seguir. ¿O sí? ¿Por qué no? Si estaban bien juntos, ¿por qué se lo iban a negar?

Ambra extendió la mano hacia Freja. La perra la olfateó con cuidado.

—¿Has podido dormir algo más esta mañana? —preguntó Tom.

Estaba pálida y tenía unas profundas ojeras. Al instante sintió una necesidad imperiosa de protegerla. Había algo en ella que despertaba ese sentimiento en él, una especie de fragilidad.

—Por supuesto, gracias. Pero estoy congelada. Mi habitación está helada y aquí abajo también hace mucho frío —dijo, e intentó darse calor con sus propios brazos.

—¿Va todo bien, Ambra? —preguntó él acercándose a ella.

Parecía desanimada, no solo helada o cansada.

—He tenido un día raro... No importa. Me alegro de que hayas venido, no podíamos ponernos en contacto de otro modo.

—Sí —convino él.

Pero en el vestíbulo hacía mucho frío y en cuanto se abrían las puertas entraba un fuerte viento. Ambra se tiró de las mangas del jersey para taparse las manos y se frotó una rodilla contra la otra. Él fue consciente de pronto del frío que estaba pasando y se le ocurrió una idea.

—La casa donde vivo tiene una sauna. Esta tarde vamos a encenderla.

Ella lo miró y levantó las cejas. Le gustaba ese gesto. Arrogante, indagador, expectante.

—Mattias es de Åland —explicó—. Los de allí tienen una relación enfermiza con las saunas. Para ellos es como una religión.

—Sí, lo he oído. Una vez entrevisté a un pescador de Åland. Lo único que le interesaba era el mar, los sedales y su sauna.

—¿Quieres venir y entrar en calor?

—¿Estás bromeando?

—No, hablo totalmente en serio. ¿Has estado en una sauna alguna vez?

Ambra negó con la cabeza.

—¿Tampoco?

Había muchas cosas que Tom no entendía de ella. Era experimentada, había visto mucho más que la mayoría de la gente, pero no había probado cosas cotidianas como ir en moto de nieve o ver auroras boreales mientras vivió en Kiruna. Sobre todo, era muy reservada en lo referente al tiempo que había pasado allí.

—Entonces tienes que venir. No es nada raro, es más bien un pasatiempo o una actividad deportiva.

—Aparte de que hay que estar desnudo —le cortó ella.

—Tenemos toallas. Y te puede acompañar tu hermana, si quieres.

—¿Es un modo de contactar con Jill?

Lo miró con desconfianza.

—No —negó él, sorprendido—. ¿Por qué iba a querer hacerlo? —se quedó pensando un momento—. Aunque ahora que lo dices, Mattias se alegraría si ella viniera también.

—Entiendo.

La actitud de Ambra transmitía cualquier cosa menos positividad.

No quería parecer pesado, pero de repente le había parecido una idea excelente invitarla. La hermana famosa era sobre todo un modo de que ella se sintiera más cómoda.

—Vamos —añadió en tono persuasivo—. Nunca lo has probado. Y no dudes que entrarás en calor, eso te lo garantizo.

—¿Todos llevan toalla?

—Por supuesto. Hay toallas grandes de baño con las que nos podemos envolver.

—¿Y nadie saldrá a rodar por la nieve? ¿Ni azotará a los otros con ramas de abedul?

Sus mejillas se colorearon un poco.

—Juro que no te azotaré con ramas de abedul ni con ninguna otra cosa —pronunció él solemne.

La idea de volver a verla esa tarde, hablar con ella, estar con ella, escucharla y discutir con ella... Iría a recoger leña, encendería el fuego, pondría música. Ellos...

—No, no es posible —lo interrumpió Ambra con una sonrisa de disculpa—. No es buena idea. Además, Jill ya no está aquí.

De acuerdo. Él miró a Freja, que estaba sentada y resollaba. Estaba decepcionado y no sabía qué decir. Esperaba que hubiera aceptado.

—Gracias por venir. Y gracias por la invitación —musitó Ambra.

Él estuvo a punto de responder que otra vez sería, pero lo más probable era que no volvieran a verse.

Freja volvió a gañir.

—Creo que tengo que sacarla —dijo a pesar de que no tenía ningunas ganas de separarse de Ambra. Le resultaba raro que tal vez esa fuera la despedida definitiva.

—Está bien.

Ambra miró a Freja y luego a él. Largas pestañas oscuras y esos ojos rasgados. Levantó la mano con la palma hacia fuera a modo de despedida.

Tom se acordó en el último momento, sacó un lápiz y el recibo de la tienda de mascotas y se lo dio.

Ella lo cogió y lo miró. Tom dio un paso adelante y le dio un abrazo rápido. Al principio se quedó rígida, pero luego también le rodeó con los brazos y durante un segundo lo abrazó, incómoda por la falta de costumbre.

—Llámame si cambias de opinión —insistió él en voz baja.

Ella asintió. Tom se dio la vuelta y llamó a Freja, que corrió entusiasmada hacia la salida. Cuando volvió la cabeza, Ambra ya había desaparecido.

Ambra se golpeó la cabeza contra la pared del ascensor. ¿Por qué había dicho que no? Suspiró y abrió la puerta de la habitación. Tendría que haber accedido a ir a la sauna. Sonó el teléfono.

—¿Has llamado? —preguntó al otro lado la voz cantarina de Jill.

—Ahhh.

—¿Eso qué significa?

—Que soy una imbécil.

—Oh, espera que baje la música y me lo cuentas. ¡Ludvig! ¡Apaga la música! Ya está. Soy toda oídos.

—No hay nada que contar, solo que soy una estúpida.

—Antes de que me ponga nerviosa, no es por el trabajo, ¿verdad? ¿Se trata de un hombre?

—Tom Lexington ha pasado por aquí.

—¿Y?

—Nada. Eso es todo.

Silencio.

—¿Jill?

Ambra, querida hermana. Tienes que buscarte una vida. ¿Qué estás haciendo en realidad? Un niño de doce años tiene una vida amorosa más emocionante que tú.

—No sé lo que pasa entre nosotros. Él es estupendo y lo pasamos bien, pero no ha superado una relación anterior—. «Y tiene una mirada muy dura y a veces tiene ataques de ansiedad que no quiere mostrar a nadie», añadió para sus adentros.

Jill hizo un ruido desagradable.

—¿Otra mujer? No te acuestes con él. Déjalo ya. No necesitas una complicación así.

—No puedo dejarlo porque no hay nada entre nosotros. Pero es bueno. Y me invitó a salir, lo que nadie ha hecho desde hace tiempo, ¿de acuerdo?

Jill suspiró.

—¡Qué pena!

—Sí, ya lo sé. ¿Qué tal en Örebro? Vi fotos de una fiesta en Instagram —dijo cambiando de tema.

La glamurosa existencia de Jill era lo más cerca de una vida que ella iba a estar.

—¡Ludvig! ¿Dónde estamos?

Se oyeron susurros al otro lado del teléfono.

—Estamos otra vez en Norrland —respondió Jill canturreando—. Me invitaron a una fiesta en el hotel de hielo y nos fuimos para allá. Alquilamos un coche enorme.

Esa era Jill en pocas palabras. Salvaje, impulsiva, inquieta.

—¿Qué te ha parecido el hotel de hielo?

—Frío. Mucho vodka. Un señor guapísimo que tenía muchos renos.

Ambra intuyó algo.

—Oye, ¿no estarás en el hotel de hielo de Jukkasjärvi? ¿Estás ahí ahora? Solo está a media hora de aquí.

—Supongo que sí. ¿Dónde estás tú?

Ambra cogió con fuerza el auricular e intentó no enfadarse con su hermana.

—Jill, déjate de tonterías. Escúchame. Quiero que vengas aquí.

—¿Cuándo?

—Ahora.

—¿Por qué?

—Vamos a ir a una sauna.

—¡Ja, ja, ja! ¡Qué divertido!

—Lo digo en serio. Tienes que venir y ser mi apoyo moral.

Se oyó un profundo suspiro.

—Mattias estará allí.

«Creo. Espero. Quizá», pensó. ¿O prefería estar sola con Tom en la sauna? Esos brazos y esos hombros. En una sauna. Con gotas de sudor.

—¿Qué Mattias? —preguntó Jill.

En ese momento Ambra hubiera querido colgar, la odiaba cuando se comportaba así.

—Sabes a quién me refiero, hablamos de él ayer y vi cómo lo mirabas cuando estuviste aquí. Si vienes te prometo que te debo un favor.

Se produjo un silencio largo y calculado. Ambra tendría que pagar por esto, lo sentía en todo el cuerpo.

—Iré. Con la condición de que pueda llevarte un día de compras en Estocolmo. Ropa de mujer, incluyendo lencería, zapatos y accesorios. Nada de punto, tela vaquera ni algodón.

—Bueno, pero tendrás que ser amable cuando vengas, no una maldita diva del pop.

—No pidas lo imposible. ¡Ludvig! Nos tenemos que ir en el coche. Besitos, Ambra.

—Odio que digas eso —gritó, pero Jill ya había colgado.

Sacó del pantalón vaquero el recibo con el número de teléfono de Tom y le dio la vuelta.

Iba a tomar una sauna con Tom Lexington.

19

Jill iba asomada entre los asientos delanteros, mirando por el parabrisas.

—Según el GPS tienes que girar aquí —indicó a Ludvig señalando a la derecha, hacia el bosque.

Ludvig no dijo nada. No había pronunciado una sola palabra durante el viaje. A través de su lenguaje corporal mostraba su opinión por estar obligado a hacer eso. A Jill no le importaba lo más mínimo, trabajaba para ella.

—¿Seguro que está bien? —susurró Ambra.

Jill se arregló el pelo y se echó hacia atrás.

—Está enfadado. Quería quedarse en Jukkasjärvi tomando cócteles azules en vasos de hielo.

—Pero ¿vas a llevarlo a la sauna? —preguntó Ambra.

—De eso nada, tendrá que dar vueltas con el coche o algo así, y luego nos recogerá. ¿Vamos a comer allí?

Jill tenía mucha hambre, no estaba segura de que pudiera contenerse a pesar de que iba a estar rodeada de gente. Oh Dios, qué ganas tenía de darse un atracón. No solo subir fotos de alimentos y postres que luego no probaba, sino comer de verdad.

—Cuando lo llamé me dijo que prepararía la cena —respondió Ambra.

—¿Crees que sabe cocinar? Parece más bien de los que matan un alce a palos y luego se lo comen crudo en su cueva.

—Es muy civilizado, estoy segura de que cocinará los alimentos.

La voz de Ambra tenía un tono puntilloso. ¿Estaba nerviosa?

Se oyó algo a través del GPS.

—¡Ludvig! Gira aquí —gritó Jill.

—Lo he oído perfectamente.

Jill miró por la ventana. Las ramas de los enormes árboles se inclinaban por el peso de la nieve.

—Cuánto bosque y cuánta nieve. Espero que no salgamos a pasear por aquí.

—Sobre todo con esa ropa tan práctica que llevas —comentó Ambra.

—Al menos no parezco una trabajadora social cristiana —le espetó Jill.

Ambra seguía fiel a su jersey y sus pantalones vaqueros. La ropa no era fea, pero tampoco bonita ni favorecedora. Jill se metió la mano por debajo de la ropa y se arregló el sujetador. Mierda, qué justo le quedaba. El conjunto que llevaba era poco práctico, en eso estaba de acuerdo con Ambra, pero apenas conocía a esos hombres y había tenido un pequeño ataque de inseguridad. Solía relacionarse con gente que la admiraba, que quería algo de ella, con la que no se sentía inferior.

Claro que recordaba a Mattias Ceder. Le pareció muy inteligente, como si hubiera estudiado varias carreras en la universidad, mientras que ella solo había pasado por la escuela secundaria y no había vuelto a abrir un libro desde entonces. Lo único que sabía hacer era cantar, y solía ser suficiente, pero no podía evitar sentirse un poco estúpida entre la gente culta. Y, además, el adusto y silencioso Tom. No lo entendía en absoluto y le desagradaba su aspecto. Así que necesitaba llevar esa ropa, porque tal vez no fuera inteligente ni tuviera estudios ni un trabajo importante, pero era atractiva.

Además, lo hacía por Ambra, se recordó a sí misma. A su hermana le gustaba Tom, y no recordaba que se hubiera sentido atraída por nadie últimamente.

Mattias puso la brillante y resbaladiza trucha en la tabla de cortar y empezó a quitarle las escamas con un cuchillo afilado. Le gustaba limpiar pescado, prepararlo.

—¿Lo has pescado tú? —preguntó Tom.

Había muchas zonas para pescar en el hielo por los alrededores, pero Mattias negó con la cabeza. Hacía tiempo que no pescaba.

—Lo he comprado en una de esas furgonetas donde venden pescado, así que debe de ser de aquí. —Fileteó el pescado con habilidad y puso los trozos en la tabla. Después les quitó rápidamente las espinas, las aletas y la grasa—. Ocúpate de las patatas —le pidió, señalando la cocina.

Tom retiró la cacerola y vació el agua en la que habían hervido las pequeñas patatas. Mientras, Mattias cogió las chalotas, vino y nata e hizo una salsa de vino, picó eneldo, añadió dos yemas de huevo y lo aderezó con mostaza. Había conseguido buenos ingredientes y le gustaba cocinar, pero ya estaba llegando el momento de alejarse de Kiruna. Había estado a punto de marcharse esa misma tarde, antes de saber que Jill Lopez acompañaría a Ambra. Un día más, decidió. Seguramente había exagerado en lo de su *sex appeal*. Era mejor que ahuyentara eso de su sistema y acabar así con sus fantasías sexuales nocturnas.

Tom cerró la puerta del frigorífico, abrió una cerveza y se la ofreció. Mattias bebió directamente de la botella y observó a Tom, que miraba al cielo con el ceño fruncido. Dejó la botella y metió el pescado en el horno.

—Supongo que te gusta, ¿no? Me refiero a la periodista —preguntó Mattias.

—Sí, no está mal —reconoció él encogiéndose de hombros.

Tom había puesto champán a enfriar y se había perfumado, lo que significaba que Ambra Vinter le gustaba más de lo que admitía.

—Ya vienen —anunció Tom atento.

Mattias no había oído nada, pero él siempre había tenido un sentido especial para esas cosas. Freja empezó a ladrar. Mattias miró a la perra.

—¿Qué problema hay con ese animal? ¿No la ibas a devolver?

—Sí, claro.

En ese momento Mattias también oyó el coche que acababa de llegar. Freja gruñó y los siguió hasta la puerta principal.

Tom la abrió y la nieve se arremolinó, intentando entrar. Ambra Vinter estaba al otro lado golpeando los pies contra el suelo, enfundada en un gorro y con la bufanda enrollada al cuello.

Detrás de ella estaba Jill Lopez.

Y todo su *sex appeal*.

Cielo santo, esa mujer podía derretir el Polo Norte ella sola.

—Hola —saludó Tom.

—Bienvenidas —añadió Mattias—. Entrad.

Ambra dejó atrás una ráfaga de copos de nieve y varios grados bajo cero y Jill la siguió con unas botas extremadamente altas, un abrigo de color marrón claro, tintineantes joyas y labios brillantes. Tenía un aspecto fantástico. Vulgar, curvilínea, moviendo su abundante y rizada melena.

Colgaron los abrigos, se quitaron las bufandas y los gorros y Jill comprobó su aspecto en el espejo. Esperaron con Tom, de pie en el cuarto de estar, mientras Mattias iba a buscar el champán. Jill cogió la copa que le ofrecía y acarició el cristal con sus largos dedos. Ambra inclinó la cabeza en un gesto de agradecimiento.

Tom alzó la copa.

—Bienvenidas.

Todos bebieron. «Está muy bueno», pensó Mattias, «un poco caro y pretencioso, pero nada de lo que avergonzarse». Le gustaba que el vino fuera igual que las mujeres: sofisticadas, elegantes, con buen gusto. Miró a Jill y se preguntó quién se habría puesto unas botas con esos tacones tan altos con el tiempo que hacía. Llevaba un vestido pegado al cuerpo, de un tejido que Mattias reconoció como auténtico y costoso cachemir, que se adaptaba a sus curvas como una segunda piel, sobre todo a la cintura. Unos tintineantes pendientes le acariciaban el cuello y un collar atraía las miradas hacia su impresionante escote. Ambra miraba vigilante alrededor mientras Jill permanecía en medio de la habitación con la espalda recta, segura de sí misma.

—Esta casa no está nada mal —reconoció—. Cuando Ambra me dijo que íbamos a ir a una cabaña en el bosque imaginé una casucha.

—¿Cabaña? —Tom miró a Ambra.

—Solo había visto la entrada —se disculpó ella.

—Vale. —Se pasó la mano por la barba—. ¿Queréis ver el resto?

Ambas asintieron.

—Mientras tú les enseñas la casa yo terminaré de hacer la comida —se ofreció Mattias, que volvió a clavar los ojos en Jill. Era difícil no hacerlo, había mucho que ver. Formas redondeadas, tacones altos, ropa ajustada. Jill sonrió sarcástica.

—¿Qué pasa? —preguntó él.

Ella señaló el delantal que él había olvidado quitarse antes de que llegaran.

—Nada. Eres dulce como una esposa —susurró dándose la vuelta.

Ambra miró por la ventana de la sala de estar. La casa, que al parecer era de un amigo de Tom, estaba en una zona elevada y desde ese lado se veía el bosque y la montaña. A pleno día, esa vista a través del enorme ventanal debía de ser impresionante. Todo en la casa era demasiado grande y varonil. El techo de la sala debía de estar a unos siete metros de altura, sofás inmensos, gruesas pieles de reno y una enorme chimenea donde la leña crepitaba. Vigas en el techo y grandes ventanales.

Tom se deslizó junto a ella. Olía bien. Recién duchado. Llevaba una camiseta negra, pero sin ninguna inscripción, solo negra, que se le ajustaba al pecho y a los brazos. Si hubiera sido otro tipo de hombre ella habría pensado que alardeaba de sus músculos, pero él parecía carecer de ese tipo de vanidad. Salvo que olía de maravilla. Se acercó y le olfateó un poco.

—Me alegro de que cambiaras de opinión y hayas decidido venir —susurró en voz baja. No sonrió, pero había calidez en sus ojos.

—Estoy un poco nerviosa por lo de la sauna —admitió, tomando un sorbo de champán.

—Os cuidaremos bien, lo prometo. —Su voz era convincente y ella sabía que si había algo en lo que se podía confiar era en la capacidad de Tom para cuidar de ella—. ¿Tienes hambre? Mattias ha preparado comida para todo un regimiento.

—¿Cómo es de grande un regimiento? Siempre me lo he preguntado —comentó mientras giraba un poco la copa.

—Menor que una brigada y mayor que un pelotón.

Sus ojos negros brillaron. Se sentía atraída por él. Ese hombre era un enigma. ¿Qué significaba que las hubiera invitado a ir? ¿Qué quería de ella, si es que quería algo?

—Pues sí, tengo hambre —reconoció.

Olía de maravilla y las burbujas se le habían subido a la cabeza.

Se sentaron todos a la mesa del salón, con la nieve afuera y el crepitar del fuego de fondo. Velas e iluminación tenue. Ambra intercambió una mirada con Jill y vio que incluso ella estaba impresionada. Eso la alivió. Con Jill nunca se sabía, y podía ser bastante dura si algo no estaba a la altura de sus expectativas.

Ambra se sentó al lado de Tom y Jill y Mattias enfrente de ellos. Mientras Mattias les servía la comida, Tom escanció vino blanco en grandes copas de cristal.

Brindaron. Ambra y Tom se miraron. Les pareció del todo irreal estar sentados en una casa en medio del bosque en algo muy parecido a una cena de parejas. Ambra intentó recordar si había asistido alguna vez a una cena así, y lo más cerca que pudo llegar a una velada de ese tipo fue cuando escribió un artículo sobre un asesinato en Örebro. Bebió un sorbo de vino y decidió no mencionarlo. Sus ojos se cruzaron por encima de la mesa con la mirada divertida de Jill y rezó para que su hermana se comportara.

—¿Qué planes tienes para los próximos días, Jill? —preguntó Mattias.

—Entre otras cosas, cantaré en Estocolmo en Año Nuevo y, después, al comienzo de la primavera, me esperan nuevos conciertos y giras.

—¿Actuarás este año en el Festival de Eurovisión? —preguntó Ambra mientras se servía salsa y más ensalada. Jill había participado una vez, su canción quedó en segundo lugar y fue todo un éxito.

Su hermana sacudió la cabeza.

—No lo sé, pero tengo que decidirme pronto. —Comió un poco de pescado, patatas y salsa antes de continuar—. Necesitaría otro gran éxito, y ya hace tiempo de eso, pero soy mala perdedora. No soy capaz de fingir que me alegro de que gane otra persona —añadió.

Mattias se rio con disimulo, Jill sonrió y siguió comiendo.

—Sois muy distintas para ser hermanas —comentó Mattias, que miró a Ambra y luego a Jill otra vez. Tenía razón, no podían ser más distintas.

—Yo soy la menor —explicó Jill.

—Solo un año menos —matizó Ambra en tono seco—. No tenemos ningún vínculo biológico, ni siquiera somos hermanas de verdad —añadió haciendo el gesto de las comillas con los dedos al final—, pero hemos mantenido la relación desde la adolescencia.

Tom no hablaba mucho, pero escuchaba con atención, llenaba las copas de vino y asentía de vez en cuando con la cabeza. No había un solo centímetro de Ambra que no fuera consciente de su presencia.

—Cuenta —la animó Mattias.

Tenía un modo increíble de hacer que la gente quisiera hablar. Tranquilo, atento.

—De pequeña entré en el sistema de acogimiento familiar —empezó Ambra a modo de presentación—. A los catorce años ya había estado con tantas familias que había perdido la cuenta. Me escapé varias veces y los servicios sociales no sabían qué hacer conmigo. Había renunciado a todo.

Le hizo una señal con la cabeza a Jill para que ella continuara la historia.

—Y yo soy adoptada, procedo de Colombia —prosiguió Jill—. Pasé allí mis primeros años, en un orfanato. Después me adoptó una sueca medio loca y su marido, tan loco como ella. Un día no pude más y me escapé.

Jill era buena para resumir su pasado infernal en un par de frases entretenidas. En Bogotá la tiraron a un vertedero, la encontraron y volvieron a abandonarla en las escaleras de un orfanato que llevaban unas monjas. Jill no hablaba nunca de eso, pero Ambra suponía que lo había pasado mal allí. Había leído más de una historia sobre los horrores que sucedían en instituciones similares. Y luego fue a parar a la casa de los padres adoptivos suecos, ella alcoholizada y enferma mental y su deprimente esposo. El más claro ejemplo de lo que es ir de mal en peor.

—Nos conocimos un verano por casualidad —retomó Ambra.

—¿Cómo fue? —preguntó Mattias en un tono cálido que transmitía empatía. Parecía una persona a la que uno pudiera confiarle todos sus secretos.

Ambra miró a Tom de soslayo y este le devolvió una intensa mirada. Le dio la impresión de que él estaba de su lado y que no dejaría que nadie la lastimara, aunque no sabía muy bien de dónde procedía esa idea exagerada.

—Yo me había escapado de la casa de mi familia de acogida. —Era el turno de Jill—. Me negué a seguir más tiempo allí. Ellos tampoco querían que me quedara, creo que me odiaban.

Jill le había contado una vez que la madre de acogida reconoció que, en realidad, deseaban adoptar a un niño más pequeño, pero que les convencieron para que se quedaran con Jill, y que desde entonces se había arrepentido todos los días de haberlo hecho. Al final obligaron a Jill a vivir en el garaje y amenazaron con mandarla de vuelta a Colombia.

—Después me dejaron en una granja en el campo —continuó Jill—. La dueña era una mujer que tenía caballos y acogía a chicas problemáticas.

—¿Te quedaste allí?

—Sí, hasta que fui mayor de edad, aunque para entonces ya había empezado a hacer giras. Me vino bien vivir en el campo. Al menos estaba tranquila.

—Hasta que llegué yo —terció Ambra.

—Sí, entonces estalló el infierno —admitió Jill riendo.

Ambra tenía catorce años y hacía tiempo que había dejado a los Sventin. La familia de acogida con la que vivía entonces no se la quiso llevar de vacaciones. No tenían obligación de hacerlo. Los hijos de acogida tenían derecho a vivir en las mismas condiciones que el resto de los miembros de la familia, al menos es lo que decía en los papeles, pero a esas alturas Ambra ya había visto de todo y no le sorprendía nada. Así que la familia se fue de viaje y a ella la empleada de asuntos sociales la envió a una granja en el campo. Siempre estaban estresados y corrían sin cesar para atender algún caso más grave.

—Al parecer no congeniasteis enseguida —comentó Mattias mientras llenaba las copas.

—No exactamente —Ambra sonrió—. A los trece años Jill era ya de armas tomar, y ella por entonces no se fiaba de nadie.

—Fue odio a primera vista —añadió Jill.

—Nos peleábamos como fieras —explicó Ambra, asintiendo con la cabeza.

Y no exageraba. Al principio llegaban a las manos casi todos los días. Ambra estaba convencida de que acabarían echándola, pero Renée, la mujer que dirigía la granja, resistió. Logró prestarle a Jill la atención que necesitaba y a la vez se ganó la confianza de Ambra. Los años en la granja fueron un oasis, un punto de inflexión.

—¿Qué ocurrió? —preguntó Mattias.

—Como no pudimos matarnos la una a la otra, nos hicimos amigas. Poco a poco —respondió Jill.

Fue un proceso laborioso que se prolongó hasta el día en que se metieron con Ambra en la escuela y Jill le pegó una paliza al que se había atrevido a burlarse de ella. A partir de entonces la relación entre ambas cambió por completo. O tal vez simplemente maduró.

—Jill empezó a cantar y yo a estudiar —continuó Ambra.

Estaba harta de profesores que sacudían la cabeza y de asistentes sociales que fruncían la boca. Tenía que escoger entre dejar la escuela o empezar a estudiar en serio. Incluso en la actualidad estaba muy satisfecha por el camino que eligió cuando solo era una adolescente y por haber tenido la suficiente materia gris como para tomar la decisión correcta.

—Yo gané el concurso *Idol* el año que cumplí los dieciséis y eso lo cambió todo —añadió Jill.

—Parece que eso fue positivo para ti, ¿no? —dijo Mattias.

—La música me salvó la vida, sin duda. Y Renée significó mucho para nosotras. Ella incentivaba la amistad y la hermandad. Como ni Ambra ni yo teníamos familiares biológicos, decidimos ser hermanas. Lo somos desde entonces. Y no importa cómo lo mires, es la relación más larga que hemos tenido nunca.

—¿Qué ocurrió con Renée? —preguntó Tom en voz baja.

—Murió —respondió Jill mirando para otro lado.

La muerte de Renée había sido una tragedia. Lo único bueno fue que para entonces ya eran mayores de edad. No hubo más casas de acogida. Jill se fue de gira y Ambra estudió periodismo.

—Un cáncer —explicó Ambra. Qué mierda de enfermedad.

Jill se acercó la copa a los labios.

—No hablemos más de ello —pidió en un tono grave.

Ambra asintió con la cabeza. Era una tarde demasiado agradable como para hundirse en pensamientos tristes. Pero a menudo echaba de menos a Renée.

—¿Más vino? —ofreció Tom.

Su brazo rozó el de Ambra al coger la botella para servirle.

—Disculpa —murmuró.

—No es nada —repuso ella en un susurro.

Quería tocar ese brazo, pasar los dedos por su vello, olerlo. Freja se acercó y se colocó entre los dos. Ambra acarició con cuidado la áspera piel. Freja apoyó la cabeza en la pierna de Tom un momento, después volvió, olfateó a Ambra y dio una vuelta alrededor de la mesa.

Jill observó al animal sin decir nada.

—Ambra, ¿cómo va tu trabajo aquí arriba? ¿Tienes más entre vistas? —Mattias le dirigió una cálida sonrisa.

—En este momento no. Solo estoy comprobando unas cosas —respondió sin dar más explicaciones. Espiar a sus antiguos padres de acogida era algo propio de un psicópata.

—¿Te gusta tu trabajo? —preguntó él.

—Mucho.

—Ambra se muere de ganas de salvar al mundo —intervino Jill.

Pero no había mala intención en sus palabras. Y tampoco estaba del todo equivocada. Ambra dejó los cubiertos y paró de comer.

—¿No quieres más? —preguntó Tom.

—Estaba riquísimo —reconoció. Hasta Jill se lo había comido todo.

—¿Has estado en el hotel de hielo? —preguntó Tom al oír que Jill decía que acababa de llegar de allí.

—No.

—Es impresionante —dijo Jill—. Deberías ir, Ambra. Ya no puedo comer más. ¿Qué os parece si nos vamos desnudando? —dijo mirando a Mattias con coquetería.

Mattias asintió sin inmutarse.

—Tomaremos el postre después. La sauna está preparada. Tom, si les indicas dónde se pueden cambiar yo retiraré la mesa.

Ambra y Jill siguieron a Tom por la escalera hasta la planta baja.

—Podéis usar esta habitación como vestuario —les indicó, y encendió la lámpara del techo.

Ambra y Jill se miraron. No era una sauna en el sótano, como Ambra se había imaginado, sino más bien toda una sala de relajación. Una de las paredes estaba compuesta por cabinas de ducha individuales; en el otro extremo había sillones, mesas pequeñas y canastos de mimbre. Tom fue encendiendo velas y las incrustaciones de los mosaicos brillaron en distintos tonos cobre.

—Qué calladas os habéis quedado —dijo mientras abría los armarios y sacaba toallas.

—No sé por qué, pero creía que se trataba de una especie de sauna de soltero con latas de cerveza y cosas poco saludables —reconoció Ambra. Jill asintió con la cabeza.

—La verdad es que hemos retirado todas las cosas poco saludables antes de que llegarais. —Tom apenas sonrió—. La parte izquierda de las duchas será la de las damas.

Ambra cogió el montón de toallas que le ofrecía. Olían a recién lavadas y resultaban casi graciosas en medio de tantas cosas masculinas y desmesuradas.

Cuando Jill y ella cerraron la puerta de su espacio, oyeron que llegaba Mattias. Enseguida se percibió el murmullo de las voces de los hombres desde el otro lado del vestuario.

—¿Qué te parece? —preguntó Ambra en voz baja mientras se quitaba y doblaba los pantalones vaqueros.

Jill levantó una ceja bien pintada y la miró fijamente.

—¿Que tal vez deberías hacerte la cera?

Jill llevaba bragas con tira lateral y un sujetador de encaje de alguna marca estúpida y cara, e iba totalmente depilada. «Es tan bonita que casi resulta empalagosa», pensó Ambra, resistiendo el impulso de mirar su propio cuerpo, a todas luces muy corriente. Jill tenía una piel morena, un bronceado eterno y natural. Tenía muchas más curvas que una modelo, pero sus medidas eran perfectas, como si la hubieran retocado antes de nacer. Por supuesto, tenía su propio entrenador personal y siempre estaba a dieta, pero era un fastidio que una persona pudiera tener ese aspecto. Sobre todo, en tanga y sujetador de encaje, algo que a muy pocas mujeres les favorecía. Ambra se quitó las bragas de algodón, cómodas y suaves, pero no tan sexis. No tenía mucho pecho y el sujetador había conocido días mejores. Aun así...

—Me alegro de que me hayas acompañado —le agradeció con sinceridad.

Jill era toda su familia y no importaba que fuera demasiado guapa.

—No lo dudo. Seguro que son unos tíos legales y parecen correctos, pero has hecho bien en no venir sola. Llevo espray de pimienta en el bolso.

Ambra estaba casi segura de que ni Tom ni Mattias eran hombres a los que un espray de pimienta pudiera impedirles hacer algo.

—¿Te interesa Mattias? —preguntó en el mismo tono bajo de voz.

—Es demasiado brillante —respondió Jill negando con la cabeza—. Y un poco esnob con todo eso de los vinos y los libros que ha leído, ¿no te parece?

A Ambra le parecía que Mattias era social y educado, y solo había mencionado un libro, de pasada, cuando hablaban de literatura, pero Jill siempre había tenido complejo por su falta de formación y prefería a los hombres un poco más unidimensionales, por decirlo así. Pero sabía que Jill estaba mintiendo. Claro que le gustaba Mattias.

—¿Y Tom? —preguntó Ambra con la mayor indiferencia que pudo.

—Es un tipo realmente interesante. Sois la pareja perfecta. —Jill se quitó las bragas de tira y se desabrochó el sujetador. Cogió la toalla que Ambra le ofrecía y se envolvió con ella, logrando parecer una glamurosa estrella de cine incluso con una toalla de felpa de color gris claro—. No te quita ojo.

—¿Cómo?

A Ambra no le gustó el entusiasmo que percibió en su voz. Debía tener cuidado. Pero ella también se había dado cuenta.

—¿Dijiste que había otra?

—Una ex. Bueno, no lo sé —respondió Ambra. Se envolvió en la otra toalla, medio asfixiada dentro de la suave felpa, y movió los dedos de los pies al notar el calor del suelo—. Pero eres tú la que ha dicho que él me mira. Yo no tengo ni idea de lo que piensa de mí.

—Hombres. O son mortalmente aburridos o no hay quien los entienda —sentenció Jill. Luego abrió la puerta de un inodoro, se sentó y empezó a orinar sin ningún reparo.

—Se puede cerrar la puerta —señaló Ambra.

—No me gustan las puertas cerradas. Escúchame. Eres cien veces mejor de lo que yo llegaré a ser nunca. Legal y muy astuta. Si el mundo se estuviera hundiendo y hubiera que elegir a las mil personas más importantes, tú serías una de ellas. Eres una de las mejores, Ambra. Y si un hombre no se da cuenta de ello, es que no te merece realmente.

Ambra la miró asombrada.

—Gracias —logró decir.

Jill se secó, pulsó la cisterna y se lavó las manos rápidamente.

—Pero ten cuidado con esos hombres atormentados y tenebrosos, no entiendo qué tienen para que resulten tan atractivos. Porque no creerás que vas a llegar a algo con él, ¿no? No funcionará, te lo prometo.

—Y gracias también por los consejos que no te he pedido. Pero ¿no te parece que hay una relación extraña entre ellos?

Entre Tom y Mattias había algo que Ambra no lograba entender, algo que bullía bajo la superficie.

—No tengo ni idea, pero sabes que los problemas de otras personas no me importan demasiado. Ven, entremos a mirar cuerpos varoniles.

Se dieron una ducha rápida. Ambra se envolvió con la toalla y cruzó los brazos para garantizar que se mantuviera en su sitio antes de salir de la ducha.

Los hombres salieron al mismo tiempo, y para Ambra no fue precisamente la situación más cómoda por la que había pasado. Cuatro personas que apenas se conocían, vestidas solo con una toalla. Intentó no mirar a Tom, que llevaba un paño alrededor de la cintura y nada más. Lo miraba, contaba uno, dos, miraba hacia otro lado y después volvía a mirarlo a él. Había conocido a bastantes militares, exmilitares y aspirantes a militares como para poder separar la paja del trigo. Tom y Mattias eran genuinos. Tom era un combatiente, un hombre acostumbrado a la violencia y que tal vez incluso disfrutaba con el riesgo de morir. Era un tipo espantoso en un cincuenta por ciento más o menos, y sexy el restante cincuenta por ciento.

Era raro. Había conocido a otros hombres del mismo estilo, al menos superficialmente, y nunca se había sentido atraída por ellos, sino todo lo contrario. Los cursos de seguridad a los que el periódico la enviaba solían estar coordinados por hombres como Tom Lexington. Hombres corpulentos y duros que no dudaban en mirarte fijamente y rugir: LLEVO VEINTE AÑOS TRABAJANDO EN ESTO, SI HACES ESO EN LA VIDA REAL, ERES HOMBRE MUERTO. ¿LO HAS OÍDO? ¡MUEEERTO!

Pero Tom nunca rugía, no tensaba sus bíceps ni se imponía. Era más bien un depredador experimentado. Silencioso y observador. Además de sexy.

Se concedió dos segundos más a sí misma y pasó la mirada a toda velocidad por su torso desnudo. Cielo santo. Músculos por todos lados. Algo de vello negro. Pezones oscuros. El abdomen duro como una piedra. Un montón de cicatrices.

No se atrevió a mirar a Jill, segura de que su hermana sabría lo que estaba pensando y soltaría algo que la haría avergonzarse más de lo que ya estaba. Ambra había hecho cosas mucho más raras: había viajado sin maquillar con hombres sumamente atractivos, se había cambiado de ropa entre hombres y otras muchas cosas que apenas la habían preocupado. Mattias, por ejemplo, no la intimidaba en absoluto, aunque también llevaba solo una toalla, pero Tom... Él influía en ella, hacía que fuera consciente de su propio cuerpo y de lo que podía ocurrir entre ellos.

Mattias les sostuvo la puerta y Ambra entró en la sauna. Sintió un golpe de calor. La estufa crujía por la elevada temperatura, y cuando Mattias levantó un cubo de cobre y echó agua encima emergió al instante una enorme nube de vapor. A través de los grandes ventanales se veía el bosque y la oscuridad. Hacía tanto calor que Ambra enseguida empezó a sudar. Observó el recinto mientras Jill resoplaba y comentaba a sus espaldas el calor que hacía.

Tres bancos, dos hombres semidesnudos, una hermana imprevisible y ella.

Esto podía acabar de cualquier modo.

20

Tom fue el último en entrar a la sauna. Le resultaba extraño estar allí con Ambra. De repente toda la casa estaba llena de vida. Mattias, una perra, dos mujeres. Cena de parejas, por Dios Y el hecho evidente de que Ambra estaba casi desnuda. Siempre que la veía llevaba mucha ropa, pero de repente solo había piel suave y tersa donde quiera que mirara. ¿Tal vez era su mala condición física la que hacía que reaccionara con tal fuerza ante su desnudez? No era el mismo desde hacía mucho tiempo, así que tal vez algún desequilibrio químico fuera el responsable de que apenas pudiera quitar los ojos de ella. En cualquier caso, era algo extraordinario.

Jill se sentó en el banco de abajo. Ambra dudó antes de dar un salto y sentarte en el banco central. Se sentó con la espalda recta, apretando firmemente las piernas y sujetando la toalla con ambas manos. Como una señorita remilgada.

—¿Estás bien ahí? ¿No prefieres sentarte aquí arriba? —preguntó Mattias, que se dirigía al banco superior.

Ambra negó con la cabeza. Unas pequeñas gotas de sudor empezaron a brillar en su piel.

—Hace demasiado calor para mí —dijo.

—¿Vas a quedarte ahí? —preguntó Mattias mirando a Tom con elocuencia. «Deja de mirar», le dijo con los ojos.

Tom retiró la mirada de Ambra y se subió también al banco superior. La sauna era amplia y durante el día las vistas desde la ventana debían de ser excepcionales. En ese momento afuera solo había nieve, estrellas y oscuridad.

Jill se ajustó la toalla alrededor de su generoso busto, se tendió, estiró sus largas y doradas piernas y dejó escapar el sonoro suspiro de satisfacción típico en las saunas. Ambra se secó la frente y volvió a controlar la toalla, tirando de ella por encima de los muslos.

Hacía demasiado calor para hablar y se dejaron envolver por el silencio. Ambra se pasó la mano por uno de los hombros, que brillaba de sudor. Sus dedos delgados y fuertes siguieron hasta el cuello. Brazos desnudos, pelo sudoroso, piel clara. Era excitante, pensó Tom, soñoliento por el calor. No había estado antes en una sauna con mujeres, no se había dado cuenta de lo distinto que podía ser, la sensualidad que adquiría la piel femenina cuando empezaba a arder despacio por el calor y a brillar de sudor.

Se movió. Era mejor no seguir sentado ahí y empalmarse. Cerró los ojos y se apoyó contra la pared ardiente, escuchando el sonido de la respiración de las mujeres. Podía distinguir la de Ambra si se concentraba, porque respiraba más deprisa que Jill. La de Mattias apenas se oía, estaba entrenado para el silencio, igual que él. El crujido de las paredes producía un agradable sonido, y el vapor que exhalaba una gota de agua al evaporarse resultaba hipnótico. También percibía los olores, el vapor de agua, el de la resina de la madera de los bancos al calentarse. Y, por supuesto, el olor que desprendía la piel de Ambra cada vez que se movía.

Los músculos de Tom se empezaron a relajar, y con el sosiego disminuyó un poco el estrés y el constante estado de alerta, lo que era tranquilizante. Se había obligado a no sentir nada durante meses y había bloqueado el cuerpo para poder seguir adelante, pero en ese momento su cuerpo parecía revivir con más fuerza que antes.

Después del cautiverio no había pensado en el sexo ni una sola vez, y apenas nada desde que llegó a casa. Pero ahora... Echó la cabeza hacia atrás, la apoyó en la pared y se dejó llevar por las fantasías mientras veía con los ojos cerrados una especie de película a cámara lenta.

Se empezaron a suceder en su interior unas breves escenas. Se inclinó mentalmente hacia delante, hasta que el aroma de Ambra lo envolvió, hasta que estuvo tan cerca que podía sacar la lengua y lamer lentamente su cálida piel, percibir el sabor del sudor de su cuerpo, salado y tal vez con restos de jabón de la ducha y de su perfume...

Abrió los ojos, se frotó la barbilla. Mierda, las fantasías le habían excitado.

El pecho de Ambra se movía al compás de su respiración. Una perla de sudor que se le había formado en las sienes resbaló por la mandíbula y siguió bajando por el cuello hasta desaparecer en la tentadora hendidura que se le formaba justo encima del borde de la toalla. Ella volvió a hacer ese movimiento, estiró el cuello y se masajeó un tendón o un músculo. Tom se deslizó hasta el banco donde ella estaba. Ambra se sobresaltó y él se apartó un poco, sentándose con la espalda apoyada en la pared. Ella hizo lo mismo, se recostó en la pared de enfrente hasta quedar uno frente al otro. Se arregló la toalla, pero él ya había vislumbrado una sombra oscura al final de sus muslos.

—¿Calor? —preguntó él, intentando parecer lo más inofensivo posible.

En las Fuerzas Especiales los entrenaban para eso, para deslizarse por el suelo, no llamar la atención, no provocar.

—Sí, pero es agradable —reconoció.

Recorrió con la mirada el cuerpo de Tom, rápida pero de modo perceptible. Tom sabía que las había visto. Las cicatrices.

—Disculpa —dijo ella retirando la mirada.

—Está bien. Puedes preguntar si quieres.

—¿Seguro?

—Sin problema. —Mattias lo miró, pero no dijo nada—. Sin problema —repitió con énfasis.

Ella le señaló el hombro con la cabeza y Tom se tocó la cicatriz.

—Es una de mis marcas menos heroicas. Marchábamos y corríamos con las armas en alto. Tropecé y me disparé a mí mismo.

Tenía diecinueve años y lo ignoraba todo de la vida. Entonces todo era más sencillo, aunque el disparo le dolió muchísimo. También fue un duro golpe para su vanidad.

—Esta es de un perro salvaje —prosiguió señalando la pantorrilla y mostrando dos largas y pálidas cicatrices—. Machete, cuchillo, puñal —continuó una cicatriz tras otra—. Esta ni recuerdo lo que fue. —Señalaba una marca en el dorso de la mano.

—Parece de un hacha —terció Mattias.

—Eso es, un hacha —admitió Tom.

Se secó la frente. Casi no había probado el vino, se había limitado a beber agua durante la cena, pero notaba cierto malestar, una especie de mareo. ¿Lo habría provocado la conversación sobre las viejas heridas? Ambra tenía curiosidad y no pensó que podía resultar difícil para él. Pero la conversación acerca de las cicatrices, los recuerdos de cómo le habían disparado y acuchillado un año tras otro, esas evocaciones que nunca le habían molestado antes, hicieron que el pulso se le acelerara. Intentó respirar despacio. No podía seguir allí sentado y pasar por la vergüenza de tener un ataque.

—Cielo santo, ¿a qué te dedicas en realidad? —preguntó Jill, que se había apoyado en los codos y le miraba con ojos brillantes.

Se había olvidado por completo de ella en medio de la charla. El corazón le empezó a latir con tal fuerza que dejó de oír bien, a la vez que notaba el impulso de la sangre en los músculos preparados para la batalla. El calor en la sauna aumentó hasta el límite de lo soportable. Como a través de un túnel, Tom miró una de sus piernas, que temblaba pegada al banco en el que estaba sentado. ¡Maldita sea, ahora no! Jill dijo algo, pero no lo oyó. Se levantó de golpe, con un movimiento brusco.

Mattias lo miró con preocupación.

—Tom...

—Necesito refrescarme —dijo en tono cortante. Detestaba que Mattias lo controlara de ese modo, detestaba no ser él mismo.

—Yo también, estoy agotada —dijo Ambra.

Ella se levantó y él se obligó a permanecer de pie y sostenerle la puerta, pero después se metió deprisa en una de las cabinas de ducha, cerró la puerta, se inclinó hacia delante y respiró profundamente.

Empezó a sentirse mejor. El calor de la sauna había agravado el proceso. Se sentó dentro de la ducha y volvió la cara hacia el agua refrescante. Mejor. Los temblores cesaron, el corazón se calmó.

Oyó que Ambra chapoteaba con los pies cerca de allí y eso también le calmó. Los azulejos frescos bajo sus pies, la suave iluminación, el ruido de otra persona. Exhaló un profundo suspiro. ¡Oh, qué agradable! Ya había pasado.

—¿Tom?

Parecía preocupada al otro lado de la pared.

¿Cuánto habría visto del ataque?

—¿Sí? —respondió.

Silencio.

Supuso que ella estaba allí, desnuda, al otro lado de la puerta. Oía salpicar el agua, las gotas chocaban con el cuerpo, se deslizaban por sus hombros, por sus brazos, por su vientre y sus muslos.

—¿Va todo bien? —preguntó ella.

Cogió gel de ducha y lo transformó en espuma. Ella había notado algo. Era una persona observadora.

—Todo bien —replicó él.

Intentó que su voz sonara estable y fuerte para tranquilizarla y para que pudiera oírle por encima del ruido del agua. Esperó por si decía algo más, mientras reproducía su imagen en su mente. Pensar en ella le ayudaba. Repartió la espuma por el cuerpo con rapidez y con energía, sintiendo que volvía a una especie de estado de normalidad. Lo había superado.

—Todo bien, no te preocupes —le aseguró mientras se aclaraba. Esperaba que todo hubiera pasado por esa vez.

Ambra escuchaba a Tom desde el otro lado de la delgada pared. Seguía duchándose. Había vuelto a tener otro ataque. Mattias también lo había visto, mientras que Jill no se había dado cuenta de nada.

No debería haber empezado a hablar de sus cicatrices. Seguro que había recuerdos espantosos en cada una de ellas. De hecho, había visto círculos rojos que parecían marcas de quemaduras de cigarrillo, pero ni se le había ocurrido cuando preguntó. No iba en busca de sensaciones, simplemente no había visto nunca nada parecido. Él era como un mapa de batallas libradas y ataques a los que había sobrevivido. Y torturas.

Oyó el ruido de la ducha de Tom mientras ella también se espabilaba bajo los chorros de agua fría. Bombeó jabón de un lujoso dispensador y se empezó a enjabonar. El gel era cremoso y formó una espuma densa y desigual que Ambra se repartió por el cuerpo. Era agradable. Cerró los ojos y se entregó a la sensación del agua corriendo por su cuerpo y el perfume del jabón. Se frotó con la espuma debajo de los brazos y luego se pasó despacio las manos por el vientre y los muslos, pensando en Tom.

Sonrió ante la sensualidad que estaba despertando en ella y se puso una mano entre las piernas. Hacía tiempo que no sentía las manos de otra persona en su cuerpo. Se quedó así, moviendo los dedos de forma perezosa hasta evocar de nuevo y sin dificultad la imagen de Tom. Recordó sus músculos brillantes cuando estaba sentado en el banco de la sauna, los hombros anchos y musculosos, el vello negro en la parte alta del pecho, y esa franja estrecha que desaparecía debajo de la toalla. Bajarle la toalla, seguir la franja con un dedo. ¡Oh! Estaba un poco excitada.

Se acarició el pecho con la mano llena de jabón. Tom la había observado en la sauna, estaba segura de ello. Por un momento habría jurado que había visto hambre en sus ojos. Oh, Dios, era tan erótico sentirse deseada. En su mente, dejó que Tom la mirara mientras ella le quitaba despacio la toalla y la dejaba caer al suelo; lo vio frente a ella, admirando su cuerpo con el deseo ardiendo en sus ojos y después acercarse, mientras ella se iba tumbando en el banco. Su cuerpo grande y caliente sobre ella, cubriéndola, apretándola, separándole las rodillas...

—¿Ambra?

Se sobresaltó. Su voz sonaba como si estuviera muy cerca. Cuando cerró el grifo todo quedó en silencio, así que él también había acabado de ducharse. ¿Cuánto tiempo había transcurrido? ¿Habría oído algo? ¿Debería quedarse dentro?

—¿Va todo bien?

—Todo perfecto —susurró ella todavía con una mano entre las piernas.

Miró hacia abajo y vio desaparecer la espuma y el agua por el sumidero. Debería buscarse una vida lo antes posible.

—Todo perfecto —repitió en un tono de voz más estable.

—¿Quieres volver a la sauna o prefieres que te traiga un albornoz?

—El albornoz.

—Lo traigo y te lo dejo aquí fuera.

Un momento después le gritó que ya lo tenía allí y ella pudo salir de puntillas de la ducha. Tom había desaparecido, así que se puso el albornoz y se ajustó el cinturón. Volvió a estirar el cuello. La cama del hotel era muy incómoda y había estado sentada demasiado tiempo delante del ordenador. Tenía la espalda rígida. Quizá debería dedicarse a hacer yoga, pilates y esas cosas. Tal vez tendría que empezar a correr, pero la idea no le entusiasmaba lo más mínimo. Era una pena que el trabajo no sirviera como entrenamiento deportivo, porque de ser así ella estaría en plena forma.

Se frotó el cuello e intentó estirarlo.

—¿Duele?

Se sobresaltó de nuevo.

—No entiendo cómo puedes ser tan silencioso.

—Lo siento. Es una vieja costumbre. Cuestión de vida o muerte, ya sabes. —Se había puesto unos pantalones y una camiseta. Todo negro. Le ofreció un vaso de agua mineral—. ¿Es el cuello?

—No estoy hecha para pasar todo el día inclinada delante del ordenador.

—La juventud de hoy —dijo él sonriendo. Luego bebió unos sorbos de su vaso mientras le dirigía una mirada negra como el carbón por encima del borde de cristal—. ¿Quieres que te dé un masaje?

—¿Bromeas? —preguntó Ambra, que consiguió mantener un tono de voz irónico y burlón, aunque no sabía si se estaba burlando de ella, mientras su cuerpo, expectante, gritaba: ¿QUE SI QUIERO TENER TUS GRANDES MANOS SOBRE MI CUERPO? ¡CLARO QUE SÍ!

Tom se encogió de hombros, como si a él le diera igual, y Ambra tuvo el presentimiento de que se iba a arrepentir el resto de su vida de no haber aceptado su ofrecimiento.

—Pero quiero que sepas que soy bastante bueno en eso —comentó con indiferencia.

—En ese caso, un poco tal vez —accedió.

Intentó sonar desenfadada, como si aceptar de repente una invitación de contacto corporal fuera algo que formaba parte de su vida de reportera. Pero ¿no era un masaje lo mejor que existía, después del sexo y la paz mundial?

—Siéntate —la invitó, señalando con la cabeza una de las sillas.

Ella obedeció y se apoyó en el respaldo. Estaba nerviosa. Tom se situó detrás, en total y absoluto silencio, lo que a ella le pareció fantástico. Tal vez eso no fuera una buena idea y tal vez —probablemente— su juicio estaba turbado por el calor, por lo que había estado haciendo en la ducha y porque se trataba de Tom. Pero a ella le gustaba que le dieran masajes. De hecho, aunque la empresa les daba facilidades para acudir a un gimnasio, ella prefería utilizar el tiempo en sesiones de masajes para estirar sus músculos mal utilizados. Pero lo que estaban haciendo ahora era demasiado íntimo, pensó. Tom no era un masajista cualquiera de los que suele haber en los *spas* y que cobran por fingir que les gusta lo que hacen. Tom era un hombre por el que ella reaccionaba físicamente. Un hombre que...

Ambra casi saltó en la silla cuando las manos de él se apoyaron en sus hombros, por encima del albornoz.

—¿Quieres que me lo baje? —preguntó ella con voz ronca. Carraspeó.

«Vamos a concentrarnos un poco», pensó.

—No, está bien así —murmuró él deslizando los dedos por el interior de la suave felpa.

Oh, era algo mágico. Dedos fuertes, la palma de la mano caliente, algo áspera.

—Deberías respirar un poco —le dijo en voz baja mientras buscaba con los dedos otro músculo tenso por el exceso de trabajo, lo localizaba, lo acariciaba y lo presionaba.

—Qué agradable —susurró ella.

—Respira —repitió él, y ella obedeció.

Encontró otro punto dolorido, lo presionó y masajeó con dedos firmes. Tenía las manos grandes, y al presionarle el cuello con los dedos a ella se le escapó un leve quejido. Tom no dijo nada, se limitó a continuar sin que se oyera ningún sonido aparte de los ahogados quejidos de Ambra.

Siguió trabajándole el cuello, y cuando bajó hasta los hombros a ella le pareció estar flotando. Podría relajarse aún más si fingía que era un desconocido, así que vació su mente y se dejó llevar por las sensaciones. Los músculos se ablandaron hasta quedar suaves como la seda, y en ese momento, medio dormida, pensó que había llegado al reino de los cielos.

Los movimientos de Tom se ralentizaron, bajó la palma de una mano hasta su hombro y sintió su caricia en medio de la neblina en la que se encontraba. Algo había cambiado. Después subió una mano hasta su cabello y unos dedos hábiles buscaron entre los rizos y le masajearon el cuero cabelludo. Seguía siendo masaje, pero distinto.

Bajó muy despacio un dedo por su clavícula. El pecho se le elevaba debajo de la felpa, más deprisa que antes, y supuso que él también habría dado cuenta. Un dedo áspero se deslizó hacia arriba por su cuello hasta rozarle, o quizá acariciarle, justo debajo de la oreja. Ella solo oía sus propios gemidos, el ruido de la sangre al circular y el latido del corazón contra las costillas.

La mano de Tom se detuvo y fue consciente de sus dedos cálidos alrededor de la garganta y del índice en la clavícula. Tenía la boca seca, como si llevara un rato sin tragar saliva, a pesar de que solo habían transcurrido unos segundos desde que empezó a sentir estas últimas caricias. Se movió un poco en la silla y volvió la cabeza. Su pelo rozaba el dorso de su mano. Miró la que tenía apoyada en su hombro. Uñas cortas y uniformes, vello oscuro en la muñeca y una de sus innumerables cicatrices.

Ambra casi no podía respirar, le parecía que todo iba a cámara lenta. Giró la cabeza y vio el rostro de Tom por encima del hombro.

—¿Te gusta? —murmuró él.

Sus miradas se encontraron, ella con el albornoz por debajo de los hombros; él, con las manos en su cuerpo.

—Mucho.

Ella distinguió el bulto en sus pantalones. Cada vez que tomaba aire veía que su mano acompañaba el movimiento. No había ninguna parte de su cuerpo que no fuera consciente de que Tom tenía los dedos sobre su piel desnuda, que no llevaba ninguna ropa debajo del albornoz, que los ojos de él, negros como la noche, no dejaban de mirar los suyos, que él no parpadeaba y ella sabía lo que estaba pasando. Los dedos le acariciaron la garganta. Ella volvió a mirarlo. Movió un poco los hombros y el albornoz se bajó un poco más. Siguió respirando profundamente, sin apartar sus ojos de los de Tom.

—No debería —murmuró él mientras su boca se acercaba.

«Sí, claro que deberías», pensó ella, y entonces él le rozó los labios con los suyos, un leve contacto que, sin embargo, tuvo el efecto de una onda expansiva en su interior que alcanzó todas y cada una de las zonas erógenas de su cuerpo. Ambra jadeó junto a su boca, que se movía encima de la suya. Abrió los labios y oyó que él hacía un ruido. Se retorció en la silla y apoyó una mano en su hombro, lo atrajo sin interrumpir el beso, notó que la mano de él se deslizaba hacia abajo por encima de su pecho. Ambra se estiró con todo su ser, con todo su cuerpo, hacia esa mano y entonces, cómo no, la puerta de la sauna se abrió de golpe y apareció Jill.

Tom se apartó y retrocedió.

Ambra se quedó sentada, inmóvil.

—¿Qué ocurre aquí? —preguntó su hermana—. ¿Qué me he perdido?

Ambra miró a Tom, que se dio la vuelta y abrió un armario. Ella se subió el albornoz por encima de los hombros y se levantó.

—No ocurre nada —contestó.

—Voy a ducharme —dijo Jill. Pero se quedó observándoles. Siempre había tenido una misteriosa habilidad para intuir las situaciones tensas. Instinto de supervivencia de una niña adoptada—. ¿Qué estabais haciendo?

—Nada —repitió Ambra.

—Nada —le aseguró Tom cerrando el armario de golpe.

Jill levantó las cejas, pero no dijo nada más. Entró en una de las duchas y cerró la puerta.

Ambra atrapó la mirada de Tom en el espejo exterior de la puerta. Él la miró preocupado, como si se arrepintiera de lo que había hecho. Era difícil no enfadarse con ese hombre. ¿No había dejado ella a un lado todo el «asunto Tom Lexington» cuando él apareció de la nada y quiso que se vieran? Claro que sí. Y tampoco fue ella la que propuso todo lo de la sauna, pasar el rato y el masaje, sino él otra vez.

—Subo a preparar café.

Tom evitó su mirada mientras se dirigía a la escalera y desaparecía.

—Bueno, ¿qué ha ocurrido? —preguntó Jill al salir de la ducha, mientras se arreglaba el pelo con los dedos.

—Nada, en realidad, pero a mí me hubiera gustado que pasara algo —reconoció Ambra—. Aunque para él solo fuera un entretenimiento pasajero.

—Me resulta difícil creerte —afirmó Jill, que la miraba con gesto compasivo—. Estás harta de sexo sin sentimientos. Para tener relaciones sin que se remuevan un montón de cosas por dentro tienes que ser como yo, un poco insensible. Y a ti te sobra sensibilidad. Es trágico.

—Supongo que sí —reconoció Ambra con tristeza. No quería tener sentimientos, quería ser fría y despreocupada. Y quería coquetear con Tom—. Pero me animaste a tener relaciones sexuales —protestó.

—Todo el mundo debería tenerlas. Pero no con él.

Odiaba la idea de que Jill pudiera tener razón.

La puerta de la sauna volvió a abrirse.

Ambra y Jill se miraron. Se habían olvidado por completo de Mattias. Él se rascó el pecho y miró a su alrededor.

—¿Habéis salido todos de la sauna? ¿Dónde está Tom?

Jill, que había aprovechado para sentarse en una de las profundas sillas de rejilla, estiró las piernas delante de ella y movió la mano.

—Se ha ido arriba. Tu colega es un verdadero genio en las relaciones sociales.

—No todo el mundo puede ser tan competente como yo —respondió. Tenía la mirada clavada en las piernas de Jill.

—¿De verdad lo eres? ¿Hasta qué punto, si se puede saber? —replicó ella con un peligroso brillo en los ojos.

Ambra suspiró. Cuando coqueteaban de esa manera, ella se volvía invisible. Empezó a buscar su ropa. La próxima vez que Tom la invitara a la sauna le diría que no y se encerraría en su cuarto con un kilo de golosinas. Cogió el resto de la ropa, entró en uno de los aseos y se vistió.

—Voy arriba —informó al salir, pero habló para el aire, porque Jill y Mattias debían de estar inmersos en una conversación tan intensa que ninguno la oyó.

Bueno, al menos Jill tendría postre.

21

El resto de la tarde no fue solo incómodo, como Tom temía.
Fue aún peor.

Ambra permaneció en silencio mientras Mattias retiraba el postre y Tom preparaba café. Ayudó a poner las tazas que Mattias había dejado en una bandeja y cuando fue a buscar leche se detuvo delante del frigorífico. Tom se dio cuenta de que miraba una foto en la que aparecían Ellinor y él, la que se hicieron el día de su décimo aniversario en casa de los padres de Ellinor. Era una foto antigua que había llegado allí por casualidad y él, sin pensarlo mucho, la había fijado con un imán en la puerta de la nevera. Deseó que no la hubiera visto.

Ambra abrió el frigorífico, sacó la leche y cerró la puerta.

—Una foto muy bonita —comentó.

¿Lo diría en serio? El tono cortante de su voz le confundió.

—¿Qué estáis tramando ahí? —gritó Jill desde la mesa.

—No fastidies —respondió Ambra dirigiéndose a la sala de estar.

Él la miró y pensó que no había actuado bien.

Tom puso otro tronco en la chimenea antes de volver a sentarse en el sofá. Si Jill y Mattias no hubieran estado hablando y riendo sin parar después del café, el resto de la tarde habría sido bastante tranquilo.

—... Había esnifado cocaína durante toda la mañana y estuvo a punto de no llegar a la transmisión en directo. Pero todas las mujeres le adoran y es el actual presentador de la uno.

Jill estaba sentada con la cabeza ladeada y, por lo que Tom podía apreciar, Mattias escuchaba fascinado sus descabelladas historias sobre la élite del mundo de los famosos. Quizá fuera fascinante enterarse de los chismorreos de una fuente bien informada. A Tom le costaba concentrarse.

Miró a Ambra, acurrucada en el rincón de un sofá. Escuchaba con gesto ausente. A buen seguro ya había oído la mayoría de las historias de Jill. A veces asentía por cortesía cuando Mattias hacía algún comentario, pero era evidente que se había retirado a su mundo propio.

Jill dijo algo que Tom no oyó y Mattias se rio en voz alta.

—¿Quieres más café? —preguntó Tom sosteniendo la cafetera.

—No, gracias, está bien así —respondió Ambra en un tono de voz educado en exceso y una rígida sonrisa.

No sabía qué más preguntarle. Mattias se volvió a reír de algo que contó Jill, pero Ambra parecía querer estar a cientos de kilómetros de allí. No podía reprochárselo, se había comportado como un imbécil. Fue como si se hubiera quedado en blanco por un momento, una reacción química que no podía manejar. Pero la piel caliente y fragante de Ambra bajo sus dedos y esos pequeños gemidos ahogados de bienestar habían hecho que la besara. Al instante su cuerpo empezó a pensar en algo más, mucho más que un beso, en lo que sentiría al levantarla de la silla, por ejemplo, al sentir sus brazos alrededor del cuello, sus piernas alrededor de su cintura, abrirle poco a poco el albornoz, deslizarse en su interior, piel contra piel, y hacer el amor apoyados en una pared, en una mesa.

Debería haber concluido el masaje, por supuesto, y sin embargo se inclinó y se acercó a su boca tentadora sin pensar en las consecuencias. Él, que nunca hacía nada si no tenía un plan B, C y D, se había inclinado hacia delante para besar a Ambra Vinter sin contar con una alternativa para todo lo que podía salir mal. No lo entendía. Nunca había creído que se pudiera querer a dos mujeres a la vez, eso eran tonterías de los hombres que buscaban una excusa para ser infieles. Él amaba a Ellinor, había viajado hasta allí para recuperarla.

Ambra era atractiva, sin duda, pero él había conocido a mujeres muy hermosas. No solía tener problemas a la hora de distinguir una atracción temporal de algo más serio. Nunca le fue infiel a Ellinor, ni en sueños. Y eso era lo que más le molestaba. Nunca había traicionado a su mujer.

Años atrás hicieron una larga pausa en su relación durante la cual él tuvo algunos escarceos casuales, y suponía que Ellinor también. Y tampoco era virgen cuando se conocieron. Durante su juventud descubrió algunos aspectos del sexo a los que no estaba dispuesto a renunciar, pero cuando disminuyó el revuelo hormonal de la adolescencia, no volvió a dejar que el deseo o la lujuria gobernaran sus actos.

Como soldado era flexible, y por eso lo eligieron para ser miembro de la élite del ejército, por su capacidad de adaptación y flexibilidad, pero no actuaba por impulsos momentáneos. En realidad, nunca tuvo esos impulsos, al menos hasta que conoció a Ambra Vinter.

—Ambra, tú también las tendrás, supongo —oyó decir a Jill.

—Disculpa, no te he oído, ¿de qué estáis hablando?

—De amenazas en la red —repitió Jill.

—Se refiere a las porquerías que le mandan por Instagram —explicó Mattias.

—Nos afecta a todos —convino—, tanto a los periodistas como a los artistas, pero sobre todo a las mujeres. Y si además eres joven, puede resultar insoportable.

—Pero ¿qué se hace para evitarlo? —preguntó Mattias con una arruga en el entrecejo.

—Las amenazas y el odio contra las mujeres no son lo prioritario. —Jill parecía conocer bien en el tema—. Tengo un troll en la red que me suele amenazar con cortarme los pechos y violarme. La última vez dijo que lo haría con un martillo y una botella rota. La policía siempre archiva el caso, así que ya no lo denuncio.

—¿Te acurre lo mismo a ti, Ambra? —preguntó Mattias.

—Sí, algunos son simples groseros, pero otros atacan con regularidad.

—¿Y qué dicen tus jefes? —intervino Tom. Se había incorporado y apoyaba los antebrazos en los muslos mientras la miraba muy serio.

Ella se encogió de hombros en un gesto que podía significar cualquier cosa. ¿Recibía amenazas? En ese caso él no tendría ningún inconveniente en tener una charla con quien las enviaba, a ser posible con un bate de béisbol en la mano.

Ambra se había acurrucado más aún en el rincón del sofá, sentada sobre sus pies y con las manos metidas en las mangas del jersey.

Tom se levantó, cogió una manta y se la ofreció.

—Gracias. —La aceptó y se la puso por encima de las piernas.

Tom vio que ya se le había secado el pelo, que parecía más rizado que nunca. Sentada de ese modo su aspecto era ridículamente joven, recordaba a una adolescente en lugar de a la reportera de uno de los periódicos más importantes del país. Toda ella era un abanico de contrastes. Por un lado, la cínica periodista que cubría asesinatos, desastres naturales y abusos. Por el otro, la joven que nunca había estado en una sauna ni había visto auroras boreales.

Tom dejó la taza de café y deseó que se le ocurriera algo que decir.

Ambra se inclinó sobre la mesa y cogió el móvil para evitar la mirada de Tom. Jill soltó otra carcajada y Mattias la miró con una amplia sonrisa. La tarde estaba a punto de convertirse en insoportable. Ella se esforzaba de verdad, pero su estado de ánimo no era una gran ayuda. Intentó captar la mirada de Jill para indicarle que quería irse a casa, pero su hermana estaba demasiado ocupada flirteando con Mattias. No paraban ni un momento. El teléfono parpadeó y leyó el mensaje que acababa de recibir.

—¿Ha pasado algo? —preguntó Tom.

Ambra deseó no sentir un escalofrío en el cuerpo cada vez que oía su voz grave.

—Un grave accidente de coche en Escania —le explicó, dejando el teléfono.

—Ha hecho mal tiempo por allí abajo.

—Sí.

—Por aquí también estaban mal las carreteras.

—Sí.

Era una conversación estúpida, como si fueran dos desconocidos que se encontraban en un ascensor o algo por el estilo. Recordó la foto del frigorífico. Tom miró hacia otro lado y ella se hundió más aún bajo la manta. Le gustaría atreverse a hablar de lo que había ocurrido. ¿Qué importancia tenían el sentido común y los buenos modales cuando uno había estado a punto de besarse? Y ¿qué estaba haciendo Tom Lexington en realidad? ¿Estaba jugando con ella? Parecía honesto, pero la había besado por sorpresa, y ahora, después de ver la foto de Ellinor en la cocina, ya no entendía nada. ¿Había algo entre ellos? ¿No se daba cuenta de la dualidad de las señales que enviaba? Y en cuanto a ella, ¿cómo podía encontrarse en esa situación tan extraña? Miró a Jill, que estaba subiendo en Instagram su enésima foto, esta vez de la tarta de queso y arándanos de Mattias.

Freja, que dormía junto al fuego, levantó la cabeza, se puso de pie y fue a olfatear a Jill, después a Mattias, que estaba ocupado limpiando algo que Jill tenía en el hombro, caminó luego hasta Ambra, olfateó la manta y siguió su camino hasta sentarse atenta a los pies de Tom.

—Voy a salir con Freja —anunció. Parecía contento de poder escaparse un rato.

Cuando Tom salió con la perra, Ambra se dedicó a dar una vuelta por la sala de estar mientras Jill hablaba de un programa británico de entrevistas en el que había estado. Acababa de coger un libro de bolsillo y estaba empezando a leer la contraportada cuando oyó las pisadas de Tom en el vestíbulo y Freja entró corriendo en la sala de estar y fue hacia ella. Tenía el pelaje frío.

—¿Te ha gustado el paseo? —murmuró Ambra rascándole detrás de las orejas. La perra cerró los ojos. Parecía gustarle, así que le rascó un poco más. Al levantar la mirada, sus ojos se encontraron con los de Tom.

—Se está haciendo tarde —dijo ella.

Él no respondió.

—Jill, ¿podrías llamar a Ludvig y pedirle que nos recoja?

—¿Ya?

—Tengo que levantarme temprano —explicó.

Había conseguido un pasaje a Estocolmo que alguien había cancelado. En ese momento deseaba más que nunca abandonar esta parte del mundo.

—¿Cuándo sale el avión?

—Después de comer, pero antes tengo que trabajar —mintió.

Jill hizo una mueca.

Ambra movió la cabeza con gesto de cansancio.

—¿Podemos irnos?

Jill llamó por teléfono y después de un cuarto de hora infinito anunció que el coche había llegado.

«Menos mal», pensó.

Se despidieron en el vestíbulo. Mattias ayudó a Jill con el abrigo, Tom sostuvo la chaqueta de Ambra, le ayudó a ponérsela y ella se apresuró en meter los brazos y apartarse. Intercambiaron unos rápidos abrazos y por fin salieron.

Ambra se hundió en el asiento trasero del coche y apoyó la cabeza en la ventanilla. No podía más.

—¿Por qué has estado tan rara? —le preguntó Jill mientras le indicaba el camino a Ludvig.

—Estoy cansada —respondió Ambra evasiva.

Estaba cansada de toda esa aventura de Kiruna. Tenía ganas de volver a casa, a lo cotidiano, a la redacción. Se prometió a sí misma que intentaría volver a tener citas. Con hombres normales, poco complicados, libres.

—Yo lo he pasado muy bien. Me han parecido amables, al menos Mattias. Tú has estado muy fría con Tom, ¿no crees? ¿Qué pasó entre vosotros?

—Me sorprende que te dieras cuenta de algo —masculló Ambra, disgustada—. Lo único que hacías era flirtear con Mattias. Creía que habías dicho que no hay nada entre vosotros.

—Y no lo hay, ha sido un flirteo inofensivo. ¿Por qué estás de mal humor? ¿Qué te esperabas?

—No lo sé.

—Tú misma dijiste que tiene una chica.

—Una ex —puntualizó—. Y ella tiene otro chico.

—¡Ja! Deberías alegrarte de librarte de él. Intenta pensarlo de ese modo.

Odiaba que Jill discutiera con ella sobre sus sentimientos.

—¿Puedo estar al menos un poco triste antes de que empieces con tus argumentos positivos?

—Ningún hombre merece que estemos tristes por él —afirmó Jill con toda naturalidad antes de golpear el asiento del conductor—. ¡Ludvig, tienes que girar enseguida!

—Ya lo sé. Aún llevo puesto el GPS —contestó molesto el asistente.

—¡Gira aquí!

—¡Lo sé!

Ambra dejó de escuchar el continuo parloteo de su hermana, miró por la ventana y vio pasar las ramas cubiertas de nieve. El coche, grande y cálido, atravesaba una zona despoblada en medio de kilómetros y kilómetros de bosque.

Pronto dejaría todo esto atrás para siempre. Intentó convencerse a sí misma de que, en realidad, no había sucedido nada. Nada había cambiado. No había ningún motivo para sentirse fracasada ni decepcionada. Tal vez lo había interpretado todo mal y en ese momento Tom y Mattias estaban hablando de lo pesada que era. Solo era cuestión de volver a levantarse. Vamos, ¡arriba!

Era una expresión odiosa que sus padres adoptivos, uno tras otro, utilizaban cuando se caía, cuando se golpeaba, cuando alguien la empujaba, cuando estaba triste. Vamos Ambra, ¡arriba! Sécate las lágrimas. Si no le prestas atención se acabará.

Jill tenía razón, solo había que dejarlo pasar.

Y lo iba a hacer. Solo necesitaba saber cómo empezar, cómo

ignorar sus propias reacciones, sus sentimientos. Cómo no percibir que realmente dolía.

Vamos Ambra, ¡levántate!

Apoyó la frente en la ventanilla mientras veía pasar el bosque, silencioso, oscuro, amenazador.

22

Ambra guardó el ordenador en la bolsa y volvió a revisar los armarios y el cuarto de baño. Miró debajo de las camas por si se le hubiera olvidado algo, pero estaba todo recogido.

«Será agradable volver a casa, dejar atrás Kiruna y todos los recuerdos», pensó mientras se ponía la chaqueta. Consiguió que le permitieran dejar la habitación más tarde y pudo dar una última vuelta rápida por casa de los Sventin, aunque no sirvió de nada. Seguía pareciendo abandonada, y ni siquiera estaba segura de lo que quería conseguir yendo allí. Dejó otro mensaje a la funcionaria de asuntos sociales, que seguía de vacaciones, y volvió al hotel a terminar de recoger sus cosas.

Llegaría a tiempo a la redacción por la tarde y había prometido enviar un texto por la mañana para que Grace no se enfadara. El taxi que había pedido tardaría un poco en llegar, así que se tumbó en la cama con el teléfono en la mano. Consultó las noticias. El mundo parecía intacto, siempre que no vivieras en Siria.

Distraída, miró el Instagram de Jill. Su hermana había subido fotos de la tarde anterior. Copas de champán, la chimenea encendida, y una foto en la que se veía a Tom. Esbozó una sonrisa maliciosa. Sospechaba que a él no le iba a gustar. Leyó los comentarios cargados de odio. Su hermana no había exagerado el día anterior, algunos ponían los pelos de punta. Denunció todos los comentarios amenazantes y dejó el teléfono. Llegó a la conclusión de que el viaje había sido bueno en el sentido de que, por primera vez en mucho tiempo, había tenido ganas de ver a alguien, es decir, a un hombre.

Un colega del *Dagens Nyheter* se había puesto en contacto con ella a través de Twitter hacía un rato y le había propuesto una cita. Tal vez debería llamarlo cuando llegara a casa. Le vendría bien salir un poco, desafiar algunos miedos, hacer algo más que trabajar.

También había sido divertido conocer a Elsa. Ambra le estuvo enseñando a enviar mensajes y a hacer fotos con el móvil y, después de algunos pequeños problemas con el corrector, habían empezado a intercambiar mensajes. A Elsa le encantaba usar emoticonos, y el último que le envió estaba lleno de flores, aviones y manos saludando.

Envolvió la ranita que le había regalado en un par de calcetines y la guardó en el bolso. Pensaba ponerla en su mesita de noche, junto a la única foto que tenía de sus padres y un candelabro de la casa de decoración Svenskt Tenn carísimo y nada práctico que Jill le había regalado.

Decidió centrarse en lo que había ido bien durante el viaje e ignorar todo lo demás. En unos días dejaría de importarle. En un año solo sería un pasaje molesto entre todos los que había ido acumulando a lo largo del tiempo. Uno de los muchos que guardaba en la memoria. ¿Recuerdas cuando hiciste una transmisión en directo con la camiseta del revés? Ja, ja, ja. ¿O cuando tuviste que improvisar una entrevista a la líder de un partido político que estaba muy furiosa y empezó a gritarte? Ja, ja, ja. ¿O, lo más gracioso de todo, cuando creías que le gustabas a ese exsoldado de Kiruna? Ja, ja, ja, jaaaa.

Llamaron a la puerta. Ambra supuso que sería el personal de limpieza pidiendo permiso para entrar; había esperado hasta el último momento para dejar la habitación.

—Pase —invitó.

Se incorporó sobre los codos, pero nadie respondió, así que se levantó y fue a abrir la puerta.

Tom Lexington.

«Debe de ser una broma», pensó.

—Hola —saludó.

Ocupaba todo el hueco de la puerta con su corpulencia y su presencia.

Ambra apoyó la mano en la manija y apretó con fuerza el metal. Pensó que debería encontrar algo ingenioso que decir. O volver a cerrar la puerta.

—Hola —fue todo lo que pudo articular.

Tom miró por encima de su hombro el interior de la habitación y vio la maleta preparada.

—¿Te vas?

—El taxi no tardará en llegar.

Él se metió las manos en los bolsillos de la chaqueta y apoyó el hombro en el marco de la puerta.

—Quería pasarme por aquí antes de que te fueras.

Ella dio un leve golpe en el suelo con el zapato.

—Podías haber llamado. O enviar un mensaje.

—Supongo que sí.

Ella guardó silencio y volvió a golpear el suelo con el zapato. Estaba un poco agobiada, pero pronto se resignó. Era mejor que lo soltara. Por fin se decidió.

—Disculpa mi malhumor de ayer.

Él esbozó una sonrisa.

—Fue culpa mía, no tienes que disculparte. No sé qué pasó. No tendría que haber... ya sabes.

—No importa —zanjó ella.

—Lo que quiero decir es que eres estupenda. Ha sido muy agradable pasar estos días contigo. Y a mí me ha venido bien salir y hablar contigo. Ha significado mucho y te lo agradezco. Pero ya te he dicho cuál es mi situación.

Oh, cielo santo, ella no sabía bien cuántas excusas más podía soportar. Él hacía que se sintiera como un medio de rehabilitación o algo parecido.

—No es necesario que des más explicaciones —le aseguró, pero él no se dio por aludido.

—No sé lo que pasó. He estado despierto toda la noche pensando en eso, no quiero que creas que tenía una segunda intención.

He estado un poco trastornado, ya lo sabes, y hacía calor en la sauna y tal vez fue el vino lo que...

—No pasa nada, Tom —insistió una vez más, apoyando la mejilla contra la puerta abierta.

No estaba enfadada. Todo estaba bien. Jill tenía razón, ser el consuelo de alguien no era lo suyo. Se había sentido atraída por Tom y había implicado sus propios sentimientos en la situación. Sí, se sentía ridícula y estúpida, pero eran sus sentimientos, no los de él. Nada importante. Decidió que volvería a casa y se acostaría con el periodista del Twitter.

—Gracias por venir —dijo ella.

—Me resultaba raro que nos separáramos enfadados.

—Sí —convino ella.

—¿Tal vez podamos ser amigos?

—Claro que sí. Amigos —aseveró mientras algo protestaba en su interior.

Él pareció aliviado.

—Puedo bajarte eso —se ofreció, señalando su equipaje.

Accedió después de un momento de duda; no quería resultar desagradable ahora que iban a ser amigos. Bajaron juntos a la recepción, donde ella pagó rápidamente y después se quedó esperando en la puerta del hotel.

—No es necesario que te quedes aquí conmigo —dijo, suponiendo que él entendería la indirecta.

Tom le retiró la nieve de la cara. Unos copos se habían depositado sobre el pelo negro y parecían pequeñas estrellas blancas que brillaban en la oscuridad.

—Es lo que hacen los amigos. Esperan juntos —dijo él.

—Supongo.

Esperaron y esperaron.

—Hace frío. —Ambra, casi congelada, se estiró la chaqueta—. ¿No sería mejor que esperáramos dentro?

—No veo venir ningún coche.

—Viene de camino —le aseguró ella.

—No.

Tom cogió la maleta de ella y se dirigió hacia el aparcamiento.

—¿Qué haces? —gritó, corriendo detrás de él—. El taxi puede llegar en cualquier momento.

—No lo creo —dijo, y metió la maleta en lo que ella supuso que sería su coche.

—¿Se trata de un secuestro? —preguntó enfadada.

Él cerró el maletero, abrió la puerta del asiento del pasajero y la sostuvo.

—Entra, te llevo.

—Pero el taxi...

—Entra.

Un cuarto de hora después llegaban al aeropuerto de Kiruna. Aparcó fuera de la terminal, se bajó y sacó el equipaje de Ambra del maletero.

—Puedo llevarlo yo —protestó ella, intentando cogerlo.

—Yo lo llevaré —dijo él con firmeza, ignorando el destello rebelde de sus ojos.

La maleta era pesada y él todavía tenía mala conciencia por lo sucedido el día anterior; necesitaba hacer algo por ella.

Ambra entró delante y Tom siguió con la mirada su balanceo al andar. Era conveniente que arreglaran las cosas entre ellos para que pudieran separarse como amigos.

Tom se quedó esperando mientras ella recibía su tarjeta de embarque. La maleta viajaría en la cabina, como equipaje de mano. Sabía que dentro estaba su querido ordenador. Pensó en lo mucho que se puede llegar a conocer a alguien en tan poco tiempo.

Ella se dio la vuelta.

—Bueno —dijo.

—Bueno.

Se acercaba Nochevieja y el aeropuerto estaba animado. A su alrededor, los viajeros facturaban maletas, esquíes y cochecitos de niño.

—Gracias por traerme —murmuró ella a la vez que Tom, sin pensarlo, le ofrecía la mano.

Ambra se había quitado el gorro y tenía el pelo revuelto.

Él se dijo que solo le colocaría uno de los mechones revoltosos, pero por algún motivo su mano no se detuvo ahí. Le estiró el mechón y vio cómo se volvía a rizar, continuó el movimiento y le acarició la mejilla con un movimiento lento. Ella se tensó y lo miró. Las ásperas yemas de sus dedos solo le rozaban la piel, como si quisiera asegurarse de que sus mejillas eran tan suaves como él recordaba.

Lo eran.

Dejó los dedos apoyados en esa suave piel.

Estar en el pequeño aeropuerto de Kiruna acariciando las mejillas de Ambra podía parecer un error, pero para Tom era lo más inteligente que había hecho en mucho tiempo.

—¿Qué haces? —murmuró ella con gesto de asombro al notar la palma de su mano en el rostro.

Ambra parpadeó despacio, sin dejar de mirarle a los ojos. No era una mujer vanidosa, así que él pensó que esas pestañas tan largas y negras como el carbón debían de ser auténticas.

—Gracias por estos días —susurró Tom con humildad.

Ella tomó aire, como si se le hubiera olvidado respirar y tuviera que compensarlo con una inspiración larga y profunda.

—¿Tom?

—¿Sí?

Debería dejar de acariciarla, pero los ojos de Ambra habían adquirido ese tono verde de los lagos de montaña y los prados en primavera, y además se dio cuenta de que ella había acercado la mejilla a la palma de su mano, un leve movimiento apenas, pero fue el único estímulo que necesitó para dejar que sus dedos se deslizaran hasta alcanzar su nuca por debajo del rizado cabello. Era muy suave, como acariciar un gato o un abrigo de visón. No pudo evitar un suspiro.

«Punto sin retorno», pensó Tom.

En todas las misiones en las que había participado había un punto sin retorno, y estaba cerca de alcanzarlo.

Después, cuando Ambra subiera al avión en dirección a Estocolmo y a través de las nubes, a diez mil metros de altura, desaparecirca de su vida, tal vez para siempre, mantendría su olor en los dedos como un recuerdo.

Entonces traspasó el punto desde el que tal vez hubiera podido regresar, dio un último paso hacia delante, le sostuvo la cabeza con suavidad, pero con determinación, bajó su boca hacia la de ella, continuó el movimiento, y después, al fin, volvió a besarla. Había conseguido lo que había empezado el día anterior y lo que había soñado durante la noche. Movió la boca por encima de la de ella. Los labios se encontraron, curiosos. Inclinó la cabeza y deslizó la lengua sobre el labio inferior de Ambra, que le dejó entrar separando los labios, invitándole con su sabor y su cálida acogida.

Tom la atrajo hacia él y la oyó jadear, se apretó contra ella y notó que se amoldaba a él y colocaba una pierna entre sus muslos. Deslizó las manos por debajo de la chaqueta de Ambra, alrededor de la espalda, por encima de la cintura y caderas antes de colocarlas a ambos lados de sus nalgas, acercarla a él con más fuerza y besarla lenta y apasionadamente.

Ella seguía siendo una extraña para él, pero las manos y el cuerpo de Tom se acostumbraron con rapidez al suyo, disfrutando del suave y redondeado trasero que percibía debajo de los pantalones vaqueros, de su impetuoso abrazo y de su boca ansiosa. Se aferró a él como si estuviera en medio de una catástrofe natural y fuera su única esperanza de sobrevivir. Tom coló una mano entre sus cuerpos y la deslizó hasta uno de sus pechos, cerrándola sobre el suave contorno. Ella dejó escapar un gemido apagado contra su boca y se acercó todo lo que pudo hacia los dedos que la acariciaban, hasta que él también gimió mientras le estimulaba el pezón, endurecido bajo las capas de ropa.

Alargaron el apasionado beso hasta que él percibió un cambio en ella, que se quedó inmóvil en sus brazos, apoyó una mano en su pecho y le empujó despacio hasta que se separaron. No dijo nada, solo permaneció allí, respirando pesadamente y mirándolo como si intentara entender lo que acababa de ocurrir.

—¿Qué pasó con lo de ser amigos? —preguntó Ambra con media sonrisa.

Una buena pregunta.

—No tengo ni idea —reconoció él.

Le retiró uno de sus indómitos rizos del rostro y deslizó un dedo por su sien y su mejilla hasta llegar a la clavícula. Ella desprendía tal aire de fortaleza y energía que Tom no se había dado cuenta hasta ese momento de lo delgada que estaba. Cada vez que respiraba podía notar cómo subía y bajaba la clavícula bajo su mano e imaginar todos sus puntos vulnerables, el pulso, la garganta, las venas.

—Ha sido una mala idea —murmuró ella sin demasiada convicción.

—Sí —convino él, pero cogió su rostro entre sus manos y volvió a besarla con fuerza, con avidez, con la boca abierta y con la lengua.

Ambra colocó las palmas de las manos sobre su pecho y las subió hasta rodearle el cuello. Luego siguió hacia arriba, hasta que sus dedos se perdieron entre su pelo. Tom gimió cuando todo el cuerpo de Ambra volvió a apretarse contra el suyo, y se dio cuenta de que estaba hambriento de contacto físico. Le envolvió la boca con la suya, le introdujo la lengua y la besó sin piedad, implacable, hasta que la oyó quejarse.

Alguien la empujó en el abarrotado vestíbulo de salidas, un carro de equipaje tal vez, que tropezó y chocó con ella. Tom la rodeó con sus brazos para protegerla.

—Perdón —se disculpó la mujer que había tropezado.

—No es nada —murmuró Ambra.

La mujer siguió y Ambra apoyó la mejilla en el pecho de Tom, que cerró las manos abrazándola por detrás de la espalda y apoyó la barbilla en su pelo para aspirar su perfume. Ella se movió un poco, pero permaneció entre sus brazos con la cabeza apoyada en su pecho. ¿Cuánto tiempo llevaban dándose el lote como dos adolescentes? ¿Un minuto? ¿Cinco? ¿Tal vez más? Tom no tenía la menor idea, era como si todo lo que su cerebro controlaba de forma automática —el entorno, los movimientos de la gente, el tiempo que transcurría— hubiera dejado de existir. La soltó, retrocedió un paso y se frotó la cara. Por megafonía anunciaron el embarque para el vuelo a Estocolmo.

—Es el mío —dijo ella arreglándose la ropa.

—Sí.

Vio que su rostro había recuperado el color, miró la boca que acababa de besar y el pecho le dio un vuelco. Era probable que no volvieran a verse.

—Te deseo un buen viaje de regreso —murmuró.

Ella sonrió, se dio la vuelta y se dirigió al control de seguridad. Tom esperó, seguro de que ella se daría la vuelta, pero no lo hizo y poco a poco la fue perdiendo de vista.

Hasta que se fue.

23

El avión aterrizó en el aeropuerto de Arlanda y Ambra cogió un tren hasta Estocolmo. Grace se había tranquilizado cuando le dijo que esa tarde estaría en la redacción. Trabajó durante todo el vuelo. Respondió correos electrónicos, escribió varias notas cortas que envió en cuanto dispuso de wifi, e incluso empezó a pergeñar dos artículos que Grace quería en su mesa para después del almuerzo.

Casi no tuvo tiempo para pensar en el beso del aeropuerto.

Aun así, no logró quitárselo de la cabeza.

Se bajó del tren y se dirigió al *Aftonbladet*.

Era evidente que solo había sido un beso de despedida y que él no esperaba nada más, ninguna conversación posterior ni que aquello tuviera una continuación. Había dejado claro que no iba en serio con ella, sin embargo... Fue un beso fabuloso, y Tom Lexington era un hombre incomprensible. Tal vez debería estar enfadada porque él no terminaba de decidirse entre si iban a ser amigos o se iban a morrear. Pero era difícil estar molesta de verdad con quien te había dado el mejor beso de tu vida. Porque Tom Lexington podía ser incomprensible, sombrío y además estar enamorado de la rubia y jovial Ellinor, pero ese hombre sabía besar. Lo que hicieron en el aeropuerto de Kiruna podía ocupar sin ningún problema el primero, segundo y tercer puesto en su ranking de Los-mejores-besos-que-me-han-dado.

Accedió al edificio con la tarjeta electrónica, subió al séptimo piso, saludó a los de la sección de Actualidad y se dejó caer en su silla. Inició todos los programas y se identificó en el sistema.

—Bienvenida a casa —la saludó Grace, tapando con la mano el micrófono de los auriculares.

Ambra le devolvió el saludo, se sirvió un café, birló el último plátano del cesto de fruta y unos bombones de chocolate negro que quedaban en una caja y volvió a su mesa, mientras pensaba si de verdad a alguien le gustaba el chocolate negro.

Se sentó en su silla y abrió su Twitter. Henrik Stål, el periodista de *Dagens Nyheter*, no había respondido a su invitación para tomar café. La verdad es que no llevaba una buena racha.

El último tipo con el que mantuvo relaciones sexuales también era un periodista. Salieron durante todo el verano. Cenas, largas conversaciones sobre lo humano y lo divino y, después, sexo, siempre en casa de ella. No dejaba de criticar a su exesposa, pero en otoño volvió con ella. Según sus últimas publicaciones en Facebook estaban enamorados, nunca habían sido más felices y tenían intención de renovar sus votos matrimoniales en Dubái.

«Que lo disfruten.»

Durante la penúltima fiesta de Navidad, Ambra estuvo coqueteando todo el tiempo con uno de los jóvenes informáticos. Ahora estaba comprometido con una veinteañera que estaba de prácticas en *Viralt*. Exageraría si dijera que eso era lo habitual, y tampoco podía afirmar que los hombres por los que mostraba interés la abandonaban, seguían su camino y conocían a la mujer de su vida; era demasiado deprimente, pero el mínimo común denominador de sus relaciones fallidas era ella misma.

La cuestión era si había más hombres como Tom, pero... libres.

Grace concluyó por fin la llamada.

—¿Qué ocurre? —preguntó sin levantar la vista de la pantalla de su ordenador. Era así. Todas las llamadas estaban subordinadas al flujo de noticias.

—Tenemos un accidente de tráfico en la parte superior del puente de Södertälje. Y también nuevas fotos de la princesa Estelle. ¿Tienes dos minutos?

Después de mirar a su alrededor, Grace la invitó a sentarse en el sofá.

Se sentaron, ambas con los teléfonos a la vista, preparadas para actuar si ocurría algo.

—Ese tema de las familias de acogida... —empezó a decir Ambra.

—He pensado en lo que me dijiste, te lo prometo. —Grace asintió mientras empezaba a pelar una naranja y se extendía un olor cítrico por toda la sala—. Pero, Ambra, sabes bien cómo se pueden volver en tu contra todas esas cosas sociales. Suena como la típica historia que puede acabar explotándote en la cara. Cuanto más los investigas, más se unen entre ellos, y al final lo único que tienes es una denuncia colectiva. ¿Estás interesada en esto por algún motivo especial? —preguntó su jefa antes de meterse un gajo de naranja en la boca.

Nadie del periódico conocía los antecedentes de Ambra. Casi nunca tocaba el tema de su infancia y a ella misma le resultaba extraño que hubiera hablado tanto acerca de ello en Kiruna. Pero algo ocurrió allí. No solo con Tom, sino con ella misma. Los recuerdos surgieron. Esaias Sventin era el culpable de sus problemas de audición, de que no le quedara nada de sus padres y de que no confiara en la gente. Ahora era una mujer adulta y podía vivir con ello, pero la idea de que él y Rakel pudieran estar a cargo de otros niños, que siguieran...

—Creo que podría ser un buen artículo, solo necesito un poco de tiempo —respondió en tono neutro.

Grace masticó otro gajo.

—¿Has pensado en el puesto para la sección de Investigación?

Ambra asintió con la cabeza. Era lo único en lo que pensaba en ese momento, al menos en el aspecto profesional.

—Creo que lo harías bien, aunque no quiero perderte en Actualidad. Pero para conseguirlo tienes que traer algo mejor que uno de esos temas de los servicios sociales. Hay mucha gente interesada en ese puesto.

Sí, claro que lo sabía. Ambas miraron a Oliver Holm, de la sección de Sociedad. El redactor jefe Dan Persson también estaba allí de pie, rodeado de jóvenes intrépidos que se propinaban fuertes puñetazos entre risas.

—¿Querías algo más? —preguntó Grace.

Ambra negó con la cabeza, pero no pudo evitar pensar en Tom Lexington y en su pasado secreto. ¿Qué había hecho realmente? ¿Había una historia allí? ¿Una historia que fuera lo bastante buena como para un trabajo de Investigación? Le habría gustado preguntárselo a Grace, que era la mejor a la hora de proponer enfoques y juzgar si una noticia podía tener valor periodístico, pero Tom se lo había contado en confianza. Contra su voluntad, decidió esperar. Oliver volvió a reírse.

—Hiciste un buen trabajo con la señora mayor —dijo Grace recogiendo las cáscaras de naranja.

—Elsa Svensson.

—Exacto. Encárgate de recuperar hoy el tiempo que has perdido en el viaje.

—Vale, una cosa más. ¿Sabes algo acerca de soldados de élite suecos?

—¿Por qué lo dices?

—Conocí a un chico que trabaja en la seguridad privada. Ya sabes, cursos sobre secuestros, guardaespaldas y esas cosas.

—Eso es una jungla sin ningún tipo de reglas. Sé que la ONU tiene puestos los ojos en algunos de ellos, que se han cometido abusos y se habla de una legislación internacional.

La miró impresionada. Así era su jefa, como un cuerno de la abundancia de cultura general.

El teléfono de Grace empezó a parpadear encima de la mesa.

—¿No es Karsten Lundqvist un experto en ese tema? Creo que escribió algo acerca de eso el año pasado. Habla con él —dijo Grace antes de atender la llamada.

El móvil de Ambra empezó también a sonar, anunciando la llegada de un teletipo de última hora.

Incendio de grandes dimensiones en un centro de acogida de refugiados, según la agencia de noticias TT.

—Puede ser un flash informativo —ordenó Grace poniéndose de pie.

Ambra ya estaba en ello.

—¿Tenemos fotos? ¿Imágenes? —gritó Grace.

Ambra le respondió con el pulgar en alto y se puso a trabajar.

Cuando Ambra volvió a casa dos días después, a última hora de la víspera de Fin de Año, tanto el frigorífico como el congelador estaban vacíos. Había trabajado sin descanso y estaba agotada. Miró los estantes desiertos con gesto apático. Y para colmo era su cumpleaños.

Llevaba días armándose de valor para afrontar esa fecha. Intentaba convencerse de que se iba a sentir bien, que solo era un día entre muchos, que lo que se decía a sí misma era verdad, sin ninguna duda.

Sin embargo, la realidad era aplastante.

Era su cumpleaños y se sentía la persona más sola del mundo.

Sacó el paquete de pan tostado y una lata de caballa en salsa de tomate. Colocó los sándwiches en un plato y se sentó en el sofá.

Jill lo había olvidado, como de costumbre. Si lo pensaba bien, era una tontería sentirse mal. No esperaba nada, y nadie sabía qué día era. Nunca había celebrado su cumpleaños. Las continuas rupturas y su situación familiar no eran el ambiente más propicio para las fiestas íntimas ni las cenas de cumpleaños. Había oído hablar de gente que celebraba cenas con los amigos y la familia, lo había visto en películas y en las redes sociales, sabía que se reunían, hablaban, reían, se pasaban fuentes con comida y se servían los platos el uno al otro. La cena del domingo. Reunión familiar. Un rato agradable de charla y postre casero.

Pero sabía que eso no era para ella.

Sacó el ordenador. Tendría que haberse quedado en el trabajo. Encontró un mensaje en la bandeja de entrada.

«Felicidades, Ambra Vinter», en el asunto.

Lo abrió.

Hola, Ambra:

Feliz cumpleaños. Queremos agasajarte con un 10 por ciento de descuento en cualquier artículo de nuestra tienda.

Saludos,

ANTON DE SEXOTEK AB

Miró las fotos adjuntas. Dildos en varios colores «femeninos». Ropa interior con sabor a chocolate. Algo que al principio no supo lo que era, pero después descubrió que se trataba de «pechos postizos de tacto natural»

Y ella que creía que no le importaba a nadie. Al parecer, a Sexoteket AB sí. Compró algo allí una vez, hace tiempo. Nada interesante. Un libro que no encontraba en ningún otro sitio y necesitaba para un reportaje en el suplemento del domingo. Ahora le enviaban un mensaje todos los años.

Pensó que debía responder a Anton y pedirle que la eliminara de la lista, pero en vez de hacerlo cerró el ordenador, le dio un mordisco al sándwich y empezó a navegar por Instagram. La gente estaba cenando en pareja, en compañía de sus encantadores hijos o de viaje de fin de semana. Un escritor famoso cenaba en un restaurante caro con su pandilla de amigas. Un artista, que según afirmaba Jill se medicaba con psicofármacos y mantenía el peso con cocaína, había publicado fotos de alimentos crudos.

Ambra se sacudió las migajas de pan del pecho. Al menos tendría que haber comprado vino. Arrastró los pies hasta la pequeña cocina. Recordó que una vez le regalaron una botella de licor. Se la dio Jill por algún motivo. Ahí estaba, de color neón y sin abrir. Ambra encontró un vaso de chupito limpio, cogió la botella y se volvió a sentar en el sofá. Encendió la tele y buscó uno de sus capítulos favoritos de *Lyxfällan* que había grabado. Un joven que lloraba cuando tuvo que vender sus videojuegos.

Se sirvió más licor, brindó sola y bebió. Volvió a llenar el vaso y descubrió que si contenía el aliento mientras bebía casi no notaba el sabor.

Después del tercer chupito fue a la cocina a coger un vaso más grande. Podían decir lo que quisieran del licor, pero cuanto más bebías, mejor sabía.

24

Tom metió en la bolsa lo último que había comprado en el supermercado. Pan de molde, comida para perros y fruta. La tienda estaba casi desierta, todo el mundo estaba en casa preparando la cena, viendo la televisión, pasando el rato o lo que hiciera la gente normal sin trastorno de estrés postraumático entre Navidad y Año Nuevo.

—Hola —oyó a sus espaldas.

Se volvió hacia esa voz familiar.

—Hola, Ellinor —saludó sin soltar la compra.

Ellinor llevaba una bolsa de la licorería Systembolaget en una mano. Dentro le pareció distinguir una botella de champán. Claro, al día siguiente era Nochevieja.

—¿Sales?

Tom asintió y salieron juntos.

—¿Qué tal, Freja? —dijo ella riendo cuando la perra que esperaba afuera empezó a mover la cola.

La perra había terminado por quedarse con Tom, aunque todavía no sabía muy bien cómo había ocurrido. Fue posponiendo la llamada a Ellinor o a Nilas y ahora esperaba con ganas los paseos regulares y el ejercicio que hacía con la perra. Ellinor tampoco lo llamó, y una cosa llevó a la otra.

—¿Cómo os va? Freja parece mucho más contenta.

—Nos va bien —respondió él mientras soltaba a la perra.

Ellinor los acompañó al coche. Por supuesto, si Ellinor le pidiera que le devolviese a Freja lo haría sin dudar. Pero no le importaba que se quedara un poco más. Abrió el maletero y metió las bolsas. La perra ya movía la cola en la puerta del pasajero.

—Solo quería saludarte —dijo Ellinor—. A ti también te veo más contento. —Apoyó con cuidado una mano en el brazo de Tom y sonrió—. Feliz Año Nuevo.

Y se fue.

Él se sentó en el coche y lo puso en marcha mientras algo parecido a la esperanza le invadía. Freja ladró, encantada de ir sentada a su lado. Él estiró la mano y le dio unas palmaditas en la cabeza. «¿Lo has oído? A Ellinor le ha gustado mi aspecto.» Era un pequeño avance. Iba a seguir despejado por ella. Ya había bebido suficiente.

—Vamos —dijo cuando se detuvo en la puerta de la casa.

Freja saltó del coche y comenzó a olfatear por la nieve. Tom llevó a la cocina las bolsas de comida y sacó verduras, fruta y zumo, una confirmación de su nuevo estilo de alimentación. No había sido una decisión consciente, simplemente había sido así. También se movía más, gracias a Freja.

Recorrió la casa recogiendo un poco las cosas y miró el rincón del sofá en el que Ambra se había sentado. Recordó el beso del aeropuerto. Fue fantástico.

Bajó a la sauna para comprobar que todo estaba cerrado. Vislumbró algo blanco en una cabina. Cuando cogió la prenda que colgaba de la percha vio que se trataba de una camiseta blanca de mujer. Percibió una ráfaga de perfume. Lo reconoció en el acto. Ambra. Se vistió muy deprisa después del masaje y se lo debió dejar olvidado allí. Sostuvo la prenda suave en la mano antes de subir las escaleras pensativo.

Se sirvió un vaso de zumo y miró por la ventana de la cocina. Era agradable tener la casa para él solo. Pero podía ver a Ambra delante, de pie en la cocina, bebiendo champán, el brillo de sus ojos... Dejó la camiseta en el brazo de un sillón, buscó el teléfono y escribió un mensaje:

Hola. ¿Cómo estás? Saludos. Tom.

Lo envió. Se quedó de pie con el teléfono en la mano. ¿Debería haber escrito algo más? ¿Le contestaría?

El teléfono emitió una especie de zumbido apagado. Se llevó el vaso de zumo y el móvil a la sala de estar. Quería sentarse en el sofá y leerlo con tranquilidad. Miró la pantalla con expectación.

Estoy bien, gracias. ¿Y tú?

Él respondió al instante.

Bien, gracias.

Lo envió, pero le pareció que había sido demasiado rápido. Tendría que haberle dicho algo más. Escribió:

¿Qué haces?

¿Estaría en Estocolmo? Se preguntó dónde viviría. ¿En un apartamento pequeño en el centro? ¿En un piso de nueva construcción en las afueras? ¿Compartiría piso con alguien? Oyó que entraba un mensaje. Había subido el volumen para no perderse nada.

Nada.

Se quedó sentado con el teléfono en la mano, pensativo. Una respuesta escueta. ¿Estaría ocupada? ¿Enfadada? ¿Tendría que haberla llamado antes? Se rascó la frente. No estaba acostumbrado a sentarse e interpretar el significado de una sola palabra. Pero supuso que si ella no quisiera que siguiera enviándole mensajes lo diría, y como no lo había hecho, decidió seguir escribiendo.

¿Nada?

La respuesta tardaba en llegar, así que Tom se levantó del sofá, amontonó leña en la chimenea, la encendió y esperó con impaciencia hasta que por fin oyó el sonido del teléfono.

Estoy viendo la tele. Una serie de personas que se han arruinado reciben ayuda de dos hombres furiosos que no paran de hacerles reproches. En realidad, es terrible, pero este es el vicio que tengo. Al menos uno de ellos.

No estaba seguro de si bromeaba o no, así que le preguntó:

¿Ponen esas cosas en la tele?

Se quedó sentado con el teléfono en la mano y esperó hasta que llegó un mensaje.

¿No has visto *Lyxfällan*?

Él respondió al momento.

Casi nunca veo la televisión.

Un nuevo mensaje, casi instantáneo.

Esnob.

Tom se echó a reír. Freja levantó la cabeza y lo miró desconcertada. Volvió a oírse la señal del teléfono.

Estoy bebiendo licor. No bebo nunca.

Él casi pudo oír su voz cuando lo leyó. Sonrió y volvió a teclear.

Bebiste en Navidad. Estabas borracha.

Pausa larga. Tal vez había sido una estupidez mencionar aquella noche, pero a él le gustaba ese recuerdo. Estaba muy atractiva a pesar de la borrachera. Parecía relajada y contenta. Como cuando salió de la sauna. Y después del beso.

Llegó su respuesta.

Sí, es cierto. Bebí bastante allí arriba. La extraña Kiruna.

Humm. ¿Qué podía escribir? No estaba acostumbrado a ese tipo de charlas, y menos por teléfono. ¿Y si mencionaba el beso? Aunque ella quizá lo hubiera olvidado.

Llegó un mensaje:

Hoy es mi cumpleaños.

Tom lo leyó varias veces. ¿Estaría fuera celebrándolo? ¿O habría organizado una cena en casa con amigos? Pero había hablado de la televisión, así que algo le decía que estaba sola. Se arriesgó y preguntó:

¿Te puedo llamar?

Se sentó con el teléfono en la mano y esperó. No hubo respuesta.

Ambra miró el teléfono que tenía en la mano. Leyó el último mensaje de Tom una y otra vez. «¿Te puedo llamar?» No se lo esperaba. Pero tampoco pensaba decirle que era su cumpleaños. Miró la botella de licor. El contenido había disminuido mucho, lo que significaba que estaba borracha otra vez y que era probable que se comportara de forma imprudente. ¿Quería hablar con Tom? Reflexionó antes de contestar.

Sí.

Por supuesto que quería hablar con él. Su conversación por el móvil había sido lo mejor que le había pasado en todo el día.

Un segundo después sonó el teléfono.

—Feliz cumpleaños —dijo él en cuanto ella contestó—. ¿Molesto?

Tenía una voz agradable por teléfono. Tranquila y profunda.

—Gracias. Y no, no molestas. Solo estoy en casa.

—¿Se puede preguntar cuántos cumples?

—Veintinueve. Me falta un año para los treinta.

—Estás en plena juventud.

—¿Cuántos tienes tú? —quiso saber ella.

—Voy a cumplir treinta y siete. ¿Tampoco te gustan los cumpleaños?

—No demasiado. ¿Qué estás haciendo?

—Estoy en casa, sentado en el sofá.

Si cerraba los ojos podía ver a Tom delante de ella. Las piernas largas estiradas, seguramente vestido de negro. Le pareció oír un chasquido. ¿Habría encendido la lumbre? ¿Había un ruido más acogedor que el de la leña crepitando en una chimenea?

—Esta noche hay auroras boreales. ¿Tenéis nieve en Estocolmo?

—Muy poca, no como en Kiruna.

En ese momento Ambra sintió algo que nunca creyó poder sentir: echó de menos Kiruna.

—¿Tienes planes para esta noche? —preguntó él.

Ambra miró el reloj. Eran las ocho. Pensaba acostarse a las nueve y así poner punto final a esa maldita noche.

—No —respondió.

—¿Qué has estado haciendo desde que volviste de Kiruna?

Ella dejó el licor, se tumbó en el sofá y se acurrucó con el teléfono y la voz de Tom.

—Trabajar, sobre todo. ¿Sigue Mattias allí?

—No, se marchó el mismo día que tú. No hemos hablado desde entonces.

El beso del aeropuerto no dejaba de dar vueltas en su cabeza. Él no lo había mencionado. ¿Debería hacerlo ella? Podía hacer como si no hubiera ocurrido o decir, como si nada, «gracias por aquel beso. Por cierto, lo he recordado más o menos a cada hora durante los últimos días».

—¿Mattias es tu mejor amigo? —se limitó a decir.

—No. Tal vez lo fue. Pero nuestra relación es más complicada que eso.

Ambra pensó que Tom parecía tener muchas relaciones complicadas, pero ella no era quién para juzgarlo, ya que sus propias relaciones no estaban libres de complicaciones.

—Entonces ¿quién es tu mejor amigo?

Decidió que si le respondía que era Ellinor le colgaría el teléfono. Él guardó silencio un momento.

—Aunque parezca raro, quizá sea mi colega David. Hace tiempo que nos conocemos y fue un gran apoyo para mí cuando volví a Suecia. Es uno de esos amigos que está dispuesto a ayudar al cien por cien. Aunque no seguimos en contacto, después de lo del Chad.

Ambra tardó unos segundos en entender lo que le acababa de decir. La periodista que había en ella surgió a través de la neblina del licor. Se sentó en el sofá y notó que se le erizaba el vello de los brazos.

—¿El Chad? ¿Qué hiciste allí? —Se produjo un largo silencio—. No tienes por qué contármelo, olvida lo que te he preguntado —añadió ella al fin.

Quería y no quería sacarle la información. Le oyó respirar profundamente.

—Estuve allí el verano pasado. Fui capturado.

—¿Por quién?

Ambra no se lo esperaba.

—Bandidos locales —siguió él tras otro largo silencio.

—Mierda.

—Sí.

—¿Durante cuánto tiempo?

—Mucho. Oye, no debería hablar de eso.

—Está bien. He bebido tanto licor que mañana habré olvidado todo lo que hemos hablado.

Él hizo un ruido que, si Ambra no le conociera bien, habría pensado que parecía una risa.

—¿Qué te gusta de David? —preguntó ella mientras buscaba un cuaderno y un bolígrafo.

Se preguntaba qué se requería de un hombre para ser el mejor amigo de Tom Lexington.

—Nos conocemos desde hace mucho tiempo. Es digno de confianza, leal. Un verdadero amigo.

—Pero ¿habéis perdido el contacto?

—Es complicado.

Cómo no.

—Y ¿quién es tu mejor amigo? —preguntó él.

—Jill, supongo. También es complicado. Mi hermana siempre está de viaje.

—Y además sois muy distintas, ¿no?

Así que se había dado cuenta.

—Sí, somos muy distintas. También me caen bien algunas personas de mi trabajo, pero casi nunca salgo con colegas.

«Debería mejorar eso», pensó. ¿De qué tenía miedo?

—¿Nadie más?

—No. Fui de un lado a otro durante toda mi infancia, viví en distintas casas de acogida sin que me diera tiempo a trabar amistad con nadie antes de volver a marcharme. Además, era muy tímida —añadió. Se tumbó y apoyó la cabeza en el brazo del sofá—. Es más fácil ser adulto. ¿Sigue Freja contigo?

—Está aquí. Creo que tengo que sacarla.

—Gracias por llamar y felicitarme.

—Me ha gustado hablar contigo. Espero que tengas un buen cumpleaños.

—Tú también —dijo ella y después hizo una mueca—. Quiero decir que espero que pases una buena tarde.

Tras la despedida, Ambra se tumbó de lado en el sofá. Colocó una almohada debajo de su mejilla y buscó a tientas el mando a distancia para volver a activar el sonido del televisor. Miró el cuaderno que estaba sobre la mesa. Se había olvidado por completo de él. Lo cogió y leyó lo que ponía. Había escrito el Chad con dos signos de exclamación a cada lado y lo había subrayado con una línea gruesa. Debajo había escrito de forma descuidada: «¡¡Es peligroso!!».

Se sirvió un poco más de licor y se lo fue bebiendo a sorbos mientras veía otro capítulo de *Lyxfällan*. Pero su cabeza estaba en otro sitio. ¿Qué le había sucedido a Tom en el Chad?

25

—¿Qué tenemos del incendio de Kista? —preguntó Grace a la mañana siguiente.

Otra vez esos incendios.

—He hablado con la policía; sospechan que ha sido provocado —respondió Ambra.

—Perfecto. ¿Puedes escribir algo sobre eso?

—Estoy en ello.

Ambra terminó de escribir el texto y lo envió al editor en línea, que lo subió a la página web. Hacía tiempo que *Aftonbladet* ofrecía casi todo su contenido en la red. Se seguía imprimiendo un periódico de papel, pero el foco estaba en internet, allí era donde se te veía y donde todo el mundo luchaba por llegar el primero, por ser el número uno. Grace era el cuello de botella por el que pasaban todas las noticias.

Ambra empezó a escribir el siguiente artículo, sobre un accidente de tren en Hallsberg. Eran las nueve, hora a la que empezaba la transmisión del informativo en directo a través de la web. Le echó un vistazo mientras en los monitores que la rodeaban emitían las noticias de la BBC, de la CNN y del resto del mundo.

Cuando tuvo un minuto libre abrió el correo electrónico. No dejaban de llegar mensajes. El día anterior había publicado un artículo sobre la desigualdad entre sexos. Era una nota breve basada en un aburrido informe científico, unos doscientos caracteres con una cita interesante de una reconocida investigadora, que al final fue a parar a un rincón de la página web. Pero no importaba lo corto que fuera o lo lejos que hubiera ido a parar. Las amenazas entraban en tropel desde el día anterior.

Las leyó por encima. No entendía la indignación de Åke, Göran y todos los demás. Mientras, marcó una vez más el número de servicios sociales de Kiruna. Siguieron apareciendo mensajes y leyó el de un remitente de Hotmail, Lord_Brutal900:

Voy a pasar una motosierra por tu maldito coño feminista.

Recibía frecuentes amenazas de ese sujeto. De hecho, ese mensaje era casi delicado comparado con lo que le solía escribir. Lo borró y se preguntó quién sería. ¿Un ejecutivo de mediana edad que odiaba a las feministas? ¿Un adolescente con espinillas que no entendía nada? ¿Una mujer? No, el odio de las mujeres no solía tener ese cariz.

La política de la empresa era denunciar si llegaba algo demasiado duro, pero ella no quería parecer débil, así que se limitó a eliminar el mensaje. Una vez, cuando ya no podía más, colgó en Twitter los datos de un imbécil que le enviaba mensajes desde la cuenta de correo del trabajo, que resultó ser una empresa de investigación médica. A Dan Persson no le había gustado nada y le echó una buena bronca. Borró algunos mensajes más. Entonces contestaron al otro lado del teléfono.

—¿Puedo hablar con Anne-Charlotte? —preguntó.

—Lo siento, está de vacaciones.

Pensó que la gente tenía muchas vacaciones y le dejó otro mensaje a la asistente social ausente. Luego estiró su cuello rígido y se levantó para moverse un poco.

¿Por qué la había llamado Tom?

No era que no se alegrara, al contrario, pero no entendía nada de la relación que mantenían. En las películas y en los libros, las personas siempre se las ingeniaban para interpretar a la perfección las intenciones de los demás, podían ver o suponer lo que los otros pensaban, creían y sentían. Quizá hubiera gente que podía hacerlo en la vida real, pero, con sinceridad, a ella se le daba fatal. Tal vez lo que ella creía que era atracción, para Tom solo era un modo de pasar el tiempo.

Sacó su cuaderno. Al menos entendía su trabajo.

«Vamos a ver. ¿Qué estuvo haciendo Tom Lexington en el Chad?» Navegó por internet. Según la web de Lodestar, la empresa de Tom, trabajaban tanto en Suecia como en el extranjero, pero no encontró nada sobre el Chad. Había muchas frases aquí y allí con la palabra mundial e internacional, pero sin mencionar ningún país en particular.

Pensó, tecleó Tom Lexington + David, aunque no esperaba encontrar nada. Ya había comprobado que Tom era invisible en la red. Tecleó enlaces al azar, leyó sin un plan determinado, buscó imágenes y de repente apareció una foto de Tom. La amplió. Tal vez solo se lo había imaginado. Su nombre no constaba en ningún lado. La foto estaba tomada en una asamblea de la empresa el año anterior. Se fijó bien. Sí, era Tom, sin ninguna duda.

«La seguridad era alta cuando Hammar Capital pidió una asamblea extraordinaria», leyó en el pie de foto. El texto del artículo, que tenía un año y medio de antigüedad, se refería a cómo la empresa de inversiones de riesgo Hammar Capital había tomado el control de la poderosa compañía Investum. A Ambra no le interesaba lo más mínimo el mundo de las finanzas, pero cuando sucedió había salido en los titulares y en el canal TV-1 durante días, así que incluso ella lo recordaba.

Al parecer, Tom había trabajado personalmente para ellos en el tema de la seguridad. Ella no habría creído que un hombre de su experiencia se dedicara a algo así, parecía un servicio de guardias de lujo. Siguió leyendo. David Hammar era el propietario de Hammar Capital. Eso ya lo sabía. El chico malo del mundo de las finanzas. El implacable capitalista de riesgo que después se casó con Natalia, la hija del dueño de Investum. Y Natalia a su vez era hermana de Alexander de la Grip, un miembro destacado de la jet set. Buscó algunas fotos de Alexander de la Grip y las miró con detenimiento. Oh, Dios, qué guapo. Era todo un seductor.

¿Así que David, el mejor amigo de Tom, podía ser ese David Hammar? Parecían ser de la misma edad. Cuando buscó David Hammar en Google vio que había nacido el mismo año que Tom, pero eso no tenía por qué significar nada. Siguió sentada con la foto de Tom en la pantalla. Entonces ya llevaba barba, pero más corta y arreglada. Vestía un traje negro y distinguió un pinganillo casi invisible en el oído.

En determinadas circunstancias la corpulencia era una ventaja, la gente te respetaba. Pero supuso que no sería fácil adaptarse. Empezó a cliquear en pestañas e imágenes, y estaba a punto de cerrar el navegador y ponerse a trabajar cuando volvió a ver las fotos de Alexander. En una de ellas posaba de pie con una mujer pelirroja en el estreno de lo que parecía una película para niños. Isobel Sørensen, leyó en el texto de la foto. Ella también era guapísima. Dos personas altas, atractivas, glamurosas. Parecían seres de otro mundo.

Pero lo que despertó el interés de Ambra fue el niño que iba con ellos. Un niño muy serio que permanecía de pie entre ambos sobre la alfombra roja. La mano de Alexander descansaba sobre su hombro. Leyó que el niño se llamaba Marius, y aparentaba unos siete u ocho años. No pudo evitar que se erizara el vello de los brazos, un signo inequívoco de que seguía la pista correcta.

«La pareja se casó el otoño pasado, y han iniciado los trámites de adopción de Marius, oriundo del Chad.»

Ahí estaba.

La relación.

El Chad.

Ambra levantó la vista del ordenador todo lo rápido que pudo antes de volver a sumergirse en Google. ¿Sería una coincidencia? Buscó información sobre la mujer pelirroja. Isobel Sørensen, con apellido de casada De la Grip, era especialista en medicina general e investigadora en el Instituto Karolinska. Antes de dedicarse a la investigación había trabajado para Médicos sin Fronteras y para la ONG Medpax, que dirigía un hospital de niños en el Chad. Ambra no pudo evitar poner los ojos en blanco. Isobel parecía la mujer perfecta.

Vaya. Otra vez el Chad.

Se recostó en la silla de oficina y se quedó pensativa. Dio por buena la idea de que David Hammar era el mejor amigo de Tom.

David tenía un cuñado, Alexander, que estaba casado con una mujer que, por un lado, trabajaba en el Chad y, por el otro, estaba adoptando un niño precisamente de ese país, más o menos cuando Tom estaba allí encarcelado, según él mismo le había contado. ¿Había una historia en todo eso o le estaba dando rienda suelta a la imaginación? ¿Por qué iba a viajar al Chad un exsoldado de élite? ¿Qué habría hecho allí? ¿Y por qué lo secuestraron? ¿Cómo fue liberado? Cuanto más pensaba, más se le amontonaban las preguntas. ¿De qué se trataba y dónde podía encontrar más información? ¿Habría ahí una exclusiva, una verdadera primicia?

Releyó sus anotaciones. Lo natural sería preguntarle a Tom, por supuesto, pero ¿y si no era de fiar? Era evidente que tenía un montón de secretos y a veces asomaba una dureza a su mirada que producía escalofríos. Además, estaba segura de que a él no le iba a gustar que anduviera fisgoneando, así que tendría que estar preparada. Decidió esperar a hablar con él, pero había algo que le inquietaba. Sentía mucha curiosidad y había grandes lagunas en la historia que era necesario rellenar. Meditó un rato antes de enviar un correo electrónico a Karsten, el experto en seguridad del periódico. No había peligro. Primero hablaría con él, después...

—Ambra —la llamó Grace desde el escritorio.

—¿Sí?

Se obligó a dejar a un lado sus pensamientos.

—Un niño de diez años ha resultado herido por los fuegos artificiales de Nochevieja. ¿Puedes llamar para que lo confirmen?

Ambra asintió. Diez minutos después estaba totalmente absorta en el trabajo.

Regresó a casa a última hora de la tarde, después de hacer una hora extra. Siempre le costaba mucho abandonar el centro de la acción. Vivía en Västerlånggatan, en el casco antiguo, y le encantaba pasear, ver gente y mirar escaparates. Ambra levantó la vista y unos cohetes y fuegos artificiales iluminaron el cielo, esparciendo su luz blanca, amarilla y azul antes de desaparecer. Jill iba a cantar en Skansen esa tarde, en la gran celebración de Año Nuevo que se transmitía en directo. Ambra estaba invitada, pero Jill estaría ocupada con el espectáculo y ella no tenía ganas de estar de pie en Skansen pasando frío hasta que sonaran las doce. Le envió un mensaje a su hermana deseándole feliz Año Nuevo y suerte, y decidió no mencionar que había vuelto a olvidar su cumpleaños. Jill era como era.

Algunos de la redacción habían quedado para salir y una de las chicas la había invitado, pero ella no los conocía mucho y prefirió no ir, lo que tal vez era una tontería. Quizá el próximo año aceptara. Parvin, la principal presentadora de televisión de la web del periódico, una mujer por la que Ambra sentía un gran respeto, iba a organizar una gran cena, pero solo asistirían parejas, gente sofisticada, y Ambra sabía que también allí se iba a sentir fuera de lugar, así que murmuró «el año que viene tal vez» y dio las gracias. Ahora se arrepentía un poco. Habló con una de las chicas de Sucesos sobre la posibilidad de quedar, pero ella tenía un nuevo novio y todo quedó en el aire. La eterna desgracia del soltero: ser abandonado en cuanto una potencial pareja entraba en juego.

Oyó la señal del móvil y sacó el teléfono del bolsillo. Era un mensaje de Elsa, decorado con emoticonos de fuegos artificiales y champán.

Feliz Año Nuevo, querida.

Le respondió, guardó el teléfono y se sintió un poco mejor. Le gustaba Elsa. Todo iría bien, solo era un día más.

26

El ruido agudo de un disparo hizo que el cuerpo de Tom pasara del cero a cien en la fracción de un segundo. Pulso, corazón, pulmones; todo empezó a trabajar a su máxima capacidad. Otro disparo. La adrenalina empezó a fluir. «¿De dónde viene? ¿Quién está disparando? ¿Dónde puedo protegerme?» Y después otro disparo más. Intentó orientarse, pero no veía nada.

«Tengo que respirar, tengo que estabilizarme, tengo que buscar protección.»

Le retumbaba la cabeza y le costaba respirar. El exceso de oxígeno le mareaba. Se obligó a contener la respiración, la dejó salir, esperó. El corazón se aceleró. Siempre intentaba controlar las pulsaciones durante el combate, dominar la respiración para calmar los nervios desbocados, pero en esos momentos no lo estaba consiguiendo.

«Mantén la calma, céntrate, localiza al enemigo.»

Parpadeó varias veces. No podía ver, y por un momento el pánico aumentó antes de darse cuenta de que lo que le nublaba la vista era el sudor. Se secó con el dorso de la mano. Ya no se oían disparos. Tenía la espalda apoyada en algo. ¿Una pared? Más ruidos. ¿Qué eran? Ladridos. Freja. Vio a la perra. Saltaba delante de él. Su ladrido le llegó como a través de un túnel. Se incorporó y se sentó. Ni siquiera se había dado cuenta de que estaba tumbado y que lo que notaba contra la espalda y el hombro era el suelo. Se apoyó en la pared y miró alrededor. Estaba en el almacén, pero no recordaba cómo había llegado allí. Salió a buscar algo y oyó los disparos.

No, no eran disparos. Ahora se daba cuenta, cuando el cuerpo había dejado de alarmarle. Eran fuegos artificiales. Respiró, notó que el pulso iba disminuyendo poco a poco. Mierda. Lo que había oído eran fuegos artificiales.

Salían de casa cuando alguien tiró en el bosque unos petardos o cohetes que retumbaron entre los árboles. Su cuerpo conectó en el acto el piloto automático y reaccionó como si se tratara de un ataque. Se secó la frente y se puso de pie sobre sus temblorosas piernas. Freja movió la cola.

—¿Te has asustado? —preguntó—. Yo me he asustado mucho.

Su frecuencia cardíaca había bajado hasta las cien pulsaciones por minuto. Se sacudió la nieve de los pantalones, contento de que nadie hubiera visto lo ocurrido. Se sentía avergonzado.

Estaba acostumbrado a los disparos, había pasado varios años de su vida en campos de tiro, en maniobras con fuego real y en zonas de guerra. Muchas noches durmió sin problemas a pesar del estruendo de los disparos, uno se acostumbra a todo. No debería reaccionar así al ruido de los fuegos artificiales, que no se parecía en nada al breve y seco estallido de los tiros de verdad. Pero algo había salido mal y su mente había recreado un recuerdo, un *flashback*, y de repente se vio allí, en medio del calor, en el infierno.

Movió las piernas, giró los hombros y el cuello. Miró por encima de las copas de los árboles. Cuando estalló el siguiente cohete estaba preparado, aunque permaneció rígido. Otro más y el corazón empezó a dispararse de nuevo. Maldita sea, sabía perfectamente que no era peligroso. Otro ruido más, esa vez una serie de chasquidos agudos que explotaban por encima de las copas de los árboles.

Freja ladró excitada.

Volvió a la casa y cogió con determinación la pala de nieve.

—Ven —ordenó a la perra—, vamos a intentarlo con ejercicio.

Empezó a quitar nieve con movimientos enérgicos. Freja saltaba cerca, iba de un lado para otro escarbando en la nieve como una loca mientras ladraba, animándole a que siguiera. Después de veinte minutos de despejar la zona a conciencia, Tom estaba empapado en sudor y el pecho se le elevaba con fuerza al respirar, pero ya no tenía miedo ni ansiedad. Cuando oyó otro estallido apenas reaccionó. Hundió la pala en un montón de nieve, apoyó un brazo en ella y miró a su alrededor.

La perra era increíble. Le había ayudado.

Terminó de quitar la nieve del patio y volvió a entrar. Estaba cansado, pero tranquilo, y después de una ducha volvió a sentirse casi normal.

Se sirvió un vaso de agua, se quedó de pie, apoyado en el fregadero, y se relajó mirando por la ventana de la cocina. El teléfono estaba encima del banco. Había llamado David Hammar mientras estaba fuera, y luego le había enviado un mensaje, una felicitación de Año Nuevo y una invitación para que fuera a pasar unos días en su casa, sin importar que avisara con pocos días de antelación.

Pensó que debería llamar a David. Se conocían desde hacía mucho tiempo, y no solo porque Lodestar fuera la responsable de la seguridad de Hammar Capital. Solían ir a tomar una cerveza juntos y después de lo del Chad, David fue un gran apoyo. Eran amigos, aunque Tom sabía que con los años se habían ido distanciando. El trabajo hacía que te alejaras de la gente que te importaba. Pero David era una buena persona, un verdadero amigo. Tendría que devolverle la llamada.

Siguió de pie, dudando, con el teléfono en una mano y el vaso de agua en la otra. Dejó el vaso y marcó un número antes de que pudiera cambiar de opinión. No el de David, todavía no, pero era un paso en la dirección correcta.

—Hola, Johanna, soy Tom Lexington —saludó a la telefonista.

—Tom —dijo ella sorprendida, casi con respeto.

Johanna Scott era una exoficial de las Fuerzas Especiales que él mismo había reclutado y empleado un par de años atrás. Había participado en varias misiones, pero en la actualidad estaba embarazada de su primer hijo y por eso atendía la recepción. Tom nunca enviaría a una soldado embarazada a misiones peligrosas, no había discusión.

—¿Cómo van las cosas?

—Bien, *boss* —respondió ella.

La sorpresa fue reemplazada por una efectividad amistosa. Johanna era una de las mejores operadoras con las que Tom había trabajado, rápida, invisible si tenía que serlo, fiable.

—¿Cómo va todo por la oficina? —le preguntó.

Era Nochevieja, pero en Lodestar siempre había alguien trabajando, siempre estaba en marcha.

Durante las últimas semanas, el simple hecho de pensar en el trabajo le producía ansiedad. Se avergonzaba de ello, pero no lo podía controlar. El malestar seguía, pero le sentaba bien oír la voz de Johanna, saber que todo funcionaba a la perfección. Él había abandonado a su tripulación, pero se las arreglaban bien y eso era un consuelo. Era una buena pandilla.

—Hoy está todo tranquilo por aquí —respondió ella.

—Me gustaría que alguien me enviara el correo. Estoy en Kiruna. Te mando la dirección en un mensaje.

—Yo me encargo de eso. ¿Puedo hacer algo más?

—Quiero disculparme por no haber llamado antes.

Johanna se quedó en silencio un momento, como si no supiera bien qué contestar.

—Estábamos un poco preocupados —reconoció por fin.

No había sido su intención que la gente se preocupara, pero se sentía como una pesada carga para toda la empresa. La gente ajena al sector creía que a lo que más se teme es a la muerte, pero lo que más preocupa a un operador es decepcionar a sus compañeros.

—Lo lamento, Johanna —añadió con sinceridad. Se había hundido mental y físicamente. Sus captores no solo lo habían hecho prisionero en el Chad, sino que también le habían robado una parte de su vida aquí, en su casa. Pero a partir de ahora intentaría cambiarlo. Iba a recuperar el control sobre sí mismo—. Enviaré instrucciones —le aseguró.

—Lo solucionaré lo antes posible, *boss*. Tú solo dime dónde.

Concluida la conversación, Tom se dirigió al despacho. Se quedó de pie en el umbral. Cuando dejó Estocolmo recogió deprisa y corriendo varios objetos en una caja que se trajo a Kiruna. Dentro estaba la foto de Ellinor que había puesto en el frigorífico, algunos libros especializados, su viejo álbum de *The art of war* que Mattias le regaló una vez, así como un montón de papeles, documentos y fotos de la operación en el Chad. No había tenido fuerzas para mirarlos, pero era el momento de hacerlo.

Despacio y con un creciente malestar, empezó a revisar las distintas carpetas, a leerlas y a ordenarlas en montones. Sabía mejor que nadie que había hecho cosas por las que debía pagar. Había matado a gente. Cumpliendo órdenes y en combate. Pero quienes habían muerto por su mano participaban en una guerra, y en las guerras ambos bandos sufren pérdidas.

Sin embargo, el sector de la seguridad privada era un mundo con muchas zonas grises y turbias. Psicópatas y sádicos buscaban puestos de trabajo que les daban la oportunidad de asesinar, maltratar y violar. Había un montón de ejemplos de situaciones en las que las fuerzas de seguridad privada habían asesinado y torturado a inocentes. Tom nunca lo había tolerado, por supuesto, y por lo que sabía, jamás había empleado ni contratado hombres así. Ejercer la violencia no era la tarea principal en su trabajo, sino una herramienta para poder cumplir su misión.

El objetivo siempre era ser lo más discreto posible. En todos los aspectos.

La caótica intervención nocturna del verano pasado en un pueblo del desierto en el Chad fue un combate en toda regla. Atacaron en medio de la noche para liberar a la médica Isobel Sørensen, a la que habían localizado en el pueblo después de una intensa búsqueda. Tom llegó en helicóptero por uno de los lados, mientras que los hombres sobre el terreno utilizaron lentes de visión nocturna para entrar. La batalla en la zona urbana fue lo más complicado. Mala visibilidad y decisiones tomadas en un segundo que podían terminar con demasiada facilidad en un baño de sangre con pérdida de vidas civiles.

Quería pensar que no habían muerto inocentes, pero era difícil estar seguro al cien por cien. En cuanto pudo mantenerse en pie después del cautiverio se puso en contacto con los hombres que habían participado en la operación y reunió todo el material y las fotos que había. Le aseguraron que la liberación de la médica se había realizado sin bajas civiles, pero nunca se sabía. Una bala perdida podía haber matado a un aldeano inocente, en el peor de los casos a una mujer o a un niño, y le costaba vivir con ese pensamiento.

La misión de rescate fue una operación ilegal desde el principio, desarrollada en territorio de un país extranjero y sin supervisión ni aprobación de ninguna autoridad. Rescataron a una civil de las manos de unos bandidos, eso era seguro, pero aun así... La culpa y la duda le roían.

Levantó las fotos y las estudió a fondo. Habían sido minuciosos con la documentación, tanto antes como durante y después de la intervención. Primero, vigilaron el pueblo para averiguar quiénes estaban en la zona. Durante el ataque, los soldados llevaban cámaras que enviaban las fotos a un ordenador, y después uno de los hombres certificaba los efectos del ataque. Casas destruidas, personas muertas y heridas. Todo indicaba que había sido una operación muy profesional, ningún civil muerto. Aun así... ¿Se equivocó al tomar alguna decisión? ¿Dio en algún momento alguna orden errónea?

Cuando Freja entró y lo miró expectante cayó en la cuenta de que llevaba dos horas sentado, rodeado de documentos. Fueron juntos a la cocina, le puso la comida, se preparó un bocadillo y se lo comió mirando a la perra, que vació su cuenco en menos de treinta segundos.

—¿Quieres salir? —preguntó, engullendo lo que le quedaba del bocadillo.

La perra dio un breve ladrido, así que se volvió a poner el abrigo. Unos fuegos artificiales iluminaron el cielo, pero el ruido ya no le afectó. Mientras iba caminando por la nieve y observaba a la perra, recordó su paseo en moto de nieve con Ambra. Se le olvidó decirle lo de la camiseta cuando hablaron el día anterior; la conversación estaba siendo tan agradable que olvidó por completo el motivo por el que la había llamado.

—¿Tú qué dices? —preguntó, mirando a Freja—. ¿Deberíamos llamarla?

La perra soltó un fuerte ladrido como respuesta y regresaron a la casa.

—Ambra Vinter —respondió ella al otro lado de la línea.

Su voz inspiraba confianza. Sonaba más tranquila y suave por teléfono que en persona.

—Hola, soy Tom.

—Sí, lo he visto.

Se quedó en silencio y él se sintió estúpido. Tal vez había interrumpido una agradable cena de Año Nuevo. Miró el reloj. No se había dado cuenta de lo tarde que era.

—¿Estás en la calle? —preguntó él.

Ella soltó una carcajada que le produjo un cosquilleo.

Se sentó en el sofá, se recostó y cerró los ojos. Podía verla delante de él, los profundos hoyuelos de sus mejillas, los ojos vigilantes y la boca suave con una sonrisa en una comisura. Los besos. Recordó cada uno de ellos. El inesperado de Nochebuena, cuando estaban borrachos. El que se dieron en su casa entre el calor de la sauna. Y luego el sensual beso del aeropuerto, cuando le acarició el pecho. Recordaba aún el peso suave y caliente en la palma de la mano y lo guardaba como un recuerdo maravilloso y privado.

—Entre nosotros, estoy en casa —respondió ella—. Sola. Con el ordenador y la televisión. ¿Y tú? ¿No hay una fiesta en Kiruna?

—No exactamente —rio Tom—. Lo más divertido que he hecho hoy ha sido quitar toda la nieve del patio y salir con Freja.

Se quedaron en silencio. Él levantó una pierna y se quitó una mota de polvo del pantalón. Se sentía como un adolescente que había llamado a la chica más bonita de la clase e intentaba pensar en algo que decir.

—Tenía ganas de llamarte —dijo al fin.

—¿Cómo estás? —preguntó ella en un tono de voz desenfadado, aunque él sabía a qué se refería.

Recordó el ataque de ansiedad de esa mañana.

—He pasado un mal rato, pero ahora estoy mejor —confesó.

No sabía si sería igual de honesto con otra persona. Pero Ambra era agradable, directa, no se andaba con rodeos. Ellinor sí lo hacía, y se dio cuenta de que eso no le gustaba, aunque nunca había pensado antes en ello. Era sigilosa y evasiva.

—¿Has hablado con alguien de eso?

—Lo estoy hablando contigo.

—¿Lo estás haciendo?

—Te he contado más que a la mayoría —le aseguró, y era cierto.

Aparte de a un par de colegas, David y los que estuvieron en el Chad, nadie más sabía lo que había ocurrido allí.

Ambra guardó un largo silencio. Él esperó. Estaba cómodo por el simple hecho de escuchar su suave respiración.

—Aunque no me has dicho qué ocurrió, qué te pasó allí.

—Es una larga historia. Tal vez en otra ocasión.

—Como quieras.

Ella volvió a respirar y él casi pudo percibir su olor, su calor y suavidad.

—Una cosa, Tom. Ya que nos llamamos y chateamos, ¿no crees que deberíamos hablar sobre los besos?

Volvió a quedarse en silencio.

Tom se sacudió el pantalón.

—Me refiero al del aeropuerto —añadió—, y al de la sauna.

—Ah, ¿te refieres a esos? —respondió él con soltura, como si hubiera podido olvidar alguno de los besos—. No sé bien lo que ocurrió.

Estaba siendo sincero. Una vez que ya había pasado, y a mil doscientos kilómetros de distancia, no podía explicar lo que había sucedido, de dónde había salido esa explosiva atracción que sintió.

—Fueron unos besos muy agradables.

—Estoy de acuerdo. Aunque ya conoces mi situación. Me refiero con Ellinor.

—Sí, la conozco. Solo quería sacar el tema para que nosotros... Bueno, supongo que me entiendes. Para que podamos dejar de pensar en ello. Para que lo dejemos atrás.

—Desde luego.

Un largo silencio. Tom cogió el teléfono con fuerza. ¿Quería Ambra terminar la conversación? ¿Quería hacerlo él? De ningún modo. Quería oír su voz suave en el oído, quería verla en su mente. Ella hacía que se sintiera tranquilo, vivo y feliz.

—¿Puedo preguntar una cosa? —continuó ella.

Lo dijo en un tono reflexivo, y él no estaba del todo seguro de que quisiera oír la pregunta.

—Por supuesto —respondió, sin embargo.

—Si Ellinor te llamara y te dijera que quiere volver contigo, ¿querrías tú?

—Sí —dijo él, porque así lo sentía.

¿O no?

—De acuerdo. Gracias por tu honestidad.

—Lamento que... que tal vez haya actuado de un modo confuso.

—Sí, aunque en realidad no ha ocurrido nada serio. Y no te sentías bien, ¿verdad?

—No, pero eso no es una excusa. Creo que están cambiando las cosas. Si Ellinor y yo tuviéramos una oportunidad en el futuro no quiero crear problemas con...

Se calló. Escuchó su leve respiración al otro lado del auricular, allá en Estocolmo.

No te preocupes, Tom. Fue un beso muy bonito, pero es como tú dices, a la larga no significa nada.

¿Había dicho eso él? ¿Que no significaba nada? Oyó un ruido, como si ella estuviera moviendo algo.

—¿Qué haces? —preguntó.

Le llegó el ruido de los fuegos artificiales a través del auricular. Miró el reloj. Faltaba poco para la medianoche.

—Estaba buscando el mando a distancia. Jill va a cantar en la tele y le he prometido que la vería. Pero todavía no ha empezado.

—Avísame si quieres colgar.

—Me gusta hablar contigo.

—¿Siempre quisiste ser periodista? —preguntó él.

Se acomodó y le echó una ojeada a Freja, que dormía delante del fuego.

—Creo que sí.

—¿Por qué?

—Fue idea de Renée. Ella decía que era un modo de luchar por los débiles, de ser su voz en la sociedad, y así es.

—Entonces ¿defiendes a los débiles?

—Lo intento. Trabajo en un periódico, que se ha convertido en mi fuerza motriz. Es un mundo duro, pero es donde quiero estar, porque si uno quiere que la gente le lea, tiene que estar en *Aftonbladet*. Me esfuerzo por dar al público la información correcta para que puedan tomar decisiones acertadas. Hay demasiadas páginas web que son una porquería, así que alguien tiene que combatir y ser objetivo. ¿O suena arrogante?

—No, se nota que te importa lo que escribes.

—Lo cierto es que no estoy orgullosa de todo lo que he hecho.

—¿No?

Ella suspiró.

—He escrito algunas cosas que han afectado innecesariamente a algunas personas, especulaciones. No siempre se puede elegir el enfoque que les dan, los titulares que ponen.

Tom sabía a lo que se refería. Él había participado en el linchamiento público de personas que se merecían algo mejor que ser humilladas.

—¿Y tú? ¿Siempre quisiste ser lo que eres? —quiso saber ella.

—Ni siquiera al principio. Pero no se me da mal.

—Sí, me lo imagino. Una cosa: la última vez que hablamos dijiste que te capturaron en el Chad.

Tom levantó la vista al techo. Era de esperar que no lo dejara pasar. Lo del Chad se le escapó. No solía costarle mantener en secreto ciertas cuestiones sensibles, pero tampoco solía hablar con mucha gente. Era más sencillo si evitaba a los civiles. Pero hablar con Ambra era muy fácil, lo que hacía que también lo fuera irse de la lengua.

—¿No quieres decir nada porque soy periodista? —preguntó ella ante su silencio.

Cierto, los periodistas no le inspiraban una especial simpatía. La mayoría eran sensacionalistas, les interesaba sobre todo por lo que iba mal y nunca tenían acceso a toda la información, ya que una gran parte de la misma era confidencial. Los fragmentos que conseguían arañar solían tener un significado diferente para quien conocía toda la verdad. Pero un oficial de inteligencia o un operador de campo no podía difundir el cuadro completo, era secreto, así que había que apretar las mandíbulas y aceptar lo que escribían y lo que decían. Pero Tom confiaba cada vez más en Ambra.

—¿Qué quieres saber? —preguntó él.

—¿Qué hiciste en realidad en el Chad?

No pasaba nada porque lo supiera, siempre que no escribiera al respecto y siguiera guardándose para él los datos más sensibles.

—¿De forma confidencial?

—Por supuesto.

Él consideró los pros y los contras antes de responder.

—Fue una operación de rescate. Una misión de la que me hice cargo para un particular.

—¿Un particular sueco?

—Sí.

Él casi podía oír sus pensamientos. Le gustaba eso de ella, su determinación. En muchos aspectos eran iguales. Tercos, decididos, resolutivos.

—No puedo hablar mucho de esto —le advirtió.

—Solo una cosa más. No tienes que responder si no quieres. ¿Tuvo éxito la operación? Sé que te hicieron prisionero, pero ¿cómo le fue a la persona que ibais a salvar?

—Ella está bien.

—¿Una mujer?

—No más por ahora, Ambra —suspiró.

—Disculpa, me he dejado llevar, pero no era mi intención husmear. Gracias por contármelo. Aquí hay un ruido tremendo.

—Te oigo mal.

Tenía que gritar para hacerse oír por encima de los fuegos artificiales. Miró el reloj. Eran las doce menos cinco.

—Ahora voy a ver la televisión. Me alegro de que hayas llamado y de que hayamos podido hablar.

—Yo también. Feliz Año Nuevo, Ambra.

—Feliz Año Nuevo, Tom.

27

—Entonces ¿qué sería una primicia? —preguntó Ambra a la mañana siguiente.

El experto en política de seguridad de *Aftonbladet*, Karsten Lundqvist, parpadeó y la miró angustiado. Su camisa de cuadros estaba arrugada, llevaba el pelo sucio y olía mal.

—¿Puedes bajar la voz? Me duele la cabeza.

—¿Una noche difícil?

—Ven, necesito un café —le pidió Karsten apretando los párpados.

Se levantó y Ambra lo siguió hasta la cocina del personal. Por la redacción se había esparcido un vago olor a alcohol y a pastillas de menta, y casi todos los redactores estaban pálidos y resacosos, excepto un puñado de padres de niños pequeños que mantenían su aspecto habitual.

—No volveré a beber nunca —farfulló Karsten mientras abría y cerraba las puertas del armario. Las estanterías estaban vacías, así que al final cogió una taza del abarrotado fregadero y la enjuagó muy por encima—. ¿Quieres?

Sostenía en la mano una cafetera con un líquido negro y turbio.

Ambra negó con la cabeza.

—Primicia —le recordó apoyándose en el fregadero.

Karsten tenía un aspecto terrible, así que no contaba con realizar un análisis profundo del tema, pero quería aprovechar la tranquilidad del momento.

—¿Puedes empezar por el principio e ir un poco más despacio? —le pidió Karsten entre sorbo y sorbo de café.

—¿Qué órdenes tienen que cumplir los militares suecos cuando están en el extranjero?

—Solo tienen que asistir y defenderse. Nada de ofensivas. Son estrictos con eso, a diferencia de los estadounidenses y los británicos, por ejemplo, que disparan cuando les da la gana.

—¿Eso afecta también a las Fuerzas Especiales? ¿El que solo puedan defenderse?

—Así es. Por lo tanto, para responder a tu pregunta, si un soldado sueco disparara contra civiles desarmados, sería una primicia. Siempre que se pueda demostrar, por supuesto. Y eso sería casi imposible, porque suelen tapar esas cosas.

—¿Y qué me dices del sector privado? —continuó Ambra.

Karsten se rascó la barba.

—Es mejor que vayamos a mi mesa si vamos a seguir hablando de esto. Me caeré redondo si no me siento.

Lo siguió a través de la redacción. Él se dejó caer en su silla giratoria. Ambra acercó una silla a su mesa, la puso del revés, se sentó y apoyó la barbilla en el respaldo.

—En la seguridad privada hay todo tipo de oficios, desde conductores y escoltas hasta soldados con acceso a material de guerra, helicópteros y todo el arsenal. A nivel internacional, sobre todo, se trata de ofrecer servicios de guerra privados a quienes pueden pagarlos.

—¿Guerras privadas? Suena demencial.

—Puede ser. Hay locos y sádicos que se sienten atraídos por ese tipo de actividades violentas. No todas las empresas los descartan.

—Oh, Dios.

—Se cometen muchos abusos, no es ningún secreto.

—¿Y no son castigados? Los asesinatos y las torturas siguen siendo ilegales.

—En raras ocasiones. Operan en países en los que no hay ni gobiernos ni fuerzas policiales que funcionen, lo que no facilita las cosas. Hay una cantidad enorme de casos no registrados. Supongo que habrás oído hablar del asunto *Blackwater*. Lo que hicieron en Irak fue terrible.

Ambra asintió. Había leído el caso de la tristemente conocida empresa de seguridad que asoló Irak y mató a civiles durante la guerra. Malos tratos, torturas y ejecuciones, todo pagado por el gobierno estadounidense.

—¿Qué me dices de las empresas de seguridad suecas?

No pudo evitar sentir cierto malestar. ¿Era eso lo que Tom hacía? Él era un hombre normal. ¿O no? Empezaba a dudar. ¿Era él capaz de hacer lo que Karsten había descrito? Era un exsoldado de élite, dirigía Lodestar, así que la respuesta a esa pregunta era que quizá, en parte sí. Se estremeció.

Karsten se quitó las gafas, cortó un trozo de cinta adhesiva, lo pegó alrededor de una patilla y se las volvió a poner.

—Creo que ayer me senté encima —suspiró—. Fue una tarde dura, como ya he dicho. ¿Algo más que quieras saber antes de que me mate esta resaca?

—¿Son buenos los suecos? Me refiero en comparación con los de otros países.

—Sí, ya lo creo. Nuestros compatriotas son bastante apreciados en el extranjero. Algunas empresas suecas tienen buena reputación, incluso a nivel mundial. Están dirigidas por soldados de élite, gente con formación táctica y que ha estado fuera en situaciones difíciles. Poseen información directa de quiénes causan los desórdenes en países peligrosos como Irak, Afganistán o Congo, ya sabes.

Ella asintió con la cabeza.

—¿Qué hacen en esos países?

—Ofrecen servicios de seguridad a empresas suecas, embajadas... Análisis de seguridad, escoltas, reconocimientos. Si una empresa sueca se va a establecer en un país en guerra o inestable, como Libia o Sudán del Sur, se llevan expertos en seguridad suecos, gente que por un lado puede responder de la seguridad del personal y por otro conoce el país.

—Parece mucho más civilizado que matar a la población civil y combatir —repuso Ambra después de reflexionar un momento. Sonaba más normal.

—A veces ocurre que incluso los suecos terminan encontrándose en situaciones más ofensivas. Se rumorean muchas cosas.

—¿Como qué?

—Distintas operaciones. Creo que hay suecos que han participado en operaciones de rescate, por ejemplo. Hay algunos casos no confirmados de los que yo siempre he tenido sospechas.

—¿Como cuáles?

—El de un ingeniero sueco que desapareció en Pakistán. Se suponía que estaba prisionero, escribimos acerca de ello; su familia estaba desesperada. Y después, de repente, estaba otra vez en casa como si no hubiera pasado nada. Todo se tapó, pero alguien tuvo que traerlo.

—¿Quién?

—Si tienes dinero puedes pagar a uno de esos expertos.

—¿Gente que puede viajar a Pakistán y rescatar a alguien? —preguntó ella con escepticismo.

—Gente que puede ir a todas partes y liberar a cualquier persona.

Sonaba como una película de acción.

—¿Cuánto puede costar?

—¿Traer a casa a alguien que ha sido secuestrado? Es difícil de calcular, depende de un montón de cosas. De qué país se trate, del tipo de gente que se necesite, de que haya o no que contratar a más gente, mercenarios tal vez.

—¿Cuánto sería, en tu opinión de persona cualificada? —insistió.

Karsten se encogió de hombros.

—Calcula que cada miembro de la unidad cobra alrededor de dos mil dólares al día, más todos los sobornos, vehículos y armas. Unos dos millones de dólares, tal vez.

—Pero ¿hace eso la gente?

—Lo más común es pagar el rescate. Muchas empresas internacionales tienen ese tipo de seguros.

—¿Cuánto cuesta?

—¿El rescate? Diez millones tal vez. La desventaja, aparte del hecho de que es mucho dinero, es que es un proceso muy lento. La gente puede llegar a esperar varios años.

—Entonces, un intento de rescate es más rápido.

—Sí, pero también tiene sus inconvenientes.

—¿Cuáles?

—Que suelen fracasar —respondió Karsten en tono áspero.

Después de la conversación con Karsten, Ambra regresó pensativa a su escritorio. La redacción seguía tranquila, así que pudo reflexionar mientras les echaba un vistazo a las noticias. Buscó la página de inicio de Lodestar Security e hizo clic en las fotos anónimas. ¿A qué se dedicaba en realidad esa empresa? Y Tom, ¿quién y qué era debajo de la superficie?

Se recostó en la silla. Tom irradiaba tranquilidad y seguridad, pero también algo que ella, a falta de otra palabra más adecuada, llamaría peligro. ¿Se había equivocado al juzgarlo? ¿Se le había escapado algo mientras se conocían? ¿Qué había ocurrido en el Chad el verano anterior? Ella solo sabía lo que él le había contado: que liberó a una sueca y que lo hicieron prisionero. Partía de la base de que no mentía, pero en realidad no tenía ni idea. Algo le decía que él era un buen mentiroso. Le gustaría poder preguntarle a Tom directamente, pero si la descubría fisgoneando en su pasado se cerraría en banda, estaba segura. Porque eso era lo que estaba haciendo, fisgonear.

Se levantó y estiró un poco la espalda.

Tal vez debería limitarse a dejar todo eso. ¿Era interesante para alguien aparte de ella misma? Le resultaba difícil ser objetiva, determinar si era la periodista la que se imaginaba una historia o si era pura y simple curiosidad por un hombre que la atraía. Volvió a sentarse y repasó sus anotaciones. Antes había hecho una especie de cronograma sobre Tom Lexington, rellenando lo que sabía de él, que no era mucho.

Hizo el servicio militar en Kiruna de 1997 a 1998 como cazador del ejército de Norrland. Cuando buscó en Google lo que hacía alguien así, llegó a la conclusión de que se trataba sobre todo de sobrevivir en condiciones extremas. Luego fue a la Escuela Superior de Oficiales, que combinó con prácticas durante unos años. Llegó a capitán, si recordaba bien. Y después de eso, la formación para operador de las Fuerzas Especiales en Karlsborg, que duró algo más de un año. Todo era supersecreto y blablablá, pero juntó todo lo que estaba escrito y adivino que Tom había terminado la formación en las fuerzas de élite hacía unos diez años. Entonces ya era experto en casi todo: saltar en paracaídas, bucear, dinamitar y reunir información.

¿Y después? ¿Cuánto tiempo estuvo trabajando en las Fuerzas Especiales después de obtener el título? Probablemente varios años. Consultó su cronograma. En algún momento, Tom Lexington dejó el ejército y se pasó al sector privado. ¿Por qué? ¿Fue por dinero? Un hombre con sus aptitudes podía ganar hasta doscientas mil coronas al mes en los países más peligrosos, según leyó en la revista *Flashback*.

Pero había algo que no encajaba. Tom le habló del ejército como si se tratara de su casa, se lo notó en la mirada, percibió en su voz que había sido más que un trabajo, casi una vocación. ¿Qué le había hecho abandonar las Fuerzas Armadas? Le gustaría saber cuándo dejó el ejército, lo que en ese momento era un hueco en el cronograma, antes de volver a aparecer como socio de Lodestar Security Group. Había encontrado el comunicado de prensa, aunque no se mencionaba su nombre, solo su cargo. Volvió a mirar la línea temporal, compuesta sobre todo de huecos y signos de interrogación.

Y el mayor signo de interrogación era: ¿qué fue exactamente lo que ocurrió en el Chad el verano pasado?

Ambra siguió dándole vueltas a los hechos. Tom había organizado el rescate de una mujer sueca, con toda seguridad una liberación armada. ¿Podía ser la doctora sobre la que había leído? Isobel de la Grip, la supermujer. Había estado en el Chad y estaba relacionada con Tom a través de su cuñado, David Hammar. ¿Era lógico o infundado?

Buscó en Google a Isobel de la Grip y consiguió un número de móvil. Se quedó sentada con el número delante. Sería sobrepasar un límite. Si la llamaba y Tom se enteraba... Entonces se acabarían las conversaciones telefónicas y el coqueteo. Pero era una periodista en cuerpo y alma, no podía evitarlo, así que llamó.

—¿Dígame?

—Hola, me llamo Ambra Vinter, soy periodista de *Aftonbladet*. Me gustaría hablar con Isobel de la Grip.

—Soy yo.

—¿Te importaría que te hiciera unas preguntas?

—En absoluto.

—Es acerca de tu trabajo en el Chad. ¿Es cierto que hubo un incidente allí el verano pasado?

Se produjo un largo silencio.

—Creía que querías hablar sobre mi trabajo como médica, no tengo interés en hablar de aquello.

—¿Aquello? ¿A qué te refieres? ¿Te secuestraron en el Chad?

—Lo siento, no puedo aceptar esta llamada. Adiós.

No oyó nada más.

Suspiró. Sí, había sido un éxito.

Almorzó sola mientras escuchaba las historias que contaba la gente de la fiesta de Año Nuevo. Luego metió el plato en el lavavajillas, cogió la taza de café y regresó a su escritorio. Debería trabajar, pero no se podía quitar de la cabeza lo de Tom. Tenía que averiguarlo. Abrió en pantalla la imagen de él que había guardado, en la que vigilaba la asamblea de la empresa. No podía negar que le gustaba, pero su tarea era influir en los políticos y en la opinión, trabajar contra las fuerzas antidemocráticas, y se tomaba esa misión muy en serio. Sabía que, si Tom había matado a civiles en alguna operación ilegal, ella no podía ser su amiga, estarían en bandos opuestos.

Los pensamientos, cada vez más inquietantes, fueron interrumpidos por el sonido del teléfono. Era un número secreto. Prefería no contestar números ocultos, nueve de cada diez veces se trataba de algún loco, así que después de dudar unos segundos rechazó la llamada. En ese momento no tenía ganas de oír disparates, amenazas y teorías conspirativas.

A eso de las tres entró otra vez en el despacho de Karsten. Lo encontró apoyado sobre el escritorio, con la cabeza debajo de los brazos. Encima de la mesa había envases abiertos de comprimidos para el dolor de cabeza y antiácidos para el estómago. También había un vaso de agua lleno de espuma con pastillas efervescentes flotando dentro.

—Da mucha seguridad que seas tú el responsable de informar sobre la seguridad del país en un día como este —bromeó Ambra a modo de saludo.

Karsten levantó la cabeza y le dedicó una mueca. Tenía el rostro ceniciento.

—Siéntate, por favor —masculló.

Se incorporó en la silla, cogió un bolígrafo y removió el contenido del vaso. Se lo bebió y se secó la boca con la palma de la mano.

—Uf, qué asco.

—Yo estaba totalmente sobria ayer —dijo Ambra con amabilidad.

Karsten echó la cabeza hacia atrás y tragó un par de veces.

—¿No tenéis nada que hacer en Actualidad?

—La verdad es que está todo muy tranquilo. La gente se aburre, no es emocionante que haya sido un Fin de Año inusualmente sosegado.

—¿Qué quieres ahora?

—¿Sabes si ha ocurrido algo en el Chad que esté relacionado con suecos?

—¿Como qué?

Ella deliberó consigo misma antes de contestar.

—Un secuestro. Un rescate. Combates.

—¿Cuándo?

—El verano pasado.

—Lo puedo comprobar, pero me llevará tiempo. Tengo un amigo en el Ministerio de Asuntos Exteriores. Y también puedo consultarlo por otros canales. Pero antes tengo que ir al baño.

Se levantó de un salto y salió.

Ambra volvió pensativa a su escritorio. Sonó el teléfono, otra vez un número oculto. Dudó, pero decidió responder.

—Hola, me llamo Lotta. Creo que me has llamado.

—¿Te he llamado?

El nombre Lotta no le resultaba familiar.

—Trabajo en los servicios sociales de Kiruna. Tengo varios mensajes de una persona llamada Ambra Vinter. ¿Eres tú?

Se detuvo en medio de un movimiento.

—¿Lotta? ¿Quieres decir Anne-Charlotte Jansson?

—Sí. Todavía estoy de vacaciones, pero parecía urgente.

Ambra empezó a tomar notas.

—Gracias por llamarme. Soy periodista de *Aftonbladet* y quería hacer unas preguntas sobre unos acogimientos familiares que habéis gestionado vosotros y sobre una familia en concreto.

—No puedo proporcionar esa información a cualquier persona.

No, Ambra lo sabía. De todos modos, lo intentó.

—¿Conoces a la familia Sventin?

—Como he dicho, técnicamente sigo de vacaciones. Solo quería devolver la llamada.

La voz se volvió mucho más cortante. ¿O era su imaginación?

—Agradezco que hayas llamado. —Intentó inspirar toda la confianza posible.

—Nunca hablamos de los casos por teléfono. Ni por correo electrónico.

Se dio cuenta de que le estaba ofreciendo una posibilidad. Quizá estuviera dispuesta a hablar en persona.

—Entiendo. ¿Cuándo vuelves al trabajo?

—Mañana estaré en mi oficina.

Ambra volvió a darle las gracias y se despidieron.

Miró el reloj. Su jornada laboral terminaría en unos minutos y, después, disfrutaría de cinco días libres. Le dio vueltas a las alternativas, pero ya lo había decidido.

Volvería a Kiruna.

28

Mattias Ceder llevaba toda la semana trabajando, desde que volvió de Kiruna, y su cuerpo empezaba a notarlo. Era sábado, no era un día laborable, pero no importaba qué día de la semana fuese, la nación estaba en constante peligro, así que Mattias siempre estaba al pie del cañón. Sin embargo, el ritmo del fin de semana en el cuartel general de Lidingövägen era más tranquilo que durante los días hábiles. La mayoría de los mandos cumplían con sus horarios de oficina, y los que estaban allí, o bien eran unos adictos al trabajo como él, o bien intentaban controlar las constantes amenazas externas. Terroristas, países amenazantes y hackers electrónicos no tenían en cuenta la legislación sueca sobre las cuarenta horas semanales y las horas extra.

Había tenido tiempo de escribir un análisis sobre la amenaza terrorista contra una visita de Estado, un informe sobre un espía extranjero sospechoso y un folio acerca de las técnicas modernas de interrogatorio que había que enviar al Ministerio de Asuntos Exteriores la semana entrante. Ahora tenía que hacer la primera de las dos entrevistas del día. El reclutamiento se hacía a menudo los fines de semana, lo que a él le venía bien.

Se levantó y fue a buscar a la mujer que esperaba fuera de su despacho.

—Filippa —se presentó ella.

Era una joven delgada y pálida, de aspecto sencillo, con el pelo castaño claro y los ojos del mismo tono. Llevaba un jersey de punto, vaqueros y un bolso gastado. La mujer lo saludó con un apretón de manos seco y firme.

—Me alegro de que hayas podido venir un sábado —respondió él invitándola a entrar en su despacho.

Filippa era una pirata informática que iba recomendada por uno de sus contactos en Kungliga Tekniska Högskolan, el centro de formación de la élite del país y lugar de referencia para ingenieros informáticos, además de un pequeño invernadero para potenciales agentes de inteligencia.

Se sentó enfrente de él. Con su cauteloso lenguaje corporal y su bajo tono de voz daba la impresión de juventud e inseguridad, pero Mattias sabía más de ella. Filippa era joven, solo tenía veintidós años, pero ya tenía una licenciatura en Informática y, según sus fuentes, no había ningún sistema en el que esa joven hacker no fuera capaz de entrar. Era cuestión de ficharla antes de que lo hiciera otro.

—¿Empezamos?

Filippa asintió y Mattias comenzó la entrevista con preguntas cotidianas, generales, para conocerla un poco. La timidez no tenía por qué ser un problema, pero tampoco debía ser un obstáculo. En su nuevo equipo de élite todos debían scr capaces de mantener su punto de vista entre otros expertos. Hablaron de valores y Mattias dio vueltas en torno al tema, formuló la misma pregunta de diferentes maneras, quería hacerse una idea de su concepto del bien y el mal, la vida y la muerte, la guerra y la paz. La orientación política jugaba un papel menos importante. Él era un firme defensor de los grupos mixtos, pero no se podía trabajar con gente con prejuicios, incapaces de admitir hechos y que lo veían todo blanco o negro a través de sus filtros.

—¿Por qué quieres trabajar con nosotros? —preguntó.

—Me gusta piratear ordenadores —respondió ella con una leve sonrisa.

—¿Por qué?

—Supone un desafío intelectual. Aquí podría hacerlo de forma legal.

La entrevista duró cuarenta y cinco minutos. Solo pretendía formarse una primera impresión, pero le había caído bien.

—Nos pondremos en contacto contigo para un segundo encuentro —le dijo al despedirse de ella.

Bajó a la cafetería y compró una ensalada que se comió en el despacho. Trabajó una hora más y después recibió la segunda visita del día, un criptólogo jubilado. Con sesenta y siete años, el hombre parecía ser demasiado mayor para el puesto, pero Mattias quería un equipo heterogéneo.

Sin duda había una flexibilidad intelectual en los jóvenes que los mayores habían perdido, y además las personas jóvenes tenían una comprensión natural del funcionamiento de las redes sociales, algo indispensable en un tiempo en el que muchas de las amenazas llegaban a través de la red y los terroristas se mantenían en contacto a través de Facebook. Pero un grupo de distintas edades aportaba diferentes puntos de vista, sin olvidar que hacían falta muchos años para llegar a ser un criptólogo experto.

Tras la entrevista, Mattias decidió poner al sexagenario en su lista de posibles candidatos. Le habría gustado poder discutir estas dos entrevistas con Tom; no era la primera vez que lo pensaba esa semana. Tom era un gran apoyo. Él veía más allá de lo evidente, era tranquilo y metódico y podía hacer conexiones creativas y análisis como ningún otro.

Se dirigió hacia su diminuta ventana. Este era su despacho oficial. En el otro, el no oficial, no tenía ninguna ventana.

Estaba oscuro afuera, pero el patio interior estaba iluminado con focos. Unos discretos guardias vigilaban apostados en el exterior. Todavía no sabía qué iba a hacer con Tom. El viaje a Kiruna había sido un intento, pero le pareció un gran avance que hablaran de lo que ocurrió. Tom no le había perdonado, así que tampoco confiaría en él. Lo notó desmejorado, tanto física como psíquicamente. No habían vuelto a hablar desde que se marchó de Kiruna. Mattias se quedó pensativo. ¿Debería olvidarse de él? Había otros candidatos con los que se podía poner en contacto, pero ninguno como Tom Lexington. Él era el mejor y Mattias quería tener a los mejores. Miró hacia el patio cubierto de nieve.

El día que traicionó a Tom estaban los dos ahí mismo, en el cuartel general. Todavía recordaba la expresión de su cara, a veces incluso soñaba con el momento en que su rostro se puso rígido al darse cuenta del alcance de la traición.

Mattias estaba tan nervioso que apenas podía hablar cuando se levantó y pronunció las palabras que protegían a la unidad pero destruían su amistad con Tom. Dijo en voz baja lo que había estado repitiendo durante toda la noche.

—El capitán Lexington no estaba en forma antes de que viajáramos a Afganistán. Reaccionaba exageradamente y lo sigue haciendo. No es el mismo desde hace un tiempo. No podía descartarse que el agresor fuera armado —aseguró.

Tom lo miró furioso. No se enfadaba casi nunca, pero cuando lo hacía, tenía una mirada terrible, como si te estuviera mirando el mismo diablo.

—¿Agresor? —gritó, y su voz retumbó por encima de la sala y de los hombres cargados de medallas—. No era ningún maldito agresor, era un niño desarmado.

El rostro de Mattias permaneció inexpresivo. Si Tom se tranquilizara podía salvarlos a los dos.

—Estaba oscuro, todo era un caos. No se podía descartar que constituyera una amenaza —siguió él con voz persuasiva.

Intentaba que Tom se diera cuenta de que lo primero era salvar a la unidad, que lo que había ocurrido era triste, pero que no tenía sentido hurgar en la herida. Por el bien de todos.

Pero Tom le miró y después se volvió hacia los hombres de las medallas que se habían erigido en sus jueces.

—Hemos matado a un niño indefenso. Me cago en esta demostración de poder. Fue un error, y estáis tan preocupados por salvar el pellejo que debería avergonzaros.

Tenía razón, pero no importó. La carrera de Tom en el ejército concluyó después de esa reunión.

«Él hizo lo que tenía que hacer», pensó Mattias siguiendo con la mirada a un recluta solitario. Pero si tuviera que volver a hacerlo no estaba seguro de que tomara la misma decisión. Lo que sí sabía era que la nación necesitaba a Tom y que tenía que traerlo de algún modo.

Mattias miró unas cuantas solicitudes más y separó las de los candidatos a los que quería entrevistar. Los llamaría personalmente el lunes. Abrió Twitter y echó un vistazo. No tardó en descubrir el ataque de un trol, un artículo falso de un desinformador a sueldo de una potencia extranjera. Estaba bien escrito, a primera vista parecía auténtico y había sido difundido a gran velocidad, sobre todo por los «amigos de Suecia». Se desplazó a través del hilo de discusiones, escribió algunas notas y anotó varios nombres que quería examinar con detenimiento. Cuanto antes se pusiera en marcha el nuevo grupo, mejor.

Pasó a Facebook y comprobó algunas de las cuentas que tenía en su radar. Le llamó la atención la cantidad de amenazas contra la sociedad abierta y contra la democracia que circulaban por las redes sociales. La gente se dedicaba a difundir mentiras e informaciones falsas para hacer daño y generar odio y preocupación.

Una parte cada vez mayor de su trabajo consistía en controlar a los que de forma consciente y sistemática socavaban el país. La guerra de la información tenía lugar las veinticuatro horas del día. El enemigo captaba adeptos, difundía artículos que dividían a las personas y las enfrentaba unas contra otras. Era la táctica clásica de «divide y vencerás», y por desgracia funcionaba.

Dejó abiertas las pestañas y dudó un momento mirando las teclas antes de introducir la dirección de Instagram de Jill.

Allí había muy poca guerra de información, pero no lo pudo evitar. Había algo en Jill Lopez que le fascinaba. Era en todos los aspectos distinta a las mujeres que él solía frecuentar. Era exagerada, a veces casi vulgar, poco instruida y excesivamente visible en las redes sociales; muy lejos de esos discretos académicos con los que él se sentía más cómodo. Sin embargo, no pudo evitar volver a su Instagram, como había hecho todos los días desde que regresó de Kiruna.

Miró sus últimas fotos. Había actuado en Skansen la víspera de Año Nuevo y ahora estaba en Copenhague. Parecía estar en constante movimiento. Según las imágenes, ese día había actuado ante los príncipes herederos en la capital danesa. Subía sobre todo fotos de ella misma, en diferentes poses y circunstancias, y si los textos de las imágenes no fueran humorísticos y un poco irónicos, a él le parecería de un egocentrismo increíble. Pero Jill le había contado durante la cena de Kiruna que mostrar fotos de sí misma casi a cada momento era un modo de crearse una marca, que era lo que exigían sus fans y su empresa discográfica.

Aparte de su increíble físico, él mismo no entendía qué era lo que encontraba tan fascinante en ella. Nunca le habían interesado las hermosas divas en busca de autoafirmación. Y ahí estaba la respuesta. Porque Jill era más que eso. Era simpática y nada engreída, lo que en parte se vislumbraba en los comentarios que acompañaban a las fotos, y en parte ya había percibido en Kiruna. Además, a veces se mostraba vulnerable. No era solo una estrella mimada y glamurosa.

Le había hablado con humildad de su infancia en un orfanato de Colombia, pero después desvió la mirada. Retomó la historia de la frustrada adopción como si fuera una anécdota divertida mientras bebían champán, pero él vio las miradas que intercambió con Ambra y percibió el dolor que compartían las dos, del que tal vez incluso evitaban hablar entre ellas. Y en el sofá, junto al fuego crepitante, ella habló de cómo le afectaba el odio en internet. Dio la impresión de que se lo tomaba a la ligera, pero nadie puede permanecer ajeno a lo que ella estaba soportando.

Mattias echó un vistazo a los comentarios que había debajo de sus últimas publicaciones. En algunas había casi cien. Bajo las últimas fotografías había ciento doce comentarios y tres mil *likes*. Muchos eran agradables, con corazones y distintos emoticonos, pero algunos eran terriblemente mordaces.

Tus pechos empiezan a estar fofos.

Crees que eres algo.

Ahí se puede ver lo que está buscando.

Mattias suponía que Jill o su equipo denunciaban los peores, pero aparecían nuevos todo el tiempo, era imposible protegerse. Intentó entrar en algunas de las cuentas más groseras, pero eran usuarios cerrados, como era de esperar. Los trols siempre eran cobardes.

Frunció el ceño. Pensó un poco y después marcó el número de Filippa, convencido de que era razonable poner a prueba sus conocimientos en una situación real.

—¿Puedes acceder a una cuenta privada de Instagram? ¿Un perfil cerrado?

—Envíamelo, lo arreglaré —respondió ella simplemente.

Mattias escribió los tres peores y le envió los enlaces. Fue a por café y una manzana, habló con un oficial vestido de civil y, cuando volvió, Filippa ya había enviado por mail toda la información. Excelente. Podría investigar el asunto más de cerca.

Cerró el ordenador. Llamarla sería sin duda una idea pésima. No tenían nada en común y toda ella era un riesgo de seguridad ambulante. Pero había estado pensando en Jill toda la semana y una llamada telefónica no era nada del otro mundo. Se debatió consigo mismo durante treinta segundos, perdió la batalla contra su sentido común y después marcó su número privado.

—¿Dígame? —respondió ella con su voz profunda y ronca después del primer tono.

No sabía por qué, pero no esperaba que contestara, aunque la estaba llamando a su móvil personal. Era sábado por la tarde. ¿No debería estar de fiesta sobre alguna alfombra roja?

—Soy Mattias Ceder —se presentó.

—¿Quién? —preguntó ella después de un largo silencio.

Mattias sonrió. Se dedicaba a desenmascarar a la gente desde que iba a la escuela de intérpretes, era uno de los más expertos interrogadores que había en defensa y reconocía una mentira en cuanto la oía.

—Nos conocimos en Kiruna, en casa de Tom Lexington —añadió en tono cortés.

—Ah, el consultor. ¿Cómo te van las cosas?

—Todo bien. ¿Y a ti?

—De maravilla. Estoy en Copenhague, una ciudad agradable. Si te gustan los daneses.

Él se echó a reír; sonaba como si estuviera harta de los daneses.

—Compré tus discos.

—No me digas. ¿Discos? Tengo un montón ¿Cuáles has comprado, si puede saberse?

—Todos.

Volvió a oír la risa profunda de ella.

—¿Los has escuchado?

Él se había sentado cada tarde, había puesto los discos y había dejado que su voz limpia llenara el apartamento.

—Sí, y quiero invitarte a cenar y hablar de ellos. ¿Cuándo vuelves a Estocolmo?

—¿Qué te hace suponer que quiero volver a verte?

Su tono era ligero y coqueto.

Pero él sabía jugar a eso, si era lo que Jill Lopez necesitaba. Algunos incluso dirían que era lo que mejor sabía hacer. Jugar el juego.

—¿Quieres? —preguntó.

—Tal vez. Llego a Estocolmo la víspera de Reyes.

Solo faltaban cuatro días.

—Entonces reservaré una mesa para el día seis.

—Tendré que comer...

—Sí, no te quedará otra. Me encargo de la reserva y nos vemos allí.

Ella colgó sin responder. Mattias sonrió, contento y preocupado a partes iguales por haberla llamado.

29

—Hola Tom, soy Isobel. Espero que estés bien. ¿Podrías llamarme? Sé que he dejado un montón de mensajes y no te quiero perseguir, pero me gustaría preguntarte una cosa. Llámame cuando puedas, por favor. Cuídate.

El mensaje de Isobel de la Grip era el último que a Tom le quedaba por oír. Dejó el teléfono a un lado. Durante muchas semanas no tuvo fuerzas, pero por fin había oído todos los mensajes. Le llevó un buen rato y le había angustiado oír la voz preocupada de David o las preguntas llenas de inquietud de su madre, pero tenía que tomar las riendas de su vida, sabía que no podía seguir más de ese modo y se había obligado a continuar. Llamaría a Isobel más tarde.

Miró el suelo de su despacho, por el que había esparcido los documentos sobre el Chad. Varios de ellos habían llegado con la oferta que Johanna había enviado, y durante los últimos días Tom había estado revisando el material cuidadosamente, había desparramado los papeles, informes y fotos por el suelo, los había ordenado en distintos montones, los leyó y reflexionó.

Quería tener una visión clara de lo que había sucedido en el pueblo después de su derrumbe. Subió el volumen de la radio y se sentó a la mesa. Cuando llegó el informe del tiempo lo subió más aún. Como pensaba, se esperaba una borrasca en los próximos días.

—¿Tú qué dices? ¿Vamos a la ciudad a abastecernos un poco?

Freja se sentó y se rascó con la pata trasera como respuesta.

Compró pilas, una linterna extra, velas y cerillas en la ferretería y, después, paseó con Freja hasta la tienda de Ica. La dejó afuera mientras él se abastecía de productos frescos. Metió también un par de bolsas de golosinas para perros, pagó la mercancía y fue en busca de la perra, que esperaba con impaciencia. Le ofreció una golosina antes de soltarla, que se tragó sin respirar ni masticar. Le dio unas palmaditas y ella cerró los ojos y se apretó contra sus piernas.

—Hola —oyó.

Levantó la vista. Era Ellinor. Tenía las mejillas sonrosadas por el frío y el pálido sol hacía brillar su cabello claro. La acompañaba un perrito blanco. Parecían destinados a verse siempre así.

—Y hola, Freja. Cualquiera diría que estáis hechos el uno para el otro.

Ellinor se agachó y le dio unas palmaditas a la perra, que respondió con un expectante movimiento de la cola antes de olisquear con interés al pequeño y esponjoso perrito.

—Freja tira de mí, y me sienta bien —respondió él. Y era cierto.

Más ejercicio, mejor comida y menos alcohol le ayudaban a dormir mejor. Seguía despertándose con pesadillas, bañado en sudor, pero ahora se podía volver a dormir.

—¿Por dónde anda tu Nilas?

—Está visitando a un paciente en Kalix. Un caballo.

Ella volvió a sonreír. Todo parecía estar como antes entre ambos, relajado y normal. Como si estuvieran charlando de lo que iban a cenar o qué le regalarían a la hermana de ella por su cumpleaños.

Ellinor lo miró y algo pasó entre ellos. Creyó que iba a abrazarlo, pero se limitó a despedirse, le saludó agitando la mano y se alejó rápidamente a través de la nieve.

Tom se dirigió al coche. Empezó a nevar y Freja saltaba a su alrededor, intentando atrapar los copos de nieve con la lengua y ladrando a los montones de nieve. Mientras miraba a la perra se dio cuenta de que él también estaba de buen humor. Tal vez estuvieran cambiando las cosas. Puso las bolsas de comida en el maletero y cerró la puerta trasera. Estaba pisando la correa con un pie, pero de pronto la perra empezó a ladrar y se soltó.

—¡Freja! —gritó.

Aunque era inofensiva, no quería que asustara a nadie con su tamaño. La siguió y la vio saltar sobre alguien.

—¡Freja! —volvió a gritar mientras corría hacia la perra y la persona a la que había atacado.

—No hay peligro —oyó.

Era Ambra. Se detuvo sorprendido mientras la perra seguía saltando delante de ella. Ambra se defendió riendo del excitado ataque y se inclinó para coger la correa.

—Deberías vigilarla mejor —dijo a modo de saludo cuando llegó.

Él cogió la correa y le dirigió una mirada severa a Freja, que en vez de mostrar culpabilidad, temblaba de entusiasmo por haber encontrado a Ambra para él.

—Sí, sí, buena chica —murmuró antes de mirar a Ambra de cerca.

La misma chaqueta, la misma bufanda enorme y el gorro tapándole la frente. La punta de la nariz roja y unos ojos verdes brillantes era todo lo que se veía de ella. Pero era ella.

—¿Cómo es que no estás en Estocolmo? —preguntó.

Ambra se encogió de hombros y él sonrió ante ese gesto tan familiar.

—Tengo que comprobar un par de cosas aquí —respondió ella de forma vaga—. Hace frío —añadió.

El aliento de los dos se elevaba como una nube y el frío cortaba las mejillas.

—Y va a hacer más aún. Deberías invertir en una chaqueta más cálida.

—Lo sé. Mi protesta contra Kiruna no funciona, por desgracia —dijo levantándose la bufanda aún más.

—¿Cuándo has llegado? —preguntó mientras le ordenaba a la perra que se callara. Estaba completamente fuera de sí.

Ambra le dio unas palmaditas a Freja en la cabeza, que agradeció a pesar de los gruesos guantes que llevaba.

—Ayer.

Le sorprendió un poco que llevara un día allí y no se lo hubiera dicho, aunque no tenía ninguna obligación de hacerlo.

—¿En el mismo hotel?

—Así es, pero esta vez funciona la calefacción en la habitación, lo que es una gran mejora.

—¿Adónde vas? ¿Te da tiempo a que te invite a un café?

—Voy a ver a Elsa.

A Tom le hubiera encantado pasar un rato con ella; acababan de entrarle unas ganas repentinas e inesperadas de ser social. Se convenció a sí mismo de que eso era todo, de que lo único que quería era charlar un rato con otra persona.

—Si te quedas esta tarde, tal vez invite al cuarto poder a cenar —propuso.

—No sé —dudó ella.

—¿Y si te tiento con el hotel de hielo?

—¿No está muy lejos?

—Bueno, no en coche. Tienen un restaurante muy bueno, los mejores cocineros de Laponia. Y no puedes venir a Kiruna y no vivir la experiencia del hotel de hielo —añadió.

—Y yo que pensaba pedir algo para comer en mi habitación —comentó ella, pero le pareció que quería dejarse convencer.

Quizá tuviera tanta necesidad de compañía como él.

—Sé de buena tinta que toda la comida preparada se ha terminado.

—¿De verdad? ¿En toda Kiruna?

Le brillaban los ojos.

—En grandes zonas de Norrbotten. La gente tiene que acudir a un restaurante para comer si no quiere morirse de hambre.

—¿Es verdad?

—Lo he leído en el periódico, así que debe de ser verdad.

—¿Lo de la escasez de comida?

—Exacto. ¿Lo has leído tú también?

Ella se rio y él sintió que realmente quería invitar a Ambra Vinter a cenar y tal vez flirtear un poco con ella. Oh Dios, ni siquiera sabía si era capaz de flirtear.

—Vamos —insistió en tono persuasivo. Y eso que tampoco era un tipo persuasivo.

Ella sacudió la cabeza, como si supiera que iba a ser un error, así que él asestó el último golpe.

—Yo invito. No solo a comer, también a secretos.

Los ojos verdes de Ambra brillaron como él esperaba que lo hicieran. Era demasiado curiosa para poder resistirse a un ofrecimiento de ese tipo, y él lo utilizaba descaradamente.

—¿Secretos? ¿En serio? No puedo rechazar una oferta así.

Él le dirigió una sonrisa inesperada mientras notaba que el calor de la alegría inundaba su pecho.

—Lo sé, es imposible. Te recogeré en el hotel.

30

Ambra no se podía creer que Tom Lexington estuviera allí flirteando con ella. Esa sonrisa era tan poco común que su efecto resultaba aún mayor. Cuando Tom sonreía ella solo pensaba en colarse entre sus brazos y restregarse contra su cuerpo. Le parecía indigno que él provocara en ella semejante reacción. Debería haber tenido en cuenta que se encontrarían, Kiruna no era muy grande.

Había pensado en llamarlo, pero Tom era un hombre complicado y ella ya tenía suficientes dramas en su vida. Pero Freja la había encontrado y ahora Tom estaba ahí delante, atractivo y arrollador, y quería que cenaran juntos. Ella no tenía nada planeado para esa tarde, ni para ninguna otra tarde de las que iba a estar en Kiruna, así que la idea de cenar con Tom le había parecido excelente.

Quizá también fuera una gran estupidez.

No debería engañarse pensando que podían ser solo amigos, que podía manejar la situación. Pero, por supuesto, se sorprendió a sí misma y accedió.

—Quedamos a las seis en la puerta del hotel me va bien —dijo.

—Estupendo. Nos veremos a esa hora. Procura no congelarte antes. ¡Freja, ven!

Su voz autoritaria y sus movimientos decididos lo hicieron a sus ojos más alto y más fuerte que la última vez que lo vio. Dejó escapar un profundo suspiro. Esto era deliciosamente peligroso.

Intentó mostrarse relajada y agitó la mano para despedirse de él y de la perra, sin terminar de entender por qué le alegraba tanto la idea de volver a verlo esa misma tarde.

Ambra siguió hasta el Café Safari, el local ubicado en un edificio de madera amarilla donde había quedado con Elsa. La anciana apareció en cuanto entró y empezó a abrirse paso entre los turistas y le dio un largo y cálido abrazo. Empezaron a charlar mientras hacían cola para pedir una porción de pastel de sándwich y un café para cada una.

—En ninguna cafetería de Estocolmo hay pastel de sándwich —comentó Ambra contenta. Le encantaba.

—¿Quieres un dulce también? —preguntó Elsa.

—Sí, siempre me apetece.

Pidió un pastel princesa y Elsa eligió un bizcocho de chocolate que puso en la bandeja. Se sentaron en el piso de arriba, junto a una ventana con vistas a la montaña minera y a una última franja rosácea de sol.

—¿Cuándo sale tu tren? —preguntó Ambra mientras cortaba las capas de gambas, mayonesa y rodajas de pepino.

—A las dos y media.

Elsa se marchaba a visitar a una amiga. Iba muy elegante, con un chal colorido y el cabello recién arreglado, lo que hizo sospechar a Ambra que se trataba de un nuevo amor. Se metió en la boca un trozo grande de pastel. Era divertido y un poco deprimente a la vez que una mujer de noventa y dos años tuviera una vida amorosa más activa que ella.

Hablaron del hijo de Elsa, del montón de turistas que había y del festival de la nieve a finales de enero mientras se acababan las porciones de pastel de sándwich. Ambra fue a por más café para las dos.

—Gracias, querida —dijo Elsa.

—Deberíamos comer pasteles más a menudo —respondió Ambra hundiendo la cuchara en el mazapán verde y la nata.

—Sí, pasteles y chocolate. Ingrid siempre decía que el chocolate es la prueba de que Dios existe.

—¿Eres creyente?

—A veces. Puede ser. — Elsa removió el café mientras parecía pensar en algo—. He estado haciendo averiguaciones sobre los Sventin. Las niñas que viste no eran sus nietas.

—Entonces ¿son acogidas?

Ambra tenía la esperanza de que fuera al contrario. Dejó la cuchara.

—Sí.

—Cielo santo. Yo creía, esperaba, que fueran demasiado viejos. Es un escándalo.

—Sí. —Elsa parecía preocupada por Ambra—. No sé si debo decirlo, pero Esaias Sventin va a dar un sermón hoy en la iglesia.

—¿En serio? ¿En la iglesia de Kiruna? ¿Ahora es predicador de los laestadianos?

No le sorprendía. Era un hombre estricto e insensible, así que reunía las condiciones.

Elsa asintió con la cabeza.

—No entiendo cómo permiten que esa secta pueda utilizar un edificio de la iglesia sueca, pero el caso es que lo va a hacer. Dentro de media hora —añadió mirando su reloj de pulsera—. ¿Quieres ir?

¿Quería oír su odiosa voz? No tenía elección. Asintió con la cabeza.

—Yo te acompaño —decidió Elsa.

Ambra estaba tensa y nerviosa cuando Elsa y ella se acercaron poco después a la iglesia roja. Le sostuvo la puerta a Elsa y se sentaron atrás del todo. Las filas de bancos oscuros e incómodos estaban llenas de visitantes, mujeres con faldas largas y el cabello recogido en un pañuelo, hombres con ropa sencilla y sobria. Niños pálidos. Le sudaban las manos y tenía los hombros rígidos.

No había ninguna luz encendida en la iglesia. Los visitantes permanecían sentados en silencio en los bancos, con la cabeza inclinada como si esperaran su condena. Estudió sus rostros tensos y le dio la sensación de que todos estaban locos. Algunos afirmaban que el laestadianismo era una buena comunidad cristiana con valores sencillos y saludables y amor. Pero para ella solo era maldad, y una locura a la que sobrevivió a duras penas.

Entonces entró él.

Esaias Sventin.

El simple hecho de pensar en el nombre le producía náuseas.

Lo miró detenidamente. Había envejecido. Cuando vivía en su casa debía de tener unos treinta años, solo algunos más de los que ella tenía ahora. Los laestadianos se casaban jóvenes. Algunos se prometían con sus mujeres cuando solo tenían nueve años. Esaias ahora tenía líneas grises en el pelo corto. Llevaba pantalones y chaqueta negros y camisa blanca sin corbata; llevar corbata era un signo de vanidad masculina. Miró a la congregación. ¿La descubriría? ¿Se daría cuenta de que estaba allí?

—¿Nos vamos? —susurró Elsa a su lado.

Ambra la oyó en la lejanía. Le costaba respirar y apretaba los guantes con fuerza en una mano. Negó con la cabeza. Esaias abrió la boca y su voz, también envejecida, retumbó en la sala de la iglesia.

—La risa es la herramienta del diablo —empezó a decir.

Reconoció esas palabras; las había oído una y otra vez.

—Las tentaciones están en todos los lados. El diablo y sus demonios están en todos los lados. El pecado está en todos los lados —continuó.

Siempre sacaba a relucir esa obsesión por el diablo, por los pecados que había que expiar. Solía obligarla a que se comiera toda la comida. Rakel le servía una ración demasiado grande y cuando Ambra no podía más la obligaba a seguir comiendo hasta que vomitaba. Entonces él decía que eran los demonios del diablo que tenían que salir de su cuerpo.

Había variantes sobre cómo los demonios y los pecados la abandonarían. «Límpiate el pecado», le ordenaba cuando la arrastraba al lavabo, lo llenaba de agua casi helada y le sumergía la cabeza hasta que pensaba que iba a morir. Vivir en esa casa era como caminar sobre el hielo, siempre tenía miedo y nunca sabía cuándo iba a estallar. «Quema al diablo con dolor», decía cuando le pegaba con el cinturón. Si cerraba los ojos todavía podía recordar el miedo y la humillación.

Estaba sentada en el banco de la iglesia, inmóvil. No quería hundirse en esos recuerdos, no quería permanecer más tiempo allí. La voz de Esaias retumbaba en sus oídos. Como adulta, se daba cuenta de que estaba loco, pero los recuerdos la conmocionaban y la ahogaban.

—¿Ambra?

La voz de Elsa intentó llegar a ella, pero ella apenas la oyó, le zumbaban los oídos.

—Ven, vámonos. Esto ha sido una equivocación —dijo Elsa con gesto determinante.

Ambra asintió y recogió sus cosas. Se levantaron. Ambra cometió el error de mirar a Esaias por última vez. El movimiento debió de atrapar la mirada del predicador, que siempre había sido como un halcón, reaccionando al más mínimo movimiento. Entonces la vio a través de la sala de la iglesia. Movió los labios, pero ella no oyó lo que decía.

Esaias la miró durante un instante.

Notó una especie de relámpagos fuera de su campo de visión y una sensación de asfixia, como si no hubiera aire en la habitación.

—Vamos, Ambra —oyó decir a Elsa y notó la mano de su amiga rodeando la suya mientras la ayudaba a salir de la fila de bancos.

—¡Pecadoras y brujas! ¡Están en todas partes!

Las palabras de Esaias tronaron detrás de ella y huyó.

Cuando salió a la escalera se quedó un momento de pie, respirando.

—No tendría que haberlo sugerido —se lamentó Elsa.

—La culpa no es tuya, sino de él —respondió Ambra con gesto sereno.

Estaba loco, y otras dos niñas estaban viviendo en ese instante el mismo infierno que ella padeció una vez.

Caminaron despacio y en silencio hasta la estación de tren.

Ambra se despidió de Elsa agitando la mano y esperó hasta que el tren se puso en marcha para permitirse reaccionar por lo que había ocurrido. Se dejó caer en un banco dentro de la sala de espera. Estaba temblando.

«Vaya día», pensó. Y todavía le quedaba la reunión con la asistente social. Después de eso se habría ganado definitivamente que la invitaran a una cena.

—Hola, soy Lotta.

El saludo procedía de una mujer con una cruz de plata colgada al cuello que había aparecido poco después de que Ambra anunciara su llegada.

—Ambra Vinter. Gracias por atenderme.

La cara de Lotta reflejaba esa tensión que Ambra había visto en muchas asistentes sociales. Una mujer a la que entrevistó en una ocasión, una asistente experimentada en una de las zonas más sobrecargadas del país, había denominado el proceso que la mayoría de ellas sufren como «cuando las utopías se encuentran con la realidad».

Se quemaban muy pronto o, peor aún, se volvían cínicas, duras e indiferentes. Muchas pedían la baja por enfermedad o se despedían, lo que se traducía en una carga mayor para los que quedaban, que tenían que atender cada vez más casos con menos recursos. Era como una espiral interminable, sombría y descendente.

Se sentaron en el despacho de Lotta, abarrotado de periódicos, carpetas y montones de papel, así como documentos de familias y de niños que vivían en la miseria y necesitaban ayuda. Ambra rechazó el café que le ofreció, afectada por la atmósfera sombría de la habitación. Lotta puso una mano encima de una pila de documentos, como si quisiera asegurarse de que permanecía ahí. O tal vez para que Ambra no se lanzara encima y empezara a fisgonear. Un jacinto marchito luchaba por el espacio en una ventana casi tapada por pilas de papeles. Ambra se preguntó si Lotta hablaba en ese despacho con los chicos que necesitaban su ayuda o si había un sitio en ese edificio que fuera más acogedor.

—Preguntabas por la familia Sventin. No puedo discutir casos aislados, todo lo que puedo decir es que nunca ha habido ninguna queja —afirmó Lotta apretando la boca.

Las palabras sonaron ensayadas. Los servicios sociales y la prensa estaban destinados a colisionar, lo que no significaba necesariamente que ella ocultara algo.

Ambra intentó parecer todo lo receptiva y empática que pudo.

—Entiendo que debéis mantener la privacidad, pero solo quiero saber si siguen siendo padres de acogida. No creo que eso sea confidencial.

—No puedo hacer ningún comentario al respecto.

—Pero ¿es cierto que tienen dos niñas en su casa que no son hijas biológicas? —insistió.

Lotta abrió la boca, pero no le dio tiempo a decir nada antes de que se abriera la puerta. Un hombre calvo apareció en la entrada. Tenía unos mechones blancos peinados sobre la piel y el rostro encendido. Le dirigió una penetrante mirada a Ambra, y le pareció ver por el rabillo del ojo que Lotta se acurrucaba detrás de la mesa.

No era una buena señal.

—¿Qué hace aquí? —preguntó.

Ambra se puso de pie y levantó la mano.

—Me llamo Ambra Vinter y soy periodista de *Aftonbladet*. ¿Eres el responsable?

Él no le tendió la mano. No esperaba otra cosa.

—Me llamo Ingemar Borg y soy el jefe. ¿Por qué has venido? No tienes derecho a estar aquí.

—Solo quiero hacer unas preguntas de rutina. No pretendo acosar a nadie —respondió lo más tranquila que pudo.

—Tú eres la que está haciendo preguntas sobre la familia Sventin, ¿verdad? Debes saber que reúnen todas las condiciones requeridas para ser un hogar de acogida. Tienen experiencia y han hecho una contribución importante durante más de veinte años. Son especialistas en niños que no quiere nadie.

Al menos no tenía ningún problema con la confidencialidad.

—Cualquiera diría que son unos santos —repuso sin poder ocultar cierta amargura en su voz.

—Me acuerdo de ti —afirmó el hombre dando un paso hacia ella.

—Trabajo en *Aftonbladet*, como he dicho. Quizá hayas leído alguno de mis artículos.

—No. Te conozco. ¿Cómo te llamabas? Ambra. Viviste con ellos, ¿no es así? Recuerdo a todos nuestros niños y tú eras uno de ellos. Mentiste y te escapaste. ¿Qué estás intentando hacer ahora?

¿Algún tipo de revancha? ¿Estás aquí al menos por algo del periódico? —preguntó él dando un paso más hacia ella.

Ella no lo recordaba en absoluto, pero cuando era pequeña la mayor parte de los adultos eran extraños sin rostros que no le deseaban nada bueno.

—Asegúrate de que desaparezca de aquí —le ordenó a Lotta, que asintió mirando a Ambra de reojo.

Él se dio la vuelta y se marchó dejando la puerta abierta de par en par.

Lotta tragó saliva varias veces mientras abrazaba la pequeña cruz de plata.

—Soy nueva aquí —explicó con voz ahogada—. No tendría que haber aceptado esta reunión. Él tiene razón, no se ha recibido nunca ninguna queja formal.

—¿Pero?

Lotta la miró con gesto suplicante.

—No puedo arriesgar mi puesto. Tengo que pedirte que te marches, estoy sobrecargada de trabajo. Ha sido un error.

—Sí, me iré. Gracias de todos modos.

—¿Es verdad lo que ha dicho? ¿Viviste en su casa?

Ambra recogió sus cosas y se puso la bufanda.

—Tienes mi número de teléfono. Puedes llamar cuando quieras si tienes algo que decir.

—¿Qué quieres en realidad?

—Que nadie tenga que pasar lo que yo pasé —respondió mirando a la asustada asistente, y después salió de la abarrotada y deprimente habitación.

Ambra regresó andando al hotel. Estaba oscuro y hacía tanto frío que le dolía la nariz al respirar. Casi congelada, entró en su habitación y se dio una ducha larga y caliente.

Se pintó los labios y se retocó las cejas; le gustaban sus cejas marcadas. Y sus mejillas. Se puso un poco de sombra en los ojos. Confiaba en que esa expresión de desesperanza que veía en el espejo desapareciera durante la tarde.

Bajó poco antes de la hora acordada y a las seis menos un minuto vio deslizarse el gran automóvil negro de Tom por delante de la entrada del hotel. Agradeció que llegara puntual.

Él se inclinó sobre el asiento y abrió la puerta del pasajero desde dentro. Ambra entró y se dejó caer en la lujosa tapicería de cuero. Giró la cabeza y miró los ojos negros de Tom. Había sido un día raro y todas sus defensas estaban en pie. ¿Quién era, en realidad, Tom Lexington? ¿Un hombre normal y agradable por el que se sentía atraída? ¿Un exmilitar loco? ¿Ambas cosas? Era consciente de que lo más estúpido que podía hacer era cruzar algún tipo de límite profesional con él, lo que desde el punto de vista técnico ya había hecho. Todos sus instintos la alertaban. Era un hombre muy peligroso en potencia, con demasiados secretos.

Pero en ese momento no quería ser sensata. Si había sobrevivido a Esaias Sventin, podía sobrevivir a una cena con Tom.

—¿Sabes qué?

—Dime.

—Tenía ganas de que llegara esta tarde —le dijo con sinceridad.

—Yo también.

Arrancó y las ruedas derraparon sobre el suelo. La nieve brillaba en la tarde de invierno mientras se dirigían a Jukkasjärvi.

31

El trayecto de Kiruna a Jukkasjärvi duró treinta minutos. Tom iba concentrado en la conducción y Ambra absorta en sí misma, así que no hablaron mucho. Él mantenía la velocidad, pero tuvo que frenar bruscamente cuando de repente tres ciervos asustados aparecieron corriendo en la carretera justo delante de los faros del coche, antes de desaparecer en el bosque por el otro lado.

—Oh, Dios, han salido de repente —dijo Ambra.

—Yo los había visto —aseguró él en tono tranquilo.

Aparcó fuera del hotel de hielo. Ambra temblaba de frío.

—El río enfría el aire —le explicó Tom.

Bajaron hacia el hotel rodeados de turistas con buzos de nieve y guías con ponchos de piel de reno. Había fuegos ardiendo en grandes canastas de hierro y las motos de nieve retumbaban en las proximidades.

—Todo es azul— exclamó Ambra, sorprendida.

El hielo brillaba en tono azul claro.

—Los bloques de hielo del río tienen ese color —dijo un guía con amabilidad.

—Parece algo del espacio —añadió ella, y Tom asintió.

Entraron en el hotel y deambularon por allí con turistas japoneses, parejas suecas y hordas de alemanes, estadounidenses y daneses, admirando las habitaciones. Todas eran únicas, algunas solo eran pequeños cuadrados, pero otras eran suites con una decoración espectacular. Todo estaba esculpido con nieve y hielo.

—Lo vuelven a construir todos los años —leyó Tom en el folleto—. Vienen escultores de todo el mundo y cada uno hace una habitación, con distintas temáticas.

Se detuvieron a observar una habitación en la que había un enorme pavo real de nieve y hielo. Los ojos de su cola brillaban en tonos azules. La cama que había en el centro de la habitación también era de hielo y estaba forrada de pieles de reno. El suelo estaba cubierto de nieve.

—¿Te imaginas pasar la noche aquí? —preguntó él, aunque suponía la respuesta.

—No; es bonito, pero claustrofóbico. ¿Y tú?

—Tal vez. ¿Quieres ver la iglesia?

Visitaron el interior de la iglesia. Las respiraciones de la gente parecían nubes a su alrededor, pero la temperatura era de unos agradables cinco grados bajo cero, no tan baja como el cortante frío del exterior.

—Todo es de hielo —se asombró ella. Los bancos, el púlpito, todo brillaba frío y blanco.

—¿Quieres ver el bar de hielo? —preguntó él.

Ambra estaba un poco pálida, pero asintió con la cabeza y se dirigieron hacia allá. Una escalera de hielo parpadeante los recibió. Había reservados de hielo y bancos de hielo con pieles de reno para sentarse. El interior estaba casi lleno, la música sonaba y el nivel del ruido era elevado.

—Es como estar dentro de una burbuja de jabón congelada.

Tom pidió una copa de licor para cada uno y se lo sirvieron en pequeños cubitos cuadrados de hielo de los que era difícil beber.

—Se ha quedado pegado a la mesa —rio ella mientras intentaba soltar el vaso.

Tomaron unos sorbos de las bebidas heladas y se dirigieron al restaurante.

—Parece Narnia —musitó ella cuando pasaban por delante de las iluminadas esculturas de hielo colocadas entre añosos abetos cubiertos de nieve.

El restaurante era cálido y acogedor. Se sentaron junto a la ventana en la mesa que Tom había logrado reservar.

—Creía que no se podía conseguir mesa aquí. ¿No es un sitio muy popular? —preguntó mientras miraba el menú.

Tom solo emitió un ruido nasal como respuesta. Había tenido que llamar al multimillonario noruego para conseguir la mejor mesa, pero no pensaba decírselo.

—¿Has estado aquí antes? —preguntó ella.

—No.

Era raro que hubieran vivido tantos años en Kiruna y nunca hubieran comido en ese lugar. ¿No le dijo Ellinor en una ocasión que le parecía demasiado turístico?

—¿No te parece demasiado turístico? —preguntó él.

Ella sonrió y aparecieron los hoyuelos de sus mejillas.

—Yo soy una turista, así que encaja conmigo. Pero me muero de hambre. ¿Podemos pedir ya?

Tom apartó la mirada de las atractivas mejillas y pidió caviar de Kalix para los dos, que les sirvieron sobre grandes bloques de hielo con cebolla picada, nata agria y pequeños gofres de trigo sarraceno para acompañar.

—Es como una obra de arte. —Ambra estaba impresionada.

—Es el caviar local y el mejor, el que los de Norrbotten se guardan para ellos.

—Puede que sea lo mejor que he comido en mi vida —suspiró.

Bebió un sorbo del champán que él le había sugerido que pidiera y que había empezado a colorear sus mejillas, mientras que él solo bebía cerveza sin alcohol. La había visto tan tensa en el coche que llegó a plantearse seriamente cancelar la velada. Pero ahora estaba contenta, lo que a él le parecía que no era muy frecuente.

Ambra solía tener el aspecto de quien lleva sobre sus hombros el peso de la democracia y del mundo entero. Pero a él le gustaba verla así, risueña y con los ojos brillantes por el champán, con los rizos oscuros reflejando la luz de las velas que brillaban sobre la mesa. La miró a los ojos. Ambra se enredó un mechón de pelo en un dedo y sacó la punta de la lengua para atrapar un grano de dorado caviar que tenía en la comisura de la boca. Cogió la copa y sonrió, mirándolo por encima del borde. El champán le sentaba bien.

—¿Cómo está Freja? —preguntó.

—Antes de salir le he dado un juguete nuevo para que lo muerda, así que espero que no la emprenda con mis zapatos o con los muebles mientras estoy fuera.

Ella se echó a reír.

Hablaron de cosas cotidianas mientras esa energía especial que había entre ellos empezaba a despertarse. Él le preguntó algo sobre un artículo que había leído. Hablaron de esquí (ella nunca había esquiado), de si tomaría vino o cerveza con el plato principal y de los cotilleos que circulaban entre la prensa sueca, cronistas que casi no sabían escribir, editores megalómanos, famosos con tantas ganas de llamar la atención que hacían casi cualquier cosa para salir en el periódico.

—Un actor que ha declarado varias veces lo mucho que odia a la prensa nos llama un par de veces al año para preguntar por qué no escribimos nada de él desde hace tiempo.

—Es curioso. Bueno, ¿y qué has hecho hoy? —le preguntó mientras un camarero cambiaba los cubiertos y las copas para el plato principal.

—He tomado café con Elsa —respondió, y se tiró un poco del lóbulo de la oreja, como si dudara—. Después estuve en una entrevista con una asistente social.

—¿Es por lo que has venido a Kiruna?

—Sí.

Él sonrió ante su breve respuesta.

—¿Es una entrevista secreta?

Ella toqueteó la punta del cuchillo y pasó el dedo índice por el mantel.

—No es secreta, pero tampoco oficial. Es algo que estoy investigando.

—¿Te ha ido bien?

Ella sacudió la cabeza.

—No —contestó. Miraba el mantel con la frente arrugada. La sombra de sus largas pestañas se proyectaba sobre sus pómulos. —Me ha ido mal.

—¿Quieres hablar de ello?

Ella esperó mientras le servían el vino tinto que había pedido.

Tom siguió con la cerveza sin alcohol. Cuando el camarero los dejó, ella dijo:

—Han ocurrido muchas cosas en estos viajes a Kiruna —siguió cuando el camarero se alejó—. Vi a una persona...

Se quedó en silencio. La expresión tensa volvió. Tom esperó. Ella empezó de nuevo.

—Hoy he estado en la iglesia.

—¿En Kiruna?

—Sí. El padre de la familia en la que fui acogida estaba allí.

—¿Fuiste acogida por una familia aquí?

No recordaba que lo hubiera comentado, pero explicaba por qué había vivido allí. No había pensado en ello.

Ella asintió mientras movía la copa. El vino tinto daba vueltas en el interior.

—Sí, cuando tenía diez años. Una de las familias de acogida. Una de las peores en realidad.

—¿Cuántas has tenido?

—No lo sé. Más de diez. Con algunas no me quedé mucho tiempo. Si piensan que no encajas, te vas a la calle.

—¿Y si a ti no te gustan ellos? —preguntó él mientras la rabia bullía en su interior.

—Nadie escucha al niño —respondió ella con la mirada cargada de ironía—. No importa cómo tiene que ser, solo es así. De hecho, no sé cuántas familias se cansaron de mí, pero me escapé de la casa de ese hombre cuando tenía doce años. Me pareció irreal volver a verlo. Y reaccioné de un modo totalmente enfermizo.

—¿Cómo?

Tom sintió que se le erizaba el vello de los brazos. ¿Qué había hecho?

—Fue como si mi cuerpo reaccionara de forma automática, retrocedí a aquel tiempo, regresaron un montón de viejas emociones. Ha sido un momento muy desagradable.

Tomó un sorbo de vino y le miró.

Sí, él sabía de lo que estaba hablando. Pero él solo tenía *flashbacks* de situaciones que había experimentado de adulto, cosas que estaba preparado para soportar y a las que había elegido exponerse. Ella en cambio era una niña, una niña pequeña y huérfana.

—¿Qué ocurrió cuando estabas con ellos?

¿La habrían pegado o habría sufrido algún tipo de agresión? Su mano apretó el vidrio con fuerza.

Ella había dejado la copa y se sujetaba los brazos con las manos, como si tuviera frío a pesar de que hacía calor en el interior del restaurante.

—Hubo todo tipo de violencia física. Castigos, bofetadas... Y también psíquica. No he entendido la maldad que encerraban hasta que he sido adulta. Nada sexual —añadió, como si eso pudiera minimizar lo dicho hasta entonces.

—Qué asco —dijo él con vehemencia.

—Sí, y sé que siguen acogiendo niños que viven con él y su esposa. —Se le quebró un poco la voz, carraspeó y tensó las mandíbulas—. El caso es que hoy lo he visto en la iglesia. Ha sido duro.

Cogió la copa y bebió un par de sorbos. Le temblaba la mano y Tom tuvo que contener el impulso de levantarse, ponerse a su lado, abrazarla y decirle que la próxima vez que alguien quisiera herirla debería acudir a él. Tendrían que vérselas con él.

Ambra volvió a dar vueltas a la copa.

—Cuando lo ves a él —«mierda, ni siquiera puedo decir su nombre», pensó—, de forma objetiva, no puedes imaginar nada. No poder ver a las personas como realmente son es una sensación muy rara. Todavía hoy es una de las cosas que me resultan más difíciles. Parece un hombre muy correcto, tranquilo y educado. Respetado en la sociedad. Todos lo escuchan cuando predica. Pero se transformaba. Era aterrador ver al monstruo que esperaba dentro de la casa —susurró, conteniendo la respiración.

Tom asintió, comprensivo. Había conocido a muchos monstruos y sabía cómo podían ser. La maldad no se reflejaba en el exterior.

—Al final dudas de tu propia experiencia —siguió ella, pensativa—. Crees que reaccionas con exageración, que mereces que te peguen. Que eres una mimada, una desagradecida. Aún hoy tengo problemas para juzgar ciertas cosas que he vivido. Es difícil de explicar. Me temo que estoy estropeando un poco el ambiente —añadió con una sonrisa forzada.

Él quería poner la mano encima de la suya, decir que le gustaba la conversación que mantenían, independientemente de que fuera alegre o seria.

Ambra era distinta a Ellinor en muchas cosas. A Ellinor no le gustaban las cosas difíciles y, por instinto, él la protegía de todos los aspectos negativos de su trabajo. Era alegre y positiva y procedía de una familia estable y segura. Miraba hacia delante y tenía una gran habilidad para sacudirse todo lo que era aburrido y triste. A Tom siempre le gustó eso de ella, que no guardara las cosas, pero ahora se preguntaba si el hecho de que ninguno de los dos hablara de las dificultades había contribuido a separarlos. ¿Era por lo que se sentía atraído por Ambra? ¿Porque era para él algo distinto, nuevo y fascinante?

Aunque no era del todo cierto, él lo sabía. Le gustaba Ambra porque era quien era. Y porque era atractiva, por supuesto, no tenía sentido negarlo. No tenía la llamativa belleza de Ellinor, sino que parecía un mecanismo complicado y bien hecho al que había que acercarse para poder valorar.

—¿En qué piensas? —preguntó ella con una sonrisa por encima del borde de la copa.

La llegada de la comida le salvó de tener que contestar. Ambra había pedido reno con enebro y arándanos rojos; él, solomillo de alce con rösti de patatas y jalea de arándanos azules. Se alegró de tener algo más en lo que centrarse un rato, necesitaba ordenar un poco sus ideas. Deseaba a Ambra, no tenía sentido negarlo. Había vivido como un muerto durante mucho tiempo y ahora empezaba a sentirse vivo de nuevo, y el deseo llegaba como una carta al buzón. No era raro. Él era hombre y ella mujer.

—Está delicioso —exclamó entusiasmada, y él asintió.

Comieron en un agradable silencio. Ambra probó un sorbito de vino y pareció relajarse de nuevo. Llevaba un ligero top del mismo color que los bloques de hielo que habían visto y unas pequeñas piedras brillantes en las orejas. El recuerdo de sus largas piernas entre sus muslos pasó como flotando. Recordó cuando ella cerró los ojos y gimió contra su boca y pensó en cómo sería cuando alcanzara el clímax, cuando disfrutara... Otra vez el deseo.

—Y tú ¿cómo te encuentras? —preguntó ella—. ¿Cómo van los ataques? ¿Siguen siendo tan fuertes?

Le gustó que fuera tan directa. Era beneficioso, como si parte de la vergüenza desapareciera.

—Van regular —respondió él con sinceridad mientras pinchaba un trozo de carne—. Mejor, de todos modos. —Ella dejó los cubiertos al lado y lo miró con atención—. Prometí secretos, lo sé. Pregunta.

—¿Cómo te detuvieron?

—Estaba en el Chad, como ya te he dicho. Una operación de rescate de una ciudadana sueca.

—Una mujer —señaló ella.

—Sí, una sueca. Mi helicóptero se estrelló, estaba envuelto en llamas; mis hombres creyeron que había muerto y me dejaron allí.

—No ha salido en ningún sitio.

Había occidentales en cautiverio por todo el mundo, suecos incluidos. Los medios de comunicación tenían conocimiento de la mayoría de ellos, aunque nunca se escribía sobre eso por razones de seguridad. Pero los medios nunca llegaron a saber que él estaba prisionero en el Chad.

—¿Cuánto tiempo estuviste en la cárcel? —siguió ella ante su silencio.

—Varios meses.

—¿Es por lo que te sientes así?

—Sí, tengo *flashbacks* de cosas que ocurrieron.

Ella lo miró fijamente.

—Suena terrible —dijo—. Y yo he visto lo fuertes que son. Vaya historia. Es increíble.

—No puedes escribir sobre eso —le advirtió.

—Claro que no. —Lo miró de reojo—. A no ser que pueda convencerte, por supuesto. Me vendría bien una buena exclusiva en este momento.

Lo dijo en tono de broma, pero él pudo oír a la periodista que llevaba dentro. Negó con la cabeza.

—De ningún modo. Lo que he dicho es confidencial y no puede acabar apareciendo en ningún periódico.

—Comprendido.

Ambra levantó las manos en señal de rendición.

—¿Quieres postre como compensación?

—Una idea genial —aceptó ella con el rostro resplandeciente—. Cuanto más, mejor. Un buen postre es casi mejor que una exclusiva.

Tom pidió la carta de postres y la miró divertido mientras ella elegía entre *panna cotta* de zarza ártica y *mousse* de bayas de espino cerval de mar.

—Pide tú uno y yo otro, así podemos compartir —sugirió él.

—¿Has probado las bayas de zarza ártica? —preguntó ella cuando llegaron los postres.

—Ni siquiera sabía que hubiera algo llamado así —respondió con sinceridad.

—Son unas de las más ricas del mundo. —Cogió una de las bayas rojas como un rubí que decoraban la *panna cotta* y se la enseñó—. Solo maduran al sol de medianoche.

—¿En serio? —preguntó él, escéptico, metiendo la cuchara en el *mousse*.

—No tengo ni idea —declaró ella con una amplia sonrisa.

Él se echó a reír y, como ella ya había liquidado la mayor parte de su postre, él le ofreció el suyo.

—Aquí tienes el mío también. Cómete los dos.

—Gracias. Sobredosis de dulce, eso es lo que necesito después de un día así. ¿Quieres probar la *panna cotta*?

Él negó con la cabeza, le gustaba verla engullendo los postres.

—¿Cuánto tiempo te vas a quedar esta vez? —preguntó.

—No lo sé. Depende.

Las palabras quedaron colgadas en el aire entre los dos. Ella no dejó ni rastro del postre en el plato y luego se relamió.

—¿Cuánto tiempo puede estar Freja sin ti?

—Tengo que irme a casa pronto —reconoció.

No se había dado cuenta hasta ese momento de lo que lo que implicaba tener un perro.

Nevaba un poco cuando salieron del restaurante, grandes copos que se pegaban en el cabello y las pestañas de Ambra. Él no quería llevarla al hotel aún, así de fácil y de complicado era. Hacía tanto frío que la nieve crujía cuando caminaban hacia el coche. De vez en cuando sus brazos chocaban, ella no se apartaba y él hubiera querido rodearla por los hombros, pero en vez de hacerlo se adelantó hasta la puerta del pasajero y se la abrió.

—Gracias —dijo ella.

Él cogió la rasqueta y quitó el hielo que se había formado en el cristal. Después se sentó y puso el coche en marcha, pero no salió. Debatía consigo mismo.

—No es muy tarde —dijo.

—Es temprano —admitió ella en un tono neutral.

—Quisiera quedarme un rato más, pero tengo que volver a casa con Freja.

—Lo entiendo.

Ella le miró.

—¿Quieres acompañarme? —preguntó. Ambra parpadeó—. Puedo llevarte después al hotel —añadió.

«Si no quieres quedarte, por supuesto», pensó. Él quería verla de nuevo en su casa, acurrucada en el sofá. Quería estar con ella.

Ambra lo miró.

—A veces no te entiendo, Tom Lexington. ¿Qué hay de lo de solo amigos?

—Somos amigos —afirmó él.

—Tal vez. Pero no solo. Reconócelo.

—Me gustas.

—Tú también me gustas. Y te acompañaré a casa encantada. Aunque seas el hombre más complicado del universo.

—No soy tan complicado —protestó él.

Metió una velocidad y aceleró pensando que tal vez tenía razón. Ya no sabía lo que quería.

32

«Otra vez en casa de Tom», pensó Ambra sacudiendo la cabeza. Tom salió de la sala de estar con la correa de Freja en la mano.

—Cuando vuelva encenderé el fuego, pero antes tengo que sacarla —dijo él a modo de disculpa.

Freja ladró y movió la cola. El voluminoso cuerpo se sacudió de felicidad.

—Me las arreglaré —le aseguró Ambra.

Le agradecía que no esperara que los acompañara, ya que había empezado a nevar más y se había quedado helada en el breve recorrido del coche a la casa.

—Siéntete como en tu casa, tengo que darle un buen paseo si no quiero que derribe la casa, pero volveremos pronto. —Le hizo un gesto con la cabeza a la perra—. Vamos, fiera.

Freja soltó un ladrido y estuvo a punto de tirar una mesa por el camino.

Ambra esperó a que se cerrara la puerta de entrada antes de empezar a mirar a su alrededor. Echó un vistazo a los estantes de una librería. Había una pequeña pila de libros de bolsillo en sueco, pero la mayoría estaban escritos en noruego y en inglés. Hojeó uno sobre auroras boreales mientras aguzaba el oído por si los oía volver, pero como no había señales de Tom ni de Freja, siguió su camino y salió del salón.

¿Qué significaba exactamente «siéntete como en tu casa»?

Había muchas puertas. Le habría gustado abrir un par de ellas, pero siguió el recorrido.

Encontró algo parecido a un armero. Era de hierro macizo y estaba cerrado con un sistema de bloqueo muy avanzado. Ambra no tenía ningún tipo de relación con las armas, pero era probable que todos las tuvieran allí arriba, en Kiruna. ¿O era un prejuicio? Esperaba que solo hubiera escopetas de caza en el armario y nada más. Aparte de que era ilegal, aunque se tratara de un exmilitar. Lo que sabía de la legislación sueca sobre armas era que la mayoría estaban prohibidas, excepto las escopetas de caza, pero antes había que asistir a un curso y tener licencia.

Se detuvo ante otra puerta cerrada. Mierda, sentía una enorme curiosidad. ¿Escondería Tom algo, o era solo que no le gustaban las puertas abiertas?

—¡Hola! Estamos en casa —oyó gritar desde la entrada.

Volvió deprisa a la sala de estar. Freja corrió hacia ella sacudiéndose la nieve, que se esparció por la habitación, y se acercó a olisquearle las piernas. Ambra le rascó detrás de la oreja mientras oía que Tom trajinaba en la cocina. Cuando volvió al salón le ofreció una botella de cerveza.

—No ha hecho todo lo que tenía que hacer, así que tendré que volver a sacarla dentro de un rato. Si se pone pesada, avísame —añadió mirando a la perra.

—No hay ningún problema, parece que le caigo bien.

Se dio cuenta de que él seguía bebiendo cerveza sin alcohol, así que al parecer tenía intención de llevarla al hotel después. Él le dirigió una cálida sonrisa.

Ambra se bebió la cerveza y lo miró de reojo. Nunca se había llegado a creer del todo eso de que se puede sentir una atracción física completamente desconectada del intelecto, pero aunque no estaba segura de Tom ni de quién era, quería acostarse con él. Así eran las cosas.

Tom, en cuclillas delante de la chimenea, retiró la ceniza, colocó la leña y formó una pequeña pirámide que enseguida empezó a crepitar, inflamando el fuego. Ambra se sentó en el sofá y dejó a un lado la cerveza. No tenía ganas de beber más.

—Debe de ser el mejor ruido que existe —murmuró.

Él respondió con un sonido gutural. El olor y el calor de fuego eran agradables. A Ambra se le escapó un suspiro de bienestar.

Tom volvió y se sentó en el otro rincón del largo sofá. Ella sacó el teléfono del bolso. Casi no le quedaba batería.

—No me he traído el cargador.

La batería estaba en rojo, se agotaría en cualquier momento.

—Es por el frío.

—Sí. ¿Tienes un cargador de estos? —preguntó levantando el teléfono.

—El que tengo es más antiguo. —Tom sacudió la cabeza—. ¿Tienes al menos cobertura?

—Mala.

—Aquí en el bosque la conexión wifi es complicada debido al aislamiento. Tengo otro proveedor, pero tampoco funciona siempre.

Ella dejó el teléfono a un lado, no le gustaba depender de nadie. Subió las piernas al sofá y se sentó encima.

—¿Tienes frío? —preguntó él.

Se levantó y buscó una manta. Ella se la puso sobre las piernas y lo miró pensativa. Estar en un restaurante concurrido era una cosa, pero estar allí a solas era otra muy distinta. Eran dos desconocidos. Quizá se estuviera comportando como una paranoica. La confianza en sí misma no era su fuerte.

—¿Viven tus padres? —preguntó ella.

Él era como un gigante solitario, como uno de esos pedruscos que la era glaciar había arrastrado consigo y luego había colocado en medio de la nada. Pero debía venir de algún lado.

—Mi padre murió hace tiempo. Mi madre vive. Y tengo tres hermanas, aunque casi no tenemos contacto.

Ambra le daba vueltas a un fleco de la manta mientras se preguntaba cómo sería tener relaciones de sangre con alguien y después elegir no tener contacto con ellos. Comprendía que podía ser así, por supuesto. No elegías a tu familia, pero aun así... Tener a tu madre, a varias hermanas, personas que eran tu familia, gente con la que tenías cosas en común, parientes...

—¿Por qué no tenéis contacto?

—Es culpa mía. No soportaba verlas cuando me sentía mal.

—¿No están preocupadas?

—Todas están preocupadas, ese es el problema.

—¿Qué relación teníais antes de que te marcharas? ¿Os llevabais bien?

—Es complicado. —Él suspiró y arrugó la frente.

Tom y sus relaciones complicadas.

—Mi madre lloró cuando me reclutaron para las Fuerzas Especiales. Ella se imaginaba lo que implicaba. Tienes una especie de vida paralela y creyó que me había perdido.

—¿Te sentiste bien allí? —preguntó ella, aunque la expresión de su cara al hablar de las Fuerzas Especiales le hizo suponer la respuesta.

—Sí, me gustó.

No preguntó nada más. Nadie daba tan poca información como los miembros de las Fuerzas Especiales. Ni siquiera su persona de contacto con la prensa hablaba con la prensa. En el fondo, ella sospechaba que les encantaba el secretismo.

Tom se levantó del sofá, removió un poco más el fuego y añadió leña.

—¿Prefieres un café? —preguntó por encima del hombro.

Ella sonrió al ver que él estaba en todo.

—¿Un poco de té tal vez? —pidió Ambra.

Tom fue a la cocina, y cuando volvió ella aceptó la taza humeante que le ofrecía. Él se había preparado un café que olía fuerte y bien. Ambra volvió a la librería y probó un sorbito de té mientras paseaba la vista por los estantes. Le encantaba ese modo de reunir información.

—¿Cuándo fue tomada esta foto?

Tenía en la mano una fotografía antigua en la que Tom y otros tres hombres jóvenes posaban con ropa militar de camuflaje. Llevaban el rostro pintado y parecían estar en el interior de un avión.

—Es una foto vieja —explicó—. Estábamos a punto de saltar muy cerca del lago Vättern. Un día corriente, un ejercicio corriente.

—Se te ve muy contento.

Miró la foto más de cerca. Nunca le había visto así, sonriente, feliz. Sin ninguna carga.

—Sí.

—¿Está tomada durante el período de formación?

Le vio vacilar un momento, pero luego asintió.

—¿Fue allí donde conociste a Mattias?

—Sí, nos conocimos en Karlsborg. Probablemente la mejor época de mi vida.

—Pero ¿no terminabais agotados?

Él se encogió de hombros y pareció reflexionar.

—No todo el mundo lo aguanta. No se puede explicar. Te ponen a prueba en situaciones difíciles, sabes lo que puedes hacer, sabes que funcionas cuando tienes que hacerlo. Todos los hombres se preguntan si serían capaces de hacerlo. Los que hemos asistido a la formación y hemos trabajado sabemos que lo hacemos. Supongo que será una tontería masculina.

—No es lo mismo que la formación de las Fuerzas Especiales, desde luego, pero yo he asistido a varios cursos de seguridad. Tenemos que hacerlos continuamente —dijo ella mientras volvía a colocar la foto en el estante.

—Cada persona maneja ese tipo de esfuerzo de un modo distinto.

—Sí, ya lo sé. He visto venirse abajo a jefes duros y a guerreros incondicionales actuar de forma irracional bajo presión.

—¿Qué te pareció a ti? —La miraba con interés.

—Me encantó —respondió Ambra con un brillo en los ojos.

Tom sonrió.

—¿Le has dado alguna utilidad a lo que aprendiste?

—Solo mentalmente. Nunca me he enfrentado a una situación difícil de verdad.

—Esa es la parte más importante, la mental.

Ambra le miró con escepticismo.

—¿Lo es?

—Ya lo creo. La supervivencia consiste en saber qué riesgos merece la pena correr. Se puede entrenar esa capacidad.

—¿Cómo?

—Son cosas sencillas. Mantenerse despierto. Aceptar las nuevas condiciones. Averiguar qué posibilidades hay.

—¿Y qué viene después? ¿Decir a gritos todo lo que vales?

Ella sonrió y quedó atrapada en la mirada de él. Luego se dio la vuelta y cogió el siguiente objeto que encontró. Era difícil pensar racionalmente cuando él la miraba de ese modo hambriento.

—¿Y qué es esto? —preguntó. Se dio cuenta de que sonaba un poco tensa. Era un juguete de plástico que no encajaba en ese entorno masculino—. ¿Un oso?

Cuando se lo quitó de la mano sus dedos se rozaron y notó un cosquilleo en el cuerpo.

—Me lo regaló uno de mis compañeros cuando terminé. Llegó aquí con un montón de cosas más que tenía en la oficina. Es un oso pardo. —Se quedó en silencio, dándole vueltas al juguete antes de seguir hablando—. Era mi nombre secreto en las Fuerzas Especiales. Oso pardo. Nadie de fuera de Karlsborg lo conoce.

—¿Nadie?

Ella pensó en Ellinor.

—Nadie excepto tú —respondió él sacudiendo la cabeza.

Le miró.

—Oso pardo te queda bien —dijo por fin. Él volvió a colocarlo en el estante—. Tal vez debería irme a casa —añadió con desgana.

Nevaba cada vez más y se estaba haciendo muy tarde.

—¿Quieres irte? —preguntó él en voz baja.

Ella negó despacio con la cabeza.

—Me gusta hablar contigo —murmuró él. La miró la cara y se detuvo en su boca.

Olía a café y a menta y Ambra pensó que había aprovechado el paseo de Freja para cepillarse los dientes. Le agradó que oliera bien. Lo único que quería era que la besara.

Toda la cena y toda la noche habían conducido a esto. Él pasó el dedo índice por sus sienes antes de detenerse y mirarla. Ella se inclinó hacia delante y entonces la besó. Ambra cerró los ojos. Dejó que el resto de los sentidos se hicieran cargo. Sintió su olor, su sabor, su aspereza. Le encantaba la boca de Tom, sus labios, su lengua, sobre todo su lengua, sin ninguna duda.

Tom la besaba con fuerza, no era en absoluto un beso suave y pasivo, era un beso que tomaba el mando. Le colocó una mano en la nuca y la atrajo hacia él. Ella apoyó una mano en la nuca de él y la otra en uno de sus bíceps. Se estremeció al notar sus brazos musculosos. Había algo primitivo en ese beso, que además era divino. Él sacudió la cabeza.

—Mierda, no sé qué decir.

Era imposible descifrar lo que decían sus ojos negros.

«Nada», pensó ella. «No digas nada, continúa.» Estaba conmocionada por esa atracción. Y era evidente que él también la sentía.

—Ambra.

El mero hecho de que pronunciara su nombre le pareció erótico, aunque deberían besarse más y hablar menos. Ella lo miró y le transmitió todo lo que sentía con la mirada. «Bésame.»

Vio cómo se le elevaba el pecho al respirar por debajo de la camisa apretada, los músculos del tórax, los de los brazos, todos esos músculos... y después volvió a besarla. Ambra se aferró a él y se dejó envolver.

Ella puso su mano en el pecho de Tom y él gimió contra su boca. Ambra se apretó con toda su fuerza contra la dura erección de él, alentándole, instándole, hasta que notó la gran palma de su mano en uno de sus pechos. El efecto fue casi eléctrico. Sintió la mano a través de la tela delgada, oyó su aliento en el oído, aspiró su aroma, su olor a humo y a aguja de pino, a café y a invierno. Rozó la mejilla contra su piel caliente.

Tom respiraba entrecortadamente y buscaba su pezón con el pulgar. La acarició por debajo de la camiseta, por encima de la piel, por encima del sujetador y después también por dentro, hasta que la oyó jadear. Le acarició los pechos, le mordió levemente la oreja, murmuró algo que ella no entendió, se pegó a él y le pasó las uñas por encima de la camiseta. Tom la cogió por la cintura y la apretó aún más a él. Ella respondió al beso, se movió, gimió...

En ese momento fueron interrumpidos por un profundo grito. Era Freja, que se había sentado a sus pies y había comenzado a aullar. Un ruido ensordecedor con el que resultaba difícil besarse.

—Cállate, Freja —ordenó Tom, sin poder evitar reírse al decirlo—. Lo siento, se me había olvidado que tiene que salir otra vez. Cuando hace eso es porque tiene prisa. Lo mejor será que la saque ya.

—Por supuesto —dijo Ambra.

Tom la envolvió de nuevo en sus brazos, la besó otra vez hasta que ella gimió bajo su boca, hasta que sus manos se arrastraron por los brazos de él y fueron subiendo por su espalda hasta llegar a la nuca. Oh, Dios, esto era una locura total. Ella solo pensaba en meter las manos por debajo de la camiseta y tocarle, sentirlo, pero Freja aullaba histérica, así que se apartó y se echó a reír, casi sin aliento.

—Es mejor que salgáis para que no tengamos un accidente.

33

Tom se puso la chaqueta, los guantes y la bufanda. La nieve se arremolinó en la puerta cuando la abrió. La temperatura había bajado bruscamente. Freja ladró, disgustada por el frio.

—Vamos, sal —le ordenó.

La perra se lanzó al exterior y él la siguió, intentando esquivar la nieve y caminando con dificultad. Se preguntó si podría conducir hasta Kiruna esa noche, pero tal vez no hiciera falta. Empezó a pensar en Ambra y le vinieron a la cabeza las eróticas sensaciones de unos miembros tersos y unas manos ágiles, la suavidad de unos labios y un cuerpo cuya fragancia le invitaba expectante.

Con ella se sentía un hombre normal, no un tipo raro o débil ni una máquina violenta; solo una persona. Le gustaría examinar todo su cuerpo. Quería quitarle la ropa prenda por prenda, deshacerse del envoltorio y descubrirla, como un regalo. Explorarla y acariciarla. Besarla hasta que sus labios se hincharan y sus mejillas florecieran.

Sonó el teléfono y se apresuró a cogerlo; tal vez Ambra estuviera preocupada. Pero no era ella. Era Isobel de la Grip. Miró a Freja, que había encontrado algo interesante en un montón de nieve y le ignoraba. El teléfono seguía sonando. No quería hablar con Isobel, quería darse prisa y volver con Ambra. Pero Isobel había llamado varias veces y tal vez era mejor que contestara.

—Sí, Tom Lexington al habla.

—¡Tom! Casi me había dado por vencida. Cómo me alegra que hayas respondido. Disculpa que te llame tan tarde. ¿Cómo estás?

A Tom le caía bien esa doctora pelirroja. Era competente, fue testigo de cómo le salvaba la vida a un invitado en una boda en la que él trabajaba. Y como médico de campo se involucró en cosas que la mayoría de la gente ni siquiera podía imaginar, lo que aumentaba su admiración hacia ella. Cuando le preguntaba cómo estaba, él sabía que era por verdadero interés.

—Disculpa que no haya respondido. He tenido muchas otras cosas en las que pensar.

—Lo entiendo, no te sientas mal por ello. No era mi intención perseguirte, pero tengo que preguntarte algo. ¿Conoces a una periodista llamada Ambra Vinter?

Tom se detuvo. Era lo último que se esperaba. Eso no podía ser bueno.

—¿Cómo? —preguntó expectante.

—Es periodista de *Aftonbladet*. Me llamó por teléfono. Quería hacerme unas preguntas sobre una operación de rescate en el Chad. Preguntó un montón de cosas. Entiendo que no hayas dicho nada, pero no somos muchos los que sabemos lo que ocurrió.

—Es lo primero que oigo sobre eso —respondió Tom apretando el teléfono en la mano y notando una presión en el pecho. No podía creer lo que estaba oyendo—. ¿Cuándo te llamó?

—Hace unos días. Estoy muy preocupada. No quiero cargarte más, ya has tenido bastante, pero acordamos no decir nada. Ha habido algunos problemas con la adopción de Marius.

—Creía que ya estaba lista.

—Nosotros también lo creíamos, pero hay un maldito asunto burocrático y tengo miedo de que las autoridades se nieguen si llegan a saber cómo llegó aquí y lo que ocurrió allí abajo. Solo quería que me dijeras si tú sabes algo más. ¿Se ha puesto ella en contacto contigo también? Ni Alexander ni David saben nada de ella.

Isobel, una de las personas más serenas que él conocía, estaba preocupada, casi a punto de estallar. Y Ambra tenía la culpa.

—Lo comprobaré, Isobel. Gracias por llamar. No te preocupes, estoy seguro de que no hay peligro —le aseguró con tranquilidad, aunque estaba desconcertado.

¿Qué diablos había ocurrido? ¿Qué se le había pasado por alto?

—No sé qué voy a hacer si perdemos a Marius.

—Lo entiendo. Me ocuparé de ello.

—Gracias, Tom —se despidió tras un breve silencio.

—No hay de qué —dijo él, pero la culpabilidad le agobiaba.

Era él quien había hablado, la información de Ambra procedía de él. Se había creído el truco más antiguo que existía. Unos ojos bonitos, un poco de atención, unas caricias y él había revelado un secreto detrás de otro, se había ofrecido a hablar si ella le acompañaba a cenar. ¿Cómo había podido ser tan imbécil?

Llamó a Freja y volvieron a la casa. Le habían engañado; Ambra le había traicionado.

Entró en silencio. No la veía. Se quitó la ropa sin hacer ruido y la dejó en el suelo. Dejó que sus instintos tomaran el mando. Le ordenó a Freja que se tumbara y abrió la puerta con cuidado. Ambra no estaba en el cuarto de estar ni tampoco en la cocina. Se dirigió al pasillo y observó las puertas. Una de ellas estaba más abierta de lo que él la había dejado. Confiaba en ella. Seguía esperando que se tratara de un error y que no se hubiera equivocado con ella. Empujó la puerta del despacho, que se deslizó sin hacer ruido. Ambra estaba en medio de la habitación, leyendo los documentos esparcidos por el suelo.

—¿Qué estás haciendo? —preguntó.

Ella se sobresaltó. Se volvió, y al menos tuvo el decoro de parecer culpable.

—No te he oído llegar.

¿Qué haces aquí?

—Iba al baño y vi que esta puerta estaba abierta —explicó ella apartándose rápidamente de los documentos que estaban esparcidos. Los informes del Chad. Las fotos—. ¿Qué es eso? —preguntó.

—Nada que tenga que ver contigo —respondió.

Intentó evaluar la situación de un modo objetivo, dándole vueltas a todas las preguntas que ella le había formulado desde que se conocían. Preguntas hábiles.

Casi no se lo podía creer, pero Ambra le había sacado información. En ese momento lo veía todo claro. Ella era periodista, vivía de revelar cosas. Y había tropezado con esto. Bueno, en realidad no había tropezado, sino que él le había ofrecido una posible exclusiva. Le había contado cosas. Había expuesto a Isobel. Había información sensible allí. Si le había dado tiempo a leer esa documentación, sabría que había muerto gente por su culpa.

Todo lo que le dijo fue de forma confidencial. Hacía tiempo que no se sentía tan engañado, tan traicionado. Le había desvelado incluso su nombre en clave. Ya no era secreto, es cierto, pero aun así.

Dio un paso hacia ella.

—Estaba buscando el baño, como te he dicho —insistió ella en un tono forzado—. No tendría que haber entrado aquí, discúlpame, ya te he dicho que soy curiosa y después vi que se trataba del Chad y que no debía... Veo que estás muy enfadado. Disculpa. Lo siento, no era mi intención...

Se retorcía las manos y parecía desesperada.

Él tenía dificultades para decidir si estaba actuando o no. La atracción perturbaba todos sus reflejos normales.

—¿Por qué llamaste a Isobel de la Grip? —le preguntó sin ambages.

Tom vio cómo Ambra tragaba saliva. ¿No se daba cuenta de lo expuesta que estaba allí, sola con él, y de lo fácil que le resultaría hacerle algún daño si él fuera ese tipo de persona? Ese descuido por parte de ella le ponía aún más furioso.

—¿A qué te refieres?

Le tembló la voz, dejándola al descubierto.

—Sabes a lo que me refiero —explotó él—. ¿Me estás espiando?

Él mismo se dio cuenta de que estaba y sonaba enfadado, sobre todo consigo mismo por dejar que influyera en él hasta el punto de nublarle el juicio, por no haber sospechado nunca que ella podía tener planes ocultos, por dejarse engañar.

De repente, la lámpara de techo parpadeó. Se quedaron a oscuras un momento, hasta que volvió la luz. La tormenta estaba afectando a la red eléctrica. Las facciones de Ambra se habían quedado rígidas.

—Creo que será mejor que vuelva al hotel —dijo mientras su pecho se agitaba debajo de la delgada blusa.

—Todavía no, antes tenemos que hablar. Pero, para empezar, ¡sal de aquí! —gritó, y se hizo a un lado.

Ella dudó.

Él esperó. La luz se apagó otra vez y se volvió a encender. El suministro eléctrico parecía a punto de cortarse.

—Sal —le ordenó en tono seco.

Ambra salió de la habitación sin mirarle. Él percibió su olor y se esforzó por centrarse en la realidad, no en lo que se engañó a sí mismo a creer.

—No puedes escribir sobre lo del Chad, ¿lo entiendes?

Ella no dijo nada.

—Ambra... —insistió.

Apoyó una mano en su hombro. Ella se sobresaltó como si la hubiera golpeado.

—No creo que puedas decirme de qué puedo o no puedo escribir. A juzgar por lo que he visto, hay un documento en esa habitación que habla de batallas y de personas asesinadas en el pueblo. ¿Quién los ha matado?

Él cruzó los brazos. La lámpara del pasillo volvió a parpadear. Le pareció que la tormenta había estallado.

—Es más complicado que eso.

— Contigo siempre es todo muy complicado —bufó ella mientras se dirigía a la sala de estar.

Él la siguió. Freja los estaba esperando y los miró preocupada, como si percibiera que algo estaba ocurriendo.

—Tienes que entender que esto es serio. Hablé contigo de forma confidencial.

—Entonces ¿no niegas que has matado a personas en el Chad?

—No puedo hablar de eso. ¿Qué les has contado a tus jefes? ¿Con quién más has hablado de esto?

—Déjalo ya.

—En serio, tienes que dar marcha atrás.

—No tengo que hacer nada. Y al parecer ya hemos terminado. Quiero irme.

Él estaba muy enfadado, con ella y consigo mismo. ¿Cómo pudo embaucarlo de ese modo una joven civil? Era vergonzoso.

—Las carreteras están llenas de nieve otra vez. Tendrías que haberlo pensado antes de empezar a jugar a los espías —le recriminó.

—Quiero irme de aquí. Ahora. Si no piensas llevarme tendré que...

Ella no entendía nada. Él le cogió la mano con fuerza, tiró de ella en dirección a la entrada y abrió la puerta. El aire y la nieve se colaron en la casa. La tormenta se había desatado. Tenía que darse cuenta de que marcharse sería un suicidio.

—Sal si quieres —dijo él con sarcasmo.

Ella miró hacia el exterior. La nieve azotaba en medio de la fuerte borrasca.

Tom le soltó la mano y la miró con rabia.

—Lo quieras o no, estás atrapada aquí conmigo.

34

Ambra intentó no mostrar lo asustada que estaba, pero Tom le daba miedo. Sabía que lo que había hecho estaba mal. No se podía ir por ahí fisgoneando. Pero miró por la rendija de la puerta, vio los documentos esparcidos y después, sin saber muy bien cómo, dio un paso, entró y miró las fotos que reflejaban la guerra y la devastación. Vio algo que parecían personas muertas, cadáveres mutilados, y leyó informes de tiroteos y pérdidas.

«Esto es serio», pensó ella mientras el corazón le latía con fuerza y Tom la miraba con ojos gélidos. Las fotos podían ser una prueba de algo realmente grave. Estaba asustada. De pronto Tom era como cualquier otra persona. Un extraño al que temía. La lámpara del techo volvió a parpadear. Cielo santo, esperaba que fuera un fallo de energía eléctrica transitorio.

Tom dio un paso hacia ella, que se echó hacia atrás de forma instintiva y con tanta fuerza que estuvo a punto de caerse de espaldas. Él frunció el ceño. Ambra respiraba con dificultad. En su primera casa de acogida había un hombre. Fue el primero que la pegó. Solía asustarla y después la pegaba. Aún le atemorizaban los movimientos bruscos. Estaba preparada para no tener miedo, pero en ese momento estaba tan aterrada que casi había perdido el control de sí misma.

La lámpara parpadeó una última vez, ella vio el rostro de Tom y después todo se oscureció.

—¿Qué ocurre? —preguntó, oyendo el tono asustado de su propia voz.

—Se ha ido la luz —respondió conciso.

Imaginó a Tom como una oscuridad compacta en medio de la otra oscuridad. Parpadeó con fuerza, pero no vio nada. No tenía batería en el móvil y nadie sabía que estaba allí. Qué estúpida había sido, qué imprudencia. La oscuridad se le estaba haciendo insoportable, cada vez le costaba más respirar.

—¿Ambra? ¿Qué estás haciendo?

Ella intentó pensar con lucidez y de forma lógica, intentó no respirar con tanta fuerza. Empezó a notar un sudor frío en las axilas.

—¿Ambra?

—Sí —respondió ella con voz débil.

Lo oyó moverse. Ella se quedó quieta. Era consciente de que tal vez estaba reaccionando de un modo exagerado, pero no podía pensar con claridad.

—Veré si puedo conseguir que vuelva la luz —dijo él.

Palabras escuetas. Su parte adulta sabía que él no había levantado la mano para pegarle, sino para cerrar la puerta. Pero Ambra no lo conocía, era el doble de grande que ella y tan fuerte como un oso. Además, tenía fotos de personas muertas en un cuarto. Estaba empezando a sentir pánico. Él volvió a la oscura sala. Sus pasos eran el único sonido que se oía.

—¿Qué estás haciendo? —preguntó él.

—Nada.

«No quiero quedarme aquí. Estoy tan asustada que no puedo pensar.»

—Tengo que buscar una linterna que funcione. Hay velas en la cocina. Y el fuego sigue encendido.

Él volvió a desaparecer. Estaba en una encrucijada. No sabía si regresar a la sala de estar o quedarse allí, más cerca de la puerta principal.

Tenía que espabilarse, actuar. Era una persona capaz, no una mujer indefensa. «Piensa, Ambra», se dijo. No podía quedarse ahí, tenía que marcharse, era lo más sensato. Pero ¿cómo? Si Tom se negaba a llevarla tendría que solucionarlo por sí misma. Pero, aunque lograra meterse en el coche, no podría superar la borrasca y el vehículo se quedaría enseguida atrapado en la nieve.

¡La moto de nieve!

Llaves. Había visto llaves en algún sitio. Cerró los ojos, a pesar de que estaba totalmente a oscuras, e intentó recordar. La cocina. Había visto las llaves colgadas en un gancho en la cocina y encima ponía «moto». Oyó que él rebuscaba por la casa. El corazón le latía a toda prisa.

—¿Ambra? —volvió a gritar él.

Ella no pudo apreciar en su tono de voz si estaba furioso, enfadado u otra cosa.

—¿Sí?

—Estoy en la planta baja intentando poner en marcha el generador de repuesto.

Perfecto. Fue todo lo deprisa que pudo a la cocina, donde él ya había encendido una lámpara de gas. Vio el gancho y encontró la llave de una de las motos. El tintineo hizo que contuviera la respiración, pero él seguía trajinando abajo y no parecía sospechar nada.

Dudó un instante. ¿Qué estaba haciendo? Afuera estaba nevando y hacía frío. Pero odiaba que le hubiera dicho que no la iba a llevar al hotel y tenía miedo. «Que se vaya al diablo», pensó mientras regresaba a la puerta principal. Buscó a tientas por la pared y encontró lo que buscaba, un buzo de nieve. Se lo puso, buscó su bufanda, su gorro y sus guantes. Bañada en sudor, se puso los zapatos.

Volvió a dudar. ¿Era inteligente esto? Pero ya había tenido suficiente. Él le había enseñado cómo ponerla en marcha, le dijo que era fácil. Tom podía ir a la ciudad al día siguiente a recoger la moto de nieve, ella solo la tomaba prestada. No estaba lejos y no podía ser tan difícil. Llevaba ropa adecuada, sería capaz de hacerlo. Él no podía decidir que se quedara o no; era su elección. No pensaba permanecer allí con él. Por ella, podía irse al infierno.

Ambra salió de la casa y cerró la puerta sin hacer ruido. Le costaba respirar. Se ajustó el gorro, se subió la cremallera todo lo que pudo y corrió hacia el garaje a través de la pesada nieve y el azote del temporal.

Llegó sin ningún obstáculo. No estaba cerrado con llave, así que abrió la puerta jadeando y la dejó abierta. En el interior del garaje reinaba una calma muy agradable. El coche negro y brillante la miraba amenazante, pero allí estaban las dos motos de nieve. Tom seguía sin aparecer. Cogió un casco que colgaba de la pared. Durante un momento pensó en volver a la casa, pero se montó en una de las motos y miró el regulador, intentando recordar lo que él hizo y lo que dijo.

Se colocó el casco encima del gorro, se lo ajustó, metió la llave y puso en marcha la moto. Cogió el manillar, respiró hondo, se mordió el labio y aceleró. Se puso en marcha tan deprisa que estuvo a punto de perder el equilibrio al salir del garaje. Pero ella agarró con fuerza el manillar, giró con cuidado y después fue como si echara a volar.

Tom tenía razón, era facilísimo conducir. ¡Lo había conseguido! La nieve formaba ventiscas a su espalda y ella se acurrucó detrás de la dirección.

La moto se deslizó por el suelo. Atravesaba el paisaje a toda velocidad. Se dirigió a la carretera, alejándose de la casa. Cuando se dio la vuelta vio desaparecer la casa y después el bosque. Iba por el camino adecuado. A esa velocidad pronto estaría en Kiruna. Si la policía la detuviera les pediría que la llevaran. ¿La dejarían entrar en el centro con la moto, aunque estuviera prohibido, dado el mal tiempo que hacía? Enseguida estaría en su habitación, y en cuanto cargara el teléfono le enviaría un mensaje a Tom para decirle dónde podía recoger la moto.

Un rato después la emoción inicial empezó a ceder. Hacía mucho más frío y la oscuridad era mayor de lo que ella creía. ¿No decían todos que la blancura de la nieve era luminosa? Estaba oscuro a pesar de los potentes faros, y toda la ropa que llevaba no conseguía aislarla por completo del frío. Pero iba a llegar enseguida, solo era cuestión de apretar las mandíbulas. Mientras siguiera la carretera todo iría bien.

Forzó la vista, tenía dificultades para ver en la nieve. ¿Seguía en la carretera? Era difícil saberlo. El bosque era cada vez más espeso. ¿No tendría que haber aparecido ya alguna señal de tráfico?

Redujo la velocidad, miró a su alrededor y continuó, pero unos minutos después se dio cuenta de que no tenía idea de dónde estaba. Se había perdido como una imbécil.

Solo había bosque, nieve y oscuridad. El viento le golpeaba la cara y tenía tanto frío que le castañeteaban los dientes. Volvió a acelerar, pero fue consciente poco a poco de su situación.

Había reaccionado de forma exagerada, no había tenido en cuenta su ignorancia respecto al tiempo y se había dejado llevar por el miedo. De ese modo se había metido en algo que rápidamente se podía convertir en una amenaza mucho mayor de lo que Tom Lexington pudiera llegar a ser.

35

Tom oyó un ruido en la planta de arriba. Parecía que la puerta principal estaba dando golpes. ¿No la había cerrado bien? Se limpió las manos en un trapo y se preguntó qué estaría haciendo Ambra, hacía un rato que no la oía. Le había venido bien apartarse de ella unos minutos. Estaba muy enfadado, pero ahora, más tranquilo, pensaba que tal vez su reacción había sido excesiva. Todavía se sentía engañado, pero reconocía que en parte la culpa había sido suya.

Suspiró y se dio por vencido con el generador; no había logrado ponerlo en marcha. Había sido un descuido no haberlo comprobado mejor antes. Ladeó la cabeza y escuchó. No se oía nada arriba. Freja se quejó, preocupada.

—No hay peligro.

Mientras calmaba a la perra escuchó un zumbido apagado que procedía del exterior. Al principio no entendía qué podía ser. Sonaba como una moto, pero eso no era posible. ¿Sería el ruido de la tormenta?

Dejó las herramientas en la caja y se dirigió a la escalera.

—¿Ambra? —gritó.

No obtuvo respuesta. Freja olfateaba el aire. Algo no encajaba. El ambiente en la casa había cambiado, no podía explicarlo de otro modo. Subió la escalera con la potente linterna en la mano. La casa estaba en silencio y parecía vacía. Ambra no estaba sentada en el sofá ni junto al fuego. Tampoco en la cocina, a la luz de la lámpara de gas que había encendido.

El ruido del motor se hizo más audible. Procedía del exterior, era una de las motos de nieve, sin ninguna duda. Rugió al pasar. Tom corrió a la puerta principal, que en ese momento volvió a golpear por el viento. Empujó la manilla hacia abajo. ¿Qué se le habría ocurrido hacer ahora? El ruido de la moto se desvaneció. El viento entró con fuerza. No vio nada. Ambra y la moto de nieve habían desaparecido. No podía entenderlo. Debía saber que era una locura irse de ese modo. Regresó a la cocina y comprobó que, como se temía, faltaban las llaves de una de las motos.

La confusión y el enfado dejaron paso a la inquietud. ¿Había cometido Ambra la locura de irse así? Él se había enfadado, lo reconocía, pero ¿la había asustado hasta ese punto? Le costaba creerlo de ella. Era una mujer valiente. ¿No habría pensado que le iba a hacer daño? No, ni siquiera se le había pasado por la cabeza. Se había sentido herido y estúpido, pero eso fue todo. ¿Qué iba a hacer ahora? ¿Habría encontrado la carretera principal? ¿Intentaría llegar al hotel? Seguía nevando con la misma intensidad y la temperatura descendía a cada instante. Si no llegaba a su destino corría un grave peligro.

—¿Qué hacemos ahora?

Miró a Freja. La perra respondió gimoteando.

Cada vez más ansioso, fue a la cocina, cogió las llaves de la otra moto, siguió hasta la sala de estar y apagó todas las luces. El fuego de la chimenea ardía despacio y colocó una protección. Se calzó las botas, cogió una mochila, metió en su interior una manta de aluminio, una botella de agua, un cuchillo, un encendedor y una linterna. También puso cuerdas. ¿Debería quedarse en casa a esperar? ¿Y si le ocurría algo a ella? ¿Y si se salía de la carrera o chocaba?

Se puso lo más rápido que pudo un mono de moto de nieve, botas y guantes.

—Quédate aquí —le ordenó a Freja.

Casi voló de camino al garaje. Cada vez más preocupado, conectó la otra moto de nieve y se marchó. Tenía un mal presentimiento. Ambra era una chica de ciudad, era probable que no supiera con qué rapidez se podía quedar helada y lo peligroso que era. Lo fácilmente que el frío te hacía perder el conocimiento. Él sabía rastrear y conocía el terreno, pero si ella se salía de la carretera sería casi imposible encontrarla. Se fue alejando, intentando mantener una velocidad adecuada para poder ver sin perder tiempo.

Después de buscar durante una hora empezó a preocuparse de verdad. No sabía si habría llegado a Kiruna. Deseaba poder llamar al hotel y preguntar si estaba allí, pero en el bosque no había cobertura.

Se preguntó si debería volver a la casa e intentar llamar por teléfono o si sería mejor seguir buscando. Pero si volvía, contactaba con el hotel y le decían que Ambra no estaba allí, habría perdido un tiempo que podía ser decisivo. Podía ser cuestión de vida o muerte.

Condujo dibujando amplios círculos con la moto. Había transcurrido una hora y veinte minutos, la temperatura era de unos treinta grados bajo cero y el viento hacía que la sensación fuera peor aún. Paseó la mirada por la nieve.

Entonces vio la moto. Estaba de lado, como si hubiera chocado contra un árbol.

Aceleró en esa dirección y saltó de la moto. Ambra yacía junto a la moto accidentada, acurrucada de lado en posición fetal.

Se arrodilló a su lado. No parecía que hubiera caído con violencia. El casco la había protegido y no estaba en una posición forzada, pero nunca se sabía.

—¡Ambra! —gritó por encima del viento. Ella no reaccionó.

¿Estaba herida? Acercó una mejilla a su boca para comprobar si había aliento. Notó una leve respiración y el alivio casi le hizo gritar. Se quitó los guantes y palpó suavemente su muñeca, pero no le encontró el pulso. Cuando bajaba la presión arterial era donde primero desaparecía. Luego logró ponerle un dedo en la garganta y entonces sintió el pulso, débil pero regular.

—Ambra, ¿me oyes?

Ninguna respuesta. Le bajó la cremallera, atravesó toda la ropa y apoyó con fuerza un nudillo contra su esternón. No quería hacerle daño, pero si no se despertaba tendría que llevarla al hospital. No parecía haberse lastimado el cuello, el suelo estaba blando y no veía heridas, pero él no podía saberlo. Le presionó el esternón con el puño y comprobó que su rostro se transformaba en una mueca de dolor.

—Ay.

—Ambra —la llamó con un alivio indescriptible. Si respiraba y tenía pulso, no sería necesario hacerle una reanimación cardio-respiratoria, lo que habría sido una pesadilla con ese temporal—. ¿Sabes quién soy?

—Tom —respondió.

Después se quedó callada. Debía decidir entre llevarla al hospital o a la casa. El viaje al hospital era largo y arriesgado, ella hablaba con normalidad y sus pupilas habían reaccionado a la luz cuando encendió la linterna.

—Ambra —siguió mientras la cubría con la manta. Le dejó el casco puesto—. ¿Sabes dónde estás, lo que ha ocurrido?

—Deja de hablar —murmuró ella y él sonrió a pesar de la lamentable situación. Sonaba como ella era, así que todo estaba bien.

—Ahora te voy a llevar a casa.

Cuando la levantó estaba desfallecida. La subió con él en la moto y la puso en marcha, alejándose de allí.

Los minutos de regreso a la casa se le hicieron eternos. Ambra no se movió ni una sola vez entre sus brazos, pero él iba concentrado en lo que tenía por delante y en lo que haría cuando llegara a casa.

Condujo hasta la entrada, entró rápidamente en la casa y la tumbó delante de la chimenea, todavía envuelta en la manta.

La casa estaba oscura y fría, pero él tenía que guardar la moto antes que cualquier otra cosa, ya que era el único transporte del que disponían si la tormenta arreciaba. Y de todos modos era mejor que ella fuera calentándose poco a poco. De lo contrario, al estar tan fría corría el riesgo de que el corazón no lo pudiera soportar.

Tom estacionó la moto en el garaje y volvió todo lo rápido que pudo a la casa a través de la nieve. Ambra seguía donde él la había dejado, con Freja tumbada a su lado.

Se quitó los guantes, se sentó y le retiró el casco con cuidado.

—¿Estás despierta? —preguntó.

No respondió, así que le pellizcó un poco la mejilla.

—Basta —murmuró ella.

Él le pasó la mano por la frente en busca de heridas o contusiones. Nada. Vio que el tórax subía y bajaba despacio y sintió que el alivio se deslizaba por su pecho.

Pero el peligro no había pasado aún. No tenían luz ni agua caliente y existía el riesgo de que ella sufriera un colapso si no recibía la atención adecuada. No era la primera vez que Tom se encontraba en una situación como esta. Tenía que quitarle la ropa y secarle bien el cuerpo. Conseguir que entrara en calor, despacio y de forma controlada. Fue a por su cuchillo militar y empezó a cortarle la ropa, primero el buzo, después los vaqueros, desde los bajos del pantalón hasta la cintura, con cuidado de no rozar la piel. Seguro que ella se enfadaría luego por romperle la ropa. Casi lo deseaba, porque si se enfadaba significaba que estaba viva. Además, era imposible quitarle los pantalones mojados de otro modo.

Consiguió deshacerse de ellos. No logró quitarle los zapatos, así que tuvo que cortarlos también antes de sacarle los calcetines con mucho cuidado. Después le cortó el jersey. Llevaba también una camiseta interior que corrió la misma suerte. Sin pensarlo siquiera le quitó las bragas y el sujetador, evitando mirarla, le echó una manta por encima y empezó a buscar en sus manos y pies heridas producidas por el frío. Era difícil asegurarlo, pero no apreció que ningún tejido estuviera seriamente dañado. Tenía unas marcas que se convertirían en grandes moretones, pero al parecer no se había fracturado nada, y el pecho seguía elevándose.

Acercó otra manta y siguió buscando alguna lesión, inflamación o un signo que indicara un daño interno. Daba la impresión de estar ilesa, pero no se atrevía a asegurarlo.

La secó, la tumbó y la tapó bien antes de reavivar el fuego. Cuando empezó a arder, fue a buscar unas almohadas y colocó una debajo de su cabeza. Ya no estaba tan pálida y Tom se atrevió a perderla de vista un momento para cambiarse de ropa, y ponerse una camiseta y unos pantalones secos.

Ella seguía sin moverse, pero tenía mejor aspecto y su pecho se movía acompasado. También comprobó que el pulso era más firme. Buscó una linterna y un termómetro. Hirvió agua y le preparó una taza de té con azúcar. Regresó a la sala de estar y le volvió a tomar el pulso. Empezaba a recuperar el color en el rostro.

—Ambra, abre los ojos —le pidió. Sus párpados temblaron y las pupilas se contrajeron cuando las iluminó con la linterna—. ¿Cómo te encuentras?

—Tengo frío. Odio tener frío.

—Voy a ponerte el termómetro —dijo él, y se lo acercó al oído. Comprobó la temperatura cuando oyó la señal. Treinta y cuatro grados—. ¿Sabes dónde estás?

—Me lo imagino —murmuró.

Sonaba un poco confundida, como si se acabara de despertar, pero no tenía alucinaciones.

Él dio una vuelta por la casa, encendió todas las velas y faroles que encontró y se los llevó a la habitación. Pensó que debía dejarla allí, ya que hacía calor. Bajó dos gruesos colchones de la planta superior y los colocó uno al lado del otro. Preparó las camas delante del fuego.

—Voy a levantarte.

—Ja, ja, ja —murmuró ella.

La levantó y la tumbó encima de uno de los colchones. Parecía muy pequeña y apenas pesaba en sus brazos.

Todavía preocupado, miró a la mujer que podía haber muerto en el bosque. ¿Debería llamar a alguien? ¿Qué iba a decir en caso de hacerlo? ¿Que había asustado a Ambra hasta el punto de llevarla a arriesgar la vida? Miró el teléfono. No había cobertura por la tormenta de nieve, así que eso resolvió el asunto.

Le tocó la frente. Todavía estaba fría, así que volvió a tomarle la temperatura y comprobó que estaba subiendo. Se sentó a su lado. Debería tomar algo de líquido.

—Ambra, te tienes que despertar.

—¿Por qué?

Sonaba amodorrada y un poco molesta. Le levantó la cabeza y le puso una almohada debajo.

—Abre la boca —pidió, y cuando ella obedeció y la abrió muy despacio, le dio media cucharada de té—. Tres de estas y podrás dormir, ¿de acuerdo?

Ella suspiró, pero abrió la boca y le dejó hacer.

—Tengo que descansar —dijo en voz baja y volvió a dormirse.

Tom miró a Freja, que movía la cola de mala gana. Él se tumbó con mucho cuidado al lado de Ambra, pero ella no reaccionó. Le tocó la frente y las manos. Estaba un poco menos fría. Tiró de la manta que la cubría. Estaba muy quieta. Freja le dirigió una mirada triste antes de apoyar la cabeza en las patas delanteras.

—Todo irá bien —le prometió a la perra.

En realidad, la mejor fuente de calor era el contacto piel con piel, pero se conformó con meterse debajo de la manta con una sábana entre los dos. La notó más caliente y se acercó un poco a ella.

—Tengo mucho miedo —murmuró Ambra de repente. Su voz era débil y seguía con los ojos cerrados, así que él no sabía si estaba consciente, ni si sabía dónde estaba y lo que decía. Ella arrugó la frente y sollozó, angustiada—. No digas nada, por favor.

—Ambra, tranquila —dijo él en voz baja.

Le preocupaba el miedo que había percibido en su voz. ¿Lo había provocado él?

Ella sacudió la cabeza, pero no dijo nada más. Tras un momento de duda, él le tomó la mano y se la sostuvo mientras escuchaba su respiración. No era del todo estable, pero al menos parecía que estaba dormida, no inconsciente. Era tan pequeña a su lado, casi no emitía calor.

—Perdóname —musitó ella un momento después con voz angustiada—. He sido una estúpida, lo sé, perdóname, por favor.

—No pasa nada, Ambra —la tranquilizó él acariciándole la mano.

—Pero no le digas nada a Tom, me da mucho miedo —susurró Ambra.

—No pasa nada —repitió él una y otra vez.

Toda su vida se había esforzado en ayudar a las personas. Y, como soldado, consideraba que era su deber proteger a las mujeres y a los niños en especial. Exponer a Ambra a todo esto... Se sentía destrozado, ruin. Ella había estado bajo su techo y había huido por el temor que él le producía. Porque la había asustado. Era como si hubiera dejado a un lado todas las cosas en las que creía, todos sus ideales.

Un rato después ella se movió y se giró con un gemido, dándole la espalda. Tom esperó con la respiración contenida, pero ella había vuelto a dormirse. No quería dejarla y su presencia parecía calmarla, así que se tumbó en el colchón que había colocado al lado. Apo-

yó la mano en su hombro delgado. Respiraba tranquila, sin pesadillas ni preocupaciones. Pero él no quería dejarla, así que se cubrió
con una manta y se quedó tumbado junto a ella. Si ocurría algo, si
tenía miedo o le dolía algo, él lo notaría enseguida. La leña crepitaba al arder. Freja se acercó y se tumbó a sus pies y así se quedaron
los tres hasta que él también se durmió.

36

Ambra se despertó poco a poco, con una terrible sensación. Algo iba mal, lo había presentido mucho antes de despertarse del todo, antes incluso de abrir los ojos. Le habría gustado seguir durmiendo, no quería enfrentarse a lo que la asustaba.

¿Era una adulta o era una niña?

Esa era una de sus pesadillas recurrentes, que todavía era una niña acogida y estaba bajo la autoridad de alguien. Pero no, ya no vivía con la familia Sventin ni con nadie. Era adulta, tenía una casa propia y un trabajo real desde hacía muchos años.

Entonces ¿por qué tenía tanto miedo? ¿Había tenido una pesadilla o había ocurrido algo? ¿Estaba enferma?

Había ocurrido algo, lo notaba, algo en lo que no quería pensar. Pasó un frío terrible la noche anterior; debió olvidar cerrar la ventana. Y ahora se sentía casi como drogada. ¿Tenía resaca?

Abrió los ojos a regañadientes. De todos modos, ya no podría volver a conciliar el sueño.

Enseguida se dio cuenta de que no estaba en casa. La habitación estaba a oscuras, pero no era su casa. ¿Dónde se encontraba? Se sentía desorientada, ¿cómo era posible que no supiera dónde estaba?

Intentó parpadear para espabilarse y quitarse esa especie de arenilla de los ojos, pero le resultaba demasiado agotador. Y no lograba que le funcionara el cerebro. Se dio por vencida, volvió a cerrar los ojos y sintió que iba desapareciendo poco a poco. Qué agradable.

—¿Ambra? ¿Cómo estás?

Alguien le tocó la frente, obligándola a volver. Alguien que hablaba en voz baja y con tono preocupado.

—Llevas veinte horas durmiendo. ¿Estás despierta? Tienes que beber un poco más.

Ella solo quería dormir, estaba agotada.

—Ambra.

Alguien la sacudió, no con fuerza, sino con decisión.

—Tienes que ingerir líquido.

—Estoy muy cansada —susurró ella.

Su voz parecía más bien un graznido.

—Te ayudaré a levantarte.

—¿Tom? —preguntó confusa.

¿Qué hacía Tom ahí? ¿No estaba en Kiruna? Un momento. Ella estaba en Kiruna. ¿O solo lo había soñado?

—No te duermas otra vez. Vamos, yo te ayudaré.

La cogió del brazo y la ayudó a sentarse apoyada en las almohadas. Ella estaba tan débil que se dejó caer, pero pronto la sed se convirtió en su principal sensación. Tenía la boca tan seca que apenas podía tragar.

—Bebe esto. Poco a poco.

Tom le ofreció una taza de té. Ella hizo una mueca cuando lo probó, estaba demasiado dulce.

—Bebe. —Se bebió la mitad antes de que él retirara la taza—. Te daré más dentro de un minuto.

Ella se relamió los labios resecos.

—¿Qué ha ocurrido?

—¿Sabes dónde estás? —preguntó con gesto serio.

—En tu casa —respondió después de mirar a su alrededor.

Pero seguía sin entender qué hacía tumbada en el suelo de la sala de estar. ¿Se había desmayado? No recordaba nada.

—Cogiste una moto de nieve y te marchaste. Te encontré en el bosque en el último momento. Habías chocado y estabas en la nieve, helada e inconsciente.

Las palabras eran difíciles de descifrar, le costaba encontrar alguna lógica en ellas. Ambra se estiró para coger la taza y él se la alcanzó.

—Después te daré sopa.

Bebió más té. Tom hablaba despacio, pero aun así no conseguía seguirlo del todo. Santo cielo, cómo le dolía la cabeza. Era como si llevara una correa de hierro alrededor de la cabeza. Y también le dolía el cuerpo.

Se movió y se dio cuenta de que estaba desnuda. ¿Habían mantenido relaciones sexuales? No se acordaba, lo que sí recordaba era que estaba asustada, muerta de miedo. Levantó la manta.

—¿Por qué no llevo ropa? ¿Qué ocurrió? ¿Hicimos... algo?

—No ocurrió nada. —Tom negó con la cabeza—. Te doy mi palabra. Nada de eso. Discutimos, me enfadé. Después tú te fuiste en la moto, ¿no lo recuerdas?

Ella hizo memoria. La moto. La nieve. Sí, lo recordaba vagamente. Miró hacia la ventana. Tormenta de nieve. Se acordó.

—Desapareciste —siguió Tom—. Fui a buscarte y te encontré, habías chocado contra un árbol. Te traje aquí otra vez. Tenías todo el cuerpo mojado, así que tuve que quitarte la ropa. Te juro que no ha ocurrido nada —repitió.

Ella le creyó. Se movió un poco y la sábana le rozó las nalgas y el pecho, por lo que dedujo que no llevaba nada de ropa. Quizá debería centrarse en otra cosa, pero ¿le había quitado él la ropa? ¿Toda? Se aclaró la voz.

—Sigo teniendo sed.

Él asintió y fue a la cocina. Mientras él trajinaba por allí, ella se incorporó muy despacio y se subió la manta hasta los hombros. Freja estaba tumbada con la cabeza sobre las patas y la miraba.

—Hola —la saludó Ambra.

La perra se levantó, se acercó a ella y dejó que le rascara debajo del mentón.

Cuando Tom volvió, el cerebro de Ambra había empezado a funcionar de forma aceptable.

—Compensación de líquido —dijo.

Ella cogió el vaso y bebió pequeños sorbos mientras lo miraba por encima del borde de cristal.

—Me asustaste.

Había recordado de pronto el cambio de actitud de Tom.

Él suspiró.

—Y tú me diste un susto de muerte. Cuando te encontré allí fuera...

—Tenía miedo —se excusó ella.

Él parecía muy sorprendido.

—Pero ¿por qué? —preguntó.

—Te enfadaste mucho.

—Sí, me enfadé, pero no creerías que yo iba a... que iba a hacerte daño, ¿verdad?

—Tengo problemas con eso —suspiró ella—. Está en mi interior, lo sé, pero me asusté tanto que... no sé, no podía pensar, solo me quería ir.

Eran viejos sentimientos, lo habría sabido si hubiera utilizado el sentido común. No soportaba sentirse impotente. La razón no ayudaba siempre en esos casos. Estaba aterrada y entró en pánico.

—Me estabas espiando. Llamaste a Isobel, tengo derecho a enfadarme.

—Sí.

Él estaba muy serio, resuelto y, bueno, todavía asustaba un poco, pero había arriesgado su vida para salvarla y ya no le temía.

—¿Dónde está mi ropa?

—La ropa no se salvó.

La miró con gesto de disculpa.

—¿Ni siquiera la ropa interior?

Él negó con la cabeza.

—Lo siento— dijo.

Ambra miró hacia otro lado, sin poder evitar sonrojarse. Ese hombre le había quitado la ropa, la había dejado desnuda mientras ella permanecía inconsciente. Le llevaría un tiempo asimilarlo.

—No ha vuelto la corriente eléctrica. He calentado agua en la cocina de gas. Hay lámparas encendidas en el cuarto de baño. Te puedes lavar si quieres. Te he dejado un cepillo de dientes. Y puedes ponerte esto —dijo, ofreciéndole un forro polar, un jersey de lana y un par de calcetines.

Todo suyo, por supuesto, y unas diez tallas más grande que la suya excepto los calcetines tal vez.

«Al menos no ha incluido unos calzoncillos», pensó. No habría podido soportar la vergüenza. Cogió las prendas.

—¿Cómo pudiste quitarme la ropa?

—Estaba mojada y tú completamente helada. Había que darse prisa y la corté.

Por supuesto. Ella se tambaleó al levantarse. Tom fue hacia ella como un cohete y la sujetó por la cintura.

—Yo te llevaré.

Ambra sujetaba con fuerza la ropa y la manta para que no se le cayera.

—Por favor, quiero ir sola. Tengo que orinar tranquila. No necesito que me lleven.

Tom parecía a punto de protestar.

Ella dio un paso. La cabeza le daba vueltas, pero funcionó. Dio otro paso, y otro. Lo conseguiría.

—Entiendo que quieras privacidad, pero no cierres con llave —ordenó él a sus espaldas.

—Señor, sí señor —refunfuñó ella.

Pero estaba realmente mareada y muy débil, así que decidió que Tom tenía razón. Se daría prisa en vestirse. Si se caía en el inodoro y él tenía que salvarla de nuevo, al menos quería estar vestida.

Se lavó lo más rápido que pudo, se vistió y se cepilló los dientes. El jersey y los pantalones que le había dado eran suaves y enormes, tuvo que doblarse las mangas varias veces y los bajos le arrastraban por el suelo por más que los recogía, pero eran agradables y se sentía mucho mejor ahora que iba vestida. Su cinturón había resistido, y cuando se lo ajustó a la cintura logró que los pantalones se mantuvieran en su sitio. Se puso los gruesos calcetines y el jersey que le llegaba casi hasta las rodillas, pero ahora se sentía un poco más como un ser humano.

—No tenemos ni luz ni cobertura, y la tormenta durará por lo menos otra noche más —le dijo Tom cuando salió del cuarto de baño—. Pero tenemos leña y comida suficiente para un par de semanas, así que nos las arreglaremos bien. Y tengo una de las motos.

No le pasó por alto el gesto de disculpa de Ambra.

—No es ninguna crítica, solo estoy pensando en voz alta. Si

sigue nevando tendremos que utilizar la moto para salir de aquí. Tú tendrás que quedarte esta noche, por supuesto.

Ella asintió. Le rugían las tripas.

—He preparado algo sencillo de comida. Solo tengo un hornillo. Bocadillos y sopa, ¿te parece bien? —le preguntó.

Estaba hambrienta. Devoró la comida, el café y las galletas con queso y mantequilla que Tom le ofreció.

—Está bueno —dijo ella.

—¿Cómo te encuentras?

—Mucho mejor.

Todavía estaba débil, pero para haber estado a punto de morir en una tormenta de nieve estaba asombrosamente bien.

—No tienes ninguna lesión por el frío, pero hay que controlar la fiebre.

—Sí, doctor —respondió.

Él no sonrió.

—Si te sientas ahí afuera, iré enseguida. Tenemos que hablar.

Tom fue a por más café. Ambra se subió con dificultad al sofá e intentó no pensar en que habían estado sentados allí charlando hacía muy poco, menos de un día.

—¿Por qué estás tan interesada en todo esto? —preguntó él sin más preámbulos.

Ella no tenía ninguna buena respuesta, aparte de que tenía tendencia a desconfiar de las personas y de que a menudo tenía razones para hacerlo.

—Creo que soy curiosa de nacimiento —fue todo lo que dijo.

Él dejó la taza.

—Voy a mostrarte algo —dijo.

Salió de la habitación y regresó poco después con un montón de fotos que puso encima de la mesa.

—Esto es lo que viste. Te lo contaré todo y contestaré a tus preguntas, pero tienes que jurar que quedará entre nosotros.

Ambra rodeó la taza de café con las manos y asintió con gesto serio.

—Lo juro.

Tom empezó a colocar las fotos sobre la mesa. Fotos del desierto, algunas oscuras, otras borrosas. Arena, humo, armas. Ella las miró y él empezó su relato.

—Después de dejar el ejército...

—¿Cuándo? —le interrumpió.

Él sacudió la cabeza.

—Hace muchos años. Me pasé al sector privado, conseguí trabajo en una empresa británica de seguridad. Trabajé varios años en el extranjero.

—¿Dónde?

Él dudó.

—Vamos, Tom.

Ambra lo vio luchar consigo mismo, hasta que por fin cedió, concediéndole un pequeño triunfo.

—Irak, Afganistán, países de ese tipo. Distintos lugares en África. Pero después de unos años sentí que quería dejar lo de las guerras. Estaba muy bien pagado, pero era muy duro y yo quería volver a casa.

«Con Ellinor», pensó ella, completando la frase.

—Empecé a trabajar en Suecia —prosiguió él.

—¿En Lodestar?

—Sí.

—¿Has hecho cosas ilegales?

Era una pregunta casi grosera, pero ya la había formulado.

Él se miró las manos. Ambra esperó.

—Lo correcto y lo incorrecto no siempre está claro en esos países —explicó despacio—. No en el trabajo que yo hago. Tengo mi propio código moral que intento seguir.

—¿En serio?

Ambra no pudo evitar ser escéptica; la experiencia le decía que los códigos morales propios rara vez funcionan.

—Entiendo cómo suena, pero para mí es un modo de intentar defender lo que hice. Los últimos años hubo una gran cantidad de trabajos de rutina y administrativos, no tanto servicio activo. Pero luego secuestraron a una mujer en el Chad.

—¿Isobel de la Grip?

—Sí, es una experta médica de campo. Se dirigía a un hospital infantil cuando la detuvieron unos delincuentes locales. Su novio, Alexander de la Grip, con quien está casada en la actualidad, se puso en contacto con David Hammar, y este me llamó para pedirme consejo. Nadie sabía lo que le había ocurrido a ella, ni siquiera sabíamos si seguía viva. Así que decidimos ir al Chad a buscarla.

—Suena como una mala película.

—Muchas cosas de este sector lo son. Pero conseguimos localizar el lugar en el que la tenían retenida. Era en una aldea en medio del desierto.

Señaló una de las fotografías que mostraban una aldea a lo lejos. Ella la estudió y siguió con el resto de las fotos. Él no estaba solo. Había una foto borrosa de Alexander de la Grip y varias más de otros hombres inclinados sobre mapas, todos armados y con ropa militar. Hombres despiadados. También había una foto de Tom. Llevaba gafas de sol, la barba corta, tenía polvo en la cara y estaba serio. Era una foto borrosa, pero era él. No pudo evitar tocarla.

—Contraté a soldados independientes, planeamos un ataque y la liberamos —explicó de forma escueta—. Y después mi helicóptero se estrelló.

—Pero atacasteis una aldea, ¿no?

—Era donde la tenían. No sabíamos si la estaban torturando.

—¿Murieron civiles?

—He revisado toda la información de la operación y he leído los informes de quienes participaron. A mi juicio no hubo bajas civiles. Estaba oscuro y se produjeron varios enfrentamientos, pero yo trabajo con profesionales, no con psicópatas; todo terminó en unos minutos.

—Pero murió gente.

—Gente no, soldados. Es distinto. Según el informe, mis hombres abatieron a dos, quizá a tres de los secuestradores. Tal vez hirieron a gente que murió después, nunca lo sabremos. Esos eran los documentos que viste. Y si me preguntas si he matado a gente, sí, pero no en el Chad.

Ambra sacudió la cabeza, no quería oír más.

Él se acomodó en el sofá y la miró.

—Ahora soy yo el que quiere preguntarte un par de cosas.

—De acuerdo.

Intentó quedarse quieta bajo esa profunda mirada.

—¿Este es el motivo de que hayas vuelto a Kiruna? ¿Para buscar información sobre mí? ¿Sobre lo que ocurrió?

Formuló la pregunta observándola con atención, mientras pasaba la mano sobre las fotos que había en la mesa. Estaba claro que ella no era la única que desconfiaba. Había herido a ese hombre imperturbable.

—Vine a investigar a mi exfamilia de acogida, para intentar hablar con una asistente social, a la que creo que molesté bastante.

Él no parecía creerla.

—Ni siquiera estaba segura de que nos fuéramos a encontrar aquí, como tal vez recuerdes —añadió.

—¿Por qué llamaste a Isobel? ¿Por qué no me preguntaste a mí?

—No sabía cómo ibas a reaccionar. Pensaba que te enfadarías, no sé de dónde lo habré sacado.

—Bueno, lo lamento.

—Y yo lamento haber curioseado y luego haber reaccionado de un modo tan exagerado. Lo siento. Pero he venido para saber más acerca de mi pasado, no del tuyo. Te lo prometo.

—¿Cómo diablos te pudiste ir de ese modo, en medio del frío? Podías haber muerto.

—Pero tú me salvaste. —Intentó ahogar un bostezo. Estaba agotada—. Creo que necesito descansar un poco más.

—Si te preparas, yo me encargaré de la cama.

—¿Arriba?

—No, en la planta superior hace mucho frío. Tendrás que seguir aquí abajo.

Él recogió las tazas y fue a la cocina. Ambra miró las fotos. Cogió su móvil, que milagrosamente tenía un cuatro por ciento de batería, activó la cámara y tomó una instantánea de la foto de Tom. Se veía parte de las otras fotos, pero esta era para su uso personal, quería tener una imagen suya. Después arrastró los pies hasta el baño, se volvió a cepillar los dientes y usó el inodoro. Cuando salió, él le había preparado la cama y estaba sentado delante del fuego, de espaldas a ella. Se quitó los pantalones, el jersey y los calcetines. Conservó la camiseta, que era tan larga como un camisón, se tumbó y se subió la manta hasta la barbilla.

Lo último que oyó antes de dormirse fue «que descanses».

Cuando se volvió a despertar estaba bastante más espabilada. El fuego se había apagado y en la chimenea solo quedaba una alfombra de ceniza y carbón brillante. La habitación estaba a oscuras y parecía medianoche. Oyó un largo ronquido y cuando volvió la cabeza se sorprendió al ver a Tom durmiendo en el colchón de al lado. Se dio la vuelta, apoyó la cabeza en la palma de la mano y le observó.

Dormía en camiseta, con una manta de viaje por encima. Estiró el brazo y le pasó la mano por la frente, como él había hecho antes con ella. Tom emitió un leve ronquido, pero no se despertó. Se había destapado, así que estiró la manta con mucho cuidado para cubrirlo. Después le puso la mano en el pecho y percibió su respiración bajo la palma. Él le había salvado la vida, la había llevado entre sus brazos y había cuidado de ella. Ese hombre era fascinante. Tom tenía la cabeza caliente, aunque hacía frío en la casa. Ella tenía helada la punta de la nariz, así que se acercó más. Para ser un soldado de élite tenía el sueño muy profundo. Se pegó más a él y descubrió algo interesante.

Tom estaba empalmado. Lo percibía a través de la manta. Al instante, notó la mano de él en la cadera.

—¿Qué estás haciendo? —preguntó con voz ronca, volviendo el rostro hacia ella.

—¿Estás despierto?

No le gustaba flirtear, pero en ese momento lo hizo, a la vez que la sangre se redistribuía por su cuerpo, apresurándose hacia sus zonas erógenas. Todo su ser lo reclamaba.

—Creo que sí. ¿Cómo estás? ¿Qué haces? —preguntó de forma entrecortada e incoherente.

Él se había vuelto y sus cuerpos se rozaban. Cada vez que Ambra respiraba sus pechos rozaban el de Tom. Se le endurecieron los pezones. Se humedeció los labios sin dejar de mirarle. Tom la observó, desconcertado. Ambra no lo había visto nunca así. Ella siguió acercándose y le puso la mano en la cadera. Él tragó saliva y fue a su encuentro, despacio, vacilante, hasta que sus labios se rozaron. Ambra deslizó con suavidad la boca por encima de la de él, que permaneció inmóvil. Dudó si continuar, pero puso una mano en su mejilla, abrió los labios y él la imitó, recibiéndola cuando ella deslizó la lengua hasta el interior. Puso una mano en el cuello de Ambra y le correspondió con un beso firme y ávido, sin rastro de duda ni inseguridad; todo lo contrario, fue como una explosión contenida que la hizo gemir. Notó su lengua exigente y poderosa.

Beso tras beso, como si todos los sentimientos que bullían dentro de ellos pudieran salir por fin, libres. Ella le arañó la camiseta, necesitaba sentir su piel. Él la agarró por la cintura y la atrajo hacia él con firmeza, después le tiró de la camisola, comentando algo acerca de la mucha ropa que llevaba, y por fin coló las manos por debajo. Ambra acercó la cara y jadeó junto a su cuello cuando él le pasó la palma de la mano por los pechos y la dejó allí, caliente y áspera.

—Quiero mirarte —le pidió con voz ronca.

Ella tragó saliva. Resistiendo el deseo de cubrirse, subió los brazos y le ayudó a quitársela por la cabeza. Él la tiró a un lado y la devoró con la mirada. Ambra temblaba. Le acarició los pechos mientras sus ojos brillaban, negros como el carbón a la tenue luz de la chimenea. El tamaño de sus senos siempre la habían hecho sentirse poco femenina, pero las manos salvajes de Tom, sus besos hambrientos y sus firmes muestras de aprecio hacían que se creyera atractiva, sexy. Ambra se estremeció.

—¿Tienes frío? —preguntó él.

Asintió con la cabeza, aunque el escalofrío se debía sobre todo a lo que estaba pasando entre ellos. Él cogió una manta de piel y se la puso por encima.

—¿Mejor?

Ella volvió a asentir. Él la rodeó con su cuerpo, metiéndole las rodillas entre las piernas.

—Quítate la camiseta tú también —pidió ella sin dejar de mirarlo.

Él obedeció. Ella le miró el pecho con ojos hambrientos. Lo había visto antes en la sauna, pero así, bajo el brillo de las brasas y tan cerca, era imponente. Musculoso, con un poco de vello negro en el tórax y una línea delgada en el estómago. Heridas de batallas. Habría dado cualquier cosa por verlo sin barba. Pero también desprendía una enorme sensualidad con ese aspecto, más salvaje que manso.

Él describió con su dedo índice un camino invisible desde la clavícula hasta los pechos y trazó un círculo alrededor de uno de sus pezones; ella cerró los ojos y se entregó a la sensación de sentirse deseada. Luego se inclinó y cerró sus labios alrededor del otro pezón. Aquello era delicioso. Después le acarició el vientre, las caderas, los muslos. Impaciente, Ambra se movió en busca de esa mano grande y lenta, la quería tener... ahí.

Él ahuecó la mano y exploró despacio sus zonas más íntimas mientras la miraba a los ojos. Ella no llevaba las ingles y el pubis depilados, ahí abajo estaba como en los años ochenta, pero no importaba; no creía que Tom fuera el tipo de hombre que reparara en eso. La acarició y la besó hasta que ella, sollozando, se apretó contra su mano, su boca, su lengua.

—Ambra —murmuró él una y otra vez sobre su boca.

Ella le tiró del pantalón, lo deseaba tanto... De repente la soltó, se apartó de ella.

¿Qué estaba haciendo? Ambra le lanzó una mirada de advertencia. «No se te ocurra dejarme así.»

Tom esbozó una sonrisa forzada.

—¿Tomas la píldora? —preguntó.

Ella negó con la cabeza. Hacía tiempo que no tenía una vida sexual activa, por decirlo de alguna forma. Pero ¿él tendría...?

—No tengo protección aquí —añadió, disgustado.

—¿Ninguna? —Se incorporó sobre los codos pensando que no lo decía en serio—. Aquí tienes de todo. Prácticamente podríamos sobrevivir al apocalipsis.

—Sin ninguna duda —asintió—. Pero no hay condones. Lo siento.

Ella volvió a dejarse caer sobre el colchón. Debía tener cuidado. No quería arriesgarse. No estaba dispuesta a quedarse embarazada por error, el mundo no necesitaba más niños no deseados con padres desastrosos.

Tom se inclinó sobre ella.

—Pero puedo seguir con esto.

Volvió a acariciarle el vientre, ahuecando de nuevo la mano y centrándose en su objetivo con determinación. Ahí no había torpeza ni inseguridad, solo un hombre que sabía cómo complacer a una mujer. Ambra separó las piernas y las subió un poco.

—Eres tan bonita —susurró.

Era como si él interpretara sus reacciones y pudiera descifrar sus sonidos. Esas manos y esos dedos, esas palabras que eran como magia. Los labios de Tom sobre su boca, sus besos, sus caricias... Sus dedos dentro de ella, cautelosos al principio y luego no tanto, ese ritmo que se adaptaba a su cuerpo como ningún otro lo había hecho.

—Tom —jadeó, y él siguió y siguió.

Oh, Dios, él sabía cómo hacerlo. Aumentó el ritmo, al tiempo que ella se movía adelante y atrás, imaginando que la penetraba, le empujaba, disfrutaba con ella, y entonces sintió llegar un orgasmo largo y placentero, el más intenso que había tenido nunca, en largas oleadas que le hicieron perder la noción del tiempo y del espacio mientras tensaba todo el cuerpo y se apretaba contra él.

—Dios —fue todo lo que pudo decir.

Él mantuvo la palma de la mano encima de su cuerpo y presionaba con la muñeca con mucho cuidado mientras ella volvía en sí.

Ambra no podía pensar, intentaba recuperar el aliento.

Se inclinó sobre ella, la besó con ternura, se tumbó de espaldas a su lado y la atrajo hacia él. Ella se apoyó en su pecho cálido y desnudo, cerró los ojos con la mejilla encima de su corazón y descansó mientras los efectos del orgasmo desaparecían lentamente. Se le escapó un suspiro.

—¿Agradable? —susurró él.

Ella asintió contra su pecho. No podía hablar y apenas pensar. Qué experiencia. Levantó una mano y le acarició con languidez el vello negro del pecho. Le rozó uno de los pezones y lo oyó respirar de forma entrecortada.

Mmm, eso era. Él no estaba satisfecho todavía. Le gustó verlo así, cargado de tensión. En cambio, ella estaba relajada. Como si estuviera jugando, deslizó los dedos por su piel y le acarició la parte baja del vientre. Notó en la mejilla que la respiración de él se aceleraba. Ambra levantó un codo y dejó que su mano se deslizara por encima de sus pantalones. Tom contuvo la respiración.

—Estás muy excitado —susurró ella sin dejar de acariciarlo por encima de la tela.

—No es necesario que lo hagas —dijo él con voz ahogada.

Pero Ambra quería.

—Quítate los pantalones —murmuró.

Él obedeció y se quitó también la ropa interior y los calcetines en un movimiento rápido. Tenía el pene grande y duro. Realmente bonito. Una línea fina de vello oscuro, y un poco más en la base. Tembló mientras ella le observaba. Quería extender la mano, acariciar su suave y cálida piel, rodearle el escroto con mucho cuidado. No todos los hombres conservaban el atractivo una vez desnudos, pero Tom era un ejemplar perfecto, fantástico.

—Muéstrame cómo te gusta —le pidió. Él vaciló—. Muéstramelo —repitió.

Cogió su mano y la llevó hacia abajo, instándole a que se acariciara. Ambra apoyó su mano sobre la de él y siguió sus movimientos.

—Ambra —gimió él con voz ahogada.

—Sí, continúa.

Ella puso una pierna sobre la suya. Notaba el vello áspero en su pantorrilla mientras hacía presión con el muslo en la pierna. Tom gimió de nuevo, pero hizo lo que ella le pedía y siguió moviendo la mano arriba y abajo hasta que Ambra se hizo cargo.

Tenía el miembro caliente, casi ardiendo, la parte dura estaba suave y ella deslizó su mano con la misma decisión e intensidad que lo había hecho él. Tom cerró los ojos, la abrazó con fuerza con una mano y con la otra estrujó la sábana. Pegada a él, Ambra siguió acariciándole. Le gustaba eso, y sentía una satisfacción sexual primitiva haciendo que ese hombre, fuerte y capaz, dependiera de ella aunque solo fuera durante un momento.

—Oh, Dios —gimió él, pero ella siguió.

Cada vez estaba más rígido, más duro, hasta que llegó al orgasmo y se corrió en la mano de Ambra, sobre su propio vientre, entre espasmos fuertes y calientes.

—Oh, Dios —repitió con voz temblorosa.

La sujetaba con tanta fuerza que casi no podía respirar.

—Tom, me estás aplastando —jadeó, y él la soltó al instante.

—Lo siento. Oh, Dios. Espera, no puedo... —dijo él tomando aliento.

El tórax recuperó su ritmo normal y se puso un brazo encima de los ojos. Cuando Ambra volvió a apoyar la cabeza sobre su pecho, oyó los fuertes latidos de su corazón. Sonrió. La mano de Tom subió por encima de las nalgas y la espalda de Ambra hasta llegar al cuello y entonces la volvió hacia él y la besó intensamente. Ella sonrió de nuevo junto a su boca y después le besó la piel.

—Ten cuidado, te vas a manchar —dijo—. Espera aquí.

Él se soltó de sus brazos y desapareció. Ambra oyó el chapoteo del agua, sonidos seguros, y después Tom volvió a la cama y se acostó a su lado. Ella se acercó más. Olía a jabón y a pasta de dientes y estaba un poco mojado, como si se hubiera secado mal.

—Estás frío —protestó ella.

Pero volvieron a besarse sin decir nada más.

Tal vez no les quedaban palabras, o tal vez no las necesitaban en ese momento. Ella se acurrucó en sus brazos y permanecieron en silencio, pensativos, mientras el fuego se iba apagando.

37

Tom sintió el sol en la cara cuando se despertó de nuevo. El pálido sol de Norrland bañaba la sala de estar. La tormenta había pasado. Se apoyó en los codos y se incorporó. Ambra yacía a su lado, con el pelo oscuro enredado en la almohada. Dormía profundamente, e incluso dormida se notaba cierta excitación en ella, pero ya no estaba tan demacrada y durante la noche había demostrado estar recuperada del todo.

Observó su bonito perfil. Lo que había ocurrido entre ellos era increíble. Ella era increíble. Audaz, salvaje, sexy. Se excitaba con solo recordar lo que habían hecho, lo que ella le hizo, cómo le acarició hasta que tuvo un orgasmo impresionante. Se inclinó hacia delante, la besó en el hombro y aspiró su aroma.

Salió con mucho cuidado de debajo de las mantas. Ambra seguía durmiendo, pero Freja movía la cola expectante, así que fue a la cocina y llenó el comedero. Se quedó de pie, pensativo, mientras veía cómo la perra devoraba la comida. Aparte de resultar excitante y una especie de fantasía sexual, ¿qué había ocurrido realmente entre ellos?

Se había despertado con una sensación agradable en el cuerpo, pero cuanto más se espabilaba, más complicado lo veía.

Era una de las experiencias sexuales más intensas que había tenido, pero ¿qué significaba eso? El sexo complicaba las cosas, sin ninguna duda. Por no hablar de que las cosas se veían de forma muy distinta de día que de noche. Estaba oscuro, no había luz y estaban muy próximos el uno del otro, aislados del resto del mundo. Así era como él lo percibía. Como si lo que hicieron durante la noche no tuviera relación con ningún otro momento. Además, él acababa de salvarle la vida. Las circunstancias eran muy especiales entre ellos.

Se pasó la mano por el pelo mientras miraba por la ventana. Hacía unas horas le pareció buena idea lanzarse sobre Ambra, la mejor que había tenido en mucho tiempo.

Ahora no sabía qué opinar ni qué pensar sobre su propio comportamiento.

Abrió el grifo y llenó la jarra. La corriente eléctrica había vuelto durante la noche y preparó la cafetera. Afuera la nieve llegaba hasta el alféizar de la ventana, así que para ir a algún sitio tendrían que hacerlo en la moto de nieve. Pensó que no estaría mal ignorar todo lo que sucedía al otro lado de los muros de la casa, quedarse dentro, rodeado de nieve, y regresar con la mujer de las manos hábiles. Pero no era una solución a largo plazo y además a él le vendría bien trabajar un poco.

Se dirigió a la entrada. Freja le siguió, saltando entusiasmada mientras él se ponía el abrigo. Con mucho esfuerzo, Tom logró empujar la puerta principal y quitar la nieve para poder llegar al garaje. Freja ladró como una loca, se hundió en la nieve blanda y volvió corriendo a la casa tan pronto como Tom terminó y vio que se dirigía hacia la entrada.

Puso la cafetera, esperó a oír el ruido del vapor, sirvió dos tazas y regresó a la sala de estar. Le pareció oír que Ambra se movía. Ella se había puesto el jersey, pero no llevaba nada en las piernas y estaba de pie mirando por la ventana. Se dio la vuelta al entrar él.

—Buenos días —dijo Tom, que le ofreció una taza de café humeante.

—Ya veo que ha vuelto la corriente.

Se inclinó sobre la taza y aspiró el vapor del café con una sonrisa. Estaba preciosa con el pelo alborotado, relajada, descalza y él sintió un pellizco en el corazón.

—Tengo cobertura, si necesitas llamar —dijo Tom.

Ella sonrió mientras se colocaba el pelo detrás de las orejas. Él siguió con la mirada ese gesto que ya conocía bien. Dio un paso hacia ella, quería... Su movimiento se vio interrumpido por el sonido del teléfono, que estaba sobre la mesa del sofá. Los dos miraron hacia allí. Un nombre sobre la pantalla: Ellinor, y su foto sonriendo.

Mierda. Tom miró a Ambra, incómodo. Ella se limitó a sonreír y a mirar hacia otro lado mientras hundía la nariz en la taza de café.

—Disculpa —dijo él.

—No pasa nada, contesta —respondió ella con una voz neutral y sin mirarle.

Tom se llevó el teléfono a la cocina.

—¿Dígame?

—Hola, soy yo.

Siempre le había gustado ese saludo familiar, que ella diera por hecho que él sabía quién era, pero en ese momento le molestó un poco.

—Hola, Ellinor.

—Solo quería comprobar que estabas bien. Con la tormenta y eso.

No esperaba que ella llamara, que se preocupara.

—Va todo bien. Hemos estado sin luz, pero nos las hemos arreglados.

—¿Hay alguien más contigo?

—Freja, por supuesto —añadió él después de vacilar unos segundos.

Ella se rio.

—¿Qué estás haciendo?

—Tomando café.

Freja ladró y él lo aprovechó como excusa para concluir la conversación.

—Tengo que irme. Gracias por llamar.

—Me alegro de oírte, Tom.

Acabó de hablar y volvió a la sala de estar. ¿Por qué había llamado?

—¿Va todo bien con Ellinor? —preguntó Ambra evitando mirarlo.

—Lamento esto.

Ella se encogió de hombros.

¿Esperaba que hablaran sobre lo que había ocurrido entre ellos durante la noche o debía comportarse con normalidad?

¿Y qué era comportarse con normalidad? ¿Qué era lo normal cuando de repente te dabas cuenta de lo cálidos y suaves que eran sus labios, de esa curva perfecta que había entre su oreja y su cuello? ¿Cómo te comportabas con normalidad si no podías quitarte de la cabeza la sensación de tener sus pechos en la mano, sus pequeños y duros pezones haciéndote cosquillas en la piel y podías recordar exactamente sus gemidos mientras se corría en tu mano en un orgasmo explosivo? ¿Cómo te comportas entonces con normalidad?

—¿Cómo estás? —preguntó él al fin, cuando el silencio entre ellos parecía infinito.

No se le ocurrió otra cosa que decir.

—Estoy bien, me siento recuperada casi del todo. Gracias una vez más.

Volvió a inclinarse sobre la taza de café y tomó un sorbo.

—¿Cuándo sale tu avión?

—Esta tarde. Tengo que volver al hotel.

—Te llevaré cuando quieras —se ofreció, solícito.

¿Debería decir algo más? Que había sido una experiencia increíble para él. Que aunque lo hubiera hecho por gratitud, era más de lo que él se merecía. Que no lo olvidaría nunca.

—Gracias. ¿Y qué hago con tu ropa?

Se tiró del largo jersey.

A partir de entonces no podría volver a mirar esa ropa sin tener fantasías eróticas, pero entendió el problema. Dejó aliviado la taza de café encima de la mesa. Un problema práctico que resolver, eso era justo lo que necesitaba.

—¿Tienes en el hotel otra ropa y zapatos que ponerte? Buscaré unas botas y te llevaré. Podemos ir en el coche.

Poco después Tom llevó a Ambra a Kiruna y se dirigieron al hotel. Habían retirado la nieve de las carreteras principales, un servicio tan eficiente allí arriba como un ejercicio militar. El sol ya se había puesto, pero el cielo estaba despejado y brillaba una especie de crepúsculo.

—Gracias por traerme —dijo ella en la puerta del hotel. Intentó subirse una vez más las mangas de la chaqueta, que siempre se le volvían a caer y acababan cubriéndole las manos—. Y gracias por todo lo que has hecho.

—No hay de qué —respondió él.

Habría querido decir algo más, algo así como que necesitaba pensar, que nunca se había cuestionado hasta entonces su amor por Ellinor, que tenía un lío tremendo en la cabeza...

—Me alegro de que todo haya ido bien —se limitó a decir.

—Va a ser agradable cargar la batería del teléfono —bromeó ella, golpeando la nieve con los pies—. Dejaré tu ropa en la recepción cuando me vaya —añadió.

Tom miró la chaqueta que le había prestado y las enormes botas en las que podría desaparecer.

—Siento haber destrozado tu ropa. Te compensaré por ello.

—Creo que no se debe aceptar dinero de quien te ha salvado la vida. Solo eran un par de vaqueros y un jersey viejo. Tom, te estoy muy agradecida, supongo que lo entiendes.

Su tono era serio.

—Sí. Te llevaré con mucho gusto al aeropuerto.

—Gracias, pero esta vez no. Cogeré un taxi.

—¿En serio?

Ella parecía decidida y tal vez era mejor así.

Ambra asintió con la cabeza. Se abrazaron. Él la sujetó con fuerza mientras aspiraba su olor.

Ella dio un paso atrás y sonrió.

—Quédate tranquilo. No tienes por qué sentirte presionado. Lo entiendo, no tenemos que hacer de esto algo que no es. —Él no sabía qué decir—. Si vienes a Estocolmo puedes llamarme —añadió ella en ese tono nuevo y un tanto jovial que él no sabía bien si le gustaba—. Si quieres, por supuesto. Sin presión. Solo si te apetece.

Él asintió.

—Adiós.

—Adiós, Tom.

Tom pasó por una gasolinera, compró queroseno, un generador y leche antes de regresar a casa, pensativo. Tal vez era mejor así. Ambra y él eran demasiado distintos. Y ella parecía aliviada al marcharse y no le dio la sensación de que le preocupara la posibilidad de no volver a verse. De acuerdo, se dijo, aunque fuera una idea deprimente.

Repasó la conversación que habían mantenido mientras aparcaba en el garaje y dejaba que Freja bajara del coche.

¿Le había contado demasiadas cosas sobre el Chad y sobre sus antecedentes? Había confiado en ella de un modo que nunca creyó que confiaría en nadie.

Cuando bajó el generador y empezó a repararlo pensó en lo que había sucedido la noche anterior y sonrió. Había sido delicioso ver la reacción del cuerpo de Ambra cuando estaba con él, una mezcla de pasión y ternura, y cómo respondió después su propio cuerpo.

Más tarde sacó la moto de nieve, se adentró en el bosque y encontró la moto accidentada. La subió al remolque y durante todo el camino de regreso pensó en la oferta de trabajo de Mattias en Estocolmo.

Tom llevaba una eternidad sin ir por su casa de la ciudad, pero ahora estaba mejor y tenía algunas cosas allí que quería recoger. Se vino a Kiruna por Ellinor, pero ¿qué importaba si se marchaba a Estocolmo una semana? Le vendría bien un cambio de aires. Y Ambra le había dicho que podía llamarla si pasaba por allí, así que tal vez lo hiciera.

Después de cenar llamó a Mattias.

—Tom, ¿cómo estás?

Más que alegre, sonaba entusiasmado.

—¿Molesto? —preguntó Tom.

—No, en absoluto. Puedes llamarme siempre que quieras.

Tan hábil como siempre, pero ¿no había sido demasiado conciso? Llamó a Mattias respondiendo a un impulso. Se rascó el cuello y miró a Freja.

—¿Tom?

—¿Sí?

Oyó unos débiles ruidos de fondo. Miró el reloj. Eran las siete. ¿Lo había pillado en un restaurante? Por el ruido lo parecía. Música suave, tintineos.

—¿Sigues ahí? —preguntó Mattias.

—Sigo aquí. Pero no era nada especial.

—¿Estás seguro? ¿Qué ha ocurrido?

—No ha ocurrido nada —aseguró Tom.

—Cuenta. —Le pareció que Mattias tapaba el teléfono antes de añadir—: Tengo tiempo.

—He visto a Ambra.

Se quedó en silencio un momento. Tom casi podía oír cómo le daba vueltas a la cabeza.

—¿Estás en Estocolmo? —preguntó al final.

—No.

—¿Ha ido ella a Kiruna otra vez?

—Sí.

—¿Para verte?

Mattias parecía desconcertado.

—No.

—Pero os habéis visto, ¿no?

Tom se quedó pensativo. Sí, se podía decir así. Se vieron, se besaron, se dieron placer mutuamente.

—¿Tom?

—¿Sí?

¿Por qué me has llamado en realidad? —preguntó Mattias tras un largo suspiro.

—Para hablar.

—Pero no dices nada.

—Estoy pensando en ir a Estocolmo.

—Hazlo. Oye, estoy en medio de una reunión, pero ven; te invitaré a almorzar para que podamos seguir hablando.

Tom cortó la llamada y miró a Freja.

—¿Tú qué opinas?

Aunque era una pregunta retórica. En realidad, ya lo había decidido. Iría a Estocolmo.

38

Jill observó a Mattias mientras él concluía la conversación telefónica con un gesto de disculpa. Estaba muy elegante con su traje oscuro sin corbata, camisa azul clara, recién afeitado y un brillante anillo de sello con algo militar encima.

—Discúlpame. Era Tom —explicó dándole la vuelta al teléfono y dejándolo sobre la mesa.

No le había quitado el sonido, pero no estaba todo el tiempo pendiente de él. Para ella no había nada menos excitante que un hombre que no puede soltar el móvil, así que eso era un punto a su favor.

—¿Qué quería? —preguntó estirando una pierna.

Se había puesto unas botas ajustadas hasta las rodillas y parecía que a Mattias le gustaba cómo le quedaban, porque no apartaba los ojos de sus piernas. Jill sonrió y levantó la burbujeante copa de champán. Mattias, el experto en vinos, la había pedido para los dos. Pero no se había comportado como un arrogante y, de todos modos, uno tiene que estar loco para que no le guste el Pommery. Ella se bebió un buen trago. Le encantaba el momento que se acercaba. Achispada y alegre, ¿había algo mejor? Era como si no le afectaran los problemas.

—La verdad es que no tengo ni idea de lo que quería. Pero creo que tiene una relación con tu hermana.

Jill se quedó con la copa en el aire.

—¿Ha dicho eso?

—No exactamente. Pero me lo imagino. ¿Has oído algo tú?

—No he hablado con ella desde hace un par de días. Ambra sabe cuidarse sola. Aunque podría tener un hombre mejor que él.

—Tom es un buen hombre.

—Si tú lo dices. —¿Debería preocuparse por Ambra? No es que no viera con buenos ojos que tuviera un poco de sexo, al contrario, pero ¿con Tom?—. ¿No está tu amigo enamorado de otra mujer? —preguntó mientras estudiaba a Mattias a través de las pestañas.

—Tampoco lo sé. Eso creía, pero ¿no viste cómo la miraba?

Jill asintió. Lo vio. Empezó a juguetear con la copa. Estaban sentados en el interior del Cadierbaren, esperando su mesa en el comedor.

—¿Por qué me has llamado? —preguntó ella.

Los hombres la llamaban y la invitaban casi a diario. No lo preguntaba por eso. Eran hombres que intentaban sacar provecho de ella de un modo u otro. Mattias no parecía tener tales intenciones. Tal vez. Los hombres casi nunca la sorprendían. Querían impresionar, alardear y conquistar; rara vez algo más.

—Te llamé porque quería verte —respondió él con tranquilidad.

—Nosotros... —comenzó a decir ella, pero fue interrumpida por un hombre que se interpuso a la fuerza entre ellos.

Jill se había sentado del modo más discreto posible, pero era difícil salir en Estocolmo sin ser reconocida. Suspiró.

—¿No cres...? —empezó el hombre con una sonrisa burlona, señalándola descortés.

Jill asintió con la cabeza, esperando que se fuera.

—Mis colegas creían que no me atrevería a acercarme, pero te he reconocido.

Su mirada se deslizó por los pechos de ella antes de volverse hacia el grupo de chicos que le hacían señas con las manos y bromeaban. Mierda. Presentía que ese tipo estaba a punto de montar una escena. Buscó con la mirada a alguien del personal que pudiera ayudarla.

—Ya has saludado, así que ahora haz el favor de irte —intervino Mattias sin levantarse del taburete.

Jill sacudió la cabeza a modo de advertencia. Lo último que necesitaba era que intentara hacerse el héroe. No soportaba más dramas.

—¿Es tu padre? —preguntó el hombre.

Estaba borracho y se reía a carcajadas.

Mattias se levantó del taburete. Era más bajo que el hombre ebrio, más delgado y diez años mayor.

—Ella no quiere hablar contigo, así que o te vas tú solo o te ayudo yo a irte de aquí —le advirtió.

Jill puso la mano en el brazo de Mattias. No estaba demasiado preocupada, pero sabía que eso podía ir a peor rápidamente.

Pero Mattias hizo algo que Jill no vio y de pronto el hombre estaba arrodillado a sus pies, con el rostro contraído por el dolor y resoplando con dificultad. Ella lo miró.

—Parece que te has caído —murmuró Mattias con voz gélida—. Ahora creo que es mejor que vuelvas con tus amigos y que os vayáis todos de aquí. —Miró su reloj y añadió—: Os doy dos minutos.

Luego hizo un movimiento y el hombre jadeó de dolor.

—Estás loco —gritó el borracho.

Mattias se inclinó y le dijo algo al oído. El hombre parpadeó con fuerza y después asintió con la cabeza.

—¿Qué estás haciendo? —susurró Jill.

Mattias se volvió a sentar en el taburete con gesto impasible. El otro hombre se levantó del suelo y vaciló un momento, pero después caminó despacio hacia sus colegas. Les dijo unas palabras y luego se levantaron todos y salieron del bar. Jill nunca había presenciado algo así.

—¿Qué le has hecho? ¿Algo de judo?

—Sí, algo parecido.

Mattias levantó su copa y bebió unos sorbos. Jill le lanzó una mirada crítica.

—Odio la violencia, que lo sepas.

Lo decía en serio, ya había tenido suficiente violencia en su vida. Más que suficiente.

—Yo también —le confesó Mattias.

—Su mesa está lista —les comunicó un camarero acercándose a ellos.

Vaya, ahora sí que había personal.

Mattias se puso de pie otra vez y le ofreció la mano para ayudarla a levantarse. Fue detrás de ella, que seguía al camarero que los acompañó hasta la mesa.

Ese hombre era mucho más mandón de lo que le pareció en un primer momento. Tenía un aspecto tan educado y sofisticado que no esperaba que se comportara de un modo tan dominante. No le gustaban los tipos que intentaban decidir por ella, estaba acostumbrada a mandar y dirigir y lo prefería así, pero aparte de eso, no estaba del todo mal salir con un hombre que podía acallar a los idiotas machistas.

—Por favor. —Mattias separó la silla para que Jill se sentara.

Era un restaurante de lujo de fama internacional. Jill vio oligarcas rusos, un miembro de la realeza extranjera, algunos financieros suecos y gente anónima que celebraba aniversarios de bodas y cosas por el estilo. Le echó un vistazo al menú. Era caro, incluso para ser Estocolmo, y se preguntó por un momento si Mattias contaba con que ella pagara.

Respecto a eso ya nada le sorprendía. Había estado en muchas citas en las que al final era ella la que tenía que hacerse cargo de la cuenta. Podía permitírselo, así que no le importaba. Se mantenía a sí misma desde que tenía dieciséis años, siempre era ella la que daba, había incluso hombres con los que quedaba y a los que después les entregaba dinero, nunca al revés. Tener el poder económico le proporcionaba cierta sensación de control. No quería depender de nadie, y en eso se parecía mucho a Ambra. Aunque su hermana tenía un sueldo mediocre en *Aftonbladet* mientras que ella era independiente y le llevaba una gran ventaja en el tema económico.

Los dos pidieron carne. Mattias le preguntó educadamente si podía elegir el vino él una vez más y Jill asintió. En ese aspecto no era nada complicada; se conformaba con emborracharse y no tener después dolor de cabeza.

—¿Es verdad que compraste mis discos? —preguntó.

Él levantó la vista de la carta de vinos.

—Sí, y los he escuchado. Tu voz es absolutamente fantástica.

Ella se puso un poco tensa. Solía ser en ese punto cuando la mitad de los hombres que había conocido decían algo así como que tenía el ritmo en la sangre gracias a su origen. Lo detestaba. Pero Mattias no dijo nada de eso, y parecía realmente impresionado.

—Supongo que no es el tipo de música que te gusta —siguió ella.

Él pidió un vino francés antes de contestar.

—Nunca lo hubiera creído, pero me gusta tu música, y mucho. Te agradezco que hayas ampliado mi panorama musical. ¿Qué sueles escuchar tú?

De repente pensó que Mattias tal vez le estaba tomando el pelo. ¿Había estado alguna vez en una cita en la que a alguien le interesara qué tipo de música le gustaba? Era extraño que nadie se lo hubiera preguntado antes.

—Me gusta casi todo —respondió ella cautelosa—. Jazz, pop, country.

—¿Metal? ¿Clásica? —preguntó él con una sonrisa.

—No se puede generalizar. Me gustan algunas canciones, otras no. Pero escuchar forma parte de mi trabajo, así que debo ser omnívora.

Estaba tan interesada en la conversación que olvidó flirtear, reproducir su registro habitual. Era muy relajante y se preguntó si sería una estrategia por parte de Mattias. No porque necesitara tener ninguna estrategia especial. Si no metía la pata de forma absurda, estaba casi segura de que se acostaría con él.

Siguieron charlando de música, de viajes y de distintos vinos mientras llegaba la comida. El vino que él había elegido para la carne estaba delicioso y Jill comprendió la importancia de elegir el vino adecuado para cada plato. Cogió el bolso y toqueteó el teléfono. Debería hacer fotos y subirlas a Instagram. Vaciló. Lo sacó.

—¿Puedo hacer una foto? —preguntó, y por primera vez en mucho tiempo sintió vergüenza.

Él tamborileó con los dedos sobre la mesa y negó con la cabeza.

—Lo siento, Jill, pero no puedo salir en fotos. Perdona.

Ella hizo una foto rápida de su plato, escribió algo inocente y la subió antes de levantar su copa de vino y beberse un buen trago.

—Mi trabajo no me permite exponerme de ese modo.

—Sí, lo entiendo.

—Te ha molestado —dijo él.

—No —mintió ella, sin entender por qué reaccionaba como una niña pequeña.

Pero él jugaba con ventaja. Era un experto en vinos, sabía tratar a los hombres que se ponían pesados, tenía un trabajo importante. Y no parecía estar prendado de ella. Habían flirteado en Kiruna, la había llamado por teléfono, pero ahora se sentía insegura respecto a él, insegura de si realmente podía manejarlo.

—¿Jill?

—Cuéntame lo que has hecho desde que nos vimos —respondió ella con una rápida sonrisa.

Tenía intención de obligarse a estar contenta. Volvió a sonreír. Sintió que funcionaba. Fuera todos los pensamientos negativos, fuera, fuera.

—He estado trabajando —dijo él observándola detenidamente.

Ella sonrió una vez más; ya se sentía como de costumbre.

—Supongo que no todo el tiempo.

—Sí, de verdad. Y además he pensado mucho en ti.

Ella se rio. No le entendía en absoluto. Debía gustarle algo de ella.

—Y ¿qué has pensado?

—En lo agradable que fue estar en la cabaña.

—Excepto porque Tom y Ambra estaban enfadados.

Él agitó la mano, como si ellos fueran irrelevantes. Y lo eran.

—En cómo cantaste en el bar. Si supieras cuántas veces he pensado en esa tarde.

Algo brilló en sus ojos, algo primitivo, y una descarga eléctrica traspasó su cuerpo. Él era sexy a su modo, controlado y moderado. Sobre todo cuando sus ojos brillaban así, como un lobo que ha olido a su presa. Sí, había decidido que le permitiría tener sexo con ella esa noche.

El camarero se acercó a la mesa y les preguntó si querían postre. Jill deliberó consigo misma, pero entonces le oyó pedir bombones, lo que más le gustaba. Para ser sincera, prefería el chocolate al sexo.

—¿Cómo lo has sabido? —preguntó.

—Miro tu Instagram.

—La mitad es mentira.

—Sí, pero aposté a que tu pasión por el chocolate era verdadera.

Ella eligió un bombón de chocolate blanco del plato que les trajeron y lo masticó con deleite.

—También he visto los comentarios que recibes —siguió él con una arruga en el entrecejo.

Ella puso morritos, incapaz de hablar de sus estúpidos troles. Apoyó la barbilla en una mano sin importarle poner el codo encima de la mesa. Estaba alegre y se había hartado de comer carne y chocolate.

—Son imbéciles —dijo con desprecio.

—Son odiosos.

—Sí, eso también, pero no debes demostrar que te importa, porque entonces solo empeora.

Eso era algo que había aprendido a lo largo de los años. Los troles eran como hienas, a la espera de una garganta desprevenida o una muestra de debilidad. Vio un movimiento en la mandíbula de Mattias. ¿Estaba enfadado?

—No es problema tuyo, ¿o piensas luchar contra eso también?

—Tal vez —respondió él.

Ella cogió otro bombón, no quería pensar en los locos.

—¿Dónde vives? —preguntó.

—En el centro.

Ella puso los ojos en blanco.

—¿En qué parte del centro? ¿O es secreto? ¿Puedes ir a citas?

—¿Por qué no iba a poder?

—Porque eres una especie de espía secreto.

Él negó con la cabeza.

—Puedo ir a citas —afirmó, y después volvió a hundirse en el silencio, pensativo.

—¿Mattias?

—¿Sí?

—Tienes que ignorar esos mensajes, de lo contrario te volverás loco y ellos habrán ganado, ¿de acuerdo?

Él asintió. Cogió un bombón, pero no se lo comió; seguía pensando.

Jill se preguntó cómo sería en la cama. ¿Considerado? ¿Decidido o tal vez sumiso?

Cuando miró el reloj era cerca de medianoche. No entendió dónde había ido a parar el tiempo.

Mattias hizo una señal y pidió la cuenta. Ni siquiera la miró, solo pagó. Cuando se levantaron de la mesa ella miró a hurtadillas cuánto había dejado de propina. Era generoso. ¿O trataba de impresionarla?

Mientras salían del restaurante se inclinó ligeramente hacia él esperando un beso. En el vestíbulo del hotel él fue al guardarropa a buscarle el abrigo, le ayudó a ponérselo y ella se volvió a inclinar un poco, esperando que esta vez aprovechara la ocasión, pero no lo hizo. Jill se dio la vuelta despacio, lo miró, deslizó un dedo a lo largo del abrigo y se detuvo justo encima de un pecho.

Él la miró con detenimiento, se puso los guantes de piel y se abrochó el abrigo.

—He recibido una llamada —dijo a modo de disculpa.

—¿Cuándo?

—Ahora, en el guardarropa. —Le puso una mano en la cintura y la empujó suavemente a través de las puertas giratorias. En el exterior el aire era limpio y frío—. Tengo que volver al trabajo —le explicó mientras un gran automóvil negro circulaba junto a ellos.

—¿A estas horas de la noche?

Él hizo una señal a uno de los taxis que esperaban en la puerta del hotel y le abrió la puerta.

—No era así como imaginaba que iba a terminar esta velada —se quejó una vez sentados en el asiento trasero.

Mattias se inclinó, la miró y luego le dio un beso en la mejilla, un beso lento.

—Lo lamento —dijo él—. Toma.

Le entregó una bolsa con el logotipo de Grand Hôtel y salió

del taxi, cerrando la puerta tras de sí. Le dijo adiós con la mano por última vez antes de meterse en el automóvil negro que esperaba junto al taxi. Arrancó en cuanto estuvo dentro.

Jill le dio su dirección al taxista y después abrió la bolsa. Mattias le había regalado una caja de bombones para que se los llevara a casa. Abrió la caja, cogió un bombón y lo masticó pensativa mientras Estocolmo pasaba por delante de la ventanilla. De todos modos, después de esa noche estaba claro que Mattias no trabajaba en una consultoría.

39

—Vamos a la reunión matutina —anunció Grace mirando hacia la redacción.

Cogió su teléfono y sus auriculares y se dirigió a la sala de conferencias. Ambra la siguió, sin dejar de escribir en el ordenador el final del artículo en el que estaba trabajando a la vez que intentaba no entrar en el sitio equivocado. Envió el artículo con una última pulsación en el teclado y se sentó a la mesa. Llegaron los representantes de las demás secciones y se dispersaron alrededor de la mesa mientras Grace anotaba los puntos de la reunión en la pizarra.

Uno de los últimos en entrar en la sala fue Oliver Holm. Ambra gruñó para sus adentros. Ni siquiera sabía que él trabajaba ese día.

Oliver miró a su alrededor, flexionó los músculos del cuello y saludó con la cabeza.

—¿Qué tal? —le preguntó a uno de los compañeros de la sección de Internacional, dándole unos fuertes golpes en la espalda.

Intercambiaron alguna broma de internet y unas risotadas excluyentes para demostrar lo geniales que eran.

Ambra cruzó una mirada con un periodista de Espectáculos.

—Vamos a empezar —dijo Grace, rotulador en mano.

—Cissi, ¿qué tenéis hoy en la Central de Delitos?

Cissi, la reportera de Sucesos que dejó de salir con Ambra cuando se echó un novio, informó:

—Habrá juicio por el asesinato del banco del parque. Tendría que haber un flash informativo al respecto.

Grace asintió con la cabeza y lo anotó en pizarra.

—Nosotros ayudamos a plantear el flash informativo. ¿Sociedad?

—Estamos con el debate del Parlamento de hoy. Retransmitiremos en directo.

—¿Por la web? —preguntó Grace mirando a Parvin, la presentadora más conocida de la televisión de *Aftonbladet*.

Parvin había invitado a Ambra a almorzar la víspera de Año Nuevo, pero ella declinó la invitación, a pesar de que Parvin le gustaba.

—Empezamos el directo a las diez. Esta noche hablaremos de violación en grupo en un ferry finlandés y del caos ferroviario que puede producirse en caso de huelga. Y luego tenemos a alguien que ha encontrado una boa en una caja de plátanos —concluyó la periodista. Parecía agobiada.

—Eso está bien, ¿no? —preguntó Grace.

—Si no odias las serpientes, tal vez —dijo Parvin temblando.

Hubo risas contenidas. Ambra miró de reojo a Parvin, que sonreía con la vista fija en su ordenador.

Oliver Holm era de la misma edad que Ambra, pero llevaba trabajando en *Aftonbladet* un año más que ella. El abuelo de Oliver fue redactor de noticias del periódico en «los viejos buenos tiempos», es decir, cuando todos los reporteros eran hombres, columnistas duros que bebían whisky, y las mujeres eran secretarias. En la actualidad, todos los hombres del periódico eran feministas, al menos oficialmente, era el único modo de sobrevivir, pero Ambra sospechaba que Oliver lo habría preferido a la vieja usanza.

Oliver era uno de los jovencitos ambiciosos más populares. Había trabajado en Washington, realizó varios largos reportajes de viajes, escribió sobre pandillas de asesinos, le gustaban los trabajos duros, iba al gimnasio, se relacionaba con la élite. Era un hábil columnista y, si no fuera por lo mal que le caía, tal vez Ambra habría soportado su deslumbrante talento. Oliver también era padre, veía a su hijo de dos años cada dos semanas y era popular entre el sexo opuesto. Tal vez las trataba mejor que a ella.

—Oliver, ¿tenías algo sobre ese choque de un camión? —preguntó Grace.

—He localizado al jefe del servicio de rescate. Le llamaré enseguida.

—Genial.

«Oliver Holm no va a conformarse con ser un reportero más», pensó Ambra cuando vio su gesto de satisfacción. Pretendía llegar a alguna de las grandes secciones: Internacional, Política o, por supuesto, Investigación, donde podía destacar, escribir reportajes que ganaran premios periodísticos, viajar para hacer trabajos de prestigio y ser invitado a los almuerzos anuales con los jefes si tenías mucha iniciativa. No lo censuraba; ella buscaba lo mismo. Todo, menos los almuerzos.

—¿Cómo os van las cosas a los de *Plus*? —preguntó Grace.

El jefe de redacción del suplemento dominical *Plus* parecía cansado, iba sin afeitar y tenía mala cara.

—Hay mucho personal enfermo, pero Oliver va a hacer una serie sobre asesinatos de mujeres en rutas de *running*. Asesinatos de mujeres no provocados.

—¿Qué significa eso? ¿Que hay asesinatos de mujeres que son provocados? —Era lo mismo de siempre, Ambra no podía evitar preguntar—, ¿Y por qué llamarlo asesinatos de mujeres? Nunca se habla de asesinatos de hombres.

Oliver se molestó.

—Es un buen titular, no empieces otra vez con las tonterías de siempre.

—Revisemos los titulares —decidió Grace.

—Por supuesto —accedió Oliver conciliador, pero intercambió una mirada con su jefe.

Ambra recordó la primera vez que salió a trabajar con Oliver Holm. Fue al principio.

Ella era nueva en *Aftonbladet*, pero desde los dieciséis años hacía trabajos extra de reportera en un pequeño periódico local y se creía una experta. Estudió Periodismo y encontró trabajo como suplente de verano en *Aftonbladet*. Era un puesto muy demandado, pero en su currículum destacaban sus buenas calificaciones y su experiencia como reportera local.

Un suplente tenía que hacer de todo cuando los reporteros de plantilla estaban de vacaciones. Ambra ya había cubierto asesinatos de pandillas, accidentes de tráfico y conferencias de prensa. Los que destacaban podían conseguir un puesto fijo después de la suplencia. Estaba decidida a ser ese tipo de reportera, trabajar más duro que los demás. Pasó todo el verano sola en su casa de Estocolmo. Jill había empezado las giras en serio y ella pudo dedicarse en cuerpo y alma al trabajo.

Llevaba un mes en la redacción cuando le encargaron que cubriera unos disturbios en Akalla.

—Llévate a Oliver Holm —le ordenó el director suplente de Actualidad.

Ambra saludó a Oliver.

—¿Conduzco yo? —preguntó él con amabilidad, y Ambra asintió.

—¿Llevas mucho tiempo trabajando? —le preguntó ella.

—Solo una sustitución, un mes. ¿Y tú?

—Lo mismo —respondió, preparándose para salir al llegar a su destino.

Ambra se dio cuenta de que eran competidores, pero él parecía amable y ella no estaba preocupada, sabía que su rendimiento estaba muy por encima de la media.

Cuando estacionaron vieron altas columnas de humo. Los furgones policiales estaban aparcados y la policía había vallado la zona.

—Ten cuidado —dijo Oliver con semblante serio, y ella pensó que su preocupación era un poco exagerada—. Espera aquí y yo veré adónde podemos ir.

Desapareció. Ambra esperó diez minutos.

—Tendremos que volver, no hay nada de que escribir —dijo cuando regresó.

Cuando iban en el coche de regreso al trabajo ella pensó que tendría que haber protestado, pero no dijo nada. Entraron en la redacción y Oliver estuvo hablando con el jefe de Actualidad. Unas horas después salía su trabajo, un artículo sobre los disturbios lleno de testimonios de testigos presenciales. No se mencionaba el nombre de ella.

—¿Qué demonios es esto? —le preguntó.

—¿A qué te refieres?

—Fuimos juntos allí, pero tú lo hiciste todo.

—Preferí hacerlo yo, desde mi punto de vista, porque tengo más experiencia. Tú no te atreviste a seguir adelante.

—¿Estás bromeando?

Él la miró con curiosidad. Ambra no dijo nada, pero eso le costó el trabajo ese año. Se lo dieron a Oliver. Ella buscó una nueva sustitución al año siguiente y por fin consiguió un puesto fijo. Había aprendido una lección importante: no fiarse de nadie.

—Y en Actualidad, Ambra está buscando gente por lo del incendio de la fábrica. ¿Cómo va? —preguntó Grace, devolviéndola al presente.

—Voy a hablar con el oficial. Y ha llamado una testigo. Estuvo a punto de quedarse atrapada.

—Perfecto.

—Un reportaje sentimental también estaría bien, para animar el ambiente —dijo Oliver riéndose.

De lo que era más difícil defenderse era de la risa. Había que soportar algunas cosas, tener sentido del humor.

—Intentaré mantener tu alto nivel, Oliver —repuso ella en un tono seco.

Él cruzó sus brazos inflados.

—¿No puedes soportar una broma?

Por un momento ella perdió el control sobre su estado de ánimo.

—El problema es que tus bromas son muy aburridas.

Se hizo un silencio absoluto y todos miraron. Pero no a ella, ni a Oliver, sino a la puerta que se había abierto sin que Ambra se diera cuenta. En la entrada estaba Dan Persson, el redactor jefe de *Aftonbladet*. A juzgar por su aspecto, había oído lo que ella había dicho.

Ambra notó que el calor le subía por el cuello y el rostro hasta hacerla brillar como una señal de stop. La sala de conferencias seguía en silencio. Como si alguien se hubiera tirado un pedo estruendoso y nadie supiera cómo reaccionar. ¿Cómo se podía tener tan mala suerte? El redactor jefe no solía moverse entre reporteros mortales y comunes, ni siquiera se le veía por la redacción. ¿Qué hacía ahí?

—Veo que esto está animado. Grace, ¿puedo hablar contigo un momento? —dijo.

Grace asintió.

—De todos modos ya hemos terminado —zanjó antes de salir.

La reunión finalizó. Ambra cogió su ordenador y se dirigió despacio a su escritorio.

Trabajó hasta la hora del almuerzo, intentando no pensar en el ridículo que había hecho. «La gente dice tonterías todo el tiempo, pero no ante El Jefe Supremo», pensó. Por un momento se le ocurrió preguntarle a Parvin si quería que almorzaran juntas, pero le faltó valor. Dio un paseo hasta el lago y siguió unos metros a lo largo de Norr Mälanrstrand, dejando que el viento y el aire le limpiaran un poco la mente mientras se perdía en pensamientos muy distintos.

Tom.

Los besos. Las caricias. Los sentimientos.

Ciclo santo, cuántos sentimientos había removido en ella. ¿De dónde habían salido? Él le había salvado la vida, literalmente. ¿Cómo se manejaba eso y todo lo demás que había pasado entre ellos?

Miró hacia el agua y vio unas pocas gaviotas. ¿Qué quería ella hacer de verdad en la vida? Quería escribir cosas importantes y marcar una diferencia, por supuesto. ¿Y además? ¿Quería tener hijos, por ejemplo? ¿Una familia propia? ¿Tenía al menos lo que se requería para ser la compañera de vida de alguien, la madre de alguien? Otras personas parecían estar convencidas de que servían para todo, pero ella dudaba todo el tiempo. No hacía falta ser un genio para darse cuenta de que eso estaba relacionado con su infancia, pero saber que los continuos abandonos la hacían sentirse diferente a las personas normales no le era de gran ayuda, por desgracia; saberlo no ayudaba lo más mínimo, no conseguía quitárselo de encima.

Lo único que nunca la traicionaba era el trabajo. El periodismo le daba seguridad y con los años había llegado a creer que con eso bastaba. Los hombres que había conocido no eran un buen argumento para hacerla cambiar de opinión.

Pero ahora...

Si alguien se acercara a ella y le dijera: Ambra, puedes conseguir a Tom Lexington, ¿qué sentiría? Y si Tom fuera libre, no solo en la práctica sino también emocionalmente, ¿le atraería también? ¿Se atrevería a tener un hombre como él? Porque Tom era un hombre de verdad, no un niño demasiado grande que no se comprometía con nada, no era un hombre culto y ansioso de ego insaciable. Él era real.

Aunque eso ya no importaba, porque ella le ofreció una salida cuando se separaron en Kiruna. Era típico de ella decir que estaba bien, que nada le preocupaba. Así evitaba sentirse herida después. ¿Por qué se lo dijo? No se sentía nada bien, y tampoco tenía ningunas ganas de entender por qué él quería a la tonta de Ellinor en vez de a ella.

Se detuvo y dio la vuelta, compró un bocadillo caro y nada apetecible en el 7-Eleven y salió con la cabeza baja para evitar el viento. Cuando estaba a un par de metros de la redacción vio al pequeño grupo de compañeros de pie fumando en la puerta. Era típico. Más humillación, justo lo que necesitaba.

Se acercó e intentó parecer lo más indiferente y despreocupada que pudo, pero resultaba difícil cuando el que estaba allí era el redactor jefe Dan Persson, rodeado de un grupo de hombres. Muchachos. Todo el mundo sabía que Dan Persson fumaba, y más de un periodista había empezado a acompañarle a la calle para fumar y charlar, compitiendo por ser el que invitaba al jefe a un cigarrillo. En el grupo también estaba el jefe de Investigación, que se reía de algo que Oliver acababa de decir, y tal vez solo eran imaginaciones suyas, pero le pareció que se estaban riendo de ella.

Ambra saludó con un breve gesto de la cabeza, pasó junto a ellos y atravesó la puerta. Siempre había sospechado que Olivier encendía la aversión que Dan sentía contra ella en cuanto tenía una oportunidad.

Se sentó a su mesa. El pelo le olía a cigarrillo. Miró rápidamente las webs de noticias, abrió el correo y empezó a leer lo último de Lord_Brutal mientras le daba un mordisco al bocadillo.

No eres más que una desvergonzada traidora, aunque creas que eres algo. ¿No puedes rendirte de una vez y ponerte delante de un tren?

Dudó antes de borrarlo, bebió un poco de café para acompañar la comida y siguió leyendo el correo.

El resto del día apenas levantó la vista de la pantalla. A las siete lo cerró todo. Para entonces ya habían llegado los primeros periodistas del turno de noche. Los que no podían salir nunca, no conocían a gente y escribían artículos que eran el equivalente periodístico de calorías vacías y grasas *trans*. Ella les saludó brevemente inclinando la cabeza. Estaban pálidos, parecían desgastados y desilusionados. Como si supieran que ellos eran la estación terminal.

Se miró en el espejo del ascensor mientras bajaba y vio su mirada enfadada, y se dio cuenta de que había dado un paso más para convertirse en uno de los pálidos y marginados periodistas de noche. Se subió la cremallera de la chaqueta y salió del ascensor. Lo mirara como lo mirase, su carrera no iba por buen camino.

40

No era propio de él ser tan impulsivo, pensó Tom mientras estacionaba el Volvo en la calle frente al edificio de su apartamento de Estocolmo. Pero en cuanto tomó la decisión después de su conversación con Mattias, no perdió el tiempo. Hizo la maleta por la tarde y salió de Kiruna por la mañana, mucho antes del amanecer. Condujo todo el día, vio el ascenso del sol por el camino, hizo breves pausas a lo largo de la costa, la tarde se convirtió en noche y llegó a Estocolmo y a Kungsholmen a última hora del día. Había sido un viaje largo, pero el esfuerzo era un hábito en él y había hecho peores viajes que ese en coche.

Entró en el portal, subió en el ascensor hasta el último piso, abrió la puerta, cruzó el umbral y dejó las maletas en el recibidor. El apartamento estaba más o menos como cuando salió de allí, hacía dos meses, casi vacío e impersonal. Sobre la alfombra del recibidor había un montón de correo, sobre todo publicidad.

En la cocina, la nevera estaba completamente vacía, y la mayoría de los armarios apenas se habían usado. Dejó el correo, abrió el grifo y sacó un tarro de Nescafé de una alacena que era lo único que contenía.

Se sentía raro allí, solo en esa casa. Cuando le dijeron a Ellinor que él había «muerto» en el Chad, ella ya se marchó a Kiruna con Nilas y alquiló el apartamento que compartían los dos en Estocolmo mientras estaba prisionero. Por suerte, Ellinor almacenó la mayoría de las cosas personales de Tom, probablemente porque no sabía qué hacer con ellas y no le apetecía llevárselas a su madre y hermanas, que lo creían muerto.

Tom vertió el agua en el hervidor, que estaba sin estrenar, y esperó a que se calentara. Había sido un otoño muy raro en todos los aspectos.

Cuando volvió a Suecia después de lo del Chad permaneció unos días hospitalizado. Le hicieron pruebas, le trataron las infecciones, le alimentaron por vía intravenosa. David Hammar fue a visitarle al hospital, y cuando le contó la situación, David le sugirió a un agente inmobiliario que conocía.

El agente fue al hospital, le enseñó fotos de tres apartamentos distintos y Tom eligió ese sin ni siquiera ir a verlo. Necesitaba un sitio donde vivir y era el que estaba más cerca de la oficina.

Cogió la taza de café y fue a la ventana. Se veía el mar desde todas las ventanas del apartamento. Las habitaciones daban al Canal de Karlberg y, después de tres meses de cautiverio en el desierto, pensó que las vistas al mar serían la mejor rehabilitación. Así que lo compró y se fue a vivir allí.

El apartamento estaba en excelentes condiciones, totalmente renovado y pintado en blanco y gris, pero llevaba menos de tres semanas allí cuando sufrió la crisis nerviosa en el trabajo y se marchó a Kiruna, así que la mayor parte seguía sin amueblar y tenía un aspecto muy impersonal. En cuanto pudo ponerse de pie compró una cama, un sofá y una mesa de cocina; eligió los muebles con la única condición de que fueran entregados de inmediato.

Había cajas de cartón con el logo de la empresa de mudanzas a lo largo de las paredes. No había desembalado ni una mínima parte, solo había sacado algo de ropa y algunas cosas necesarias. Pero a pesar de esa sensación desangelada y de las cajas sin vaciar, se dio cuenta de que era agradable estar en su casa.

Con la taza de café en la mano dio una vuelta rápida por las habitaciones antes de regresar a la cocina. Extendió el correo sobre la mesa que nunca había utilizado. Casi todo era publicidad, pero escondida entre un colorido cupón de oferta y un catálogo de Navidad de los grandes almacenes NK había una carta de su madre, que le debió enviar justo antes de que le empezaran a reenviar el correo a Kiruna.

Dentro del sobre Tom encontró una tarjeta de Navidad escrita con la esmerada letra de su madre. Ella era maestra de secundaria de sueco y una de las pocas personas que todavía escribían cartas a mano. Cuando él tuvo problemas de lectura y escritura en la escuela, tener una madre maestra fue un problema con una dificultad añadida. El que ella fuera profesora de sueco debería haber facilitado las cosas, pero él se avergonzaba y las buenas intenciones de ella por ayudarle terminaban por lo general en peleas y palabras muy duras por su parte. Solo era un niño, sin duda, pero todavía sentía remordimientos por lo mal que se portó con ella durante aquellos años.

Querido Tom:
Pienso en ti todos los días y espero que estés bien. También espero que quieras celebrar la Navidad con nosotros, eres más que bienvenido, te echamos de menos. ¿O tal vez preferirías pasarte por aquí los días previos a Año Nuevo? Nos adaptamos a lo que elijas, y entiendo que te lo tomes con tranquilidad, solo quiero que sepas que pensamos en ti y que te queremos mucho. Te envío algunas fotos de las chicas y de todos los nietos.
Un fuerte abrazo.

MAMÁ

En el sobre había una foto de grupo de todos sus sobrinos con gorro de Papá Noel. Uno de ellos llevaba algo que parecía una máscara de Batman. Se rio. Tenía cuatro sobrinas pequeñas que habían crecido mucho desde la última vez que las vio. Miró las fotos con la habitual sensación de culpa en su pecho. No valía nada como tío ni como hermano, ni siquiera como hijo.

Todos le deseaban un feliz Año Nuevo. Le querían y se preocupaban por él, lo sabía. Eran cariñosos, comunicativos, alegres, pero él no les había llamado en todo el otoño, no había respondido a sus mensajes, ni les había enviado ningún saludo ni ninguna felicitación por Navidad ni por Año Nuevo.

Le daba vergüenza.

Su hermana menor, la pequeñita, esperaba su primer hijo para la primavera, pero tampoco se había puesto en contacto con ella. Volvió a mirar la tarjeta, el corazón que su madre había dibujado debajo de «mamá», y el sentimiento de culpa se hizo insoportable.

Su pobre madre.

El impacto cuando le dijeron que su único hijo había muerto la afectó mucho, como es natural.

Tom recogió sus maletas, las llevó al dormitorio y después la llamó. Ni siquiera recordaba cuándo habían hablado por última vez. Estaba tan mal cuando volvió a casa, tenía tantas cosas que hacer que evitó verla.

Estaba claro que era un mal hijo.

—Hola, mamá —saludó cuando la voz familiar respondió al teléfono.

Podía verla delante de él. Ella seguía viviendo en la casa en la que él y sus hermanas habían crecido, con su nuevo esposo. Bueno, no tan nuevo. Su madre y Charles llevaban mucho tiempo casados. Ella debía estar todavía de vacaciones de Navidad, pero estaba seguro de que seguía trabajando, ocupada con redacciones y exámenes, escribiendo comentarios, comprometida. Era una maestra muy querida. Oyó que inspiraba profundamente antes de hablar.

—¡Tom!, ¡qué alegría! ¿Cómo estás?

—Todo bien, mamá. Gracias por la felicitación de Navidad, y por los demás saludos y tarjetas.

—¿Seguro que estás bien?

—Sí. —Notó la preocupación en la voz de su madre. Solía ocultarlo mejor, pero debía de ser difícil para ella—. Todo bien, mamá. He pasado unos meses en el norte.

—¿Estás en Estocolmo? ¿Cuánto tiempo te quedas?

—No lo sé, unos días —respondió él evasivo.

Ese era el problema con su familia. Si les dabas un poco, enseguida querían más. De repente vio en su interior la casa de Kiruna, el bosque y los amplios espacios vacíos, casi podía percibir el olor del aire limpio, ver las estrellas. Podría sentarse en el coche y volver allí sin más, pasar de todo, posponer todas las exigencias, deberes y expectativas para otro día.

—Las chicas vendrán a almorzar mañana. ¿Quieres venir?

—En otro momento.

Todavía no se sentía capaz de verlas a todas a la vez.

—Si quieres, puedo pedirle a Charles que se ausente —añadió ella en voz baja.

Tom se quedó en silencio, sorprendido. Ella nunca le había pedido a su marido que se marchara de casa por él.

—No, no, no hay ningún motivo para ello. Solo quería saludaros, pero ahora me tengo que ir, mamá.

Era incapaz de seguir hablando, de pronto se sintió agotado emocionalmente.

Se despidieron, pero el teléfono volvió a sonar enseguida.

Leyó en la pantalla que era David Hammar. Un amigo al que también había rechazado e ignorado por completo durante ese otoño, un amigo que no lo abandonó. Tom contestó la llamada, se dirigió a la ventana y miró hacia fuera. El cielo estaba oscuro, sin estrellas. El agua también. Se preguntó si ya se habría helado el canal.

—Hola, David —saludó en tono tranquilo.

—He de decir que es un placer escuchar tu voz —comentó David—. ¿Cómo va todo?

—Todo bien —respondió, ignorando la ansiedad que lo acechaba.

Aunque pareciera raro, David era una de las personas con las que a Tom más le costaba mostrarse débil. No es que le gustara hacerlo ante nadie, pero David además era el hombre más competente que uno pueda imaginar.

—¿Dónde estás? —preguntó David.

Tom oyó un gorjeo infantil al fondo y supuso que procedía de su hija. Tuvo un momento de pánico hasta que recordó que la hija de David y Natalia se llamaba Molly. Se perdió su bautizo, aunque ni siquiera recordaba el motivo. Debió de ser por algún viaje de trabajo al que seguro que podía haber enviado a otro.

Tampoco había sido un buen amigo los últimos años, había priorizado de forma equivocada.

—Estoy en Estocolmo. He estado en Kiruna.

—¿Vas a empezar a trabajar otra vez?

—Todavía no. De momento tengo una cita para almorzar, no sé después.

David se quedó en silencio un momento. El gorjeo también había cesado.

—Alexander e Isobel se casaron el pasado otoño —dijo después—. Fue un matrimonio civil rápido, así que han decidido celebrar una fiesta posterior.

—Sí, me han invitado.

No había contestado ni confirmado su asistencia.

—Entonces ¿vas a venir? —preguntó David con cierto tono de súplica.

No le apetecía nada ir a la fiesta, pero se sentía obligado.

—Lo pensaré —cedió con un suspiro.

—Sí, hazlo, pero ven. Y trae a alguien contigo si quieres.

Cuando terminó la conversación, Tom fregó la taza, tiró las hojas de publicidad y los periódicos gratuitos en la papelera, escribió una lista de la compra y conectó el *router*. Empezó a sacar las cosas de las maletas y justo cuando había metido el último jersey en el armario recibió un mensaje. Era de Ellinor. Se había quedado con Freja y el animal ya le echaba de menos. Le enviaba una foto de Freja tumbada en la alfombra mordisqueando un hueso. Marcó su número. Volvió a mirar la superficie del agua hacia el blanco castillo de Karlberg que estaba al otro lado. Había estado allí con Ellinor en el baile de oficiales, se habían sentado en la biblioteca para empaparse del ambiente; le encantaba la historia real y militar del castillo.

—¿Cómo está Freja? —le preguntó.

—Todo bien. ¿Cómo ha ido el viaje?

—Acabo de hablar con David.

—Huy, hace tiempo que no lo veo. ¿Cómo está? Ha tenido un niño, ¿no?

—Sí, una hija. Molly.

Se quedaron en silencio, un silencio tenso. ¿Habría sido diferente si Ellinor y él hubieran tenido hijos? Pero ninguno de los dos quiso. ¿O sí? De repente Tom se sintió inseguro. ¿Hablaron de ello alguna vez o se limitaron a dar por hecho que pensaban igual, que debían esperar?

—Qué divertido —dijo Ellinor.

—Me ha invitado a una fiesta para celebrar la boda de Alexander e Isobel.

—Eso suena bien. ¿Cuándo es?

—El viernes de la próxima semana. En los Jardines Rosendal.

—Suena maravilloso. ¿Vas a ir?

—Tal vez, creo que sí —respondió para su propia sorpresa. Y sin pensarlo lanzó la pregunta—. ¿Te gustaría acompañarme?

—Me encantaría verlos a todos —dijo ella con algo de nostalgia en la voz. A Ellinor siempre le gustaron las fiestas suntuosas, era una persona muy sociable—. Pero no puedo, no sería una buena idea por un montón de motivos.

—Entiendo.

Lo entendía de verdad. Lo raro era que cuando David le propuso que llevara a alguien, el primer nombre que se le vino a la cabeza no fue precisamente el de Ellinor, sino el de Ambra. Preguntarle a Ellinor había sido una especie de reflejo.

—Por favor, sigue enviándome fotos de Freja —le pidió para despedirse.

—No te preocupes por ella. Cuídate.

Cerca de las diez y media del día siguiente, Tom salió del apartamento y recorrió a pie los más de seis kilómetros que lo separaban del cuartel general de las Fuerzas Armadas en Lidingövägen. Hacía mucho frío y el suelo estaba cubierto de nieve, pero un sol pálido iluminaba el cielo de la ciudad y era agradable moverse después de haber estado sentado en el coche todo el día anterior.

Después de una minuciosa inspección de sus credenciales y de comprobar la relación de visitantes, el vigilante permitió que Tom traspasara la valla y esperara a Mattias en el vestíbulo de entrada.

Era la hora del almuerzo y había mucho movimiento de personal. Militares con su uniforme de color caqui, soldados jóvenes vestidos de camuflaje, personal de inteligencia con sus trajes. Había muchas más mujeres que diez años atrás, una señal de que los militares también se adaptaban a la vida moderna y aprovechaban las capacidades de todas las personas.

Tom se inclinó hacia atrás e intentó desaparecer en el fondo, volverse gris e insignificante para poder estudiar a los transeúntes. Muchos iban vestidos de civil, profesores, investigadores, estudiantes y alguna que otra mujer u hombre con aspecto de civil pero que Tom sin mayor problema identificó como personal de inteligencia.

Mattias bajó las escaleras y fue directo hacia Tom con la mano extendida.

—Disculpa la espera. ¿Tienes prisa?

—No demasiada.

—Me gustaría que conocieras a alguien antes de que vayamos a almorzar.

Tom acompañó a Mattias, atravesaron otro control de seguridad y entraron en su despacho. Una mujer que estaba sentada en la silla de las visitas se dio la vuelta y los miró.

—Tom, ella es Filippa.

Tom le estrechó la mano, seca y firme. Era joven, tenía menos de veinticinco años, de aspecto corriente, perfecto para pasar desapercibida.

—Filippa es experta en informática —explicó Mattias cuando se sentaron—. Y hacker. Puede hackear cualquier ordenador portátil, iPad o teléfono.

Mattias estaba entusiasmado. Filippa parecía una adolescente, no una superdotada, pero él era experto en reclutar gente.

—¿Lo has pensado? —preguntó Mattias cuando se despidieron de Filippa y se sentaron a una mesa del comedor.

—Dije sí al almuerzo, pero no he cambiado de opinión en lo demás —afirmó Tom.

Lo dijo con decisión, a pesar de que ya no estaba tan seguro. Hacía tiempo que no ponía el pie en los dominios de las Fuerzas Armadas y no contaba con que se iba a sentir tan... tan en casa. Pero sentirse cómodo no era lo mismo que querer volver.

—Ha valido la pena intentarlo. ¿Qué te ha parecido Filippa?

—¿Es tan buena como dices?

—Mejor aún. Empezó como hacker aficionada, ahora tiene un título en ciencias de la informática. Todos han intentado ficharla. Pero tuve suerte, resultó ser una patriota. ¿Tú qué opinas?

—Parece competente, me ha causado buena impresión. Si quieres mi opinión, creo que deberías ofrecerle el puesto.

—Tom, realmente me sería muy útil tenerte aquí. Vamos a hacer un trabajo importante, tú harías lo que mejor sabes hacer.

—¿Matar gente?

—Evaluar amenazas, hacer análisis, liderar a personas. Te estás haciendo demasiado viejo para matar gente.

—Todavía me quedan algunos años.

—Me gustaría hacerte cambiar de idea. ¿Tu negativa está relacionada conmigo?

—¿Porque me traicionaste delante de todo el alto mando? Sí, creo que soy un poco quisquilloso respecto a eso.

—Lo hice por nuestro bien, por las Fuerzas Especiales.

—Creo que lo hiciste por tu propio bien, por tu carrera.

—Tal vez. Bueno, así ¿qué dices? ¿Puedes superar tu rencor y ser profesional cuando la nación te necesita?

—Ya tengo un trabajo —señaló Tom.

—No dejaré de insistir.

Tom suspiró. Mattias era terco, y un traidor, y muy pesado. Se lo repitió a sí mismo una y otra vez, pero no se tomó la molestia de enfadarse como de costumbre.

Cuando volvía a casa después del almuerzo pasó por delante de *Aftonbladet*. Se detuvo ante el enorme edificio, vio a la gente que entraba y salía y echó un vistazo a los vigilantes que había en la recepción. La seguridad era totalmente insuficiente. Las redacciones de los periódicos eran objetivos terroristas estratégicos. Él podría ocupar ese edificio en un cuarto de hora con un puñado de hombres.

Mientras permanecía allí mirando, Ambra salió por una de las puertas de vidrio. Se detuvo al ver a Tom.

—Hola —saludó él con una sonrisa, contento de volver a verla.

Ella se puso los guantes y sacudió la cabeza.

—Lo raro no es que estés aquí, sino que ni siquiera me haya sorprendido. Tienes la manía de aparecer de repente.

—Estoy en Estocolmo —dijo, afirmando lo evidente.

—Ya lo veo. Pero ¿qué estás haciendo aquí? ¿Has venido a ver a alguien del periódico?

—La verdad es que solo pasaba por aquí —mintió él con desenvoltura—. Quería comprobar que estabas bien.

—Tengo que ir a un sitio —dijo ella.

—¿Un trabajo?

Ella asintió.

—Pero ¿por qué...?

Los interrumpió un hombre que llevaba una cámara al hombro.

—¡Ambra, tenemos que irnos!

—Es mi fotógrafo —le explicó, y se colgó al cuello la credencial de periodista.

—Ten cuidado.

Ella levantó una de sus cejas oscuras que en su frente clara parecían dos pinceladas negras.

—Suelo arreglármelas bien.

Sí, estaba convencido de ello.

—¿Cuándo terminas?

—Ni idea. Depende. —El fotógrafo emitió un bufido estresado—. Lo siento, tengo que darme prisa.

—Si quieres podemos volver a vernos.

—¿Quieres tú?

Los ojos verdes le miraron sin parpadear.

—Sí —dijo él.

Si respiraba profundamente podía percibir su olor.

El fotógrafo golpeaba el suelo con el pie. Tom le ignoró.

—¿Adónde vais? —preguntó.

Ella se colocó bien el gorro.

—Un incendio posiblemente provocado que ha causado un muerto en Djursholm. Tengo que irme ya, de verdad. A las cinco —dijo apretando los labios—. Termino a las cinco, a las cinco y media como mucho.

—Pero ¿quieres que nos veamos? ¿Cenamos juntos?

—Sí. ¿Me encargo yo de reservar mesa?

Podía estar en baja forma, pero no hasta el punto de no poder hacerlo.

—No, yo me ocupo de todo. —Luego se inclinó y le dio un espontáneo beso en la mejilla. No recordaba haber besado a una mujer en la mejilla en su vida, pero no podía dejarla ir sin tocarla—. Entonces, nos vemos a las cinco y media —le murmuró al oído.

41

Ambra vio que la ambulancia que salía de Djursholm no llevaba puestas las luces de emergencia. La policía seguía entrevistando a los vecinos. Había conseguido algunos testimonios interesantes y el fotógrafo había tomado fotos desde casi todos los ángulos. Era suficiente.

Se trataba de un trabajo de rutina al que no habrían ido si no hubiera ocurrido en una zona de clase alta y si el muerto no hubiera sido el director de una importante empresa. Los directores muertos interesan más que las personas normales. La agente de policía con la que habló, una mujer con la que mantenía una buena relación desde hacía tiempo, le dijo que todo apuntaba a un vulgar infarto.

Corrió hacia el coche, dejó conducir al fotógrafo y se dedicó a mirar por la ventanilla mientras dejaban Djursholm y salían a la E18. Echó un vistazo a las fotos que había hecho con el móvil y oyó que el fotógrafo hablaba con su jefe. Pasaron Haga Norra. La princesa heredera vivía allí con su familia, en un castillo con un parque magnífico y bien protegido cerca del lago Brunnsviken.

Djursholm, el barrio que acababan de dejar atrás, era conocido sobre todo por sus enormes chalés y las casas palaciegas en las que vivían las personas más ricas de Suecia, incluyendo a Jill. Pero a menos de cuatro kilómetros hacia el oeste estaba el obsoleto programa del millón de viviendas, donde los problemas sociales y la falta de servicios eran el pan nuestro de cada día.

Miró los edificios y la autopista que había al otro lado. De qué modo tan distinto y aleatorio estaba repartida la suerte en esta vida. Giraron hacia la ciudad. Pronto llegarían a la redacción y ya no tendría tiempo de pensar en Tom, así que se permitió divagar unos minutos mientras iba en el coche. Le resultaba extraño que hubiera aparecido de ese modo. Sonrió como una tonta mientras miraba por la ventanilla del coche hasta que llegaron al periódico.

Todo fue sobre ruedas y logró terminar sus informes, artículos y sumarios a tiempo. Ese día no había ocurrido ninguna tragedia en Estocolmo ni en el mundo, así que informó de las novedades rápidamente al turno de noche y consiguió salir a las cinco y media.

Como había prometido, Tom la esperaba afuera. Ningún mensaje diciendo que llegaría tarde, ninguna cancelación ni cambio de planes en el último momento. Si Tom decía que iba a ir, lo hacía. Llevaba una chaqueta de esquí muy moderna pero discreta, una sobria bufanda gris, guantes de piel y unas buenas botas. No se había puesto un gorro sobre el cabello corto, pero llevaba una misteriosa bolsa negra en una mano.

La saludó con una amplia sonrisa que conectó directamente con las zonas erógenas de Ambra. Se excitó de los pies a la cabeza, y comenzó a toquetear la bufanda y los guantes para disimular la vergüenza que sentía por haberse sonrojado.

—¿Quieres que demos un paseo hasta Kungsträdgården? —preguntó Tom antes de darse cuenta de que ella llevaba unos botines muy finos. Sacudió la cabeza—. Iremos en coche.

Paró un taxi, le abrió la puerta y entró tras ella. Ambra se hundió satisfecha en el asiento. No estaba acostumbrada a que la mimaran de ese modo.

—¿Cómo estás? ¿Has tenido algún problema después de todo el frío que pasaste? —preguntó él.

—Ni uno solo. ¿Adónde vamos?

—Ya lo verás.

—Pues vaya... —murmuró, pero era una protesta sin entusiasmo.

El coche era agradable, Tom olía bien y ella iba a hacer algo distinto después del trabajo en lugar de sentarse delante del televisor y comer sobras. Y lo haría con uno de los hombres más fascinantes que había conocido. Cada vez que se veían enontraba más atractivo a Tom. ¿No hubo una vez que pensó que no tenía buen aspecto? Bajó la vista hacia el asiento, donde las piernas de los dos casi se rozaban.

—¿Cómo ha ido el trabajo? —preguntó él.

—Bastante tranquilo, la verdad. No es habitual, pero esto puede cambiar en cualquier momento. ¿Qué has hecho tú hoy? ¿Has empezado a trabajar de nuevo?

—He almorzado con Mattias, he arreglado unos papeles y luego he invitado a salir a una mujer preciosa.

Era casi empalagoso, así que puso los ojos en blanco e intentó no parecer demasiado impresionada. Oh Dios, era casi irresistible cuando se comportaba de ese modo.

El coche los dejó en Hamngatan. Estaba nevando, caían grandes y suaves copos de nieve blanda y todo era ridículamente romántico. Los escaparates habían empezado a exponer algunas novedades de primavera, pero las luces de Navidad seguían colgadas en los árboles y en las fachadas de las casas, que brillaban en la noche helada. Olía a ponche navideño y a almendras tostadas y sonaba música en algún lugar.

Se dirigieron hacia Kungsträdgården pasando por delante de los pequeños puestos de baratijas y recuerdos a lo largo de la fuente vacía. Ambra se detuvo frente a un pequeño puesto en el que vendían especialidades de Norrland. Observó y olfateó en el aire.

—¿De dónde viene ese olor?

Tom señaló un camión de comida.

—¿Te gustan los gofres?

—¿Bromeas? Me encantan los gofres —exclamó ella mientras se le hacía la boca agua. Olían a gloria.

—¿Quieres gofres o prefieres comida de verdad? —preguntó Tom.

—Gofres —respondió decidida.

Él pidió uno para cada uno.

—¿Con qué confitura? —preguntó mientras la plancha chisporroteaba y humeaba al calentarse la grasa y la mezcla.

Ambra leyó el menú: frambuesas, moras, fresas.

—Quiero de todas. Y nata. Y azúcar —añadió sonriendo feliz y mirándole.

Tom sacó una piel de oveja de la bolsa, la extendió sobre un banco desvencijado, recogió los platos de cartón y se sentaron a comer humeantes y crujientes gofres con extra de todo bajo los copos de nieve y el brillo de las luces. Tom compró dos más y se comió los trozos que Ambra no pudo engullir.

Cuando terminaron de comer, Tom se levantó y tiró las servilletas y los platos de cartón en una papelera. Ambra se frotó las manos. Hacía bastante frío, pero no quería que la cita terminara aún. ¿Tal vez podían ir a tomar un café o una copa? No conocía ningún sitio por allí. Miró a su alrededor y solo vio puestos comerciales y turistas. No debería haber sugerido gofres, ahora estaba empachada.

—Ven, mujer congelada, estás tiritando — dijo. Ambra metió la barbilla en la bufanda y siguieron paseando. Tom se detuvo frente a un puesto que vendía billeteras, llaveros y accesorios—. Elige uno. —Señalaba los gorros.

—No necesito ninguno, puedo arreglármelas —protestó ella.

—Tienes frío.

Ambra estuvo a punto de negarse, había límites en lo divertido que podía resultar que te dijeran todo el tiempo lo que tenías que hacer, aunque Tom tenía razón en eso, estaba casi helada de frío. Pero entonces vio un par de orejeras blancas y esponjosas de piel de oveja, iguales a las que había visto en Kiruna. Las señaló.

—Quiero eso, pero quiero comprarlas yo.

Buscó la cartera.

—Guárdate eso —le pidió Tom, que cogió las orejeras, las pagó y se las puso a Ambra.

Calentaban de verdad. Le rozó la mejilla con el guante al ponérselas y ella sonrió.

—Ven, he pensado que podríamos ir a patinar.

Señaló con la cabeza la pista de hielo artificial que había en medio del parque. De allí procedía la música.

—Ja, ja, ja —se rio ella, segura de que bromeaba.

Pero Tom levantó la bolsa y la abrió. Debajo de la piel de cordero había unos patines de hockey.

Ambra se puso seria y sacudió la cabeza. Eso no era nada divertido.

—No quiero —dijo.

—Pero si es muy divertido.

—No sé patinar, nunca lo he hecho.

—¿Nunca?

Durante muchas excursiones escolares tuvo que quedarse sentada aparte porque no tenía patines. A nadie se le ocurrió nunca que valiera la pena enseñarle, ni siquiera comprarle un par de patines usados, así que no había aprendido. Ahora era demasiado tarde.

—No sé patinar —repitió mirando a Tom muy enfadada.

Ya no era divertido. Detestaba hacer cosas que no podía.

—Yo te puedo enseñar.

—No.

—Pero ¿por qué? —se quejó él; parecía decepcionado.

—Me caeré y me romperé la crisma. Seré el hazmerreír.

—¿Y si te prometo que no te caerás?

Ella solo quería que se callara de una vez.

—Soy estable como un muro, no permitiré que te caigas. Concédele diez minutos, y si sigues detestando patinar, lo dejaremos, pero lo he propuesto porque creo que te va a gustar.

—Si me mato no te hará ninguna gracia —masculló ella tajante.

—No te vas a matar —le aseguró él.

—Es ridículo. No puedes prometer algo así.

—Tienes razón, pero puedo prometer que haré todo lo que esté en mi mano para mantenerte a salvo. Soy bastante bueno en eso.

No le apetecía nada, pero acabó alquilando un par de patines de su número. Tenía que admitir que eran bastante bonitos. Blancos, con un borde de piel en la parte superior. Se sentó en un banco, se quitó los zapatos, se ató los patines e intentó ponerse de pie. Se tambaleó y agitó los brazos con el corazón en la garganta, pero Tom, que estaba preparado mucho antes que ella, ya estaba allí.

—No te preocupes si te tambaleas, yo te sujeto —le dijo muy tranquilo.

Ambra decidió que odiaba patinar más que cualquier otra cosa en el mundo. El segundo lugar lo ocupaba Tom.

—Inténtalo y sujétate a mí.

Se aferró a él todo lo que pudo, convencida de que los dos acabarían en el suelo. Estaba tan enfadada que le faltaba poco para llorar, pero Tom no había mentido. Por más que se tambaleaba y resbalaba no perdía el equilibrio, él no la soltaba. Y no se reía. Eso era lo más importante, que no se riera de ella.

—Es muy difícil —murmuró con el corazón en la garganta.

Intentaba avanzar sobre el hielo reluciente. El patín resbaló por debajo de ella, pero él la sujetó y entonces pensó que quizá no se rompería la crisma. Consiguió coordinar los pies y se deslizó medio metro. Tomó aliento y se relajó un poco.

—Es bueno que respires —la animó.

Ella no respondió, pero el miedo empezó a ceder, y cada vez que lograba avanzar un paso aumentaba su seguridad en sí misma. Se relajó un poco más. Entonces volvió a oír la música. Tenía tanto miedo que solo percibía un murmullo, pero ahora había vuelto a escucharla. También descubrió las luces parpadeantes que colgaban alrededor de la pista de hielo.

Dejando a un lado el hecho de que probablemente era la que peor patinaba de toda la pista, no estaba siendo una experiencia tan horrible. Y le permitía pegarse a Tom y a su magnífico cuerpo, lo que debía admitir que no era lo peor que le había sucedido. Tom se movía con seguridad sobre el hielo, como si hubiera nacido encima de unos patines. Cuando pudo mirar alrededor sin caerse de cabeza ni agitar los brazos como una marioneta constató que, a pesar de que había muchos buenos patinadores, incluso un montón de niños que patinaban cien veces mejor que ella, nadie la miraba ni se reía de ella.

—¿Mejor? —preguntó Tom.

—Un poco —admitió a regañadientes.

—Han pasado diez minutos. ¿Quieres dejarlo?

Pero ya no quería. Siguió aferrada a él mientras daban vueltas a un ritmo pausado. Nunca sería una princesa del patinaje, pero poder superar algo que siempre le había parecido inalcanzable era una sensación muy agradable.

—Estoy patinando —rio ella

Apretaba con las dos manos el brazo de Tom, pero había dado unos cuantos pasos y eso para ella ya era patinar.

Cuando completaron la tercera vuelta alrededor de la pista Tom se quitó los guantes y se los guardó en el bolsillo de la chaqueta. Le quitó a ella uno también y la tomó de la mano.

—Tengo que mantenerte caliente —murmuró.

Siguieron patinando con las manos cogidas, hasta que él se dio la vuelta sin soltarla en ningún momento.

—¿Qué haces? —gritó.

Tom estaba patinando de espaldas, con las manos de Ambra entre las suyas.

—Flexiona un poco las rodillas —le indicó.

Ella lo hizo, concentrada en no caerse. Se tambaleó, el pánico se apoderó de nuevo de ella, pero él dio un paso adelante y la sujetó con sus brazos, estable como un tanque de combate.

—Te tengo.

Ella le agarró con fuerza.

—No me sueltes.

—Lo prometo.

Al día siguiente seguramente le dolería todo el cuerpo, pero habría valido la pena. La música y el olor a ponche, la gente que patinaba, reía y sonreía. Así era como uno imaginaba que debía ser la vida, pero casi nunca lo era.

Se deslizaron por el hielo despacio, dejando que los demás patinadores les sobrepasaran, pero ahora Ambra empezaba a divertirse. Se sentía más estable sobre los patines, había descubierto que todo se basaba en una combinación de equilibrio y audacia, pero de todos modos se apretó contra Tom, apoyó la cabeza en su hombro y disfrutó al sentirse segura y cuidada.

Levantó la vista hacia él al mismo tiempo que él miraba hacia abajo. Los ojos de Tom brillaban bajo las luces de colores que adornaban la pista, estaba tan cerca que podía ver cada pestaña, cada pelo de sus cejas. Entonces él se inclinó hacia su boca y la besó, dejando que sus labios rozaran con suavidad los de Ambra mientras seguía sujetándola firme y seguro. Ella no se habría caído aunque lo intentara. Cerró los ojos y se perdió en el beso. Los brazos de Tom la rodearon y patinaron despacio hasta que la música cesó. Ambra le sonrió, aturdida.

—¿Cómo están tus pies? —preguntó él en voz baja.

—Me duelen un poco —reconoció ella, aunque en realidad hacía ya rato que estaban tan entumecidos que no los notaba.

—Estoy impresionado de que hayas aguantado tanto tiempo —reconoció.

La llevó hacia el banco en el que se habían cambiado, le pidió que se sentara y se arrodilló frente a ella. El aliento parecía una nube alrededor de su boca y Ambra estudió su cuello mientras él cogía uno de sus patines, le desataba los cordones y tiraba con cuidado para quitárselo. Gritó de dolor. Él le cogió el pie y se lo masajeó con suavidad.

—Mañana lo vas a notar —vaticinó él.

Ella permaneció sentada en el banco y se dejó cuidar. Ninguno de los dos dijo nada más. Ella estiró el brazo y le acarició el cabello. Estaba suave y frío al contacto con sus dedos. Él le quitó con mucho cuidado el otro patín.

—Tom —susurró.

Él le tomó la mano, le dio la vuelta y le besó la palma.

Ambra contuvo la respiración. Era un gesto tan tierno, la boca de él apoyada en la palma de su mano, la barba que le hacía cosquillas, los labios calientes. Se inclinó y dejó que su frente rozara la de él, cerró los ojos y respiró, intentando atrapar el momento.

Santo cielo, cómo quería tenerlo y que él quisiera tenerla a ella. No entendía por qué le atraía de ese modo. No era solo porque fuera guapo y emocionante y al parecer supiera hacer cualquier cosa, incluso enseñarle a patinar, sino por todo. Su olor, su cuerpo, todo lo que era Tom. Nunca le había ocurrido algo así con ningún otro hombre. Apenas podía pensar. ¿No estaba él enamorado de otra mujer? Al menos lo estaba hacía una semana y Tom no parecía ser el tipo de hombre que cambiara tan rápido. Este era, en otras palabras, el mejor camino para que le rompiera el corazón. No podía salir nada bueno de esto.

«Pero me compró unas orejeras», recordó para consolarse.

—Vuelvo enseguida —dijo y fue a devolver los patines.

Lo esperó de pie y cuando volvió le pasó un brazo por los hombros y la acercó a él, como si fuera algo habitual.

Estaba segura de que si hubieran tenido protección en Kiruna se habrían acostado juntos en la casa. ¿Tan peligroso sería que ella intentara conseguir lo que quería mientras él estaba en Estocolmo? Si no olvidaba que había un límite de tiempo, podría protegerse y no salir lastimada, ¿no? Se apretó contra él. En el peor de los casos se desilusionaría un poco. Sobreviviría. ¿Qué debía hacer ahora? ¿Preguntar si él también quería? ¿Y si decía que no porque ella lo había interpretado todo mal otra vez? Pero la había besado. Eso significaría algo, ¿no?

—Ambra, ¿va todo bien? Estás muy callada.

«Dilo ahora.»

«¿Quieres venir a mi casa? ¿Quieres acostarte conmigo? Sin ninguna obligación, solo tu cuerpo contra el mío.» Sin embargo, sintió que le corría un sudor frío y un terror desproporcionado la inmovilizaba. No pudo articular las palabras, no fue capaz de decirlo.

—Solo estoy un poco cansada —murmuró.

¿Se podía pronunciar una frase más estúpida en esa situación? Él era el hombre más educado del mundo, así que ahora le daría las buenas noches, por supuesto.

—Has tenido un día largo —respondió Tom como si le hubiera leído el pensamiento—. ¿Quieres irte a casa?

Sí, sería lo mejor. La tarde había sido casi perfecta, no podía continuar así en la vida real. Ella se iría a casa y terminaría su cita sola en el sofá.

42

Tom no quería que la noche terminara aún, así de sencillo, pero Ambra estaba pálida y silenciosa, así que decidió acompañarla a su casa. Lo más probable es que hubiera trabajado mucho los últimos días, y para colmo él la había llevado a la pista de hielo, donde patinaron hasta que ella apenas podía sostenerse sobre las piernas. No había estado demasiado acertado, pero ya era demasiado tarde. Había hecho que se cansara y ahora no podía esperar que siguieran juntos toda la tarde solo porque él así lo deseaba.

—Vivo en el casco antiguo —le explicó Ambra—. Es más fácil ir andando desde aquí.

Se colocó las orejeras. Le quedaban muy bien.

—Te acompañaré con mucho gusto si me lo permites —se ofreció él.

—Puedes venir si quieres.

Respondió en tono neutral, sin demasiado entusiasmo, pero él quería acompañarla, así que decidió tomarlo como una invitación. La verdad es que quería un montón de cosas.

Ella se había retirado después del beso, que tal vez ni siquiera lo fue, sino más bien una caricia cargada de erotismo, pero todo el cuerpo de Tom se encendió, se sintió atraído por ella, la reclamó.

Estaba preciosa, con su mirada rebelde y su coraje desafiante. Vio lo asustada que estaba cuando le propuso ir a patinar. Y fue desgarrador oírla reconocer que no sabía hacerlo, pero decidió ignorar sus protestas. Habría comprendido perfectamente que le mandara a freír espárragos. Pero ella apretó los dientes y no se rindió al miedo. Fue admirable. Y también muy sexy, aunque no lo esperaba, y después de besarla no quería ni pensar en decirle adiós tan pronto.

Pasaron por delante de la iglesia Jakobskyrkan, pintada de rojo, y después por el edificio de la Ópera, donde los invitados, ataviados con trajes de noche, fumaban en las escaleras y reían.

—¿Te gusta la ópera? —preguntó él.

—No demasiado. Una vez vi *Madama Butterfly* y lloré todo el camino de regreso a casa. Tiene que renunciar a su hijo —añadió al ver su cara de asombro.

—En otras palabras, que no es para ti.

—Muchos de los clásicos tienen una visión pésima de las mujeres, ¿no te parece?

—Estoy de acuerdo —afirmó, convencido de que ella sabía más de eso que él.

Cruzaron en diagonal la plaza Gustaf Adolf y entraron en Norrbro. El Parlamento estaba a oscuras, pero el Palacio Real parecía espolvoreado de copos blancos, y cuando entraron en las callejuelas del casco antiguo nevaba copiosamente. Las fachadas de las casas brillaban con las luces navideñas, había faroles encendidos y antorchas ardiendo fuera de los restaurantes. Si no hubieran comido gofres le habría propuesto que cenaran juntos, como había planeado. ¿Y si la invitaba a tomar una copa? Mientras Tom debatía consigo mismo, Ambra aminoró el paso.

—Vivo aquí.

Tom contempló la fachada, pintada de un color azul verdoso. Era una casa antigua de varias alturas. El tamaño de las ventanas se iba reduciendo en los pisos superiores y daba la impresión de que el edificio estaba torcido.

—Es del siglo XVII —le explicó—. En los anuncios, las inmobiliarias lo definen como «pintoresco». Mi apartamento está en la última planta. No hay ascensor y los escalones están inclinados. —Dudó un momento, pero al final preguntó con desgana—: ¿Quieres subir?

—Me gustaría ver dónde vives —respondió con la mayor indiferencia que pudo.

396

Ambra tecleó el código y abrió la sólida puerta. Le precedió por los amplios y desgastados escalones, que aparentaban sin ninguna duda los cuatrocientos años que tenían. Subieron hasta que ella se detuvo frente a una puerta oscura y pesada que parecía de otra época. En el buzón se leía «Vinter». Abrió y le invitó a entrar.

—No es muy grande —comentó en tono de disculpa.

Colgó la chaqueta en un perchero de color rojo brillante.

Era realmente pequeño. Un mini recibidor, una cocina en la que apenas cabía una mesa con tres sillas y un taburete, un diminuto cuarto de estar con un sofá de color lila, un gran televisor de pantalla plana y estanterías llenas de libros fijadas a la pared.

—El suelo está tan inclinado que si pones una bola en un extremo rueda hacia el otro. Pero son originales, y hay algo especial en la madera de hace varios cientos de años.

—Lo supongo.

Era la primera vez que pensaba en suelos tan antiguos. Las dos ventanas del cuarto de estar eran de distinto tamaño, y el alféizar tenía al menos medio metro de profundidad. Era un apartamento acogedor, ni elegante ni moderno, simplemente acogedor. Colorido y alegre, no lo que él esperaba de ella.

Ambra se tiró de las mangas del jersey, un gesto típico en ella. ¿Estaba nerviosa o solo cansada?

—¿Quieres algo de beber? —le preguntó mientras entraba en la cocina.

Él la siguió. La cocina era tan colorida como el recibidor y el cuarto de estar. Un aparatoso frigorífico color crema, estantes con tazas de colores vivos, jarras, cuencos de distintos tipos y un tostador de pan de un vistoso amarillo. Y una bonita lámpara de techo con todos los colores del arcoíris.

—Me gusta.

—Gracias —respondió ella con el ceño fruncido frente al frigorífico abierto—. Solo puedo ofrecerte agua —se disculpó.

—Está bien.

Ella bajó dos copas azules de uno de los estantes y volvió a disculparse cuando tropezó con él. La cocina era tan pequeña que Tom estaba siempre en medio, no importaba dónde se pusiera.

—¿Te gusta vivir aquí?

Ella puso un dedo debajo del agua del grifo.

—Me mudé muchas veces cuando era pequeña —le explicó mientras llenaba el vaso—. Casi nunca tuve una habitación propia, no vivía demasiado tiempo en ningún sitio y jamás me sentía en casa. Cuando conseguí mi primer trabajo pedí un préstamo enorme a un banco y compré este apartamento. Los plazos de la hipoteca todavía se llevan la mayor parte de mi sueldo, pero fue una buena compra, ha incrementado su valor y es mi seguridad, mi base.

—Como un símbolo de tu independencia.

—Exacto.

Sus miradas se cruzaron cuando ella le dio el vaso.

Él bebió un sorbo y dejó el vaso con un movimiento inesperado. Había tan poco espacio que chocaban a cada momento sin poder evitarlo. Sus brazos extendidos rozaron el cuerpo de Ambra y se le erizó el vello de los brazos. Parecía que el aire había dejado de circular. Ella se quedó de pie, inmóvil.

—Tom —susurró mirándole.

Ojos grandes. Mirada sensible.

La cogió y la atrajo hacia él. Ella siguió mirándole con intensidad hasta que él atrapó su boca con los labios y la besó como deseaba hacerlo desde hacía horas, días. Un beso de verdad.

Cuando ella abrió los labios notó el sabor delicioso de su boca. Sus lenguas se encontraron ansiosas, atrevidas. Las manos de Ambra subieron por su pecho, siguieron hasta rodearle el cuello y correspondió a su beso con avaricia. El cuerpo de Tom se encendió y se puso duro, caliente y primitivo. La atrajo hacia él hasta que casi chocaron con la pared. Escuchó el ruido de las cacerolas y los utensilios de cocina, pero él siguió rodeándola con sus brazos con más fuerza cada vez, sin poder soltarla, sin importarle nada más.

Ambra tiró impaciente de su camiseta y él coló sus manos por debajo, sintió su piel en los dedos, en las uñas, y creyó sufrir una especie de cortocircuito en el cerebro. Le quitó de un tirón el jersey grueso que llevaba puesto y lo dejó caer al suelo. Debajo llevaba otro más, que también le quitó con impaciencia. Otro más fino debajo, y otro.

—Pero ¿cuánta ropa llevas?

—Este es el último —rio ella mientras se quitaba la camiseta interior.

Estaba delante de Tom con un sencillo sujetador negro y los pantalones vaqueros.

—Eres preciosa —susurró él devorándola con los ojos. Ella puso los ojos en blanco, así que él le cogió la cara con ambas manos. Era importante que Ambra supiera que lo decía de verdad, que no era un cumplido vacío, que no era un hombre que dijera cosas que no sentía—. Sí, lo eres —repitió, rozándole la barbilla con los labios.

Ella tembló. Le besó el cuello, muy despacio, hasta que escuchó sus breves jadeos y sintió el pulso debajo de la piel caliente. Siguió besándola por encima de la clavícula, intentando morder su fina piel de seda hasta donde podía llegar, oyéndola jadear. Le pasó los labios por encima del sujetador y la oyó decir «Oh, Dios» cuando frotó la tela con su mejilla. Notó que el pequeño pezón se endurecía al mismo tiempo que a él le invadía una oleada de deseo.

Lo que ocurría entre ellos era una especie de locura erótica, al menos él se sentía casi como un salvaje. Solo podía pensar en satisfacerla, era su misión, un objetivo, una operación. Los dedos de Ambra se volvieron a deslizar alrededor de su nuca. Le encantaba que hiciera eso, que se aferrara a él, que le reclamara. Le rodeó la cintura con el brazo y la apretó con fuerza contra su abultada excitación. Ella dejó escapar un leve quejido. Le desabrochó los botones del pantalón, metió la mano en su interior y la extendió por encima de sus bragas.

—Oh, Tom —susurró ella casi sin aliento.

Dejó la mano ahí, entre sus muslos tersos y esa suave, cálida e incitante humedad. Ella se apretó contra él, que le echó un vistazo a la mesa. Era pequeña, pero parecía estable. Podía servir. La subió encima y vio cómo le brillaban los ojos. Empezó a quitarle los pantalones sin decir una palabra. Ella le ayudó colocando las manos en sus hombros y levantando las nalgas mientras él tiraba de la ropa.

Estaba muy atractiva con esa lencería negra que contrastaba con su piel blanca, sus finas facciones y sus largas piernas. Era una mezcla entre un hada y una heroína. Llevó la mano hasta su hombro y le bajó el tirante del sujetador. Quería verla desnuda.

—Tom, espera. —Le puso una mano en el pecho para detenerlo y se secó la frente. Tenía la respiración agitada y le miraba con intensidad—. Quítate la camiseta —le ordenó al final, cuando él ya había empezado a pensar que no tenía intención de decir nada más.

Levantó los brazos, se la quitó y se quedó con el pecho descubierto frente a ella, escuchando los fuertes latidos de su propio corazón debajo de las costillas y de los flexibles músculos. Ambra sonrió; al parecer no le desagradaba lo que estaba viendo.

—Quítatelo —le pidió él, señalando con la cabeza el sujetador.

Se llevó las manos a la espalda y lo desabrochó. Tenía unos pechos perfectos. Rodeó uno con la mano, la besó con fuerza y la empujó hacia atrás hasta que quedó apoyada con los codos en el tablero de la mesa. Él se deslizó entre sus piernas, le besó el cuello, el pecho, el vientre, respiró su olor y disfrutó de sus gemidos. Tiró de sus bragas hacia arriba para que sintiera la presión y ella volvió a gemir. Luego se inclinó y la besó por encima de la tela, la mordisqueó, metió los dedos por debajo de las bragas hasta deslizarlos en su hendidura, aumentó la presión con cuidado y fue subiéndolos muy despacio.

—Qué gusto —murmuró ella.

Empezó a quitarle las bragas con movimientos suaves y seguros, dejando que resbalaran por su piel, sus piernas y sus pies hasta que las dejó caer a un lado. Separó con las manos las piernas de Ambra, que colgaban del borde de la mesa, las acarició con suavidad, le puso una mano en el vientre y acarició su piel clara, casi brillante.

«Oh, qué maravilla», pensó mirándola. Preciosa. Desnuda. Abierta. Suya.

—No es necesario que lo hagas —protestó ella débilmente.

Pero hacía tiempo que Tom no deseaba algo con tantas ganas. Se inclinó hacia delante, extendió la lengua y la deslizó por su cuerpo sensible y tembloroso. Ella jadeó y él se tomó su tiempo, la acarició con el dedo índice buscando lo que le gustaba, escuchó sus gemidos, investigó, probó, se acostumbró a su sabor y a su olor.

—¿No quieres que vayamos al dormitorio? —gimió ella sin convicción desde el otro extremo de la mesa.

Pero él no quería nada más que lo que estaba haciendo. Extendió la palma de la mano sobre su vientre suave y la empujó despacio hasta que quedó tumbada en la mesa. Luego le separó las piernas y empezó a lamerla. Ella se quedó muy quieta y suspiró. Tom jugueteó con un dedo, lo pasó con cuidado a lo largo de la estrecha abertura y después lo sustituyó por la lengua, haciendo una leve presión. Ella empezaba a temblar y sonrió ante la confirmación que le ofrecía su cuerpo. Dedicó un tiempo a mordisquearle el interior del muslo, esa piel tan suave como la nieve recién caída, y fue recompensado con un nuevo estremecimiento.

—¿Continúo? —susurró él antes de extender la lengua y rozarle con la punta la parte más sensible.

Probó su sabor, indagó qué la hacía temblar. El pulso de los dos se aceleró aún más.

—Sí, oh, sí.

Deslizó el dedo hacia abajo acariciando los puntos nerviosos, uno tras otro. Zonas escondidas, secretas, deliciosas. Le encantó verla disfrutar. Le mantuvo las piernas separadas con las palmas de las manos y lamió la hendidura mojada, los oscuros rizos húmedos. Ella era un compendio de contrastes; suave y dura, clara y oscura, atrevida y temerosa.

Le gustaba tenerla así, entregada a él. Volvió a inclinarse, la lamió de forma metódica, presionó con dos dedos y los movió en círculos poniendo en práctica toda su habilidad, intuición y ese deseo casi animal que se había generado en él y que le hacía hervir la sangre.

La sintió hincharse, cada vez más caliente y más estrecha mientras él le introducía con cuidado el índice y todos sus músculos se cerraban alrededor de su dedo mientras apretaba los muslos. Esa mujer encantadora, curvilínea y fuerte le estaba haciendo perder la cabeza mientras la acariciaba con la lengua, con los dedos, en busca de su placer.

Tom cerró los ojos, aguzó los sentidos, mantuvo el ritmo, presionó y lamió hasta que sintió que ella se acercaba al clímax, le hundía las uñas en el pelo y apoyaba uno de los pies en el tablero de la mesa. La cogió por el trasero con una mano y con la otra le acarició la piel, moviéndola por encima de su cuerpo hasta que su orgasmo explotó en su lengua, haciendo que se sacudiera y temblara. Tom la acarició hasta que todo acabó. Tenía su olor y su sabor en la nariz, en la lengua. Quería guardar esas sensaciones, dejarse embriagar por ella todo el tiempo que pudiera.

Ambra seguía tumbada sobre la mesa con los brazos en los costados, la cabeza ladeada y una pierna flexionada. Se sobresaltó cuando él la besó en el vientre.

—Espera un poco —susurró en voz baja y ronca.

Tenía la piel de gallina.

—¿Tienes frío? —murmuró Tom.

Pasó el dedo índice por su brazo, provocándole un estremecimiento.

—Un poco.

La respuesta le sirvió de excusa para abrazarla y estrecharla contra su piel desnuda. Le invadió la necesidad de cuidarla, un instinto de protección y algo más que no pudo identificar. Aspiró el aroma de su cuello, la acercó a él más aún y se levantó con ella en brazos. Podía hacerlo. Era fuerte, lo que le agradó demostrar y lo avergonzó en la misma medida. No solía presumir delante de las mujeres.

—Debería protestar por esto —dijo ella mientras le rodeaba el cuello con los brazos y olía su pecho.

—¿Por qué? —susurró él con la boca pegada a su pelo.

—Porque es un cliché. Además, el sofá está a unos cuarenta centímetros.

—¿Quieres que te lleve al sofá?

—Sí, por favor.

Tom cubrió la escasa distancia que los separaban del cuarto de estar y se sentó en el sofá con ella en los brazos. Su piel era tan suave que le impedía pensar. Presionó su trasero contra su erección, se movió y gimió.

—¿Te estás frotando contra mí? —preguntó Ambra con una sonrisa.

—Sí —reconoció él.

Ella se movió en su regazo y él tuvo que hacer esfuerzos para respirar.

—¿No sería mejor que nos fuéramos a la cama?

—Con mucho gusto —aceptó, entusiasmado. Dudó un momento, no quería que creyera que lo había planeado—. He comprado preservativos.

—Yo también, por si acaso —admitió ella entre risas.

Le rozó la piel con la boca, le lamió el cuello y le mordió el lóbulo de la oreja.

Tom no recordaba cuándo había deseado algo con tanta fuerza como acostarse con Ambra Vinter en ese momento en su pequeño y colorido apartamento. Habría sido capaz de bajarle la luna si se lo hubiera pedido.

El dormitorio era tan pequeño y animado como el resto del apartamento. La cama de hierro forjado y pintada de verde era lo bastante ancha para los dos. Se lanzó bajo el edredón en cuanto ella lo levantó. La cama se tambaleaba de forma inquietante y crujía ruidosamente cada vez que se movían, pero parecía sólida.

—Es antigua —dijo Ambra.

Él siguió en silencio. Sus pensamientos estaban muy lejos de las antigüedades. Se puso un preservativo con discreción, se volvió hacia ella y se acercó hasta que sus caras, pechos y narices se rozaron. La besó con avidez, puso una pierna sobre su muslo, le separó las piernas, acarició la piel suave, ajustó su posición y por fin se deslizó en su interior. Era mejor que todas las fantasías que había tenido. Gimió cuando su cálida humedad lo rodeó, se quedó inmóvil, concentrado en sentirla, en tenerla en los brazos, en seguir dentro de ella, en quedarse así de cerca.

—Tom.

Ella suspiró, se aferró a él y lo acercó a su cuerpo, apretando la pierna con fuerza a su alrededor.

Él salió con cuidado para luego volver a penetrarla, una y otra vez, haciéndole el amor despacio y profundamente, hasta que su parte más salvaje tomó el control. Estaba demasiado hambriento para esperar, la sensación era primitiva, intensa, cruda, así que la abrazó con fuerza, le puso una mano en el cuello y la otra en el trasero, y se pegó a ella hasta que jadeó en su piel. Casi no podía soportar el placer y se corrió, fuerte y tembloroso, en lo más profundo de su ser, donde se perdió y desapareció.

—¿Tom? —susurró mientras le acariciaba la mejilla.

Él parpadeó, un poco aturdido todavía.

—Perdona, ¿peso demasiado?

Se apartó un poco, pero Ambra le siguió y se pegó a él. Se deleitó con el aroma de su hombro desnudo y oyó crujir la cama.

Ambra apoyó la mejilla en su pecho y cubrió el cuerpo de él con el suyo. Era la sensación de intimidad más intensa que Tom había tenido nunca. En ese pequeño apartamento con flecos, lámparas pequeñas y alegres colores se había sentido más a gusto que en ningún otro sitio. Le acarició el cabello perfumado y jugueteó con un rizo. Ella aspiraba su olor apoyada en su pecho y le pasó el dedo índice por el vello.

—¿Qué te parece si comemos algo? Tengo hambre otra vez.

—Por supuesto. ¿Tienes algo en casa?

—Nada.

—¿Qué te gustaría cenar?

—Golosinas.

Él le besó la nariz y la soltó.

—Entonces te compraré golosinas. Y también quiero ver el programa del que me hablaste.

Tom se vistió, bajó a la tienda de la esquina y compró golosinas, bollos de canela recién horneados, chocolate y helados. Cuando volvió, Ambra había encendido velas y había llevado el edredón y las almohadas de la cama al cuarto de estar. Se acomodaron en el pequeño sofá y Ambra puso *Lyxfällan*.

—¿Te gusta eso? —preguntó después de mirar un rato boquiabierto.

No entendía nada.

—Mucho —reconoció ella con la boca llena de corazones de gelatina y bombones de chocolate.

—Pero ¿por qué?

—¿No hay nada que te guste sin más?

Se estiró para para coger más golosinas.

Tom siguió el movimiento con la mirada.

«Tú, me gustas tú.»

—No veo mucho la tele.

—¿Por todas esas misiones secretas y operaciones de rescate?

—Exacto.

Siguió mirando el estrambótico programa mientras acariciaba de vez en cuando la piel fragante de Ambra.

—¿Siempre llevas barba? —le preguntó con la boca llena de dulces.

—No nací con barba.

—Me hace cosquillas.

Él le pasó la barba por la cara y ella se echó a reír.

—Para, no puedo soportar las cosquillas.

La agarró por la muñeca mientras se reía.

—¿No te gusta mi barba? —preguntó, inclinándose despacio.

—No te atrevas —gritó, así que él le pasó la barba por todo el cuerpo hasta que tembló de risa debajo de él.

Al final ella se movió y se retorció tanto que los dos se escurrieron del estrecho sofá y cayeron al suelo. Él aterrizó con un ruido sordo y tiró de ella. Ambra cayó encima de él, que parecía encantado de estar entre sus muslos y con sus pechos en una posición perfecta.

Apagó el televisor con el mando a distancia y deslizó una mano por su pecho. Le acarició las cicatrices, se inclinó y las besó. Él le puso las manos en las nalgas y cuando ella se frotó contra él la cogió por la cintura y la puso de espaldas, preparado para conquistar, acediar y ocupar.

—Cavernícola —gruñó, pero sus ojos brillaban.

La cogió con suavidad de las muñecas, le puso las manos sobre la cabeza y empezó a explorar su cuerpo a fondo con la boca. A ella se le escaparon unas risitas mientras la besaba detrás de la oreja y se retorció cuando él le sopló en el cuello, pero cuanto más insistía él, más se excitaba. Con labios hambrientos, tiró con cuidado de uno de los pequeños y duros pezones hacia delante y hacia atrás, y después hizo lo mismo con el otro. Ambra movía las caderas.

—Tom —suplicó.

—Chis —murmuró él con la boca contra su piel—. Tengo que concentrarme. Quédate quieta.

Él llegó a una pequeña cicatriz y pasó los labios con cuidado por el suave tejido cicatrizado. ¿Era una herida inocente y olvidada o alguien le había hecho daño a propósito? Ella había tenido una vida muy dura. Si alguien volvía a ponerle la mano encima, él se encargaría de perseguir a quien fuera y hacerlo pedazos con gran placer.

Cuando le soltó las manos ella se tumbó boca abajo. Tom la miró y le acarició el trasero con la palma de la mano.

—Me gusta tu culo.

—Me alegra saberlo.

Ella le dedicó una sonrisa tentadora por encima del hombro. Estaba otra vez empalmado y no tardó en aceptar la invitación. Fue a por otro preservativo, le separó los muslos, se apoyó en los antebrazos, se deslizó desde atrás y volvió a hacerle el amor, en el suelo inclinado.

—Sigue así —le animó ella levantando el trasero.

No habría creído que podría correrse otra vez, pero en esa posición la penetración era más profunda. Entró en ella con mucho cuidado al principio, pero ella gimió y susurró «Oh, Dios, qué gusto», lo que le hizo perder el control y empujar con más fuerza, perdido en la excitación que lo asfixiaba.

Le acarició la espalda, siguió hasta abajo y cuando ella levantó el trasero más aún y empujó hacia atrás, él pudo entrar hasta el fondo, clavándola en el suelo. Ella jadeó, se movió debajo de él, y sintió su eyaculación. Un grito resonó en el apartamento. Tom pensó que tal vez fuera suyo. Se retiró y la besó entre los omóplatos. Su corazón latía contra la espalda sudorosa de Ambra.

Se tumbó a su lado, resopló y la miró.

—Tú no te has corrido.

—Ya lo hice antes.

—Pero ahora no.

Ella negó con la cabeza.

—¿Por qué?

—Solo lo hago si...

Se mordió el labio.

—¿Si qué?

—Tengo que usar las manos.

Él se puso de lado. El tema le interesaba. Siempre había pensado que casi todas las mujeres disfrutaban con el acto sexual. ¿O no era así? Empezaba a dudarlo.

—De todos modos, ha sido agradable.

—Pero ¿tú no quieres disfrutar?

A él no le gustaría quedarse sin orgasmo. Y ya había tenido dos.

—No es necesario. Antes fue muy agradable, cuando tú...

Se quedó en silencio, avergonzada, pero Tom no estaba dispuesto a dejar el tema, quería saber lo que le gustaba y quería dárselo después. Quería verla disfrutar otra vez.

—¿Cuando te lamí? —preguntó tirándole con suavidad de un pezón.

Ella jadeó.

—Y lo otro —añadió.

—Enséñame lo que te gusta.

Parecía insegura, así que se inclinó sobre ella, le besó los labios hinchados, le acarició el hombro, bajó hacia las caderas, entre los muslos y se los separó. Luego bajó la boca muy despacio.

—No —murmuró—. Hazlo primero con los dedos.

—Muéstrame cómo.

Ella se quedó inmóvil, pero luego bajó las manos. Separó las piernas y se acarició en círculos más amplios de lo que él había calculado, se frotó suavemente por encima de la piel y levantó el trasero. Él le separó las piernas hasta que quedó abierta, tumbada en el suelo, y la acarició con cuidado.

—Más fuerte —le pidió—. Y no olvides hacerlo también alrededor.

Sonrió. Le gustaba que dominara y exigiera placer. La acarició como ella le había enseñado, siguió sus instrucciones y la oyó jadear.

—Tom, no pares —gimió.

Le introdujo un dedo, después dos, mientras seguía acariciandola con la otra mano. Temblorosa, se corrió en sus manos, se retorció y se estiró hasta que por fin juntó las rodillas.

—Dios mío... —farfulló.

Tom le puso una mano en la cadera, muy satisfecho de sí mismo. Quizá exageraba, pero le había gustado proporcionarle un nuevo orgasmo. Se preguntó cuántos más le podía dar. ¿Eran capaces las mujeres de tener varios seguidos o era un mito? Lo averiguaría.

Se dio cuenta de que ella volvía a tener frío. Tal vez deberían ir a la cama, o al menos subir al sofá, pero no se podía mover. Después de todo tenía treinta y siete años, no era ningún adolescente. Así que tiró del edredón que estaba sobre el sofá y se taparon con él en el suelo.

Ambra apoyó la cabeza en su pecho y se quedó así mientras se calmaba su respiración. Le pellizcó el pezón.

—¿Dónde está Freja mientras tú estás aquí? —preguntó somnolienta.

—En casa de Ellinor —respondió él sin pensar.

Se arrepintió en cuanto las palabras salieron de su boca. Notó que ella se tensaba.

—Está bien.

«Mierda, mierda, mierda.»

—Ambra, yo...

—No, no, no pasa nada.

—Disculpa, ha sido una falta de sensibilidad por mi parte.

—No pasa nada, de verdad.

La tocó, recorrió con un dedo la parte interna de su antebrazo, deseando intensamente no haber dicho nada. Nunca creyó que se pudiera sentir algo por dos mujeres a la vez. Pero lo que sentía por Ambra no era solo deseo, sino algo más. Le acarició el brazo.

—¿Te gustaría ir conmigo a una fiesta? —le preguntó en voz baja.

—¿Fiesta?

Reaccionó como si no conociera csa palabra.

Él le cogió la mano, le dio la vuelta y le bcsó la muñeca.

—Me encantaría que me acompañaras —susurró él contra su

piel cálida—. Mi amigo David Hammar, del que te he hablado, ha insistido en que vaya y me ha pedido que lleve a alguien. ¿Quieres venir?

Ella se levantó y lo miró.

—¿Quieres llevarme a una fiesta? ¿Con tus amigos?

—¿Hago mal en preguntar?

—No me lo esperaba, eso es todo —dijo Ambra arrugando la frente.

—Solo es una fiesta, nada especial. Entenderé que no quieras venir.

Pero ella asintió.

—Sí, quiero ir. Con mucho gusto, gracias.

Tom se emocionó. Ya no tenía nada en contra de ir a la fiesta.

—Pon tu programa si quieres.

Sonrió, una amplia sonrisa que tenía que ver con Ambra, orgasmos y esperanzas futuras. Se colocó bien entre mantas y almohadas y se acercó a ella.

—¿Seguro?

—Completamente.

Ella puso el programa y se acurrucó junto a él. Tom colocó el cuenco con dulces delante, apoyó la barbilla en su cabeza y la rodeó con una pierna. Somnoliento, se fue introduciendo otra vez en el curioso programa. Con los párpados cada vez más pesados escuchó los comentarios maliciosos de Ambra mientras engullía golosinas. En algún momento entre presupuestos, llantos de participantes endeudados y crujidos de bolsas de golosinas, pensó que hacía tiempo que no se sentía tan feliz. Tal vez no lo había sido nunca.

43

Ambra miró sin entusiasmo las filas de perchas. La luz de la boutique le producía dolor de cabeza, o tal vez era el fuerte aroma a perfume, o el hecho de que acababa de salir de trabajar y estaba agotada. Después de un turno solía estar más muerta que viva, incluso los días normales. Deseó haberse atrevido a cancelar la cita con Jill, pero no lo hizo.

Así que allí estaba.

—Pero ¿a qué se refiere? ¿Qué crees que significa eso? —le preguntó a su hermana.

No soportaba no entender el significado de las cosas. En esos casos empezaba a interpretar lo que ocultaban las palabras, los comportamientos y los gestos.

Le gustaba Tom y el sexo había sido excepcional. Pero el sexo solo era sexo. Era demasiado fácil estudiar sus propios sentimientos y esperanzas en una sonrisa, en un beso ardiente, en un fin de semana apasionado. Porque había sido un fin de semana lleno de pasión, habían hecho el amor una y otra vez y ahora ella tenía un montón de emociones. Pero ¿qué sentía él? ¿Qué pasaría ahora? Y ¿qué significaba que la invitara a ir con él a esa fiesta?

—Creo que significa que quiere que le acompañes a una fiesta —respondió Jill, parca en palabras.

Después sacó un vestido, el quinto o el sexto, tal vez el décimo; a Ambra le daba igual. Ella quería pensar en Tom y en el sexo.

—¿Y este?

Ambra miró el vestido. Con encaje y la espalda descubierta. Hizo una mueca.

—Odio el encaje.

—¿Tal vez algo más tapado?

El ambiente estaba cargado y había demasiada gente en esa tienda cuyo nombre no recordaba. Donde quiera que mirara había chicas de clase alta con peinados, ropa y un lenguaje corporal similares.

Ella no quería eso, lo sentía en cada uno de los poros no tratados con productos de belleza de su cuerpo sin depilar.

Ansiosa, miró la puerta de reojo, pero Jill sacudió la cabeza.

—Ni se te ocurra escaparte —le advirtió.

—¿No podemos darnos prisa?

No le gustaba ir de compras, ni siquiera ropa normal, y mucho menos en una boutique. Hacerlo con su hermana era peor aún. Era como salir con tu detractora personal.

—Iría más rápido si eligieras algo —protestó Jill sujetando un vestido reluciente con cordones y lentejuelas.

Ambra lo miró con desconfianza.

—¿Lleva plumas? —Sacudió la cabeza—. Nada de plumas.

Jill volvió a colgar la creación con una teatral mirada de angustia.

—¿Lo dejamos para otro día, señorita periodista?

Pero tenía que ir a la fiesta con Tom —solo pensar en su nombre le producía un cosquilleo—, así que necesitaba algo que ponerse. Además, le prometió a Jill que irían de compras, por lo que así mataba dos pájaros de un tiro.

—No, haré un esfuerzo —le aseguró Ambra.

Intentó parecer enérgica, a pesar de que buena parte de ella solo quería salir corriendo, aunque para ello tuviera que atravesar el escaparate.

¿Cómo podía soportar esto la gente? Todas las que estaban allí parecía sacadas de un anuncio de moda. Aunque Jill era la más famosa, Ambra vio otras caras conocidas. La reportera que llevaba dentro prefería entrevistar a gente y descubrir secretos a probarse ropa que solo haría que pareciera que llevaba un disfraz.

Jill ignoró las miradas furtivas y le mostró dos nuevos vestidos. Uno rojo y otro amarillo. Ambra volvió a sacudir la cabeza.

—No tienes remedio.

Estaba empezando a enfadarse.

—Estoy cansada —se defendió.

Se había pasado las últimas veinticuatro horas practicando sexo creativo con Tom y trabajando como una loca; apenas había dormido. Madrugó para ir a trabajar, y él también lo había hecho. Bajó a comprar algo para el desayuno mientras ella se duchaba y le preparó unos bocadillos y café. La besó y la acompañó dando un paseo hasta el trabajo. Olía muy bien cuando se despidieron. Era un hombre irresistible.

—El sexo fue fantástico —le contó a su hermana, que seguía rebuscando entre las perchas.

Sacaba algo, lo miraba y volvía a colgarlo. Una y otra vez.

Ambra corría detrás de ella. Necesitaba hablar con alguien de eso. Bajó la voz.

—Estaba supercachonda. Nunca me he corrido tantas veces, y los orgasmos... Distinto a todo lo que he conocido. ¿Has tenido alguna vez un orgasmo que sea lo mejor que te ha pasado y que ni creías que fuera posible?

—La mayoría manuales —repuso Jill distraída mientras sacaba un vestido estampado con volantes en la parte de abajo y lo miraba con gesto crítico.

—Tuve varios orgasmos.

Solía alegrarse cuando tenía uno. Incluso medio.

—Basta ya, no quiero saber nada más.

Jill sostenía el vestido delante de Ambra.

—Pero tú siempre hablas de esas cosas, no tienes límite.

—Solo cuando se trata de mí. Guarda tus múltiples orgasmos para ti.

Ambra miró a su alrededor para asegurarse de que no había nadie escuchando.

—¿Puedes correrte solo haciéndolo?

—¿Te refieres al mete-saca? Para nada.

—¿Crees que es normal correrse sin ayuda de las manos?

—¿Por qué estamos hablando de esto?

—Porque yo tuve que enseñárselo, porque al parecer creía que era así.

—Es posible que su anterior pareja le hiciera creer eso. Algunas lo hacen y nos complican la vida a las demás.

—¿Quieres decir que fingía?

Ambra debía admitir que la idea de que Ellinor simulaba los orgasmos la animó bastante.

—Yo lo he hecho un montón de veces. No tengo paciencia, son muy torpes. Pero ¿sigue con ella? En ese caso no te ilusiones con que haya algo más.

—Pero él parece interesado. Y no espero nada —mintió.

Jill no estaba muy convencida, pero cambió de tema.

—¿Qué te parece este? Sería mejor si tuvieras pecho, pero te quedará bien.

Jill agitaba el vestido con gesto desafiante.

Ambra empezó a sacudir la cabeza de forma reflexiva mientras miraba el vestido azul casi transparente, que además tenía pinta de caro y un poco descarado, muy alejado de su estilo, cuando Jill habló en voz baja.

—Y antes de que digas que no, te advierto que si no te lo pruebas te voy a grabar, luego subiré el clip a Instagram, diré que eres mi hermana y se lo enviaré a todos los de *Aftonbladet.*

Ambra cogió el vestido.

—Y después compraremos zapatos.

Protestó de camino al probador. Jill la siguió.

—Y joyas. Y un abrigo. He visto uno de Dior que te quedará muy bien si no comes en unos días.

—Me niego a comprar un abrigo. Y me niego a pasar hambre. Los abrigos tienen que ser amplios.

—Te puedes negar todo lo que quieras, pero no puedes llevar esa chaqueta de cuero tan fea con un vestido de noche. Ni los pobres aceptarían esa ropa. Compraremos un abrigo —zanjó Jill ladeando la cabeza como hacía cuando manipulaba a alguien para que cumpliera su voluntad—. Déjame hacerlo, me avergüenzo de haber olvidado tu cumpleaños, quiero compensarte por ello.

—Prefiero que te avergüences.

Todavía le dolía el olvido de su hermana. Pero sabía que había perdido. No podía resistirse a Jill cuando estaba de ese humor. Además, tenía la cabeza llena de Tom Lexington.

Tom, Tom, Tom.

Estaba oficialmente enamorada de él, decidió mientras entraba en el probador, se quitaba la ropa y se ponía con cuidado el vestido azul.

—Y ropa interior. Necesitamos ropa interior. ¿Sigues ahí? —gritó Jill desde el otro lado de la puerta.

—Sigo aquí.

El probador era un cuarto amplio y lujoso con un pequeño sofá, varios percheros y una iluminación suave. Podría quedarse ahí y descansar.

Jill golpeó la puerta.

—¿Ambra?

—Sí, sí, sí.

Se ajustó los tirantes y se arregló el escote. Su hermana tenía razón, necesitaría ropa interior nueva para un vestido como este.

Giró frente al espejo para verse desde distintos ángulos. En realidad, no odiaba ese vestido.

—Pruébate estos zapatos.

Jill abrió la puerta, la miró y le pasó un par de zapatos de tacón de aguja y punta exagerada.

—No podré andar con esto —protestó, pero los cogió.

Eran de su número y no parecían de vieja ni demasiado juveniles, sino elegantes, modernos y un poco atrevidos. Le pedían a gritos que se los llavara. Eran divinos. Si practicaba todos los días y en la fiesta se quedaba quieta, podría funcionar.

—¿A qué peluquero vas? —preguntó Jill, que acababa de asomar por la puerta.

—¿Cómo?

Ambra se miró en el espejo. Estaba pálida y ojerosa, pero llevaba el pelo como siempre. No había nada malo en su peinado.

—Es para saber a quién evitar. Da igual, Ludvig te pedirá cita con el mío.

Abrió la boca para protestar, pero la cerró cuando vio el mal-humor de Jill. Acarició la brillante tela azul sin atreverse a mirar la etiqueta del precio. ¿Le gustaría a Tom con ese vestido? ¿Brillarían sus ojos peligrosamente si la viera con la ropa interior que Jill le había sugerido? Cogió las prendas y las miró con atención. Seda de color gris claro. Encajes diminutos. Esperaba que a Tom le gustara el encaje.

Colgó las prendas y salió del probador con el vestido puesto.

—Reconoce que te estás divirtiendo —dijo Jill.

—No quiero que malgastes tu dinero en mí.

Jill sostuvo dos collares distintos delante de ella.

—¿Tú qué dices?

Ambra asintió con la cabeza, mirándose en el espejo.

—Como te has encargado de recordarme todo el tiempo, no soy una modelo.

Observó sus pechos pequeños y sus blandos músculos abdo-minales.

—Eres un bombón —repuso Jill desconcentrada.

Dejó a un lado los collares y le enseñó un par de pendientes brillantes como copos de nieve.

Ambra puso los ojos en blanco.

—Sí, ¿verdad?

Jill la miró asombrada.

—¿Lo dices en serio? ¿Piensas que eres fea? Creía que bromea-bas.

Ambra se encogió de hombros. No debería hacer caso a los co-mentarios de Jill, hablara o no en serio. A los catorce años ya era guapísima, y no era fácil relacionarse con una hermana así cuando se tiene una autoestima tan frágil como la suya por aquel entonces. Estaba acostumbrada a volverse invisible en cuanto Jill aparecía, y eso dejaba huella. No solía pensar en ello, no era algo de lo que se sintiera orgullosa.

—¿Sabes con qué frecuencia recibo comentarios negativos so-bre mi aspecto físico? —preguntó Jill.

—¿No fuiste elegida la mujer más sexy de Suecia hace unos años?

Miró con escepticismo a su perfecta hermana.

—¿No has leído lo que dicen de mí en Instagram? Que estoy demasiado gorda, que soy demasiado morena, demasiado artificial, que voy demasiado maquillada. Y eso que bloqueo lo peor, a los que opinan que debería suicidarme por lo gorda y fea que soy.

—¡Uf! Lo sé, es insoportable. —Era deprimente. Como si la castigaran por ser mujer y permitir que la vieran—. Pero ¿te preocupa? ¿Te lo tomas en serio?

Jill solía presumir de que todo le daba igual.

—A veces.

—Comprendo que es difícil.

Suponía que su hermana no entendía bien cómo eran las cosas para los demás, para el común de los mortales. Y Jill nunca defendía nada, no tenía una opinión definida de nada. Todo era superficial.

—Ambra, eres preciosa, ¿cómo puede ser que no lo sepas? ¿Cómo es posible que no veas lo que yo veo? Una mujer bonita con una piel perfecta, un pelo precioso, unos ojos fantásticos y un cuerpo femenino totalmente normal.

Ambra se dio la vuelta, incómoda.

—Pero Jill, tú siempre tienes admiradores alrededor cuando salimos, mientras que yo soy invisible. No puedo compararme contigo. La gente se acerca a ti cuando vamos juntas para decirte lo guapa que eres y hacerte cumplidos.

—La gente también te mira a ti. Los hombres te miran.

Jill estaba a punto de dejar los pendientes que parecían copos de nieve, pero Ambra los cogió. Le recordaban a Kiruna, a Tom y al patinaje sobre hielo.

—No es verdad, no me miran.

—Claro que te miran —insistió Jill—. Lo que pasa es que tú no lo ves. Estás ocupada mostrándote arisca, enfadada, fingiendo que no te importa nada.

—Eso es ridículo.

—De todos modos, eres muy guapa, y por fin estamos encontrando lo que buscamos. ¿Quieres esos pendientes? Bien, entonces elegiremos un bolso de noche que combine con ellos. Algo que brille.

416

Cuando Ambra llegó a casa abrió las distintas bolsas y cajas. Jill había pagado una suma astronómica sin parpadear con una elegante tarjeta de crédito que Ambra solo había visto en fotos. Le costó, pero por una vez en la vida decidió permitir que le regalaran algo sin devolver el favor en el acto.

Por una vez no pasaba nada.

Contempló sus valiosos regalos. Bisutería de marcas caras en cajas planas, un bolso de noche, una pequeña cartera de fiesta que seguía guardada en su lujoso envoltorio de tela. El brillante abrigo de Dior que probablemente solo usaría una vez, la ropa interior de seda y por fin el vestido y los zapatos.

Tenía un nudo en la garganta. Nunca en su vida había recibido tantos regalos, y era más superficial de lo que ella misma creía, porque lo que sentía por todas esas cosas era puro amor.

De todos modos, sería divertido vestirse así, decidió mientras acariciaba con las yemas de los dedos los ligeros y suaves papeles de seda que asomaban desde el interior de una lujosa bolsa de papel brillante con el logo de Prada.

Tal vez incluso fuera muy divertido.

44

Tom cogió las llaves del coche, cerró el apartamento y bajó al portal. Había aparcado en la calle y tuvo que rascar la escarcha de las ventanillas y retirar la nieve antes de poder arrancar. Se sentó en el coche y pensó que, si dejaba a un lado que echaba de menos los paseos con Freja, era bastante agradable estar en casa. Ellinor le enviaba mensajes todos los días, tanto fotos como comentarios sobre las últimas hazañas de la perra. Ya había recibido el mensaje de la mañana, justo antes de arrancar el coche.

Por cierto, ¿vas a ir el viernes a la fiesta?

Él respondió:

Sí.

¡Qué bien!

Sí, estaba bien. Arrancó el coche y se marchó. Lo cierto era que le hacía ilusión ir a la fiesta. Tenía ganas de ver a David Hammar, saludar a Alexander y a Isobel de la Grip y darles la enhorabuena por su boda y por la adopción de Marius.

Ese tema todavía le producía cargo de conciencia, era una de las pesadillas recurrentes que intentaba reprimir. Esos ojos oscuros que confiaban en él.

Conoció a Marius en el Chad el verano anterior. Era un niño de la calle que se acercó a él ofreciéndole información, unos datos que supusieron un avance en la búsqueda de Isobel.

Como recompensa, Tom se portó muy mal. Marius había depositado en él su confianza y él lo defraudó al secuestrarlo. Solo era un pequeño y escuálido niño de la calle. Se llevaron a Marius al desierto y lo encerraron en el jeep militar para que no hablara con nadie. Si Isobel no se hubiera llevado al chico de allí, tras la liberación Marius tal vez habría muerto en las calles del Chad, lo que para Tom habría significado tener que cargar con la vida de un niño sobre su conciencia.

La ansiedad empezó a arañarle el pecho, pero se sacudió la idea de la mente. Había conseguido controlar mucho mejor los ataques. El episodio al menos había terminado bien, se recordó a sí mismo. Isobel y Alexander querían a Marius como si fuera su propio hijo y le ofrecían toda la seguridad y cuidados que antes no tenía.

Conectó los limpiaparabrisas para la nieve, cambió de carril y encendió la radio para distraerse. Subió el volumen al reconocer vagamente la canción que estaba sonando. Era Jill Lopez, sin duda. Se relajó y la tarareó. El día anterior había ido al gimnasio por primera vez en mucho tiempo. Le resultó agradable entrenar de otro modo que no fuera cortar leña y retirar la nieve, sentirse un poco civilizado.

No había visto a Ambra desde que se separaron hacía dos días en la entrada de su trabajo, pero había pensado en ella casi sin interrupción; tenía que hacer un esfuerzo para no enviarle mensajes cada cinco minutos. La noche que pasaron juntos hicieron el amor casi sin descanso, pero ella tuvo que madrugar para ir a trabajar, así que apenas pudo dormir. Le preocupaba haberla dejado agotada, aunque más bien fue algo recíproco.

La tarde del día anterior tenía algo que hacer con su hermana. Ese día iba a estar libre y él esperaba que pudieran verse, pero al final tuvo que hacer unas horas extra. Esa mujer trabajaba demasiado, debía de estar muy cansada.

¿Cuál debería ser su siguiente paso?

Podría sugerirle algo, pero ¿qué sería lo adecuado? No quería resultar inoportuno.

Sonó el teléfono y contestó con el sistema de manos libres del coche mientras salía de la autopista.

—Hola, soy Mattias, ¿cómo estás?

—Bien.

Le ofreció una respuesta escueta. No sabía definir bien lo que sentía por Mattias ni qué relación tenían.

—Solo quería saber si has cambiado de opinión, si estás dispuesto a trabajar por la democracia conmigo.

—No he cambiado de opinión.

—A Filippa le gustaste.

—Solo nos vimos cinco minutos.

—Pero sueles gustar a la gente. Deberías ver el equipo que van a darnos. Y el presupuesto que he preparado. Creo que tú...

—¿Cómo te fue con Jill Lopez? —le interrumpió Tom.

Hubo un largo silencio.

Tom sonrió al comprobar que era posible hacer callar a Mattias.

—Nos hemos visto —respondió Mattias de forma vaga—. ¿Y tú? ¿Hubo algo más entre Ambra y tú?

Tom pensó en las caricias en su casa de la montaña, en el patinaje del sábado, en las fantásticas relaciones sexuales, en los incesantes mensajes...

—Hemos hablado por teléfono algunas veces —respondió en el mismo tono evasivo.

Más silencio.

Debería colgar, no dejarse llevar por la cháchara de Mattias, pero todavía tenía que seguir conduciendo un rato y seguro que Mattias podía resolver sus dudas, en ciertos aspectos tenía más mundo que él. Suspiró, no estaba muy convencido de querer tener esa conversación, pero no tenía mucho más donde elegir. A menos que lo mirara en Google, lo que le parecía más patético aún. Carraspeó, mantuvo la mirada fija en la carretera y habló en el tono más formal que pudo.

—Me pregunto si debería llamarla por teléfono.

Mattias se quedó callado tanto tiempo que Tom tuvo que preguntarle si seguía ahí.

—Sí, solo intento recuperarme de la sorpresa de que me pidas consejo sobre mujeres. ¿Qué es exactamente lo que quieres saber?

Tom clavó la vista al frente y apretó las mandíbulas.

—No sé si llamar a Ambra después de... Ya me entiendes.

—Lo interpreto como que habéis hecho algo más que hablar por teléfono.

—Sí.

—Entiendo. ¿Te gusta?

Ni siquiera tuvo que pensar la respuesta.

—Sí.

—Entonces es muy sencillo. Si deseas llamarla, debes hacerlo.

Tom accionó el intermitente y se desvió. Parecía lógico.

—Es solo que no sé qué decir.

Hizo una mueca al pensar que sonaba como un adolescente.

—Tom, salir con una mujer es un proceso. Tenéis que conoceros el uno al otro, buscar el equilibrio. Si la última cita fue muy intensa, tal vez podáis hacer algo más sencillo la próxima vez, o al contrario.

Vaya. No lo había visto como si estuviera saliendo con Ambra. Cuando Ellinor y él eran pareja las cosas se llamaban de otro modo, por lo que no tenía ni idea de lo que estaba haciendo. Pero Mattias tenía razón. La llamaría. De todas formas, ya tenía pensado hacerlo. Podría sugerirle dar un paseo o tomar un café. ¿O sería mejor enviarle algo? ¿Flores? ¿Se asustaría? Evitó preguntárselo a Mattias. Había un límite para su capacidad de humillarse ante sus antiguos amigos. ¿O lo seguían siendo? Ya no lo sabía.

—Tengo que colgar —dijo Tom.

—Hablamos.

Tom colgó sin responder. Estaba a punto de llegar. Se dirigió a la salida y continuó hasta aparcar frente al garaje de la casa de sus padres.

Se quedó sentado en el coche.

Había crecido en esa casa amarilla. Sus hermanas se marcharon, una tras otra, para formar sus propias familias. Su padre había muerto hacía años.

Pero su madre seguía allí.

Tom recordó la última vez que la visitó. No esperaba que la sensación fuera tan fuerte. Salió del coche y recorrió el corto trayecto que le separaba de la entrada. Parecía que acababan de retirar la nieve y habían esparcido arena. En la escalera de acceso brillaba un gran farol y vio una guirnalda verde colgada en la puerta. La casa estaba recién pintada, limpia y bien cuidada. Había guirnaldas de luces colgadas en los árboles, como siempre.

Su madre no era una anciana, todavía no había cumplido los sesenta años y tanto ella como su marido eran muy mañosos y sabían arreglar las cosas. Mientras se dirigía a la puerta pensó que quizá debería haberla llamado antes. Tal vez tendría que haberle preguntado si necesitaba algún tipo de ayuda. Él también tenía buenas manos y su madre debía saber que podía llamarlo. Pero a Eva Lexington no le gustaba pedir ayuda, siempre quería hacerlo todo ella misma.

«Igual que yo», pensó.

Llamó al timbre de la puerta, que se abrió al instante, como si su madre estuviera esperándolo en el recibidor.

—¡Tom! Adelante.

Ella se hizo a un lado para dejarle pasar. Él le dio una palmadita en el brazo y un beso en la mejilla. No había demasiado contacto físico entre ellos, pero vio que le brillaban los ojos. Ella se ajustó la rebeca para no enfriarse y Tom cerró la puerta detrás de él.

—Qué alegría verte, qué feliz estoy de que hayas podido venir.

Él se sacudió la nieve y empezó a desabrocharse la chaqueta.

—¿No has ido hoy al trabajo?

—Estoy corrigiendo redacciones para un compañero, lo hago en casa.

—Pero ¿tienes tiempo?

—Para ti siempre tengo tiempo. Entra.

Tom colgó la ropa y la siguió hasta la cocina. Se sentó a la mesa, la misma en la que él una vez grabó sus iniciales, para gran enfado de sus padres. Su madre sacó pan seco con semillas, queso tierno y un surtido de verduras. Así era su madre, saludable, nada de excesos los días laborables. Cuando cogió la taza de café que ella le ofrecía, vio en sus manos las manchas de la vejez.

—Las chicas tienen muchas ganas de verte, todas te mandan recuerdos.

—Gracias.

Agradecía que no fuera demasiado habladora. Nunca le había dicho a qué se dedicaba exactamente. Quería protegerla, pero no saberlo podía resultar muy difícil. Estaba más ajada de lo que recordaba. El shock que le supuso la noticia de que había muerto en el Chad debió de ser horrible. Le dolía haberla expuesto a eso. Ningún padre o madre debería recibir una noticia así.

—¿Cómo estás, mamá?

—Bien, solo un poco cansada. De hecho, he tenido que restringir mi horario de trabajo.

Siempre había tenido mucha energía.

—¿En serio? ¿No estarás enferma?

Ella hizo un rápido gesto de rechazo con la mano y luego puso queso y pimiento sobre un trozo de pan.

—Estoy muy contenta de verte. Sé que has estado enfadado conmigo.

Él no dijo nada. Probablemente lo estuvo.

—Estabas muy disgustado y decepcionado porque me divorcié de tu padre y porque luego me casé con Charles, y no siempre lo he manejado de la mejor manera. Pero debes saber lo importante que eres para mí. Me parece un milagro que estés aquí, que hayas vuelto.

Se le hizo un nudo en la garganta, así que se levantó avergonzado y se dirigió al aparador en el que estaban las fotos. Se detuvo delante de una en la que estaba con su madre y sus hermanas. Se la hicieron el primer verano después del divorcio. No la había visto.

—¿Cuántos años tenías tú aquí? —preguntó estudiando su cuerpo larguirucho de entonces y su mirada obstinada.

Sí, estaba enfadado con ella.

Su madre se acercó.

—Tú tenías catorce y yo iba a cumplir treinta y cuatro.

Solo treinta y tres años, cuatro más que Ambra. Y sola con cuatro hijos. Nunca se había parado a pensar en lo difícil que debió de ser para ella.

—¿No estaba Charles aquí?

—¿Aquí? No, aún no le había conocido.

—Siempre pensé que era la razón de que papá y tú os divorciarais.

Odió a su madre durante un tiempo por eso.

—No, esa no fue la razón. ¿Creías eso?

Ella nunca lo había demostrado, pero debió de ser una lucha llevar la casa, cuidar de ellos, mantenerlos limpios y alimentarlos a la vez que trabajaba a tiempo completo. Su padre solía desaparecer, nunca tenía tiempo o estaba ocupado.

—¿Papá bebía? —le preguntó, aunque suponía la respuesta.

Ella se mordió el labio, se inclinó hacia delante, toqueteó el borde de cera de la vela que había encendido y después asintió con la cabeza.

—A veces lloraba de preocupación por las noches. Quería que estuvierais a salvo y tuve que luchar mucho para mantenernos a flote, para mantener la casa. Teníamos muchas deudas. La inquietud por vosotros era terrible. Os quiero mucho e intenté hacer lo mejor para vosotros.

—No tenía ni idea.

—No quería que lo supieras, ni tampoco tus hermanas.

—Habría sido mejor si nos hubieras hecho partícipes de la situación. Podríamos haber ayudado.

—Tal vez. No es fácil ser padre. No hay ningún manual.

«Y yo no facilité mucho las cosas», pensó Tom.

—Sé que me reprochabas la muerte de papá —siguió su madre.

—No —respondió él, pero no era del todo cierto.

Poco después de que su madre se casara con Charles murió su padre. Tom la culpó de ello durante mucho tiempo; creía que su padre había muerto de dolor.

—Perdóname, mamá.

—Sé que querías mucho a tu padre, que era tu ídolo. Y era un buen padre. Os quería a todos, no era malo, era un buen padre.

—Pero no un buen marido.

Ella sacudió la cabeza despacio.

—Lo hizo lo que mejor que pudo, y yo lo intenté hasta que no aguanté más. Divorciarme es lo más difícil que he hecho en mi vida. Cuando veía lo mal que te sentías y cuánto lo echabas de menos, tenía tantas dudas que creía que no lo iba a soportar. Tu padre y tú os queríais mucho. A veces aún tengo la sensación de que puse mi felicidad por encima de la tuya.

Ella guardó silencio y se llevó la mano a la boca.

Solo había visto llorar a su madre una vez, cuando él estaba a punto de salir hacia su primera misión en el extranjero. Estaba pálida y callada cuando lo llevó al aeropuerto. Él estaba nervioso, tenso. No le habían comunicado el destino, pero ella sabía que no sería en ninguna parte segura del mundo.

Entonces lo abrazó con fuerza y lloró, por primera vez. Y él solo tenía prisa por marcharse.

—Lo siento, mamá. Perdona todos los problemas que te he causado.

—Eres una de esas personas que intentan mejorar el mundo, y tienes que saber que estoy muy orgullosa de ti por eso. Tienes un sentido especial para el bien y el mal. Tu padre también lo tenía en muchos aspectos. —Sacó un pañuelo del bolsillo de la rebeca y se limpió la nariz—. Y no has causado ningún problema. Querido Tom, a veces creo que no entiendes lo importante que eres para nosotros, lo mucho que significas para tu familia.

—Vosotros también significáis mucho para mí —respondió con voz ahogada.

Su madre le dio unos golpecitos en la mejilla y volvió a sentarse a la mesa.

—Ya lo sé. ¿Cómo está Ellinor? ¿Sigue todavía...?

—¿Con ese Nilas? Sí.

—Ella me lo dijo el verano pasado. Lo lamento por ti. Sé lo que siempre has sentido por ella.

Después se quedó en silencio, barrió con la mano las migas del mantel y las dejó caer en su plato.

—¿Mamá? Creía que Ellinor te gustaba —dijo él sorprendido.

Toda su familia conocía bien a Ellinor, la habían visto varias veces y se habían relacionado con ella. Tom suponía que todos pensaban que ellos dos encajaban a la perfección.

425

—Y así es, sin ninguna duda.

Pero su tono no era demasiado convincente.

Se preguntó si ella sabría que Ellinor le había engañado, y no solo con Nilas, sino antes en alguna otra ocasión. Él nunca había contado nada, nadie más tenía derecho a inmiscuirse, pero parecía que su madre sospechaba algo.

—He salido varias veces con una chica —le contó, vacilante.

Su madre apoyó las manos en las rodillas y lo miró con interés.

—No sé si te gustaría.

—¿Por qué?

—Es muy distinta a Ellinor —explicó, aunque eso no tenía por qué ser una desventaja—. Se llama Ambra.

—Un nombre muy bonito.

—Es periodista. Un poco más joven que yo.

El rostro de su madre se ensombreció un poco.

—No será demasiado joven, ¿verdad?

—No, mamá, no es demasiado joven. Probablemente no sea nada serio, así que, por favor, no se lo digas a los demás. Pensaba que te gustaría saber que hay esperanza.

—Me alegro mucho.

Los ojos de su madre volvían a brillar.

Durante el resto de la visita charlaron sobre el jardín y sobre sus hermanas, y se despidieron con un abrazo y con la promesa de Tom de volver pronto.

—Cuídate, mamá, y llámame si necesitas ayuda. Y procura descansar.

Condujo de regreso a la ciudad. A mitad de camino tuvo una idea, giró en dirección al centro, aparcó en el parking de NK y entró en los grandes almacenes. Buscó el departamento de hogar y decoración y eligió unos cojines, algunas macetas, cortinas y un juego de platos de porcelana para todos los días. Vio una manta de colores claros que le recordó el apartamento de Ambra y también la cogió. Pidió que le entregaran a domicilio todo excepto la manta, que prefirió llevársela él mismo. Después bajó al departamento de ropa de caballeros, eligió un traje, varias camisas y ropa interior. Cargado con un montón de bolsas, vio la indicación del departamento de juguetería. Volvió a subir y buscó a un vendedor.

—Quiero hacerle un regalo a un niño de unos ocho años, pero no tengo la menor idea de lo que le gusta. Nada de armas, eso es lo único.

—Lego siempre está de moda.

—Me parece bien. Tiene que ser grande. ¿Puede envolverlo?

Tom salió del centro comercial con el enorme paquete debajo del brazo y bolsas en ambas manos. Lo dejaría todo en casa y después pediría cita con un peluquero.

El otoño anterior había regresado de entre los muertos.

Pero hasta ese momento no había vuelto a sentirse vivo.

45

Ambra miró la pantalla con los ojos enrojecidos e intentó concentrarse en el flujo de noticias. Ese tenía que haber sido su día libre, pero cuando Grace le preguntó agobiada si podía trabajar un turno extra ella no pudo negarse. Sin embargo, empezaba a notar lo poco que había dormido las últimas noches. El estrés era la norma en la redacción, pero con tantas bajas por enfermedad apenas le quedaba tiempo para comer o ir al baño, así que se mantenía en pie gracias a los cafés que tomaba sin cesar. Deseaba poder echarse algo a la boca, aunque fuera de pie, pero ni a eso llegaba. Tenía tres artículos pendientes por escribir y unas veinticinco llamadas telefónicas y mensajes por contestar. Ninguno era de Tom.

El día anterior había respondido brevemente al mensaje que él le había enviado y después se quedó dormida, y desde entonces no había vuelto a saber nada de él. Intentó fingir que le daba igual, pero fracasó. ¿Y si se había rendido? ¿Y si se había arrepentido de haberla invitado a la fiesta del viernes? Debería escribirle algo, llamarlo tal vez, solo iba a... La pantalla del teléfono se iluminó y echó un vistazo esperando que fuera él, pero no era Tom. Era un mensaje de Elsa.

Hoy he visto a Esaias. Estaba hablando con un hombre. Le he hecho una foto. ¿Se puede incluir en este mensaje?

Ambra le escribió las instrucciones del modo más claro que pudo y enseguida llegó una foto.

¿Sabes quién es? Me siento como una detective de la tele.

Ambra miró la foto borrosa de un hombre alto vestido de oscuro que Elsa le había enviado. No le había visto nunca.

No, pero ten cuidado. No te arriesgues demasiado.

Le preocupaba la idea de que pudiera pasarle algo a Elsa. La mujer tenía casi cien años.

Ambra recibió un emoticono sonriente a modo de respuesta.

Volvió a mirar la imagen que le había enviado. Era una foto borrosa y mala, y además el hombre estaba medio de lado. Podía ser cualquiera, pero algo en su postura hizo que se le encendiera una luz en el cerebro. ¿Se podría hacer una búsqueda de imágenes con la foto? Acababa de anotarlo en su lista mental de Cosas-que-tengo-que-hacer, cuando vio que Oliver Holm se acercaba a su mesa.

La sonrisa que le bailaba en la comisura de los labios, los hombros anchos, el pelo brillante y la cadencia de sus pasos le recordaban a un príncipe de Disney. Era un joven atractivo y varias chicas lo miraron mientras pasaba despacio junto a ellas mostrando los bíceps, con su característico estilo de vestir que quería parecer descuidado, pero que estaba estudiado al milímetro. Varios hombres también lo miraron.

Oliver se detuvo un par de mesas más allá. Ambra vio por el rabillo del ojo cómo intercambiaba unas palabras con uno de los jefes de redacción. Ambos se rieron en voz alta y después el reportero se pasó la mano por el pelo y recibió una palmada en la espalda como respuesta a algo que había dicho.

La saludó sin detenerse, avanzó unos pasos más y entró en la sección de Investigación. Ambra intentó escuchar, pero solo le llegaba un leve murmullo. Por mucho que lo intentó, no consiguió concentrarse en el trabajo. ¿De qué podían estar charlando tanto tiempo?

—¡Genial! Ya hablaremos —le oyó decir en voz alta.

Ambra se apresuró a mirar el ordenador y fingió no haberle visto.

Oliver siguió adelante. Cruzó toda la oficina con una actitud victoriosa, como quien tiene el boleto premiado y solo espera que el dinero llegue a su cuenta.

Si Ambra tuviera un archienemigo, ese sin duda sería Oliver Holm.

Cuando se acercó a su mesa, ella inclinó más la cabeza y la hundió en el ordenador, como si las letras de la pantalla encerraran la respuesta al sentido de la vida.

«Pasa de largo, pasa de largo, pasa de largo.»

Oliver se detuvo, por supuesto.

—¿Cómo van las cosas por aquí? ¿Escribiendo un poco?

Ambra no respondió, se limitó a mirarle y a pensar que le gustaría decirle que solo era un rubio tonto, pero por desgracia él era demasiado astuto para eso.

—Pensé que te gustaría saber que tengo en marcha algo muy bueno. He estado en Investigación para intercambiar ideas con ellos y enseguida se han interesado. ¿Y tú? ¿Qué tienes entre manos? ¿Alguno de tus realistas y lacrimógenos reportajes sociales? ¿Otro artículo sentimental?

Oliver echó una ojeada a las notas de Ambra y leyó Instituto Nacional de Asuntos Sociales en letras mayúsculas.

Ella le dio la vuelta al cuaderno.

—Todo bien por aquí. ¿Y tú? ¿Has invitado al jefe a un cigarrillo en los últimos días?

—Es mejor que no nos enfademos —ofreció Oliver con media sonrisa—. Tal vez se te asigne otro puesto, ¿quién sabe?

Se rio como si solo estuvieran bromeando.

—Sí, yo no tengo familiares en este sector que me puedan ayudar, así que tendré que confiar en la suerte.

—Pobre Ambra. Debe de ser duro para ti tener que competir siempre conmigo.

Por primera vez, Ambra pensó que Oliver tal vez tenía razón. Él era el mejor periodista de los dos. Estaba a punto de decir algo hiriente, o al menos inteligente, cuando Oliver levantó la mano y saludó a alguien que estaba detrás de ella. Se volvió y descubrió a Karsten Lundqvist, el experto en seguridad, que se dirigía hacia ellos.

—¡Hombre! ¿Qué tal?

Karsten le miró por encima de las gafas sin contestar al saludo.

—¿Tienes un minuto, Ambra? —le preguntó directamente.

—Oliver ya se iba —respondió ella sin poder evitar regodearse cuando vio su gesto desafiante.

Karsten era uno de los nombres de peso en la redacción, había ganado premios, se lo habían robado a la competencia y era inmune a la adulación.

El periodista se colocó bien las gafas y lanzó una mirada tan intimidatoria a Oliver que a Ambra le dieron ganas de abrazarle. Oliver se alejó del escritorio con la cara contrariada.

Karsten acercó una silla y se volvió a colocar las gafas.

—He pensado en lo que me dijiste.

¿Lo del Chad?

Casi se le había olvidado que estuvieron hablando de eso hacía dos semanas, antes de las explicaciones de Tom. Últimamente pensaba más en el sexo que en las guerras privadas, lo que la avergonzaba un poco. Eso no era nada profesional.

—Hay algo que no encaja —explicó Karsten.

—¿Qué es?

—Ocurrió algo en esa zona de la que estuvimos hablando. Se rumorean muchas cosas. Mi contacto va a revisar el tema, si todavía te interesa.

Pero ¿por qué no ha escrito nadie sobre ello?

—La agencia de noticias TT escribió una nota. Pero una pequeña guerra en el Chad no es un asunto prioritario, por decirlo así. Rusia, Siria, el Estado Islámico... En fin, el mundo occidental tiene muchos frentes abiertos.

Ambra se rascó la frente.

—¿Crees que puede tener alguna relación con Suecia?

—No tengo ni idea. No dispongo de tiempo para eso. ¿Quieres que te pase la información que tengo?

Ambra asintió con la cabeza. Ya lo repasaría después. Una más que añadir a la lista de cosas para las que no tenía tiempo. Se estaba haciendo larga.

Ambra estaba tan cansada que casi tenía ganas de llorar mientras volvía a casa caminando esa misma tarde, después de hacer varias horas extra. Estaba nevando e iba tan concentrada en no resbalar en el asfalto traicionero que olvidó por completo de que tenía que comprar comida. Subía ya las escaleras cuando se acordó de que no tenía nada en casa para comer, pero estaba demasiado agotada para volver a salir.

Cuando subió el último tramo vio que había algo fuera de su puerta. Una bolsa grande de papel marrón. Dudó antes de acercarse. En un primer momento pensó que podía ser algún tipo de amenaza. Ella no había recibido ninguna, pero varias de sus colegas sí.

Se acercó con cuidado a la bolsa, se inclinó y comprobó su interior. Encontró un ramo de flores y una cesta envuelta en papel de celofán. No podía ser una amenaza. Cogió la bolsa con renovada energía, abrió la puerta y se dirigió a la cocina sin quitarse el abrigo. Puso la bolsa encima de la mesa y abrió los regalos.

Era una cesta de *delicatessen* que contenía quesos, galletas, uvas, tomatitos y una lujosa bolsa de golosinas. En el ramo de flores había tulipanes de todos los colores: lilas, amarillos, rosas, multicolores, dobles y sencillos. Una orgía de color. Leyó la tarjeta que lo acompañaba.

> Estas flores me recordaron a tu apartamento, color y alegría.
> Tengo ganas de que llegue el viernes.
> No te mates a trabajar.
>
> Tom

Era el regalo perfecto y la tarjeta perfecta. Personal, con clase, considerado sin ser excesivo ni intrusivo. Llenó un jarrón con agua y colocó las flores en su interior. Abrió uno de los quesos, cortó una loncha gruesa y la puso encima de una crujiente galleta salada. Se chupó los dedos. Después de llevar las flores y la cesta al cuarto de estar, y dejarlo todo encima de la mesa volvió a la entrada para quitarse el abrigo.

Mientras probaba un poco de todas las cosas que tenía para comer y contemplaba las flores, no pudo evitar pensar que si Tom no quería nada serio con ella, había elegido una táctica equivocada. Eso era más que un flirteo sin importancia. ¿Se habría dado cuenta él? ¿Sentiría lo mismo?

46

Mattias se pasó la palma de la mano por la cara. Llevaba casi quince horas trabajando y la barba le raspaba. Pero había sido un día muy productivo. Él y su nuevo equipo habían logrado combatir un agresivo ataque de un grupo de hackers rusos que difundía rumores sobre políticos suecos. Además, había criticado con dureza al Servicio de Seguridad sueco, había discutido cuestiones de seguridad en Rosenbad, la sede del gobierno, y por último se había reunido con el comandante en jefe.

Había tenido tiempo incluso para pensar en Jill y mirar su Instagram unas veinte veces. Era... No sabía cómo definir su comportamiento. Le había enviado dos mensajes después de mediodía, pero no había recibido respuesta.

Por un lado, Jill parecía una mujer ocupada. Estaba todo el día grabando canciones, posando para sesiones de fotos y participando en programas de televisión, así que tal vez no tenía tiempo para enviar mensajes. Por otro lado, Mattias sospechaba que no se había tomado muy bien que la dejara en la puerta del Grand Hôtel la otra noche.

No se lo reprochaba, y tampoco era la primera vez que le ocurría. El trabajo siempre estaba por delante de todas las relaciones, no era nada planeado, solo había surgido así. Pero pensaba en Jill a menudo. Y había adquirido la costumbre de curiosear su Instagram, seguir su carrera profesional, reírse de sus publicaciones, histéricas y divertidas a veces, y preocuparse por algunos de los comentarios.

Estaba convencido de que había que controlar a sus troles. Cada vez que aparecía un comentario de odio o una amenaza, él comprobaba la relación de nombres que Filippa le había facilitado. Algunos se repetían con frecuencia. Cuanto más tiraba del hilo, más consciente era de que había que escarbar mucho para llegar a la verdadera identidad del trol. Hablaría con Filippa para ver qué podía encontrar en la web profunda, esa parte invisible de internet cincuenta veces más grande que la común.

Hizo clic en la última foto de Jill, que había subido hacía una hora. Boca roja y brillante, melena despeinada al estilo de Hollywood, un profundo escote. Fijó los ojos en esa boca.

Tenía unas reglas estrictas para sus relaciones. No salía durante más de dos meses con la misma mujer, contados a partir de la primera cita. Solo las invitaba a los mejores restaurantes. Solía ser él quien daba el primer paso respecto al sexo, pensaba que era de buena educación, pero no tenía nada en contra de que lo sedujeran. En las conversaciones era cercano, pero no hablaba de temas privados; comentaba y charlaba sobre distintas cuestiones, siempre que no se tratara de su familia ni de su trabajo.

Procuraba dejar claro lo que buscaba: cercanía, amistad, sexo; y lo que no quería: una relación larga, un futuro en común. Estocolmo estaba lleno de mujeres con valores y deseos similares. Mujeres ocupadas y sofisticadas a las que les gustaban las relaciones sin complicaciones, las conversaciones interesantes y el sexo gratificante para ambos. Podían pasar un fin de semana en alguna ciudad grande o hacer un viaje a cualquier parte del mundo para esquiar. Después él ponía fin a la relación, antes de que ninguno de los dos se implicara demasiado y de que le empezaran a hacer un montón de preguntas que no tenía ganas de contestar. Todo ordenado, práctico y no demasiado largo, lo que no podía asociar de ningún modo a Jill Lopez.

Debería quitársela de la cabeza. La semana pasada, sin ir más lejos, conoció a una científica muy agradable, una investigadora en medicina nuclear, durante una cena en casa de un compañero. Tendría que invitarla a salir en lugar de quedarse ahí, añorando a una diva famosa y glamurosa.

Intentó reunir algo de entusiasmo para llamar a la investigadora, pero se volvió a quedar atrapado en Instagram buscando a Jill.

Fue a la cocina, descorchó una botella de Château Moulin de Lagnet de 2011 que había comprado en Francia y dejó que se aireara mientras sacaba una copa de vino. Después abrió un recipiente con un guiso de carne que él mismo había preparado y congelado, lo echó en una cacerola y lo puso a calentar a fuego lento. Sirvió el vino y lo probó. Cuando la comida estuvo lista, llevó el plato y la copa al salón y encendió el televisor para ver las noticias. Por lo general no tenía problemas para concentrarse, pero esa noche solo podía juguetear con el teléfono mientras la comida se enfriaba.

Al final dejó la dignidad a un lado y le envió un mensaje en un tono neutral pero amable:

Espero que estés bien.

Decidió que si esta vez tampoco contestaba dejaría de molestarla y aceptaría que todo se había acabado, incluso antes de empezar. Tal vez llamara a la investigadora de todos modos, pensó suspirando.

La respuesta llegó justo antes del parte meteorológico.

Ahora estoy mejor.

Mattias frunció la frente. ¿Qué significaba eso?

¿Ha ocurrido algo?

Esperó mientras los puntos suspensivos iban apareciendo en la pequeña burbuja del chat. Tardaba como si estuviera escribiendo una respuesta larga o pensando la mejor forma de expresarse. Por fin llegó la contestación:

La policía está en camino.

Mattias apagó el televisor y la llamó por teléfono. Jill contestó al instante. Sintió que el corazón le daba un vuelco al oír su voz ronca y profunda.

—Hola. ¿Qué ha pasado? —le preguntó.

La oyó respirar.

—Nada. Estoy bien.

Sonaba tranquila y no parecía tener ganas de hablar, pero él notó algo en su voz, una especie de crispación.

—Cuéntame.

—Bah, no es nada.

Mattias esperó. El silencio y la paciencia son las mejores herramientas en un interrogatorio.

—Al llegar hoy a casa había un hombre delante de mi puerta. Me he asustado.

—¿Estás herida?

No pretendía ser tan brusco, pero no podía evitar la preocupación. Jill no sonaba como siempre, parecía asustada y desvalida.

—No. Se marchó.

—¿Sabes quién era?

—No, pero tenía un cuchillo, así que llamé a la policía. Vienen de camino, si no tienen otras prioridades. Oh, Dios, solo quiero meterme en la cama.

—Jill, ¿hay alguien contigo? —preguntó mientras repasaba lo que le había dicho. Un hombre armado con un cuchillo. Mal asunto.

—¿A qué te refieres?

—¿Has cerrado todas las puertas? ¿Estás sola? No deberías estar sola. ¿Puedes llamar a tu hermana?

Miró a su alrededor, como si buscara algo en su apartamento que pudiera ayudarla.

—Estoy sola. No quiero llamar a Ambra.

Mattias se dio cuenta de que no había llamado a nadie, solo a la policía, y ya se arrepentía de haberlo hecho. Jill no era de las que pedían ayuda a la gente.

—¿Quieres que vaya? —preguntó mientras empezaba a coger la billetera y las llaves.

—No, no es necesario —respondió ella, pero la voz le temblaba y él se dirigió hacia la puerta de entrada.

Jill estaba en estado de shock, aunque ella misma no era consciente de ello. Necesitaba tener a alguien allí, no solo la policía.

—Voy para allá —dijo.

Estaba convencido de que no había otra alternativa. Jill necesitaba que alguien la acompañara y él lo haría con mucho gusto.

Diez minutos después estaba en un taxi en dirección a Djursholm. El vehículo se detuvo delante de un chalé blanco. Una tapia rodeaba la propiedad. Cuando el taxi se acercó, la valla se abrió en silencio. Mattias pagó, salió y esperó hasta que el taxi se alejó y la valla se volvió a cerrar detrás de él. Estaba asombrado. Sabía que Jill vivía en una de las zonas más caras de Djursholm, pero de todos modos no se esperaba eso.

—Impresionante —murmuró para sí mientras recorría los pocos metros que lo separaban de la casa.

La propiedad estaba rodeada de agua, como una península. Un muro enorme se extendía alrededor del jardín y distinguió varias cámaras. Jill debería estar segura ahí, pero nunca podía protegerse del todo de los locos. Blasfemó y se apresuró hacia la entrada. Quería ver con sus propios ojos que Jill estaba bien.

Había un coche policial estacionado delante de la puerta principal, y un agente le abrió cuando llamó al timbre.

Jill lo esperaba en la sala de estar. Tenía los brazos cruzados alrededor del cuerpo y parecía pequeña y frágil al lado de los dos policías de espaldas anchas y complexión fuerte.

Él le dio un rápido abrazo que ella no correspondió, pero tampoco se resistió.

—¿Te encuentras bien? —preguntó.

La soltó y la observó detenidamente. Parecía ilesa.

Jill asintió con la cabeza. Estaba pálida y tensa.

—¿Tú quién eres? —le preguntó uno de los policías.

No le gustó cómo miraba a Jill. Parecía irritado, como si se cuestionara la necesidad de estar allí.

—Mattias. Un amigo. ¿Qué habéis averiguado? ¿Le habéis pillado?

El policía sacudió la cabeza.

—Aquí no hay nadie. No hemos visto nada.

Se miraron entre ellos. No entendían la situación.

—¿No te has planteado dejar de subir tantas fotos a Instagram? —propuso uno de los policías.

Era pelirrojo y permanecía de pie con los pulgares metidos en el cinturón, mirando a Jill de arriba abajo.

—¿Qué quieres decir con eso? —preguntó Mattias cortante.

—Solo es un consejo.

—No es ilegal publicar fotos en las redes sociales, pero sí lo es amenazar a otra persona. Jill dice que vio a alguien aquí. ¿No crees que deberíamos centrarnos en eso?

El policía de pelo rojo infló el pecho como un pavo real. Tenía el mismo aspecto que si viviera en el gimnasio, el del típico gallito que se envalentona a la menor provocación. Mattias calculó que acabaría con él en tres segundos. Estaba tentado, y tan furioso que empezaba a ver borroso. No se tomaban en serio nada de lo que decía Jill, solo le miraban el pecho y pensaban que ella se lo había buscado.

—No tenemos ninguna prueba. Si pasa algo más puedes venir a la comisaría —dijo el otro policía.

Jill suspiró cuando se marcharon.

—Ya he pasado por esto antes. Nunca hacen nada, no sé por qué les he llamado. Tenía miedo.

—Lo entiendo.

Él solo quería salir a buscar huellas, identificar al perpetrador, encargarse de que nadie volviera a asustarla.

—Cerrarán el caso —concluyó ella—. Dinero de los impuestos tirado a la basura. ¿Quieres una copa? Yo necesito una.

Jill fue a la cocina. Estaba contenta de que Mattias hubiera ido, aunque seguía sin entender el motivo. Las manos le temblaron al abrir el armario.

Mattias estaba allí; le puso una mano en el hombro para transmitirle seguridad.

—Si me dices lo que quieres, yo lo prepararé —le ofreció en voz baja.

El armario estaba lleno de botellas, pero Jill ni siquiera sabía lo que quería.

—Aquí hay copas —le indicó ella sin poder decidirse.

Estaba impresionada, nunca lo hubiera creído de sí misma.

Mattias sacó una botella de vino tinto y dos copas grandes. Llenó una y se la pasó.

—Cuéntame qué sucedió.

Jill tomó un sorbo de vino. No tenía idea de quién se lo había regalado, pero era perfecto, ligero y sutil.

—Llegué a casa después de trabajar todo el día. Vi algo que se movía. Al principio pensé que era un arbusto o una rama, pero entonces se acercó. Llevaba un cuchillo, al menos eso creo.

De pronto se sintió insegura, como si se lo hubiera inventado todo. No tendría que haber llamado a la policía, no servía de nada.

—Ahora es probable que aparezca en el periódico —continuó—. La policía me venderá por mil pavos a una revista del corazón.

Bebió otro trago de vino. Estaba insegura de todo, de sí misma, de los hombres, de Mattias. Y era muy tarde. Estaba agotada y no tenía ganas de ser sexy y seductora, no era capaz de interpretar a Jill Lopez. Quería relajarse. Ver un programa de telebasura. Comer algo prohibido con muchos hidratos de carbono, tostadas o galletas con pepitas de chocolate, esas cosas que comía a escondidas de su entrenador personal.

—Estoy cansada, voy a quitarme las lentillas y a desmaquillarme —dijo.

Esperaba que Mattias entendiera la indirecta.

—Sí, hazlo. ¿Puedo sentarme en la sala de estar mientras tanto?

No le importó; estaba muy cansada y se sentía demasiado frágil. Entró en el vestidor y dudó un momento, pero se decidió por sus pantalones de algodón favoritos: cortos, grises, gastados y descoloridos, que además le hacían parecer más gorda, pero eran los más cómodos. Se recogió el pelo en un moño y se quitó las lentillas. Sin ellas apenas veía, así que tuvo que ponerse sus horrorosas gafas. Después se puso una camiseta suave y se quitó el sujetador, liberando así el pecho. Mattias tendría que soportar la visión de sus tetas caídas. Si no le parecía bien, era mejor que lo supiera desde el principio, antes de que cometiera alguna estupidez, como enamorarse de él. Pero ese hombre la confundía. Nadie se había sacrificado por ella de ese modo incondicional, a menos que fuera un empleado suyo y le pagara un salario.

Mattias la esperaba delante de la estantería. Estudió sus discos y sacó un CD de su funda.

—Es de un concierto acústico que hice en Malmö. No está en Spotify.

—¿Podemos escucharlo?

Ella lo puso. Tenía un equipo de sonido Bang & Olufsen de los más caros. Su voz llenó la habitación. Mattias volvió a darle la copa y se sentaron en el sofá a escuchar.

—¿Has escrito esto también?

Ella asintió.

—Tienes mucho talento.

Jill no respondió. ¿Realmente lo tenía? Se bebió el vino.

—Perdóname por dejarte en el Grand Hôtel la otra noche.

—No pasa nada. Fue un poco inesperado, solo eso.

Intentaba quitarle importancia, pero la verdad era que se lo tomó mal. Se sintió rechazada por un hombre que le empezaba a gustar. No estaba preparada para aceptar el rechazo y se lo tomó como algo personal. Así que cuando él le envió mensajes intentó castigarlo y hacer que se sintiera tan mal como ella. Pero ahora era muy agradable que estuviera allí. Y le perdonó en el acto.

—Hay cosas que no puedo controlar, lo siento mucho.

—¿Piensas decirme alguna vez en qué trabajas? —preguntó ella, aunque sabía que difícilmente iba a revelárselo.

—Trabajo en el servicio de información y seguridad militar. —Guardó silencio un momento y luego añadió—: Es casi toda la verdad.

Jill se conformó con eso, porque supuso que era más de lo que solía contar. Se sentó con las piernas cruzadas, los pantalones cortos se le subieron un poco y tiró de la tela con timidez.

Él acercó la mano y pasó el dedo índice por el borde de la tela, como si trazara un sendero caliente sobre su piel.

—Me alegro de que hayas venido —dijo ella mientras seguía el dedo con la mirada.

El contacto hizo que un estremecimiento le recorriera las piernas y subiera por los muslos hasta el estómago. Tragó saliva y bebió más vino. Después volvió a estirarse del pantalón. No se sentía cómoda.

—Perdona —murmuró Mattias.

—No es nada. Solo estoy un poco sensible.

—Entiendo. Creo. ¿De qué quieres hablar?

Ella se pasó la mano por las piernas.

—De mi celulitis.

Los dedos de él la siguieron.

—¿Eso qué es? ¿Te refieres a estos hoyitos? A mí me parecen fascinantes.

—Estás loco. Nadie dice fascinante, y a nadie le gusta la celulitis.

Mattias puso la palma de la mano en su muslo y la acarició. Tenía unas manos muy sensuales, grandes, fuertes y ásperas. Ella se quedó inmóvil sintiendo su caricia en los muslos. Era un hombre muy sexy. Y le gustaba cómo había tratado a esos policías engreídos. Estaba de su lado, lo notaba. Y tener a Mattias Ceder de tu lado era una buena sensación.

—A mí sí. Sobre todo la tuya. Es bonita.

Era un cumplido tonto, pero a Jill se le hizo un nudo en la garganta.

—Es algo hereditario, ¿lo sabías?

Él deslizó la mano con suavidad por su piel. Quizá no era consciente de cómo le afectaba a ella.

—Suelo pensar que la he heredado de mi madre biológica —añadió.

Era una estupidez, pero hacía que se sintiera más cerca de la mujer que le había dado la vida, a pesar de que ni siquiera conocía su nombre.

—¿Piensas en ella a menudo?

—No —mintió.

Pero en cuanto alcanzó la mayoría de edad adoptó el apellido Lopez para hacer honor a su origen, y porque no quería conservar nada de sus padres adoptivos suecos.

Se miraron. Jill sabía que él no iba a ir más allá, a menos que ella tomara la iniciativa. Aunque se sentía atraída por él, no podía en

ese momento. Hacía tiempo que no se depilaba, no se había duchado y estaba cansada. Solo quería quedarse ahí, mirar sus ojos cálidos y sentirse segura a su lado.

—¿Puedes quedarte un rato? —le preguntó.

—Me quedaré el tiempo que quieras.

Sabía que lo decía de verdad. Podía ser agente secreto, jefe de
espionaje o lo que quiera que hiciera para ganarse la vida, pero no
mentía sobre eso. Nadie se había preocupado por ella de ese modo.
La compañía discográfica y los asistentes la adulaban, Ambra se
preocupaba a su modo, pero esos cuidados y esa consideración co-
tidiana sin ninguna otra intención eran desconocidos para ella. Tal
vez nunca lo había permitido antes porque podía ser peligroso ceder, acostumbrarse.

—¿Tienes idea de quién era ese hombre? —preguntó Mattias.

—No. Hay muchos locos.

—¿Crees que puede ser alguno de los que te insultan en la red?

—No lo sé.

Realmente no tenía ni idea de quién podía ser el hombre, y dudaba que pudiera llegar a saberlo. Los hombres la acosaban desde
que tenía dieciséis años. Ni una sola vez habían castigado a ninguno de ellos. Era como si eso no se considerara un delito.

Se bebió el vino y se acercó más a él. Mattias la rodeó con el
brazo. Era un gesto amable, sin ninguna otra intención. Jill apoyó
la cabeza en su hombro y escuchó su canción llenando la habitación. Era relajante estar así. Cerró los ojos. Olvidó la celulitis, las
gafas y su posible atractivo sexual. Solo era Jill.

47

—Qué estás haciendo? —preguntó Mattias.

Tom estudió su rostro en el espejo y cambió de posición para evitar que el teléfono se le cayera al lavabo.

—Me estoy afeitando.

—¿Te estás quitando la barba?

—Sí, voy a una fiesta.

Tom se pasó la maquinilla por la mejilla e hizo un surco en la espuma de afeitar. Sacudió el mango y repitió el movimiento.

—Entonces ¿sigues en Estocolmo?

Tom no respondió. Estaba casi seguro de que Mattias sabía exactamente dónde estaba. No era el tipo de persona que se queda esperando información si podía obtenerla él mismo.

—¿Has ido a trabajar? —insistió Mattias.

Tom levantó la barbilla para acceder a la parte delantera del cuello.

—Sí.

Había pasado por la oficina esa semana y le había ido mejor de lo que esperaba. La mayoría de sus empleados eran exmilitares y unos pocos, policías. Les agradeció que fingieran que no había pasado nada cuando apareció. Quizá volviera.

—He contratado a Filippa.

—¿La hacker informática?

—Sí, y a un criptólogo que he entrevistado esta semana. Un tipo competente y astuto, con muchos recursos. Será un equipo fantástico, tal vez el mejor que he formado. Pero quiero tenerte a ti también. Necesitamos tus habilidades. Yo las necesito.

Pero Tom ya había tomado su decisión. No quería tener nada que ver con Mattias y las Fuerzas Armadas. Tendrían que buscar sus habilidades en otro lado. Dio otra pasada con la maquinilla de afeitar en silencio.

Mattias, que siempre había demostrado tener una capacidad fuera de lo normal para adivinar sus pensamientos, exclamó:

—Tom, ¿cuántas veces tendré que pedirte disculpas? ¿No puedes superar lo que ocurrió? Somos soldados, a veces tenemos que aceptar las cosas sin más.

Tom soltó una palabrota.

—Estoy manchando el teléfono de espuma de afeitar.

—¿Te va a acompañar Ambra a la fiesta?

Mattias intentaba cambiar de tema.

—Adiós.

Tom dejó a un lado el teléfono, terminó de afeitarse y se enjuagó la cara. Comprobó que se había limpiado toda la espuma y se aplicó la loción con unos suaves golpecitos en la cara antes de volver a mirarse en el espejo con gesto pensativo.

Prometió que iría y lo iba a hacer, pero si no fuera porque había acordado con Ambra encontrarse allí, en este momento se estaría planteando no ir. Llevaba un tiempo sin sufrir ansiedad, pero ¿era buena idea exponerse al ruido de los corchos de las botellas de champán y a los flashes de las cámaras? No quería hacer el ridículo, sobre todo delante de David Hammar o Alexander de la Grip. Por extraño que pudiera parecer, no temía tanto quedar en ridículo delante de Ambra. Ella ya le había visto una vez así y no le preocupaba lo que pensara de él. Pero los demás...

Se puso un poco de fijador en el pelo y empezó a vestirse. Hacía mucho tiempo que no se ponía un traje, pero era una reunión muy elegante y él también tenía su parte vanidosa. Cortó la etiqueta del precio y se puso el reloj y un par de gemelos de obsidiana negra que había comprado. Esa noche quería estar atractivo para Ambra.

Hacía frío en Estocolmo, más que en Kiruna, por irónico que pudiera parecer. La temperatura se acercaba a los veinte grados bajo cero y soplaba el viento, así que se puso una chaqueta gruesa encima del traje y metió en una bolsa los zapatos cosidos a mano para quitarse las botas al llegar. Después colocó el enorme paquete debajo de un brazo, se guardó el teléfono y la billetera y salió del apartamento. Consultó la hora en el ascensor. Llegaría temprano. Bien. Odiaba retrasarse.

Tom aparcó el Volvo en el aparcamiento de los jardines de Rosendal entre un buen número de coches lujosos, algunos incluso con chófer, y una hilera de taxis. Habían extendido largas alfombras rojas sobre la nieve, con cestos de hierro a ambos lados en cuyo interior chisporroteaban los leños ardiendo en la noche invernal.

Cerró el coche con el mando a distancia y vio que había mucha gente. Hombres trajeados y mujeres con vestidos de noche de alegres colores, abrigos gruesos y bolsas de zapatos en la mano caminaban por la alfombra roja que conducía al salón de celebraciones instalado en un enorme invernadero. Arañas de cristal y guirnaldas de luces diminutas brillaban en medio de la noche en el edificio de cristal, dándole el aspecto de una luminosa embarcación flotante con miles de estrellas, mientras la música y el olor de la comida se esparcían por el frío nocturno.

Se había formado una cola en la entrada y Tom esperó paciente de pie su turno. Delante tenía una pareja muy elegante con un niño y detrás un par de famosos que comentaban en voz alta el lujoso entorno de la fiesta. Ambra insistió en acudir en taxi y no quiso discutir con ella, así que ahora estaba solo entre parejas y varias familias con hijos.

Alexander de la Grip daba la bienvenida a los invitados en la entrada. A su lado estaba Isobel, su esposa, que estrechaba la mano y saludaba a todo el mundo personalmente. Formaban una hermosa pareja y el amor que se tenían se percibía en cada gesto, en cada mirada. Al acercarse descubrió a un niño entre ambos, un chico con gafas, serio y delgado. Marius. Tom esperaba que no se acordara de él.

El rostro de Alexander se iluminó al ver a Tom. Le estrechó la mano con fuerza durante unos segundos.

—Me alegro mucho de que hayas venido. Hace demasiado tiempo que no nos vemos.

—Gracias por la invitación.

Alexander no le caía muy bien al principio. Pensaba que era un personaje de la jet set, superficial, mimado, criado en cuna de oro, que solo estaba interesado en sí mismo y en pasarlo bien, pero estaba equivocado. Alexander era mucho más que ese atractivo playboy que aparecía en las fotos. Cuando Isobel desapareció fue él quien inició una investigación. Pagó toda la operación de rescate e incluso viajó al Chad y participó activamente en la liberación, lo que pocos civiles hubieran sido capaces de hacer, algo que Tom era el primero en reconocer.

Alexander demostró ser más que capaz, y contribuyó a que al final lograran la liberación de Isobel. Tom solo podía sentir respeto por un hombre que renunciaba a todo por la persona que amaba.

Isobel también le estrechó la mano.

—Estoy de acuerdo con Alex, me alegro de verte. Espero que a partir de ahora nos veamos más a menudo —dijo ella con voz cálida y discreta.

La verdad es que apenas se conocían, pero era un hecho que él le había salvado la vida y eso unía a las personas. Él también tenía que agradecer a un par de personas que le hubieran salvado la vida.

Sabía que el padre de Isobel había sido militar, igual que su abuelo. Además, había algo auténtico en ella que le inspiraba respeto. Era una de esas personas que quieren cambiar el mundo. Y le había dado un fuerte apretón de manos. Tenía el pelo más rojo que había visto nunca. Se alegró de verlos tan felices.

—Enhorabuena por vuestro matrimonio —les felicitó sincero.

La pareja había decidido renunciar a los regalos, así que había ingresado una suma importante en la cuenta del hospital para niños de Isobel y otro tanto en la de Médicos sin Fronteras.

Tom observó al chico que estaba entre ellos, con la mano protectora de Alexander apoyada en su hombro. Marius miró a Tom con cierta curiosidad, sobre todo por el enorme paquete que llevaba debajo del brazo. Abrió aún más sus grandes ojos cuando se lo entregó.

—Es para ti.

No era suficiente para compensar lo que le había hecho en el Chad, pero era mejor que nada. El paquete era tan grande que Marius se tambaleó por el peso. Alexander se apresuró a ayudarlo.

—Muchas gracias —dijo Marius en un sueco impecable.

Solo llevaba seis meses en Suecia, pero tenía ocho años, iba a la escuela y, según un Alexander nada objetivo, era un genio.

Tom le dio unos golpecitos en el hombro, se despidió de Isobel y Alexander y entró en el salón aliviado. El encuentro había ido bien.

Aceptó la copa de champán que le ofrecían y miró a su alrededor en busca de Ambra. No se habían visto desde el domingo por la mañana y ya era viernes. La echaba mucho de menos. Pero Ambra le había enviado un mensaje avisando de que llegaría un poco tarde, así que tenía que controlarse. Esperaba que no se arrepintiera.

La frase le daba vueltas en la cabeza. «Espero que no se arrepienta.»

Resistió el impulso de mirar de nuevo el reloj, que había consultado hacía solo veinte segundos. Miró a su alrededor, hizo evaluaciones y análisis mentales, apoyó la espalda en la pared e intentó parecer normal. Entonces vio a David Hammar. Su amigo estaba de pie al otro lado del salón, irradiando su habitual aura de poder y arrogancia.

Tom conocía a muchos franceses, respetaba a muy pocos y le gustaban aún menos. Pero David Hammar era un tipo especial. De origen humilde, había llegado a la cima del mundo empresarial sueco gracias a su esfuerzo y a su peculiar sentido de los negocios. Algunos decían que era atrevido e irrespetuoso, pero para Tom era uno de los hombres más serios y honrados que existía. David se dirigió hacia él y se quedaron mirándose el uno al otro sin decir nada. Tom le tendió la mano, pero David la ignoró y lo envolvió en un auténtico abrazo de oso, propinándole unas fuertes palmadas en la espalda y lo rodeó aún más fuerte con sus brazos.

—Al fin —dijo David.

Tom carraspeó y se liberó del abrazo. Era la primera vez en su vida que le abrazaban así.

—Hay mucha gente —comentó.

—Te echamos de menos en la boda. Espero que estés mejor ahora. Al menos tienes muy buen aspecto.

David estaba casado con Natalia, la hermana mayor de Alexander de la Grip, que se había convertido en su cuñado. Sin embargo, era difícil imaginar a dos hombres más diferentes que David, el financiero, y Alexander, uno de los personajes más conocidos en el ambiente de la jet set.

—Hola, Tom —saludó Natalia Hammar, que se había acercado a ellos.

Le ofreció la mano y él se la estrechó. David dirigió a su esposa una mirada cálida. Natalia era delgada, elegante y una financiera brillante. Parecían hechos el uno para el otro. Llevaba a la hija de ambos en brazos.

—¿Qué tiempo tiene? —preguntó Tom mirando a la niña.

Recordó que sus hermanas siempre hablaban de edad, de comida y de sueño.

—Diez meses.

La pequeña gorgoteaba. Era graciosa, regordeta y hacía burbujitas con su boca desdentada. Pensó que era difícil entender que una mujer tan sofisticada como Natalia pudiera tener un bebé común y corriente, pero tanto ella como David miraban encantados a Molly como si su incesante gorjeo fuera el indicio de un gran talento. Pensó que los padres de los recién nacidos son unas criaturas curiosas. Natalia se disculpó y David la miró con tanta ternura mientras se alejaba con Molly que Tom sintió algo parecido a la envidia.

—Tienes una familia preciosa —le felicitó.

—Sí —admitió un orgulloso David.

Se quedaron de pie con sus copas de champán en la mano. A Tom no le gustaba demasiado, pero no vio ningún sitio donde dejar la copa.

—¿Cuánto tiempo te quedarás en la ciudad? —preguntó David.

—No lo sé.

Los niños corrían y se perseguían a su alrededor con la boca llena de caramelos y patatas fritas. A pesar de que los invitados eran de lo más selecto, el ambiente de la fiesta estaba muy animado, nada incómodo. No le estaba afectando el resplandor de algunos flashes que veía aquí y allá, ni el bullicio ni el calor. Se sentía bastante relajado. Reaccionó al oír un ruido fuerte, pero pronto se tranquilizó y el pulso volvió a ser normal. Sin embargo, estaba de peor humor a cada minuto que pasaba. ¿Habría decidido Ambra no ir al final? Volvió a mirar el reloj.

—¿Va a venir Ellinor? —preguntó David.

—No. He invitado a otra persona. No tardará en llegar —le explicó Tom a un desconcertado David sin entrar en detalles.

«Eso espero», pensó.

Ella le había mandado un mensaje para agradecerle la cesta de *delicatessen* y las flores, pero ¿y si pensaba que se estaba poniendo muy pesado, demasiado complicado?

—¿Te lo vas a beber?

David señaló la copa de champán que Tom no había probado. Llamó a un camarero, que les trajo una botella de cerveza a cada uno.

—Gracias.

Brindaron.

—¿Quién es ella?

—¿A quién te refieres?

David lo miró con picardía.

—Tu acompañante, la persona a la que esperas. Imagino que ella debe de ser el motivo de que mires el reloj cada dos segundos, ¿no? Supongo que se trata de una mujer.

Tom dio un trago a la cerveza.

—No sé si va a venir —reconoció.

—Aquí hay muchas chicas que han venido solas, así que no te preocupes —zanjó David en un desagradable tono de voz.

Como si Ambra fuera reemplazable. En ese momento no le interesaba ninguna otra. Si no venía, se iría a casa, decidió siguiendo con la mirada a un grupo de niños que pasaban corriendo.

Entonces, por fin, la vio.

Aunque al principio ni siquiera estuvo seguro de si realmente era ella. El salón estaba abarrotado, había gente por todos los lados, el nivel de ruido era elevado y las velas creaban sombras y rincones oscuros que disminuían la visibilidad. Pero la reconoció al instante. Esa mujer no solo parecía Ambra, sino que se movía como ella.

El corazón le empezó a latir más deprisa.

Era Ambra, o una nueva versión de ella. Era la misma Ambra, pero no lo era. En primer lugar, no la había visto nunca con un vestido, estaba acostumbrado a sus jerséis de lana demasiado grandes, su gorro y su chaquetón. Sabía que era una mujer, claro. Se habían acostado juntos y conocía su cuerpo, la había visto desnuda y recordaba aún cada centímetro de su piel; podía describir con todo detalle cómo olían las distintas partes de su cuerpo, lo suave que era la parte interna de sus muslos, la forma redondeada de sus nalgas.

Pero nunca la había visto así.

Iba vestida de azul, enfundada en un vestido estrecho y brillante que acariciaba sus muslos y caderas. Estaba de pie, hablando con un hombre alto que vestía traje. Aún no había visto a Tom. Se había arreglado el pelo rizado, que brillaba como si le hubieran esparcido polvo de estrellas cada vez que movía un poco la cabeza. Parecía más alta, y cuando se fijó descubrió que llevaba unos zapatos de tacón alto que le estilizaban aún más sus sexis piernas. El resultado era una mujer llena de glamour, mundana y fascinante. Y estaba allí por él.

El hombre se acercó a ella y apoyó una mano en el brazo desnudo de Ambra. Tom no los perdía de vista.

—¿Es ella?

Había olvidado a David por completo. Le dio la impresión de que evitaba reírse.

Bajó los hombros tensos e intentó relajar los músculos faciales. No estaba acostumbrado a ese tipo de sensaciones y no tenía derecho a estar celoso. Él no era celoso. No mucho, al menos.

—Sí —respondió sin dejar de mirarlos.

Ambra se estaba riendo. Parecía una princesa. Había quedado lejos la reportera impetuosa, había desaparecido la mujer joven y vulnerable. La persona que estaba allí de pie sobre unos zapatos de tacón altísimo y ropa ajustada, con el cabello brillante y la espalda recta, era otro ser.

—Parece agradable —comentó David en un tono neutral, demasiado neutral.

Tom lo miró con desconfianza y su amigo no pudo contener más la risa.

—¿De qué te ríes?

David le dio unas palmadas en la espalda.

—Nada. Es que me alegro de verte así, como un mortal común. —Echó un trago de su cerveza con una expresión que dejaba claro que la situación le parecía muy divertida—. En mi opinión, deberías acercarte a saludarla en vez de quedarte aquí mirando.

Tom se quedó callado. Ambra movió uno de sus delgados brazos y su muñeca centelleó. Toda ella brillaba.

David le dio unas palmadita en el hombro.

—Acércate a ella antes de que explotes, pero ¿sabes qué?

—Dime.

—Deberías intentar sonreír. Y respirar profundamente.

Tom le retiró la mano de su hombro. Pero respiró y sonrió. Se sentía raro, pero lo hacía por Ambra.

48

Ambra asintió con la cabeza y miró al hombre que estaba a su lado. No lo conocía, ni siquiera recordaba su nombre, pero él sí sabía quién era ella, así que se acercó, se presentó y empezó a hablar de sí mismo y de un «proyecto sumamente interesante» que tenía entre manos.

No le estaba prestando atención.

Algunas personas hacían eso, se abalanzaban sobre ella en cuanto se enteraban de que trabajaba en *Aftonbladet*, esperando obtener publicidad gratis y hablaban sin interrupción sobre ellas mismas, convencidas de que era así como funcionaba ese sector.

Hacía rato que no lo escuchaba, pero como le resultaba muy incómodo andar con esos tacones tan altos había preferido quedarse allí y disimular. Además, estaba de buen humor, así que no tenía inconveniente en asentir un rato más a todo lo que él decía.

Era complicado andar y mantenerse de pie con los zapatos que llevaba, pero había estado entrenando toda la semana y, a pesar de la incomodidad de llevar tacones de varios centímetros de altura, tenía la impresión de que le sentaban muy bien. Era algo relacionado con las piernas y la postura. Cada vez que veía su imagen reflejada en alguna superficie constataba que su aspecto había mejorado bastante. Y a juzgar por cómo le miraba de reojo el escote su acompañante —había dicho que era publicista, o tal vez financiero, algo relacionado con otras posibilidades y perspectivas—, esa tarde iba a tener éxito.

Agitó las pestañas como solo ella podía hacer. El hombre estaba absorto en sí mismo, pero también era bastante atractivo y, como ya se había bebido la copa de bienvenida, estaba de buen humor y abierta al mundo.

El eufórico publicista o financiero apoyó una mano en su brazo y continuó su monólogo sobre sí mismo. Decidió que le dejaría hablar hasta que localizara a Tom. Se estaba esforzando por creerse todo lo que le había dicho Jill: que era guapa, que le quedaba muy bien el vestido, que podía tener a quien quisiera...

A quien quería tener era a Tom.

Se acarició la cadera por encima de la fina tela azul, apretó el bolsito plateado y se miró las uñas. Esa noche estaba hermosa y deseable, aunque con mucha ayuda artificial. Había pasado horas en el peluquero de Jill, un estilista de famosos con el que al parecer era imposible conseguir cita. Utilizó en su cabeza productos que ella ni siquiera sabía que existieran, le cortó el pelo mechón a mechón para después rizárselo con una plancha caliente y extenderle otro tipo de productos hasta que sus rizos quedaron más brillantes y bonitos que nunca.

Después del peluquero fue el maquillador, que se encargó de resaltar sus ojos, matizar su piel y dar brillo a sus labios. El resultado fue un maquillaje sofisticado y un rostro impecable. Estaba a punto de quitarse de encima al charlatán cuando oyó una voz profunda a su espalda y le dio un vuelco el corazón.

—Hola —saludó Tom.

Tenía una voz fantástica, tranquila, profunda, seria y sensata.

Se volvió despacio. Oh, Dios. No pudo evitar quedarse embobada al verlo. No solo ella se había arreglado para la fiesta.

Tom llevaba el pelo recién cortado, un traje que le quedaba de maravilla y camisa oscura sin corbata. Olía a loción para después del afeitado, a aire fresco y a ropa nueva. Y se había... Ambra estiró el brazo y le tocó la mejilla.

—Te has afeitado la barba —comentó.

Le fascinó lo cambiado que estaba. Más joven, más agradable y mucho más atractivo, tanto que empezaron a temblarle las piernas.

Tom le cogió la mano y le besó la palma con suavidad.

—¿Te gusta? —murmuró con la boca pegada a su piel, antes de besarla otra vez.

Los besos llegaron a toda velocidad a las zonas erógenas de su cuerpo. Sonrió. Si hubiera sido del tipo de mujeres que se desmayan, estaría en el suelo.

¿Habría deseado él tanto como ella que llegara ese momento? Al ver el brillo de sus ojos mientras le besaba la mano sin dejar de mirarla, quiso creer que sí. La invadió la sensación de que ella lo valía, que también merecía ser deseada. ¿Y si al final, después de todo, estuvieran destinados el uno para el otro? Absorta en la negra y penetrante mirada de Tom, pensó que, aunque no creía en eso de encontrar a tu alma gemela, si había alguien así ese debía de ser Tom Lexington.

—¿Quieres beber algo?

Llamó a un camarero.

El hombre con el que Ambra estaba hablando, del que se había olvidado por completo, carraspeó.

—Disculpa, pero estábamos hablando nosotros —protestó.

Tom le dirigió una mirada tranquila. No dijo nada, pero algo debió de ocurrir entre ellos, porque el hombre se encogió de repente, dio media vuelta y se marchó.

Ambra cogió la copa de champán que Tom le ofreció mientras la recorría con la mirada sin disimular su aprobación.

—Estás preciosa —murmuró con sinceridad.

Ambra se dejó calentar por el ardor de su mirada.

—Olvidaste decirme que se trataba de una boda —respondió después de beber un sorbo de champán.

Para ella había sido una sorpresa descubrir que el magnífico evento al que la había invitado era la celebración posterior a una boda.

—¿Y eso está mal? —preguntó Tom sin el menor remordimiento.

—Solo digo que podías haberlo mencionado.

Al llegar le había estrechado la mano a Alexander de la Grip, lo que para ella fue una sensación un poco surrealista. Alexander era conocido, o desconocido según se mirara, sobre todo para una reportera curtida en la sección de Espectáculos como ella, algo por lo que temió que no la dejaran pasar. Pero él se había limitado a saludarla con amabilidad y a desearle una buena velada. Isobel también fue respetuosa con ella y le aseguró que se alegraba de que todos los malentendidos se hubieran aclarado.

Tom estiró el brazo y le tocó un rizo del cabello. Cuando desplegaba su encanto ella solo pensaba en deslizarse hacia él, apretar el cuerpo contra el suyo, susurrarle al oído propuestas excitantes y embriagarse de su aroma. Bebió más champán y dejó que las burbujas dieran vueltas en su boca antes de tragárselo poco a poco.

Había dedicado toda la tarde a arreglarse, maquillarse y vestirse, por lo que no le quedó tiempo para comer y enseguida empezó a notar los efectos del alcohol. Puso una mano en el brazo de Tom y tocó la tela áspera.

—¿Quién es el hombre con el que estabas hablando? —preguntó Tom con indiferencia.

Ambra se encogió de hombros; ya lo había olvidado. Pensó que tal vez estuviera celoso. ¿De ese muchacho? Lo estudió más de cerca sin saber qué pensar. Era curioso que alguien que al principio no era nadie especial en tu vida, a quien ni siquiera conocías ni te importaba, se convirtiera después en el único hombre con el que querrías estar y hacer cosas, el único al que deseabas ver y con el que querías hablar. El único que decidía si era divertido ir de fiesta o no. Tomó otro sorbo de champán. Se había enamorado de Tom, ya lo sabía, pero ¿y si él se hubiera enamorado también de ella?

—Hola, ¿me presentas a tu invitada? —oyó decir a sus espaldas.

Era David Hammar, que se había acercado a ellos. Ambra lo reconoció enseguida. Llevaba a una niña en brazos, pero a pesar de eso tenía un ligero aspecto dictatorial. No le extrañaba que Tom y él congeniaran, había algo duro y sólido en ambos.

—David, ella es Ambra Vinter. Ambra, te presento a David Hammar y a su hija Molly. Y aquí llega Natalia —añadió cuando una elegante mujer de cabello castaño se unió a ellos.

Ambra les estrechó la mano y aguantó sus miradas curiosas. Algo le decía que ambos conocían a Ellinor, pero su buena educación les obligaba a disimular.

—Me alegro de conocerte, Ambra —dijo Natalia en un tono de voz bien modulado y distinguido.

Todo en ella hablaba de dinero y clase, desde el en apariencia sencillo peinado recogido hasta el exclusivo vestido y el enorme anillo de boda. Pero sus ojos transmitían bondad cuando miró a Ambra de un modo que ella percibió como cálido y sincero.

—Tu nombre me resulta conocido —comentó después.

—Soy periodista, reportera de *Aftonbladet*. Pero estoy aquí como invitada —aclaró al momento cuando una de las estrellas del deporte más importante de Suecia pasó junto a ellos.

—Tal vez es mejor así. A mi hermano menor se le da muy bien organizar fiestas, esto mejorará mucho cuando los niños se vayan a casa a dormir.

—Y los padres de los niños también —añadió David acomodando a Molly en sus brazos.

Uno de los invitados se acercó y reclamó la atención de la pareja Hammar, así que se disculparon y siguieron saludando.

—Todo el mundo es muy atractivo —susurró Ambra, que los seguía con la mirada.

—Pero tú lo eres más —añadió Tom.

Ella sonrió. Solo era un cumplido, pero decidió aceptarlo. Tom le puso una mano en la espalda y la guio a través de la multitud.

—¿Adónde vamos? —preguntó ella.

Él no respondió y siguieron adelante hasta que abandonaron el salón. Atravesaron un par de habitaciones más y llegaron a un cuarto en el que había prendas de abrigo colgadas. Allí, él le dio la vuelta y la empujó con cuidado hacia atrás hasta que su espalda tocó la pared. Su intensa mirada la tenía hechizada. El corazón le latió expectante cuando él apoyó una mano en su mejilla, le rodeó el cuello con los dedos de la otra y la besó con suavidad, intensa y profundamente.

—Al fin —dijo él con la boca pegada a la suya.

«Al fin», pensó ella, dejándose absorber por el beso.

Se besaron de pie en el guardarropa. Se oía el bullicio de la fiesta, a veces el débil susurro de alguien que iba o venía, pero en ese pequeño rincón estaban ellos dos solos. Él se retiró, le tocó la boca, la acarició con la mirada.

—Hola —susurró.

—Hola —repitió ella.

Sonrió mientras el corazón le latía con fuerza. Sintió el deseo en el cuerpo, la alegría de haberse encontrado y pensó una vez más que tal vez hubiera algo entre ellos. Lo notaba en el aire. Le había presentado a sus amigos y la besaba como si fuera la mujer más atractiva del mundo. Eso debía de significar algo.

—Ahora tendré que retocarme el maquillaje.

Tenía los labios hinchados y seguro que el pelo parecía más alborotado que elegante.

—Estás perfecta.

Tom siguió con un dedo la línea de su mandíbula hasta llegar al cuello.

Ella se estremeció.

—De todos modos... —insistió.

Tom miró a su alrededor, dio un paso y descorrió una gruesa cortina de terciopelo que ella no había visto.

—¿Es suficiente con esto? —preguntó.

Ambra miró tras la cortina y vio un enorme espejo dorado, velas y un taburete tapizado de terciopelo.

Tom la siguió y sonrió detrás de ella mientras se retocaba el rímel de los ojos y buscaba los polvos y el brillo labial en el bolso de noche. Le besó la nuca y ella se echó hacia atrás y se apoyó en él, feliz al ver la imagen de los dos que le devolvía el espejo.

—Eres muy sexy —dijo él besándole un hombro—. Tienes unos hombros preciosos.

Volvió a besarla. Y también en la nuca. Deslizó la mano por su espalda y la llevó hacia delante hasta acariciarle el pecho.

Se miraron en el espejo. El aire en el pequeño espacio casi desapareció. Era como si todo a su alrededor estuviera lleno de energía y empezara a vibrar.

Ambra apenas podía respirar. Apoyó las manos en la pequeña cómoda que había bajo el espejo y buscó su mirada.

—Tom —susurró con voz ahogada.

Con un movimiento rápido, Tom volvió a correr la cortina. Era tan gruesa y pesada que amortiguaba el murmullo de la fiesta. Pero solo era tela, y si llegaba alguien... Tom bajó las manos por encima del suave tejido del vestido hasta llegar a su trasero. Ambra, temblorosa, se agarró con fuerza a la cómoda mientras él seguía acariciándola. Buscó a tientas por detrás la otra mano de Tom, la cogió y la colocó encima de uno de los pechos mientras una ola de deseo le bajaba a toda velocidad por los muslos.

Los ojos de Tom, negros como el carbón, brillaban mientras la miraba en el espejo. Las luces parpadearon. Le subió el vestido poco a poco hasta las caderas y tuvo que reprimir un gemido al descubrir el liguero. No era demasiado cómodo, pero pensó que ver a Tom admirando sus piernas y sus delicadas prendas íntimas merecía cualquier inconveniente. Siguió con el dedo el borde de las medias hasta que al fin coló la mano entre sus muslos.

—Me he depilado —murmuró ella.

Se sentía sexy, y cuando él la acarició por encima de las bragas la sensación fue más intensa que nunca.

—¿Para mí?

Ella sonrió.

—Para ningún otro, al menos. Solo un poco. Y he empezado a tomar la píldora —añadió.

Volvió a tocarla. Era increíblemente excitante notar el roce del borde del encaje.

Ambra gimió. Nunca habría creído que la emoción de arriesgarse a ser descubierta la excitaría tanto, sobre todo en una fiesta como esa. Se echó hacia atrás hasta que sintió el cuerpo de él y empezó a frotarlo con sus nalgas. Percibió su erección a través de las capas de tela.

—Oh, Ambra —gimió con voz ahogada.

Ella respondió apretándose más contra él.

Tom se desabrochó los pantalones, le retiró las bragas hacia un lado y se inclinó, rozándole con su miembro el orificio mientras le acariciaba la hendidura muy despacio, como si pidiera permiso. Ella tembló y se aferró a la cómoda.

Volvió a ponerle una mano en la mejilla y Ambra giró la cabeza, le cogió el dedo corazón con la boca y se lo chupó. Él gimió, la sujetó por la cadera, empujó y se deslizó despacio dentro de su cuerpo hasta que la oyó jadear.

—¿Estás bien? —preguntó.

Oh, sí. Mejor que bien. Esperaba que el vestido aguantara.

Sacó el dedo de la boca de Ambra y deslizó la mano por sus pechos, su vientre y entre las piernas, a la vez que se movía dentro de ella con embates lentos y profundos. Le separó las piernas y empezó a acariciarla.

—Tom —susurró ella.

Era tan agradable. El calor se apoderó de todo su cuerpo hasta convertirse en deseo. Ella seguía agarrada a la cómoda, viendo cómo se balanceaba cada vez que él empujaba, el brillo que iban adquiriendo sus propios ojos, y siguiendo el movimiento de la mano y los dedos de Tom. Se abrazó a la cómoda y se corrió retorciéndose contra su mano mientras seguía moviéndose dentro de ella. Tembló y se estremeció. Él no dejaba de mirarla mientras disfrutaba, le excitaba verla en el espejo. Lo abrazó, acercándolo más a su cuerpo.

Él sujetó con firmeza sus caderas con ambas manos y empujó con tal fuerza que ella tuvo que apoyar una mano en la pared.

—Sí —gimió.

Se iba a correr otra vez, era increíble. Sintió que él lo abarcaba todo y en ese momento notó su orgasmo, a la vez que ella volvía a explotar. Tom se corrió en lo más profundo de su cuerpo, mientras la sujetaba y la miraba fijamente en el espejo.

Permanecieron de pie, jadeando, mirándose. Ambra no podía creer que fuera cierto, que eso hubiera ocurrido.

Tom le acarició un hombro y le dio un beso en la nuca que le hizo estremecerse.

Él encontró una servilleta de papel y se la ofreció.

—Por si la necesitas —dijo.

Su parte más primitiva se negaba a usarla; quería conservar su olor y su aroma, pero mientras él miraba con discreción hacia otro lado se limpió rápidamente y se recolocó las bragas y el vestido.

—Una buena fiesta —bromeó Ambra, un poco avergonzada.

—Una de las mejores en las que he estado.

Tom retiró la cortina cuando le dijo que estaba lista, franqueando el paso al aire fresco.

—Espera, se me ha olvidado retocarme los labios —dijo ella riendo.

—Los tienes perfectos —respondió él, con los ojos fijos en su boca—. Como si te hubieran besado de verdad. —Luego se inclinó y la besó de nuevo—. Te espero aquí.

—¿No podemos vernos afuera? —preguntó Ambra—. Quiero más burbujas.

—Date prisa.

Se miró en el espejo y sonrió a la mujer que estaba delante, una mujer sexy, excitante y enamorada. Sí, estaba enamorada de Tom. Se arregló el maquillaje, se ordenó los rizos, se ajustó el pecho en el sujetador y enderezó la correa de un zapato. Cuando estuvo satisfecha de su aspecto y comprobó varias veces que toda la ropa estaba en su sitio, se incorporó al bullicio de la fiesta.

Distinguió los hombros anchos de Tom y volvió a sentir un cosquilleo en el pecho. Estaba de pie, hablando con David de algo que parecía importante. Notó cierta tensión en los hombros y en los gestos de ambos. David la vio. Ella sonrió, pero se dio cuenta de que él la miraba con preocupación y, después de sacudir la cabeza, se dio la vuelta.

Tom levantó la vista, algo nervioso. ¿Les habría oído alguien mientras estaban tras la cortina? ¿Se había enfadado David? No, era otra cosa, lo sabía. De pronto sintió que se le erizaba el vello de los brazos. Cuanto más se acercaba, mayor era la sensación de que algo no iba bien. Tom la miró muy serio; la alegría, el placer y la despreocupación habían desaparecido. Un frío estremecimiento recorrió su espina dorsal. Fuera lo que fuese, sabía que no le iba a gustar.

David se frotó la barbilla. Ambra buscó la mirada de Tom. ¿Qué ocurría?

—Ambra, lo siento... —empezó a decir él disgustado, como si hubiera hecho algo de lo que se avergonzaba.

O se arrepintiera.

En ese momento la angustia le oprimió el corazón.

—¿Qué ha ocurrido? —preguntó.

Tom abrió la boca, la cerró y la volvió a abrir.

—Ambra, yo...

Entonces vislumbró la silueta de una cabeza rubia detrás de él. Un escalofrío recorrió su cuerpo.

No podía ser cierto.

Pero en su interior, Ambra sabía que se había engañado ella sola. Había empezado a adquirir seguridad en sí misma, a creer que era alguien, que tenía derecho a más de lo que había recibido. Por un breve y fantástico momento, había sido tan presuntuosa como para creer que podía significar algo para alguien, que iba a lograr ser una persona totalmente normal, ser la primera opción de alguien, ser importante para alguien. Había sido una estupidez por su parte. Y ahora recibía el castigo.

Tom se apartó.

La cabeza rubia se dio la vuelta y Ambra miró directamente sus ojos azules. Era Ellinor.

—Hola, Ambra —saludó.

Estiró los labios en lo que tal vez representaba una sonrisa, pero percibió cierta agresividad en su mirada, algo penetrante que no había visto antes. Articulaba mal las palabras y le brillaban los ojos, pero seguía siendo una verdadera belleza con su traje de noche de color amarillo pálido. Al lado de la masculinidad y los amplios hombros de Tom, parecía un ángel claro y dulce.

—No sabía que estabas aquí —dijo—. Tom no me ha dicho nada.

Se apoyó en el brazo de Tom, como si tuviera ese derecho. Ambra se dio cuenta de que Tom no se retiraba.

—¿Qué haces aquí? —preguntó Ambra, aunque una parte de ella conocía la respuesta.

Ellinor se echó a reír.

—Estoy invitada, por supuesto. Tom me preguntó si le quería acompañar. Y aquí estoy —dijo apretando el brazo de Tom. Después miró a Ambra fijamente a los ojos y asestó el golpe mortal—: He dejado a Nilas.

49

Ambra miró a Tom sorprendida. Su rostro se había contraído en un gesto de dolor, pero permitió que Ellinor siguiera aferrada a él sin decir nada. Ambra intentó decir algo razonable, pero la situación era absurda.

Ellinor se apoyaba en Tom, con el pecho apretado contra sus bíceps como las mujeres han hecho durante siglos. Ambra no sabía qué mirar, si el rostro desencajado de Tom o el cuerpo curvilíneo de Ellinor. Percibió un brillo extraño en sus ojos, un punto de locura. ¿Había bebido? Y ¿por qué estaba allí?

—¿Y qué haces tú aquí? ¿Estás trabajando? ¿Vas a escribir un artículo sobre estos invitados tan encantadores? Qué coincidencia encontrarnos aquí.

—Cierto. No sabía que estabas en Estocolmo —respondió Ambra con cierta tensión, sin poder mirar a Tom.

Ellinor se tambaleó y Tom extendió el brazo y le rodeó los hombros en un gesto protector, un movimiento que para Ambra fue como como recibir una bofetada en plena cara.

—Tom me invitó y no pude resistirme a venir y volver a ver a todos los viejos amigos. Además, necesitaba cambiar de aires.

Ellinor sonrió, pero su mirada era... Ambra intentó descifrarla. ¿Insegura?

—No sabía que Tom te había invitado.

Lo miró. Él apretó las mandíbulas.

—Al principio casi no le reconocí —continuó Ellinor. Tenía un tono de voz agudo, como forzado—. Es increíble que al fin se haya afeitado la barba. Está mucho mejor así—. Se dio la vuelta y lo miró—. Gracias, cariño.

Tom no dijo nada.

¿De qué se extrañaba? Se había engañado a sí misma y ahora estaba ahí poniéndose en evidencia. La culpa no era de Tom, solo podía culparse a sí misma.

Ellinor volvió a tambalearse, la verdad es que debía de estar muy borracha. Llevaba un vestido muy ajustado a las caderas y unos zapatos de tacón alto y fino. No pudo evitar pensar que la misma mano que hace un momento le sujetaba las caderas con pasión, mientras hacían el amor en el pequeño cuarto, ahora rodeaba los hombros de Ellinor como un gesto natural. ¿Y por qué no iba a hacerlo? Todo lo que Tom deseaba estaba en ese momento a su lado.

Ambra había vuelto a ser descartada. Él siempre quiso volver con Ellinor, nunca se lo había ocultado, pero ella había sido tan estúpida como para olvidarlo.

—Espero que de todos modos te alegres de verme —musitó Ellinor dirigiéndose a Tom. Después se volvió hacia Ambra y le ofreció una explicación—: Los últimos días nos hemos enviado varios mensajes, y de repente sentí que quería estar aquí. A veces necesitas que te recuerden lo que sientes en realidad.

—Desde luego —dijo Ambra, porque, a fin de cuentas ¿qué importancia tiene la pasión en una relación a largo plazo?

Debería haber aprendido que a ella no la elegía nadie, que las otras siempre eran más buenas, más bonitas y más fáciles de tratar. Ambra Vinter era reemplazable, era fácil de dejar, era fácil cansarse de ella. Miró a Tom y vio su mirada, pero le fue imposible interpretarla. No tenía ningún control sobre ese hombre. ¿Sentía lástima por ella? ¿Estaba preocupado? ¿Le importaba? No tenía la menor idea.

Ellinor se apoyó en el pecho de Tom y Ambra sintió un dolor profundo y visceral. Ella quería apoyarse en el pecho de Tom, ella quería tenerlo, pero él había elegido a Ellinor antes que a ella. Era evidente que Ellinor quería volver con él. Ambra sabía lo que se sentía cuando estabas a su lado, y Ellinor lo debió de experimentar cientos, tal vez miles de veces.

Los celos eran como un animal que llevaba en su interior, que le arañaba y le destrozaba el vientre, el pecho, la desgarraba por dentro. Ella solo era sexo, un polvo para consolarse, un revolcón rápido en un rincón. Ellinor era todo lo demás. La rubia y encantadora Ellinor, con su cuerpo femenino y su aspecto desvalido. Era evidente que activaba todas las características de Tom: los cuidados, el instinto protector y la lealtad.

Ambra se sintió sucia de repente. El vestido caro y los zapatos de tacón de aguja, la lujosa ropa interior, las joyas. Ya no le parecía que todo eso fuera elegante y sofisticado, sino artificial y vulgar. No era ella, tenía la sensación de ir disfrazada.

—De todos modos, me alegro de haber venido —insistió Ellinor.

—Por supuesto —respondió Tom.

Su voz sonó como piedras que caen unas sobre otras. Ellinor la miró un momento y Ambra habría jurado que vio triunfo en sus embriagados ojos azules.

Le dolió tanto que pensó que se estaba haciendo pedazos. Abrazó el bolso de mano y se obligó a enderezar la espalda y a tragarse la humillación, la decepción y todos los demás sentimientos dolorosos e indeseados.

—Ambra, yo... —empezó él.

Pero ella le interrumpió con una negación rotunda de la cabeza. Ya era suficiente. Respiró profundamente y se esforzó por sonreír. Esperaba parecer sincera y no dejar traslucir su humillación. No pensaba echarse a llorar ni montar una escena. Todavía le quedaba algo de orgullo.

—Supongo que tendréis mucho de que hablar, así que voy a... Hizo un gesto vago hacia el salón.

Cuando recordó que no conocía a nadie estuvo a punto de entrar en pánico. Dio media vuelta y se marchó con la mayor dignidad que pudo, ni demasiado deprisa ni demasiado despacio. Abrazó su bolso de mano e intentó tragarse el nudo de su garganta. Tenía que alejarse de allí. Oyó que Tom gritaba algo detrás de ella. Sabía que no iba a ocurrir, pero esperaba que fuera tras ella, que la eligiera. Pero como eso no era una película ni una serie de televisión, sino la vida real, él se quedó con Ellinor.

Ambra miró a su alrededor, ¿qué iba a hacer? Le pareció ver al publicista con el que había estado hablando antes, que mantenía una animada conversación con una actriz famosa. Empezó a desesperarse de verdad. Abrazó el bolso con más fuerza y luchó por respirar. Estaba peligrosamente cerca de... de...

—Hola, ¡pero si eres tú! Me pareció reconocerte.

No pudo identificar la voz y se dio la vuelta con rapidez. Por suerte, Tom y Ellinor habían sido engullidos por la marea de gente. El hombre le resultaba conocido.

Él se golpeó ligeramente el pecho y se presentó con una amplia sonrisa.

—Soy yo. Henrik Stål.

—¿Quién?

No lo asociaba con nada.

—Nos hemos visto en Twitter. —Entrecomilló sus palabras con los dedos—. Nos íbamos a ver «en la vida real» para tomar café, pero he estado en un festival de poesía en Svalbard. Disculpa que no haya contestado tus mensajes.

Era el periodista de *Dagens Nyheter*. Lo había olvidado por completo. Miró a Henrik más de cerca. Debía de tener su edad, quizá un par de años menos, con una amplia y sincera sonrisa. Parecía un buen chico. Alguien que va a festivales de poesía no puede ser mala persona. Y una mirada atractiva. Podía ser una señal.

—¿De verdad has estado en el festival de poesía de Svalbard? —preguntó ella con suspicacia.

—Sin duda es una cuestión de definición. ¿Adónde vas?

Ambra tenía intención de huir, pero cambió de idea. Se quedaría para demostrar que no le importaba.

—Al bar. ¿Me acompañas?

—Encantado —aceptó Henrik con una amplia sonrisa.

Le gustaba el chico. Fueron al bar y pidieron dos chupitos.

—No son chupitos lo que necesito —comentó Ambra después del segundo.

—Mejor que antidepresivos —repuso él sonriendo.

Era un ligón, pero no se tomaba libertades. Inteligente, como suelen ser los periodistas culturales, pero sin esa arrogancia tan habitual entre la gente de la cultura. En resumen, era lo que ella necesitaba, así que ya podía emborracharse a gusto y quitarse esa horrible sensación que le atenazaba el pecho. Seguía ahí, pero el alcohol la suavizaba.

—¿A qué se debe que estés aquí? —preguntó Ambra.

Se dio cuenta de que empezaba a articular mal las palabras.

—No tengo ni idea —respondió él como si nada—. Pero me gusta ir de fiesta y he estado en muchas con Alexander antes de que se casara y se convirtiera en un hombre normal.

—Yo odio a las personas normales.

—Son insoportables —convino Henrik—. ¿Otra copa?

Ella asintió con la cabeza. Había barra libre y había perdido la cuenta de cuánto había bebido, solo sabía que no era suficiente. No había vuelto a ver a Tom. Tal vez se había ido a casa con Ellinor. Como si le importara.

—¿Tienes novia? —preguntó por encima de un plato de aceitunas que aparecieron de repente.

Deberían ir al bufé que estaban sirviendo, pero no le apetecía.

—No.

Había olvidado de qué estaban hablando.

Henrik le cogió la mano con la que sostenía una aceituna, se la llevó a la boca y la absorbió. Un mes atrás tal vez hubiera sido el hombre de sus sueños. Buena persona, divertido, atractivo. Pero hacía unas dos horas que era consciente de que amaba a Tom.

—Mierda —dijo ella.

Él asintió.

—La vida es una mierda.

—Totalmente.

—Si apareciera una de tus ex y quisiera que volvieras, ¿me dejarías por ella? —preguntó mientras comía cacahuetes tostados de un cuenco.

Le dio uno a Henrik y él se lo metió en la boca.

—No lo creo. Además, todas mis ex me odian.

—Lo siento.

—No importa. Yo también las odio —añadió con despreocupación.

—¿Pedimos más?

—Por supuesto. —Deslizó la mirada por el cuerpo de Ambra—. ¿Te he dicho que eres muy atractiva?

—Solo ocho veces.

—¿Nada más? Debería darme vergüenza. Eres muy atractiva.

Le acercó el siguiente chupito.

Ambra bebió un sorbito. Ya casi no sentía nada.

—El alcohol es un buen invento —constató.

—Nada que objetar por mi parte —respondió él entre risas.

Tom no podía evitar mirar hacia el bar en el que Ambra estaba sentada en un taburete alto al lado de un hombre. Llevaban allí un buen rato, absortos el uno en el otro.

—Creía que te alegrarías de que viniera —dijo Ellinor poniéndole la mano en el pecho.

—Y me alegro —respondió él.

Le cogió la mano. Porque se había alegrado, ¿no? Todo fue tan rápido que no le dio tiempo a reflexionar sobre ello.

—De todos modos, viniste a Kiruna por mí, me has llamado por teléfono, hemos mantenido conversaciones muy agradables, te hiciste cargo de Freja. Yo creía que... Tom, hemos estado mucho tiempo juntos.

—Pero Nilas...

—Aunque haya habido interrupciones, siempre hemos vuelto. Te engañé, pero ahora estoy aquí. Quiero que nos demos una oportunidad.

Tom volvió a mirar a Ambra. El hombre había puesto el brazo en el respaldo de su taburete y Ambra tenía la cabeza apoyada en su hombro. Se reían. Tom miró hacia otro lado.

—No sabes lo que significa que hayas estado luchando por mí todo el otoño —continuó Ellinor.

Pero Tom había perdido el hilo. Hacía calor allí dentro y estaba sudando.

—Perdona, ¿qué has dicho?

—Que has luchado por mí todo el tiempo, querías que volviera a pesar del daño que te hice. No me atrevería a reconocerlo si no hubiera bebido tanto, pero eso me hacía feliz.

—¿Feliz?

Intentó concentrarse. Debería estar eufórico, rebosante de alegría. Ellinor le estaba diciendo que quería intentarlo de nuevo.

Pero Ambra y él habían ido a la fiesta juntos. Acababan de hacer el amor. Ellinor no tendría que estar ahí, sino en Kiruna, a mil doscientos kilómetros de distancia. Se tiró del cuello de la camisa.

—¿Cómo está Freja?

—Está bien. La he dejado en casa de un vecino.

Apoyó la cabeza en el pecho de su camisa. Su pelo rubio le hacía cosquillas en la nariz.

Volvió a mirar a Ambra. Estaba demasiado cerca de ese hombre.

—Disculpa que haya aparecido así. Creía que me lo agradecerías, no podía imaginar otra cosa. Y no sabía que Ambra estaría aquí. ¿He hecho mal?

Ellinor levantó la vista. Parecía confusa.

Tom volvió a mirar hacia el bar. Ya no estaba seguro de nada.

—No has hecho nada malo.

Todo era culpa de él, de nadie más. Pero no podía confiar en sus propios sentimientos. Había amado a Ellinor durante mucho tiempo y solo hacía unas semanas que conocía a Ambra. Era atractiva y el sexo con ella era de locura. ¿Era una obsesión? Sin duda, pero ¿era algo más? No se conocían como él y Ellinor. Ambra no era la persona que él quería, no podía serlo.

Ellinor estaba destrozada, no tenía más remedio que cuidar de ella. Además, Ambra le estaba ignorando por completo. Volvió a mirarlos. Se estaban dando de comer el uno al otro y no paraban de reír.

—¡Ay! Tom, me estás haciendo daño. —Ellinor retiró la mano con una mueca—. Me estás apretando tanto que me la vas a romper.

—Perdona.

Intentó apartar la mirada de Ambra sin conseguirlo. Era como estar en el infierno. No podía respirar. Desde que la conocía se había comportado de un modo impulsivo e irracional, y eso no era propio de él. Volvió a tirarse del cuello de la camisa. Cada vez le costaba más trabajo respirar.

—No tendría que haber venido. —Ellinor estaba a punto de llorar—. Bebí cuando llegué porque estaba muy nerviosa, y ahora me siento mal. Perdóname. Debería irme.

Parecía completamente hundida.

Esa era Ellinor, la mujer que quería recuperar desde hacía meses y que ahora había dejado a Nilas por él. Ella le necesitaba. Tenía que cuidarla, era su responsabilidad.

—Te acompaño —se ofreció.

Su rostro se suavizó, aliviada.

—¿Estás seguro? Ni siquiera sé dónde me voy a hospedar, me limité a venir, sin más. Me avergüenzo de ello.

—Puedes quedarte en mi casa —dijo con desgana.

—¡Oh, gracias! —exclamó ella abrazándole.

La rodeó con un brazo.

—Tengo que despedirme.

Se despidió de David, de Natalia, de Alex e Isobel. Nadie dijo nada, pero se dio cuenta de que les parecía raro que hubiera llegado con una mujer y se marchara a casa con otra. Vaciló, pero era mejor hacerlo de una vez. Se acercó al bar.

—¡Tom! —exclamó Ambra.

Tenía las mejillas rojas y los ojos brillantes, pero no parecía muy triste; al contrario, daba la impresión de que se lo estaba pasando muy bien. Eso debería aliviar su mala conciencia.

Pero no fue así.

—Ambra, tengo que irme a casa con Ellinor, se encuentra mal —dijo en voz baja ignorando al hombre que escuchaba la conversación sin ningún disimulo.

Ambra pinchó la aceituna que había en su vaso, se la comió y después le saludó levantando el palillo.

—Está bien.

—Supongo que te las arreglarás bien aunque me vaya.

No quería dejarla. Quería explicarle que en ese momento Ellinor le necesitaba más que ella, que tenían muchas cosas que aclarar, que era algo así como su familia. Tragó saliva. Sabía que se estaba equivocando, quería que Ambra le pidiera que se quedara.

Pero ella solo le dirigió una mirada sin ningún tipo de interés y encogió uno de sus hombros cubiertos de seda.

—¿No acabas de decir que tienes que irte?

Ella miró al hombre que estaba a su lado, que afirmó con la cabeza.

—Sí, lo ha dicho —balbuceó.

Tom tuvo que reprimir el deseo de asestarle un puñetazo en plena cara.

Ambra volvió a girar la cabeza hacia él.

—Si tienes que irte, hazlo. No me tienes que pedir permiso. Ya eres mayorcito, así que haz lo que quieras.

Levantó una ceja y sonrió de un modo impersonal.

—Ambra, por favor. No sabía que ella iba a venir. Lo lamento.

—Bueno, pues ya está. Si lo lamentas todo está arreglado.

Vio su sonrisa congelada y los destellos de sus ojos verdes. Estaba enfadada. No se lo reprochaba. Intentó justificarse pensando que ella había pasado la última hora pegada a su nuevo ligue mientras él consolaba a Ellinor, hablaba con ella y se ocupaba de sus problemas. ¿Significaba tan poco para Ambra lo que habían hecho? Él aún conservaba su aroma en los dedos. Ellinor había estado muchos años en su vida, no podía ignorarla, tenía que entenderlo.

—Ambra —empezó a decir.

—¿Qué quieres que diga, Tom? —Se bajó del taburete, se acercó a él y siguió hablando en un tono tan bajo que solo él la podía oír—. Te has acostado conmigo hace dos horas. Yo era tu pareja esta noche, yo. Si dices que tienes que irte con tu ex, hazlo. Pero no esperes que te ponga una medalla.

—No lo entiendes. Nosotros...

—Sí, lo entiendo perfectamente. El amor de tu vida apareció agitando las pestañas y ahora haces lo que ella te pide. —Se puso la mano en la cadera y añadió—: ¿Has saludado a mi amigo Henrik?

El hombre se levantó y le tendió la mano para saludarle. Tom lo ignoró.

—Ellinor y yo hemos estado juntos...

—Si vuelves a decir que habéis estado juntos la mitad de vuestra vida, gritaré.

—¿Qué ocurre? —preguntó Ellinor desde atrás.

Ambra lo miró y sonrió con ironía.

Henrik le pasó un brazo por encima de los hombros. Tom dio un paso adelante. Al ver el gesto íntimo una neblina roja se extendió delante de sus ojos, impidiéndole pensar.

El hombre levantó la mano y Tom se detuvo. No porque Henrik representara ninguna amenaza para él, puesto que podría hacerle añicos en un momento. Pero logró serenarse.

—Ya has hecho suficiente, déjala en paz.

El tono del hombre era firme a pesar de la borrachera.

—Por favor, ¿podemos irnos?

Ellinor suplicaba detrás de él. Por increíble que pudiera parecer, Tom había olvidado por un instante que estaba allí. Miró a Ambra por última vez; ella le mantuvo la mirada, con la barbilla levantada, durante unos segundos. Supo que todo había terminado y que el único culpable era él, aunque no por ello se sintió mejor. Abrió la boca para decir algo, pero no había nada que decir, así que la cerró. Se volvió, cogió a Ellinor por debajo del codo y se abrieron paso entre la multitud de invitados sin mirar atrás.

—¿Va todo bien? —preguntó Ellinor.

Pensó en el pálido rostro de Ambra. En las veces que había sido abandonada. En cómo habían hecho el amor, en lo que habían significado para él las últimas semanas. Pensó en todo eso, pero solo dijo:

—Todo bien.

50

El día después de la fiesta, Ambra se despertó con una resaca que al instante ocupó el puesto número uno de su lista Las-peores-resacas-que-he-tenido.

No volvería a beber nunca más, no valía la pena sentirse así.

No se atrevía a volver la cabeza, porque no recordaba cómo había llegado a casa y tenía el terrible presentimiento de que tal vez trajo a... Oh, Dios, no recordaba su nombre. ¿Fredrik? ¿Patrik? Henrik, eso era. Cerró los ojos y se volvió a duras penas. Por suerte, estaba sola en la cama. Exacto, Henrik y ella se separaron poco después de dejar la fiesta.

Ambra cogió un taxi para volver a su casa. Lloró todo el camino desde Djurgården hasta Gamla Stan, y siguió llorando en la entrada, en el cuarto de baño y sobre la almohada. Ahora apenas podía cerrar los ojos, ni siquiera respirar. Estaba hinchada y congestionada.

Pero todo había terminado, así que no importaba su aspecto ni cómo se sintiera.

—¿Qué tal la fiesta? ¿Cómo te fue? —preguntó Jill cuando la llamó poco después del almuerzo.

Ambra había estado tomando analgésicos desde que se levantó y en ese momento estaba tumbada en el sofá viendo *Lyxfällan* en la tele.

Bajó el volumen del televisor y tiró de la manta hasta que le llegó a la barbilla. Tenía frío.

—Estuvo bien, excepto que apareció la ex de Tom y me abandonó y se fue a pasar la noche con ella. Por lo demás todo bien.

Jill guardó silencio.

—¿Cómo estás? —preguntó después en voz baja.

—Regular.

Su hermana suspiró.

—¿Habéis estado juntos otra vez?

Ambra pensó en el sexo que compartieron detrás de la cortina. Fue algo mágico, no había otro modo de describirlo. El modo en que Tom la miraba en el espejo, sus caricias... Estaba convencida de que se habían acercado mucho el uno al otro, no solo en el aspecto físico, sino también mentalmente. Como si fuera algo más que sexo. Pero lo que a ella le parecía mágico era el deseo y el orgasmo de Tom. Quería quedarse con eso.

—No —mintió.

Jill se enfadaría y ella no estaba para críticas.

—Te ha tratado como a una mierda.

—Sí —reconoció.

Jill tenía razón, se había engañado a sí misma.

—¿Quieres saber mi opinión? —Estaba segura de que no quería, pero se la dio de todos modos—. Tienes que darte prisa y encontrar otro pronto. Así le olvidarás.

No tendría que haberle hablado a Jill de Tom. Sus consejos eran deplorables.

—¿No te das cuenta de lo enfermizo que suena eso? No puedes cambiar a una persona por otra de ese modo. Estás loca.

—Tal vez, pero ¿acaso soy yo la que está en casa compadeciéndose de mí misma? No. Tienes que espabilar. Los hombres son imbéciles.

—Yo soy una imbécil —protestó Ambra.

Se convenció de que había sido mejor que hubiera ocurrido entonces, antes de que los sentimientos fueran más fuertes. Pero sus sentimientos ya eran fuertes y no estaba segura de cuántas veces más soportaría que la abandonaran.

Rodó sobre su espalda y se quedó mirando el techo del cuarto de estar con apatía.

—¿Llevabas el vestido? ¿Los zapatos?

—Maldita sea, no se trataba de lo que llevaba puesto. Apareció su gran amor, lo miró con ojos de cordero degollado y él me dejó sin pestañear.

—Algunos hombres no pueden resistirse a una mujer en apuros. Puede que tenga complejo de héroe.

—Lo más seguro.

—Los machistas creen que eso les pone a las chicas, y lo utilizan.

Ambra se tapó la cabeza con la manta.

—Nadie ha sido utilizado. Yo lo elegí. No tengo ganas de seguir hablando. Mañana tengo que trabajar —zanjó.

Tenía que tranquilizarse de algún modo, y se acurrucó en el sofá hasta que casi no pudo respirar. Tom la llamó por teléfono una vez, pero ella no contestó y ya no volvió a llamar. Se convenció de que era lo mejor.

A la mañana siguiente comenzó su nuevo turno de cinco días. A partir de entonces, *Aftonbladet* podía disponer de ella durante once horas diarias, enviarla a cualquier sitio, pedirle que hiciera horas extra y que viajara a cualquier parte del mundo.

Dejó el bolso en el suelo, se desperezó y bostezó. La redacción estaba como siempre. Reporteros con cara de cansancio, trabajadores del servicio de limpieza y una Grace muy espabilada taconeando por los despachos con una falda estrecha, chaqueta de Armani entallada y unos zapatos Louboutin de tacón.

Ambra se tomó un café, ocultó otro bostezo e intentó espabilarse. La neblina que rodeaba su cabeza contribuía a tener la sensación de que aún seguía con resaca. Henrik la había llamado el día anterior para ver cómo estaba. Era un buen chico. Cómo le gustaría haberse interesado por él, haber contestado la primera vez que se pusieron en contacto, que hubieran salido, se hubieran acariciado... Así tal vez ahora estaría enamorada de él y no de Tom.

Apoyó la frente en la palma de la mano. Deseaba ardientemente no haber viajado a Kiruna y no haber conocido a Tom. Quizá alguna vez, dentro de unos diez años, estaría agradecida por ello, pero ahora lo detestaba. En ese momento solo sentía arrepentimiento, vergüenza y una sensación de vacío en el pecho que recordaba demasiado a una tristeza insoportable.

Tom volvió a llamarla, pero ella no podía ni imaginarse una conversación con él.

Escribió una breve nota sobre una aplicación de contactos mientras se preguntaba qué estaría haciendo él. ¿Seguiría con Ellinor? ¿Estarían todavía en Estocolmo? ¿Se habrían acostado juntos? Mientras leía los comunicados de prensa de la agencia de noticias TT pensó que le gustaría espiarles, hacer algo que sirviera para acabar con ese dolor. Pero no hizo nada, por supuesto; siguió trabajando, dándole vueltas al asunto e intentando reprimir los sentimientos lo mejor que podía. Por un momento se planteó pedirle a Jill que le preguntara a Mattias si sabía algo, pero descartó la idea. Solo intentó resistir.

«Vamos Ambra, ánimo», se decía a sí misma.

Después del almuerzo se había quitado de encima casi todo lo que tenía en el buzón de correo electrónico, había desechado los que contenían amenazas —Lord_Brutal estaba insoportable en los últimos días— y, por último, respondió algunos mensajes amables de los lectores.

Mientras miraba la pantalla recibió un mensaje de Karsten Lundqvist, el experto en seguridad. Oh, cielos, le había olvidado por completo.

En el asunto decía: «Nueva información recibida, ¿podemos hablar?». Antes de que le diera tiempo a contestar vio que se dirigía hacia ella. Llevaba unos pantalones de pana y una camisa sin planchar, y cuando estuvo cerca vio que se había puesto un calcetín marrón y otro azul.

—¿Tienes tiempo?

Ambra le indicó con la cabeza que se sentara en la silla que había frente a ella. Él dobló su cuerpo larguirucho y acercó la silla.

—¿Sigues interesada en el Chad?

—¿Qué has averiguado? —preguntó sin revelar que no había pensado en el Chad en los últimos días.

—Al parecer se cometieron abusos en la zona de la que estuvimos hablando.

—¿Qué tipo de abusos?

—Se comenta que llegaron soldados extranjeros, que mataron a civiles y violaron a mujeres. Terrible. —Karsten se apoyó en el respaldo de la silla y la miró con gesto reflexivo. Le dio la impresión de que tenía más cosas que contar—. Hay vínculos con una empresa de seguridad sueca, lo que lo hace todo mucho más interesante desde nuestro punto de vista. ¿No me preguntaste acerca de una empresa de seguridad sueca?

Ambra asintió, no sabía qué decir. ¿Había matado la unidad de Tom a civiles en el Chad? ¿Violado a mujeres? ¿Era cierto eso? Tom le había hablado de sus principios morales, le había garantizado que no había muerto ningún inocente y ella le había creído. ¿Había mentido? ¿Cuántas vidas podía valer una médica sueca? ¿Lo sabría Isobel? ¿David Hammar? De ser cierto, era pura dinamita.

Karsten prosiguió con gesto pensativo.

—He hecho algunas investigaciones. Al parecer, había personal de una empresa de seguridad sueca en la zona cuando ocurrieron los abusos. Supongo que sabrás de quién se trata, ¿no?

—Dímelo de todos modos —le pidió en un tono muy débil.

Cogió su taza y se bebió lo que quedaba del café, frío como el hielo. Y ella que creía que ese día ya estaba siendo muy malo. Como Grace solía decir, todo puede empeorar.

—Lodestar Security Group.

Ambra sintió ganas de vomitar.

Santo cielo.

Miró a Karsten sin saber qué decir.

Tenía que asimilarlo. Y había muchas variables inciertas, por supuesto.

De todos modos, era horrible.

Tom Lexington debía de ser imbécil para no darse cuenta de que ella encontraría esa información.

—¿Quiénes son tus fuentes? —preguntó Ambra, porque era lo principal en esas circunstancias.

—No son sólidas —reconoció—. Hay mucha información sin confirmar, por eso quería hablarlo contigo. No voy a escribir nada por ese motivo, pero tal vez tú tengas más. —Luego se levantó y estiró sus brazos largos—. Tengo que volver —dijo, y desapareció.

Ambra permaneció sentada, intentando analizar los hechos del modo más objetivo que pudo. La información no estaba confirmada, eso había quedado claro. En esa zona del mundo eran frecuentes los intentos por difundir información falsa. Necesitaba un segundo punto de vista. Miró a Grace.

—¿Podemos hablar en algún sitio? Necesito tu opinión.

Se sentaron en una de las salas de conferencias y se lo contó todo a su jefa. Excepto que se había acostado con Tom, por supuesto, y que se habían visto y habían ido juntos a una fiesta, y que estuvieron en la sauna y viendo auroras boreales juntos. No mencionó nada de todo eso.

Grace se apoyó en el respaldo, miró al techo y cerró los ojos.

—¿Un exsoldado de élite sueco que no solo ha violado y matado a civiles en el extranjero, sino que también ha estado prisionero? ¿Y una sueca que ha sido liberada? Suena muy interesante. —Abrió los ojos y miró a Ambra—. ¿Quieres escribir sobre ello? ¿Un «*Aftonbladet* revela» tal vez? Podría ser genial. Entre nosotras, es justo lo que necesitas.

Sí, Ambra pensaba lo mismo. Un trabajo de ese tipo casi le garantizaba un puesto en Investigación y el reconocimiento de Dan Persson. Tal vez incluso el Gran Premio de Periodismo.

—Pero no estoy segura, me gustaría esperar hasta tener más información.

—De acuerdo —accedió Grace. Bajó los pies de la mesa y se levantó—. Pero insisto en que suena interesante.

—Grace, una cosa. Ya que estoy aquí... —empezó a decir, pero Grace imaginó por dónde iba y suspiró—. Si es otra vez lo del acogimiento, no, no y no.

—¿Y si consigo más datos?

Ambra no podía rendirse, para ella era lo más importante de todo.

Grace agitó los dedos distraídamente.

—Bueno, entonces puede que hablemos, pero será en otro momento. Ahora me tengo que ir, van a hacerme una entrevista para una de esas malditas revistas del corazón.

Ambra regresó a su escritorio y escribió a toda velocidad un artículo sobre el clima, preguntándose cuántos de ese tipo habría escrito en su vida. Luego, poco antes de la segunda reunión de redacción del día, recibió un mensaje de Elsa.

¿Has sabido algo más de la foto que te envié?

Eso también se le había olvidado por completo. Uf, estar enamorada absorbía, te quitaba demasiado tiempo. ¿Cómo había podido olvidar a las chicas? Sintió vergüenza.

Todavía no.

Ambra hizo clic en la imagen que Elsa le había enviado hacía unos días, la del desconocido al que Esaias estaba saludando. Se le volvió a encender algo en el cerebro, como si de verdad hubiera visto antes a ese hombre. Tamborileó con los dedos sobre la mesa.

Fue a la máquina de café y se quedó de pie allí, escuchando a escondidas las conversaciones de los demás mientras pensaba. Se le ocurrió algo. Volvió a su escritorio, se puso los auriculares y marcó el número de Henrik Stål.

—Hola —contestó él con voz cálida—. ¿Cómo te encuentras?

—Te llamo por cuestiones del trabajo —respondió a modo de disculpa.

—Dispara.

Mientras bebían en la fiesta, él mencionó algo que logró atravesar los vapores etílicos y en ese momento acababa de saltar en su mente como una palomita de maíz.

—Creo recordar que me dijiste que vosotros teníais un programa avanzado de búsqueda por imágenes, ¿es así? ¿Me lo podéis prestar?

—Envíame la foto y yo me encargaré.

—¿Seguro? ¿A pesar de que somos competidores?

—Permíteme que sea tu caballero andante. Los chicos de *DN* casi nunca lo podemos ser.

Ambra le envió la foto. La respuesta llegó cuando se dirigía a la reunión de las tres.

> Se llama Uno Aalto. Apenas se le ve en la red, pero hemos conseguido hacer una búsqueda profunda y ha aparecido. Es un exorcista de Finlandia.

Al principio pensó que se trataba de una broma de Henrik, pero tecleó la información que acababa de recibir y la leyó mientras los demás se sentaban. Era cierto. Uno Aalto era un exorcista laestadiano viejo y chiflado que se relacionaba con Esaias. En ese momento recordó por qué le sonaba su nombre: lo había visto en el tablón de anuncios de la iglesia. Todas las alarmas saltaron.

—¿Ambra?

Era la voz de Grace. Probablemente le había preguntado algo.

—Disculpa, no te he oído —reconoció.

Oliver le lanzó una mirada irónica mientras Grace repetía la pregunta. ¿Cómo había ido a parar al mismo turno que Oliver Holm, por cierto? Había un montón de reporteros en el periódico a los que nunca veía, ¿no podía elegir Oliver alguno de los otros?

Grace le dirigió una mirada oscura y prosiguió la reunión. Hablaron de titulares, de artículos y enfoques. A Ambra solía gustarle discutir sobre esas cosas, pero en ese momento le costaba concentrarse.

Oliver machacaba sobre algo que quería escribir. Ambra bostezó, tapándose la boca con la mano. Estaba acabada.

—Ambra, ¿no tenías algo?

La voz de Grace le hizo reaccionar. Le pareció que se había quedado dormida.

—Acabo de saber que ha llegado un exorcista a Kiruna. Quiero investigarlo.

Grace levantó una estrecha ceja.

Oliver resopló.

—¿No habíamos hablado de esto ya? ¿No lo excluimos la última vez?

Ambra dirigió a Oliver su mirada más envenenada. Se dio cuenta de que no estaba siendo nada competente en sus relaciones sociales, pero tenía resaca, no hacían más que ponerle trabas y estaba enamorada de alguien que quizá fuera un psicópata; además, no tenía ganas de ser amable con Oliver.

Tenía que conseguir una primicia, o de lo contrario ya podía ir olvidándose del trabajo en Investigación.

—Es una historia importante acerca de niños desprotegidos —insistió en tono frío.

—¿No puedes hablar del Chad? —preguntó Grace.

Ambra la miró sorprendida y negó con la cabeza.

Ya le había dicho que quería esperar.

—Es demasiado bueno para no profundizar en el tema. Ilegal, secreto. Ese tipo de artículos es justo lo que queremos. Somos un periódico.

—Pero no quiero escribir sobre eso, al menos por ahora.

Le parecía demasiado incierto, especulativo, casi impúdico. Aunque era casi una ironía que se quedara ahí sentada y sacrificara su carrera por no denunciar unos hechos que afectaban a una persona que no se había tomado en serio sus sentimientos.

Si Tom y sus hombres habían cometido esos abusos, serían castigados, por supuesto. Pero por el momento los datos no estaban confirmados. Además, no podía creer que Tom estuviera implicado en algo así.

Al terminar la reunión todos abandonaron la sala excepto Oliver, que se quedó con Grace. Ambra los vio hablar acaloradamente y se marchó con la sensación de que se perdía algo vital.

Sacó el teléfono en cuanto estuvo fuera de la sala y llamó a los servicios sociales de Kiruna.

En esta ocasión respondió Lotta en persona.

—¿Sí? —saludó en un tono frío.

—¿Recibiste mi mensaje? —preguntó Ambra.

Le llegó un profundo suspiro a modo de respuesta.

—Creía que se trataba de una broma de mal gusto. ¿Exorcista? Tendrás que darte por vencida.

—Pero tenéis que vigilar a las niñas. Eso cambia la situación.

—Excepto que no hay ningún exorcista.

—Puedo enviar la información que tengo —ofreció.

—Escúchame: si no dejas de llamarnos te denunciaré.

Lotta colgó el teléfono.

Ambra pasó el resto de la tarde escribiendo, con la preocupación atenazando su pecho. Cuando se fue a casa, Oliver seguía sentado a su escritorio. Grace estaba inclinada sobre él y hablaban en voz baja.

El día siguiente transcurrió más o menos del mismo modo, sin embargo, Tom ya no la llamó. Trabajó, se fue a casa, se acostó preocupada, se levantó al amanecer y fue andando al trabajo sintiendo el frío del invierno. Bostezó, encendió el ordenador, tomó café y miró lo que había ocurrido en el mundo.

Durante una hora todo estuvo tranquilo. A las ocho estalló el infierno.

Ambra leyó en primera página, con letras grandes:

Soldados suecos asesinaron civiles.

Terror en el Chad.

Ambra lo leyó y arrugó la frente. Pero eso no podía...

No.

¿O sí?

Encontró el artículo y lo leyó mientras el pánico iba en aumento. Era su historia, aunque con otras palabras. Con enfoques que no eran propios de ella. Palabras duras, insinuaciones, afirmaciones agresivas sobre Tom, sobre Lodestar Security Group, sobre unidades militares secretas, soldados de élite privados. Sobre armas y operaciones ilegales. Y fotos. Oh, Dios, eran sus fotos, las que ella había hecho.

Ambra leyó mientras el corazón le latía con tanta fuerza que creía que le iba a explotar. Palabras y frases surgían como dedos acusadores.

«La doctora Isobel de la Grip fue secuestrada.»

«*Aftonbladet* ha buscado a Tom Lexington para conocer su versión de los hechos.»

Santo cielo.

El artículo estaba firmado por Oliver Holm. Se dio cuenta de había puesto una nueva foto suya, mucho mayor que la anterior. Era su nombre el que figuraba en el reportaje, pero la información, las fotos y la responsabilidad eran de Ambra.

Era un auténtico desastre.

Miró a Grace, que estaba junto a la pantalla del ordenador, abstraída.

—¿Qué habéis hecho?

Una parte de ella seguía pensando que se trataba de una broma pesada, macabra y malvada, o de una pesadilla.

—Oliver Holm quería escribir ese reportaje. Había escrito uno parecido antes y tenía una fuente en el Ministerio de Asuntos Exteriores, así que decidimos hacerlo. Tú dijiste que no querías, por eso se lo di a él.

—Yo dije que no estaba segura de la información —matizó Ambra en el tono más severo que pudo, pero al final la voz le tembló.

—Oliver habló con Karsten e hizo una evaluación posterior. Quería escribirlo, yo le di luz verde y toda la información. No te pertenece a ti.

—¿Y las fotos?

Eran suyas. ¿Habrían ido a parar al servidor del trabajo aunque las había volcado de su móvil? Mierda.

Grace fijó en ella sus negros ojos, su mirada de jefa.

—Hiciste esas fotos para el periódico, son propiedad de *Aftonbladet*. Oliver las sacó de tu ordenador de trabajo. Pero tienes los derechos de esas imágenes.

No era ese el premio que Ambra se merecía.

Su nombre figuraba ahora en un artículo que iba a caer sobre Tom como una bomba. El artículo ya estaba en internet, pero sabía que eso era solo el comienzo. Reunía todas las condiciones para convertirse en un espectáculo mediático a gran escala, una verdadera cacería. Y la presa sería Tom. No sabía qué temía más, que la información fuera correcta o exagerada.

Ambos escenarios eran catastróficos, aunque de distinto modo. A las nueve empezaron a sonar los teléfonos. Los medios informativos y las agencias de noticias habían despertado y olido la sangre.

Ambra solo quería esconderse. De todos modos, eso no era lo peor.

¿Qué ocurriría cuando Tom lo leyera?

51

Tom acababa de salir del apartamento en dirección al gimnasio cuando su teléfono vibró en el bolsillo. Era del trabajo. Respondió y escuchó la voz crispada de Johanna Scott. Se oía hablar a varias personas más en voz alta, lo que no era habitual. Lodestar Security Group se caracterizaba por la discreción y la tranquilidad, Tom nunca había oído a nadie levantar la voz, eran profesionales y se hacían oír sin tener que gritar.

—¿Has leído los periódicos? —preguntó Johanna.

—No, ¿qué ha ocurrido?

—En *Aftonbladet* aparece una información muy grave sobre nosotros.

—¿Qué?

Se detuvo en seco.

—Esto es una locura —dijo Johanna con la voz casi rota.

—Voy para allá.

—Sí, es mejor que vengas.

Y colgó sin despedirse.

Cuando Tom entró en la oficina diez minutos después estaba más enfadado que nunca. Había ojeado *Aftonbladet.se* antes de sentarse en el coche, y aunque tuvo que quitarle el sonido al teléfono, escuchó el informativo mientras iba conduciendo. Dieron una noticia breve sobre ellos. Totalmente demencial. Así que

Ambra no contestaba sus llamadas porque estaba ocupada con eso.

—No paran de llamar —se quejó Johanna cuando él entró en la oficina.

Los teléfonos sonaban por todos los lados, el personal hablaba a través de los auriculares y el nivel de sonido era muy alto. Incluso aquellos que habían estado en guerras y trabajado en las peores condiciones imaginables parecían crispados.

—Pero eso no es lo peor —siguió Johanna con gesto de preocupación.

—¿Estamos perdiendo clientes? —preguntó Tom.

Ella asintió.

—Eso también, pero lo peor es que hemos tenido que cancelar una operación en Haití. Ya no podíamos garantizar la seguridad.

—Vamos a tener que retirar al personal de allí y decirles que vuelvan. Tenemos que revisar todas las operaciones, comprobar qué empleados tenemos fuera. En cuanto lo sepamos, alguien tiene que encargarse de los pasajes de avión.

—He preparado la sala de conferencias principal. Los demás están esperando allí.

—Gracias, Johanna.

—No hay de qué, jefe. Me alegro de que estés aquí, a pesar de las circunstancias.

Tom saludó a sus colegas y colaboradores al entrar en la sala de conferencias. Solían tener una relación distendida, pero ese día encontró caras largas y mandíbulas apretadas. Todo el mundo se fue sentando alrededor de la mesa. Tom ocupó la cabecera, que había quedado libre; había sido su jefe durante mucho tiempo y confiaban en que cogiera el timón. Y él sabía que todo había ocurrido por su culpa. El nombre de Ambra no figuraba al pie del artículo, pero gran parte del material provenía de ella. Y si necesitaba más pruebas de su participación, su nombre aparecía debajo de varias de las fotos que ilustraban el reportaje. Entre otras, una que debió de hacer en la cabaña.

Estaba tan enfadado que tenía miedo de sus propios actos.

El primero en tomar la palabra fue uno de los expertos en nuevas tecnologías.

—En internet todo se ha desbordado. Hacemos lo que podemos, pero no pinta nada bien. Nuestros clientes más importantes han llamado exigiendo explicaciones.

—Tenemos que llamarles a todos, uno por uno —dijo Tom—. Y debemos hacer una lista de activos para la liquidación de todos los daños.

Llevaría años reparar lo que Ambra había causado.

El jefe de misiones en Irak se puso de pie y escribió en la pizarra todas las propuestas y opiniones. Acordaron llamar a todos los operadores que estaban trabajando por el mundo y elaborar un plan de acción para cada uno de ellos.

—Alguien tiene que encargarse de los medios de comunicación —señaló el jefe de Recursos Humanos.

Tom hizo una mueca. No tenían responsable de prensa porque no querían tener nada que ver con los medios, pero tal como estaban las cosas no había otra alternativa. Decidieron que Johanna asumiera esa responsabilidad. Aceptó sin demasiado entusiasmo y Tom se sintió orgulloso de ella. Trabajaba con los mejores, y no iba a permitir que un periodista sensacionalista en busca de escándalos los destruyera. Su labor era importante, no habían hecho nada malo y no iban a permitir que les hundieran en el barro. Tom estaba tan furioso que incluso pensó en ir a *Aftonbladet* y gritarle a Ambra hasta que ella se avergonzara tanto que quisiera que se la tragara la tierra.

Aprovechó una breve pausa para llamar a Alexander de la Grip.

—¿Qué está pasando en realidad? —le preguntó con voz angustiada.

—Lamento mucho todo esto —le aseguró Tom—. Estamos trabajando para limitar los daños.

—Isobel está destrozada. Tiene miedo de perder a Marius.

—Lo entiendo. También estoy en ello.

—Te agradeceré que me mantengas al corriente de todo.

Mierda. Esto no solo le afectaba a él, sino también a muchas otras personas. ¿Cómo era posible que no lo hubiese visto venir?

David Hammar fue el siguiente en llamar.

—Solo quería que supieras que si necesitas algo, aquí me tienes.

—Gracias, todo esto es un desastre.

—¿Sabes de dónde han sacado la información?

No dijo nada más, pero Tom supuso que habría visto el nombre de Ambra al pie del artículo. La rabia se mezcló con el sentimiento de culpa.

—Yo soy el responsable.

—De acuerdo, lo entiendo. Llámame si puedo hacer algo.

Pidieron unas ensaladas para comer y continuaron la reunión en la sala de conferencias, donde iban trazando directrices en la pizarra. De vez en cuando alguno de ellos desaparecía para atender una llamada importante. La información siguió entrando a lo largo del día. Perdieron dos clientes más, pero se pusieron en contacto con todos sus operadores y Tom suspiró aliviado cuando le informaron de que todo estaba controlado. A eso de las seis dejaron de llamar incluso los periodistas más insistentes; las nuevas noticias habían tomado el relevo.

Parte del personal se marchó a casa, otros prefirieron el gimnasio. Tom se quedó leyendo informes y protocolos. Tenía apagado el sonido del teléfono, pero cuando comenzó a vibrar y vio que era su madre respondió después de reprimir un suspiro.

—¿Tom? ¿Qué está pasando en realidad?

—¿Te ha llamado la prensa?

Se quedó helado, no había pensado en ello. Pero su madre se había cambiado el apellido al casarse y sus hermanas llevaban el de sus maridos, así que estaban seguras. Si Ambra había expuesto a su familia a algún peligro, no sabía si podría responder de las consecuencias. Se pasó la mano por la cara.

—No, te llamo porque estoy preocupada por ti. Todavía eres mi niño.

Eso le hizo sonreír. Medía cerca de dos metros, pesaba ciento diez kilos y tenía enemigos en cuatro continentes.

—Una periodista ha provocado todo esto.

—¿No se llamaba así la chica de la que me hablaste?

Johanna entró y se quedó esperando.

488

—Estoy intentando arreglarlo. Tengo que trabajar, mamá.

—Ya veremos qué sucede mañana —dijo Johanna cuando Tom colgó—. ¿Tienes intención de hacer alguna declaración?

—Sí —respondió él con renovada irritación.

Siempre había logrado mantenerse en el anonimato, pero de repente su nombre y su foto estaban por todos los lados. Era de lo más incómodo.

—¿Cómo se lo ha tomado tu familia?

Se encogió de hombros. Ellinor había llamado, pero le había respondido mediante un mensaje diciéndole que no se preocupara y ella no había insistido.

Miró el reloj. Sabía que había llegado el momento de hacer lo que llevaba aplazando durante toda la tarde. Cogió su móvil, fue a por una botella de agua, se puso al lado de la ventana y llamó a Ambra. Sonaron los tonos, uno tras otro, y se preguntó si sería tan cobarde como para evitarle. Pero entonces contestó.

—Hola —dijo ella con voz serena.

—¿Estás satisfecha ahora? ¿Ya tienes tu primicia?

—No sé qué decir. Entiendo que estés indignado.

—¿Indignado? Sí, es un modo de decirlo.

—Me doy cuenta de que estás enfadado, y lo entiendo. Pero puedo explicarlo. Me lo quitaron.

—Hiciste fotos en mi casa. Y contaste cosas que yo te había dicho de forma confidencial, ¿no? ¿O también lo he interpretado mal?

¿Cómo era capaz de inventarse excusas?

—Lo de las fotos fue un error; las hice para mí. Lo siento. Y hablé con mi jefa, eso es todo. No sabes cómo están las cosas en el periódico. Oliver Holm está detrás del mismo puesto que yo, hizo esto a mis espaldas. Estoy tan indignada como tú.

Tom se quedó pensativo.

—Entonces ¿arriesgáis la vida de otras personas por una historia que además es falsa?

—¿Lo es? En ese caso podría escribir un artículo desmintiéndolo todo.

—Eres una descarada. ¿Estás segura de que no te estás vengando de mí?

—¿Por qué iba a hacerlo?

—No te hagas la tonta. Aparece Ellinor y luego salgo yo en tu asqueroso periódico. No creía que pudieras ser tan falsa, tan poco de fiar.

—Pero yo...

—¿Sabes una cosa? —siguió sin dejarla terminar—. Espero que ese Oliver consiga el puesto. Y espero que te vayas al infierno.

Le temblaba todo el cuerpo cuando colgó.

—¿Está todo bien?

Johanna asomó la cabeza en el despacho.

Tom se dio la vuelta.

—Sí, gracias. Has hecho un buen trabajo hoy.

Ella se ruborizó un poco. Nunca la había visto ruborizarse.

—¿Te marchas a casa? —le preguntó.

—Sí, si no necesitas nada más.

—Puedes irte.

Todavía quedaba mucha gente en la oficina, pero el ambiente se había calmado un poco. Sus empleados estaban acostumbrados a trabajar mejor en medio del caos, así que tras el impacto inicial se produjo un cambio y la gente que estaba desocupada acudió a ayudar. Todos se comportaron de un modo impecable y él se sentía orgulloso de ellos.

Oyó el zumbido del teléfono que había dejado encima de la mesa. Le dio la vuelta. Un mensaje de Mattias.

¿Vamos a tomar una cerveza?

Estuvo a punto de responder que no de forma automática, pero luego pensó que sería agradable hablar con alguien que sabía cómo eran las cosas. Mattias podía tener muchos defectos, pero esto lo entendería. Así que le envió un mensaje aceptando encantado la invitación.

Un par de horas más tarde Tom estaba sentado de espaldas a la pared en un bar de Hornsgatan. Quedaba una semana para el primer salario después de Navidad, la gente estaba sin blanca y había muchas mesas libres en el restaurante.

Tom estaba seguro de que Mattias había elegido ese sitio a propósito. Solían ir allí cuando eran jóvenes. Había comida barata, raciones abundantes y buena cerveza. Mattias entendía de eso. También era terco y manipulador, pero Tom estaba cansado de estar enfadado.

—¿Un día duro? —preguntó Mattias.

—Ambra me ha engañado —respondió frotándose la frente.

—No me digas. ¿Cómo?

Lo miró con incredulidad.

—¿Es que no lo sabes?

Mattias dejó el vaso despacio.

—Depende de lo que quieras decir. He leído un extenso artículo en *Aftonbladet* de un tal Oliver Holm.

—Ambra tiene que estar detrás —afirmó Tom contundente.

Mattias le miró pensativo.

—Entonces, déjame adivinar. ¿Has roto con ella?

—¿Crees que he hecho mal?

—No es asunto mío.

—Vamos, seguro que tienes una opinión. Siempre la tienes.

—Tienes tendencia a hacerlo —comentó Mattias.

—¿De qué estás hablando?

—Lo hiciste conmigo.

— Me traicionaste.

¿Tenía que recordárselo otra vez?

Mattias se pasó la mano por la mandíbula, como si fuera a explicarle algo a un niño testarudo.

—Escucha. Cuando testifiqué contra ti, hace unos cien años, lo hice para proteger a la unidad. No habríamos sobrevivido a un escándalo así. Me pidieron que lo hiciera.

Tom lo miró.

—¿Por qué no me lo dijiste?

Mattias suspiró.

—Tom, te lo dije varias veces, pero no me escuchaste. A veces, cuando te sientes dolido u ofendido, no oyes. Estabas decidido a sentirte traicionado. Y lo habías sido, lo sé. Pero lo hice por la unidad. Creo que tú habrías hecho lo mismo.

—No, yo nunca te habría vendido. Habría sido capaz de morir por ti, por mis hombres.

Mattias se metió un cacahuete en la boca y lo masticó despacio.

—Siempre has tenido una vena dramática. Sé que darías la vida por un compañero. Yo también lo haría, al menos por ti. Pero ¿y si hubiera que traicionar a un amigo para salvar a la unidad? Piénsalo. Además, te ha ido bien desde entonces, y hace tiempo que ocurrió. ¿Cuándo piensas superarlo?

—Me haces parecer un rencoroso.

Nunca se había considerado una persona vengativa.

—A veces lo eres.

Tom se bebió la cerveza.

—Mentiste —añadió.

Tenía que resaltarlo.

—Somos un sector mentiroso.

—Me vendiste.

—Por el grupo. Tú haces lo mismo cada día. Sacrificas al individuo por el colectivo. Eres una de las mejores personas que conozco. Sabes distinguir el bien del mal, tienes ideales, haces lo correcto sin buscar aprobación, luchas por un mundo mejor.

—¿Pero...?

—A veces puedes ser un poco orgulloso.

Tom se apoyó contra la pared. Miró a Mattias y dudó. ¿Era orgulloso?

—No sé si puedo perdonar —dijo.

—Claro que puedes. Solo es cuestión de quererlo.

—Pero no puedo pensar en eso ahora, tengo problemas más graves.

—¿Lo del periódico? Mándalo a la mierda. Esas cosas se olvidan con el tiempo.

Llegó la comida, hamburguesas grandes con patatas fritas. Mattias pidió otra cerveza para cada uno. Esperaron hasta que volvieron a estar solos.

Era agradable estar allí sentado. Había echado de menos a Mattias, mucho más de lo que creía. Tal vez debería reflexionar acerca de lo que le había dicho y seguir adelante, obligarse a hacerlo.

Se comieron las hamburguesas sin hablar de nada en especial. Le sorprendió lo fácil que fue volver a las viejas rutinas. Relajarse, ser amigos.

—Estaba todo muy rico —dijo Tom.

Miró a su colega. Mattias tenía algo más que decir, lo notaba. Pidieron otra cerveza y esperó.

—Estoy pensando una cosa —empezó Mattias después, confirmando sus sospechas.

—¿De qué se trata?

—Una operación a nivel nacional.

—¿Militar? —preguntó Tom.

Hacía tiempo que Mattias no actuaba sobre el terreno.

Frunció el ceño.

—No directamente. Tengo intención de salir a cazar trols suecos en las redes sociales.

—¿Tú?

—Sí.

—¿Vas a ir a por ellos?

Algo no encajaba del todo.

—¿Actuarás con tu equipo nuevo?

—No, es una iniciativa privada.

—¿De quién?

—Mía.

Tom miró a Mattias y reflexionó.

—¿Estamos hablando de una operación autorizada?

Mattias negó con la cabeza sin dejar de mirarlo.

—¿Es legal? —quiso saber, aunque suponía la respuesta.

Muy a su pesar, sentía curiosidad.

—En absoluto.

—¿De qué tamaño es el equipo?

—¿Tú qué crees?

Sus viejos instintos se activaron sin que pudiera evitarlo. Mattias y él habían realizado antes ese tipo de operaciones especiales en territorio sueco, aunque siempre con el respaldo de la ley.

—¿De qué se trata?

—Voy a hacer justicia. He localizado algunos de los peores trols de Suecia. Amenazan y hostigan, sobre todo a mujeres, de un modo deleznable.

—Parece un asunto para la policía. Los militares no se ocupan de casos policiales.

Mattías hizo un gesto despectivo con la mano.

—La policía tuvo su oportunidad. Los casos fueron archivados por falta de pruebas o recursos. Pero yo tengo las direcciones, sé quiénes son. Desarmarlos es casi un acto de caridad. Nuestro trabajo es proteger la democracia, no practicarla.

—Pero no somos vigilantes.

—Es verdad.

Tom guardó silencio. Tenía que reconocer que era tentador.

—¿Cuál es el propósito de la operación?

—Asustarlos, obligarlos a que lo dejen.

—¿Como una especie de labor social?

—Eso es.

—Un pequeño equipo. Alguien que vigila, alguien que dirige. Y luego nosotros.

—Sí. Creo que uno de los nombres en particular te va a interesar. Un hombre que lleva haciéndolo muchos años. Ha acosado a varias periodistas, entre otras mujeres. No publica nada con su nombre real, pero era muy activo en el blog *Avpixlat* y en distintas cuentas de Facebook de acceso privado. Yo diría que es una amenaza real para la democracia.

—¿Cómo se llama?

—Esto te va a gustar —dijo Mattias con una leve sonrisa.

52

Ambra nunca hubiera creído que se podría sentir aún más miserable, pero al día siguiente comprobó que su suposición era errónea. Oliver Holm continuó con su revelador artículo acerca de Tom y Lodestar, siguiendo la lógica inherente e implacable del trabajo de investigación, con el único fin de destrozar a su presa. Y, con total independencia de lo que Ambra pensara de él como persona, Oliver sabía hacer su trabajo.

Entrevistó a investigadores militares y a otros expertos, y todos sin excepción se expresaron en términos negativos sobre las empresas de seguridad privada, repitiendo frases como violencia descontrolada y zonas grises al margen de la moral. Si se analizaba con detenimiento el texto se podía leer entre líneas que Lodestar Security Group nunca había estado involucrada en ninguna de las irregularidades que mencionaban los expertos, pero eso no importaba. Dejando a un lado el contexto y la orientación del texto, la historia afectaba a la empresa. Era la contraportada del periódico de la tarde y lo que Ambra más odiaba de su gremio: la búsqueda de sensacionalismo y la persecución de la presa cuando habían olido la sangre. Porque una cosa era vigilar y criticar el poder, algo que consideraba su misión y que ella hacía al menos con la misma inclemencia que Oliver Holm, y otra cosa era formular opiniones y ocultar hechos para apoyar las tesis propias.

Releyó el reportaje con un nudo en el estómago y volvió a mirar las dos fotos de Tom. Una la había encontrado ella misma cuando buscaba a David en Google. Todavía llevaba barba y la imagen no era muy nítida, pero todo le resultaba tan familiar que le daban ganas de estirar la mano y acariciar la pantalla. La otra era la que hizo con su teléfono, para poder verla en privado. ¿Cómo habían podido publicarla?

Tom no la perdonaría nunca. Habían escrito la escasa información que tenían en un cuadro de texto. Su edad, sus apellidos y que había trabajado en el extranjero. Oliver no había encontrado nada más, pero era suficiente. Ambra sintió una opresión en el pecho. Ese hombre serio e introvertido que había sufrido tanto estaba ahora siendo expuesto y censurado por culpa de su torpeza. Se masajeó el pecho con la mano. Le dolía mucho.

Miró el teléfono. Esperaba un mensaje de un jefe de prensa, pero vio que tenía uno de un número desconocido. Lo abrió y cogió aire.

Hija de puta. Suicídate de una vez y nos harás un favor a todos.

No quería mirar la imagen que enviaba, pero la vio. Una foto horrible de una mujer colgando de una soga. La eliminó con dedos temblorosos.

—¿Cómo vas?

Grace se había deslizado en silencio hasta su escritorio.

Ambra le dio la vuelta al teléfono, para ocultar el mensaje. No quería mostrarse temerosa o vulnerable delante de Grace. Señaló con la cabeza la pantalla del ordenador, donde se podía ver el reportaje.

—¿Cuánto tiempo va a continuar esto?

—Su abogado nos ha llamado por teléfono. Amenaza con demandarnos —explicó Grace cruzándose de brazos.

—¿Pueden hacerlo?

—No, lo he consultado con nuestros abogados. No hemos publicado ninguna falsedad.

—Pero sí un enfoque equivocado.

—Somos un periódico sensacionalista. Pero no vamos a publicar nada más.

—¿No ha ido bien?

—No como esperábamos.

—Me arrepiento de habértelo dicho.

—Y yo desearía que lo hubieras escrito tú —repuso Grace mirando pensativa la pantalla y sacudiendo la cabeza—. De todos modos es un reportaje muy bueno, tendrías que haber aprovechado la oportunidad. Acabo de oír que nos vamos a reorganizar en primavera. Todos podrán solicitar nuevos puestos.

Suponía que eso era un golpe mortal para su carrera. Oliver le había robado el trabajo. Grace creía que había sido demasiado cobarde para escribirlo, pero la verdad era que le había faltado ambición para ello.

—En el Chad no mataron a civiles —dijo Ambra.

Necesitaba decirlo.

—¿Cómo lo sabes?

—Tom me lo dijo.

—¿Confías en él?

—Sí. Y he hablado con Karsten esta mañana. La matanza ocurrió a diez kilómetros de allí. Ya dije que quería esperar.

—Hummm. Vaya por Dios. Pero no hemos hecho nada malo.

—Excepto difamar a Tom y a Lodestar en el periódico más importante del país.

Grace se alejó de su escritorio mientras Ambra se quedaba sentada, hundida.

Había metido la pata. Ni siquiera elaborando un plan detallado acerca de Cómo-destrozar-mi-vida-por-completo, habría tenido tanto éxito. De algún modo había conseguido perder a Tom y casi seguro que también el trabajo.

¿Qué habrían hecho Tom y Ellinor desde el viernes? ¿Habrían hecho el amor y se habrían reído juntos? ¿Habrían hablado y aclarado las cosas? ¿Quizá se habían reconciliado? En ese momento podían estar odiándola juntos. Los pensamientos eran el equivalente mental a hurgarse en una herida abierta, dolían mucho.

Tom estaba muy enfadado. Suponía que ella debería estarlo también, y lo estaba, pero el sentimiento predominante era la tristeza.

Ambra Vinter abandonada de nuevo.

Nadie la quiere.

Ese era el titular de su vida.

53

Mattias pensaba en Jill. Últimamente lo hacía a menudo y la llamaba todos los días desde que estuvo en su casa. Al principio lo hacía con la excusa de interesarse por su estado después del episodio con el intruso, la policía y todo lo demás. Pero la tercera vez que la llamó ella le dijo que ya lo había superado, así que a partir de entonces la llamaba solo porque le gustaba hablar con ella.

También volvieron a salir a cenar. La llevó a su restaurante favorito en Östermalm, de modo que se podía decir que estaban saliendo juntos. Aquella noche no tuvieron sexo, pero estaba en el aire.

Hacía tiempo que Mattias no tenía una mujer en su vida y Jill le gustaba mucho. Además, tenían muchas cosas en común: ambos eran personas ocupadas, experimentadas, decididas. La pregunta era cómo encajaba ella en su vida amorosa, organizada con precisión. Se dio cuenta de que podía parecer raro, pero nadie se había quejado nunca.

Abrió el portátil, inició Skype y la llamó. Fue ella la que le sugirió que utilizaran la videollamada esa tarde. Al principio él protestó.

—No me siento nada cómodo dejando este tipo de pistas digitales.

Jill se rio a carcajadas, argumentó que seguro que las agencias de espionaje tenían cosas más importantes que escuchar y al final accedió.

El rostro de Jill resplandeció en la pantalla. Iba vestida de blanco, el pelo oscuro le cubría los hombros y le brillaban los labios.

Parecía la modelo de una portada de *Vogue* y tenía que reconocer que le gustaba verla mientras hablaban.

—¿Cómo estás? —preguntó él.

Vio la habitación de hotel detrás de ella y se imaginó Gotemburgo al fondo; sabía que estaba en la costa oeste.

—Cansada. Hemos llegado esta mañana temprano y he tenido reuniones todo el día con distintos socios.

—¿Hemos?

Mattias se aflojó la corbata y se echó hacia atrás en la silla de escritorio. Jill siempre estaba rodeada de gente, no entendía cómo lo podía soportar.

—El encargado de relaciones públicas, mi asistente Ludvig, mi mánager, un representante de mi compañía discográfica y alguien más que ya he olvidado. Siempre hay un montón de gente que quiere opinar sobre todo lo que hago. Son mi equipo.

—Eres la única persona que conozco con un equipo propio.

Ella se rio.

—¿Qué estás haciendo tú?

—Pienso en ti —respondió él con sinceridad.

Ella sonrió y Mattias notó que él también lo hacía, una risa burlona nada sofisticada. Vislumbraba sus pechos por la abertura de la blusa blanca. Detuvo la mirada en su piel dorada.

—Mañana voy a Estocolmo, ¿nos vemos? —preguntó ella.

—Te lo iba a preguntar. Me han invitado a la inauguración de una exposición, ¿quieres venir?

Le pareció que Jill dudaba.

—Podemos hacer otra cosa si quieres —sugirió con gesto pensativo.

—No, no, la inauguración estará bien.

La tarde siguiente Mattias se tomó su tiempo para escoger la camisa que llevaría en su cita con Jill. Cada vez que cerraba los ojos percibía el tono ronco de su risa, su aroma cálido. Según sus cálculos le quedaba mes y medio para disfrutar de ella.

Mucho tiempo aún.

Eligió la ropa con cuidado y se afeitó minuciosamente. Esperaba pasar una velada agradable e instructiva con una mujer. Pero sobre todo esperaba ver a Jill, escucharla mientras le contaba cómo le había ido la semana, oír sus divertidas historias, contagiarse de su risa, disfrutar de su compañía sin complicaciones. ¿Besarla tal vez? Le llenó de expectación la idea de seducirla despacio y con cuidado, mirarla mientras ella se dejaba llevar por el placer... Toda esa piel dorada, esas curvas suaves, esas carnes generosas. Se detuvo con la mano en el aire y se vio con Jill en una cama. ¿Sería apasionada o inhibida? Algunas mujeres que, como ella, tenían una actitud abierta con su sexualidad, paradójicamente podían ser muy púdicas en privado.

Se echó un último vistazo en el espejo y salió del apartamento. Si Jill quería, él podía pasar con mucho gusto a la siguiente fase de la relación.

Jill se puso las lentillas, parpadeó para que se quedaran en su sitio y volvió a ver. Se peinó el cabello recién cortado con golpes enérgicos, moviendo la cabeza. Le habían quitado las extensiones y le recortaron un poco la melena. Ahora llevaba un peinado de ondas suaves que terminaban justo encima de los hombros. Era moderno y bonito, pero hacía que pareciera mayor. El peinado le gustó al principio, pero los de la empresa discográfica se pusieron como locos cuando la vieron y exigieron que volviera a su antiguo look.

Ella fue muy drástica en su respuesta, se negó a dejarse pisar por la gente de la discográfica, esos malditos parásitos, pero por dentro el pánico iba en aumento. Tenían razón, parecía mayor. Mejor dicho: aparentaba la edad que tenía.

Para asegurarse miró su cuenta de Instagram, donde había subido una foto con el peinado nuevo. Muchos seguidores habían escrito cumplidos y exclamaciones de ánimo, pero los comentarios maliciosos se pegaron a su estado de ánimo como cieno viscoso.

Pareces una vieja.

Más vale que enseñes las tetas.

Estás patética.

Y cosas por el estilo. Se sentía frágil, no lo entendía porque no solían afectarle esas cosas. ¿Iba a tener el período tal vez? Miró su propia imagen en el espejo y levantó las comisuras de los labios. Lo había leído una vez en *Elle*. Al sonreír, aunque sea de manera forzada, te alegras al instante. Pensar en positivo te ayuda a ver soluciones en vez de problemas, a visualizar el éxito; si te reafirmabas y toda esa basura, entonces todo iba bien.

Jill siguió sonriendo hasta que empezaron a dolerle las mandíbulas. Pero se dio cuenta de que ese no era el punto débil.

No le gustaba pensar tanto en Mattias. Le molestaba que de ese modo tuviera poder sobre ella. Detestaba verse a sí misma comparándolo con otros hombres, echando de menos sus mensajes, esperando que se vieran en Skype. Tenía que recuperar el control de la situación, decidió mientras empezaba a arreglarse.

Su primera intención fue maquillarse de forma discreta, lo que Mattias prefería. Se miró en el espejo. «Espabílate, Jill Lopez», pensó. Se puso otra capa de maquillaje y brillo en los párpados, un montón de rímel y otro tanto de colorete. Volvió a mirarse en el espejo con gesto severo. No iba a enamorarse de Mattias. Pero eligió el mismo vestido que llevaba cuando cenaron con Tom y Ambra porque recordó cómo la devoraba con los ojos. Cogió las llaves, conectó la alarma de la casa y salió en dirección al taxi que esperaba en la puerta.

Cuando se bajó del automóvil frente al Museo Moderno volvía a estar de buen humor y le dedicó a Mattias una sonrisa sincera. Él sonrió y la besó en la mejilla. Olía bien y estaba impecable. Podía controlarse, pensó Jill. Mattias solo era un hombre y ella sabía manejar a los hombres.

—Estás muy elegante —dijo él admirando su peinado.

—Gracias. ¿Vienes a menudo aquí?

Ella era la primera vez que iba, no le entusiasmaban los museos.

—Vi la exposición de Klee la semana pasada. Vengo de vez en cuando, para mantenerme al día en temas culturales.

—Por supuesto.

No pensaba admitir que no sabía quién era Klee.

Había mucha gente en el vestíbulo, la mayoría bastante mayores que ella. El ambiente no era de gala. Se colocó el fular y las pulseras que llevaba en las muñecas repiquetearon, provocando que alguien la mirara con curiosidad.

—¿Qué clase de gente es esta?

Algunas mujeres ni siquiera iban maquilladas.

Mattias le ofreció un vaso de plástico con vino blanco.

—Gente de la cultura, académicos, supongo. Si te parece aburrido podemos irnos.

—No, no, me encanta la élite cultural —murmuró ella probando un sorbito de vino.

Mattias saludó a una pareja de conocidos. Personas sobrias, grises, maduras, que hablaban con voz grave y cultivada. Saludaron a Jill con amabilidad, pero no parecían saber quién era. Cogió otro vaso de plástico e intentó seguir la conversación, que al parecer trataba de un libro. O una obra de teatro. O de dos libros escritos por personas que se odiaban entre sí. No estaba segura del todo. Vació el vaso. No había ningún famoso, ni nadie por debajo de los treinta y cinco años. Se quedó de pie como un pavo real con sus zapatos de tacón, las joyas y los labios pintados.

Mattias le estrechó la mano a otro hombre y a su esposa, una mujer de uñas cortas que llevaba un traje de chaqueta que no le sentaba bien y que frunció la boca cuando le presentaron a Jill. Hacía muchos años que no le hacían ese gesto.

—Ayer estuvimos en Berwaldhallen, en un concierto de violín.

—Yo he cantado allí —intervino Jill.

No obtuvo respuesta y siguieron hablando de Brahms y de Dvorak como si ella no existiera. Cogió otro vaso.

—Es el tercero —señaló Mattias en voz baja.

—¿Y?

—¿No vas a comer nada antes?

—¿Por qué lo dices?

Mattias se disculpó, la cogió por debajo del brazo y la llevó hasta una mesa.

—¿Va todo bien? —susurró.

—Por supuesto.

—Podemos ir a otro sitio.

—No, no, esto está bien. Me encanta hablar de compositores muertos y de arte incomprensible.

—¿Es Mattias Ceder? Hace una eternidad que no lo veo —exclamó una aguda voz femenina.

—Si me disculpas, tengo que ir a empolvarme la nariz —dijo Jill.

—Pero después seguimos hablando —apuntó Mattias.

—Sí, claro.

Salió de allí, encontró los baños, cerró la puerta y se sentó encima de la tapa. No aguantaba más. Respiró profundamente mientras pensaba que tendría que haber cogido otro vaso de vino, así podría haberse quedado allí y olvidar a todos esos petulantes de la cultura. No sabía por qué le importaba tanto, pero así era. Oyó que la puerta de los baños se abría y volvía a cerrarse, dejando el ruido afuera cuando lo hizo.

—¿Me esperas? —pidió una mujer.

Eran al menos dos, pensó. Contuvo la respiración.

—Vi que hablabas con Mattias Ceder. ¿Has visto a la chica que iba con él?

—Me pregunto de dónde la habrá sacado.

Jill seguía conteniendo la respiración mientras escuchaba.

—Nunca lo hubiera creído de él.

—¿No estuvisteis saliendo juntos?

—Sí, me llevó a ese sito en Östermalm, ya sabes.

—¿Esperanto?

Se mordió el labio. Era donde habían cenado la última vez. Al parecer tenía sus sitios fijos.

—Supongo que sabrás que se atiene a su regla de los dos meses.

—¿Te refieres a que siempre termina la relación a los dos meses?

—Sí, es una manía que tiene. Aunque dudo que esta dure tanto.

—¿Qué opinas de sus pechos? No pueden ser naturales.

—Tal vez quería algo exótico, me pregunto si hablará sueco.

—No creo que hablen mucho.

Sus risas maliciosas resonaron en los aseos de señoras.

Era demasiado. Jill se puso de pie, abrió la puerta y se quedó mirando a las mujeres.

Ellas abrieron unos ojos como platos. Después se miraron la una a la otra y estallaron en nuevas risas, llenas de vergüenza esta vez, mientras salían a toda prisa de allí. Jill observó la puerta cerrada. Era como volver a tener trece años. Así hablaban de ella en la escuela, murmurando a sus espaldas.

Se lavó las manos. Sintió un vacío en el pecho. ¿Qué estaba haciendo? ¿Qué hacía ella allí?

Cuando salió, encontró a Mattias de pie, hablando con un reducido grupo de personas. No vio a las mujeres del baño. Se acercó vacilante. Hablaban de un debate que tenía lugar en un periódico. No tenía ni idea de a qué se referían. Había luchado durante toda su vida contra la sensación de sentirse estúpida, ignorante, simple. ¿Cuántas veces le dijo su madre adoptiva que era tan vulgar que seguro que había nacido en una cuneta? ¿Cuántas trabajadoras sociales la habían mirado del mismo modo que lo hacían ahora los amigos de Mattias, como si no valiera nada?

—¿Qué ha pasado? —preguntó Mattias con gesto de preocupación.

Había sido un error ir allí. De hecho, toda esa historia con Mattias había sido un error. Procedían de dos mundos distintos.

—¿Es verdad que solo sales con las chicas durante dos meses? —preguntó.

No entendía por qué le molestaba si es que era verdad. Ella misma no pensaba que duraran más tiempo.

Él la miró y guardó silencio.

—¿Tenemos que hablar de eso ahora?

—En realidad, tú y yo no tenemos nada de que hablar. Esto no funciona de ningún modo.

—No seas tonta.

La tomó del brazo, pero ella se retiró.

—Suéltame —ordenó en tono frío.

Él lo hizo.

—No entiendo lo que pasa.

—No pasa nada, pero esto ha sido un error y me voy.

—¿Te acompaño?

Ella quería que lo hiciera. Deseaba que dejara a esa gente tan petulante y se marchara con ella. Pero ni se le pasó por la cabeza decirlo. No podía.

—No.

Dio la vuelta y se alejó.

Mattias no fue detrás de ella. Cualquier otro hombre lo hubiera hecho.

54

—Adelante —dijo Ellinor y Tom entró en su habitación. Estaba pálida, pero serena.

—Tenemos que hablar.

—Como quieras. Siéntate —le invitó.

Cada uno ocupó una silla.

—¿Por qué has venido a Estocolmo? —empezó Tom.

—En realidad, no lo sé, aunque he estado dándole vueltas. Desapareciste. Me entró el pánico. Y yo quería estar aquí.

—¿En Estocolmo o conmigo?

—Las dos cosas. Echaba de menos nuestra vida juntos y creía que tú también.

Él también lo creía. Estaba seguro de que era amor lo que sentía y de que quería a Ellinor.

—Pensaba que eras feliz con Nilas.

—Y lo era. Pero entonces tú te fuiste y de repente sentí que me asfixiaba allí. Solo podía pensar en ti y tenía la sensación de que estaba tirando a la basura todos los años que habíamos pasado juntos.

Estuvo a punto de decirle que eso era lo había hecho en realidad, pero ya no tenía importancia, al menos para él.

Después de la fiesta, cuando iban en el coche, la vio más cansada, triste y borracha que nunca. Antes de llegar, Tom se dio cuenta de que ni quería ni podía llevarla a su casa, así que dio media vuelta y la registró en una suite en el hotel Clarion. Allí se hospedaba desde entonces. Sola.

Siguieron hablando. Para Ellinor era obvio que deberían volver a estar juntos, y esa idea parecía hacerle feliz, pero él no lo tenía tan claro.

—Nosotros... —empezó Tom, pero luego se detuvo, sin saber cómo seguir.

Era muy difícil, había muchos hilos invisibles que les unían.

Aunque ya no. Se dio cuenta de que los hilos habían sido cortados uno tras otro.

—Para mí ha sido positivo venir —siguió Ellinor—. He vuelto a ver a mis amigos, he comprado algunas cosas. Me arrepiento de haberte sido infiel, no te lo merecías. Tenía que decirlo. Lo lamento mucho.

—Eso ya no importa —dijo él con sinceridad.

— Quiero que sepas que la culpa no fue tuya, sino mía. Y recibí mi castigo.

Lo miró con media sonrisa.

—¿A qué te refieres?

—A que me perdonaste con demasiada facilidad. —Había en sus palabras una amargura desconocida para él—. Todos mis amigos me decían que debía estarte agradecida, pero yo me sentí insignificante.

—Lo entiendo.

¿Tal vez para ella fue una señal de que no la quería lo suficiente?

—Supongo que fue por Ambra.

Tom negó con la cabeza. Eso era importante para él. Tenía que quedar claro que, pasara lo que pasase en el futuro, Ellinor y él ya habían terminado. Lo uno no tenía que ver con lo otro.

—Ni siquiera sé si me sigue queriendo. No he sido justo con ella.

—Pero ¿tú la quieres?

—Sí —admitió.

—Ambra es valiente, y muy buena en su profesión.

Ellinor dejó la mirada perdida. Estaba muy guapa, pero él no sentía nada.

—Las cosas ya iban mal entre nosotros antes de que llegara Nilas, ¿verdad?

—Sí.

Él nunca lo reconoció, pero estaban mal, no hablaban, había mucha tensión entre ellos. De algún modo supo que se había acabado, aunque Ellinor se dio cuenta mucho antes.

—Por eso fui al Chad. No solo por eso, por supuesto, el trabajo también era importante, pero quería alejarme.

—Hemos sido una parte importante en la vida del otro.

—Sí, y pensar en ti fue lo que me mantuvo con vida mientras estaba prisionero. De algún modo idealicé tu imagen y nuestra relación, y cuando volví no quise rendirme, aunque tú habías seguido tu camino.

—Lo entiendo. Lamento haberme comportado así. ¿Será que me ha llegado tarde la crisis de los treinta?

—Yo también quiero pedirte disculpas por haberme comportado de un modo tan extraño y por haberte perseguido. No tenía derecho. Gracias por tu paciencia. Y gracias por Freja. Espero poder quedarme con ella.

—Por supuesto. Te sienta bien tener perro.

—¿Vas a decirle a Nilas por qué has venido?

—Supongo que es mejor que sea honesta. Mañana regresaré a casa en el último vuelo.

—Buena suerte —le deseó, pero no se ofreció a llevarla al aeropuerto—. Te mereces vivir con alguien que te quiera de todo corazón.

—Tú también.

Tom salió de la habitación del hotel. Todo había acabado. Por completo.

55

Ambra estaba muy enfadada con Tom. Le había costado tres días, pero por fin la sangre le hervía de rabia. Mientras tecleaba con furia el ordenador, pensaba que era agradable no sentirse como una víctima abandonada, sino como una mujer legítimamente enfadada y dispuesta a tomar el control.

Tom había flirteado con ella, le había enviado flores y le había hecho regalos. Habían tenido mucho sexo. En el mundo de Ambra todo eso tenía un significado, pero al final él se largó con Ellinor delante de sus narices.

Siguió tecleando. Tom era un hijo de puta y ella tenía derecho a sentirse así. Había intentado protegerle y él se lo había agradecido abandonándola. Era un imbécil. Pulsó la tecla enter, envió el trabajo y al instante empezó con el siguiente. La rabia se reflejaba en sus artículos, pero nadie se había quejado y era agradable desahogarse un poco cuando escribía sobre mujeres maltratadas, asesinadas y juicios de violadores misóginos. Miró el reloj y pensó que en ese momento odiaba a todos los hombres. Era casi la hora del almuerzo. Justo en ese momento recibió un mensaje.

Era de Tom. ¿Qué quería ese imbécil ahora? Notó al instante que el corazón se le aceleraba, pero se dijo que se debía a la rabia, a nada más.

Estoy en la recepción. ¿Podemos hablar? ¿Puedes bajar?

Se quedó con la boca abierta. ¿Cómo podía ser tan arrogante? Estaba trabajando, no tenía tiempo para él. No podía aparecer de repente y creer que lo iba a dejar todo por él. Muy enfadada, escribió:

Vete a la mierda.

Pero luego dudó, lo borró y tecleó en su lugar:

Voy para allá.

Se había dado cuenta de que ella también necesitaba hablar. Y tenía muchas cosas que decir.

Tom estaba satisfecho de lo que acababa de hacer. Había terminado con Ellinor cara a cara y sin dudar. Se sentía fuerte y quería recuperar a Ambra. Por fin estaba preparado para dejar de titubear y elegirla a ella. Nunca habría creído que fuera tan fácil. Tenía ganas de ver la cara que ponía cuando se lo dijera. Esperó paciente a que llegara, ignorando las disimuladas miradas de los guardias de seguridad de la recepción. Por fin la vio bajar la escalera. Los rizos saltaban al compás de sus pasos.

Se detuvo frente a él con los brazos cruzados.

—¿Qué quieres?

—Ellinor y yo hemos terminado.

—¿Ah, sí? ¿Y?

Tom arrugó la frente.

—Ya no la quiero. Se ha acabado —explicó.

Ella no dijo nada, siguió allí con los brazos cruzados, mirándolo como un tigre furioso. Poco a poco se fue dando cuenta de que tal vez se había equivocado al presentarse allí.

—¿Estás enfadada?

Antes de que ella explotara ya sabía que no había elegido bien la pregunta.

—¿Que si estoy enfadada? Me dejaste tirada, me echaste una

bronca y me acusaste de vengarme de ti a través del periódico. ¿Y ahora apareces y quieres hablar? Llevas mucho tiempo dudando entre Ellinor y yo, pero ahora es demasiado tarde. Puedes irte al infierno.

—Ambra, lo siento.

—¿Lo sientes? —dijo ella elevando el tono de voz—. Eres un maldito orgulloso, ¿lo oyes? ¡Orgulloso!

Terminó la frase casi a gritos. La gente los miró y él dio un paso hacia ella.

—Cálmate —le pidió.

—No tengo ganas de calmarme. Adiós.

—Si te tranquilizas te lo puedo explicar —dijo cogiéndola del brazo.

¡Paf!

No la vio venir, pero la notó. Ambra acababa de darle una bofetada en plena cara.

—Pero ¿qué demonios...? —dijo sorprendido.

Era increíble lo rápida que era. Y fuerte, además.

—Vete al diablo —dijo ella con frialdad.

Dio media vuelta y se fue, dejándolo allí.

Los vigilantes de la recepción lo miraron boquiabiertos. Sonaban los teléfonos, pero nadie los atendía. Varias de las personas que estaban en el vestíbulo lo observaron con cara de asombro.

Tom pensó que las cosas no habían salido según lo planeado, así que decidió que lo mejor sería irse a casa y reorganizarse. Devolvió a la gente una mirada dura. Consiguió salir a la calle sin frotarse la cara, pero debía reconocer que le había atizado fuerte.

—Así que se puede decir que lo he perdido todo —le explicó Ambra a Jill.

Le dolía la mano por la fuerza con la que le había dado la bofetada. Con gesto triste, cogió un pétalo de rosa que se había desprendido del enorme ramo que había encima de una mesa en el camerino de Jill en la Sala de Conciertos. Miró a su hermana, que tenía dificultades para quitarse el ajustado vestido que había lucido durante la actuación. Ludvig, su asistente, se movía por el camerino como una sombra rubia. Le pasó el vestido y él lo colgó en una percha.

—Se lo tenía merecido. Habría que abofetear a los hombres más a menudo —dijo Jill quitándose los pendientes y las pulseras—. ¿Pudiste oír algo del concierto?

—Por desgracia no —reconoció Ambra—. Tuve que quedarme en el trabajo. Llegué después de la pausa, pero no me dejaron entrar. Aunque por los aplausos deduje que habías tenido mucho éxito. Siento habérmelo perdido.

—Hace tiempo que no vienes a un concierto. Me gustaría que vinieras alguna vez —añadió Jill en tono adusto.

—Lo siento. Las últimas semanas están siendo muy intensas. El viaje a Kiruna me removió un montón de terribles recuerdos, y estoy muy preocupada por esas chicas acogidas en casa de los Sventin. Y además lo de Tom...

Jill puso los ojos en blanco en el espejo.

—Las cosas no mejorarán porque les des vueltas. Te dije que no era bueno para ti, ¿te acuerdas?

Ambra infló las mejillas. Contaba con que Jill se lo recordara.

—Voy a buscar unos jarrones —intervino Ludvig.

Recogió los papeles y el celofán y salió del camerino.

Jill se puso un jersey ancho y unos pantalones blancos de felpa.

—Son de mi colección. Han llegado hoy.

Jill tenía un montón de colecciones distintas que, según aseguraba, diseñaba y creaba ella misma, pero Ambra sabía que lo único que hacía era ponerles su nombre y ganar mucho dinero con ellas; perfumes, joyas, ropa interior. Miró la felpa clara.

—Resulta difícil imaginar que esa ropa le pueda quedar bien a alguien excepto a ti. ¿A blogueras con trastornos alimentarios tal vez?

—Pero ¿por qué diablos estás tan quisquillosa? Primero no llegas a tiempo, y ahora estás de mal humor, triste y sin energía. Deja de deprimirte y levanta el ánimo.

—Hoy no tengo ganas de animarme. Y odio esa expresión.

—Tú odias todas las expresiones.

Se abrió la puerta y entró Ludvig.

—Has recibido flores de los príncipes herederos.

Sostenía un jarrón con unas rosas espectaculares. El joven rubio les hizo una foto y la subió a Instagram.

—¿Os hago una foto a las dos? —preguntó levantando el teléfono.

Ambra negó con la cabeza. Estaba agotada, acababa de terminar su turno y tenía por delante cinco días grises y vacíos.

—A mi hermana no le gusta que la vean conmigo —masculló Jill.

Luego se puso de nuevo delante del espejo y empezó a cepillarse el pelo con rápidas pasadas. El enojo entre ellas se palpaba en el aire.

—Ese peinado te queda bien, pareces más madura —dijo Ambra intentando quitarle hierro al asunto.

Jill se detuvo y le lanzó una mirada que Ambra no entendió.

—¿Qué he dicho ahora? —preguntó.

—Nada.

Jill siguió cepillándose el pelo con movimientos bruscos.

—¿Cómo van las cosas entre Mattias y tú?

Detestaba hacer esa pregunta, sobre todo porque Mattias estaba relacionado con Tom, y ella odiaba a Tom.

Su hermana sacudió la cabeza.

—No hay nada entre Mattias y yo. Se ha acabado. No encajábamos.

—¿Lo lamentas?

—No, no hay ningún motivo.

Se peinó con más fuerza aún.

Ambra miró su espalda. Su hermana era preciosa.

—Me gustaría ser como tú y limitarme a pensar en seguir adelante —murmuró con sinceridad.

Jill dejó el cepillo de golpe y se volvió.

—¿Y eso qué quiere decir? ¿Que yo soy más superficial? ¿Más tonta?

—Tranquilízate —le pidió Ambra—. Eres positiva, puedes romper una relación y seguir adelante sin darle tantas vueltas a las cosas, eso es lo que quiero decir.

—Para haber ido a la universidad no eres demasiado espabilada. A veces no entiendes nada.

Jill comenzó a revolver los botes y los pinceles.

—Pero bueno, ¿qué te pasa?

Ambra no soportaba el mal genio de su hermana y no podía hacer nada para suavizarlo.

—¿A mí? Nada. Eres tú la que está refunfuñando todo el tiempo. Tú y todos tus problemas, tan importantes que no te dejan venir a un concierto.

—He tenido mucho trabajo —se defendió.

Grace la había estado atosigando toda la mañana, Oliver no dejaba de lanzar indirectas a su alrededor, todos iban a por ella en ese momento. Y Jill también, al parecer.

—Los hombres son imbéciles —añadió Jill y siguió golpeteando sus cosas—. ¿Qué te esperabas?

—Nada. Y si mis problemas te molestan tanto, podemos hablar de otra cosa. ¿De ti tal vez? ¿No es eso es lo que quieres? ¿Que todo gire en torno a ti, a tu fabulosa vida y tus malditos conciertos? He escuchado cien veces tus canciones, no soporto oírlas ni una vez más. Tú solo piensas en ti, te importa un bledo mi cumpleaños, por ejemplo. Solo existes tú, tú, tú.

Ambra ni siquiera sabía que albergaba esos sentimientos, que estaba tan enfadada, tan dolida, pero ya lo había dicho y no tenía intención de retirarlo. Jill era una egoísta.

—Sabía que estabas cabreada por eso —respondió su hermana con mirada desafiante—. ¿Por qué no lo dijiste entonces en lugar de amargarte durante siglos? Te pedí disculpas y te compré una ropa carísima, como quizá recuerdes. Pero al parecer no es suficiente.

Ambra se levantó. La rabia le hervía en el cuerpo.

—Sí, sé que era muy cara, y también sabía que me lo ibas a echar en cara. Te liberaste comprándola, como haces siempre. Y después debo estarte agradecida y hacerte reverencias. Lo odio, y además no te lo pedí.

—Soy una persona generosa, ¿de repente es eso malo?

—Eso no es generosidad. Tú controlas a la gente con tu dinero.

Les das unas monedas y esperas que te lo agradezcan. Eso no es ser generosa.

Los ojos de Jill echaban chispas.

—¿Pues sabes una cosa? Prometo que no te daré ni un céntimo más. ¿Por qué eres tan desagradable? ¿Qué te he hecho yo?

—Perdona, perdona. —Ambra levantó las manos—. Se me había olvidado que tú solo hablas de cosas agradables y positivas. Dios no permita que hable en serio contigo.

—Déjate de tonterías. ¿Es malo que no quiera escarbar en el pasado todo el tiempo? ¿Eres feliz hurgando en la mierda? Siempre estás deprimida. ¿Me puedes decir qué gracia tiene estar así?

Ambra, frustrada, se pasó la mano por el pelo. ¿Cómo era posible que Jill no lo entendiera?

—Yo no he elegido estar triste. Es una reacción normal, la gente a veces se entristece. ¿Es tan raro que me sienta mal cuando el hombre que me gusta me ha abandonado?

—Bah, tú puedes decidir. A mí no me va eso de hablar siempre de lo malo, ir al psicólogo y darle vueltas a todo. La gente que lo hace se siente fatal. ¿De qué sirve estar triste por ese imbécil de Tom?

—No entiendes nada.

—No, debo de ser una estúpida.

—¿Quieres que te lo diga? Puedo hacerlo. Eres tonta, Jill. Solo escribes tonterías en Instagram, no te posicionas respecto a nada. Eres inculta, egocéntrica y manipuladora, lo has sido toda tu vida.

—No necesito escuchar toda esta mierda. —Jill señaló hacia la puerta—. Fuera de aquí. Tú no eres hermana mía, no formas parte de mi familia, no tienes ningún derecho a hablarme así. No sabes la presión que supone tener que ofrecer siempre algo nuevo, demostrar en todo momento lo que vales. Fuera. ¡Vete!

Ambra cogió la chaqueta y el bolso.

—Lo haré, me importas un bledo. Puedes irte al infierno.

Ambra salió de la Sala de Conciertos y caminó con la mente envuelta en una especie de neblina. Ni siquiera recordaba cómo había llegado a su casa, de repente se dio cuenta de que estaba en su calle, Västerlånggatan. Parpadeó para quitarse un copo de nieve y se pasó el guante por la cara, húmeda y fría.

Tenía la sensación de que Jill y ella no iban a poder arreglar lo que acababan de romper. Nunca se habían peleado de ese modo, se habían ido guardando las cosas hasta que ya no pudieron más. Levantó la vista y se detuvo frente a su puerta. Estaba cerrada con llave y por un momento sintió pánico al no recordar el código, que parecía haberse borrado de su memoria. Recordó las cifras, pero tardó un buen rato en encontrar la luz que las iluminaba; le temblaban las manos y tuvo que volver a empezar varias veces hasta que oyó el desbloqueo del mecanismo y se encendió la luz verde que indicaba que la puerta estaba abierta. Se agarró a la barandilla para poder subir las escaleras y buscó las llaves en el bolso.

Cuando abrió la puerta vio que no tenía correspondencia, ni siquiera un folleto publicitario, nada que la esperara, y eso fue la gota que desbordó el vaso. Nadie le escribía, nadie la llamaba ni le enviaba mensajes. Las lágrimas le ardían detrás de los párpados. No le importaba a nadie. Dejó la chaqueta, los guantes y el gorro en el suelo del recibidor, se quitó los zapatos, entró en el cuarto de estar, se tumbó boca abajo en el sofá y estalló en sollozos, gritando con fuerza sobre el almohadón del sofá. Permaneció así varios minutos, se recompuso un poco y luego volvió a llorar. Nadie la quería.

Al cabo de un rato tenía la nariz tan congestionada que solo podía respirar por la boca. Cuando se incorporó para recuperar el aliento oyó un zumbido. Era el teléfono. Se limpió la nariz con la manga, regresó al pasillo y sacó el móvil del bolso. Deseó que fuera Jill. No sabía cómo iba a poder vivir sin su hermana. Tuvo que secarse los ojos para ver quién le enviaba el mensaje. Era Elsa.

No me encuentro muy bien. Creo que es el corazón.

Oh, no. Eso también no. Le respondió al instante.

¿Qué ha ocurrido?

Me he caído. Estoy en el hospital. Pero no te preocupes.

Ya era demasiado tarde. Se llevó la mano a la boca, pero no pudo evitar el llanto. Elsa. Se había olvidado de ella. Se permitiría llorar durante otros diez minutos y después diseñaría un plan de acción. Siempre era el mejor modo de actuar. Se sorbió los mocos. Sabía lo que tenía que hacer. Iría a ver a Elsa. Volvería a Kiruna. Una vez más.

56

—Esto es deprimente —dijo Tom mientras leía la relación de nombres.

—¿En qué sentido?

Mattias depositó una bolsa negra encima de la mesa.

Habían quemado el duplicado de la lista y el olor a humo seguía en el aire. La habían memorizado y Tom quemaría también la suya antes de irse.

—Supongo que en todos los sentidos —respondió Tom, rompiendo el papel en pedazos y dejándolos caer en una lata de conservas vacía—. Pero en apariencia son personas normales, gente que uno ve todos los días. Es decepcionante.

Esperaba que fueran hombres con trastornos mentales que odiaban y amenazaban a las mujeres que destacaban, enfermos marginados de la sociedad. Pero los nombres de la lista correspondían a personas comunes con trabajos comunes.

Un médico que escribía amenazas con tal odio que a Tom le recordó a un psicópata. Un político local con ideas de extrema derecha que amenazaba regularmente con violar, mutilar y torturar a todas las periodistas, blogueras y famosas. Un financiero que se pasaba las noches metido en los foros de Flashback; un periodista que era un agitador de ultraderecha en blogs y periódicos como *Avpixlat* y *Fria Tider*; un hombre de la cultura de mediana edad que odiaba a las feministas tanto como le obsesionaban las mujeres demasiado jóvenes. Solo hombres, hombres, hombres.

Tom cogió un encendedor y quemó los trozos que había en la lata. A veces perdía la fe en los de su propio sexo.

—Algunos piensan que habría que negar el derecho a voto a los hombres durante unos cuantos años —reflexionó.

Lo había leído en alguna parte. O tal vez se lo había dicho Ambra. La tristeza lo envolvió.

—No parece mala idea —respondió Mattias, pero Tom ya había olvidado de qué estaban hablando.

Comprobó las últimas llamas y recordó que hablaban de hombres que se comportan como unos hijos de puta. Deseó no haberse comportado de ese modo con Ambra. Lo mejor que podía hacer en ese momento era canalizar todos esos sentimientos en esta nueva misión.

—Es terrible que esos canallas actúen así. No es mucho lo que podemos hacer, no podemos detener el rumbo del mundo, pero aparte de eso...

Se quedó en silencio y comprobó que había ardido todo.

Mattias sonrió y guardó en la bolsa un mapa de Suecia.

—Sí, lo sé, aparte de eso, es bastante divertido hacer esto.

Tom asintió. Era divertido. Ilegal y también estúpido, tal vez incluso una locura, pero era divertido. Mattias perdería el trabajo si esto llegara a salir a la luz, y a él la prensa volvería a machacarlo, pero no les preocupaba. Los dos conocían bien las consecuencias. Para ellos, calcular riesgos y llevar a cabo operaciones secretas era como respirar; ambos eran expertos.

Habían revisado la lista dos veces, agregando algunos nombres y eliminando otros. Elaboraron y establecieron estrictos criterios de inclusión después de darle vueltas una y otra vez. Al final decidieron que las amenazas debían ser graves y específicas, no solo un odio generalizado, y que las hubieran llevado a cabo durante un largo período de tiempo. Además, tenían que ser adultos, por lo que establecieron un límite de veinticinco años por abajo y sesenta y cinco como máximo. Los hombres tenían que haber sido advertidos con anterioridad y haber hecho oídos sordos a los avisos.

Después de recibir una relación de los cien trols más peligrosos de Suecia, hicieron una criba hasta reducirla a un puñado de nombres, aquellos que enviaban las amenazas más repugnantes. Hombres que eran una amenaza real para la libertad de expresión y la democracia, que silenciaban sistemáticamente la voz de las mujeres y a los que el sistema judicial no quiso o no pudo llegar.

—Ni uno solo de ellos ha amenazado a ningún hombre.

—No, eso es lo peor, yo también lo he comprobado. Parece que odian a las mujeres. Muchos extienden su animadversión a los inmigrantes y a los musulmanes, parece que está relacionado, pero atacan a las mujeres. Algunos tienen antecedentes penales, sobre todo por maltratar a sus novias o esposas. Unos canallas, como he dicho.

Tras recopilar la lista planearon las redadas, llamaron a un par de antiguos compañeros, desarrollaron cronogramas y cálculos alternativos. Tom observó el cuchillo que tenía en la mano. Le había resultado fácil recuperar sus antiguas habilidades. Tanto Mattias como él llevaban a sus espaldas cientos de misiones y operaciones similares, unas de menor calado y otras de mucha más importancia.

Esta no era de las más difíciles. Metió el cuchillo en una funda que llevaba colgada y estudió el equipo que tenían sobre la mesa para revisarlo por última vez. Siempre había que sopesar lo que debían llevar a una operación, intentando determinar su utilidad y analizando los pros y los contras. Cogió un puño americano. Eran ilegales en Suecia. Lo levantó y se lo enseñó a Mattias con gesto interrogante. Tenía unas púas largas y afiladas en los nudillos. Parecía muy peligroso.

—Solo como táctica de intimidación —puntualizó Mattias.

Tom le dio la vuelta al pesado artilugio e intentó recordar si había utilizado uno alguna vez. Lo guardó y cogió una pistola.

—Si nos pillan va a ser complicado explicar esto —comentó en tono seco.

—¿Crees que nos van a pillar?

Tom sostuvo la pistola, una Glock 17. Casi nunca iba armado, pero esta era un arma estupenda, simple y robusta.

—Supongo que nos vendrá bien llevarla encima, pero no vamos a disparar a nadie, ¿de acuerdo?

—Por supuesto, deja de preocuparte —repuso Mattias, que se inclinó para mirar un mapa de Escania.

Habían comprobado si había obras en las carreteras, planeado rutas alternativas y decidido lugares de encuentro en caso de que se tuvieran que separar. Era sencillo, pero tenían la suficiente experiencia como para saber que la operación más simple podía derivar en una catástrofe, así que lo revisaron todo tres veces más.

Tom abrió la caja que contenía un teléfono recién comprado. Dejarían allí sus móviles personales, por lo que cada uno compró en una tienda distinta un aparato anónimo con tarjeta de prepago. Utilizarían uno para cada misión y luego los destruirían arrojándolos a una planta de tratamiento de residuos. Mattias miró su teléfono personal, lo encendió y le quitó el sonido, como si lo estuviera probando.

—¿Cómo está Jill? —preguntó Tom.

Imaginó que se trataba de eso, sobre todo porque era lo mismo que él había hecho cada dos por tres durante los últimos días. Era una suerte que tuviera que ocuparse de esta operación y de la crisis en el trabajo, ya que de lo contrario estaría en todo momento pendiente del teléfono.

Mattias levantó la vista.

—Con sinceridad, no lo sé.

—Pero ella te gusta, ¿no?

Mattias revisó las capuchas, las cuerdas y las herramientas con una arruga de preocupación en el entrecejo.

—Para mí es complicado mantener una relación con nadie, y con una mujer como Jill es imposible. Cuelga todo lo que hace en las redes sociales, es imprevisible y no es mi tipo en absoluto —respondió en un tono nada convincente.

—Así que te has enamorado.

Mattias negó con la cabeza.

—No funcionaría.

—Supongo que no —aceptó Tom.

—¿Y cómo van tus mujeres?

Tom hizo una mueca y se arrepintió de haberle contado a Mattias que Ellinor había aparecido.

—No quiero hablar de ello.

—¿Ambra y tú habéis terminado?

Tom se paró en seco. Esperaba que no. No podía imaginar la vida sin ella. Era casi un alivio sentir que ella lo era todo para él, que haría cualquier cosa por ella, que no dudaría en dar su vida si hiciera falta. Pero no respondió a la pregunta de Mattias, a nadie le importaba.

Siguió guardando el equipo necesario y después cerró la bolsa.

—¿Listo? —preguntó.

Se habían cambiado la ropa por otra oscura. Unos pantalones negros, botas gruesas y chaquetas sin marcas. Habían comprado un coche en el desguace con buenas ruedas de invierno, calentador de motor y una maquinaria potente al que pusieron unas placas de matrícula robadas. Cuando terminaran lo dejarían como antes y se desharían de él.

—Armas, equipo, mapas. ¿Algo más? —preguntó Mattias mientras miraba alrededor por última vez y dejaba la billetera y su teléfono sobre la mesa de la cocina.

Tom hizo lo mismo. Solo llevarían dinero en efectivo. Cuantas menos cosas pudieran identificarlos, mejor.

—Es todo.

—Entonces, vamos hacia el sur —indicó Mattias.

Empezarían por Escania y después seguirían hacia el norte.

—Exacto, dirección sur y preparados para la lucha contra los trols.

Llegaron a Escania poco después de medianoche. Se adentraron en la pequeña zona residencial, localizaron la dirección y esperaron en el coche.

—¿Dónde están nuestros chicos? —preguntó Mattias.

Habían enviado a dos de los empleados de Tom para que vigilaran al objetivo, averiguaran sus rutinas e inspeccionaran el entorno. Después, vigilarían mientras Tom y Mattias cometían el delito.

—Están en su puesto. Todo parece tranquilo.

Permanecieron dentro del coche hasta las dos. Entonces salieron y avanzaron a escondidas hasta llegar a la casa.

—No hay alarma —susurró Tom—. Ni siquiera ese reto.

En veinte segundos estaban dentro. No era algo nuevo para ellos: entrar en casas y habitaciones, sacar al enemigo, llevarse a terroristas, a jefes de clanes, criminales locales, aunque solían actuar en zonas de guerra y no en tranquilas áreas residenciales. Un hombre blanco de clase media, bien alimentado y acostumbrado a la vida tranquila no suponía ningún desafío para ellos.

Entraron en el dormitorio y sacaron de la cama a un tipo adormilado. Habían elegido a aquellos que vivían solos, de ningún modo querían poner en peligro a terceras personas. Le taparon la boca con cinta adhesiva, le colocaron una capucha y lo llevaron a la cocina, donde lo sentaron en una silla y le ataron de pies y manos con cinta de embalaje.

Permanecieron un momento a la escucha, pero no oyeron ningún ruido. Los hijos del aquel hombre eran adultos y estudiaban en el extranjero y la esposa lo había dejado hacía dos años. Una mujer inteligente.

Mattias se cruzó de brazos y lo miró fijamente a través del agujero de la capucha que le cubría la cara.

—Y bien, Stig, ¿sabes por qué estamos aquí?

Stig negó con la cabeza.

—Estamos aquí para hablar contigo sobre tu actividad en internet. No ha sido nada agradable.

Stig gritó algo detrás de la cinta adhesiva. Mattias avanzó un paso y le quitó la capucha. El hombre se quedó mudo de repente y le miró furioso. Lo más seguro es que estuviera acostumbrado a ser él el dominante. Tom había leído en su informe policial que su última novia lo denunció por maltrato. Ella estaba destrozada, pero el caso había sido cerrado.

—Ahora escucha con atención, Stig. Vas a cerrar todas tus cuentas en Flashback, Facebook e Instagram. Sí, exacto, conocemos tu estúpido alias y no vas a escribir ni una sola línea más, ni a hacer ningún comentario en Facebook, ni en un grupo cerrado, ni en una columna, ni vas a hablar en ningún chat. Una sola palabra maliciosa más y volveremos, y entonces estaremos muy enfadados, no tan tranquilos como ahora, ¿entendido?

Stig no se movió.

—¿Crees que lo ha entendido? —preguntó Mattias por encima del hombro.

Tom resopló. Mattias le propinó un fuerte golpe en la cara. Sabía muy bien cómo tenía que hacerlo y Stig empezó a sangrar por la nariz.

—¿Entendido? —preguntó Mattias de nuevo.

Stig sollozó y asintió con la cabeza.

—Ahora te voy a quitar eso. Si empiezas a gritar...

Mattias desenfundó la pistola y la sostuvo delante de la cara del hombre, que empezó a sudar copiosamente. Después le quitó la cinta plateada de un tirón.

—Os denunciaré —fue lo primero que dijo.

Mattias se volvió hacia Tom y puso los ojos en blanco. Era un estúpido. Tom cogió el bate de béisbol, se dio unos golpecitos en la palma de la mano y lo dejó encima de la mesa. Después sacó una pistola neumática de clavos. Le costaba contener la risa detrás de la capucha. La había comprado en una tienda de bricolaje y no pensaba utilizarla, no servía para torturar a la gente, ni siquiera a un trol, pero daba mucho miedo y ese era el propósito. Le pasó la pistola de clavos a Mattias y este la sostuvo delante del rostro de Stig, que dejó escapar un gemido como el de un animal capturado. Una mancha húmeda se extendió por los pantalones del pijama.

Su rostro ya no mostraba resistencia.

Esa era la ventaja de enfrentarse a un tirano, eran fáciles de convencer.

—Practicamos la tolerancia cero, así que no tendrás más oportunidades —le aseguró Mattias con la pistola de clavos a un centímetro de su cara.

—De acuerdo, de acuerdo.

—¿Vas a volver a escribir?

Stig negó con la cabeza.

—Porque no te imaginas de qué modo podemos amargarte la vida si lo haces.

—Solo he escrito lo que todos piensan. Vivimos en una democracia.

Tom sacó la pistola que llevaba en la cintura, dio un paso adelante y apuntó hacia una de las rodillas de Stig, que empezó a sollozar mientras Tom lo miraba con toda la violencia de la que era capaz.

Stig se desmayó en la silla con la cabeza colgando hacia delante.

—Qué imbécil, se va a asfixiar si no recobra el conocimiento.

Lo soltaron, lo tumbaron en el suelo de costado, recogieron el equipo y salieron de la casa con el mismo sigilo que habían entrado.

Se turnaron para conducir y dormir y llegaron a Estocolmo justo después de la hora punta de la mañana.

—¿Vas a trabajar hoy? —preguntó Mattias bostezando.

Tom asintió. Dormiría unas horas y después iría a Lodestar.

—Nos vemos esta noche —dijo después de llevar a Mattias a su casa.

El viaje siguiente los llevó hasta Linköping, a un chalé de ladrillos rojos rodeado de setos cubiertos de nieve y un BMW descapotable en el garaje.

El encuentro fue muy parecido al anterior. Stefan era cirujano y psiquiatra. Recién separado, sin hijos y aficionado a acosar a mujeres jóvenes a través de internet. Además, exponía con regularidad en Flashback a pacientes musulmanes y escribía bajo seudónimo mensajes que incitaban a matarlos. Utilizando uno de sus alias, se había jactado de que en un viaje de fin de semana a Estocolmo había maltratado a mendigos y a niños refugiados que estaban solos.

Gritó como un cerdo en el matadero cuando le quitaron la cinta adhesiva de la boca, y no se calló ni cuando Mattias le dio dos rápidas bofetadas seguidas. El médico siguió escupiendo su bilis verbal hasta que Tom se cansó y volvió a sellarle la boca.

—Me dan ganas de taparte también la nariz —murmuró.

Mattias se sentó en la mesa de la cocina con una pierna colgando y repasó las actividades de odio y las amenazas a las que el médico se había dedicado a lo largo de los años. Entretanto, Tom sacó los distintos bártulos e hizo todo lo posible por parecer un auténtico sádico, mientras la víctima palidecía al ver que la gravedad de la situación iba en aumento. Cuando Tom extrajo la sierra eléctrica de la bolsa, se derrumbó.

—¿Cómo controlamos que no lo siguen haciendo? —preguntó Tom cuando dejaron al anonado médico y se sentaron en el coche para regresar a Estocolmo.

—Filippa ha creado un algoritmo que es la equivalencia digital de un grano en el culo. No pueden hacer nada sin que lo sepamos y recibirán periódicamente recordatorios al respecto. Es muy creativa cuando tiene un espacio en el que desarrollar sus aptitudes con libertad.

—¿Es legal lo que hacemos?

—Los clasificamos como amenazas a la democracia y terroristas, lo que nos da un amplio margen de actuación. Es una gota en el océano, pero es un comienzo.

—Todos no pueden hacer de todo, pero todos pueden hacer algo, ¿es eso? —preguntó Tom.

—Exacto. Estos hombres están castrados digitalmente para siempre. Lo consideraré una cuestión personal y me encargaré de que no vuelvan a amenazar a nadie.

—Hablando de cuestiones personales, ¿qué te ha hecho ese médico para molestarte tanto?

—Ha estado amenazando a Jill durante años. Ella lo ha denunciado varias veces. Entre otras cosas, dijo que le cortaría los pechos y publicaría su dirección particular. Hace unas noches había un hombre armado en la puerta de la casa de Jill.

—¿En serio?

—Sí. Mañana nos encargaremos de los chicos de clase alta.

—Me sorprende que hasta ahora todos hayan colaborado —reconoció Tom.

Era consciente de que se movían en una zona gris de la moralidad y que no debería pensar que lo que hacían era divertido, pero lo cierto es que era agradable hacer algo.

—Sí, es increíble cómo entra en razón la gente cuando recibe la visita de un bate de béisbol —convino Mattias.

Las dos visitas siguientes transcurrieron del mismo modo que las primeras. Tom empezó a bostezar cuando uno de los chicos de Östermalm se derrumbó y empezó a llorar. Si no hubiera leído las graves amenazas sexuales y la incitación a quemar albergues que había escrito, se habría apiadado de él. Pero cumplió con su deber y le amenazó con el puño de acero, la pistola de clavos y la sierra eléctrica, aunque era evidente que ese muchacho nunca más se atrevería a expresarse de forma negativa sobre las mujeres ni sobre los inmigrantes.

—¿Por qué crees que los que odian a las mujeres también odian a los inmigrantes y a los homosexuales?

Tom se puso filosófico mientras guardaban las cosas en el coche.

—Seguro que hay una respuesta larga e inteligente a esa pregunta, pero la corta es que son todos unos imbéciles. Mañana visitaremos al último, después tengo que volver al trabajo, por desgracia.

—Yo también.

—¿Cómo está el ambiente en Lodestar?

—Más tranquilo.

—¿Te resulta agradable volver a trabajar?

—Sí, mucho.

Tom miró por la ventanilla del coche. Caía aguanieve y el cielo estaba gris. Le había venido bien volver al trabajo y las cosas iban mejor de lo que esperaba. Pero lo que estaban haciendo también estaba bien. Y cuando pensó en el último nombre de la lista sonrió con malicia. Le apetecía hacer esa visita, aunque sabía que eso no decía nada bueno de él.

57

Ambra aterrizó por tercera vez en poco más de un mes en el aeropuerto ventoso y nevado de Kiruna. Hizo a pie el corto y frío tramo exterior y se sacudió la nieve al entrar en la terminal. Esta vez no se marcharía de Kiruna sin obtener las respuestas que iba a buscar. Recogió su equipaje y salió del aeropuerto. Como la última vez, la recibieron fuertes rachas de nieve, un viento tan frío que le cortaba la respiración y los aullidos impacientes de los perros de los trineos. Subió al autobús del aeropuerto en cuanto este abrió sus puertas y eligió un asiento junto a la ventana, aunque nevaba tanto que apenas veía la carretera.

El autobús dio unas sacudidas y Ambra se sujetó con una mano al asiento de delante. Miró hacia afuera mientras pensaba en las niñas. ¿Cómo estarían?

Recordó una vez que se cayó en el jardín y se hizo daño en un pie. Esaias y Rakel la obligaron a apoyar el pie y a caminar con normalidad. Le dolió tanto que se desmayó. Cuando recobró el conocimiento la forzaron de nuevo a levantarse, le embadurnaron el pie de crema y empezaron a rezar. Al ver que no servía de nada, le gritaron mientras ella seguía sin poder levantarse del suelo, acusándola de no permitir que Dios la ayudara. La enfermera de la escuela la mandó al hospital y la radiografía mostró que tenía una fractura.

Era insoportable pensar que algo así, o quizá peor, les podía estar pasando a esas niñas. Ella se había sentido tan sola y abandonada en esa casa que no tenía palabras para explicarlo. También fue horrible después, cuando se enteró de que nadie había hecho nada a pesar de que mucha gente sabía lo que ocurría. No le sirvió de consuelo, sino todo lo contrario: le produjo rabia. Fue entonces cuando decidió ayudarlas. Lo solucionaría de algún modo.

Sabía que las niñas corrían peligro en casa de Esaias y Rakel Sventin y le preocupaba lo que pudieran estar planeando con el exorcista. Ella no podía cerrar los ojos ni mirar hacia otro lado ante esa situación. Pensaba hacer todo lo que estuviera en su mano, aunque perdiera el trabajo o incluso la vida en el intento. Lo que ella había pasado no debía volver a suceder.

Observó por la ventanilla las indicaciones y señales de tráfico que ya casi le resultaban familiares, y veinte minutos después se volvió a registrar en el hotel Scandic Ferrum. La reconocieron y le ofrecieron otra habitación, en una planta superior y con mejores vistas. Vislumbraba las montañas a lo lejos y a través de la nieve distinguió un cielo rosa que acariciaba las cumbres nevadas. En una hora habría oscurecido.

Cogió su mochila recién comprada, sus nuevos guantes gruesos y se abrochó hasta la barbilla la chaqueta de invierno que acababa de estrenar. Parecía un milagro, pero no tenía frío.

Ahora iba preparada y equipada para Kiruna.

El hospital de Kiruna estaba a poca distancia del hotel. Preguntó por la habitación de Elsa al llegar y llamó a la puerta con mucho cuidado, temerosa de repente por lo que podía encontrarse. ¿Y si Elsa tenía un montón de tubos? ¿Estaría moribunda? ¿Se podría comunicar con ella? ¿Cómo se sentiría?

Pero la preocupación desapareció en cuanto abrió la puerta. Elsa resplandeció como un faro en cuanto la vio.

—¡Querida, no tenías por qué venir! —dijo muy sorprendida.

Ambra entró. Olía a hospital y vio que tenía un gotero al lado de la cama, pero por lo demás no parecía que fuera nada grave.

—Tienes buen aspecto —dijo acercándose a la cama.

Elsa le tendió la mano y Ambra la cogió y la apretó entre las suyas. La anciana se incorporó y se apoyó en las almohadas.

—Qué alegría verte. Es muy agradable recibir la visita de una persona joven. ¿Cómo estás? ¿Tienes hambre?

—He traído algo para el café.

Le mostró la caja de cartón que había comprado por el camino.

—¡Fantástico! ¿Qué es?

—Un poco de todo. Bollos rellenos, pastelitos de almendra y galletas surtidas.

Elsa aplaudió

—¡Una verdadera fiesta! Ya me siento mejor.

—¿Cómo estás de verdad? —preguntó Ambra mientras sacaba los dulces y luego iba a por dos tazas de café y un jarrón para colocar el ramo de tulipanes que le había llevado.

—Ahora mucho mejor.

—Me asusté —reconoció Ambra.

Acercó una silla y se sentó al lado de la cama. Se tomaron el café y se zamparon los dulces.

Entró una enfermera.

—¿Cómo está Elsa hoy? —preguntó.

—Bien, sobre todo ahora, con esta visita tan agradable.

—¿Es tu nieta?

—Podría serlo —respondió Elsa en tono cordial.

La enfermera se marchó y Elsa sonrió mirando a Ambra.

—No quiero hablar más de mí. ¿Cómo estás tú, querida? ¿De verdad tienes tiempo para venir hasta aquí?

—Todo bien —repuso evasiva.

La anciana dejó la taza de café y cruzó las manos por encima de la manta. La aguja hipodérmica estaba sujeta al dorso de una mano con tela adhesiva.

—Cuéntame.

—No quiero hablar de mí —protestó—. Todo está como debe estar, quiero hablar de ti, de las niñas, de la foto que me enviaste.

Elsa sacudió la cabeza.

—¿Es por ese hombre del que me hablaste?

Ambra se retorció en la silla.

—¿Cómo lo sabes?

Elsa separó las manos. El gotero siguió el movimiento.

—Siempre es un hombre. O una mujer.

Ambra se quitó una migaja de la rodilla.

—Nos peleamos.

—Oh, no. ¡Qué pena!

—Le di una bofetada.

—Excelente, tal vez eso le aclare las ideas —aprobó Elsa con vehemencia.

Ambra se echó a reír. Era agradable tener a alguien tan incondicional de tu lado. Sobreviviría a eso también. Tal como estaban las cosas, un corazón roto no importaba demasiado.

Ambra se levantó, enderezó un tulipán y dirigió una sonrisa tranquilizadora a Elsa.

—Es un idiota.

—Si no te aprecia, no hay duda de que lo es.

—Gracias.

Para su sorpresa, se dio cuenta de que era agradable estar otra vez en Kiruna. Y también era tranquilizador encontrarse a tantos kilómetros de Tom, de Ellinor y de Estocolmo, saber que no se iba a tropezar con el gesto adusto de Tom ni con la eterna sonrisa de Ellinor en cuanto doblara una esquina.

—Entonces ¿no crees que se puedan arreglar las cosas en el futuro? Parecía que había algo entre vosotros. ¿No es el chico del que me hablaste, el de las auroras boreales y el perro?

Ambra sonrió, pero negó con la cabeza.

—No lo creo. Además, me he peleado con mi hermana.

Cogió otra galleta. La discusión con Jill le producía una ansiedad constante.

—Ha debido ser duro para ti, corazón.

—Elsa, he venido a verte y para comprobar cómo te encuentras porque estaba muy preocupada, pero también he venido por la foto que me enviaste.

—¿Has podido saber quién es?

—Sí, y no es nada bueno. ¿Has oído alguna vez que los laestadianos practican el exorcismo?

Elsa frunció la frente.

—Ingrid me lo contó una vez. Es espantoso.

—Se llama Uno Aalto y es finlandés. Un laestadiano del Este que se dedica a viajar y predicar. Y a ahuyentar a los malos espíritus.

—Oh, Dios mío. ¿Y está aquí? ¿Crees que les hará algo a las niñas?

—Eso me temo, pero me siento impotente. Nadie me cree cuando lo digo. Es muy frustrante.

Le contó que había llamado a Servicios Sociales otra vez, y a la policía, que había intentado localizar y ponerse en contacto con la escuela a la que iban las niñas, pero nada había dado resultado. Era como si tuviera delante un muro de desconfianza. Los distintos funcionarios con los que había hablado parecían cada vez más molestos, y al final se habían mostrado hostiles sin ambages, como si estuviera loca. Había empezado a creerlo ella también. Se había convertido en uno de esos clichés, una periodista loca, una náufraga de la ley.

—Yo creo en ti.

—Gracias.

—Eres una mujer muy sensata. Me gustaría que pudieras verlo por ti misma.

Elsa le tomó la mano y la apretó entre las suyas. Ambra le devolvió la caricia. Tenía la mano muy delgada. Recordó que tenía noventa y dos años; quizá se estuviera muriendo. ¿No era lo normal cuando te vas acercando a los cien años?

—¿Qué vas a hacer ahora?

Ambra miró por la ventana. Todo lo que tenía era unas fotos borrosas que Elsa había hecho y la confirmación escueta de Lotta, la secretaria de Asuntos Sociales, de que las niñas habían sido acogidas. En realidad, no había mucho más que pudiera hacer.

Pero recordaba cuántas veces se había sentado en el sótano de Esaias, su desesperación, cómo lloraba y esperaba que alguien la salvara, aunque hacía tiempo que debería haber perdido la esperanza. Cuántas veces rezó y les pidió a sus padres en voz baja que, si estaban allí y se acordaban de ella desde el cielo, le enviaran una señal. Pero la señal no llegó y no había ni una persona en el mundo a quien le importara si ella vivía o moría.

Las dos niñas iban a ser rescatadas, ella las iba a salvar. Los que estaban en su contra podían irse todos al infierno.

Miró a Elsa con gesto serio.

—Voy a ir allí. Hablaré con Esaias. Tengo que hacerlo.

—Hazlo si crees que debes hacerlo, pero ten cuidado. Promételo.

—Lo prometo.

Se levantó de la silla llena de una energía nueva y entusiasta. Lo haría; ahora todo encajaba en su sitio.

Se volvió hacia Elsa.

—¿Puedes prometerme algo tú también?

La anciana giró su rostro pálido y arrugado y la miró. Al sonreír se le formó una especie de entramado de líneas y pieles.

—Lo que quieras, querida.

—Prométeme que no te morirás antes de que vuelva.

Elsa asintió, solemne.

—Lo intentaré.

58

Tom contempló la fotografía de la última víctima que habían elegido. Había muchas razones para que no le gustara ese hombre.

Oliver Holm, periodista de *Aftonbladet*.

—¿Lo conoces? —preguntó Mattias mientras ponía la bolsa encima de la mesa.

—No —respondió Tom.

Aunque era como si lo conociera.

Cuando se separó de Mattias por la mañana, Tom fue a su casa, se duchó y durmió unas horas. Después dio una vuelta por el trabajo y se pasó el resto del día revisando la información que tenían sobre Oliver Holm. No fue una lectura muy edificante. Oliver trabajaba en el mismo turno que Ambra, libraba los mismos días que ella y tenía en parte los mismos jefes. En ese sentido, le pareció que había muchos jefes en el periódico. Oliver y Ambra eran casi de la misma edad y llevaban casi el mismo tiempo trabajando en *Aftonbladet*.

Pero ahí terminaban las similitudes.

El perfil de Oliver era el de un periodista agresivo que acumulaba en su lista de méritos artículos sobre pandillas de moteros, coches caros y retratos de deportistas masculinos de élite. Vivía solo en un apartamento caro en Liljeholmsstranden y estaba considerado como una estrella en alza del periodismo. En otras palabras, Oliver Holm era un trepa joven y exitoso.

Según su cuenta de Instagram, entrenaba cinco veces por semana y bebía champán y otros licores caros en los sitios de moda de Estocolmo. Era miembro de varios grupos de Facebook sobre música, películas y artículos de electrónica al más puro estilo masculino. Compartía bromas sexistas y algún que otro comentario mordaz sobre las «feministas militantes», pero por lo demás, nada reseñable. Tenía un hijo que estaba con él cada dos semanas. A simple vista era un tipo más o menos normal.

Sin embargo, bajo la superficie aparecía una persona completamente distinta. Tom repasó los documentos. Eran extractos de informes policiales, copias y listas de direcciones IP, conversaciones y mensajes de texto por SMS, comentarios en grupos de Facebook ya cerrados y correos decodificados en Flashback. Cosas que Oliver debía creer que era imposible rastrear, pero que Tom tenía ahora detalladas en un archivo.

—Filippa es muy competente —comentó mientras leía un fragmento del mensaje que Oliver le había enviado a Ambra oculto bajo un seudónimo.

Voy a pasar una motosierra por tu maldito coño feminista.

No eres más que una zorra traidora, aunque creas que eres algo. ¿No puedes rendirte de una vez y tirarte delante de un tren?

Había muchos correos similares dirigidos a Ambra y a otras mujeres. Pura escoria.

—En mi equipo todos son competentes —matizó Mattias—. Los mejores de Suecia y de primera clase internacional. La élite de la élite. Además de muy agradables. Te sentirías cómodo.

Tom no respondió. Lo que Mattias y él estaban haciendo era algo que no volvería a repetirse, no tenía intención de dedicarse a perseguir las amenazas ilegales de manera permanente. Su sitio estaba en Lodestar, pero esta acción también era importante porque, más allá de su pulcra fachada, Oliver Holm solo era un cerdo que, con la ayuda de distintos nombres de usuarios, se deslizaba como un depredador por varios sitios de jóvenes. Era hábil para ganarse la confianza de chicas solas. Una y otra vez conseguía que muchachas jóvenes y vulnerables se fueran exponiendo poco a poco, de forma psicológica e incluso física, hasta que quedaban atrapadas en su red pegajosa. Lograba que le enseñaran los pechos, que le enviaran fotos desnudas, que posaran para la cámara web, y después las obligaba a hacer cosas peores bajo la amenaza de publicar el material. Sus cuentas habían sido denunciadas varias veces, pero todos los casos se habían cerrado.

Era un triste ejemplo del fracaso del estado de derecho a la hora de defender a los más jóvenes en las redes sociales. Y Oliver no solo se dedicaba a degradar y aplastar adolescentes. Conforme avanzaba en su investigación, Filippa fue encontrando delitos cada vez más graves. Tom había visto el lado más oscuro de la humanidad. Sabía lo que las personas eran capaces de hacerse entre ellas, había sido testigo de situaciones de crueldad que la mayor parte de la gente ni siquiera puede imaginar.

Había quien aseguraba que el odio hacia las mujeres era más fuerte en otras culturas, pero Tom no estaba de acuerdo. Ese machismo cotidiano que Oliver y sus compinches practicaban no era una diferencia de género, sino de grado. Los hombres malos se comportaban todo lo mal que podían. Alguien como Oliver seguiría con sus ataques, amenazas y descalificaciones mientras sintiera que el entorno le permitía salirse con la suya. Igual que los que torturaban a sus semejantes, violaban mujeres o se comportaban como animales en las guerras.

—Siempre puedes elegir ser un canalla o no serlo —aseguró Tom.

—Y Oliver ha elegido serlo —respondió Mattias—. No solo ha acosado a Ambra y a esas chicas jóvenes. Es también uno de los trols de Jill. Así fue como lo encontré.

—Ya ves.

La aversión de Tom hacia Oliver iba en aumento.

—Tenemos que intentar no matarlo.

—Me lo figuro. Qué pena.

—Cierto. ¿Lo llevas todo? —preguntó Mattias.

Tom asintió. Había llegado la hora otra vez.

Condujeron en silencio hasta Liljeholmen, donde les esperaban dos tipos. Habían decidido actuar a plena luz del día con Oliver. Vivía en una zona residencial donde había poca gente en sus casas durante el día. Habían estudiado el plano del edificio. Era una gran propiedad recién construida y nadie los oiría a menos que empezara a gritar.

—¿Está en casa? —preguntó Tom después de saludar.

—Desde ayer por la tarde. Solo.

Los dos muchachos se quedaron fuera, vigilando el coche y la propiedad, mientras Tom y Mattias atravesaban la entrada sin ningún problema. Se ocultaron tras las capuchas, llamaron a la puerta y oyeron murmullos somnolientos al otro lado antes de que Oliver Holm abriera. Asomó la cabeza de pelo revuelto y preguntó «¿sí?» con voz desabrida.

Entraron en el apartamento sin decir una palabra. Tom le tapó la boca a Oliver con una mano, Mattias cerró la puerta con llave y en tres segundos lo tenían amordazado en el suelo. Mattias recorrió el apartamento mientras Tom controlaba al prisionero. Oliver se resistía. No esperaba que fuera tan fuerte, aunque le ayudaba su buen estado físico y el aumento de la adrenalina. Se revolvía moviendo manos y pies y Tom recibió un golpe en la ceja por sorpresa.

—Maldito cabrón —masculló cuando la sangre empezó a brotar, cegándole por un momento.

Entonces Oliver logró quitarse la cinta adhesiva que le tapaba la boca y tomó aire, dispuesto a gritar.

Tom, cuyo humor no había mejorado con el golpe y estaba sangrando bastante, le dio una bofetada a Oliver que le hizo perder el aliento y después le tapó otra vez la boca.

—No hay nadie. ¿Cómo vas por aquí? —preguntó Mattias al regresar.

—Se hará daño él solo si continúa así. ¡Cálmate, joder! —rugió Tom sacudiendo al tipo.

Oliver gritó algo inaudible a través de la cinta aislante. Sonó como: «SOY PERIODISTA, NO PODÉIS HACER ESTO».

Lo arrastraron hasta el cuarto de estar, donde Mattias había preparado un pesado sillón de cuero. Le ataron las muñecas por detrás del respaldo del sillón con unos cables. Oliver tiró con tal fuerza que estuvo a punto de volcar el mueble, pero al final no tuvo más remedio que quedarse sentado, agotado, sudando furioso con la cinta aislante en la boca.

Tom fue a la cocina y con un trozo de papel que encontró allí se apretó la herida por dentro de la capucha para cortar la hemorragia. No debían dejar huellas con las que pudieran realizar pruebas de ADN.

Mattias miró a Oliver.

—Solo queremos hablar contigo. Si cierras la boca te quitaremos la cinta. Si gritas, mi colega te dará tu merecido.

Tom no tenía que esforzarse mucho para imponer respeto. Solo pensar que ese tipo había amenazado a Ambra bastaba para que le hirviera la sangre.

Mattias le quitó de un tirón la cinta adhesiva.

—¿Qué queréis? No tengo dinero en casa —dijo Oliver.

—Estamos aquí por cosas que has escrito.

—¿Estáis bromeando?

—No en el periódico —aclaró Mattias.

Oliver se quedó pensativo, como si de verdad no supiera a qué se refería.

—En la red.

El periodista resopló.

—Estáis locos. ¿Cómo os atrevéis? ¿Sois de la tele? Hay delincuentes de verdad ahí fuera, dejadme en paz. Yo no he hecho nada.

—Díselo a las chicas cuyas vidas has destruido.

Oliver volvió a resoplar, con más fuerza.

—Esas guarras. Solo ellas tienen la culpa de ser tan tontas.

El hecho de que Oliver trasladara la responsabilidad a sus víctimas no hizo más que empeorar el concepto que Tom tenía de él. Tuvo que retroceder un paso, porque si se quedaba demasiado cerca de él corría el riesgo de partirle el cuello en un impulso a ese sinvergüenza.

Mattias empezó a detallar algunos de los peores delitos que Filippa había encontrado, y el rostro de Oliver pasó de la ironía al miedo cuando Mattias leyó las citas que había publicado en Flashback.

Cuando Tom sacó la motosierra, Oliver se sobresaltó y empezó a gritar, por lo que tuvieron que volver a taparle la boca.

Después de asustarlo con la motosierra y la pistola de clavos pasaron a distintos tipos de amenazas. Pronto desapareció su arrogancia y empezó a llorar como un niño. Tom había visto fotos de las chicas a las que había acosado, la más joven solo tenía doce años, así que sus lágrimas no le inspiraron ninguna compasión.

Mattias le echó una ojeada a Tom, que asintió con la cabeza. Era hora de marcharse.

—Volveremos si tenemos la más mínima sospecha de que has reincidido.

Oliver había llorado y sudado tanto que la cinta se le había despegado de la boca.

—Pensar no es delito —refunfuñó.

Tom, que ya había tenido bastante de Oliver y de sus deleznables opiniones, le dio un golpe en la cara.

—En tu caso sí lo es —concluyó.

Recogieron las cosas mientras Oliver los miraba en silencio.

—¿Sois de esa empresa sobre la que escribí? ¿Lodestar? —preguntó después, con los párpados hinchados.

Le ignoraron, pero él continuó.

—¿Eres Tom Lexington? —preguntó, dirigiéndose a Tom, que era el más alto de los dos—. Ambra te protegió, no entiendo por qué, no eres más que un pandillero. Por tu culpa va a perder el trabajo que quería. Típico de ella, siempre ha sido una perdedora —añadió entre risas.

Fue como si alguien hubiera bajado una cortina oscura delante de sus ojos. Todo se oscureció. El puño viajó por el aire como un proyectil incontrolable e impactó con tal fuerza en la mandíbula de Oliver que tanto él como el sillón cayeron al suelo. Oliver emitió una especie de gruñido.

—Pero ¿qué demonios?

Mattias miraba furioso a Tom, que se obligó a calmarse. Mattias tenía razón, por supuesto; no estaba bien perder la cabeza de ese modo. Tom sacudió la mano, el golpe le había lastimado los nudillos. Bien. Esperó hasta que Oliver dejó de quejarse.

—También les vas a escribir a todas las periodistas que has acosado para pedirles disculpas, ¿entendido?

—Estás loco.

Tom acercó su rostro al de Oliver, que se echó hacia atrás.

—Vas a pedir disculpas y te vas a arrastrar, de lo contrario volveré y te tiraré por el balcón. Que no te quepa ninguna duda de que lo haré.

Oliver guardó silencio y miró hacia otro lado, pero asintió despacio con la cabeza.

—Nos vamos —dijo Mattias—. Ve tú delante, ahora voy yo.

Tom cogió la bolsa y salió.

Mierda. Oliver era un imbécil y un canalla, pero su desvarío había confirmado lo que él ya sabía. Que Ambra no había mentido. Que su jefa y Oliver pasaron por encima de ella. Ella no le había traicionado. Cogió con fuerza el asa de la bolsa. Pero lo peor era que le había costado lo que ella más quería: su trabajo. Iba a perder lo que él sabía que más le importaba, y todo por su culpa. Ella le dijo la verdad y él la castigó por ello.

—Yo conduzco.

Mattias le lanzó las llaves.

Salieron, cerraron la puerta y bajaron a toda prisa las escaleras.

—¿Cuánto tiempo tardará en soltarse? —preguntó Tom.

—Unos treinta minutos —respondió Mattias dejando la bolsa en el maletero—. He aflojado un poco los cables, así que podrá soltarse si se esfuerza un poco. ¿Qué ha pasado ahí dentro?

Tom no contestó, solo puso en marcha el coche y salió del aparcamiento. Hicieron una señal a los compañeros, que se alejaron de allí con la misma discreción y tomaron la autopista hacia el sur, mientras que Tom se dirigió al centro.

Había tratado mal a Ambra y sabía lo que tenía que hacer.

—Ha ido bien, de todos modos —comentó Mattias.

Siguieron en silencio hasta llegar a Estocolmo.

—Lo he echado todo a perder.

—¿A qué te refieres?

—No a este trabajo. Ha sido divertido y creo que también provechoso. Me refiero a Ambra.

—Entonces ¿la quieres?

—Sí.

—¿Puedes arreglarlo?

—No lo sé.

Le costaba explicarse, tenía que ser realista.

—Mujeres —suspiró Mattias.

—Sí.

Un nuevo silencio.

—¿Vas al trabajo? —preguntó Tom por fin.

—Sí, pero ya que hablamos del tema... Creo que me gusta Jill —confesó Mattias.

—¿Te gusta? ¿Es que tienes doce años?

—No creo que estés en posición de dar consejos en cuestión de mujeres. ¿No acabas de destrozar dos relaciones?

—Supongo que sí. Háblame de Jill.

—Nunca me había sentido así. Intelectualmente creo que es un error, pero con ella me siento bien.

Tom solo escuchaba a Mattias a medias. No podía apartar a Ambra de sus pensamientos. Había pensado mal, había actuado y reaccionado mal. Tenía que intentar corregirlo de algún modo.

—¿Me estás escuchando? —preguntó Mattias.

Tom detuvo el coche de golpe.

—Te dejo aquí, tengo que ir a casa.

—Pero...

—Después hablamos.

Cerró la puerta en cuanto salió Mattias. Tenía que hacer una llamada muy importante.

59

Cuando Ambra dejó a Elsa y salió del hospital se dio cuenta de que tenía el teléfono descargado. Su flamante y avanzado móvil no estaba preparado para resistir el intenso frío de Norrland y la batería se agotaba en pocas horas.

—Blandengue —murmuró.

Tuvo que volver al hotel para cargarlo en la habitación. Mientras esperaba a que la batería se recuperara se tumbó en la cama y respiró con tranquilidad. El teléfono pitó para avisar de que se estaba cargando. Cerró los ojos e intentó imaginar cómo serían las próximas horas. No tenía idea, ni tampoco a quién recurrir. Echaba de menos a Tom. Y a Jill. Suspiró, pero se negó a llorar; ahora no, debía ser fuerte y concentrarse. Tenía un trabajo que hacer.

Alguien llamó mientras se cargaba la batería, porque cuando se activó el teléfono sonó una alarma. Estaba cansada y no tenía ganas de comprobar quién era en la pantalla. Se quedaría diez minutos más tumbada en la cama. Tenía que relajarse y estar tranquila. Un minuto después se levantó; no podía relajarse cuando su vida estaba en juego. El teléfono solo se había cargado un diecinueve por ciento y tenía dos llamadas perdidas.

Las dos eran de Tom.

Al principio pensó que se trataba de un error, que serían mensajes antiguos que aparecían al reiniciarse el teléfono, pero eran llamadas y además recientes.

Tenía la boca tan seca que no podía tragar. El primer impulso fue llamarlo al instante, pero dudó. ¿Por qué la habría llamado? No estaba segura de querer hablar con él en ese momento. Una sola palabra mezquina más por su parte la destrozaría. Y no se lo podía permitir. Esperaría. Todavía le quedaba algo de orgullo.

Cuando la batería estuvo llena se guardó el teléfono en el bolsillo, apartó a Tom de sus pensamientos, cerró la puerta de la habitación del hotel y desafió al frío caminando hasta la iglesia. Levantó la vista hacia el edificio rojo, abrió la puerta y se sentó en uno de los bancos de la parte de atrás. Necesitaba toda la fuerza de su mente para lo que había ido a hacer. El sermón estaba a punto de empezar.

Reinaba la oscuridad, como la vez anterior, y el silencio era absoluto a pesar de que la iglesia estaba llena. Solo se oía un ligero murmullo y, muy de vez en cuando, el grito de algún niño, que enseguida era acallado por una madre nerviosa. Una fila tras otra, todas llenas de personas serias. Mujeres con el cabello recogido dentro de unos feos pañuelos, chales de colores discretos y faldas largas. Hombres con camisa o jerséis de punto. Seguramente no se reían nunca. La risa era un pecado para los laestadianos más estrictos, y Ambra supuso que los que estaban allí esperando el sermón del día no eran de los liberales.

El salón enmudeció aún más cuando el primer predicador empezó su sermón. No había sacerdotes entre los laestadianos, sino predicadores, siempre hombres. Se les permitía predicar allí, a pesar de su abierta y rotunda oposición a que las mujeres fueran ordenadas sacerdotes. Hombres severos de voz monótona que hablaban del pecado y del diablo y machacaban las mismas profecías del juicio final una y otra vez.

—... y a ellos les espera el infierno. Porque la persona ha nacido en pecado —decía mientras Ambra bullía de rabia.

El infierno y el pecado original era algo a lo que la iglesia sueca nunca hacía mención. Era un escándalo que esa secta utilizara un templo para difundir sus mensajes maliciosos y llenos de odio a la humanidad.

—... la homosexualidad es pecado, es la maldad del demonio. Tenéis que daros cuenta de que llegan ataques desde todas las direcciones. El diablo de la homosexualidad está en todas partes.

Ambra se retorció en el banco; la voz monótona le perforaba el cerebro. Pero los demás feligreses permanecían inmóviles en sus bancos y miraban con atención al predicador. Algunos lloraban en silencio. Los niños, sentados junto a sus padres y familiares, estaban muy pálidos; sus ojos reflejaban el miedo.

Recordaba eso. Familias con diez, hasta quince hijos. Los métodos anticonceptivos estaban prohibidos, el destino de la mujer era la maternidad y las madres más respetadas tenían un hijo al año. Las chicas soñaban con tener muchos hijos. Los chicos aprendían que la palabra del padre era ley en la familia. La mujer laestadiana tenía que estar siempre dispuesta al embarazo, no decidía sobre su propio cuerpo. Era impensable que eso pudiera ocurrir en un país ilustrado y secularizado como Suecia.

—¿No demuestra con ello ser una pecadora? —gritó el predicador, que estaba hablando de una chica de dieciséis años que, al parecer, iba a ser excluida de la congregación por usar maquillaje.

Ambra buscó en la sala, preguntándose si la pobre chica estaría sentada en algún banco. Allí no había amor, ni expiación, ni nada de lo bueno que representa la fe. Aunque tal vez ella lo veía a través del filtro gris de su infancia. Quizá había personas allí sentadas que no pegaban ni ultrajaban, personas buenas que creían en Dios y se portaban bien con el prójimo. Podía ser.

Pero incluso los laestadianos más iluminados mantenían una lucha continua contra las tentaciones pecaminosas del mundo. La música, la televisión y los juegos de ordenador estaban prohibidos, por supuesto. Pero incluso la ropa de colores alegres, las cortinas, las joyas, el maquillaje e internet. Formarse y leer también era pecado, igual que tener una afición o practicar deportes, ya que quitaba tiempo para Dios. Todo era bastante absurdo.

—Le damos la bienvenida a Uno Aalto, que viene de Finlandia y es hermano nuestro allí. Es el apóstol y es el despertar, el profeta que ha venido hasta nosotros. Somos bendecidos.

Ambra presionó la parte inferior de la espalda contra el duro banco de madera e intentó forzar la vista en medio de la oscura iluminación. El hombre que estaba al fondo, delante de ella, era el de la foto de Elsa. Era más alto de lo que parecía en la imagen y tenía un modo de andar pesado y lento. Sus brazos eran demasiado largos y cada vez que tragaba se le movía nuez, enorme debajo de su piel arrugada.

Cuando Uno Aalto abrió la boca para hablar, vio que tenía los dientes oscurecidos, casi marrones, como si los llevara sucios, pero no recordaba si el uso de dentífrico también era pecado. Llevaba en la mano una Biblia negra muy gastada. Todos los laestadianos que había conocido eran personas silenciosas y discretas, como si llevaran encima el peso de todos los pecados que habían cometido, pero el silencio que se produjo cuando Uno Aalto subió al púlpito fue tan sorprendente que pensó que algunos feligreses iban a desmayarse antes de que empezara a hablar.

El exorcista miró a la congregación. Las dos fotos que Ambra había visto de él no le hacían justicia. Era alto, llevaba el pelo corto y sus movimientos eran comedidos, pero tenía carisma, esa intensidad que se suele atribuir a los líderes de una secta.

Inspiró profundamente, esperó e inició el sermón. Hablaba sueco con acento finlandés. Siempre empezaban del mismo modo, un homenaje a Dios y al cristianismo, comentarios acerca del amor y la unidad y al final todo concluía con palabras cada vez más duras sobre la perdición.

—Es un despertar para los seres humanos, un llamamiento a los que viven en pecado —dijo. Su voz malhumorada y monótona le provocó un escalofrío. Era tan triste, tan implacable. Todo era infierno y condenación, como si retrocediera en el tiempo—. Y así como es el exterior, es el interior —continuó.

Entró en un monólogo largo y deprimente sobre el alcohol, la ropa de las mujeres y las distintas formas de actuación del diablo en la tierra. Cuando miró el reloj ya había transcurrido una hora.

Las mujeres laestadianas estaban sentadas con la cabeza cada vez más inclinada hacia abajo. Algunas sollozaban. No era de extrañar, ya que su género las hacía portadoras del pecado de manera automática. Uno Aalto ya había entrado en el tema y las palabras le brotaban como un irrefrenable torbellino de amonestaciones, odio y misoginia. Ropa pecaminosa, ciudades pecaminosas, tentaciones. Pecado, pecado, pecado.

—Todas esas perversiones permiten que el diablo se fortifique y se aferre con sus malditas garras al corazón del pecador sin que nadie pueda librarse, sean viejos, mujeres o niños.

Guardó silencio. Era difícil saber si se trataba de una pausa retórica o solo necesitaba respirar. Ambra miró a su alrededor. ¿Cómo podían soportar tener que oír toda esa basura?

La voz estentórea volvió a llenar la iglesia.

—Tenéis que ser especialmente cuidadosos con los pecados de los jóvenes, pues sus sentidos son fáciles de distorsionar.

Era como oír a Esaias cuando hablaba con ella. Ni él ni Rakel estaban allí ese día, al menos no los había visto, pero oír a Uno Aalto hablar del pecado de los jóvenes le trajo un recuerdo de aquel tiempo.

Había una radio en la cocina y Ambra una vez giró el botón y sintonizó una emisora musical y con publicidad. Estaba tan absorta en la música que no oyó acercarse a Esaias.

—¿Qué estás haciendo, maldita zorra?

—Nada.

Tenía tanto miedo que las palabras no le salían de la garganta.

—Y ahora además estás mintiendo. Traes el pecado a mi casa.

El golpe la alcanzó en plena mejilla y la lanzó encima de una de las sillas de la cocina. Ella se acurrucó, intentando protegerse.

Ambra respiró profundamente y se obligó a sí misma a regresar al aquí y ahora, a salir de la cocina de Esaias, donde los golpes continuaron durante toda la tarde.

Esaias la había acusado de pecar tantas veces que una pequeña parte de ella pensaba que tenía razón y que ella era la culpable. Pero al oír a Uno Aalto hablar del demonio y del mal vio lo absurdas que eran algunas cosas, como pegarle a un niño para que expulsara al diablo o decirle a una niña de diez años que su madre había muerto porque ella estaba poseída por espíritus malignos. ¿Qué clase de Dios podía permitir algo así?

Ambra volvió a mirar el reloj. Ya habían pasado más de dos horas y parecía que Uno Aalto se estaba acercando al final de su sermón. Le temblaba la voz, tenía la cara congestionada y levantaba el puño de vez en cuando mirando a la congregación, como para resaltar más aún su condenación.

—Amén —dijo por fin.

—Amén —murmuraron los allí congregados.

Ambra notó que la rabia y la determinación brotaban en su interior. Chicas de dieciséis años a las que habían llamado prostitutas, mujeres obligadas a quedarse embarazadas y niños acogidos que lo pasaban muy mal. Alguien tenía que parar a esos locos, y en ese momento todo indicaba que debía hacerlo ella.

Después del sermón la gente se puso de pie para acercarse a los predicadores, para que los tocaran y los bendijeran. Uno Aalto estrechó una y otra vez las manos a los hombres. Las mujeres se quedaban a un lado, sumisas, en silencio.

Ambra se levantó del banco y caminó despacio hacia las sombras, desplazándose con paso lento por el salón. Nadie se fijó en ella. Eso era lo que hacían en esta secta, ignorar y marginar a los que no formaban parte de ella. Pero ser ignorado también podía ser un modo de protegerse, porque si te quedabas callado, sin hacer ruido, era como si no existieras.

Aquí y allá, la extraña acústica de la iglesia llevaba hasta ella fragmentos de conversaciones como si flotaran por el aire. Frases y oraciones que la gente intercambiaba mientras se empezaban a marchar, primero las mujeres con los niños más pequeños.

Ambra se detuvo detrás de una columna y vio que Uno Aalto sacaba un viejo teléfono móvil del bolsillo de la chaqueta. El uso de internet era un pecado y ningún laestadiano tenía móvil. Pero en sus manos añosas y con la ropa tan antigua que llevaba resultaba casi anacrónico, como si fuera un actor de una película histórica hablando por el teléfono entre una escena y otra.

Uno Aalto se volvió mientras hablaba con la cara vuelta hacia donde estaba Ambra.

Ella se escondió más aún mientras escuchaba con suma atención.

—... tenemos que hacerlo lo antes posible.

Ambra se inclinó hacia delante y pudo percibir su acento finlandés.

—Por lo que dices, Esaias, parece que el diablo se ha hecho

fuerte dentro de ellas —continuó, sacudiendo la cabeza con gesto de preocupación—. Ya lo creo.

Y después guardó silencio mientras escuchaba a su interlocutor con el ceño fruncido. ¿Podía estar hablando con Esaias Sventin? No era imposible, Ambra los había visto juntos en una foto.

Impaciente, conteniendo la respiración, esperó a que Uno Aalto volviera a decir algo.

—Sí, puede ser como dices, que las chicas se inciten entre ellas. El Malévolo sabe mucho de eso. Y es fuerte, sobre todo cuando están en el umbral. Comprendo que estés preocupado, yo también lo estoy.

Se quedó en silencio. Su gesto era pueril mientras escuchaba. Estaba cada vez más segura de que al otro lado de la línea estaba Esaias Sventin.

—Sí, suena coherente. Es esa inmundicia lo que las hace susceptibles al pecado. Tú has hecho todo lo que has podido, pero necesitas ayuda. ¿Tienes algún sitio donde podamos estar?

Otro fatídico silencio mientras Uno asentía con la cabeza.

Fuera lo que fuese de lo que hablaban, era evidente que se trataba de algo complicado y serio. Ambra logró acercarse más sin ser vista, y casi dio un salto cuando volvió a oír la voz monótona de Uno Aalto con toda nitidez:

—El sótano estará bien. Puede llevar tiempo, como sabes, y tenemos que estar tranquilos. Si Satán se ha hecho tan fuerte en ellas, tenemos que estar preparados para luchar contra los demonios. Es una prueba, hermano, debes ser firme. Sí, mañana estará bien.

Uno Aalto cortó la llamada.

Ambra se quedó detrás de la columna, intentando averiguar el significado de lo que había escuchado. No quería creer que fuera cierto, pero por más que le daba vueltas siempre llegaba a la misma conclusión. Estaban planeando hacer algo siniestro a las chicas que vivían en casa de Esaias y Rakel Sventin. En el sótano de su casa, al día siguiente. Y lo peor era que sabía exactamente lo que planeaban. Ella había estado expuesta a lo mismo. Existía en todas las religiones. En su forma más leve era una cura. En la peor, un atropello, una tortura que podía conducir a la muerte. Uno y Esaias planeaban llevar a cabo un exorcismo.

60

Jill miró la pantalla del móvil. Era su entrenador personal, que insistía una vez más. Llevaba desde el día anterior llamándola casi sin descanso, pero volvió a colgar y metió la mano en el bol de chips. Acababa de descubrir unas con sabor a trufa y no iba a permitir que nada se interpusiera entre ella y sus patatas, y mucho menos su entrenador personal y su exceso de energía. Hoy no tenía ganas de que la reprendieran ni la juzgaran.

Cuando estaba deprimida, comía. Odiaba a las personas que perdían el apetito y dejaban de comer a la más mínima preocupación, era injusto. Eran los mismos que subían fotos de helados y golosinas a Instagram, aunque nunca los probaran. De hecho, entraban en pánico si algo con grasa o azúcar llegaba siquiera a rozar su boca. Ella recordaba bien el hambre que había pasado de niña. Y le encantaba comer.

Tal vez pudiera compensar ese desfase entrenando en casa. Había gente que lo hacía.

Extendió una manta en el suelo, se tumbó, puso los pies en el sofá, hizo un abdominal con poco entusiasmo y se rindió; se colocó el bol con las patatas fritas encima del estómago y siguió comiendo. No soportaba estar de tan mal humor, tan irritable, amargada y negativa. Quería ser positiva, pero no podía. Se dijo que Mattias no tenía nada que ver con esto. Se metió un puñado de patatas en la boca y se convenció de que era mejor que hubieran terminado. Eran demasiado distintos. Se comió las últimas migas.

Llegó a la conclusión de que tenía que ver con Ambra.

¿Cómo se atrevía su hermana a afirmar que ella utilizaba el dinero para controlar a la gente? Era absurdo, no hacía eso.

¿O sí lo hacía?

Jill movió los dedos de los pies mientras pensaba. Necesitaba ser honesta consigo misma. ¿Había terminado con Mattias porque él no se dejaba controlar? ¿Había utilizado lo que oyó aquella noche fatídica como excusa para huir de un hombre que se negaba a permitir que ella lo decidiera todo?

Tal vez.

Llegó a la conclusión de que, si iba a seguir pensando esas cosas tan sesudas, iba a necesitar algo más que unas patatas fritas. Se levantó no sin dificultad y se dirigió a la cocina. Abrió sus armarios ultramodernos y sacó tequila, Cointreau, lima, almíbar y cubitos de hielo, con lo que preparó un Margarita helado en una coctelera cromada. Después cogió una copa, humedeció el borde con un gajo de lima, la hundió en sal y la llenó de cóctel hasta el borde. Luego volvió al sofá y miró a su alrededor desde el centro de su enorme sala de estar.

Esa casa era demasiado grande para una sola persona, pero cuando has sido pobre te gustan las cosas valiosas, al menos a ella. Adoraba su casa y poder presumir de tener una de las mansiones más lujosas de Djursholm. Subía fotos a Instagram de vez en cuando de los exclusivos sofás blancos, las alfombras, los objetos de decoración y su cocina ridículamente lujosa. Los fans lo valoraban, casi se lo exigían.

El del espectáculo era un mundo extraño. Se bebió el cóctel, regresó a la cocina, se sirvió otro y después fue a otra parte de la casa. Había dos habitaciones que no enseñaba nunca, dos cuartos privados que eran solo suyos. Un despacho con vistas a un emparrado con lilas y una pequeña sala de estar que ella misma había decorado con colores fuertes. No permitió que ningún diseñador se entrometiera; allí tenía las cosas de Colombia, era el lugar que solo ella ocupaba y donde creaba sus canciones.

Entró en el despacho y se sentó frente al ordenador. Debería trabajar, pero no se le ocurría nada. ¿Estaría acabada? Se quedó mirando una foto borrosa, una mala instantánea en un marco lujoso. En la fotografía aparecían Ambra y ella cuando eran adolescentes y estaban enfadadas con todo el mundo. En ciertos aspectos seguían estándolo. «La pequeña Ambra», pensó, y de pronto tuvo ganas de llorar. Tal vez fuera por el Margarita.

Eran muy distintas. Jill no soportaba depender de los demás, le horrorizaba pensar que alguien decidiera por ella y no tener un control total sobre su vida. Pero sabía que Ambra soñaba con formar una pareja. Era difícil decir cuál de las dos se sentía más sola. Siguió bebiendo mientras notaba que se le empezaba a embotar la cabeza.

El portátil estaba abierto y encendido. Tenía una serie de diapositivas de Colombia como salvapantallas. Movió el ratón, desaparecieron las imágenes y apareció el escritorio. Vio la burbuja de Skype con su sonido típico. Alguien intentaba ponerse en contacto con ella. Hizo clic en el icono.

Era Mattias.

Humm.

Bebió un sorbito y dejó que el hielo crujiera entre sus dientes. Dudó un rato, pero luego se llevó el ordenador a la sala de estar blanca; necesitaba la seguridad que le proporcionaba su ostentación impersonal.

Fue a por más Margarita, se sentó, clicó y apareció él, como si de verdad la estuviera esperando.

—Hola —saludó en voz baja.

Ella lo miró y estudió la habitación en la que estaba sentado. Filas de carpetas y libros detrás de él, y una mesa de escritorio alta.

—¿Dónde estás? —preguntó.

—En el trabajo. ¿Cómo estás?

Jill levantó la copa.

—Todavía está medio llena, como puedes ver.

Él se rio.

—Me alegro de que hayas contestado, no estaba seguro de que quisieras hablar conmigo.

—Mmm.

—Quería pedirte disculpas por lo de la otra tarde. Lamento lo de... bueno, todo.

—No pasa nada —le aseguró con sinceridad.

¿Qué le importaba lo que dijeran dos arpías envidiosas en unos aseos públicos?

—Respecto a lo de que termino las relaciones a los dos meses... Se quedó en silencio.

Eso tampoco le importaba. Para ser honesta consigo misma, debía admitir que era bastante parecida a él en ese aspecto. Mejor cortar que implicarse demasiado. Aunque una pequeña parte de ella sentía que no tendría nada en contra de implicarse demasiado con Mattias Ceder. Se le veía atractivo al otro lado de la pantalla, con el pelo revuelto, sus ojos inteligentes y su traje formal.

—Solo nos hemos visto unas pocas veces, no tienes que darme ninguna explicación.

Él permaneció un rato en silencio, mirándola pensativo.

—¿Es así como nos ves? Porque a mí me gustaría conocerte mejor.

Las palabras le produjeron una sensación de vértigo en el estómago, como si estuviera en la parte superior de una montaña rusa justo antes del descenso.

Tomó un sorbo del cóctel y notó que las mejillas se le contraían por el zumo de lima. Por un momento tuvo ganas de cortar la conversación.

—Quizá sí nos podríamos volver a ver —dijo, permitiendo que el vagón soltara los frenos y se lanzara por la pendiente.

Mattias sonrió al oírla y se le formaron unas delgadas arrugas en las comisuras de los párpados. Estaba pálido y parecía cansado, como si hubiera pasado poco tiempo al aire libre durante los últimos años. Jill pensó qué aspecto tendría si estuviera bronceado y relajado, con reflejos dorados de sol en el cabello. Sonrió.

—¿Cuándo? —preguntó él intentando reprimir su entusiasmo.

Estaba otra vez a punto de tomar las riendas. Ella no podía decir que no lo soportaba, pero tampoco le agradaba.

—Ya nos estamos viendo.

—Pero quiero que nos veamos en persona, estar contigo.

Ella sonrió. Quizá todavía conservara la mitad del poder.

—¿Qué harías si estuvieras aquí? —preguntó.

Deslizó un dedo por el cuello de su blusa y se desabrochó muy despacio uno de los botones forrados de tela. Y después otro más. Mattias no le quitaba la vista de encima. Jill estaba algo achispada, pero no tan borracha como para no saber lo que hacía. Era algo que quería probar, algo que no había hecho nunca. Mattias se acercó a la pantalla. Parecía que hubiera dejado de parpadear.

—¿Sigo?

Él asintió.

—Desabróchate antes tú la camisa —le pidió.

—¿Por qué?

—Porque quiero verte —dijo, y era bastante cierto.

Necesitaba saber si confiaba en ella, tenía que obligarle a que hiciera algo que estaba segura de que él tampoco había hecho antes.

Mattias se aflojó despacio la corbata. Después dudó.

Jill ladeó la cabeza y esperó. Él se llevó las manos a los botones.

—Espera. Quítate antes la corbata. Y la chaqueta.

Se sacó la corbata por la cabeza y desapareció de la pantalla junto con la chaqueta. Luego volvió a sentarse en la silla.

—¿Satisfecha?

—Todavía no —dijo, y le hizo un gesto con la cabeza para que continuara.

Él se fue desabrochando los botones de la camisa uno tras otro. Ella vislumbró su pecho cubierto de vello rubio oscuro, sus pezones, su vientre plano. Jill dejó la copa. El deseo y la expectativa se materializaron entre sus muslos y se deslizaron hasta las ingles. ¿Cuánto tiempo le permitiría llevar las riendas a ella?

—Quítate la camisa y los pantalones —le ordenó, escuchando el tono de su propia voz.

Mattias se sacó la camisa de la cinturilla del pantalón y la dejó caer. Su pecho subía y bajaba al respirar.

—Quítatela —insistió.

Él lo hizo sin pronunciar una palabra. Se sentaron y se miraron cada uno a un lado de la pantalla.

—Tu turno —dijo él en voz baja.

Jill se sacó la blusa del talle de la falda y la dejó caer; se acarició el estómago bronceado y deslizó los dedos por su piel suave. A pesar de los esfuerzos de su entrenador personal, no había conseguido que se le definiera ni un solo músculo abdominal.

—¿Qué es eso? —preguntó Mattias.

Ella se tocó el piercing que llevaba en el ombligo.

—¿Te gusta? —preguntó.

¿Le parecería vulgar?

Pero él asintió con la cabeza.

Jill no habría hecho eso con nadie más. Había crecido con internet y las redes sociales y sabía la rapidez con la que se difunden las cosas. No había ni una sola foto suya desnuda. A lo largo de los años, muchos de los amantes y hombres que habían estado con ella y que creían que eran sus novios habían pretendido hacerle fotos y filmarla. Muchos de los denominados «fotógrafos de chicas» le habían asegurado que solo le harían fotos artísticas, pero todos ellos no eran más que viejos verdes y obsesos sexuales, hombres ansiosos que le prometían que solo eran para uso privado. Pero ella siempre se había negado, no se fiaba de ninguno.

Se preguntó si Mattias se habría dado cuenta de que ella estaba poniendo su carrera en sus manos, literalmente, mientras se acariciaba el cuerpo delante de la pantalla. Pero tal vez él también había puesto su carrera en manos de Jill. Fueran cuales fuesen los secretos con los que él trabajaba, no creía que les hiciera mucha gracia la práctica de sexo en vivo a través de la red desde la oficina. La confianza entre ellos era excitante. Además, él era muy sexy. Fuerte y nervudo; un guerrero disfrazado de burócrata; un hombre, no un niño.

Ella puso una mano sobre el encaje de una de las copas del sujetador, la acarició con la mano describiendo suaves círculos por todo el pecho y después concentró el movimiento en el pezón, estimulándolo con tres dedos. Mattias no apartaba la vista ni un segundo, como si estuviera memorizando la información para su uso posterior. Deslizó uno de los tirantes del sujetador, dejó caer el suave tejido y se acarició el pecho con movimientos suaves y voluptuosos, sin prisa. Mattias se acercó a la pantalla para no perderse ni un detalle. Ella se volvió a coger el pezón con los dedos índice y pulgar y lo estimuló de forma sensual. Él se quedó inmóvil, como hechizado.

—¿Te puedes quitar el sujetador? —pidió él.

Ella dudó un momento, pero después se llevó las manos a la espalda y desabrochó los corchetes. Le había llevado mucho tiempo familiarizarse con sus pechos. Aceptaba que a los hombres les gustaran los pechos grandes, aunque ella no terminaba de entenderlo. Se le desarrollaron muy pronto y siempre detestó el efecto que producían en los chicos de su entorno, cómo la miraban, intentaban toquetearla y se metían con ella llamándola puta y zorra. A veces todavía se sentía sucia y vulgar. Pero no en ese momento. Muy despacio, mostró un pecho y después el otro. Soltó el sujetador y se quedó desnuda delante de él.

—Eres preciosa —dijo él con voz ronca.

—¿Te excita lo que ves?

—Sí, mucho.

—Échate hacia atrás y acaríciate por encima del pantalón.

Él hizo lo que le decía. Estaba muy excitado y separó las piernas. El amplio tórax se elevaba con dificultad. Ella le oyó contener un gemido y el sonido hizo que temblara de expectación. Le miró la entrepierna y vio el prometedor bulto que él estaba acariciando.

—Desabróchatelos —ordenó.

Él la miró vacilante. La cautela luchaba contra el deseo. Una cosa era quitarse la camisa en la oficina y otra deshacerse del pantalón. Esperó. Él obedeció. Se quitó primero los zapatos y los calcetines, algo que Jill valoró, ya que había pocas cosas menos excitantes que un hombre con los calcetines puestos. Después se quitó los pantalones y los calzoncillos y se volvió a sentar, desnudo, duro y excitado. Ella le miró el falo. Era grande, un poco torcido. Vio el brillo del glande apuntando hacia el vientre plano y musculoso. Jill notó que los pezones se le contraían y empezó a notarse mojada. Se le ocurrió pensar si él habría cerrado la puerta.

—Acaríciate otra vez —le pidió.

—Jill...

Él sacudió la cabeza.

—Si lo haces, yo también lo haré.

Él la miró fijamente. Jill se puso de pie, se quitó los pantalones y las bragas blancas de encaje. Él jadeó. Ella iba depilada y se había dejado una línea oscura justo encima de la abertura.

—¿Te gusta? —preguntó cuando se volvió a sentar en el sofá.

A los hombres les solía gustar, pero con Mattias nunca estaba segura de nada, porque era distinto a todos los hombres que había conocido.

—Es bonito —respondió mirándola a los ojos—. Tú eres bonita. Enséñame cómo te gusta que te acaricien.

—Entonces, hazlo tú también.

—Lo haré, te lo prometo —le aseguró él con una leve sonrisa—. Solo quiero durar más de dos segundos.

Jill ajustó el ordenador, se echó hacia atrás en el sofá y deslizó una mano entre las piernas. Sabía que era una locura, pero por más raro que pareciera, no lo sentía así. Le parecía algo íntimo y emocionante. Empezó a mover los dedos despacio, con movimientos circulares. Le gustaba masturbarse, prefería el control que le daba hacerlo ella misma. Le agradaba llegar al orgasmo y no siempre se podía confiar en los hombres en ese aspecto.

Mattias la miró con intensidad. Ella abrió un poco las piernas y vio que él empezaba a subir y bajar la mano para satisfacerse a sí mismo.

Ella movió la suya más deprisa, concentrada por completo en su propio placer. Se había masturbado delante de muchos hombres, controlando los gemidos y los movimientos de los dedos. Era un modo sencillo de obtener el poder en una relación, pero esta vez era diferente, estaba centrada en su propio placer y estaba excitada de verdad, y no le importaba lo más mínimo el aspecto que tuviera en ese momento. Se llevó la otra mano al pecho y se lo masajeó con suavidad.

Mattias empezó a respirar por la boca, elevando el pecho y moviendo la mano frenéticamente. Era excitante ver cómo se acercaba al clímax, cómo perdía el control cada vez más al otro lado de la pantalla. Ella siguió mirándole, se introdujo el dedo índice y se imaginó que era él quien se movía en su interior, quien la estimulaba y la penetraba. Dudó un instante, pero llevaba las uñas cortas y quería probar, así que sacó el dedo y lo deslizó hacia abajo. Los ojos de Mattias siguieron sus movimientos sin parpadear. Se lo metió una vez más, lo mojó en su propia humedad para lubricarlo. Después llevó la mano hacia abajo y se introdujo el dedo muy despacio en el orificio de atrás. ¿Estaría sorprendido?

Dejó escapar un gemido ahogado y se volvió a acariciar con la otra mano, metiendo y sacando la punta del dedo índice lentamente, mientras movía la otra mano cada vez más deprisa hasta llegar a un orgasmo explosivo.

—¡Oh, Dios! —gimió.

El placer se le extendió por los muslos, a través de la pelvis hasta la parte de atrás y por la espalda hasta sentirlo en lo más profundo de su cuerpo, que se retorció en el momento del clímax. Tardó un rato en volver a la sala de estar. Abrió los ojos. Mattias seguía erecto y sin correrse, como si la hubiera estado esperando. La miraba con los ojos brillantes. Ella continuó con las caricias, más pausadas, dejando que los espasmos de placer se fueran suavizando.

Mattias solo tuvo que mover la mano unas cuantas veces más para llegar también al orgasmo. Su cuerpo se tensó y se corrió sobre el vientre mientras agitaba la mano frenéticamente. A ella le pareció tan atractivo verlo eyacular, tan sensual y casi animal, que su cuerpo respondió a lo que estaba viendo y sintió que le venía otro orgasmo, una réplica placentera que le recorrió el cuerpo con una oleada de calor. Mattias suspiró. Estaba sentado, inmóvil. Jill se dejó caer en el sofá, se retiró el pelo y juntó las piernas.

—¿Te ha gustado? —preguntó.

—Mucho —respondió él con voz ronca—. Cielo santo, Jill, qué momento. Ha sido genial. ¿Y a ti te ha gustado?

—Sí. Fantástico —respondió ella con sinceridad.

En ese instante hubiera querido que él estuviera allí; se sentía un poco sola.

Mattias desapareció un momento de la pantalla y cuando volvió se había secado y llevaba los pantalones.

Jill se echó una manta por encima. Todas las arrugas y la tensión del rostro de Mattias habían desaparecido y parecía mucho más tranquilo. Ella se bebió lo que le quedaba en la copa. También estaba muy relajada.

—Me gustaría estar contigo —susurró él.

—¿Aquí?

—Sí.

Ella dudó un momento, pero enseguida se decidió.

—Hazlo entonces.

Apenas una hora después, Mattias volvió a salir de un taxi junto a la lujosa mansión de Jill. Durante el trayecto, pensar en lo que acababan de hacer lo había excitado de nuevo.

Ella abrió la puerta enseguida. Llevaba un vestido blanco largo, pero su mente evocó a Jill a través del ordenador, desnuda, curvilínea y sensual. Llevaría esa imagen consigo el resto de su vida.

—Hola —saludó ella con su voz grave y profunda—. Entra.

Se hizo a un lado. Tenía las mejillas sonrosadas e iba descalza. Él le puso un brazo en la cintura y la besó. Ansiaba tocarla y besarla desde que ella le pidió que se desnudara y se masturbara en la oficina delante del ordenador. Seguro que a sus jefes no les habría gustado tanto. Había sido una locura y demasiado arriesgado, pero ella lo valía.

Jill respondió al beso con caricias, moviendo las manos por su pecho y gimiendo en su boca. Él buscó a tientas la puerta a su espalda, la cerró y continuó besándola mientras la empujaba con suavidad hacia el interior de la casa.

—Necesito tenerte —dijo quitándole el vestido.

Ella dejó que se lo quitara. No llevaba nada debajo y él le besó los pechos con ternura. Sin dejar de besarse, él se quitó la ropa y la dejó caer sobre el lujoso suelo. Estaban en el salón y vio el amplio sofá blanco. La llevó hasta allí y se tumbó encima de ella, separándole las piernas con un movimiento preciso de las rodillas. Ella intentó que acercara la cabeza, pero él se resistió. Quería verla mientras la penetraba. Y ella le dejó tomar el control, decidir.

Jill encogió las rodillas, él se colocó entre ellas y fue entrando en su interior, observando cómo se le nublaban los ojos mientras la llenaba. Le hizo el amor de un modo cálido y apasionado, le pidió que se acariciara como lo había hecho antes, mientras él se movía dentro de ella. Sus caderas subían y bajaban mientras gritaba el nombre de Mattias, y no dejó de hacerlo hasta alcanzar un violento orgasmo. Segundos después él se retiró y se corrió sobre el vientre y los pechos de Jill, que gimió con los ojos cerrados.

Él se apoyó en los brazos temblorosos y se dio cuenta de que la había manchado. ¿Se enfadaría?

Ella abrió los ojos.

—Me encanta que te dejes llevar —dijo—. Bésame y trae más Margarita para los dos.

Él hizo lo que le pedía, la besó profundamente y fue a la cocina, donde cogió papel, una jarra y dos copas. La limpió, sirvió una copa para cada uno y brindaron.

—Muy rico.

El halago era sincero. Luego estiró el brazo. Estaba muy guapa con el pelo más corto.

—Me gustaría empezar de nuevo —dijo Mattias. Ella se sentó en la postura del sastre, con las rodillas separadas y los pies juntos, desnuda en el sofá. Él se obligó a mirarle a la cara—. Quiero comportarme como un hombre normal que quiere estar con una mujer normal. Sin absurdos límites de tiempo.

—Yo no soy normal.

—¿No lo eres?

—No, tengo trastornos. Trastornos de relación, trastornos alimenticios. Estoy bastante loca. Probablemente engordaré cualquier día.

—Vale.

—¿Te gustan las mujeres gordas? —Entornó los ojos—. No me lo creo.

—No dejarías de gustarme, aunque ganaras peso.

—Y soy vieja.

Miró hacia abajo mientras le daba vueltas a la copa.

—Sé cuántos años tienes —dijo Mattias sonriendo—. Eso no es ninguna objeción.

Jill negó con la cabeza.

—Soy mayor de lo que crees. La fecha de nacimiento de los papeles no es la correcta. Cuando vine a Suecia se equivocaron al ponerla, era tan menuda que todos creían que era más pequeña. Unos años después, al cumplir los dieciocho, me enviaron la documentación a casa, pero no se lo dije a nadie. En realidad, tengo treinta, cumpliré treinta y uno este año —susurró—. No se lo he comentado a nadie, ni siquiera a Ambra.

Apartó la vista como si acabara de revelar que se ganaba la vida vendiendo droga a los niños.

Se quedaron en silencio.

—¿Jill?

—¿Sí?

Habló, pero no fue capaz de mirarlo.

Mattias le quitó la copa, la dejó en la mesa y la abrazó. Se sintió bien cuando ella apoyó el rostro en su pecho.

—Me gustas, me gusta tu vida, tus secretos y quién eres.

—Y además estoy medio ciega —sollozó sobre su pecho.

Él la abrazó con más fuerza, embargado por la ternura.

—Lo sé, he visto tus gafas.

—¿Es posible que me veas como un proyecto y creas que tengo muchas posibilidades de mejorar?

—No, la verdad es que creo que eres perfecta tal como eres.

—Solo hace un mes que nos conocemos.

—Lo sé, pero nunca he sentido algo así.

—¿Cómo?

Pensó que podía amarla.

—Es como si dos meses no fueran suficientes. Quiero estar contigo mucho más tiempo.

—No sabes nada de mí —insistió ella.

—Me gustaría conocerte más, pero sé bastante de ti. Tienes miedo a que te dejen, odias hacer ejercicio, te encanta el chocolate y a veces estás triste, aunque no lo demuestres.

Le cogió la barbilla, le levantó la cara y la besó con suavidad.

—No creo que pueda querer a nadie —murmuró ella pegada a su boca.

—Quieres a Ambra —repuso él restregando su nariz contra la de ella.

—Sí —reconoció— pero hemos tenido una discusión terrible.

—Los hermanos discuten.

Sabía de lo que hablaba, él tenía dos hermanos.

—Nunca nos habíamos peleado así. —Jill sacudió la cabeza—. Me dijo cosas horribles, y yo a ella. ¿Y si no volvemos a ser amigas?

—Vosotras os queréis y sois la única familia que tenéis.

Las había visto juntas y sabía lo que significaban la una para la otra. En ese momento sonó el teléfono de Mattias.

—Tengo que ver quién es —se disculpó—. Oficialmente estoy de servicio. —Levantó el teléfono y miró la pantalla—. Es Tom. ¿Te parece bien que conteste?

Ella asintió. Le gustaba que le pidiera permiso, que le importara que ella estuviera allí. Mientras Mattias atendía la llamada, ella sacó un paquete de palomitas para microondas y preparó un bol entero. Mattias volvió con la frente arrugada.

—Jill, ¿cuándo tuviste noticias de Ambra por última vez? Es Tom el que lo pregunta.

Tom Lexington, ese maldito rompecorazones. ¿Qué quería ahora de Ambra?

—Hace unos días. ¿Por qué?

—No sabe dónde está.

Jill dejó el bol a un lado. Notó una punzada de preocupación.

—¿Ha ocurrido algo?

Mattias apoyó el teléfono en el pecho, tapando el micrófono.

—Quiere venir.

—¿Aquí? —dijo ella sorprendida, pero aceptó. Por supuesto que podía ir a su casa si se trataba de Ambra.

Media hora después Jill le abrió a Tom la puerta de su casa. Se le había olvidado lo grande que era. Su corpulencia, junto con el frío y la nieve que traía del exterior, llenaron el recibidor. Traía el ceño fruncido y un rictus de amargura, pero se había afeitado la barba y tenía mucho mejor aspecto, así que Jill tuvo que reconocer que entendía por qué Ambra se había enamorado de él. Porque estaba segura de que era así. Mierda, tendría que haber pensado en eso y haberse portado mejor con Ambra. ¿Y si había hecho alguna tontería o le había ocurrido algo? Buscó la mano de Mattias y la apretó con fuerza.

—¿Cuánto tiempo hace que no hablas con ella? —preguntó Tom, enfadado.

—Tranquilízate —le advirtió Mattias.

Jill sonrió. Le gustaba que la defendiera. Era estúpido y raro, pero agradable.

—Disculpa, no quería ser tan brusco. —Tom ladeó la cabeza—. ¿Tienes alguna idea de adónde ha podido ir? No está en su casa ni en el trabajo, y tampoco contesta al teléfono.

—Me dijo que le echaste una bronca y que le pediste que se alejara de ti —dijo Jill sin poder evitarlo.

Tom apretó las mandíbulas.

—Discutimos. Reaccioné mal.

Jill pensó que el aspecto de Tom cuando se enfadaba debía de ser aterrador, y no pudo evitar preguntarse cómo sería cuando reaccionaba de forma exagerada. Pero podía imaginar a su valiente hermana enfrentándose a él.

El instinto de protección que se despertó en ella hizo que olvidara todas sus rencillas. Si ese zopenco le había partido el corazón a Ambra, no se lo perdonaría nunca.

—¿Su jefa no sabe dónde está? —preguntó Mattias.

—No, Ambra libra estos días y no está en casa. Tiene correo en el buzón.

—La última vez que nos vimos habló de Kiruna —recordó Jill—. Se preguntaba si esa terrible familia tenía nuevos niños acogidos. ¿Crees que puede haber viajado hasta allí?

Tom reflexionó.

—Ella odia Kiruna, odia pasar frío. Pero es posible que lo haya hecho por los niños. Sería típico de ella. Llamaré al hotel.

Una breve conversación bastó para que Tom confirmara sus sospechas:

—Está registrada en el Ferrum, así que está en Kiruna.

Jill respiró aliviada.

—Pero sigue sin contestar.

—Yo la llamaré —se ofreció Jill.

Tal vez Ambra ignoraba a propósito las llamadas de Tom. Pero las señales telefónicas ni siquiera llegaban y saltaba el contestador. Le envió un mensaje.

Llámame, por favor.

—Quizá esa señora a la que entrevistó en Kiruna sepa algo —se le ocurrió a Jill.

Miró el reloj. Eran casi las diez y media.

—Elsa Svensson, bien pensado.

Tom buscó el número con la ayuda de su móvil.

—¿Llamo yo? —preguntó Jill, pero Tom sacudió la cabeza y marcó desde su teléfono. Pero al menos activó el altavoz.

—¿Diga? —saludó una voz despierta.

—Hola, me llamo Tom Lexington, disculpa que llame tan tarde.

—No importa, de todos modos, no puedo dormir. ¿Has dicho Tom?

—Me pregunto si por casualidad sabes dónde está Ambra. ¿Sabes a quién me refiero?

—Sí, Ambra está aquí en Kiruna.

—¿La has visto?

—Sí. —Hizo una pausa—. Pero me estoy empezando a preocupar por la chica. Figúrate, Tom, la he llamado y no la localizo. Sí, estoy muy preocupada. Se fue a hablar con su antiguo padre de acogida y ahora ha desaparecido. No sé qué hacer.

Jill sintió un nudo en la garganta. Tom le dio las gracias por la información y se despidió.

—Parecía preocupada de verdad —dijo Jill.

—No tiene por qué pasar nada —añadió Mattias en un tono nada convincente.

Ambra siempre había sido capaz de cuidarse sola, pero últimamente no era ella misma. ¿Y si estaba metida en problemas? Jill se mordió el labio; la congoja parecía obstruirle la garganta.

Tom se levantó de un salto. Sus ojos parecían haberse ensombrecido.

—¿Qué vas a hacer? —preguntó Mattias.

—¿Tú qué crees? —repuso Tom con voz áspera.

Mattias asintió.

—Llama en cuanto sepas algo.

Tom se dirigió hacia la puerta dando grandes zancadas. Jill lo miró. Ese hombre la ponía de los nervios.

—¿Qué va a hacer? —preguntó a Mattias.

—Va a buscarla.

—¿A Kiruna? ¿Cómo lo sabes?

—Porque él es así.

—Pero eso está muy lejos de aquí.

—Supongo que ya tiene un plan.

Tom condujo hasta el hangar en el que estaba el helicóptero que pedía prestado de vez en cuando. Lo desbloqueó, desconectó la alarma y entró. Permaneció un momento de pie. Enseguida percibió los olores a combustible, petróleo y metal que conocía tan bien.

De repente y sin previo aviso le asaltó la sensación de que le faltaba el aire; se le contrajo la garganta y le costaba respirar. Hacía tiempo que no tenía un ataque. Cerró los ojos e intentó relajarse. No había tiempo para la ansiedad en ese momento. Tenía que superarlo a toda costa, pensó con gesto ceñudo mientras quitaba la protección del helicóptero. Observó la máquina silenciosa, dominó el cuerpo, obligó a los músculos a que obedecieran. La última vez que subió a uno, se estrelló. Aún tenía cicatrices de las heridas y se despertaba bañado en sudor con pesadillas en las que se veía en un mar de fuego que apestaba a gasolina.

Una bala había impactado en el rotor de cola del helicóptero. El francotirador que iba con él estaba muerto. El aparato empezó a dar vueltas hasta que chocó con violencia. Nunca se daba por hecho que alguien había muerto, no se dejaba a los compañeros en la estacada y siempre se recuperaban los cuerpos. Pero la situación era caótica y el objetivo principal era llevar a Isobel a Suecia, así que por alguna razón lo abandonaron a él. Tom lo entendió. Lo lógico era que hubiera perdido la vida en un accidente como ese, con una explosión seguida de un incendio. Pero cuando el helicóptero golpeó en el suelo, el asiento salió lanzado a casi cincuenta metros del lugar del impacto. Y sobrevivió.

Tenía quemaduras en los brazos y en la cara. Se fracturó las dos manos y el cinturón de cuatro puntos le provocó grandes hematomas. Durante mucho tiempo se debatió entre la vida y la muerte bajo la mirada de los bandidos, hasta que fue vendido a un grupo aún peor. Pero, en cualquier caso, se las arreglaron para ponerse en contacto con Suecia y con Lodestar y exigir un rescate. Su seguro cubrió los diez millones que costaba.

Tom logró controlar la respiración. Se secó el sudor de la frente. Las secuelas del viaje al Chad no eran solo el síndrome postraumático y los ataques de pánico. También tenía dificultades para volar. Le resultaba complicado permanecer en espacios cerrados y le costaba mucho tener que atarse. Y el ruido de los helicópteros... Sintió un escalofrío. Pero no había otra alternativa.

Le separaban mil doscientos kilómetros de Kiruna. El helicóptero volaba a ciento ochenta kilómetros por hora, por lo que estaba a poco más de siete horas incluyendo dos paradas para llenar el depósito. Como volaba por la noche, tendría que llamar y solicitar a las estaciones de servicio que abrieran para él, además de mantener el contacto con los distintos controladores aéreos durante todo el trayecto. Si lograba evitar los ataques de pánico, llegaría antes del amanecer. Tenía la ventaja añadida de que podía aterrizar cerca de su casa y recoger al momento la moto de nieve.

Repasó el plan una vez más mientras se cambiaba la ropa que llevaba por un mono y una chaqueta gruesa y se ponía el casco. Miró la máquina reluciente y puso una mano sobre el vidrio combado mientras respiraba profundamente.

—Bueno —dijo mirando el helicóptero—, estamos solos tú y yo.

61

—¡Te voy a denunciar por amenazar a un empleado público!
El jefe de los servicios sociales, Ingemar Borg, gritó
tan alto que Ambra tuvo que apartarse el teléfono de la oreja.

—No he amenazado a nadie, pero tenéis que controlar a los
niños —insistió, intentando mantener la calma.

Solo le había hecho una pregunta, no le había acosado ni amenazado.

Pero Ingemar Borg ni siquiera quería hablar de las niñas.

—¿Qué pretendes conseguir? Vas por ahí difundiendo mentiras
sobre nosotros. Hablaré con tu jefe y me encargaré de que te echen,
yo me ocuparé de ti.

«Ja, ja, ja, di algo más que no haya oído ya mil veces», pensó.

—Aunque Uno Aalto es... —empezó a decir Ambra, pero de repente solo oyó un silencio electrónico. Ingemar Borg había colgado el teléfono.

Pensó en volver a llamarlo, pero ese hombre estaba obcecado y
no podía contar con ninguna ayuda de su parte.

Miró el reloj. Jill la había llamado la noche anterior y le había
dejado un mensaje, pero no lo había leído. Quería a su hermana,
pero tenían muchas cosas que solucionar y eso ahora tenía que esperar. Hablarían cuando terminara lo que tenía que hacer. También
Tom la había llamado, aunque no le había dejado ningún mensaje.
Él también tendría que esperar, pensó obstinada. A quien llamó
fue a Elsa.

—¿Va todo bien?

—Sí, querida —le aseguró Elsa con su voz cantarina—. Todo bien.

Cuando se despidieron, Ambra tuvo la extraña sensación de que le ocultaba algo. Impaciente, volvió a llamar a la policía de Kiruna. Dejó que sonaran cerca de veinte tonos antes de rendirse. De todos modos, dudaba de que estuvieran dispuestos a ayudar. En sus conversaciones anteriores no habían alcanzado ningún punto de entendimiento.

Tamborileó con los dedos en el volante del coche que había alquilado. Se sentía impotente. ¿Qué diablos podía hacer? No conocía a nadie en Kiruna, excepto a una anciana que estaba ingresada en el hospital. Siguió golpeteando con los dedos mientras miraba la nieve en el exterior e intentaba concebir algún plan.

Por un momento pensó en llamar a Tom para ver qué quería, pero no podía correr el riesgo de que se tratara de nuevo de malas noticias. ¿Y si solo pretendía aliviar su mala conciencia? O, aún peor, decirle que había vuelto con Ellinor. No, no era el momento. Tenía que solucionar esto. Pero, ¿y si...? Ambra agarró el volante con fuerza mientras ordenaba sus ideas. Enderezó la espalda. ¡Tareq! ¡Él debía de conocer gente en Kiruna! Tareq, el fotógrafo free lance.

Sin perder de vista la carretera nevada, Ambra marcó su número.

«Contesta, por favor», suplicó para sus adentros.

—¿Dígame?

¡Sí! Ambra rebotó en el asiento, aliviada.

¡Hola, Tareq! Soy Ambra Vinter. Estoy en Kiruna de nuevo y me preguntaba si podrías acompañarme a hacer una cosa? No tengo autorización para hacerlo y tal vez suene un poco loco, pero necesito fotos. Necesito tu equipo y te necesito a ti.

—Estoy de acuerdo en que suena un poco loco. Y tú también suenas como si lo estuvieras.

—Pero recuerda que estás en deuda conmigo por dejarme sola en el bar gay. Trae también la cámara de vídeo. Envíame un mensaje con tu dirección e iré a buscarte enseguida. Por favor, por favor.

—Una mujer en peligro —rio Tareq—. Ni siquiera yo puedo negarme. Dame media hora.

Ambra logró encontrar la casa de Tareq y esperó impaciente en la puerta. Cuando él salió, cargó el equipo en el automóvil, se sentó en el asiento delantero y le dio un rápido abrazo.

—Bueno, ¿qué se te ha ocurrido?

—Un finlandés, líder de una secta, va a practicar un exorcismo a dos niñas que están acogidas en la casa de un fanático religioso. Necesito fotos.

—Ah, ¿sí? ¿Nada más?

Tareq se quitó los guantes y se rascó la frente.

Ambra soltó el freno de mano y aceleró. Dio media vuelta y se dirigió hacia la carretera principal. Era un Volvo 4×4, igual que el de Tom —aunque en ese momento no debía pensar en él—, fuerte como un depredador y un placer conducirlo.

—Gracias por apoyarme.

—Era demasiado emocionante para perdérmelo, y no tenía nada mejor que hacer. ¿Esto es para *Aftonbladet*?

—Yo no diría eso —respondió.

De hecho, pensaba que si salía mal corría un grave riesgo de perder el trabajo.

—Entiendo.

Tareq no parecía preocupado.

—Disculpa si te he presionado antes.

—Para nada, esto va a ser una aventura. Pero tendrás que contármelo todo.

Así que Ambra le habló, a grandes rasgos, de las niñas acogidas, de sectas lideradas por locos y de exorcistas finlandeses mientras Tareq, horrorizado, sacudía la cabeza.

Diez minutos después, Ambra encontró la salida y giró en la carretera secundaria.

Se detuvieron antes de llegar a la casa. Apagó el motor y todo a su alrededor se oscureció.

—¿Y ahora qué hacemos? —preguntó Tareq, que había empezado a hacer fotos por la ventanilla como un detective privado.

—Esperar, supongo.

La casa estaba a oscuras. En ese momento deseó haber ejercitado su fuerza y aprendido técnicas de autodefensa para saber qué hacer en una situación como esa. Pero no se iba a marchar sin intentar salvarlas y sin obtener pruebas de lo que estaba pasando. No las abandonaría. Haría por esas niñas lo que nadie había hecho por ella.

—Llega alguien —murmuró Tareq.

Disparó frenético su cámara.

—Sí, lo veo —respondió Ambra.

El coche se detuvo junto a la casa y Uno Aalto salió.

—Es él, el exorcista.

—Vaya, qué tío más raro —murmuró Tareq en voz baja.

Ambra asintió. Su apoyo total era como un bálsamo.

—Gracias por creer en mí —susurró.

—Por supuesto que lo hago. Hay locos como ese por todos los lados. No sabes cuántas veces le dijeron a mi madre que debería llevarme a un curandero para que me librara de la homosexualidad.

—Es increíble.

—Sí. Por desgracia hay fanáticos en todas las religiones.

Tareq hizo una serie de fotos mientras Uno llamaba a la puerta. La casa estaba sumida en la más absoluta oscuridad, pero una luz parpadeó cuando Esaias Sventin abrió. Se vislumbraba una sombra en la ventana, detrás de la luz oscilante. Podía ser Rakel.

—Llega alguien más —murmuró Tareq.

Oyeron el fuerte ruido de un motor. Una moto se acercó, se detuvo y dos hombres más entraron en la casa.

—¿Qué crees que les van a hacer a las chicas? —preguntó el fotógrafo con gesto preocupado—. Quiero decir más en detalle.

Ambra había leído todo lo que había encontrado sobre exorcismos. Y ella misma estuvo expuesta a la locura de Esaias.

—En muchos casos se trata de rezar por la «persona afectada». Hay vídeos en YouTube. Le gritan a la persona poseída, agitan la Biblia, golpean a la víctima. A menudo son mujeres jóvenes a las que hay que «controlar». Pero también hay casos en los que ha muerto gente después de uno de estos conjuros espirituales.

—Supongo que no habrá sido recientemente.

El bello rostro de Tareq estaba pálido.

—Por desgracia, sí. Varios niños pequeños murieron cuando intentaban sacarles el demonio del cuerpo.

—¡Qué horror!

—Es terrible, porque a menudo se prolonga durante largos períodos. Y nadie interviene. Hay varios casos de mujeres jóvenes a las que se les ha negado la comida y han recibido palizas durante meses porque sus familias creían que estaban poseídas y que ese era el único modo de curarlas. Lo hacen en nombre de una especie de amor enfermizo.

Tareq empezaba a sentirse mal, pero Ambra continuó. Se había estado informando durante las últimas semanas, lo había devorado todo.

—Una mujer tuvo un fuerte ataque de epilepsia y, como los síntomas son muy similares, la familia y los sacerdotes lo interpretaron como un signo de posesión por algún espíritu maligno. La tuvieron sin comer y dejando que pasara frío hasta que murió en su casa después de varios meses de maltrato.

—Oh, Dios.

—Sí. Y eso sigue ocurriendo en la actualidad. La lista es larga, y eso que solo se conocen algunos casos. Como he dicho, es deprimente.

—Deberíamos llamar a la policía.

—Necesitamos pruebas. Además, ya los he llamado varias veces —añadió con gesto de culpa.

—¿Se han cansado de ti? —preguntó Tareq con una sonrisa burlona.

—Un poco.

El joven volvió a levantar la cámara, dirigió el objetivo hacia la casa y tomó varias fotos.

—Entonces tendremos que conseguir nosotros las pruebas.

Ambra asintió y miró también por la ventanilla. Hay situaciones en la vida que definen quién eres, momentos en los que tienes que decidir qué tipo de persona quieres ser.

Y justo cuando estaba allí, sentada en ese confortable Volvo a las afueras de Kiruna, recordó algo.

Ella tenía cuatro años e iba cogida de la mano cálida de su madre y de la mano firme de su padre, con una sensación de alegría que le llenaba el pecho.

Estaban fuera de casa, mirando una zona de juegos infantiles que parecía muy divertida. La arena tenía un aspecto suave y compacto, con cubos amarillos y palas azules esparcidos por el suelo. Había un tobogán rojo y columpios brillantes y estaba lleno de niños que reían.

—¿Quieres subir, corazón?

Su padre señalaba con la cabeza hacia el tobogán.

Recordó esa voz alegre y risueña que para ella era el preludio de un helado al sol.

Ambra asintió y subió al tobogán rápidamente, con una enorme sensación de alegría y sin dejar de reír. Su padre la agarró en cuanto llegó abajo y la levantó en el aire.

—¿Dónde está mamá? —preguntó, rodeándole el cuello con los brazos.

El padre la llevó a un banco, donde su madre estaba sentada al lado de una niña que se había caído.

—¿Dónde están sus padres? —quiso saber Ambra.

—Intentaremos encontrarlos, pero mientras tanto nos quedaremos aquí. Un niño triste es responsabilidad de todos.

Y Ambra asintió, porque de verdad lo entendió y se sentía muy orgullosa de que sus padres ayudaran a otros niños.

No recordaba lo que ocurrió después, pero sus padres le habían inculcado desde muy pequeña que tenemos la obligación de ayudar a quien lo precisa.

—Necesitamos fotos mejores —dijo Tareq.

—Sí —coincidió ella—. Es probable que estén en el sótano.

Salieron del coche y se acercaron con cautela a la casa.

—Hace mucho frío —susurró Tareq.

La temperatura había bajado drásticamente. Rodearon la casa cubierta de nieve. En el interior reinaba un silencio absoluto y de pronto ella vaciló. ¿Y si todo lo que había puesto en marcha solo era una reacción exagerada e histérica por su parte? ¿Y si lo que estaba ocurriendo allí solo fuera una reunión inocente de unos viejos?

—Si están en el sótano tiene que haber una ventana por aquí —dijo Ambra intentando recordar dónde. Echó un vistazo a la fachada de la casa. Había mucha nieve—. Creo que aquí.

Escarbó en la nieve para llegar a la ventana. La habían cubierto con una tela oscura, pero a través de la cortina se colaba una luz tenue.

—No veo nada —murmuró Tareq, y en ese mismo instante se oyó un fuerte ruido procedente del interior—. ¿Crees que son ellos?

—No lo sé. Parecía el grito de un niño.

Oyeron otro grito.

—Tareq, tienes que hacer fotos, ocurra lo que ocurra. Es tu tarea principal. Haz todas las que puedas.

—¿Qué vas a hacer tú?

Ella sabía lo que tenía que hacer, solo esperaba tener valor para hacerlo.

—Voy a intentar entrar.

—¿No prefieres que vaya contigo? —protestó él.

—No —dijo con determinación. Si alguien violaba la ley y se metía en problemas tenía que ser ella, no Tareq—. Intentaré retirar la tela para que puedas ver el interior.

—Ten cuidado —susurró mientras ella se dirigía hacia el otro lado de la casa.

Ambra puso una mano en el picaporte y empujó hacia abajo. La puerta se abrió y, después de respirar profundamente para llenar los pulmones de aire y coraje, avanzó un paso en el umbral y entró.

Todo estaba como lo recordaba. Las paredes, las pocas fotos, los muebles. Tuvo que detenerse. Había olvidado esos olores cotidianos a comida, a cuerpos y a ropa que la obligaron a retroceder a aquel tiempo. Se sobresaltó al oír un crujido. Era consciente de que estaba cometiendo un delito.

Siguió hacia el sótano. Tenía tanto miedo que al principio se equivocó al doblar una esquina. Empezó a sudar. Le pareció volver a oír un ruido; se detuvo, pero solo percibió el latido de su corazón. Esperó con la respiración entrecortada y mil ideas en la cabeza, pero después cayó en la cuenta de que lo único que crujía era la casa a su paso. Siguió avanzando, escondiéndose, hasta que por fin encontró la puerta del sótano.

Bajó la escalera con sumo cuidado. Recordaba el miedo que le producía esa madera oscura y sus peldaños resbaladizos. Olía a serrín, a madera sin pulir y a aceite de la caldera. Oyó murmullos de voces a través de la puerta del fondo, se acercó y se detuvo, aterrada. Estaban allí, al otro lado. Se agachó. No había llave y miró por el ojo de la cerradura.

Vio a los hombres y a las dos niñas. Sujetaban con fuerza sus frágiles brazos.

—En el nombre de Jesús te ordeno que salgas.

Era la voz de Uno Aalto, que apretaba una cruz contra la frente de una de las niñas. Ella lloraba en voz baja. La otra pequeña empezó a gritar. Esaias levantó su Biblia en el aire y le golpeó con ella en la cabeza. Los otros hombres emitían sonidos sordos, como si estuvieran rezando.

Ambra no quería acordarse de su infancia pero no pudo evitarlo cuando la invadieron las imágenes de su propia desprotección. Los golpes con la Biblia, el maltrato, los azotes con el cinturón. El poder total que Esaias tenía sobre ella. Tomó aliento e intentó centrarse en el aquí y ahora, no en el pasado. Buscó el teléfono a tientas, con manos temblorosas; tenía que intentar hacer fotos.

—¿Hola?

La voz provenía de su espalda. Ambra se asustó tanto que se le cayó el móvil, golpeando el suelo. Se dio la vuelta y miró a la mujer de pelo gris que se había acercado a ella sin hacer ruido. Era Rakel Sventin.

—¿Quién eres? ¿Qué haces aquí? —preguntó Rakel.

Ambra intentó agacharse para recoger el teléfono, pero Rakel se acercó y ella se levantó deprisa.

—¿Cómo has entrado? ¿Qué haces aquí?

—He venido por las chicas.

Sí, esas pobres desgraciadas. Espero que esta vez lo logremos. El diablo se ha hecho fuerte en ellas.

Le habría gustado coger a Rakel por los brazos y sacudirla.

—Son unas niñas. ¿No te das cuenta de lo que les hacéis?

Rakel se ciñó la rebeca al pecho. Un destello de obstinación brilló en sus ojos. Ambra recordaba ese destello. Cuando esa mujer tomaba una decisión no se echaba atrás, ya se tratara de obligar a los niños a comerse una morcilla rancia o asegurar que estaban poseídos. Es por su bien, por el bien de sus almas, decía.

—Las chicas pueden morir, tener secuelas para el resto de su vida.

Ella recordó su audición deteriorada, los golpes, el maltrato psíquico. Las cicatrices que le había dejado.

—Pero no puedo permitir que vivan con ese pecado, no me lo perdonaría nunca. Es la voluntad de Dios.

Ambra había temido a esa mujer. Rakel había convertido su infancia en un infierno de innumerables maneras. Esas manos secas y arrugadas la habían abofeteado, le habían quitado cosas, no la habían consolado nunca ni le habían transmitido confianza. Pero Rakel también era una víctima. Bastante más joven que Esaias, había parido y educado a sus hijos, abandonó los estudios después de primaria. Su vida estaba limitada y gobernada por el miedo, giraba en torno a la Biblia y a Esaias.

—Pero, Rakel, son unas niñas —suplicó.

—Precisamente por eso. Los niños son susceptibles a los malos espíritus. Es culpa del mundo moderno.

Antes de que Ambra pudiera decir nada se volvieron a oír gritos en el interior de la habitación.

—Rakel, tenemos que ayudarlas.

La mujer pareció dudar un momento, pero después algo se apagó en su mirada.

—No —dijo en tono rotundo.

Estiró el brazo y abrió la puerta de la habitación. Después empujó a Ambra por la espalda y esta entró dando traspiés. En el aire pesaba un olor denso a estrés y a miedo.

—¿Quién es esta? —preguntó Uno Aalto.

—Estaba escondida aquí abajo.

Una parte de Ambra quería huir a toda prisa, pero vio la esperanza en los ojos aterrados de las niñas y supo que no podía dejarlas. Intentó imponer todo el respeto que pudo.

—He venido a ayudar a las chicas. Y no estoy sola —advirtió—. ¿Cómo estáis?

Quiso transmitirles con la mirada que estaba de su lado, que podía salvarlas de los cuatro hombres que estaban en ese momento dispersos por la habitación. Suponía que Rakel se mantenía en alguna parte detrás de ella, pero no se atrevió a darse la vuelta.

Los hombres se acercaron.

—¡Tareq! —gritó mirando hacia la ventana.

Esperaba que el fotógrafo estuviera al otro lado y la oyera.

Esaias hizo una breve indicación con la cabeza mientras miraba la puerta.

—Rakel, sal de aquí.

Los otros también se dirigieron hacia la puerta y Ambra intentó imaginar sus planes. Esaias la miró con odio. La habitación estaba iluminada con velas. Cuando le dio la espalda y salió, uno de los cirios cayó al suelo e incendió una de las alfombras. Esaias fue el último en salir y cerró la puerta a su espalda.

Ambra pisoteó la alfombra hasta apagar el fuego.

—No hay peligro —dijo a las niñas para tranquilizarlas—. Ya no arde.

Oyó que Esaias introducía la llave y cerraba la puerta desde fuera.

«Ese viejo está loco, ¿qué espera conseguir con eso?», pensó.

—Mi amigo está afuera y nos liberará. Todo irá bien. Me llamo Ambra.

Sonrió a las niñas, que la miraban asustadas.

—Vamos a ver. —Arrastró una caja que había en un rincón, la puso debajo de la ventana y desgarró la tela. La ventana formaba parte de la pared y no se podía abrir, así que golpeó el marco—. ¡Tareq! ¿Me oyes?

¿Habría llamado a la policía? ¿Habría conseguido localizarlos? Volvió a golpear la ventana. El rostro de Tareq apareció al otro lado del cristal.

Casi rio aliviada.

«Todo se va a arreglar.»

—Tengo a las niñas, estamos encerradas.

—Ambra, está empezando a salir humo de la casa. ¿Podéis salir? Tienes que darte prisa.

La preocupación tomó el relevo a la alegría. ¿Había empezado a arder alguna otra parte de la casa?

—No, estamos encerradas. —Se dio la vuelta y vio los rostros asustados de las niñas. Intentó hablar con tono resuelto—. No hay peligro, nosotros lo arreglaremos.

—Voy a entrar —gritó Tareq.

Desapareció y un minuto después le oyó tirar del picaporte y golpear la puerta.

—Ellos se han ido, solo quedamos nosotros aquí —gritó desde fuera.

—¿Aún hay fuego?

—He intentado apagarlo, pero se ha extendido demasiado deprisa. Parece que el viejo le ha prendido fuego a su propia casa, pero ¿por qué lo habrá hecho?

Para matar a los demonios, porque la odiaba a ella, porque le entró pánico.

—¡Tenéis que salir! ¡Ya! —gritó Tareq.

—¿No ves la llave por ahí?

Un momento de silencio.

—No —dijo después.

—La ventana. Podemos romper la ventana.

Tareq volvió a salir.

—Todo irá bien —murmuró Ambra.

El joven fotógrafo apareció enseguida al otro lado de la ventana. Apenas le quedaba aliento y estaba sudoroso. Le miró a los ojos y sintió crecer el pánico en la boca del estómago.

—Retrocede —gritó.

Un segundo después rompió la ventana de una patada. Los fragmentos de vidrio volaron hasta el suelo y el aire helado entró en la habitación.

—Tenéis que salir, rápido.

Sacó a las niñas, una tras otra, levantando sus cuerpos delgados y empujándolas a través del orificio. Las oyó quejarse cuando se cortaron con los restos del vidrio de la ventana.

—Ven, Ambra —gritó Tareq.

Pero eso no iba a funcionar; la ventana era demasiado estrecha.

—Los bomberos están de camino —dijo él.

—¿Dónde está el fuego?

—Creo que es un sofá. Hay un montón de humo. Pero llegarán enseguida.

—Sí. Tengo que hacer algo, voy a ver qué hay aquí dentro. Tareq, promete que no vas a entrar. El humo es muy peligroso. Promételo.

—¿Qué diablos...?

—Promételo.

—Lo prometo.

—¿Y le puedes decir a Jill que la quiero? ¿Y que sé que ella me quiere?

Su hermana tenía que saber que todo estaba bien entre ellas.

—Ambra, no te rindas, los bomberos están a punto de llegar. Todo irá bien.

En ese momento se oyó una explosión. El calor hizo que la ventana estallara. Ahora el fuego tendría oxígeno.

Ella no se había rendido. Intentaba ser realista, aunque el pánico hacía que le temblara la voz.

—¿Cómo están las niñas?

—Están bien. ¿Cómo te va a ti? ¿Has encontrado algo?

Miró alrededor en la odiosa habitación que tan bien conocía. ¿Hasta qué punto era irónica la situación? Estaba otra vez encerrada en ese sótano que tanto detestaba.

Paseó la mirada por los burdos estantes. Era increíble, pero no vio nada con lo que poder abrir una puerta. Destapó una caja de cartón, pero solo contenía periódicos viejos. ¿De verdad iba a morir? ¿Era eso todo? Había salvado a las niñas, eso estaba bien, pero hubiera preferido tener tiempo para hacer más cosas, ser algo más.

«No quiero morir.»

Tendría que haberle pedido a Tareq que le dijera a Tom que le amaba. Si no hubiera perdido el teléfono antes de entrar le habría llamado. Y también a Jill. Y a Elsa. Tal vez incluso a Grace. Eran todo lo que tenía, aunque resultara trágico. Oyó una risita histérica y se dio cuenta de que provenía de ella misma.

Descubrió una cajita en un rincón, cubierta de polvo y muy deteriorada. Le resultó familiar y se acercó a mirarla. No podía creer lo que estaba viendo. Era la caja en la que ella guardaba las cosas de sus padres. Esaias le dijo que la había perdido, pero debió quitársela y esconderla, y ahora estaba ahí.

La abrió y miró los tesoros que contenía. Vio las caras de sus padres en las fotos antiguas. Tocó los anillos de boda y una bolsa de terciopelo. Después acarició el diminuto estuche. Era la cajita de su padre con sus herramientas de relojero. La abrió. Había un cuchillo pequeño y varios destornilladores. Cogió el más largo y lo metió en la cerradura de la puerta. Tosió, intentó moverlo con el sudor corriéndole por los ojos. Gritó de frustración, respiró profundamente y se dio cuenta de su error. El humo empezó a entrar.

Consiguió abrir la cerradura, pero al mismo tiempo su campo de visión se volvió borroso justo antes de derrumbarse sobre la caja de su padre.

62

Elsa le había facilitado a Tom la dirección de la casa donde estaba Ambra. Aterrizó con el helicóptero, sacó la moto de nieve y se puso en marcha. ¿Olía a humo?

Aceleró a fondo, se puso de pie siguiendo el movimiento con un balanceo del cuerpo y se acercó a la casa. Un espeso humo negro salía por las ventanas. Cuando apagó el motor oyó sirenas a lo lejos.

Tareq fue a su encuentro agitando las manos. Parecía haber envejecido veinte años. Detrás de él había dos niñas sucias y manchadas de sangre. Tom miró a su alrededor.

—¿Dónde está Ambra?

Esperaba que ella no hubiera ido allí. Pero lo había hecho.

Tareq sacudió la cabeza, su rostro estaba petrificado.

—Se ha quedado dentro. Está encerrada en el sótano. Hace varios minutos que no sé nada de ella y todo está oscuro.

Tom miró la casa. El humo salía por la ventana rota.

—¿Dónde? —preguntó.

En una habitación que hay en el sótano. He intentado entrar, pero la puerta estaba cerrada y no hemos logrado abrirla, ella iba a buscar algo y luego ha desaparecido. He gritado, pero no ha respondido. Los bomberos están en camino.

Enterró la cara en una mano.

Tom corrió hasta la moto de nieve y sacó una manta del maletero. Luego voló hacia la casa.

—¡No puedes entrar! —gritó Tareq.

Como si tuviera elección.

Su padre solía decirlo. Siempre tenía montones de dichos y refranes, uno para cada ocasión. La mayor parte de las veces Tom no le escuchaba, pero recordó cuando se sentaron a tomar una cerveza la última vez que se vieron. Su padre había bebido demasiado.

—Tom, cuando quieras algo que nunca has tenido, tendrás que hacer algo que nunca hayas hecho para conseguirlo —le dijo—. Y si no estás dispuesto a arriesgar todo para lograrlo, tal vez no lo desees lo suficiente. ¿Entiendes?

Observó la casa en llamas. La pregunta era: ¿qué estaba dispuesto a arriesgar por Ambra?

Y la respuesta era sencilla.

Todo.

Por eso se puso la manta por la cabeza y se tapó la boca con ella. Se acuclilló y gritó en medio de la densa oscuridad:

—¡Ambra!

No hubo respuesta. El humo le llegaba a la cintura, así que entró agachado. No saldría de esa casa sin ella, así de simple. Encontró la escalera que llevaba al sótano y bajó por ella casi volando, sintiendo que el humo lo seguía como una bestia negra serpenteante. Contuvo la respiración. Tareq le había dicho que era la habitación del fondo, así que corrió hacia allí y encontró la puerta cerrada.

—¡Ambra! —gritó sin esperar respuesta.

Empezaron a picarle la garganta y los ojos. Era cuestión de segundos. Empujó la puerta. Algo se lo impedía y cuando logró abrirla vio que era Ambra. Se inclinó, cubrió su cuerpo inconsciente con la manta, la levantó y subió corriendo la escalera con ella en brazos. Le escocían los pulmones.

Cuando por fin salió, se arrodilló y dejó a Ambra en el suelo. No podía más. Se dejó caer de espaldas y permaneció así unos segundos, hasta llenar los pulmones de oxígeno. Oh, Dios, lo había conseguido. En todos sus años como militar y operador privado, nunca había hecho nada que fuera ni siquiera la mitad de arriesgado que lo que acababa de hacer. No se entraba en un incendio. Nunca. Pero él lo había superado. Era increíble. Se echó a reír y después empezó a toser hasta que vomitó. Ambra tosía a su lado. Tenía un par de rasguños en el rostro y estaba cubierta de hollín, pero viva. Parecía un milagro.

Volvió la cara hacia ella.

—¿Tom? —dijo con un hilo de voz.

Le pareció el sonido más bonito que había oído en su vida.

—¿Qué haces aquí? —preguntó entre toses.

—¿Sabes dónde estás?

Se puso de rodillas y le retiró el pelo de la cara ennegrecida.

—Kiruna. Había fuego. ¿Y las niñas?

—Están bien.

—Pero tú estás aquí. ¿Por qué?

—No contestabas el teléfono. La gente se preocupó.

—¿La gente? ¿Quiénes?

Él le acarició la frente sin dejar de sonreír. Estaba viva. Ese alivio era como una droga, estaba mareado y solo quería reír.

—Tu hermana. Y Elsa. Ella suponía que estarías aquí y tenía miedo por ti. Yo también estaba preocupado.

¿Me has salvado la vida otra vez?

Él asintió.

—He venido en helicóptero desde Estocolmo. Elsa estaba muy ansiosa.

—Ya veo. Por suerte para mí.

Se pasó la mano por la nariz. Las auroras boreales se desplegaron por encima de ellos.

—Y por suerte para mí. Ambra te am...

Tom se detuvo porque ella acababa de ver a Tareq y empezó a llamarlo y a hacerle señales.

—¡Haz fotos! gritó. Tareq, ¡fotos!

El momento había pasado, pero se sintió aliviado de que Ambra pareciera otra vez la misma. La ayudó a levantarse. El fuego se expandió con mucha rapidez y Tom pensó que era como si se abriera el infierno. Tal vez esa era la expresión apropiada.

Los alrededores de la casa se llenaron de bomberos, ambulancias y policías.

—Ven. —La cogió por debajo del brazo, sosteniéndola—. Quiero que te vea un médico para asegurarme de que estás bien.

—Estoy bien —protestó ella con la voz quebrada.

—Hazlo por mí —pidió.

Ambra asintió.

Llegaron a la ambulancia, donde ya habían atendido a las niñas. Ambra se sentó con ellas. Tom se quedó mirando mientras una enfermera comprobaba sus pupilas con una linterna, le tomaba la presión sanguínea, escuchaba su respiración y finalmente le ponía oxígeno. Él se negó a ser examinado, hacía tiempo que no se sentía tan vivo, pero también recibió oxígeno.

—¿Por qué no apagan el fuego? —preguntó Ambra.

Los bomberos permanecían de pie, vigilando el incendio.

—No pueden, hace tanto frío que el agua se congela en las mangueras. Dejan que se apague solo.

—Mejor así.

Un coche negro llegó a toda velocidad. Frenó en seco y una mujer salió del interior. Daba la impresión de que llevaba un pijama debajo de la chaqueta.

—Lotta —exclamó Ambra con voz grave.

Se acercó a las niñas y las abrazó en un gesto protector.

—He venido en cuanto me he enterado —dijo Lotta entre jadeos.

Ambra la miró con los ojos entornados. Parecía una tigresa cuyos cachorros estuvieran siendo amenazados.

—Tengo pruebas. Tienes que buscarles otro sitio.

Las niñas se apretaron contra ella.

—Tengo una solución aún mejor. He encontrado a su madre. Está bien y tiene muchas ganas de verlas —anunció la asistente social con la voz quebrada—. Ha habido muchas irregularidades, y pienso denunciarlo. Pero antes me ocuparé de que las niñas se reúnan con su madre. Gracias. —Miró a Ambra a los ojos—. Y disculpa que te haya interpretado mal. Te prometo por lo que más quiero que lo arreglaré todo.

Su voz sonaba sincera.

—Voy a escribir sobre todo esto —le advirtió Ambra.

Tom no pudo evitar sonreír. Era fantástica cuando luchaba por los desprotegidos.

—Hazlo —respondió Lotta—. Yo te ayudaré.

—¿Con nombres?

—Con lo que quieras.

—Ya han sufrido bastante.

—Estoy de acuerdo.

Ambra le dirigió una última mirada de escepticismo. Tom observó a la mujer a la que había salvado la vida dos veces. No había nada que él no hiciera por ella. Literalmente, había atravesado el fuego por ella. Debía de haber alguien allí arriba que pensaba que se la merecía. Ahora esperaba demostrárselo durante el resto de su vida.

63

Ambra permanecía de pie en la redacción de *Aftonbladet*, con el editor de la web abierto en el ordenador. La adrenalina le bombeaba en las venas.

—¿Preparada? —preguntó Grace, que estaba a su lado.

Se le puso la piel de gallina. Había publicado miles de artículos desde que empezó a trabajar como reportera. Pero este era diferente.

Este era muy importante.

Ambra había trabajado casi sin descanso desde el incendio. De hecho, empezó a escribir en Kiruna. Había salido ilesa, aparte de un par de rasguños en la frente y de un enorme cansancio. Le picaba la garganta y le dolían los pulmones, pero no le quedarían secuelas. Comenzó a escribir en cuanto respondió a las preguntas de la policía y no paró en toda la noche. Habló con las niñas, que se llamaban Siri y Simone, y contactó por teléfono con la madre. Después volvió a Estocolmo. Apenas había dormido cuatro horas durante los últimos días y había elaborado varios textos más mientras trabajaba en el reportaje principal. Pero no se sentía cansada; la excitación y las endorfinas actuaban como una droga en su cuerpo.

—Enviaremos esto —dijo Grace, e hizo clic en el editor online.

Un segundo después, su reportaje estaba en la red. Al mismo tiempo se enviaban flashes informativos electrónicos a cada una de las agencias de noticias del mundo y a todos los canales de televisión y redacciones de periódicos de Suecia, así como a los teléfonos móviles y ordenadores de los lectores.

Clic, clic, clic.

Permanecieron un par de segundos en silencio, disfrutando del momento. Era lo mejor que Ambra había escrito, sin ninguna duda. Encontró un montón de irregularidades en cuanto empezó a profundizar. Niños que habían sido separados de sus padres por sistema y que después habían estado incluso peor, viviendo en unas condiciones miserables y expuestos a malos tratos.

Era una revelación importante, una historia dramática: dos niñas desprotegidas por los servicios sociales ante la violencia. La extravagante sesión de exorcismo. La conducta anómala que la familia Sventin practicaba desde hacía años. El jefe de los servicios sociales dimitió. Y como colofón, la entrevista con la madre biológica de las niñas, el reencuentro, el final feliz. Era un auténtico reportaje de investigación que iba a transformar vidas y leyes.

Ambra y Grace se miraron, compartiendo la sensación de haber hecho algo importante. Ambra estaba a punto de desmayarse por la falta de sueño, necesitaba ducharse y relajarse. Pero estaba muy orgullosa. Grace le hizo un gesto de complicidad y reconocimiento. Durante un segundo, Ambra fue invencible.

Pero luego todo volvió a la normalidad. En la redacción, las noticias entraban a raudales durante todo el día. Grace desapareció y Ambra empezó a escribir la segunda parte de la serie, que titularon:

Aftonbladet revela:
Niños suecos sometidos a exorcismos por sectas.
Oyó el zumbido del teléfono y vio que tenía un mensaje de Elsa.

Voy de camino a casa desde el hospital. Todo bien. Enseguida leeré tu artículo. Eres una gran profesional.

Ambra le respondió con un corazón. Había intentado enfadarse porque Elsa le había dicho a Tom dónde estaba, pero fue incapaz. Si Tom no hubiera ido a Kiruna, ella ya no estaría ahí.

No había tenido tiempo de hablar con Tom en condiciones desde que la salvó del incendio; solo había intercambiado unos breves mensajes y eso le resultaba muy frustrante.

Le interrumpió aquella noche cuando él le iba a decir... algo. Le daba mucha rabia. Ya le estaba gritando a Tareq cuando se dio cuenta de lo que él le estaba diciendo. Después fue demasiado tarde y ella no le podía preguntar: «Oye, me pareció que pensabas decirme que me amas, ¿es así?». Tal vez solo era algo que dijo en medio de esa caótica situación. Era una cobarde y se avergonzaba por eso, pero prefería ser una gallina a que la rechazaran.

Abrió el correo y le echó un vistazo. Había algunos lectores críticos, pero en general la valoración era buena. Tenía un mensaje de Lord_Brutal900. Vaciló, pero al final lo abrió:

> He leído tu artículo. Es muy bueno. Te pido disculpas por todo lo que te he molestado, me he portado muy mal. No volverá a ocurrir. Perdón.

Tuvo que leerlo dos veces y siguió sin entenderlo. Levantó la vista y se cruzó con la mirada de Grace.

—Dan Persson quiere hablar contigo —gritó.

—¿Por qué?

Que te llamara el jefe superior no presagiaba nada bueno.

Grace se encogió de hombros y se dio la vuelta.

Ambra cerró el extraño mensaje y se dirigió con paso lento hacia el despacho de Dan Persson, que estaba en una esquina. Seguía sintiéndose orgullosa de lo que había hecho. Si él pensaba acabar con ella, se iría con la cabeza muy alta. Dio unos golpes decididos en la ventana de vidrio.

—¡Adelante!

Ambra fingió indiferencia al entrar en la lujosa oficina en la que solo había estado una vez.

Dan Persson le indicó que se sentara sin dejar de hablar por teléfono.

—Has sido diligente —le dijo cuando colgó.

—Sí —respondió ella.

¿Sería un elogio o una crítica? Pero no había nada que pudiera criticar. El reportaje era impecable. Contundente. Apasionado. Un conflicto entre el ciudadano y el Estado. El trabajo perfecto. Estaba a punto de empezar a tamborilear nerviosa con el pie, pero se contuvo y enderezó la espalda.

«Vete con la cabeza muy alta», se dijo una vez más.

—Grace quiere que sigas con eso durante varios días.

—Sí.

Dan se apoyó en el respaldo de la silla giratoria y juntó las yemas de los dedos formando un triángulo.

—No sé si lo has oído, pero hay un puesto vacante en Investigación.

—Lo he oído.

Intentó que su tono pareciera neutral.

—He hablado con el jefe de la sección. Estamos de acuerdo. El puesto es tuyo, si lo quieres. Tienes que estar orgullosa de ti misma, en este periódico queremos gente como tú.

—¿No como Oliver Holm? —soltó sin poder evitarlo.

Dan se quedó perplejo.

—Por lo que sé, nunca se ha considerado esa posibilidad —aseguró. Luego sacó una especie de caramelo de un dosificador de plástico—. Chicles de nicotina —explicó—. He dejado de fumar, un hábito malísimo. Pues bien, he pensado que tenemos que concertar también una reunión para un proyecto a largo plazo. Queremos mantenerte en *Aftonbladet*, no nos gustaría perder a una de nuestras estrellas y que se vaya con la competencia. Así que tenemos que hablar de sueldo, de futuro y de mejoras. ¿Qué tal te suena eso?

—De maravilla.

—Genial. Mi secretaria te dará una cita. Me gusta esto. Quiero que haya más mujeres aquí. Tenemos que ser el reflejo de los nuevos tiempos que vivimos. Escribir más sobre el cáncer de mama y los abusos sexuales. Ya me entiendes: más feminismo.

Ambra logró no hacer ningún comentario sobre lo que acababa de oír, lo que consideró una especie de victoria personal.

Cuando poco después salió del despacho de Dan, sonrió todo el camino hasta llegar a su mesa. Grace levantó la vista.

—¿Una buena reunión?

—Mucho —respondió Ambra.

—Bien, pero ahora tenemos que trabajar. No dejan de llamar por teléfono.

—¿Por mi artículo?

—Sí, claro, por eso. Vamos.

Ni siquiera pudo ir al baño hasta las tres de la tarde. Se llevó el teléfono y miró el Instagram de Jill. Daba un concierto en Noruega. Ambra escribió un comentario debajo de la foto y añadió un corazón. Esperó.

Sonó el teléfono.

—Perdón —dijo Jill.

—Lo mismo digo. ¿Podrás perdonarme?

—Por supuesto. Pero, oye, me he escapado de algo que estaba haciendo, tengo que volver. Gracias por escribir.

—Gracias por llamar.

Ambra se quedó sentada en el inodoro. Todo estaba bien entre ellas. Era algo nuevo que pudieran discutir, decirse cosas desagradables y después reconciliarse. Tal vez otros aprendieran de forma innata que ser estúpido era humano y que se podía perdonar, pero para ella era algo revolucionario. Y seguramente también para Jill. Se lavó las manos y volvió a su escritorio.

A las siete de la tarde, Ambra se dio cuenta de que Grace la miraba pensativa.

—Hace quince minutos que terminaste —le dijo a las siete y cuarto—. Es hora de volver a casa.

—Pero...

Ambra no quería irse a casa y su jefa no solía entrometerse cuando se quedaba trabajando. Pero el rostro de Grace mostraba decisión.

—Es una orden. Vete.

Cuando bajaba en el ascensor fue consciente de lo cansada que estaba. Evitó mirarse en el espejo; sabía que tenía unas enormes ojeras, que estaba algo deshidratada y demasiado eufórica por tomar demasiado café y poco... bueno, de todo lo demás que se necesita. Se cerró la cremallera de la chaqueta y se acercó al cuerpo el bolso con el ordenador.

Afuera estaban algunos de los chicos duros, fumando en medio del frío y con la mirada perdida tras haber sido abandonados por el líder de la manada. Pasó junto a ellos, sonriendo para sus adentros. Los había vapuleado a todos con un reportaje sobre mujeres y niños. Y se había llevado el mejor puesto de todo el periódico. «Viva Ambra Vinter», pensó. Le hubiera gustado tener alguien con quien celebrarlo.

—Hola —saludó una voz grave y familiar.

Ambra se detuvo en seco. Pensó que se trataba de una alucinación debido a lo mucho que había trabajado y las pocas horas de sueño.

Pero era él.

Tom.

Estaba ahí, de pie delante de ella. En Estocolmo. Y con el fantástico aspecto de siempre. Grande y vestido de negro, impresionante y real.

Se miraron.

—Hola —respondió ella al fin. Se preguntó si sonaría tan tensa como se sentía—. No sabía que estabas en Estocolmo.

¿Tienes tiempo para hablar?

—¿Cómo sabías cuándo terminaba? —preguntó. Luego pensó—: ¿Grace?

—Sí.

—Podías haber llamado, o enviado un mensaje.

Él se encogió de hombros como respuesta. Les separaba un metro y, sin embargo, era como si estuviera junto a Ambra, pegado a ella. Notaba su piel caliente y su aroma, su pelo negro y rizado entre los dedos, su barba en la mejilla. ¿Quería hablar? ¿Qué significaba eso?

Tom levantó la mano y le mostró una llave.

—Tengo el coche aquí, ¿te parece bien?

Ella asintió y él le abrió la puerta del coche. Sus chaquetas crujieron cuando ella se deslizó junto a él. Ambra cerró los ojos y aspiró el conocido aroma antes de acomodarse en el asiento delantero. Él rodeó el coche, se sentó, lo puso en marcha y se alejaron.

—¿Adónde vamos? —preguntó ella cuando vio que se dirigían

hacia Kungsholmen. En realidad, estaba demasiado cansada para hablar, demasiado sucia y agotada. Y él estaba tan callado, tan ensimismado—. Tom, yo...

—A mi casa —respondió.

Ambra miró por la ventana sin que se le ocurriera nada más que decir.

Aparcó el coche, lo rodeó y le abrió de nuevo la puerta. Ella lo siguió a través de la entrada y hasta el ascensor. Subieron. La atmósfera en el interior de la cabina era tan pesada y tan cargada que a Ambra le costaba respirar. Tom extendió el brazo hacia ella, el aire casi echaba chispas, ella se inclinó hacia delante. El ascensor se detuvo y él bajó la mano.

Tom se hizo a un lado para permitir que ella saliera antes. Le pareció que él contenía la respiración cuando pasó por su lado. Estaba desconcertada por ese ambiente tan extraño.

Él abrió la puerta en la que ponía Lexington, le cogió el abrigo, lo colgó y entró delante de ella.

—Este es el cuarto de estar —dijo.

—Oh —murmuró ella al ver las ventanas.

Se acercó a ellas mientras él iba encendiendo unas velas colocadas dentro de grandes faroles. Los ventanales eran altos y amplios. No había plantas ni cortinas. En general, la habitación carecía de adornos, pero no resultaba fría, sino más bien austera y masculina, igual que Tom. Y la vista al canal y al castillo de Karlberg era preciosa, con la ciudad dibujándose a lo lejos y las luces parpadeantes.

Ambra se volvió.

—Es hermoso —reconoció y se preguntó si habría vivido allí con Ellinor, aunque no daba esa sensación. No había nada femenino allí. Parecía el apartamento de Tom. Estantes con libros, muebles grandes y modernos, almohadas y mantas nuevas. Olisqueó el ambiente—. Hay algo que huele muy bien.

Le rugió el estómago.

—He pensado que tal vez tendrías hambre. Enseguida estará lista.

En un extremo de la sala había un banco alto y detrás del mismo pudo ver la cocina. Tom desapareció detrás del banco, abrió un enorme frigorífico y volvió con una cerveza muy fría. Los dedos de ambos se rozaron al dársela. Cogió la cerveza. No quería crearse expectativas, pero...

Imaginó un hombre así en su vida, un hombre como Tom. Alguien a quien quisiera ver al llegar a casa, que cocinara para ella, que encendiera velas y le ofreciera una cerveza. Esas fantasías eran peligrosas, pretender ser importante para alguien. Lo miró, observó sus ojos oscuros. Su gesto era serio, casi severo. No tenía ni idea de lo que pensaba o sentía. Se llevó la botella a la boca y bebió un trago de la amarga cerveza. «Pase lo que pase esta noche, lo recordaré como algo bueno», se dijo. Y se obligó a no olvidar que era una profesional competente, una periodista fantástica y que podía sobrevivir a cualquier cosa. Se secó la boca con el dorso de la mano.

—Durante los últimos días he pensado... en nosotros —empezó a decir él.

Ella asintió, bebió más cerveza y pensó al mismo tiempo en qué quería y no quería oír.

Él se rascó la barbilla, la barba parecía raspar un poco.

—Últimamente... los meses posteriores a lo del Chad, en Kiruna, todo lo de Ellinor, ha sido un... no sé qué decir. Ha sido demasiado.

Se detuvo.

—Sí —convino ella.

Una sensación de frío le recorrió todo el cuerpo. La voz grave de Tom, su impenetrable mirada. Eso no presagiaba nada bueno. Había sido una tontería aceptar la invitación, crearse un montón de expectativas. Tomó otro sorbo y pensó que habría sido mejor que se hubiera limitado a enviarle un mensaje.

—Ambra, si te he herido lo siento. Sé que lo he hecho.

Nos hemos herido el uno al otro —puntualizó ella, contenta de sonar tan tranquila, tan genial.

Y lo era. La genial Ambra Vinter. Tomó otro sorbo. Cerveza sin alcohol. Ni siquiera podía emborracharse.

—De todos modos, me alegro de que Ellinor apareciera del modo en que lo hizo —siguió él.

«Mejor para vosotros», pensó.

Tom continuó.

—He tenido miedo de los sentimientos, me he apartado de ellos mucho tiempo. Después del Chad, pero también antes. Cuando apareciste tú resurgieron muchos sentimientos, no podía manejarlos y me asusté. Creía que era un signo de que no me encontraba bien, de que sentía demasiado. Que algo tan fuerte no podía ser cierto.

—No es necesario que expliques nada.

—Pero yo quiero explicártelo. Necesito decirlo. Lo primero que quiero que sepas es que no ha ocurrido nada entre Ellinor y yo.

—¿No?

Quería creerle, pero...

Tom negó con la cabeza.

—No, nada en absoluto. Se ha acabado, hace tiempo que se acabó. No quiero a Ellinor. Es a ti a quien quiero, solo a ti. Creo que te he querido desde la primera vez que nos vimos.

—¿De verdad? —preguntó con escepticismo. Recordaba la primera vez que se vieron.

—Tal vez la segunda o la tercera —puntualizó Tom con una ligera sonrisa—. Pero nunca he sentido esto. Suena tan manido, tan insuficiente. Pero me he enamorado profundamente de ti. Ni siquiera sabía que se podía sentir algo así. Es tan distinto a todo lo que he vivido hasta ahora que me ha llevado un tiempo aclarar las ideas.

El corazón de Ambra, tan ingenuo y loco como siempre, empezó a saltarle en el pecho.

—Y ¿ya lo has hecho? ¿Las has aclarado?

—Sí, tienes razón. He sido un orgulloso. Mattias siempre me lo decía, y añadía que además era rencoroso. Pero mejoraré en eso. Me gustaría que siguiéramos viéndonos. Estar juntos.

Ella volvió a beber cerveza. Respiró e intentó pensar.

—¿Ambra? Di algo.

Lo miró. Estiró la espalda y encontró su mirada. Era un momento decisivo.

—Yo también tengo una cosa que necesito decir.

El rostro de él se ensombreció por un momento.

—¿Sí?

Ella tomó impulso y después dio el paso.

—Te quiero.

Tal vez la frase sonaba demasiado formal y solemne, pero era algo poco habitual para ella, nunca se la había dicho a nadie. Nunca. Jill y ella no la utilizaban, y nunca hubo nadie más a quien decírsela.

Decidió que iba a ser mejor en eso. Sería valiente, no solo en el trabajo, sino también en la vida. Se atrevería a mostrar cariño, a desnudarse, a poner su corazón en la mano y mostrarlo.

—Te quiero, Tom —repitió. Y lo raro era que le agradaba decirlo. Era lo que sentía y lo que defendía. De algún modo, ya no era libre. Lo amaba y él la tenía atrapada—. Sin importar lo que sientas tú y lo que ocurra a partir de ahora, es así —añadió.

Tom Lexington, el hombre que casi nunca sonreía, dibujó una enorme sonrisa.

Estupendo, porque yo te quiero a ti.

El corazón de Ambra daba saltos de alegría.

—Creía que lo había estropeado todo con ese asqueroso artículo.

—No, entonces ya te quería.

—Pues tal vez no seas tan orgulloso.

—Me conformo con ser lo bastante bueno para ti.

—Lo eres.

Él dio un paso hacia ella y sus labios se encontraron con suavidad.

—Ambra.

Le besó el cuello, la frente, la nariz.

—¿Sí?

—Te quiero.

Le desabrochó con cuidado el botón superior de la blusa, la besó en el cuello, le desabrochó otro y le acarició la piel. Se desnudaron el uno al otro, prenda por prenda, muy despacio, porque entre una y otra se detenían a besarse y acariciarse, hasta que por fin estuvieron de pie, desnudos. Había algo serio, algo nuevo ahora que se habían dicho lo que sentían. Ella le pasó las manos por el pecho, siguiendo el movimiento con la mirada. A diferencia de ella, Tom casi no tenía marcas del incendio.

Él contempló el cuerpo de Ambra con gesto preocupado.

—No es tanto como parece —murmuró ella, consciente de sus contusiones y magulladuras.

—Lo siento.

—No es culpa tuya. Estoy bien, lo prometo. No te preocupes y bésame.

Le cogió la cabeza con suavidad y la acercó hacia él. Ella se apretó contra la mano que se cerraba alrededor de su pecho, restregando el pezón contra la palma caliente y áspera. Gimió cuando él deslizó la mano por los muslos, se coló entre sus piernas y empezó a acariciarla con uno de los dedos. Gimió de nuevo y se echó hacia atrás hasta que notó la pared en la espalda y se apretó contra la mano de él. Él le introdujo otro dedo mientras la besaba. Se aferró a él.

—Tom —suspiró.

Siguió el ritmo que él creaba con sus dedos, su mano, su boca. Ella levantó una pierna y le rodeó la cadera. Él le cogió la otra pierna y la levantó en el aire, como si no pesara nada.

—Oh —jadeó Ambra.

Era tan erótico, y no tenía que preocuparse por si pesaba mucho, si la posición era incómoda para él ni de si podía caerse. Confiaba en él por completo.

—Te tengo —dijo él, sosteniéndola con firmeza—. Te tengo, Ambra —repitió.

Entonces él la penetró despacio y ella fue consciente de esa cálida y adorable dureza que se ajustaba a la perfección a su interior. Se apoyó contra la pared sin dejar de mirarlo, sintiendo cómo la llenaba. En esa posición ella lo notaba de un modo distinto. Gimió y él empezó a mover las caderas mientras su lengua se movía dentro de su boca, hacia dentro y hacia fuera, al compás de sus movimientos.

—Tom —murmuró, atrapando su negra mirada.

Él sostenía todo su peso mientras le hacía el amor.

—Te quiero —respondió él, deslizándose dentro de su cuerpo y lo repitió una y otra vez mientras empujaba en su interior, la besaba, la sostenía, la abrazaba—. Te quiero, Ambra Vinter —susurró.

Ella cerró los ojos. Era demasiado intenso. Él la besó con suavidad en la boca, en el cuello, en el muslo, debajo de la oreja, mientras le murmuraba palabras cariñosas. La tenía tan cerca que podía seguir cada uno de sus movimientos, sin dejar de mirarla, sujetándola con firmeza, dándole seguridad. Ambra notó cómo se acercaba al clímax, miró a Tom a los ojos y se entregó al orgasmo, que estalló en su interior como un maremoto, como una descarga caliente. Los ojos le brillaban, el cuerpo se sacudía y entonces él murmuró su nombre y también se corrió, muy dentro de ella, lenta e íntimamente. La abrazó con fuerza mientras hundía el rostro en su cuello, la besaba, le mordisqueaba. Ella cerró los ojos, aspiró su olor; no quería llorar, pero las sensaciones y los sentimientos eran tan fuertes que se le escapó un sollozo.

—No sé si me sostendrán las piernas —murmuró al fin.

Sus muslos desentrenados habían empezado a temblar debido a la postura forzada, pero al mismo tiempo quería que él siguiera abarcándola con su cuerpo, llenándola, cerca de ella, su piel pegada a la de él, su pecho contra el suyo. Pero Tom no la dejó ponerse de pie, sino que la llevó hasta el sofá a pesar de la dificultad, y allí la bajó con mucho cuidado.

—No te vayas —le pidió.

Tom miró la cara de satisfacción de su mujer antes de ir a buscar una toalla para que se limpiase. Después cogió la manta de colores que había comprado, la que le recordaba al apartamento de Ambra, y se la puso por encima.

—Gracias —susurró ella con una sonrisa.

Él podría bajar la luna y las estrellas por esa sonrisa. Pensó lo cerca que había estado de perder al amor de su vida, a su alma gemela. Pero ahí estaba, en su casa. Estaba viva y le había dicho que lo amaba y que no había ningún motivo para pensar en todo lo que podía haber ido mal. Le había salvado la vida en dos ocasiones, pero en realidad era ella la que lo había salvado a él. Antes de Ambra no vivía.

—¿Tienes hambre? —le preguntó, conmovido.

Ella se estiró, flexible como un gato.

—Creía que no me lo ibas a preguntar nunca.

Tom empezó a trajinar en la cocina, lanzó una mirada por encima del hombro y la vio recostada en su sofá. Mientras él preparaba la cena, ella se acercó de puntillas arrastrando la manta. Notó sus manos en la cintura y el roce de su mejilla en la espalda.

—Huele de maravilla.

Puso una ensalada y pan sobre la mesa, y la vio devorar la comida mientras disfrutaba del sencillo y cotidiano milagro de tenerla allí.

Después le contaría que había decidido unirse a Mattias y a su equipo de rescate de la nación. Ambra defendía la democracia a su modo y él debía hacerlo al suyo. Quería convertir esa parte del mundo en un lugar más seguro para que las personas como ella pudieran hacer lo que tenían que hacer. Darles voz a los que necesitaban ser escuchados.

Pero antes terminarían de comer, después él la metería en la cama, velaría por ella, le daría lo que quisiera: postre, sueño, sexo, un baño caliente. Cualquier cosa que ella deseara o necesitara, él se la daría. Esa era su tarea principal.

Esto terminaría como era debido.

Con un final feliz.

Epílogo

Alrededor de un año después

Ambra estaba otra vez en Norrbotten, aunque en esta ocasión todavía más al norte, en Abisko. Allí acudían investigadores polares, senderistas y amantes de la nieve de todo el mundo. Y ella.

Estaba oscuro, solo algunas estrellas solitarias brillaban en el cielo casi negro. Si miraba a lo lejos por la ventana, podía imaginar Lapporten, el poderoso valle en forma de U. Y muy por encima de ella, en la cima de la montaña Nuolja, estaba la Aurora Sky Station, uno de los mejores sitios de mundo para ver auroras boreales. En esa época del año, con varios metros de nieve y temperaturas árticas, solo se podía llegar hasta allí en teleférico.

Alrededor del Abisko Mountain Lodge, el hotel en el que Ambra se alojaba, el personal había dispuesto cientos de faroles hechos de hielo transparente que alumbraban la nieve como pequeñas estrellas pegadas a la tierra. Era tan bonito que parecía irreal. Se dio la vuelta y observó la habitación.

—¿Estás nerviosa? —le preguntó Jill.

Se estaba colocando el escote de pie frente a uno de los dos espejos de cuerpo entero que había en la habitación. Llevaba un vestido de alta costura sueca especialmente confeccionado para ella y brillaba como en una gala de los Oscar.

Ambra miró a su glamurosa hermana.

—Me preocupa más que deslumbres a la gente con tu vestido. ¿No podías haber elegido algo más discreto?

Jill agitó la mano.

—Esta es la versión discreta. No te preocupes, es tu día, nadie te va a eclipsar.

Se corrigió el busto, que sobresalía por encima de la tela brillante.

—Eso espero —murmuró.

Ambra se miró en el otro espejo. Llevaba un vestido de dos piezas. El brocado de seda blanca de la falda tenía un brillo y un peso acorde con su altísimo precio. La parte superior era de punto de seda blanca y se le ajustaba al cuerpo como una segunda piel. Las dos partes se unían en la cintura con una cinta de seda ancha que formaba un lazo a la espalda. La falda llevaba dos bolsillos ocultos a los lados. Era un conjunto moderno y romántico a la vez. Y sin ninguna duda la prenda más cara que había llevado en toda su vida.

—¿No te arrepientes de haber elegido casarte en invierno? —preguntó Jill, que después cogió el teléfono, se arregló el pelo y se hizo una serie de selfies.

—No, pero me arrepiento de no haberte prohibido que usaras Instagram.

—Deja de oponerte a todo lo moderno y cuéntame algún chisme. ¿Ha habido algún drama o se han comportado todos como es debido?

—La mayor parte de las cosas han ido bien —le explicó Ambra mientras movía las caderas para balancear la falda.

Los sesenta invitados a la boda habían llegado en helicóptero desde el aeropuerto de Kiruna. Se habían entretenido bañándose en jacuzzis de agua caliente, paseando en moto de nieve y esquiando. Algunos de los invitados habían viajado en helicóptero a Kebnekaise y otros habían ido a pescar en el hielo. El día anterior todos los invitados cenaron en la Aurora Sky Station. Cuando Ambra se fue a la cama aún había dos orquestas tocando.

Una de las hermanas de Tom resultó ser muy aficionada a dar consejos sobre educación infantil; un primo solo hablaba de los peligros de los envases de plástico y Grace se había enredado en un acalorado debate sobre la pena de muerte con uno de los amigos militares de Tom, pero aparte de eso el ambiente era tan relajado y familiar como ella esperaba. El hecho de que Jill acabara de llegar también había contribuido a la calma general. Se sintió desleal por tener ese pensamiento, pero lo olvidó al oír el débil murmullo de los invitados que empezaban a ocupar sus asientos en la habitación contigua.

Todas las personas que le importaban estaban allí. Elsa, con su nueva novia y su hijo, graduado en Ciencias Sociales. Simone y Siri, las niñas que Ambra había rescatado de la casa, con su madre. Algunos compañeros del periódico. Y su nueva familia, por supuesto. Todavía le resultaba difícil acostumbrarse a formar parte de ella: la madre de Tom, sus hermanas, primos y parientes cercanos.

Jill se puso una mano en la cadera.

—Creo que me voy a dar una vuelta para ver a los invitados —dijo en tono despreocupado—. Ese Alexander de la Grip es realmente sexy. Veré si necesita algo.

—Quédate aquí, vampiresa, eres mi dama de honor. Y deja en paz a Alexander.

—De todos modos, solo tiene ojos para su mujer y sus hijos. Sería bonito si no fuera tan frustrante.

—Y si tú no tuvieras novio. Mattias, ya sabes —le recordó Ambra.

—Lo supongo.

Se oyó un llanto infantil al otro lado de la puerta y Jill alzó una ceja al oírlo. Había muchos niños. Alexander e Isobel habían ido con Marius y el nuevo bebé. Natalia y David llevaron a Molly, que pronto cumpliría dos años. Y varios de los invitados también habían ido con sus hijos de distintas edades. Eso era lo que Ambra quería, una boda animada e inclusiva. Le pareció una buena idea en su momento, pero estaba despertando en ella un montón de sentimientos desagradables.

—¿Qué ha sido eso? ¿Por qué suspiras de ese modo? —preguntó Jill, que había incorporado una nueva y empática capacidad de observación a lo largo del último año. A decir verdad, era aterrador.

Ambra no respondió enseguida y siguió mirándose en el espejo. Se había dejado crecer el pelo. El peluquero le había recogido los rizos a un lado con un pasador en forma de copo de nieve. Era un peinado suave y favorecedor, el vestido era un sueño e incluso el maquillaje era perfecto. Nunca había estado más guapa.

Se acercó más para estudiar mejor su rostro. Le extrañaba que no se notara todo lo que llevaba por dentro, aunque era lo mismo que ocurría con todo el mundo. Alexander e Isobel, por ejemplo, que estaban allí con su familia perfecta, también tenían unas enormes cicatrices internas. Isobel le había contado en confianza lo preocupada que estaba por el clima social, cada vez más difícil, y que Marius, el dulce Marius, tenía que soportar insultos racistas fuera de casa. Y Natalia y David Hammar, esa exitosa pareja que parecía tenerlo todo, habían sufrido un aborto tardío hacía apenas unas semanas. Lo estaban pasando tan mal que hasta poco antes de la boda no sabían si iban a ir. Y Jill, la estrella que parecía una diosa, alabada y admirada por todos, tenía unas heridas tan profundas en el alma que le resultaba difícil creer que Mattias la quisiera de verdad. La vida no solo era lo que uno veía. Era mucho más compleja y frágil.

Jill se acercó a ella con gesto serio y le puso las manos en los brazos.

—Ambra, ¿qué te pasa? Estás muy pálida. ¿Ha ocurrido algo? Yo estoy de tu lado, ya lo sabes, ¿no? Si quieres dejarlo todo y volver a casa, lo hacemos. Ahora mismo. Sigo pensando que él no te merece.

—Idiota. No quiero anular nada —respondió Ambra con la voz quebrada.

Jill la agarró con más fuerza y Ambra percibió el pánico en los ojos de su hermana. De nuevo esa sensación de que estaba a punto de ocurrir una catástrofe. Era algo que ambas compartían y que quizá nunca superarían del todo. Las dos habían sufrido mucho y eran demasiado conscientes de lo rápido que podía cambiar todo.

—Pero ¿qué ocurre? Me estás asustando. ¿Te estás muriendo?

Los ojos de Jill parecía que se le iban a salir de las órbitas mientras clavaba las uñas en la seda del vestido de Ambra.

—No me estoy muriendo —respondió al instante—. Te lo prometo. Perdona que te haya asustado.

Jill la soltó y se tranquilizó.

—Demonios, qué forma de atemorizar a la gente. Cuéntame.

Ambra se dio la vuelta y la miró a la cara.

—Tom quiere tener niños.

Jill guardó silencio al principio y luego preguntó:

—¿Y tú no quieres?

Ambra bajó los ojos. Apenas podía soportar la mirada de Jill. Después, en voz muy baja, añadió:

—¿Y si yo no puedo ser madre? ¿Y si no sé cómo hacerlo?

Nunca lo había dicho en voz alta, pero los pensamientos siempre estaban allí y durante los últimos meses habían crecido y se habían fortalecido. ¿Cómo iba a darle a un niño lo que necesitaba con la infancia que ella había tenido?

—¿Crees que soy tonta? —preguntó.

—Mucho. Escúchame. Vas a ser una madre fantástica, ¿lo oyes? Te mueres por ayudar a los más débiles. Oh, Dios, les salvaste la vida a esas niñas y tienes a un hombre que besa el suelo por donde pisas.

Ambra asintió a lo último.

—Tom sería un buen padre.

—Es probable que no estropee demasiado a vuestros hijos —reconoció Jill—. Deja ya de compadecerte de ti misma. La idea es que esta noche sea la más feliz de tu vida.

Después le dio un pañuelo de papel que Ambra cogió para limpiarse. En ese momento llamaron a la puerta y entró Tom.

—¿Cómo va todo por aquí? —preguntó.

Estaba muy atractivo.

—Ambra se ha arrepentido y quiere suspenderlo todo —dijo Jill.

—Mattias está flirteando con una camarera —respondió Tom sin mover un solo músculo.

Los ojos de Jill echaron chispas y dio un paso hacia la puerta.

—Lo voy a matar.

—Jill, está bromeando, ¿no te das cuenta?

Ambra se esforzaba por contener la risa.

Jill miró furiosa a Tom.

—No es fácil adivinarlo, teniendo en cuenta que carece de sentido del humor.

—Pero tengo muchas otras cualidades —se defendió Tom sin inmutarse.

—Sí que las tienes —corroboró Ambra contemplando la pulsera que llevaba en la muñeca.

Cuando Tom la sacó de la casa en llamas, salvó también la caja.

—La sujetabas con tanta fuerza que pensé que era importante —le explicó entonces, encogiéndose de hombros.

En la caja estaba la pulsera que su padre le había regalado a su madre cuando ella nació. Ambra movió la mano e hizo sonar los colgantes.

Un quejido captó la atención de Ambra. Freja llegó junto a Tom y lanzó un aullido.

—No le gusta la corona —explicó Tom.

Freja llevaba alrededor del cuello una corona de flores blancas y verdes, los colores del ramo de novia de Ambra y del pequeño ramillete que Tom llevaba en el ojal.

Freja parecía muy disgustada y con la mirada suplicaba «quítame esto».

Ambra le rascó el cuello.

—Enseguida —respondió.

—Si no te has arrepentido, ha llegado el momento.

Tom dio un paso hacia ella. Su tono era desenfadado, pero ella pudo ver la ansiedad reflejada en su rostro recién afeitado. Clavó sus ojos negros en los de ella y la dejó casi sin respiración. De eso se trataba, no de vestidos, ni de velas y coronas de flores. Sino de eso, amor en la vida y en la muerte. Fidelidad. Lealtad. Porque ese era el hombre que se había atrevido a entrar por ella en una casa en llamas, que le había salvado la vida dos veces. Que daría la vida por ella, que nunca la traicionaría.

—No me he arrepentido.

Tom dio un paso hacia ella, le puso una mano en la nuca y la besó con avidez, dominante, como si quisiera asegurarse de que lo decía en serio. Ambra respondió al beso, se apretó contra su pecho, su traje nuevo y áspero, y lo atrajo hacia ella hasta que empezó a marearse, la invadió el calor y le faltó el aliento.

Jill protestó.

Freja lanzó otro aullido.

Tom sonrió.

—Entonces ¿qué te parece? ¿Nos casamos?

Ella asintió y le tendió la mano.

Delante de la familia, amigos y el oficiante de la ceremonia civil, Tom puso con mucho cuidado el anillo de diamantes en el dedo anular de Ambra. El brillo hizo que casi se le cerrara la garganta. Después tendió su propia mano y observó mientras Ambra le ponía el suave anillo en el dedo. Sus miradas se encontraron y, a pesar de las muchas personas que había en la sala, fue como si estuvieran solos.

—Habéis contraído matrimonio y ha sido confirmado ante estos testigos —recitó el oficiante.

Tom exhaló. Ya era oficial. Ambra era suya. Y él le pertenecía a ella. Por fin. La besó, acarició los suaves labios con los suyos y notó que sonreía. Los invitados rieron, aplaudieron y silbaron. La música empezó a sonar y después Jill interpretó su última canción para ellos. Era una balada impresionante y pomposa, una canción de amor entre dos hermanas, un nuevo éxito que Jill había escrito después de su reconciliación y que había encabezado durante todo el otoño la lista de los más vendidos.

Tom tomó la mano de Ambra entre las suyas.

—Menos mal que no pretendía acaparar la atención —dijo en voz baja.

—Ella te quiere.

—Sí.

—Y yo te quiero.

Ella le apretó la mano y apoyó la cabeza en su hombro. Era su esposa.

Mucho después de la cena, los discursos, la tarta y los primeros valses, Tom y Ambra todavía estaban en el centro de la pista. A su alrededor el baile era frenético, pero ellos estaban casi quietos, muy juntos, besándose con suavidad, charlando y acariciándose.

—¿Quieres seguir bailando? —preguntó Tom en voz baja.

Ambra sacudió la cabeza. Su suave cabello le hizo cosquillas en la nariz. Deseaba que el día de su boda fuera exactamente como ella quería. Pero tenía ganas de estar a solas.

—¿Quieres hablar con alguien más? ¿Jill? ¿Elsa?

—La verdad es que no. He hablado con tanta gente hoy que estoy afónica.

Eso decidió el asunto.

—Nos largamos.

—¿Adónde vamos? —preguntó mientras se escabullían.

El vestido crujía a su paso.

—Ponte esto —dijo él cuando llegaron a la puerta principal.

Le puso por encima una gruesa chaqueta de invierno, le enrolló una bufanda al cuello y le ofreció un gorro que ella se colocó con cuidado encima de los rizos.

—¿Vamos a salir? Llevo tacones altos —protestó.

Pero los ojos le brillaban de curiosidad. Esa era su esposa, siempre curiosa. Se quitó los zapatos y se puso unas botas calientes que él le dio.

—Ven.

Tom abrió la puerta y el frío les golpeó. Los perros empezaron a aullar en cuanto salieron.

—¡Un trineo de perros! —gritó. Un grupo de perros grises y blancos les esperaban sin dejar de ladrar y saltar. Él la ayudó a sentarse entre las pieles—. Qué bonito —murmuró. Y lo era. Las estrellas en el cielo y los faroles de hielo alineados a los lados del camino hasta que el conductor les gritó a los perros para que se detuvieran. Ambra tiritaba. Volvió la cabeza y miró hacia la montaña—. ¿De verdad vamos a ir allí?

Él asintió con la cabeza.

—Hará mucho frío —dijo a modo de disculpa.

Ella se sentó en el teleférico, él la tapó con unas pieles que había dejado preparadas, luego se sentó a su lado y le cogió de la mano. El teleférico empezó a subir en silencio. Dejaron atrás el hotel iluminado y el brillo de las velas y subieron cada vez más, flotando hasta llegar a la cima de la montaña. El frío allí arriba era mortal y corrieron de la mano hasta llegar a la estación.

—¿Estamos solos? —preguntó ella al entrar.

—Sí.

Había alquilado toda la estación para ella, para los dos. Él colgó la ropa de abrigo mientras Ambra miraba a su alrededor. La habitación era sencilla, lo más importante era la vista que había desde allí. Observó las pieles extendidas en el suelo, delante de las ventanas, los faroles encendidos y los pétalos de rosa esparcidos alrededor. Le miró.

—¿Pétalos de rosa?

—¿Es demasiado?

—Un poco.

Ambra sonrió y le brillaron los ojos.

Se acercó a una ventana y se quedó de pie, con la nariz pegada al cristal.

—Es como ver el mundo desde arriba —dijo en voz baja, casi con respeto.

Millones de estrellas iluminaban el cielo, las montañas les rodeaban y tenían el espacio infinito sobre sus cabezas. Él se puso detrás de ella y la besó en la nuca. Ambra se estremeció. Le puso una mano en la espalda y toqueteó los pequeños botones del vestido, se inclinó y besó sus hombros. Le desabrochó uno y volvió a besarla. Repitió el procedimiento hasta que llegó al último. Para entonces, la respiración de su mujer ya sonaba entrecortada. Localizó el cierre de la falda y se la soltó. La falda se deslizó poco a poco con un movimiento ondulante hasta caer como un mar de tela alrededor de sus pies. No llevaba nada debajo, solo la ropa interior. Tom la miró un buen rato.

—¿Querida? —preguntó al final.

No sabía bien qué tipo de ropa interior se esperaba, tal vez un poco de encaje, quizá incluso uno de esos conjuntos antiguos con corchetes y abotonaduras que se podían quitar despacio. Pero ¿eso?

—¿Sí?

—¿Llevas calzones debajo del vestido de novia?

Ella asintió complacida.

—Son de lana. Muy calentitos. ¿Te vas a quitar la ropa?

Ella le ayudó a desnudarse mientras Tom le quitaba los calzones. Se tumbaron en las pieles, ella soltó una risita cuando él empezó a juguetear entre sus piernas, y entonces fue ella la que se quedó sin respiración. Se puso de rodillas sobre ella y le besó el vientre. Le quitó las bragas, que al menos tenían un poco de encaje en los bordes, y volvió a besarla. Le recorrió con la boca la tibia piel y la besó una y otra vez hasta que ella jadeó debajo de él.

Esa noche las auroras boreales aparecieron en el cielo de Abisko de un modo insólito hasta entonces. De hecho, fueron muchos los que aseguraron que había sido un espectáculo extraordinario, tal vez el más bonito que se hubiera visto jamás. Uno de esos que suelen salir en la prensa y del que los invitados a la boda hablarían durante mucho tiempo. Pero Ambra y Tom no lo vieron. Estaban ocupados.